U0897016

出版人　王卫平

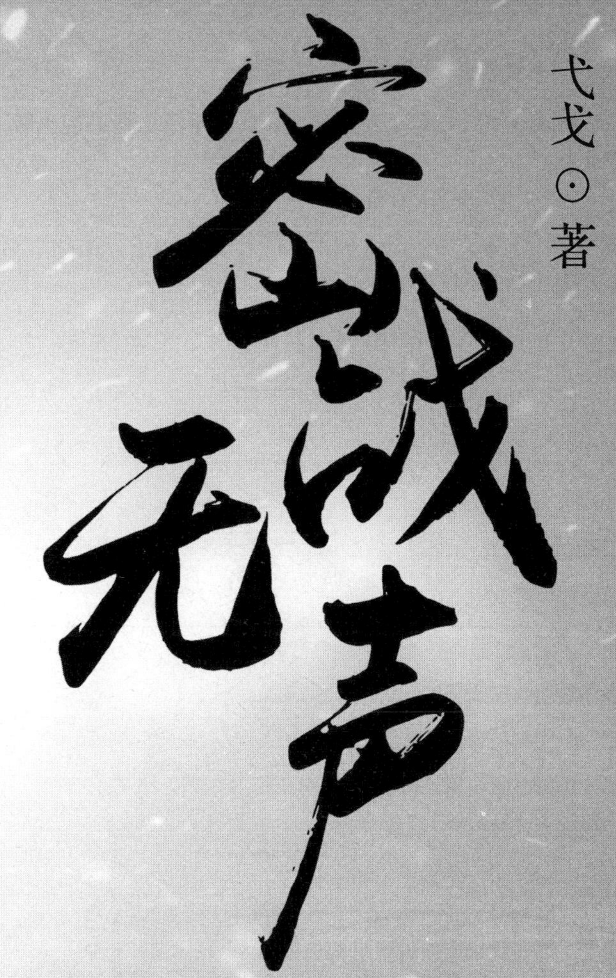

弋戈⊙著

中国广播影视出版社

图书在版编目（CIP）数据

密战无声 / 弋戈著. -- 北京 ：中国广播影视出版社，2017.12

ISBN 978-7-5043-8012-8

Ⅰ. ①密… Ⅱ. ①弋… Ⅲ. ①电视剧本－中国－当代 Ⅳ. ①I235.2

中国版本图书馆CIP数据核字(2017)第241750号

密战无声

弋 戈 著

出版人 王卫平
总策划 陈晓华
策 划 林 曦
责任编辑 王 萱 高子如
责任校对 张 哲
封面设计 嘉信一丁

出版发行 中国广播影视出版社
电 话 010-86093580 010-86093583
社 址 北京市西城区真武庙二条 9 号
邮 编 100045
网 址 www.crtp.com.cn
微 博 http://weibo.com/crtp
电子信箱 crtp8@sina.com

经 销 全国各地新华书店
印 刷 河北鑫兆源印刷有限公司

开 本 710毫米×1000毫米 1/16
字 数 463（千）字
印 张 24.5
版 次 2017 年 12 月第 1 版 2017 年 12 月第 1 次印刷

书 号 ISBN 978-7-5043-8012-8
定 价 58.00元

谨以此书献给

隐蔽战线上的无名英雄们！

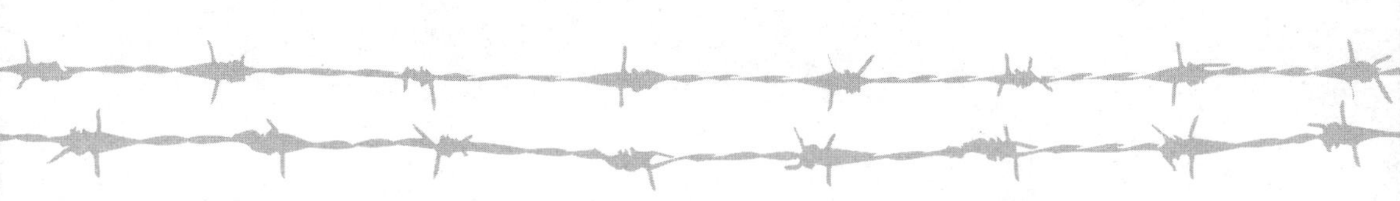

目 录

第一章 临危受命

一

深夜，天黑得伸手不见五指，只有走到街道和胡同里，才有了鬼火似的隐隐约约的一点光亮，那是路灯在放着微光。也许是有人不知疲倦吧，偶尔在楼上也有一些微弱的光亮射出。这些光显然和街上的路灯比起来少之又少，但亮得确实是如此疯狂，疯狂得好像是吸收了人的坚强因子，是它把街灯比暗了。街灯虽暗，但光线却都拖着一道长长的尾巴。因为刚刚下过一阵小雨，地上才呈现着这一自然反光现象。

突然，两个人影长了又短短了又长闯进了街灯里。那是一对看似花季模样的男女，一摇一晃地在街道的一边，互相搀扶着、一歪一倒地走着……

喃喃细语隐约地传来："你不行。"

"你才不行。"

"两杯你就醉了。"

"我不是说酒，我是说……"

"啊？你是说我……不是酒……"

一辆警车幽灵般地向他们俩驶来……

从车前看去，车内隐约地看到几个身穿国民党军服的男女。车的顶部有一个半圆形的监控天线在不停地旋转着……

这明显是一个电台巡逻追踪监听车在执行任务。警车在慢慢地悄无声息地行进……

"你说什么？到哪里？"

"到我们曾去过……"

"我……我想要你。"

"我可不敢，我妈妈会杀了我的……"

警车慢慢靠近两人……

“滚开！狗男女！”警车慢慢驶到两人身边，副驾驶座位上传来一声低沉而有威慑力的骂声。男青年看了一下警车，突然酒醒了似的拉着女青年向一条胡同跑去了……

二

警车内忙而不乱，各种监测仪器在工作着，车内的几个特务头戴耳麦在认真地监听着，不停地调试着电台讯号追踪仪，生怕漏掉任何电波讯号……

与此同时，一个胡同内的阁楼上，“嘀嘀嘀”的微弱电台讯号就从那里传出。室内，一只手在熟练地敲击着电台传输键，另一只手在有节奏地翻着放在桌上的电报纸。

此时，正在向外发报的是隐蔽在海城市的解放军四野的资深电讯联络员俞子涵。她知道这时发报的后果，危险正在靠近。这显然是一份特急情报，不然，按规定，她绝不会在这个时候向外发送情报的，她在抢着时间。

街上的监测车仍在向前滑行着。车内，一个年轻的电讯女上尉正在不断地调整着仪器上的按钮，另一只手紧紧地按着耳朵上的耳麦。突然，仪表上的指针猛烈地抖动了几下，这显然没有躲过她的眼睛，只见她兴奋地又调试了一下按钮，用她的另一只手停了下来，敲了敲驾驶室。驾驶室里的长官扭头看过来，女上尉用手急速地连续指向一条胡同。

驾驶室的军官对司机低声说道：“快，进胡同。”

“明白。”驾驶员说着，将车拐进胡同。

警车刚刚拐进胡同，车内的所有人都警觉地像是听到了什么，立即紧张地站了起来。车上的监测仪天线突然猛烈地晃动几下停在了一个方向，车内监测仪的表盘上的指针也突然跳动几下停了下来，仪器工作台上的红灯闪亮起来。

女上尉眼睛一亮，激动地叫道：“站长，就在这里！”

副驾驶位置上的长官急问道：“准确吗？”

“前后误差不超过5米。”

“就是前面的院子。”长官伸头看了一下。

“应该是。”

“快，通知行动队二队，马上行动。”

“是。”

三

寂静的城市夜景，稀稀疏疏的灯光下，几束探照灯的光束来回地扫射着……

国民党保密局海城站的门口仍是戒备森严，院内不停地有巡逻兵走过。院内，桌前坐着两个人，男的是保密局海城站行动队队长张干，女的是保密局海城站行动二队队长欧阳倩。桌子中央是燃烧着的红色蜡烛，就如同电影的场面。

“扶我上床，我喝醉了……”

“瞎说，你再陪我喝一杯。”

“我真的醉了。”

“你眼圈不黑，脸不红，话不多，你……”

“上床，我现在就上床，你把我灌醉，不就是想……想……与我……”

张干一时兴起，上前去抱欧阳倩。欧阳倩感到如释重负，娇媚地拥着张干道：“抱我。”

“呜呜呜……”突然，院内警报声响起。

“怎么回事？”张干抽出手枪。

欧阳倩顿时酒醒大半，也抽出手枪跑了出去。

“紧急集合。”

院内顿时慌乱起来，十多个男女特务在探照灯的光线下，向不同的几辆警车跑去。

“你，第一组，一号车。”

“你，二号车，快。”

“其余人员，三号车。”

“呜……”一阵慌乱之后，几辆警车鸣笛向军统站大门外驶去……

四

警车在鸣笛疾驶，一阵刺耳的急刹车声响过，三辆警车急停在了一个临街胡同里的院落前，车里跑出一群女特务来。

“快下车，把门打开。”欧阳倩刚刚说完，一个女特务上前推门未果，另一个女特务飞身上墙，跳进了院子，门从里面打开了。

“快，冲进去，抓活的！”欧阳倩拿手枪一挥，车上下来的十来个身穿同样黑色皮制服的女子鱼贯似的跑进了院子里，两个女特务留在门前警戒。

房间里，俞子涵仍在快速地发着电报，突然听到外面有些异样的声响。

“转移已经来不及了，必须将情报发完。”俞子涵想着，仍然不停地发着电报，另一只手将已发过的电报纸稿一页一页地揉成团塞进嘴里。

房门紧闭，几个特务推门无果，等着她们的主子的到来。

“把门踹开。”欧阳倩率众人跑到楼上的门前，凶狠地发出指令。

“砰”的一声，一个女特务一脚踹开了门，俞子涵将最后一张电稿塞进嘴里，众女特务快速地跑到俞子涵的跟前，手枪齐刷刷地指向俞子涵。俞子涵鄙视地看了眼那些女特务，心里想道：不能让她们得到电台。

欧阳倩快步走上前去，冷笑挂上了嘴角，真像某部电影的场面，她摆出一副胜者的姿态。俞子涵并不慌张，淡定地关了电台，摘下耳麦，从桌旁拿起一个电夹子来。

“放下！”欧阳倩大声喝道。

俞子涵并没有理会欧阳倩，猛地将电夹子夹在了电台的按钮上。

“快，她要破坏电台！”

两个女特务立即上前制止，但为时已晚。俞子涵已将电闸推了上去，只见电台里冒出了一股因短路而产生的白烟。一个女特务连忙跑过来抱起电台，被电得浑身发抖。

欧阳倩说道：“你在做垂死挣扎，破坏电台，给我押下去。”

俞子涵从容地站了起来，轻蔑地看了一眼欧阳倩，用手向下拉了拉衣服，在几个持枪女特务的押解下走出了房间。

“搜！”欧阳倩下完命令，来到桌前翻了翻上面的东西，并没有找到电报底稿，气愤地说道：“她已有防备，销毁了情报稿。”

“报告，没有发现有价值的东西。”

“报告，我们也没发现。”

“撤！”欧阳倩气急败坏地说完，第一个快步走了出去。

五

就在欧阳倩将俞子涵押解回军统站路上的时候，街上的监测车突然停了下来，我党又一处秘密联络点被发现。

“快，抓活的。”下命令的是国民党保密局海城站少将站长廖江石。

车内的宪兵很快跳下车来，他们跑到一处别墅式的房门前，一脚将房门踢开，闯了进去。

“嘀嘀嘀……”房间里正在发报的是一个上了岁数的老人，是我党代号为山鹰的情报联络员单家山。由于叛徒的出卖，近日接连有几处联络站被特务捣毁，我党传递情报不得不在深夜进行。突然，桌上蜡烛的火苗抖动了几下，或许是心理作用，单家山感觉到了一丝寒意。

“怎么回事，窗门紧闭，哪儿来的风。”单家山一时惊觉起来，但为时已晚。

“嗵嗵嗵……”脚步声从门外传来。

单家山听见门外的动静，立即加紧了发报速度。发报完毕，单家山摘下耳麦，脸上露出了欣慰的笑意。突然，撞门声骤然响起，单家山又马上戴上了耳麦。

“胜利属于人民，同志们，永别了！”单家山默念着，在电报里加上了这句话后，从容地从桌子的抽屉里拿出一颗定时炸弹，拨了一下指针，将定时炸弹放在了电台旁。

“嗒嗒嗒……”秒针立即肩负起了它完成使命前的行动。

“砰！”的一声，门被撞开了。众宪兵用枪指着单家山。突然一个宪兵发现了定时炸弹，于是大叫一声：“有炸弹。”

“轰”的一声巨响，单家山随着众宪兵，倒在了血泊里。

六

由于叛徒褚兴的叛变，中共海城市委地下联络组织遭到了前所未有的破坏，许多地下人员来不及转移或是没有来得及得到撤离的消息而惨遭逮捕与杀害。

南京保密局局长叫毛人凤，这毛局长的耳目还真厉害，海城的消息很快就传到了他的手下。

“毛局长，海城站传来好消息。”

“讲。”

“您还记得前几天他们抓获的那个曾是解放军四野派到海城的联络员褚兴吗？”

“别啰唆，直说。”

“是，就是他的告密，海城站一举捣毁了中共数个联络站，据内线情报得知，中共海城联络站的三号人物俞子涵也被抓获。”

“好！”毛局长想了想又迅速说道，“将此人押解南京，我要亲自安排人员审问，一定要把海城的地下组织一网打尽，而不是抓而不尽！”

“是。”

“等等，事不宜迟，立即去办。”

“是。”

保密局海城军统站里，站长廖江石正在开会。

“现在开会，怎么少了李组长？”

众人向一个空位上看去。

“李组长和几个弟兄昨夜在行动中殉职。”

“这我知道。”

“那么站长？”

“我想听到一些好消息。”

“明白！”

“简明扼要。”

“是。”欧阳倩站了起来，“昨晚抓捕成效甚好，第一小组抓获共党地下谍报人员两名，其中一个是被南京保密局特别报备过来的、被我站列入海城中共三号人物的联络员俞子涵。”

“是吗？”廖江石虽然语气平平，但看得出他兴奋的心情瞬间在脸上呈现。

廖江石的确是兴奋的，想想到海城任职以来，自己一直没有做出在保密局能拿得出手的政绩，曾经得到上峰的多次问责，昨晚的战绩对他太重要了。

“马上进行突审，一定要尽快将共党设在海城的电台联络站彻底捣毁。”

“是，我马上去安排。”

突然一个女秘书走了进来，并对廖站长耳语了几句，并把一份电报纸递给了他。廖江石马上看了看电报，心里不禁嘟哝：怎么局长得到的消息这么快？

欧阳倩站起来对几个军官说道：“安排下去，马上突审。”

“是。”

“等等，”廖江石看完电报，站起来说道，“上峰有令，要我们立即将那个俞子涵押解南京，不得有误。”

“那我们就不用再审了吧。”欧阳倩试着问道。

“废话，执行吧。”

“是。”

中共海城市委办公室里，几位主要负责同志在开会。联络站负责人翁静娴在向市委书记汇报着。

“这次由于褚兴的出卖，我党地下情报组织遭到了前所未有的破坏。”

“这个叛徒，要尽快铲除。”市委书记于明兴激动地拍了一下桌子。

“现在有一个紧急的情况需要于书记决定。”

“讲。”

“据我站联络员平儿截获的敌人内部电报破译得知，南京方面下令，明天要将俞子涵同志押解南京。”

“情况确凿？”

“没问题。”

“你的意见是？”

“我建议组织精干的突击队在路上设卡营救。”

“什么时间？”

“早上六时，大概七时他们将通过二郎山口。”

“好，”于书记激动地又说道，“二郎山口，这是个很好的伏击地点。”

“那我们……”行动队林队长已经沉不住气了。

“林队长……”

“明白，组织精干人员，赶在敌人通过之前，进入伏击地点。”林队长等待着于书记的表态。

于书记想了想说道："我们可以这样……"

七

"报告。"

"进来。"毛人凤局长正在看着地图，对进来的女秘书看也没看。

毛人凤近些天来，始终弄不明白，地处战略要冲的海城市，他可是派出了自己的得意门生去捣毁共党地下组织，却进展不大，这次终于有了收获。

"但愿抓到的那个女共党是个很好的转机。"毛局长这样想着，头也不回地问女秘书道："什么事？"

"毛局长，按照您的命令已经安排下去，明日将把海城抓捕的共党女谍报员押解南京。"

"……"毛局长仍然没有回头。

"局座？"女秘书欲言又止。

毛局长用笔在地图上圈了一下，不耐烦地说道："知道了，此人交缉查处审查。"

"是。"

天刚蒙蒙亮，一队身穿国民党服装、全副武装的人员在竹林中极速前进，队伍在五号公路的二郎山口的交界处停了下来。

"隐蔽，瞭望侦察。"林队长果断地下达了命令。

一个侦察兵快速地爬上了一棵大树进行瞭望，一个队员趴下去，用耳朵贴在地上听了起来。

"队长，有动静。"

果不其然，一辆警车从远处驶来，进入了树上瞭望哨的望远镜的视线内，紧接着的是一辆坐满国民党士兵的武装人员的中吉普。

林队长警惕地向公路远方看着，树上传来侦察员的声音："队长，来了，共两辆车，一辆警车，一辆中吉普，大约有全副武装士兵十余人，距我们大约2300公尺。"

"队长，上公路。"

"不，等等，靠近了再说。"

警车和中吉普一前一后在蜿蜒的公路上疾驶。警车内坐着两排全副武装的国民党女兵，俞子涵被挟持在车的中间，警车内气氛异常压抑，俞子涵忍不住向车外看了一眼，立即遭到了呵斥："不许向外看。"

"……"

"你想干什么？"

俞子涵回过头来，用温和的眼神看向那个女兵：“妹子挺凶的。”

“你说什么？”

“没什么，你们是心虚还是不自信啊？”

“住口，你想干什么？”女兵说着掏出了手枪，对准了俞子涵，“我说过不许向外看。”

“为什么？”

“不为什么，这是命令。”

“还是不自信。”

“你说什么？不自信？你没弄错吧，你可是犯人。”

俞子涵抬起了戴着手铐的双手说：“对待我这样的人，你还要动枪，我想你们……”

“不许说话！”坐在副驾驶座位上的上尉军官透过身后的监视窗厉声说道。

望远镜里，两辆汽车越来越近……

“队长，拐过一个弯，就要到了，现在距离我们600公尺。”说着敏捷地爬下了树。

“快，上公路。”林队长说完，第一个从竹林中冲上了公路。

国民党的军车向二郎山口疾驶而来。

“到什么地方了？”

“报告长官，前面就是二郎山口。”

“二郎山口？”

“是，那里山高谷深，上次……”

“住口，向后传，不许停车，加大油门，快速通过。”

“明白。”后边传来了回应声。

“后面的听着，长官命令，不许停车，加大油门，快速通过。”

“是。”

驾驶员换挡加油，快速向前驶去。押车的上尉明白，二郎山口地势险要，西边是悬崖峭壁，中间是一条狭长的石道口，如果遇到有人劫车，便是个很难回头的不归路。所以他命令急速通过。

“怎么回事？”车辆拐过一个弯道，上尉突然看到山口前的公路上设有路卡，两边设有路障，还齐刷刷地站着两排全副武装的士兵。

“没听说在这里设卡啊？”

“长官，好像是自己人。”

“自己人？”上尉突然脑子清醒起来说，“不管是什么人，不要停车，冲过去。”

“这……”

“执行命令。”

“是！”

警车加速向前疾驶而来。林队长一看警车没有停车的意思，立即向旗语兵挥了一下手。旗语兵上前用旗帜向车辆发出了停车的指示。

“不理他们，冲过去。”上尉已感到问题的严重性，立即下令冲卡，并抽出手枪上膛。

林队长手一挥，两排士兵突然冲到了公路的中央，立即拉栓上膛，举枪指向汽车。

“停车！”

“不许动！”

两声呵斥使驾驶员一惊，下意识地猛地踩下了刹车。车轮带着急促的声响停在了哨卡前。

“混蛋，让开！”上尉显然被激怒了。

林队长持枪上前道：“老弟，把你的嘴放干净点，无端闯卡，你是要吃苦头的，我警告你还是乖乖地下车接受检查为好。”林队长持枪逼向车上的上尉。

“你是什么人？”

“怎么，看不出来吗？”

“看你的装束，也算是自己人吧。”

“下来，过往车辆一律接受检查。”

“不行，你们没有权利检查我们。”

“错，你没有通过的权利，除非你下车接受检查。”

“我们是……”

“任何人不得特殊，下来。”

上尉军官无奈，持枪走下车来，就在下车的一瞬间，还不忘对车内说了一句：“不许熄火，做好过卡准备。”

上尉军官双脚一落地，几个队员持枪指向他，林队长上前缴了上尉军官的手枪。

“你们想干什么？”

“不干什么，检查是我们的任务。”

“那为什么缴我的枪？”

“那是要你如实地回答我的问题，我便可以放你通过，你车上押的是什么人？”

“重要犯人，押往南京。”

林队长一挥手，一个队员跑到警车旁，打开后车厢看了一下。当俞子涵和士兵的眼神交集的一瞬间，俞子涵已经明白了将要发生的一切，因为她看到那是双惊喜的眼睛。

当车内的女兵用枪指向那个队员时，俞子涵发话了："放下枪吧，反抗是没有用的。"

"不许说话。"那个女兵说完，用枪指向俞子涵。

林队长看到跳下车的队员向他伸出了一个大拇指后，会意地向上尉军官说道："不用怕，我们是国防部党通局侦缉处的，奉命在这儿设卡缉拿共党要犯。"

"好，既然这样，你可以放我们走了，我们是保密局的，我们持有保密局的特别通行证，你不能不放我们走。"

"你还没有说出车上押送的是什么人。"

"我说过了，是重要犯人，怎么？你们敢劫持吗？"上尉说着，拿出了通行证来。

林队长接过通行证，用力摔在地上："你的证件无用。"

"你……"

"我告诉你，你车上的人是我们追踪多日的共党联络员，她叫俞子涵，你知道吗？显然我问了你两遍，你却回答不上来。"

"不是，这个是我们的保密纪律。"

"收起你那一套吧，这个人我们接管了。"

"不行，你敢劫持军统要犯！"

"没什么不敢，就是你的主子毛人凤来了，我们也敢。"林队长说着向所有队员说道："把他们给我押下车来。"

"是！"

"不行！"车上的一个女兵用枪逼着队员不让上车，被行动队队员用枪击毙。其余的女兵和后面坐在车上的士兵乖乖地下车，并站成了一行。

"都站好了，不然和他们的下场一样。"

"你们……"上尉欲言又止。

"快，上车，我们走。"林队长说完，马上坐进了警车的副驾驶位，当他通过车厢前的窗口看到俞子涵时，向她点头微笑，俞子涵同样给予了林队长微笑。突然，林队长发现俞子涵双手戴着手铐，立即下车向敌方上尉军官走了过去。

"拿来。"林队长伸出手来。

"什么？"

"手铐钥匙。"

就在敌方上尉向林队长递钥匙的一瞬间，上尉抓住林队长的手，企图夺下手枪，手枪摔在了地上，林队长很快制服了上尉。正在这时，一个女兵伺机拾起地上的手枪，向林队长开了枪。

"嗒嗒嗒……"就在林队长机智躲开的瞬间，车上的队员们将敌人全部击毙，乘车疾驰而去。

车厢里，林队长将手铐钥匙交给队员后说道：“子涵同志，让你受惊了。”

“没有，你们太勇敢了！”

众人听后笑了起来，一个队员用钥匙打开了俞子涵的手铐。

“谢谢你们，我现在自由了吗？”俞子涵风趣地说道。

“当然。”笑声在车厢里回荡。

八

军统站的审讯室里，“说！你的上级是谁？在哪里？”一个满脸横肉的打手在用皮鞭抽打着刚刚被叛徒出卖被捕的地下交通员仲天化。

“啪啪啪……”皮鞭上下舞动。仲天化满脸是血，怒目而视。一个特务头目走上前去，向打手挥了一下手。

“停。”只见那个特务来到仲天化跟前，用手端起仲天化的下巴，恶狠狠地问道：“说不说？你的上级是谁？”

“……”

“不说，信不信我现在就弄死你！”

“……”仲天化突然一口鲜血吐在了特务的脸上。

“你找死啊！”特务抹了抹脸上的血水。

“少跟他废话，给我狠狠地打！

“是。”

“啪啪啪……”皮鞭又狠狠地挥动起来。

“是他吗？”

“没错。”

在审讯室的二楼走道上，身穿国民党少将军服的军统站站长廖江石看着下边被拷打的仲天化，向站在身边的叛徒褚兴询问着。

“叫什么名字？”

“我党……不不不，是……是共产党第二组联络员仲天化。”

“不是就是个负责人吗？”

“是，一点不错。”

“这么说，这次抓到的人还有点用处。”

“千真万确！”

“那么，如果他能说出点什么，你褚兴就算立功了。”

“权当将军的关照。”

“说说他的情况。”

"是，你说的是他吗？"

"少废话。"

廖站长说着对身边的上校张干说道："去，告诉他们，下手轻点，这个人对我们有用。"

"是。"张干不敢啰唆，急忙向楼下大步走去。

"接着说。"

"是，这个仲天化，他的主要任务是……"

突然褚兴向前走了一步，看到审讯室里的仲天化头一歪死去了。廖站长睁大眼睛向前走了一步，向下看去。

"怎么回事？"

"他们……他们是不是把他给打死了？"褚兴惊恐地说道。

审讯室里打手停下皮鞭，上前用手试了试仲天化的鼻息，骂道："这么不经打。"

当打手感到仲天化已没有了气息后，马上向手下说道："快，水。"

另一个打手将水全泼在了仲天化的身上，仲天化仍没有任何反应。当张干将配枪按规定交给审讯室门卫，慌慌张张走进审讯室时为时已晚。

"你们听着，廖站长有令，不许使用重刑拷打。"

"长官，他……"打手一惊。

"他，怎么啦？他昏过去了？"

"不是，他……他死了。"特务上前说道。

"什么？！"张干上前摸了摸仲天化的脖颈，又翻开了仲天化的眼睛看了看，愤怒地向特务抽了一个耳光"混蛋！多少事都坏在你们这群混蛋手里，光知道打打打，打出这样的结果你要负责任的。去吧，你去向站长报告你的战果吧！"

"不是，长官，我们不……我……"

张干没再言语，扭头走了出去。

楼上，褚兴指着审讯室惊恐地说道："他们……他们……显然打死了他？"

"这群笨蛋！"廖站长说完，气急败坏地走了。

褚兴无所适从地愣在那里，他不知道他冒着生命危险带来的"收获"将是个什么结果，他更不知他的命运将何去何从，此时的他在努力地、拼命地思考着。

九

这天早晨，解放军某部独立旅特务营营长齐子义在驻地快速地走着，他刚刚完成一次夜袭任务，就被集团军司令部叫了去。

"报告。"

“进来。”

司令员一见到齐子义就兴奋地说道：“子义，昨晚的夜袭你完成得很好。”

“没什么，首长，这是正常的事。”

“好，你还是那么谦虚。”

“必须的，首长，又有任务了吗？”

“是，来，子义，坐下说。”

“是。”齐子义坐了下来。

一个特别的住处里，褚兴辗转难眠，仲天化的死对他是一个致命的打击，从廖江石的表现看得出，自己已失去了他的信任，每每想到这些，褚兴都感到不寒而栗。他太了解军统站了，怎么办？突然，褚兴眼睛一亮，他想到了一个人。天无绝人之路，他又有点癫狂了。一定要活着走下去，看来，这张保命的牌一定要出了。褚兴在反复地掂量着，仲天化的死使自己叛变组织后想要加入保密局海城站的计划再一次落了空，这是他使出浑身解数、巧舌如簧的结果。好不容易才躲过了这一关，他想利用这张牌使军统站对自己有一个新的认知，他不想就此了却一生。褚兴眼前身处异处，心里仍然七上八下的，早就想过上奢华的生活，可一直没有机会，直到有一天，不知是哪个软骨头把自己供了出来，自己才能有今天的奢靡生活，他不怪罪那个叛徒，所以他也就成了叛徒。

司令员此时在向齐子义交代着：“那里有许多默默无闻的同志，他们隐姓埋名战斗在敌人心脏里。你到达海城之后，要服从地下组织的安排，尽快熟悉敌情……”

“司令员，我来了。”陈科长说着把三个一大二小的电台放在桌子上。

“都调试好了吗？”

“好了。”

“还有什么要交代的吗？”

“有，这是最新的密电码。海城联络站的这本，请你也一并带过去。机密程度，你应该知道。”

“当然，一定带到。”

司令员一挥手，陈科长和齐子义握手告别，离开了作战室。

“司令，我什么时候行动？”

“怎么，这么性急。”

司令员把一部微型电台推到齐子义的面前说道：“这个电台和你以前在国民党新六军用过的一样，但不同的是，我们已将它调成了两个专用波段。一个是在紧急情况下，可以跟集团军司令部的电讯科联系，记住我说的是紧急情况下。”

“明白。”

“还有一个给你的线人的专用波段，也是同样在紧急情况下、万不得已时才能联系，并且要躲过敌人的追踪器和监测仪，这你应该明白的。”

“是。”

“那好，别的没什么了。哎，还有一事，你到达海城之后，你要及时打开电台波段，按密电码上的要求发出安全抵达信号，同时，也会有人向你回复同样的信号的，记得收发时间是晚上11点以后。”

“明白。”

“你回去做好一切准备，晚上由警卫人员护送你过敌占区封锁线。”

“是。”

齐子义站了起来，两人的手紧紧地握在了一起。

十

“快，注意隐蔽，迅速通过。”当齐子义和给他送行的警卫人员跑过一个开阔地时，探照灯紧跟他们的步伐而至，齐子义几人立即隐蔽了起来。

小桥上，全副武装的国民党士兵在站岗，设在桥头上的探照灯在不停地向四周扫射。

“桥上是过不去了，我们从桥下涵洞快速通过。”

“好，注意探照灯。”

“注意隐蔽，不要弄出任何响动，快，行动，迅速通过。”

“是！”

当探照灯灯光刚刚扫过，齐子义几人已经顺利地进入了桥下的涵洞，并很快通过涵洞冲进黑夜，向车站方向快速前进。

“呜——”一列火车刚刚离开车站，另一列火车鸣笛驶来。

“看来，车站没有异常。”

警卫人员用望远镜向车站内观察了一下，向隐蔽在树丛中的齐子义及护送人员招了一下手，齐子义几人很快来到了隐蔽处。

“子义同志，前边就是车站了，我们只能到此分手了。祝你顺利，保重。”

“好，谢谢你们，保重。”

“这边有一个小道，可以通过封锁网。”

“明白。”齐子义告别护送的警卫人员，消失在黑夜中。

第二章 随机应变

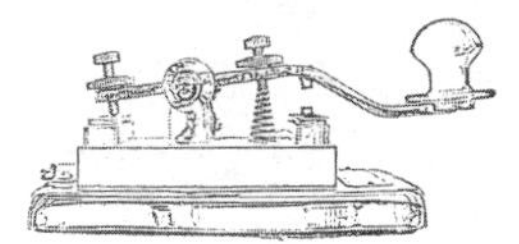

一

“呜——”火车在山谷轨道上疾驶。转过一个弯，穿过一个涵洞，一阵连续急刹车之后，缓缓地停在了车站第一道。

火车站站台上，人群熙熙攘攘。齐子义手提着皮箱在人群中穿行，顺利地找到了自己所乘坐的车厢，走了进去。与此同时，站台上出现了一个身穿蓝色旗袍，气质优雅的美丽女子，也提着和齐子义的皮箱同样款式的皮箱走到了齐子义刚刚上车的车厢门口。只见她向周围扫视了一下后，敏捷地登上了车厢。一双眼睛迅速地躲过女子的视线后，也紧随女子上了车。

“呜——”一阵急促的汽笛声划过天际。车厢内，齐子义擦了擦额角的汗珠，他找到自己的座位后，将那个装有三台电台的行李箱放在了货架上。坐下后，齐子义看着窗外飞速后退的景色陷入了沉思。

这时，一个年轻貌美的女子拎着一只皮箱在拥挤的车厢里艰难地穿行着。“请让让，借过，谢谢啊。”而在她身后不远处，跟着一个戴着礼帽的小胡子，他的眼睛不时地瞟向女子，为了不使女子发现，他还装着跟周围的人聊天的模样，只是那视线却始终没有离开过女子。

车轮在飞速地旋转着，火车急速地驶过了一座大桥。齐子义依旧看着窗外，这次被派往敌占区执行地下工作，尽管齐子义已经做好了充分的思想准备，但一想到临行前政委和司令员交代的话语，他深感此行任务的艰巨和重要。就在三天前，海城地下组织遭到了严重破坏，一个重要的交通员经不住敌人的严刑拷打，叛变投敌，致使很多战斗在一线的地下党同志被捕，许多同志惨遭杀害。齐子义此行的任务首先是要做好秘密情报的传递工作，并协助地下组织彻底查出那个叛徒的下落，严惩不贷，同时要尽快恢复海城的地下组织与上级联络的通畅。另外，还有一项非常特殊的任务，齐子义一定要在渡江命令下达前拿到海城江防火力配置图。

“这位先生，我的座位在这里，能让一下吗？”一个温柔纤细的女声打断了齐子义的思路，他抬起头，一个漂亮的女子映入眼帘。齐子义不动声色地打量了一下眼前的女子，高鼻梁大眼睛，烫着时尚的卷发，穿着得体，脸上带着礼貌的笑容，正一动不动地盯着自己。齐子义疑惑地用手指了指自己。

于兰摇了摇头，指了指齐子义对面的座位。对面座位上的男子抬头看了看座位号，又低头看了看自己手里的火车票，连忙站了起来，不好意思地笑道：“对不起，坐了你的位置。”男子为了表示歉意，帮着于兰将她手中的皮箱放到了货架上，然后让出了座位。于兰道谢后，坐在了齐子义的对面。

“呜——”火车鸣笛后驶过了树林，鸣笛喷出来的白雾，也逐渐被风吹散。一切又恢复了平静。车厢中的旅客大多数都已经睡着了，只有少数的几个人还清醒着，其中就包括那个便衣特务，他不时地窥视着于兰的一举一动。“补票了补票了，上车没买票的都补票了。”一个中年女乘务员打破了车厢内的静默，众人从不安稳的睡梦中醒来，纷纷从兜儿里拿出自己的车票，等待着乘务员的查看。齐子义抬头看了看正在看书的于兰，又转头看向了窗外。

“外面能看到什么，黑灯瞎火的。”于兰依旧盯着面前的书，看也不看齐子义一眼，问道。

“没什么，我在……”齐子义显然有些意外于兰会与他主动交谈，他讷讷地回答道。

“你在想心事？”

齐子义没有回答，只是点了点头。

“如果我没猜错的话，你是不是失恋了。”于兰俏皮地大胆猜测。

“没有没有，只是有些心烦。”齐子义连忙矢口否认。

“哦，是这样啊，来看本书吧，这可以帮你消磨时间，也许还能帮你忘掉烦恼。”于兰将手中的书籍递了过去。

“谢谢，那你……”

“我还有。”说着又从手提包中拿出了另一本书。

齐子义接过书后，于兰便不再理会他，她翻开手上的书本，认真地看起来，就好像从没有跟齐子义对过话一样。齐子义有些疑惑地翻开书来，书内扉页空白处的一个三角符号映入了眼帘，齐子义顿时明白了对面女子的用意。这是接头唯一的符号，齐子义暗暗敬佩，脸上却没有表露出来一点震惊的神色。海城地下市委的同志们联络工作做得是这么的严谨和神速。他不动声色地翻阅着手上的书籍，突然，他发现书里夹着一张字条。他装作疲惫地揉了揉眼睛，顺势观察了一下周遭的环境。就在齐子义抬头的一瞬间，监视着他们的便衣特务立马用手上的报纸遮住了眼睛。虽然特务的动作很快，但还是被敏感的齐子义察觉到了。他和于兰被尾巴盯上了。

齐子义抬头看了一眼仍在认真看书的于兰，他微微侧身，挡住了特务的视线后，悄悄地打开字条，迅速地读完了上面的一行小字，上面写着：下车后请跟我走，有人在出站口接你。读完字条，他用余光看了看特务，随后将字条慢慢地揉成了一个小团，趁特务不注意，迅速地将揉成团的字条塞进了嘴里。躲过了特务的眼睛，齐子义的心思早就不在眼前的书本上了，他不禁担心起自己箱子里所带的三部电台。可是当他看到于兰是那样的淡定和从容，也就很快放下心来。看来，眼前这位接头的女子是知道有人跟踪的，不然，她不会那么从容。齐子义猜测道。

“呜——”火车一声长鸣，车顶喷出一股浓浓的白烟，在铁轨上方拖出了一道长长的尾巴，穿越山川、河流、山洞、树林，然后驶向远方。

二

天边已泛着微光，点缀着几朵云霞，煞是好看。昏暗的室内，窗帘紧闭。唯一的光源是一盏光线有些暗淡的老式台灯。灯下，一只手在快速地敲打着电台传输键，他的手边有一顶军帽，帽檐上方有一颗鲜红的五角星，即使在光线昏暗的环境下，依然反射着耀眼的光芒。这个身着解放军军服的中年人发完电报，轻手轻脚地将微型电台放入书柜，接着拉灭了台灯，蹑手蹑脚地走到窗前，掀起窗帘的一角，向四周打量一番，在发现没有任何异样的动静后，转身离去。

与此同时，“嘀嘀嘀……”一阵急促的电台发报声从保密局海城站的电讯室里传出。电台前坐着一个女电报员，她戴着耳麦，低着头，时不时地在电报纸上记录着。接收完电报，她将电报纸上一连串的数字译成了文字：“据悉：在开往海城的424次列车上有共军N军团派往海城的谍报员男性一名，并携带电台，此电A级。”女电报员轻声地将电报内容阅读一遍后，立即将电报夹在一个文件夹中，然后转身匆匆离去。

三

“嘭嘭嘭……”清脆的敲门声响起。

睡梦中的廖江石突然睁开眼睛，敏捷地翻身爬起来，抓起放在枕头下的手枪，拉栓上膛，一动不动地盯着房门的方向，小心翼翼地问道：“谁？”

“站长，是我，有事找你。”门外传来了女电报员清甜的嗓音。

“门没闩，进来吧。”

女电报员拿着一个文件夹走了进来。廖站长赤裸着上身，拉亮了电灯后靠在了床头上，说道：“你怎么这时才来？”

女电报员走向廖江石，非常自然地在他的床边坐下，然后在廖江石的脸颊上轻吻了一下，娇滴滴地说道："怎么，耐不住了？"

廖江石也不接话，而是直接搂过女电报员，要去解她的衣服。女电报员见状连忙按住那双不太老实的手，说道："别啊，你先别急，你看看这个。"她将电报纸从文件夹里抽了出来，然后递给了廖江石。廖江石疑惑地看了女电报员一眼，接过电报纸一看，脸色大变。他一把推开了怀里的女电报员，怒道："你这个臭娘们儿，怎么不早说，成心要误事吗？！"

"不是，你没给我机会说啊，所以……"

"别啰唆了，你说说424次列车的准确进站时间。"

"凌晨四点一刻。"

廖江石迅速地穿好衣服后看了看手表，说道："快来不及了，你快点去通知人去！"

"是！"女电报员连忙转身离去。

女电报员穿过军统大院，来到一间住处前，拍门叫道："刁队长，站长有令，紧急集合。"

"知道了。"

刺耳的警报声骤然响起，划破长空，其中还夹杂着一阵阵的哨声。寂静的夜晚突然喧闹起来。欧阳倩被警报声惊醒，她猛地一下坐起身来，仔细听了听外面的动静，心里有些疑惑。

"张干，快起来，有紧急情况。"

欧阳倩推了推在她身边熟睡的张干，只见张干翻了个身，喃喃说道："什么事儿啊，深更半夜的，睡吧，睡吧。"说罢又将一条腿压在了欧阳倩的身上。

欧阳倩有些愤怒地将张干的腿从身上推开，说道："快起来，你听。"说罢，也不再理会还没睡醒的张干，翻身下了床。

张干一听，顿时清醒了过来，敏捷地翻身下床，两人在慌乱中穿着衣服。

刁胜队长早已穿戴整齐站在院里，嘴里衔着一只口哨，猛地吹了两下后大声地喊道："集合了，全体前院集合，都给我快点！"

张干和欧阳倩分别带着一队身着美式军服的男女到院内集合，三分钟内，海城军统站所有人员集合完毕。

"立正、稍息"的整队声不绝于耳。

廖江石从军统办公楼内走了出来："兄弟们辛苦了！"

"长官辛苦。"

"稍息。"众人列队。

"咱们长话短说，刚刚接到特三号密电，共军有一个谍报人员带有电台，要在今夜潜入我市。他乘坐的是424次列车，现在离火车进站还有半个小时的时间，我希望你们迅速行动，在列车进站前，封锁车站，将他缉拿归案，不得有误。”

“目标特征？”刁队长听完命令后问道。

“男性，我也只知道这些。行动吧。”

“是！”众人员快速地向停着的各种车辆跑去。所有的车辆拉响了警报，鱼贯似的快速驶出了戒备森严的军统大院，消失在了街道的尽头。

四

424次列车依旧在疾驰着。车厢里的大部分人都以怪异的姿势进入了梦乡。齐子义和于兰仍然在低头认真地看着书，二人没有任何的交流。便衣特务一动不动地盯着他们，渐渐地，他的视线有些模糊了，眼皮子也不受控制地想要往下耷拉。便衣特务立马甩了甩头，又用手在鼻梁处捏了捏，想要赶跑些许睡意，可是效果并不明显。

就在便衣特务快要睡着之际，一阵火车的鸣笛声将他吵醒。火车驶进了车站，在站台处慢慢地停了下来。安静的车厢顿时人声鼎沸。大家纷纷从自己的座位上站起身来，踮起脚去够自己放在货架上的行李。便衣特务见齐子义与于兰都站了起来，他也站了起来，没想到拥挤的人流推搡着他向前走去。他见离于兰两人越来越近，不得不逆着人流向回退了几步。

齐子义将手上的书还给于兰并道了谢。于兰接过书，将其塞进了手提包，并没有说话。她转身去拿货架上的皮箱。

“我帮你。”齐子义先于兰一步，帮着她将她的皮箱拿了下来，放在了过道上，接着又把自己的箱子拿了下来。

趁着齐子义拿箱子，于兰观察着便衣特务的举动，见他被拥挤的人流遮住了视线，于兰一把接过齐子义的箱子，说了声谢谢后，头也不回地向车厢一头走去。

“哎！”齐子义看着于兰将自己装有三部电台的箱子提走，本想开口提醒，但忽而明白过来于兰的举动估计是有用意的，于是他拎起过道上于兰的箱子，紧跟着于兰而去。

五

在海城火车站的对面，有一座三层小楼，顶楼上砌着半人高的围墙。墙内蹲着五个手持狙击枪的年轻人，其中一个正手拿着望远镜观察着火车站内的情况。这五个人正是我党海城市委派来接应和掩护齐子义与于兰的。

“他们下车了。”林队长说罢将手中的望远镜递给了旁边的小李，小李拿着望远镜，看了看车站内的情形。

于兰拎着皮箱走下了车，齐子义紧跟在于兰的后面。于兰头也不回地说道："注意后面，保持距离。"齐子义听后放慢了脚步。

便衣特务看了看前面的于兰，又回头看了看留在后面的齐子义，左右为难。他思索一番后，快步向于兰追去。

"他们快要出站了，不过，我感觉他们遇见了麻烦。"小李放下望远镜，紧紧地皱着眉头。

"看到那个穿蓝旗袍的女子了吗？"林队长接过望远镜问道。

"看到了，那不就是于兰同志吗？"

"是，还有……"

"还有和于兰同志提一样皮箱的一定就是我们接应的同志。"

"对，看到一个头戴礼帽的人了吗？他有可能在跟踪……"

不等林队长把话说完，一阵刺耳的警笛声传入了他们的耳朵。

"怎么回事？"听到警笛声，林队长心里一紧，他连忙拿起望远镜，朝车站望去。

只见几辆汽车疾驶而来，急刹车停在了出站口前。从车上跳下了许多的宪兵，冲到了车站口旁。刁胜也下了车，冲到检票人员面前问道："424次列车到站了吗？"

"刚到，就要出站了。"

"快，严查出站人员。"刁胜手一挥，安排了两队宪兵对出站人员进行严格的检查。

"快，还有那边。"另两队宪兵跑向了另一个出站口。

面对突如其来的军统站人员，林队长几人突然觉得事情不妙。

"是不是谁暴露了今天的行动？"小李问道。

"注意观察，狙击手。"

"到！"

"集中精力，做好战斗准备。"

"是！"

准备出站的于兰微微回头看了看身后，远远地就看见了向她快步走来的便衣特务，她加快了步伐，三步并作两步地来到了出站口。大波人群都涌向了出站口，站口处站着几个宪兵，盘查着出站人员的证件与行李。

"女士，请出示证件。"

于兰将早已准备好的证件递了过去。交还证件后，少尉军官低头看了看于兰手上的箱子，说道："这个……"

"长官，后面有一个戴礼帽的小胡子男人，总是不守规矩，对我动手动脚的，你们管不管啊？"于兰在少尉军官耳边低语，成功地转移了他的注意力。

军官向后看了一眼，确实有一个贼眉鼠眼的小胡子在不停地瞟向于兰。

“咸猪手？管，女士，你快走吧，他出不去的。”

“谢谢啊。”

便衣特务见于兰马上就要出站了，如果让于兰成功地出站，茫茫人海，就很难再追踪到她的身影，那就意味着他的任务将会失败。便衣特务挤开前方的几人，插队挤到了出站口。便衣特务将证件递给了少尉军官，可他连看也不看一眼，对着身后的两个宪兵挥了挥手说道：“就是他，给我抓起来。”

“怎么回事？我是自己人啊！”

“先给我押起来。”

“是。”

还不等便衣特务反应过来，便被两个宪兵给押了起来，他挣扎着，想要挣脱两个宪兵：“我要见你们的长官，你们无权抓我，我是南京特派员！”

“什么？你是南京特派员？那我还是国防部长呢！押走。”

齐子义看着宪兵将那个特务押走，又被后边的人挤到了少尉军官跟前。少尉军官检查完齐子义的证件后，命令他打开皮箱接受检查。皮箱并不是齐子义的，他哪里有什么钥匙，应该怎么办呢？他一边思索着解决办法，一边装作寻找钥匙的样子。

“咦？怎么我的钥匙不见了？”

“你，把箱子砸开。”少尉军官见齐子义半天不能打开箱子，担心此人有诈，便命令身后的卫兵将箱子砸开。

“是。”

“哎哎哎，不能砸，还是我来开吧。”齐子义左看看，右看看，最后将目光停留在了宪兵衣袖上别“宪兵”袖章的别针上。“小兄弟，借用一下啊。”说着，齐子义从宪兵的袖章上取下了别针，然后将其掰直，向皮箱的锁洞探去，鼓捣了一小会儿，只听“咔”的一声，锁被打开了。齐子义将皮箱打开，里边装了几本书和几件衣服。

少尉军官来回翻看了一下，然后拿起了一本书，说道：“看不出来你们这做学问的还会开锁这套啊。”

“见笑，见笑。”

“见什么笑啊！有几本书就文绉绉的，酸不酸啊？快走。”少尉军官见齐子义的皮箱并没有任何异常，便不耐烦地朝齐子义挥了挥手。

齐子义将箱子重新锁上，又将手上已经变形的别针扳回原形，对宪兵说道：“多谢了，小兄弟。”说罢将别针别回到宪兵的衣袖上后，提着箱子，顺利地走出车站。

齐子义刚走不久后，刁胜带着两个士兵从另外一个出站口走了过来，询问道：“有什么情况？”

“报告队长，没发现什么情况，刚才抓住了一个咸猪手，已经被押走了。”

“抓什么咸猪手，干正事！仔细盘查。”

“是。”

林队长在对面高楼上将刚刚所发生的一切都看在眼里，他放下望远镜，说道：“他们可能暴露了。看到出站口的那个少尉了吗？”

“看到了。”

“他们刚才和我们的那位同志有一个短暂的接触，为了安全起见，你想办法对接触过我方的那些人员进行狙杀。快！行动！”

“是！”几名狙击手收起了狙击枪，猫着腰朝另一栋房子跑去。

六

于兰出站后并没有离开，她来到离车站不远处的一棵大树下，左右观望后便坐在了一张长凳上。她拿出手绢，擦了擦额角的细汗，随后又将手绢塞入怀中。齐子义提着箱子，四处寻找着于兰的身影。终于，他在那棵大树下发现了那一个熟悉的身影。他提着箱子，走向于兰。于兰见齐子义向她走来，她将放在长凳上的箱子往自己这边挪动了一下。齐子义会意，将箱子与于兰的箱子放在了一起，然后坐了下来。

“长春路28号，暗号照旧。”于兰也没有看向齐子义，只是低声说完这句话后，便提起了那个原本就属于她的箱子，头也不回地走了。

齐子义还来不及跟于兰说上一句话，便看着于兰匆匆离去。不过，他心里的石头也终于落了地，他大大地松了一口气。因为于兰的帮助，齐子义顺利地将这三部电台带入了海城。任务的第一步是成功地完成了，可是接下来还有更加艰巨的任务在等待着他。

话分两头，海城车站内，两个卫兵押着那个便衣特务走进了一间作为临时审讯室的房间，身后还跟着那个少尉军官。便衣特务挣扎着，但奈何押着他的两个卫兵身强力壮，他的挣扎只是徒劳。

“你们抓我，是要负责任的！”

“负责？负什么责？”少尉军官见他都被抓了还这么气势汹汹的，心里顿时有些恼怒。

“你们放走的那个年轻女人，是我已经跟踪多时的一个共党分子，你们……”

“年轻女人？共党分子？我看你是别有用心吧！你说，你到底是什么人？！”笑话，那么漂亮的一个女人，怎么可能是什么共党分子？

“混蛋，你这是中了她的计！老子是党通局调查处的。”

行动队的三个狙击手成功地找到了少尉军官他们所在的位置，他们埋伏在对面的

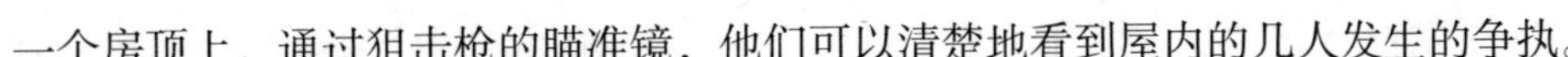

一个房顶上，通过狙击枪的瞄准镜，他们可以清楚地看到屋内的几人发生的争执。

“虎子，你看，他们这是不是在狗咬狗？”

“那不正好遂了咱们的意？”

“情况怎么样？”

“放心，都在射程之内。”

“好，立即除掉他们，虽然于兰他们已经脱离了危险，但他们抓不到咱们的同志，一旦收队时发现了问题就会有很大的麻烦。”

“好，强子，你和虎子左，我右。”

“好。”三人推弹上膛，瞄准室内的人员，扣动了扳机。“啪啪啪啪”四声清脆的枪响后，包括便衣特务和少尉军官在内的四人全部被击杀。虎子等三人从瞄准镜中确认了目标清除完毕后收枪迅速撤离。

出站口处，乘客都已经出站完毕，车站除了军统站的人，就稀稀拉拉的剩了几个路过的行人。刁胜左右看了一看，无奈地叹了口气。看来他并没有完成廖站长交代的任务，没能抓到那个潜入海城的共党地下谍报员。

“收队！”

“报告队长，不好了，我们的人正在审问被抓人员时被神秘人员狙杀了。”

“什么地方？”刁胜眉头一挑，他有不好的预感。

“就在前面的临时审讯室里。”

“快，去看看！”

刁胜跑进房间，几具尸体陈列在他的眼前。刁胜蹲下身来，仔细地检查了几人中枪的位置和倒下的位置。他通过中枪方位，大致推测出了子弹的发射方位，他向窗口望去，发现对面正好有一个可以作伏击地点的房顶。

“走，跟我走！”

刁胜一挥手，带着两个随从，向对面的房顶跑去。上了房顶，刁胜先是四处查探了一番，可是周围早已没有了人影。

“望远镜！”刁胜从随从手里接过望远镜，发现从这个地方正好可以观察到临时审讯室里的所有人员。伏击地点应该就是这里错不了了。刁队长一边思索着，一边低着头，在寻找着什么。终于，他在不远处的地上发现了几个弹壳。

“原来是这样。”刁胜更加确定了自己的想法。

七

夕阳西下，当最后一丝光线沉入地平线，大地瞬间变成了冷色调。刁胜徒劳一天，他有些沮丧地来到了廖站长的办公室，看来，被责骂一番是在所难免的了。

“……情况就是这样，没有发现可疑人员。”刁队长带着几个手下将今天的行动原原本本地向廖站长做了一个汇报。

“不可能？我的情报千真万确的，是你们办案不力，你们那么多人，都是干什么的？吃干饭的？不是抓了一个人吗？”

“是抓了一个人，他说他是党通局的侦缉调查员。说是在跟踪一个共党女人，他警告咱们给他的事搅黄了，说是要到毛局长那里控告咱们。”

“你看看，你看看，你们成事不足败事有余。”廖站长气急败坏地重重地拍了下桌子，他来回踱着步。看来那个自称是党通局的调查员就是问题的关键所在，通过他，也许能调查出些什么。廖站长稍微平息了一下心中的怒火，说道，“那就把他给我押来，我倒要看看，他怎么个告法。”

“他，他已和审问他的几个弟兄被地下组织人员全部射杀。”

廖站长一听大怒道：“什么?！都给我滚，快滚，滚得越远越好。”

众人见廖站长大怒，连忙拿起放在桌子上的帽子，鱼贯而出。

刁队长抓起桌子上的帽子，径直来到廖站长跟前说道：“站长息怒，我可以走了吗？”

“滚！”刁队长微微地松了一口气，立正敬礼后从容地戴上帽子，向外走去。

“不对，党通局怎么会……”冷静下来的廖站长重新坐在了座位上，他将刁队长所汇报的事情来来回回想了好几遍，立即拿起纸和笔在写着什么……

八

夜已深，十五的月亮高高地挂在天上，皎洁的月光洒在一座宽阔而大气的院落上。院子的四周修着高高的围墙，因为有些年代，墙面有些斑驳，被漆成朱红色的大门紧闭着。突然一辆黄包车在宅院门前停了下来。齐子义走下车来，将一个银圆递给了车夫，说道：“不用找了。”

车夫一看，用手掂了一下，没想到这深更半夜的，还拉了单大生意，于是高兴地说道：“谢了啊。”

齐子义瞧着车夫走远，谨慎地左右观察了一番后，才走上前去敲了敲门。门只开了一个缝。一个梳着两条小辫儿的小脑袋探了出来，她大眼睛忽闪忽闪地，疑惑地问道：“你找谁？”

“请问，这里可是翁宅？”

“是，你是？”

“告诉夫人，就说娘家人到了。”

“啊！是二舅还是大舅？”

“大舅，你不认识我吗？”

“早年见过，都有点陌生了。请进，大舅。”平儿谨慎而又疑惑的小脸终于绽放出了一丝笑意。她笑眯眯地将齐子义迎进了院子。

等齐子义走进院子后，平儿又向外看了看，并没有发现什么异常，便放心地将门关上。

“夫人，娘家来人了。”平儿还没走到屋子便开心地向屋内通知，齐子义跟在平儿身后。

屋内，一个手拿着拐杖的慈祥的老夫人从卧室走了出来。她嘴角带着笑意，脸上刻满了岁月的痕迹，虽然腿脚不便，但因为期待，她焦急地走了出来。任谁也想不到，这位和蔼可亲的夫人，正是中共海城地下联络站的站长——翁静娴。

平儿推门走了进来，看见了迎面走来的翁夫人，连忙扶住，说道：“夫人，来了。”

夫人笑着点了点头，说道：“辛苦了。”

齐子义放下手中的箱子，上前一步，主动地握住了翁夫人的手，说道：“如果我没猜错的话，您是静娴同志。”

“是，我是。听到你叫我同志，倍感亲切。你提前赶到，这是我想不到的。怎么？路上辛苦吧？”翁夫人用力地回握住齐子义的手，闪烁着神采的眼睛不住地在齐子义的脸上来回打量。

“有咱们的人护送和接应不辛苦，静娴同志，请安排任务吧！”

“是个急性子的人！”翁夫人笑着拍了拍齐子义的手背。

院外，一队排列整齐的巡逻兵走过。在巡逻兵的身后，还有一辆鸣着刺耳警笛的警车从远处驶来。院内，齐子义将他费尽心思带来的箱子打开，取出了装在里边的一大两小三部电台，放在桌子上。

“这下好了，咱们又有电台了。”平儿见着电台，高兴地在一旁拍手。

齐子义看着平儿如此高兴，也不自觉地笑了笑，他拿过一大一小两部电台说道：“这是集团军司令部专门给联络站配置的，这个微型的是我随身的配备。”

“能把这带进来，真的是不容易的。”翁夫人看了看三部电台，又看了看齐子义，在军统特务的严查下，能将这关键的三部电台带入海城，这无疑是如履薄冰的举动。

“是啊，多亏了咱们的地下组织。”

“这么说你已和她见上面了？”

“她是我的接头人吧？一个非常漂亮的姑娘。”回想着与于兰见面的种种，齐子义不禁为于兰的冷静与睿智所折服。

“对呀，没有说上话吧？她叫俞子涵，是个有名的冷面人。”

“什么？俞子涵？”骤然听到这个名字，齐子义的脑海中猛地浮现了另一张面容，一张他思念已久的面容，一张与于兰不同的脸庞。齐子义摇了摇头。

“我说嘛，你不会了解她的。”翁夫人看到齐子义茫然的眼神，微笑着摇了摇头。

齐子义被翁夫人的话说愣了，显然，翁夫人说的那个人齐子义是认识的，但那个人并不是他今天在火车上遇见的那个人。

“不……她不是。”

“你认识她？”

“不！我可能……可能有些迷糊了。”如果俞子涵是自己的上线，那为何今天在火车上与他接头的却是另一个女子？

“是啊，谁见到她都会情不自禁的……”

“静娴同志，你说的那个俞子涵是我的联络员？”如果这么说，那他今天在火车上遇见的，又是谁呢？

“当然，不过，按组织的纪律，我不管你认识她与否，在工作中你们都是不能见面的，只能用电台传递情报，除非有特殊的需要。”

“我懂的。”因为纪律，齐子义不能和那个他日夜思念的人见面，齐子义有些失望地垂下了自己的目光。

“由于那个褚兴的叛变，海城的地下组织遭受了前所未有的破坏，上级的意图非常明确。就是……”

“等等。”齐子义讶异于今天从翁夫人的嘴里听到了自己熟悉的名字。

“怎么回事？”

“如果我没听错的话，您说的可是褚兴？是129师的？”

“是啊，你认识？”

“岂止是认识！”

齐子义盯着桌上的茶杯，陷入了沉思，以往与褚兴相处的一幕幕，都在脑海中涌现。那时，齐子义刚完成任务，准备去向上级领导汇报，在司令部的门口，他遇见了褚兴。

“哎，褚兴。”

“啊，子义啊，刚回来？”

“是，刚回来，听说你被派往海城去了，我太羡慕了，做地下工作可是个刺激的工作，也很容易做出成绩、立功受奖的。”

“哎，可不能这么说啊！能为解放江南尽一分力量，哪能说是刺激？可不图立什么功、受什么奖，这是……”

“对对对，这是光荣而又艰巨的工作。”

“羡慕啊，就打报告去呗！”

“当然，会有这一天的。”

“好啊，我在那儿等着，咱们并肩作战。”

本应该是并肩作战的战友，现在他却成了出卖组织的叛徒，齐子义万万没想到，自己任务中将要除掉的叛徒，是自己昔日的战友。翁夫人从齐子义的种种表现中已经猜测到齐子义是认识那个叛徒的，于是说道：“那就好，这样，你就不会认错人了。”

“是，可是……”齐子义打心眼儿里不愿意相信褚兴的叛变。

“可是人是会变的，组织上要求所有海城地下党人，无论在什么时候、什么地方，都要不惜一切代价，彻底铲除这个叛徒。”

齐子义心事重重地点了点头。

“可我还是想不通，想不通褚兴为何会叛变。”

“想不通也要想通，你会想通的。战争是残酷的，地下斗争亦是如此。哎，另外，你和那个俞子涵不管是认识还是不认识，我跟你说，你俩可是单线联系。不管是社会人员还是我党的任何人都不能干预到你们的工作联系，也不应该让任何人知道你们的工作关系，这一点你必须向组织做出承诺。”

“好，我保证。”齐子义郑重地点了点头。

“那就好，是该来的时候了。”说着，翁夫人看了看腕上的手表，然后又向门外望了望。

“什么？”齐子义不明所以地跟着夫人望向门外。

“夫人，家里来人了。”门外传来平儿的声音。

“好，知道了。请你到我卧室回避一下。”翁夫人指了指自己卧室的方向。

齐子义明白了翁夫人的意图，为了安全起见，联络站里的所有人都是单线联系，所以齐子义不能与即将到来的人碰面，这是对齐子义的保护，也是对来人的保护。

“是。”齐子义起身走进卧室。

“进来。”翁夫人见齐子义已经关上了卧室门，便对着门口喊了一句。

一位微胖的中年男子走了进来，将一只箱子放在夫人面前说道：“夫人，我是不是来晚了？没事吧？”

“没有，刚刚好。”

“那好，我走了。”这只是一个短暂的接头，他的任务只是将手上的箱子送到，既然任务完成，为了安全起见，不应久留。

“平儿，送客。”

“是，夫人。”

男子走后，夫人对室内说道："出来吧。"

齐子义从卧室走了出来。翁夫人打开箱子，从里面拿出一张纸条看了一下，接着又拿出一个信封，交给齐子义，然后又将箱子里的一套国军军官样式的衣服拿出来，说道："你的身份是国民党军统站廖站长的副官，名字叫陈飞，是组织上给你设计的。原来的身份、基本情况资料都在这个信封里，你抽时间看看，是用得着的。这是我党花了很长时间，动用了许多关系给你物色的前后身份，能利用今后的身份开展工作，希望你能珍惜并不辱此行……"

"明白。"

"好，那你就在这沙发上将就一下，已经是后半夜了，明天上午你再熟悉资料。按规定，你一定要在明天下午出现在那个廖站长的办公室里。"

"是，夫人。"

"平儿。"

"知道了，夫人。"

平儿抱着被子、枕头从里屋走了出来，她将被子枕头放在沙发上。

"谢谢你，平儿。"

"说什么呢，这是我该做的。"说着将被褥铺在了沙发上。

"那你好好休息吧。"

"好，晚安。"

齐子义靠在沙发的一头躺着。明明是休息，可齐子义怎么也合不上眼。随着淮海战役的胜利，刚刚回到解放军部队的他，在不长的时间内，就完成了身份的交替，紧接着又成了国民党保密局的中校副官，还有他日夜都不能忘怀的俞子涵，尽管不能见面，但他也很满足，因为他可以用电台不断地传递和联络信息。齐子义慢慢地合上了眼……

九

虽然已经是深夜了，但是廖站长办公室里的灯依然亮着。他坐在办公桌前，不停地翻看着手里的文件。

"报告！"门外传来报告声。

"进来。"

女秘书手里拿着一个文件夹走了进来，敬礼后说道："廖站长，刚刚接到重庆特电，您的贴身侍卫官将于明天上午到达海城，这是他的基本履历。"说着，女秘书将手里的文件夹递了过去。

廖站长接过文件夹看了看，便摆手让女秘书退下了。他眼下虽然看着手里的一份履历，心里却思虑着刁队长今晚的行动，在褚兴的供认下，他们已经抓捕到了好几个潜伏在海城的中共地下情报人员，希望这次也能同样的顺利。

次日，“当当当……”蓝天白云下，教堂里传来圣洁的钟声。一群鸽子从教堂上空飞过，留下了悦耳的鸽哨声……

身穿国民党美式中校军服的齐子义来到了海城保密局军统站门前，他抬头看了看这座煞是威严的军统办公楼，这即将成为他的战场，一个惊心动魄、九死一生的地下战场。齐子义怀着忐忑而又坚定的心情踏进了这座办公大楼，因为对环境还不熟悉，他不时地向走过的军人询问着什么。

“请问廖站长的办公室？”

“左拐再右转，第三个门。”

“谢谢。”齐子义顺着卫兵指着的方向，刚刚左转，却被一个门卫挡住了前进的脚步。

“我要见廖将军。”齐子义表明了自己的来意。

“有约定吗？”

“没有。”

“那不行，站里有规定的。”

“你可以通报一下，我是……”

“有证件吗？”

齐子义忙递上证件。门卫接过来看了看，又看了看齐子义的脸，立即敬礼道：“陈副官，廖站长早就关照过了，对不起，请进。”说着递回证件。

“谢谢。”齐子义接过证件后朝廖站长的办公室走去。

“丁零零……”廖站长的办公室传出了清脆的电话铃声。

“讲。”

“站长，他来了。”

“好，我知道了。”说完，廖站长放下电话，从文件堆里找出了一份档案，仔细翻看起来。

“报告。”门外传来齐子义的报告声。

“进来。”

齐子义推门走了进来，向廖站长立正敬礼道：“廖将军好，中校副官陈飞前来报到。”

“很年轻嘛！请坐。”廖站长上下打量了齐子义一番后满意地点了点头。

“是。”齐子义坐下后，廖站长继续低着头，翻看着齐子义的档案。

齐子义看着廖站长陷入了沉思。眼前的这个廖将军就是国民党保密局海城站的站长，齐子义今后就要跟他朝夕相处了。作为站长侍卫官的他，从此就肩负着双重身份，所以一定要尽快熟悉他，熟悉这里的环境，熟悉这里的一切。

廖站长将手里的档案放到了桌上，亲切地问道："路上好走吗？"

"都很顺利。"

"住处都安排好了吗？"廖站长挂了电话转头问道。

"都安排妥了。"

"那就好。"

"报告"！门外传来刁队长的报告声。

"进来。"

刁队长急匆匆地走了进来，说道："站长，有消息了！"

"慌什么？有没有规矩了？"廖站长给刁队长使了个眼色，提醒他这个房间里还有齐子义这个外人的存在，不能在外人面前扫了军统站的面子。

刁队长看了看齐子义，明白了廖站长的意思，他又重新退回到门前立正敬礼报告道："报告。"

"进来。"

"站长……"刁队长看了看齐子义，欲言又止。

"自己人，说吧！"

"我已调查清楚，潜伏黑鹰二号提供的共军情报人员进入海城的情报无误，他的真实身份是野战军独立旅特务营营长齐子义。"

齐子义瞳孔猛然缩小，皮肤上起了一层细小的鸡皮疙瘩，他依然端坐在那里，紧张得心都快要跳出胸膛。他的身份怎么会这么快就暴露了?！而那个潜伏黑鹰二号又是何人。齐子义现在庆幸的是并没有人知道他的长相，所以他暂时还不会暴露，当务之急是要将这条重要的情报上报给组织，揪出潜伏在我军内部的特务。其他的事情，就只能走一步看一步了。齐子义舔了舔微干的嘴唇，脸上没有泄露出一丝不安的情绪。

"刁队长，我命令你，要在最短的时间内查出这个齐子义的身份，将他抓捕，不得有误。"

"是！"

"还有什么事？"

"没有了。"

"那你下去吧。"

"是。"刁胜敬礼欲转身离开。

"等等，你们还不认识吧？陈飞，从重庆调来的，我的贴身副官。"廖站长向刁队长介绍了齐子义，齐子义连忙从沙发上站了起来。

刁胜主动与齐子义握手说道：“幸会！鄙人刁胜。”

“行动队队长。”廖站长补充了一句。

“以后还请刁队长多关照。”齐子义客气地说道。

“哪里。”

“快走吧！”廖站长拍了拍刁队长的肩说道。

“是。”

刁胜走后，廖站长简单地为齐子义介绍了一下海城军统站，也为齐子义分配了任务。齐子义要尽快熟悉这里的一切，这样才能做好情报的传递工作。这海城军统站就是他新的战场，一个没有硝烟不流血但更加惊险刺激的战场。

齐子义回到住处，他摘下军帽，解开皮带，心情有些沉重地坐在了写字台前。突然想起了刁胜所说的黑鹰二号，这是个迫在眉睫的重要情报，他看了看表，迅速地从皮箱中拿出电台，戴上了耳机，发了一条电文：我军内部有间谍，代号黑鹰。

“嘀嘀嘀……”齐子义紧张地发着报，这条情报对我军抓获偷传情报的敌军间谍有着至关重要的作用。

第三章 绝处逢生

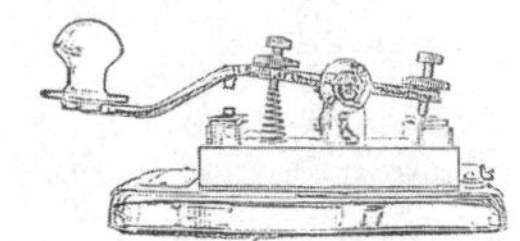

一

两个月后，街道幽深像是没有尽头，昏暗的灯光将路面染成了橘黄色。一辆警车悄悄地在大街上行驶着，警车顶上的探询器在不停地转着，车内的几个人正在调试着探测器，认真地捕捉着电台讯号。

一间杂货铺前，褚兴带着两个便衣特务正在监视着铺子内的一举一动。

刁队长带着一队人马匆匆赶来，问道：“是这里吗？”

“是这里，不会错的。”

刁队长观察了一阵说道：“吕飞，快去接应一下二队人员，到后一同行动。”

“是。”吕飞跑过拐角处，向隐蔽在街角的警车招手。

警车开近，吕飞飞身上车，站在驾驶室门前的踏板上说道：“快，前面行驶两百米，见胡同左拐。”警车顺着吕飞指的方向拐进了胡同。

刁队长见警车开近，立即走了过去说道：“快，下车。”十几个宪兵从警车里跳了下来。

“你们几个，把这个宅院前后门给我把好了，不能让一个人跑掉。”

“是。”

褚兴带领刁队长来到门前，说道：“就是这儿！”

刁队长一挥手道：“破门！”吕飞一脚将门踹开，几人快速跑进了院子。

刁队长几人持枪跑进了杂货铺。屋子里乱糟糟的，空无一人，货物散了满地。刁队长命人四处寻找，可是依然只是徒劳，刁队长愤怒地说道：“跑了！”

褚兴傻傻地站在那里：“怎么会是这样？”

刁队长一脚将地上的东西踢飞出去，说道：“怎么会是这样？你去问廖站长吧！撤！”

“是。”

二

刁队长骑着摩托车驶进海城军统站的院子，将摩托车停稳后，他急匆匆地向楼上廖站长的办公室跑去。在楼梯转角处他与正在下楼的钟参谋碰了个正着。

“哎，刁队长，听说你昨晚又捕获了一个共党地下人员？”

“昨晚没有行动。”刁队长摆了摆手搪塞道。

“是吗？可我听说……”

“听说个屁，不和你说这些无聊的东西。走啦，回见。”

“回见，立了功别忘请客啊！”

钟参谋话音未落，刁胜已经消失在了楼梯的尽头。他小跑至廖站长的办公室门前，对着门卫说道：“快，禀报站长，就说我有要事面见。”

“刁队长，现在吗？”

“是，现在。”

门卫拿起电话，拨通了廖站长办公室的电话。

“喂，好，让他进来。”电话那头传来了廖站长的声音。

门卫放下电话对刁队长说道：“站长有请。”

刁队长急匆匆地向里边走去。当他到达廖站长办公室时，齐子义正在向廖站长汇报近期的工作情况。齐子义来到海城军统站已经两个月了，可是他仍然没有获得任何有价值的情报，组织上已经不断地在催促，命他在最短的时间内查出褚兴的下落。也许是刚刚上任，军统站还不十分信任自己这个“新人”，有很多工作都没有交由齐子义来完成，这使得他十分焦急。

廖站长低头看了下齐子义递过来的报告，对刁队长说道：“怎么样，昨晚的情况怎么样？”

“昨晚失利了。”

“是吗？”

“不过，今天下午，他来电说，他又捕捉到了另一个共党市委的一个重要联络站，说是今晚……”

“什么地方？”

“他没说，说是今晚见面后……”

“这个褚兴，还卖什么关子吗？”

“褚兴可能是怕过早暴露我们的行动计划，免得又扑了空。”

齐子义一惊，原来他们说的行动与褚兴有关。再一次听到褚兴的名字，齐子义心里不免一阵阵酸楚。这个和自己一起战斗过的战友，自认为是一个彻底的布尔什维克，却在战争形势的紧要关头，走到了自己的对立面。要除掉那个褚兴，这是个机会，齐子义暗暗思索着。

廖站长看了看表，现在已经是下午五点了。

“什么时间？什么地点？”

“晚上七点，燕舞门舞厅二楼。”

离褚兴约定的时间还有两个小时，廖站长思索了一阵说道：“好，你立即去组织人员，六点钟准时集合。”

齐子义的表情有些复杂，是跟随着廖站长他们一同前往然后找个机会除掉褚兴呢，还是偷偷尾随在暗中行动呢？齐子义的脑海中一阵翻江倒海，他暗暗地下定了决心：不管用什么办法，一定要除掉这个叛徒，可是自己的人手太单薄了，会不会过早地暴露了自己……正在这时廖站长叫醒了他。

“陈飞，你和我们一起去，怎么样？”

齐子义回过神来，心想看来自己已经取得廖站长的信任，立正道：“当然，我已做好思想准备，不过，我的佩枪还在房间的箱子里，我是不是……”

“这可不行，陈副官，作为军人，什么时候都是枪不离身的。”

“站长，我可以解释吗？我想今天是来见将军您的，难道见您还需要带枪吗？”

“这可不是理由。”

“这……”

“好了，好了！就不要再解释了，快去快回，三十分钟后在门口集合。”

“是！”齐子义转身离开。

齐子义快速地走出了办公室，他现在的心情也不知道是兴奋还是有点紧张，他太需要这个机会了。深入敌人心脏这么久，他终于有了除去叛徒的机会。但想到一个人要面对那么多特务时，他顿时感到有点孤单，初来乍到对很多事情都还不清楚。突然，他想到了一个人，也许，这个人能帮助他完成除掉叛徒的任务。他想到的正是他的上线俞子涵。

齐子义从箱子里翻出一把小型勃朗宁手枪，这是他随身携带的贴身手枪，随后又拿起一支手枪小型消音器，装在枪口上，装好之后，他将这把手枪插在了腰间。紧接着他戴上枪套，将军统站配发的手枪插在枪套里。一切都已准备就绪，离廖站长给出的约定时间还有几分钟，他还得做点什么。齐子义眼睛一亮，他想到了箱子里的电台，他要和俞子涵联系，让她一定到现场来，一是配合行动，二是有一个见证，万一出现了什么意外，或是自己牺牲了，组织上也好及时派来新的同志。

齐子义马上走到窗前，将窗帘拉上，回到箱子前拿出那部微型电台。忽然他停下了手里的动作，手中拿着电台怔在了那里。今天的行动必定是九死一生的，这太危险了，他不想让俞子涵也与他一样身处险境，而且这也不符合接头的程序。齐子义纠结地摇了摇头，又看了看手表，就快要到集合的时间了，他该怎么办？

经过短暂的思考，他忽而又坚定了信念，将电台放到桌子上，戴上耳麦，开始发报。机智战胜了犹豫，齐子义坚定了自己的想法。今晚的行动太重要了，如果除不掉褚兴，那就意味着我党的地下组织会遭受更加严重的破坏。他在几分钟内将这第一份信息发出去，但愿俞子涵能够收到。至于后面会发生什么事，他已顾不得那么多了。门外已传来了“嘟嘟”的哨声和整齐的脚步声，看来集合时间已到。

三

“嘟嘟嘟……”一阵紧急的哨声响彻军统大院。

“紧急集合。”

一组队长欧阳倩与二组队长张干分别带领着十几个人在院子里站成了两排。

发报完毕，齐子义快速地将电台放入箱子里，盖上盖，将它放到了床下，然后将有些凌乱的床单拉下来盖上。齐子义站起身来，看了一下表，检查了一下枪，拿起外套，边穿边开门走了出去。

廖站长看了看腕上的手表，环视一下院内，人员已经集合完毕，只差陈副官了。

廖站长在刁队长的耳边轻语了几句，刁队长点了点头，向众人说道：“为避免昨晚情况的发生，我们今晚早做行动，一组人员埋伏在舞厅周围待命，二组进入舞厅待命。没有我的命令，不，廖站长也会在现场，一定要保护好站长的安全，没有站长的命令，不许妄自行动，明白吗？”

两队人员齐声说道：“明白。”

齐子义匆忙地从远处跑了过来，廖站长看了看手表，时针正好指向七点。廖站长一挥手，命令行动开始。

“快，上车。”众便衣队员分散开来，跑上了三辆警车。汽车陆续地急速向大门外驶去。

四

夕阳西下，大街上亮起了星星点点的灯光，熙熙攘攘的人群不停地从燕舞门歌舞厅进出着，他们穿着时尚，出手也甚是阔气。

“大哥，你可来了，我都想你了。”歌舞厅门口，一个身着紫色旗袍的女子迎了出来，挽上了一个肥头大耳的中年男人的手臂。

歌舞厅中，人声鼎沸。轻快的音乐夹杂着人们欢快的笑声，乐手们投入地演奏着美妙的音乐，舞池里的人们欢快地跳着交谊舞，五颜六色的裙摆四处飞舞，晃花了舞伴的双眼。

一曲终了，舞池中的人群也渐渐散开，舞厅经理走上舞台，说道：“安静，请安静。”舞厅逐渐安静下来。

“女士们、先生们！非常荣幸地看到你们来贵舞厅参加我城防司令的外甥女花盈盈的生日舞会，同时我也为花盈盈女士的到来感到荣幸，使今晚舞厅更加绚丽多彩、蓬荜生辉。现在有请花盈盈女士精彩亮相，请！”

只见一个身着华服，头上戴着昂贵头饰，五官精致的姑娘被人簇拥着走上了舞台。她大方地微笑着冲着台下的众人挥了挥手。舞厅里一片哗然，口哨声不断，众人议论纷纷。

“真漂亮！”

“是啊，海城一枝花嘛！”

“安静，请大家安静。下边，我们应盈盈小姐的要求，为答谢诸位的光临，由盈盈小姐领唱第一首开场曲目：《夜上海》。”经理报完幕的同时，舞厅中的灯光一暗。等灯光再次点亮时，花盈盈被几位穿着暴露的舞女围在了中间，而花盈盈也脱去了穿在身上的披肩。舞台下掌声雷动，欢呼声与口哨声不断。

《夜上海》舞曲起，花盈盈和几个舞女扭着纤细的腰肢，摆出了撩人的舞姿，花盈盈清纯好听的嗓音悠悠地传了出来。

五

燕舞门歌舞厅门前，三辆汽车停了下来。齐子义下车打开廖站长的车门，廖站长从车里下来后拉了拉坐得有些皱的披风，左右看了看，向舞厅走去。燕舞门歌舞厅的大门口站着两个持枪的卫兵，他们上前一步，拦住了廖站长的去路。

“你们是什么人？这怎么回事？”

一个领班跑了过来说道：“你们是？”

“我问你，他们是干什么的？”刁队长站在廖站长的身后问道。

“啊，是这样，今晚是花盈盈小姐包场的舞会，先生有约定吗？”

刁队长也不理会舞厅领班，径直来到警车前说道：“都下车，按计划行动。”

众人纷纷跳下汽车，列队站好。刁队长跑了几步，跟上廖站长和齐子义向舞厅走去。持枪的四个士兵依然拦在了燕舞门歌舞厅的门前。

“让开！”廖站长黑着脸一喝，卫兵一惊，下意识地躲了一躲，三人便头也不回地走了进去。

舞厅经理见来了客人，便迎上前去问道：“请问，您的位置是……”

“让开！我们去二楼。”刁队长不客气地将舞厅经理推向一旁。

“啊……是……请。”经理见几人不像是什么好惹的人物，恭敬地弯着腰将几人请上了楼。

廖站长几人走上二楼，一个便衣特务迎面跑了过来。

刁队长迎上前去问道：“哪里？”

“208号房。”

“好，知道了。你们现在下去，告诉弟兄们，20分钟后准时行动，没有特殊事情，不准上楼。”

“是。”

欧阳倩、张干看了下手表，对了对时间，相互点了点头，然后走下楼去。

刁队长安排完任务后向廖站长点了点头，几人顺着走廊向208号房间走去。齐子义也在不停地打量着周遭的环境，记下了走廊里的每一个房间号和摆放的一草一木。他必须尽快熟悉这里的环境，以备不时之需。

208号房间门前站着两个守卫的便衣特务，见廖站长走来，立马立正敬礼后，将房门打开，齐子义随着廖站长的脚步走进了208号房间。

齐子义还没来得及观察屋子的环境便听到了一个熟悉的声音：“站长，您来了？”褚兴从沙发上站了起来，弓着腰来到了廖站长的跟前。

廖站长并不答话，站在那里，直视着褚兴。

褚兴心里一阵发虚，用手比划了一下说道：“请坐，长官。”

“褚兴，你认为我们还有心思在这儿坐吗？昨天晚上是怎么回事啊？你要给我一个解释。”

齐子义看着眼前的褚兴，面对眼前昔日的战友，齐子义的心情是复杂的，一想到那么多的地下尖兵都被他出卖，齐子义有些忍不住了，不由得将手伸向了别在腰带里的手枪，就在他要拔枪时，他突然冷静了下来，他马上意识到现在还不是时候，为了更大程度地完成任务，齐子义又将摸枪的手抽了回来。

“站长，是我不好，也不知为什么走漏了风声，让他们逃脱了。可是今晚，我们一定不会扑空的，她是海城我党，不不不，是共党海城地下组织联络站的负责人翁静娴。那可是共党海城市委的直属联络站，有着非常特殊的身份……”褚兴说着狡猾地一笑。

什么？翁静娴？齐子义睁大了眼睛，但又很快地低下了头，利用军帽的帽檐遮住了眼睛，他怕他眼睛里的愤怒泄露了自己的情绪。他死死地捏着拳头，克制着自己的情绪。这个叛徒，绝不能让他得逞！

“哦？是吗？”廖站长的脸上终于露出了笑容。

“我可以拿脑袋担保，一定。”

“这可是你说的，他们可都是见证人。”

“可以，这位是……”突然褚兴看见了一个陌生而又熟悉的面孔。

“你是……”

齐子义强压怒火抬起头来，对着褚兴说道：“我们好像不认识吧！”

“不不不，你是……”褚兴的双眼紧紧地盯着齐子义，这张脸他明明非常的熟悉，可是他想不明白，这张熟悉的面庞为什么会突然出现在这里。

“我叫陈飞，你……”

“不！你……”

“怎么，你们认识？”廖站长疑惑地看着两人。

齐子义突然抬起了头，对着褚兴怒目而视。褚兴走上前去，仔仔细细地来回打量着齐子义的面孔，等他确定了他看到的这张脸正是他记忆中的那张脸之后，惊恐地马上后退了几步，说道：“你……你……你是……”

“他怎么了？”廖站长看见褚兴的脸色突然变得煞白，更加的疑惑了，他迫切地想要知道到底发生了什么。

褚兴一边退一边指着齐子义说道：“他是齐……齐子义，是……是我军，不不不，是共党……是……”

褚兴的话还来不及说完，齐子义就敏捷地从腰后抽出无声手枪来，在现场任何人都没反应过来的瞬间，一枪击中了褚兴的额头。褚兴指着齐子义的手还没来得及放下，便直直地倒在了身后的沙发上，鲜血瞬间流了一地。刁队长见状立马从震惊中清醒了过来，想要拔枪，但已来不及了，齐子义快人一步，一声细微的闷响，开枪击中了刁队长的心脏。

廖站长吓得顿时瞪圆了双眼，双手摆动着，声音颤抖着说道：“陈飞，你……你在干什么？把枪收起来，有话好说……”说着，趁机悄悄地伸手摸向腰间。

齐子义哪里不明白这是廖站长的缓兵之计，他果断地瞄准廖站长的要害，将其击毙。齐子义用不到30秒的时间解决了屋内所有的人，面对死去的三个人，他马上镇定下来，经过一番思考后，他躲在门后，然后用手有节奏地敲了几下门。不明所以的两个便衣特务打开了门，毫无防备地走了进来。齐子义连发两枪，成功地将两人击毙。这一切来得太突然了，几乎没等齐子义有任何思考的余地。虽然已经暴露了，但惩治了叛徒，也不辱此行。下一步该怎么办？齐子义只能默默祈祷他来时的设想能帮上他的忙，可俞子涵是否收到了电报，又是否能及时赶到，这一切都还是个谜。但不管怎样，他都得面对。当务之急，是要马上确定俞子涵是否来到了这里。齐子义看着倒在地上的几具尸体，沉思着，他要伪造一个案发现场，这样才能更好地洗清嫌疑。他戴上手套，将掉落在地上的几把手枪捡了起来，并将手枪放进死者的手里，又将几具尸体换了换位置，摆出了一个相互射杀的虚假现场。齐子义在脑海中来来回回分析了好几次，确认了伪造的案发现场完美无误后，他整理了一下自己的衣帽，试着将门开了一条缝，确定了外面没有人后马上走出了房间。

走廊上安静得可怕，突然，他听到了一阵脚步声。他停下了脚步，躲在了一株绿色植物旁。透过树叶的缝隙，他看到一个身穿蓝色旗袍的女子从对面一侧的房门走了过来。齐子义的脸上瞬间露出了万分欣喜的神情，款款而来的人正是俞子涵。齐子义睁大眼睛，容不得多想，立即跑上前去，还没等俞子涵反应过来，他就拉着她撞开了一间包间的房门。

“别动，是我！”齐子义止住了俞子涵的挣扎。

齐子义判断得没错，来的就是曾经和他一起工作过的、现在是他的联络搭档俞子涵，她来得太及时了。由于激动，齐子义的动作有点莽撞，可他已经顾不得这些了。

齐子义把门关上，急切地说道：“对不起，想不到你来得这么快！”

“是你？怎么会是你？这是我想不到的！接到地下组织遭到破坏后的第一份电报，竟然是你发出来的……”

“是啊，情况紧急，我只能这么做，如果说这样做违背了接头的程序和组织纪律，请你……”

“没有，快说，你要我做什么？”

“子涵，我们遇到麻烦了。”

“我知道，要不你也不会发报要我来。”

“我今晚刚随军统站的廖站长执行第一次任务，想不到来接头告密的正好是那个褚兴。”

“褚兴？那个叛徒？”

“正是，是他认出了我，我别无选择，只有把他就地正法了。随他而去的还有廖站长和他的几个随从。”

“你没事吧？”俞子涵有些担忧地上下打量了一下眼前的人。

“我没事。”齐子义见俞子涵如此在意自己，就算是在这危急的时刻，他依然露出了一丝微笑。

“你刚才说什么？你打进了军统站？”

“是，就在今天，就遇到了这样的事。”

“快说，你要我做什么？”

“我……我要你做个见证。”

“什么？什么见证？”

“不，不是，不是这个意思。我刚来第一天，就暴露了，为了弥补这个损失，子涵，你知道褚兴今晚要带特务搜捕的人是谁吗？”

“谁？”

“是翁静娴同志，所以，我别无选择，只能保护她的……”

“你的想法是？”俞子涵直截了当地问道。

“我想了一下，只有这个办法了。走，去现场！”齐子义拉着俞子涵便想往外走。

“不行，再去现场是很危险的，快，跟我走。”俞子涵摇了摇头，否定了齐子义的提议。

“不！我还有办法挽回局面的，我要继续潜伏下去，不能离开。”

“你的想法是？说说看。”

“走，跟我到现场再说。”齐子义拉着俞子涵向外跑去。齐子义和俞子涵迅速地穿过走廊，来到了208号房间。

六

舞厅外面欧阳倩带领一队女特务在巡逻，她抬手看了看时间，离刁队长规定的时间只剩五分钟了。张干也在舞厅一楼来回地踱着步，他对身边的田副队长一招手说道：“还有五分钟，请大家做好准备。”

“是。”田副队长立马安排部署人员待命。

一对小情侣互相依偎着路过张干的身边，向楼上走去。他本想阻止二人，但想了想应该没有什么大碍，现在自己这样草木皆兵，哪有一点保密局军官的气度？迈上楼梯的脚又退了回来。

“死鬼，总是叫人家来这里。”女子娇羞地拍了拍男子。

“这里不是很浪漫吗？也很清静，你难道不喜欢？”男子摸了摸女子的脸，调笑道。

“喜欢的……”

二人有说有笑地一路来到了二楼，走进了刚刚齐子义和俞子涵暂时躲避的房间。

“砰”的一声关门后，走廊里一片寂静。那一声关门的声音惊动了208号房间里正在商量对策的齐子义和俞子涵，齐子义停下了手中的动作，看了看俞子涵，他蹑手蹑脚地走到门前，将门开了一条缝，他从门缝向外观察了一下，发现并没有什么动静，便关上了门，并将门反锁。

俞子涵见没有危险，便看了看地上的几具尸体，问道：“舞厅内外是不是还有他们的人？”

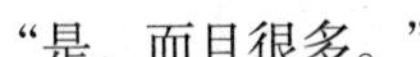

“是，而且很多。”

“那么，请你跟我离开，这里也有我们隐蔽的同志，很容易躲过他们的搜捕，也不至于暴露的。现在最好的办法就是马上撤离，不然你一旦暴露，就会有生命危险。”

“不行，我不能这样躲出去。我有一个办法是可行的，既不暴露自己，又能留在敌人内部，咱们还是地下工作的好搭档。”

“说说看。”俞子涵眼睛一亮。

“我想用自残的方式躲避敌人的怀疑。”

“什么？自残？不行，这太危险了。万一……不行，不行！快，跟我走，现在还来得及！”俞子涵眼神中的亮光瞬时暗淡，她坚决地否定了齐子义的建议。

“子涵，俞子涵同志，这不是什么好办法，如果你否定我，就一定要拿出一个比这更好的办法，你有吗？子涵同志。”

“没有，可我有一个办法保全自己，保全组织，还不至于暴露，这样不好吗？”

“我这样做，就是为了保全自己、保全组织啊！子涵同志！我们已经没有时间了。”对于俞子涵的坚决齐子义有些着急，离约定的时间只剩几分钟了，如果他们不能想出一个好的对策，那就只能束手就擒了。

时间一分一秒地流逝。

“不行，我是你的搭档，是这个组织的负责人，对于你我的撤离，我需要负责到底的。”俞子涵的态度依然非常坚定。

“可是，组织上费了那么大的心血，把我安插到了敌人的核心地方，我不忍心就这样前功尽弃了。”齐子义也依然在说服俞子涵。

“以后还会有办法的嘛！快，我们走！”

“不行，俞子涵同志！”

“紧急关头，我只有下命令了，你必须执行。”

“不！子涵同志，我必须留下来……”

七

舞厅里灯红酒绿，强劲的音乐声震耳欲聋，舞池里劲爆的舞者摆动着她们妖娆的腰肢。花盈盈和一个上校军官在舞池中尽情地跳着舞。

张干又一次看了看手表，不知为何，他有一些焦急，从舞厅里传出来的音乐也使他非常烦躁，离七点还有两分钟，张干又一次看向楼梯。

208号房间内，与楼下舞厅形成了鲜明的对比，屋子里除了两人细细的耳语静得吓人。齐子义看了看表，快要来不及了。于是他坚定地说道：“没有时间了，可是我知道你不会向我开枪的，我只有自己来了。”

“子义，你……你等等。”

“我再说一遍，子涵同志，没有时间了。”

“那也不能这样的。”俞子涵的眼眶泛着微微的泪光。

“子涵同志，相信我，我是有把握的。为了你，我也不会拿生命开玩笑的。子涵，我开枪之后，请你把我用过的这把手枪拿走，快速离开房间，谢谢你的保护。”

俞子涵厉声道：“不行！”说着快速靠近齐子义。

齐子义马上从腰间快速抽出手枪对准俞子涵说道：“请你不要过来，这样会做无谓的牺牲。”

俞子涵望着齐子义坚定的眼神，停在了那里。“子义，你怎么能这样？”俞子涵的声音有些哽咽。

“我们别无选择……”

“不！我们还有时间可以商量……”

齐子义看了看表说道：“没有时间了。”

齐子义马上把手伸向远方，把枪口对准自己的胸口，像是命令似的对俞子涵说道：“记住，这把枪一定要拿走，七点前必须离开。”说完齐子义没有一丝犹豫，拿枪的手也没有一丝颤抖，因为哪怕有一丝细微的颤抖，都有可能影响子弹的走向，这会要了他的命的。齐子义松了一个扣子，眼神里充满了坚定，朝自己的胸膛开了一枪，一声闷响，齐子义应声倒在了地上，手枪也随即脱离手掌。

俞子涵快步上前低声叫道：“子义，我的好同志。”她蹲下身来抚摸了一下齐子义苍白的脸庞，又看了看表，她得迅速离开，不然反而会拖累齐子义。她马上捡起手枪，装进包里，向门口快速走去。就在离敌人约定还有半分钟的时候，俞子涵走出了房门，她暗暗祝愿齐子义起死回生，和他一起战斗在海城。但此时俞子涵不敢懈怠，需要马上离开，这是对自己同志最好的保护。俞子涵回头看了看倒在地上的齐子义，很快地关上了门……

八

欧阳倩看了一下表喊道：“集合！”

张干几人注视着楼上的动静，接着又低头看了看时间。时间一分一秒地流逝，张干又一次看了看表。

欧阳倩跑了进来，焦急地说道：“怎么样？”

“还没有消息，不到时间呢。”张干又看了看手表。

“到了。”时针跳到了七点整，张干快步向楼梯上跑去。

俞子涵整理了一下微乱的头发和衣服，向走廊里看了一下，在确定安全了以后装作客人似的向楼梯处走去。

张干埋头往楼上走去，突然和正在下楼的俞子涵撞了个正着。一个短暂的相遇，两人互看了一眼。这样的擦肩而过好似跟平常没有什么两样，可是却给齐子义与俞子涵接下来的工作带来了许多麻烦和危险，不过这都是后话。

张干跑上二楼，却看到208号房间的门前根本没有守卫的人，张干心里一紧，不会是出了什么事吧？张干迟疑了一下，立即跑上前去推门而入。

五具尸体映入眼帘，张干脸色突然变得有些灰白，喉头发紧，低语一句："坏了！"便转身跑到走廊。

张干掏出手枪，向着天花板连发两枪，大声叫道："来人！快来人！"

在舞厅里玩乐的众人听到枪声猛然大乱起来，尖叫着朝舞厅门外跑去，一大波人与欧阳倩带领的特务们撞了个正着，欧阳倩费了好大的力气才挤过了人群向楼上跑去。

张干在走廊里对身边的人吩咐道："快，封锁舞厅，不准任何人出入。"

"是。"

欧阳倩带领着几个女特务跑了过来，张队长也带着一队人马赶到了208号房门前。

欧阳倩着急地问道："张队长，怎么回事？"

"站长几人遇害了。"张干表情严肃地说道。

"什么？"欧阳倩瞪大了眼睛，立马跑进了房间。

张干见众人还愣在那里，愤怒地吼道："愣在那里干什么，没听到让封锁舞厅吗？"说着又朝着天花板开了两枪。

众特务顿时回过了神，急急忙忙地向楼下跑去。

欧阳倩看着满地的尸体脑子一阵嗡嗡作响。事情发生得如此突然，根本没有给军统站人员任何反应的时间。

"这到底是怎么回事？"欧阳倩心中充满了疑惑。

张干也走进了房间。

欧阳倩问道："什么人干的？"

"我哪知道?！来人！"说着便打算叫人将尸体抬走。

欧阳倩抬手制止道："张干，你给我站住！"

张干和几个特务站在了那里，不明所以地看着欧阳倩。

"保护现场。"

张干回头对门口的几个特务喊道："你们还愣着干什么？快去封锁舞厅，一个人都不能放走。"

"是。"

“晚了，人都跑出去了。”

张千、欧阳倩几人分头来到几具尸体跟前，摸了摸颈动脉，然后又试了试鼻息。

一个女特务来到了齐子义的跟前，她先是摸了摸齐子义的颈动脉，有些欣喜地抬起了头，为了确定自己的判断，她又探了探齐子义的鼻息，高兴地喊道：“队长，这个人还活着。”

欧阳倩听后连忙跑到齐子义跟前试了一下他的脖颈，接着又翻眼看了一下齐子义的瞳孔，叫道：“快！叫救护车。”

九

花盈盈脸色微微发白，脸上显露出了不太高兴的神情，好好的生日舞会不知道是被哪个不长眼的狗东西给破坏了。她有些失望地在几个军官的保护下向燕舞门歌舞厅门外走去。走到门口时，却被田副队长拦了下来。

花盈盈身边的一个军官立马出声喝道：“怎么回事？你们想干什么？”

“我们长官有令，所有人员都不许离开！”

“什么？人都跑完了，你们拦截我们！”

“对不起，我不能让你们走。”

“什么？不让走？我不管这里发生了什么，但我知道是你们扰乱了我的舞会，还不让我们走。弟兄们，让他们走开！”花盈盈身为城防司令的外甥女儿，什么时候看过别人的脸色，有舅舅给撑腰，她向来是要风得风要雨得雨。她不客气地推开面前的军官，十分愤怒地说道。

花盈盈因为是办生日舞会，所以身边并没有带多少卫兵，在保密局海城站的阻挠下，她没能成功地离开燕舞门。

就在双方发生对峙的紧要关头，欧阳倩走下了楼。

一特务跑了过去，汇报道：“长官，门口发生对峙。”

“什么人？”欧阳倩皱了皱眉头问道。

“好像是城防司令部的人。”

“走，看看去……”

“都把枪放下。”欧阳倩看着两队人马都已经亮出了武器，今晚的事情本来就够复杂的了，她可不想再添什么乱子。

“这么说你就是他们的长官了？”花盈盈见终于有个能说话的主了，便走上去轻蔑地问道。

欧阳倩也没搭话，她看着花盈盈那趾高气扬的态度心里特别窝火，本不想惹什么麻烦的她改变了自己的主意。她慢步走到花盈盈跟前上下左右看了一下说道：“弟兄

们，都把他们押回舞厅，一个也不能让他们走掉！”

“你敢？别的人我不管，是我带来的人你一个都不能留！”

“这么大口气？我知道你叫花盈盈，是城防司令部马司令的外甥女，你就更应该配合我们的调查。”

“可你们是扣押我们，要调查，你明天可以到司令部去。”

“可我知道，你不是军人啊！快，把她给我押进去！”

花盈盈身边的一个上尉军官见情况不妙，偷偷地溜进了舞厅，来到了电话前，他拨了一个熟悉的号码：“给我接城防司令部……”

十

一辆救护车呼啸而来，稳稳地停在了燕舞门歌舞厅的大门口，几个医护人员拿着药箱抬着担架从救护车上跳了下来向舞厅内跑去。

张干对欧阳倩说道：“我去去就来。”说完随医护人员跑进里边。

“快！把他们都押回舞厅。”欧阳倩冲张干点了点头，随后又命人将花盈盈一伙人押回了舞厅。

医护人员冲进208号房间，检查了一下齐子义的伤情，立即招呼同事过来，说道：“快，抬走。”几个人小心地将齐子义抬上担架，抬了出去。

医院里，几个医护人员推着齐子义快速地跑进手术室，后边还紧紧跟着几个提枪的军统站军官，齐子义被推进了手术室里。护士将随行的几个便衣拦在手术室外边：“请不要跟进来，这里是手术室。”

“这是我的长官，一定要救活他……”护士也不答话，关上了房门。

无影灯开着，各种器械都被打开，手术正在紧张地进行着，田副队长在门外焦急地踱着步，几个便衣在凳子上端坐等待着。

208号房间内，一个法医在对房间里的每一个角落进行拍照。张干在监督着现场，紧跟法医观察着死尸。每检查完，他们就在尸体周围画上白线，每画完一个就抬出去。

第四章 案情疑云

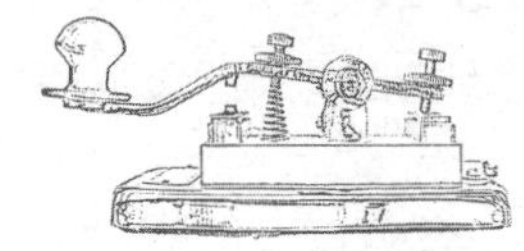

一

舞厅的接待大厅里，花盈盈被十多个特务堵在了沙发上，束手无策的花盈盈时不时地向门外望去，她身边的几个军官也显得十分的焦急，花小姐可是马司令疼爱的外甥女，要是在他们几个手上出了什么意外，他们会死无葬身之地的。

上尉军官对焦躁的花盈盈安慰道："别急，别急，咱们的人一会儿就到……"

"立正！"突然门外传来了声音。

上尉军官露出了欣喜的神情，说道："来了。"

花盈盈忽地站了起来，想往门外走，却还是被卫兵拦了下来。

一辆轿车稳稳地停在了歌舞厅门前。先是下来了一个一米八左右身着国民党军服的壮实的军官，军官下车后来到车的另一边，打开了门，只见一个少将军官走了下来，他身高不高，满脸横肉，目露凶光。他凛冽的目光扫过门前站的几个保密局军统站的士兵，鼻子里重重地哼了一声。马司令带领着身后的几名军官向舞厅走去。门口的卫兵和特务们虽然都不认识来者是何人，但他们认得来人肩上的军衔，立马都立正行礼。马司令瞧也不瞧几人，径直地走进舞厅。

十分委屈的花盈盈迎上前去，扑到马司令的怀里哭泣道："舅舅，你怎么才来呀？"

"怎么回事？"马司令拍了拍花盈盈的肩膀，轻声安慰道。

"他们不让我们回去，说要调查我们……"

"谁呀？胆量也太大了！"

欧阳倩见来人大有来头，是城防司令部的马司令，所以走上前去解释道："司令息怒，我是保密局海城站第二行动队队长欧阳倩，奉命执行特殊行动。"

马司令怒道："你，你执行特殊行动，就扣押盈盈他们？"

"是。我要扣押所有今晚参加舞会的人员。"

“放肆！你敢扣押她？好好好，我不跟你理论，让你的上司廖江石来说话。”

“廖站长他……他已为党国殉国了。”

“你说什么？他……”马司令有些惊讶地瞪大了眼睛。

“司令，就因为这，我才要扣押今晚参加舞会的人。今天晚上，我们随廖站长到这里执行任务，不明身份的人狙杀了我们的廖站长，和他同时遇难的还有我们的刁队长和他的贴身副官。我正在封锁舞厅调查此事。”欧阳倩将事情的来龙去脉说了个清楚，一方面是解释自己扣押花盈盈是事出有因，另一方面是想要安抚马司令愤怒的情绪。

“怎么发生这样的事？有什么线索吗？”堂堂海城保密局军统站的站长被杀，这可是一个重大事件。

“目前还没有。”

“要是这样，这还情有可原。我说盈盈，你搞生日舞会，怎么就单单到这里来？”

“舅舅！”花盈盈不依地跺了跺脚。

“好了，我支持你的做法，不过盈盈没有遇到过这样的事，我先把她带回去。需要调查什么，你们随时可到我家里去调查……”马司令心中已经没有了什么怒火，只要花盈盈安然无恙，他也不必这样得理不饶人。

“这不合程序，我们保密局是有条例的，她……”欧阳倩见马司令要将花盈盈领走，心里大急。

“怎么，你怀疑她？”

“不，只要到过舞厅的人，都是怀疑的对象。”

“这么说，我也是你们扣押的对象？我现在就在舞厅。”

“我不敢这么说。”

“啪”的一声脆响，马司令忽然一个耳光扇在了欧阳倩的脸上，刚刚平息下来的怒火猛然又升了起来，自己这个城防司令都退了一步，可军统站的人却给脸不要脸地揪着不放。欧阳倩被一巴掌打蒙了，脑子嗡嗡作响，嘴角也溢出了一丝血迹。周围一片静默，所有的人都愣在了原地。

欧阳倩捂住自己被打的脸说道：“将军你……”

“我告诉你，你应该马上向你们的上峰汇报。需要我配合，让毛人凤通知我，否则，概不会客！盈盈，走！”

“哼！”花盈盈路过欧阳倩的身边，上下打量了欧阳倩一眼，非常不屑地翻了个白眼，趾高气扬地跟着马司令走出了舞厅。马司令带着花盈盈扬长而去，所有的特务都看傻了。

一女特务看了看被押在舞厅里的其他几人，跑到欧阳倩身边问道：“那其他人呢？”

“关押！都给我关起来……”欧阳倩恼羞成怒地喊道。

二

五天后。一座座雪白的三层小楼整齐地排列着，每座楼的大门上都挂着一个鲜红的十字。穿着白大褂的医生护士来回穿行，虽然人来人往，却也没有很嘈杂，只有偶尔的几声低声交谈，大家都安静地做着手里的事情。

一间病房内，一个吊瓶在不断地向下滴着药水，齐子义紧闭双眼仍在昏迷当中。他脸色煞白，嘴唇龟裂，额头上还有些许汗珠。床边，站着一个身穿便服的中年人，他长着一张国字脸，严肃的表情里带着一丝担忧。一切都按预想的那样，齐子义活了下来，尽管他仍然还在昏迷之中，还没有脱离危险，但这也不失为一种好的结果。中年人在齐子义的病床前轻轻地踱了几步，又俯下身子看了看齐子义的脸。这时候，医生走了进来，对齐子义进行了一番例行检查。

中年人站在一旁，等医生检查完毕后问道：“他什么时候能够醒过来？”

“尤站长，这个我们也说不清楚，那就看他的造化了，不过，请长官放心，他的求生欲望非常强，我相信他会很快醒过来的。”

“我也相信。”尤站长沉吟道。

一个伙夫端着饭菜走进了病房，他将饭菜放在桌上后退了出去。尤放并没有吃桌上的饭菜，他依然一动不动地盯着病床上昏迷的齐子义。身穿少校军服的欧阳倩推门走进了病房，她看了看桌上没动过的饭菜，又看了看坐在病床前的尤站长，微微地叹了一口气。

欧阳倩放轻步子走到齐子义的病床前，轻声在尤站长耳旁说道：“站长，您该吃饭了。”尤站长没有理会欧阳倩。

欧阳倩以为尤站长没有听到她说话，便又凑上前去轻声叫道：“站长。”

中年人一摆手，示意欧阳倩安静。欧阳倩不再搭话，无奈地看了看昏迷了五天的齐子义。此时的齐子义感觉自己就像是陷入了一片泥潭，怎么动也动不了，他想大声地呼救，可是张大了嘴，却没能发出一点声音，他想挣扎，浑身却绵软无力。突然，昏迷中的齐子义动了动手指，尤站长看到后，立即走到他的床前，他的手又动了两下。

欧阳倩也看到了齐子义的反应，激动地说道：“站长！他……”

中年人又摆了摆手，并弯下腰，紧紧地盯着齐子义的脸。齐子义眼球动了几下，眼睛慢慢地睁开了。

欧阳倩又激动地说道：“他……他醒了。”

中年人脸上露出长久以来的第一丝笑容，直起身来。齐子义慢慢地睁开了双眼，在习惯了周围的光线后，他看到的两个模糊的身影渐渐清晰起来。

齐子义看着眼前的两个陌生人，用沙哑的声音问道："你们是……我怎么会在这里？"

欧阳倩走上前去说道："陈飞，你可醒了。啊，对啦，这是新到任的尤站长，尤站长已经在医院陪你整整五天了。"

"医院？尤站长？五天？"齐子义喃喃地说着。

"是啊，你在医院昏迷不醒，尤站长一到任就来看你，他已经在这里陪你五天了。"

"尤站长，那廖站长他……"

"五天前的那晚，廖站长和刁队长他们都为国殉职了……"

尤站长考虑到现在的齐子义还很虚弱，他用手拍了拍欧阳倩的肩膀，让她退到了后边。齐子义皱着眉头回忆着五天前发生的事情，渐渐地他想起了他昏迷前发生的所有事情。

尤站长弯下腰去，低声地对齐子义温和地说道："你还好吗？身上是不是有点疼？"

齐子义点了点头，刚刚清醒过来的大脑飞速地运转着，他没想到军统站的上层会配备得这么快，他现在必须马上清醒过来，趁着住院养伤的这段时间好好地想想应对的策略。

"不要想什么，安心养好身体，一切都会好起来的。"尤站长轻声地安慰道。

齐子义又点了点头，点头的动作牵动了伤口，一阵刺痛使得齐子义皱了皱眉头。

尤站长转身对欧阳倩说道："快去叫医生，要他们想尽一切办法，减轻病人的痛苦。"

"是。"欧阳倩随即向门外走去。

齐子义回想着昏迷前发生的一幕幕，眼前渐渐地模糊了起来，就在齐子义要再次陷入昏迷的时候，医生和几个护士从门外跑了进来。

医生戴上听诊器问道："怎么样？疼吗？"

齐子义咬着牙没有答话。眼前的症状，疼痛是不言而喻的，但齐子义已经渐渐地恢复了记忆。他能想到的是，现在还不能和他们对话，说得多就错得多，在没弄清情况之前，他必须确保自己的忍耐力战胜伤痛。

医生检查完齐子义后，对护士说道："快去取一支杜冷丁来。"

"是。"

"谢天谢地，你可算醒了过来，一切都会好起来的。疼痛是术后的反应，打一针就会好起来的，请你放心。"

齐子义回过神来看着医生，点了点头，他忍着想要昏睡的冲动，强行使自己保持着清醒。

三

张干开着一辆吉普车飞快地进院，停在病房门前，急匆匆地向齐子义的病房跑去。尤站长在病房外的会客室中踱着步，饭菜仍在桌上放着。

欧阳倩看着桌上已经放凉的饭菜，担忧地说道："站长，饭菜都凉了，我去给您热热。"说完端饭走了出去。

张干慌忙地在走廊里走着，差点与欧阳倩撞在一起。

"张干，你怎么回事？"

"对不起，他怎么样了？"

"陈飞啊？他醒了。"

"是吗？我去看看……"

张干说着走进了病房。

"站长，听说陈飞醒过来了。"

尤站长扭头看了看张干，点了点头。

"那太好了。"

齐子义认真地听着会客室里两人的谈话。

"尤站长，廖站长和褚兴及两个兄弟的葬礼已进行完毕，后边的事情怎么办？请您……"

听到这里，一切都已经明白了，齐子义有点激动，他的计划成功了！他的最终目的都按设定的实现了，不但除掉了叛徒褚兴，还使海城军统站的上层人物命丧黄泉，同时自己能圆满地起死回生。

护士给齐子义打了一针后说道："打过这一针一会儿就会起作用，你就可以好好地睡上一觉。我会告诉外边的人，不再打扰你。"齐子义虚弱地点了点头。

四

军统站办公楼中，虽然已是深夜，但尤站长并没有休息，他手里拿着几张照片和图纸，反复地观察着。他手里拿着一张现场被杀人员的关系位置的手绘图，他不断分析着和猜测着现场的人物位置关系和凶手的射击地点。他做出了几个猜测：齐子义掏枪向几个人射击，自己也被进房的卫兵射中胸口，齐子义在倒下之前又打死了卫兵。尤站长很快地又摇了摇头，想道：不对，那陈飞的佩枪不是还在身上的枪套里，而且子弹还是满满的一弹夹。尤站长否定了自己的猜测。那么还有一种可能就是，凶手持枪突然闯了进来，开枪将几人击毙，又把闯进房间的两个卫兵射杀。但尤站长又摇了摇头，想道：这是不可能的，门口的卫兵不可能是后来被射杀的……一个女人……这

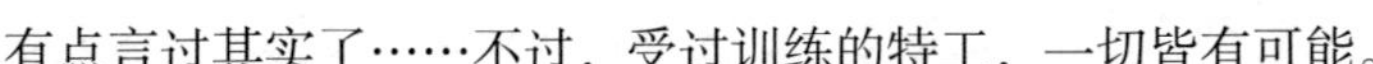

有点言过其实了……不过，受过训练的特工，一切皆有可能。

尤站长在思索着，突然，他想到了法医说的话。难道真像法医的推断？齐子义将几个人射杀之后，敲门将卫兵叫进房后又射杀，自己用枪自杀倒地？可是陈飞的枪确实是还在枪套中，他哪来的枪？这说不通啊！尤站长无奈地叹了一口气。

尤站长揉了揉有些疲倦的双眼，几个猜测都被自己推翻了，在现场到底发生了什么事情，尤站长想得有些头疼，他用手抓了抓头发，重新拿起散落在办公桌上的照片和图纸，再一次地翻看起来。

五

欧阳倩对张干说道："哎，你说，上次案情分析会上，尤站长好像怀疑案发现场有蹊跷，你说，这有可能吗？"

"我也不信，那个在楼梯上和我撞了一下的女人……不像，不像，她那么优雅，那么飘逸，又那么的漂亮……打死我也不会相信……"

欧阳倩见张干如此痴迷那个只有一面之缘的女子，心中醋意横生，说道："真的假的？你这么如痴如醉，弄得跟真的似的！真的是这样一个女人吗？"

"当然是真的，如果不是真的，我敢说出来吗？真的撞到了那个身穿蓝旗袍的美人。"

欧阳倩独自猜测着案发现场的情形，她突然想起在检查齐子义的伤口时，她老师所说的话。当时她与身为她老师的法医还有几个医生对齐子义的伤口进行了检查。

法医看完齐子义的伤口说道："怎么会呀？！这伤口可是在近距离开的枪……"

欧阳倩也看了一下说道："是啊，老师，从伤口和衣服的焦化程度看，是这样的……"

"可这不能成为证据。"

"为什么？"

"除非有一个可能。"

"什么可能？"

"等把子弹送检后再做定论吧，至少我们得知道这颗子弹是从什么枪中射向伤者的？那把枪是不是在现场中？"

"你在想什么？"张干的话语打断了欧阳倩的思路。

"杜法医可能怀疑得对，他是……"欧阳倩低声说着。

"什么？说说看。"

欧阳倩转念一想道："什么呀，你还是不知道的好。"

尤站长还在思考着，夜已经很深了，尤放却没有了睡意。他万万没有想到，自己临危受命，接到的却是一个烫手的山芋。他更想不到海城军统站和海城城防司令部是这样一个敌对状态。他回想起白天所发生的事情，为了全面了解廖站长案件的信息，他带着张干与欧阳倩来到了城防司令部。马司令正看着一张巨大的地图……

“立正。”突然门外传来声音。

尤站长带着张干与欧阳倩满脸笑容地走了进来。马司令上前两步伸出右手说道：“早就听说你来海城，今天终于见面了，请坐，请坐。”

“抱歉，抱歉，事情太多，所以老弟还需理解。”尤站长礼貌地回握。

“太理解了，老弟今天来是？哦，哼哈二将啊！”两人表面友好地握了握手后坐在了会客厅的沙发上。马司令看见尤站长身后的欧阳倩，立马想起了那晚在燕舞门歌舞厅内与其发生的冲突，有些不悦地戏谑道。

“这么说，你们都熟悉了。”尤站长不了解二人的冲突，对城防司令部能帮助破案期望更大了些。

“那当然，太熟悉了。”

“今天来嘛，一是来给老弟报到，二是想来了解一下廖站长被刺的那晚的一些情况……”

“等等，你说什么？了解廖站长被害的情况，你好像走错了地方吧？”

欧阳倩对那晚马司令扇她耳光一事心中仍然怀有愤恨，便打算今天仗着有尤站长撑腰，要来给他点颜色看看，但她见马司令表现出了不配合的态度，有些着急地说道：“马将军不会忘记，那晚您的外甥女就在案发现场呀？”

马司令站起身来，气愤地说道：“没你这么讲话的！这可是在我的办公室，如果是为那晚的事来，而且是在这个时候提起，我现在就请几位离开……”

“不不不，马司令误会了，你让我把话说完。”尤站长有些不明所以地看着突然暴怒的马司令，也跟着站起身来想要解释，却被马司令打断了话语：“没必要了吧！我跟你说，尤将军，你的前任就是一个大笨蛋，所以才招来杀身之祸！还有他的这些手下，都是些什么玩意儿？”

尤站长现在算是明白了，原来海城军统站和海城城防司令部是这样一个敌对状态，既然这样，他也不必赔着笑脸了，脸上没了笑容，说道：“我明白了，这么说今天就没有什么好谈的啦，那咱们后会有期！”

“当然，如果你调查出有我外甥女的什么事，我一定亲自绑了给你送去；如果没有，就别怪我马某人不客气了！丁副官，送客！”

副官从侧门走了出来说道：“请！”

尤站长甩了甩手，闷哼一声，头也不回地走了。

回想着马司令的种种表现，尤站长轻叹一声，回过神来，自语道：“看来，这事远不像刚来时想的那样轻松。”

看来从城防司令部入手案件的路子是行不通的，如果想要破案，还是只能从案件本身入手。

尤站长按了一下桌上的按钮说道：“马上通知，去放映室。”

放映室中，幻灯机不停地一下一下地转动，光线交替，白色的幕布上一张接着一张地出现了廖站长那天被杀的画面：有一张是现场全景；有一张是廖站长面部扭曲地躺在地上；还有一张就是齐子义腰间解开的枪和枪套，他的佩枪还在枪套里，而且经过检查，子弹也一发没少。

尤站长看着幕布上的画面一一闪过，皱了一下眉头，说道：“停！”

幕布上的画面定格在了齐子义的伤口上。尤站长揉了揉太阳穴，闭上了有些酸胀的眼睛。说不通，他所有的猜测都有漏洞，这起案件究竟是如何发生的？

六

次日，尤站长将廖站长被刺杀那晚所有参与行动的军官都集中到了办公室。所有的人都在尤站长的办公桌旁站着，而尤站长双眼紧闭像是在思索着什么。突然他睁开眼睛对张干说道：“用最快的速度将你亲眼看到的廖站长遇刺当晚发生的一幕再叙述一遍。”

“是。那天晚上，廖站长和陈飞，对，还有刁队长走上楼去。我奉命带领第一行动队的弟兄们在舞厅待命，他们上去20分钟时，我上楼去请示。”

“为什么是20分钟？”

“是廖站长交代过的，按规定，我不能提前上楼又不能延时。我是在执行行动纪律，这……”

“接着说。”

“走上楼梯，我发现门口的门卫不在，就感到问题严重，忙推开门去，当我走进房间，就发现廖站长他们都倒在客厅里，于是我就拔枪跑出门外开枪示警。”

尤站长闭着眼说道：“你忘了一个细节。”

张干想了想说道：“对不起，我已经向您叙述过三遍了，我想……我想，我没有漏掉什么细节。”

尤站长睁开眼睛说道：“在楼梯上，你碰到了什么？”

张干用手擦了擦汗说道：“对不起，站长，是我的错，是我说漏了，对不起……是我疏忽了……疏忽了……”

“不要紧张嘛！我又不是共产党，又不是在审问你。”

“当我在楼梯上向上走时，和一个……”

“是走吗？”

“不是，是快走。对，是快走，准确地说是小跑，在楼梯中部和一个身穿……身穿蓝……黄……”

“是黄还是蓝？”

欧阳倩有些担忧地看了看张干，张干又擦了擦汗说道：“对，是……是一个穿蓝旗袍的年轻女人，是一个有着优雅气质而且是很漂亮的女人，我和她撞了一下。”

“你说她是一个有着优雅气质的女人？”

“是。”

“在那样紧张的情况下，张队长还有时间欣赏什么优雅气质，而且还注意到她是一个很漂亮的女人？”

“是，长官，因为我是特工。”

“好，既然是特工，那么你在欣赏……不！就算是凭直觉的观察，那么你还感觉到了什么？”

“当时没有。”

“没有一点喘息和慌张？”

张干想了想……

“没有。”

“这可不行，你可是一个资深的军统特工。”

“是，长官，我做得不好。”

“能记住她吗？”

“站长，太匆忙了，我……不过，如果现在见到她，我一定会把她认出来的。”

“那好，你会有这么一天的。”

“后边的事情，让他们给予补充一下，我只能……”

“不用了，你们出去吧。”

张干几人同时说道：“是。”随即立正转身而去。

欧阳倩却留在了原地，她上前一步说道：“长官，请允许我说一句。”

尤站长看了看欧阳倩说道：“我不听废话。”

“是，长官，我请求组织人员调查那晚花盈盈的生日舞会，我相信……”

“你在转移我的调查思路……好了，你可以出去了。”

“是。”

七

齐子义的病房内，一个护士正在给齐子义扎针输液。

护士做完准备工作后，拉着齐子义的胳膊说道：“请握紧拳头。”

齐子义握紧拳头，皱着眉头闭上了眼。看见齐子义这个样子，小护士觉得有些好笑，问道：“怎么？还怕扎针啊？都这么大的人了。”

“对不起，我这人太脆弱了，从小就怕扎针的，从小到大有好多次……好多次晕过针。”

“不会吧？你还脆弱？听说你是在战场上……”

“没有，哎，我真的在这儿昏迷了五天才醒过来？”

“怎么？你还不相信？啊，请把手松开吧。”

“谢谢啊！”

“不用，有事，你让门口的人叫我。”

“门口？有人？是我们的人？”

“对啊。”说完门口有人打开门，小护士走了出去，门再次被关上。

齐子义明白了，他已经被监控起来了，但他所关心的倒不是这些。这些天来，他所惦记的是与组织上失去联系，和现在备受煎熬的自己的战友俞子涵的生死安危，她能顺利地离开那个惊心动魄的现场吗？

同样地，成功逃离现场的俞子涵这几天也是度日如年，她不停地用各种方式打听着齐子义的下落，可是那些都是徒劳，她现在唯一能做的，就是守在电台前，等待着齐子义主动向她发出讯号……已经六天了，还是没有任何讯号，俞子涵有点失望，齐子义的电台一直处于关机状态，组织上也没有任何回复。这短暂的几天时间，好像非常的漫长，俞子涵陷入了深深的内疚和自责之中，她不该同意齐子义那冒着生命危险的计划，当时，她就该带着齐子义逃离现场。俞子涵回忆着当时的情形，就算事情已经过去几天了，可现在想来依然让人感到心惊胆战。

八

一个穿着国民党美式军服的女军官端着一个托盘，上面放着馒头和一份炒菜。女军官走上楼梯，朝着尤站长的办公室走去，刚进入楼道，她就遇见了她的新同事，尤站长的另一个女秘书——韦佳。

“安然，你这是……”

“我给尤站长送点吃的，厨房师傅说，尤站长已经几顿没有吃饭了。”

“是吗？走，一起去，我去送份文件。”

尤站长仍然在研究着案发当晚的照片和资料，连安然与韦佳走近他的身边都没有发现。

“站长，吃点饭吧，您都几顿没有吃东西了。”说着将饭菜放到桌上。

韦佳也将手里的文件递了过去，说道：“长官，您要的文件。”

“好。”尤站长接过文件，放在一边。

韦佳见尤站长没有别的吩咐，便转身离开，却被尤站长叫住了：“等等。”

韦佳站在那里，又转身道：“长官有何吩咐？”

“韦佳，我问你，如果你在外出执行任务时，偶遇你的仇人，你会怎么办？”

“仇人？我没有仇人呀！什么仇人？”韦佳一脸疑惑地看着尤站长。

“有关你仕途或生死的仇人。”

“如果是这样，我会杀了他。”

“那，如果是你的上司在场呢？”

“不知道，长官，我从来没有遇到这样的情况。没有这样的应变能力，所以……所以……”

“安然，你会怎样？”

安然想了想，说道：“我会视情况而定，如果……”

“如果你的长官也是你的敌对方，你又会怎么样呢？”

“那就看我的假设敌的需要了。”

韦佳听到安然的回答后一脸惊奇地看着安然。

“哈哈哈，好一个需要！好了，你们去吧。”

两人立正同声地：“是。”

九

为了进一步了解案情，尤站长临时安排了一个案情分析会议。在会议室里，坐在桌旁的军官们三三两两地低着头在窃窃私语。

“立正。”突然门外传来喊声。

尤站长走了进来，入位后向大家摆了一下手示意大家坐下。两排男女军官立即将帽子双手托着取下来，齐刷刷地坐下后，将帽子放在自己面前的桌上。

尤站长的目光从每个人的脸上扫过一遍后说道：“我想知道你们这几天调查的情况。”

侦缉队副队长吴天站了起来说道：“第一行动队几天来，对廖站长殉职的那天晚上二楼的情况做了详细的调查，没有发现有可疑的情况。从一楼楼梯进入二楼的那对情侣也已找到，经审问他们好像对当晚发生的事一点都不知晓，后经前厅的经理证实，他们不是一对刚来舞厅的消费人员，而是经常光顾二楼包间的老顾客。所以，我们就把他们放了……”

“我很关注那个身穿蓝旗袍的女人。”尤站长拿着一支笔，比画了一下。

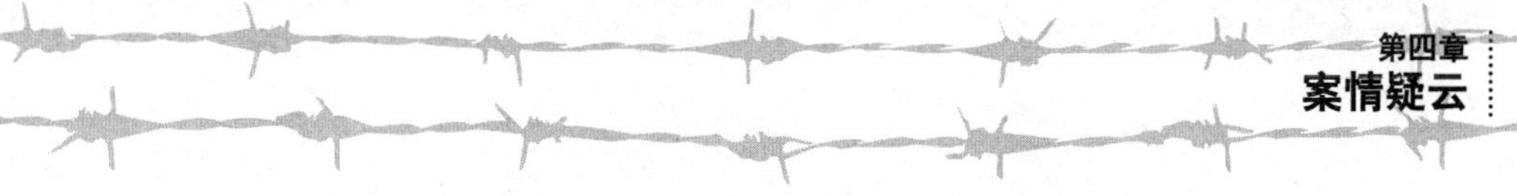

“我们正在全力调查，据经理讲，他记不起来有个这样穿戴而且有气质的女人。”

“他在说谎，作为一个合格的舞厅经理，任何女人都逃不过他的眼睛，何况还是一个……把他抓起来，一定要做深度审问。”

“是。”

“你们二队，该不会让我失望吧？”

行动二队副队长吕飞站起来说道：“站长，吕飞让您失望了，我们对全舞厅的人像过筛子一样捋了几遍，没有发现可疑人员。舞厅外的范围内也没有调查到有价值的线索，所以……所以……”

“没必要说下去了，就今天这个会是个垃圾会议，我真不敢想象……你们在座的，应该是我们海城军统站的精英了吧，可是……”尤站长用手点了点几个在座的人。

张干、吴天、欧阳倩、吕飞心虚地低下了头。

“怎么？无地自容了？把头给我抬起来，我尤放不会把你们怎么样的！我需要你们再做深入地调查。”

几个人把头抬起来说道：“是。”

“不过，我有一句话要放在这里，你们都给我听着，我尤放不想成为第二个廖江石，散会。”尤站长说完话站起身来大步走了出去。

审讯室中，鞭子的抽打声和舞厅经理的叫喊声不绝于耳。行动二队副队长吕飞在焦急地踱着步，对这个舞厅经理的审讯已经持续了几天了，可是连一点进展都没有，如果他再问不出点什么，尤站长就会拿他是问，他可承受不住这个新到任站长的怒火。他的眼睛中，狠厉的光芒一闪而过。

“上电刑！”吕飞大手一挥，吩咐道。

“是。电刑！”

本就昏暗的审讯室中气氛变得更加诡异。他们将舞厅经理押到了一张特制的椅子上，一个打手合上了电闸，电灯因电压的关系不停地闪烁着。经理大叫一声，浑身颤抖，口吐白沫，眼睛泛白，不到一分钟，他便晕死了过去。

俞子涵坐在电台前认真地接收着电报，“嘀嘀嘀……”有节奏的电报声不绝于耳。突然，一只鸽子飞到窗台上“咕咕”地叫着。俞子涵看到鸽子，把电报收完，摘下耳麦，打开窗子，将鸽子双手抱着拿进来，并快速地将鸽子腿上的竹筒盖子拔开，从里边顺出一个纸条来展开看了一下，用笔在上面打了一个钩，又马上将其装在筒里，盖上盖子，将鸽子送出窗外，鸽子腾空而起飞向天空。俞子涵关上窗户，拿起一个小纸棒慢慢地展开看了一下，并把纸条送进嘴里。完毕，她马上穿上外套向外走去。

第五章　将计就计

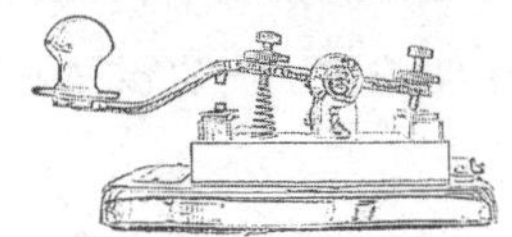

一

伤痛给齐子义带来的痛苦是不言而喻的，但他依靠自己的毅力扛过了危险期。现在，他的心里，最放心不下的就是被掐断联系的地下组织和曾经朝夕相处过的俞子涵。他站在窗前做着伸展运动进行恢复练习，几轮动作以后，他用手摸了摸因为牵拉而非常疼痛的胸口，齐子义咬紧牙关，忍着疼痛，脸色微白，额角的细汗聚在一起，滴在了雪白的病服上。他不能再坐以待毙了，必须得从这个囚笼出去。越是早一秒钟掌握当前的局面，胜算就越大一分。

一个护士推门走了进来说道："长官，该打针了。"

齐子义做了几次深呼吸，恢复到自然的状态。

护士见齐子义半天没有动作，问道："怎么样？趴到床上去。"

"什么？还打针啊！我不好了吗？"

"怎么？不耐烦了？"

"不是，这……你看，这不好了吗？怎么还不让出院？"齐子义说着又忍着疼痛伸展了几下胳膊。

护士看见齐子义的动作，无奈地笑了笑，说道："你跟我说没用的，快，趴下。"

"怎么没用？你……"

"你看，我只是一个小小的护士，你上有长官是吧？我上有军医是吧？这你总该懂吧！"

"是这个理，可你的所见所闻可以给他们提个建议吧！"

"没用的，我所管的是，现在你应该听我的，打针。"

齐子义见说不通眼前的这个小护士，便不情愿地趴在了床上。

二

对舞厅经理的审讯仍在继续。只见那微胖的舞厅经理经过这么几天的折磨已经瘦得不成人形，身上布满了血污和密密麻麻的伤口，他双眼无神，目光呆滞，肿胀的嘴唇已经闭不上了，不停地流着唾液。

吴天走上前去，看着满脸是血的经理狠狠地道：“你到底是说还是不说？”

面对吴天的审问，舞厅经理已经没有了抬起头的力气，他低着头说道：“长官，长……官，我……确实不……不知道……不知道啊！”

吴天见舞厅经理仍旧是这样冥顽不灵，愤怒地一挥手，打手又将电椅的电闸推了上去。

“啊！”舞厅经理眼眶红肿，眼睛微突，发出一阵刺耳的尖叫声。

三

翁夫人接到了俞子涵传来的紧急电报，她伪装成一名贵妇，坐在亭子里看着风景。

平儿匆匆地走到亭子里向夫人低声说道：“夫人，她来了。”

夫人也低声说道：“好，你去吧，注意观察周围的动静。如果没有特殊情况，20分钟后回来接我。”

“是。”

俞子涵从一条小路上走了过来，并装作不经意的样子走上了亭子。她从包里拿出一把扇子，边扇边自言自语地说道：“这鬼天气，太热了。”

翁夫人笑了笑，装作和路人聊天的样子说道：“这心静自然凉，来，坐下歇一会儿。”

“谢谢。”俞子涵礼貌地道谢后便坐了下来。

翁夫人也不看俞子涵，看着远处的风景小声地问道：“有消息了吗？”俞子涵摇了摇头。

“看来，敌人将消息封锁得很严，我们的同志把全市的医院都跑了个遍，也没有探听到一点齐子义受伤住院的信息，难道……”

“别说了，站长，我真的……真的后悔死了，我怎么能让他……我没有阻止住他那样做，我对不起齐子义和组织上所有的同志……”俞子涵的眼中有了泪水。

“子涵啊，现在不是检讨和追查责任的时候，上级指示我们，要振作精神，把近期工作做细致做好。”

俞子涵用手帕擦了擦快要溢出眼眶的眼泪说道：“上级有了新的指示？”

“上级要求：第一，要我们不惜一切代价找到齐子义同志的下落，并仍然做好保密工作，不能泄露任何有关齐子义受伤或是……因为侦察不到任何线索，这就说明敌人也在严守着这个秘密，一点闪失就会辜负了子义同志的意愿。”俞子涵点了点头。

“第二，潜伏在敌人内部的同志报告，最近敌人又增派了一辆专门用于捕捉电台讯号的巡逻检测车，昼夜在大街小巷内进行巡逻和检测。所以上级要求我们，不是特殊情况就要减少使用电台的次数；如果遇到特殊情况必须要用，一定要启用新的密电码，发一次报换一个地方，明白吗？”

“明白。”

“另外，以后咱俩也暂不能用电台联络，要多用信鸽，直到子义同志有了消息。”

“明白，这么说你也相信子义同志他还……”

“你说呢？”

“但是，不用电台这并不意味着让你关掉电台。上级要求将你那部电台不分昼夜依旧开机，直到接收到子义的电台讯号为止。只是……只是辛苦你了，也要昼夜坚守……”

“这没问题。”

“我们等着你的消息。”

俞子涵脸上露出了一丝苦笑，说道：“是，站长。这是不是意味着组织上相信齐子义同志还活着，而不是……”

“当然，你难道失去信心了吗？……”

“当然没有，如果是这样，那就好，我……这就是组织上给我最大的包容和宽慰。”

“子涵同志，你是个聪慧而又坚强的同志，任何时候都要相信自己，更要相信子义同志……”

“是……不过我还是担心……”

平儿在竹林里望着风，突然她看见一队身穿便衣的特务在鬼鬼祟祟地左右观察着，她连忙朝着亭子的方向吹了一声口哨。翁夫人和俞子涵同时听到了哨声，抬头向竹林外看去，看到有几个便衣特务向这里走来。

翁夫人整理了一下鬓角的发丝，说道：“好了，咱们该分手了，我先走了。”

“是。走好，夫人，您慢点。”

翁夫人站了几下才站起来，说道：“人老了，腿脚不利索了，还是你们年轻人好啊！”

几个特务路过两人身边，审视一番没有发现异样后，便离开了。

“让我送您一程。”

“这哪行啊？咱们又不顺路。不用了，你看，平儿来了。”

平儿跑了过来，搀起了夫人，朝俞子涵不易察觉地点了点头，扶着翁夫人走了。

四

一辆汽车在林中公路上疾驶，尤站长与张干坐在车内。

尤站长说道："立即把那部电台送回陈副官的房间，将房间内的一切设施全部复原，不能有任何闪失、任何破绽。"

"是。"

原来尤站长早就命张干对齐子义的房间进行了搜查，并且还搜到了齐子义的那部私人电台。

"除电台外，还有没有其他发现？"

"暂时没有。"

"那么，你认为这……"

"这不合常理啊！"

"说说看。"

"他怎么……他怎么能有一部私人电台呢？这电台可是专属物资，按规定，他这样没有申报就属于私藏电台，依他的身份和工作性质，是要受到纪律追究的。"

"也许，这有他的道理，不过要严加……"

"长官，我来调查这件事。"

"不不不，你怎么调查？你怎么发现和知道他有电台？你这不是自我暴露吗？"

"那……"

"只有从长计议了。"

"是。"

汽车颠簸着疾驶而去。

五

海城保密局军统站办公大楼内，韦佳和安然正在整理着手里的文件，伴着"嗒嗒"的脚步声，欧阳倩走了进来。

韦佳有些诧异地看着欧阳倩，问道："欧阳队长，今天怎么有时间到我们这里来了？"

"怎么？这将门之地，只有你俩……"

安然打趣道："韦姐，你以为她是找我们俩啊，人家是来看尤长官的，是吧，欧阳大队长？"

欧阳倩不理会两人的调笑，一本正经地问道："少嬉皮笑脸的，尤站长呢？"

安然做了个鬼脸，看了看韦佳说道："没错吧！"

"好像跟张队长去了医院，怎么，张队长没跟你请示？"韦佳意味深长地与安然对望一眼，然后说道。

"无聊，这哪跟哪嘛！"欧阳倩并不理会二人的揶揄。

"对呀，谁不知道你们……"安然意味不明地笑了笑说道。

"别扯，我找站长有重要事情汇报。走啦，不送。"说完扭头而出。

安然和韦佳对视一眼，都看出了对方眼中戏谑的笑意。

六

尤站长的汽车驶到医院门口，张干从车窗递出证件后，汽车被放行。汽车一路驶进院里，停在了住院楼的大门前。尤站长带着几个随从下了车，向医院住院楼走去。尽管陈飞的伤情及手术做得是异常的成功，但尤放的心里是那样的不轻松。法医给的结论使他更加疑虑重重，他已下定决心要亲自把这件事一抓到底，他想用自己的方法去发现一些蛛丝马迹。

尤站长的表情有些凝重，走到医生办公室，一个军医迎了上来，说道："长官，您来了？"

尤站长点了点头，问道："怎么样？"

"长官说的是陈飞？"

"你说呢？"

"伤口已经没有大碍了。"

"你是说他可以出院了？"

军医摇了摇头。

张干说道："电话上不是说，可以……"

"是这样，按说……不过，就他的体质而言，说实话，我还真的没见过这样的伤者。这毫厘之差就会伤及心脏的人，竟然恢复得这么快。"

尤站长有些不耐烦地问道："你是说你的医术很高明？"

"不不不，没有这个意思。如果尤站长需要带他走，我想也是可以的。只是他的伤口还没有拆线，而且心脏刺伤的边缘部分还没有完全愈合，还不能做剧烈的活动。为防止感染，还需定时服药打针……"

"这不是废话吗？"

"长官，给陈飞从做手术到后期的医疗，我是严格遵循长官们的意见行事的。这位长官不是说，当然，是打电话过来说的……所以，这只能是按需而行事了。"

"不用说了，走，去看看再说。"

“是。”

这时的齐子义正在病房里做着俯卧撑，虽然每做一次，他都疼痛难忍，但还是坚持做着，一下、两下……守在门口的两个便衣将病房门打开，尤站长几人悄无声息地走进了病房，齐子义满头大汗，脸涨得通红，眼睛坚定地望着前方，认真地做着俯卧撑，并没有看到进了病房的尤站长。

军医见到正在做俯卧撑的齐子义，惊叫着跑到齐子义身边说道：“陈飞，你……你不要命了，快停下。快，把他扶到床上去。”几名护士连忙上前，手忙脚乱地搀着齐子义的胳膊，想把他从地上拽起来。

齐子义又坚持做了一下，对前来扶他的护士说道：“没问题的，你们都让开。”齐子义仍然固执地不肯起来，突然，在他视线范围内出现了一双脚，他顺着那双脚抬头看去，看见了尤站长严肃的面孔。

齐子义一激灵爬了起来，立正后向尤站长敬了一个礼，道：“不知长官驾到，属下失礼啦。”

尤站长还了一个礼说道：“看来，你好多了。”

“不，长官，不是好多了，而是……反正，您也应该看到了，我认为我已经痊愈了，可以上班了。”齐子义看了看军医，用坚定的眼神望着尤站长。

尤站长也扭头看看军医，想听听军医的意见。

军医连忙摆手说道：“我不敢这么说。”

“不是，张军医，不是你说我……”齐子义见军医还是不赞成他出院，心里一阵紧张，连忙反驳道。

尤站长挥手，制止了齐子义的话语，说道：“不要多说了，既然这样，我可以听从你的意见，收拾一下跟我走。不过，每天还需要回医院服药、打针。”

军医点了点头赞成了尤站长的提议。

齐子义开心地一笑，说道：“是，长官。”

“来人。”

门外守卫的两个便衣走了进来。

“帮助陈飞收拾东西，马上跟我走。”尤站长吩咐着走出了病房。

七

军统站的体能训练场内，几个女特工正在训练。

一个女特工趁着休息的时间对着另外的几个女兵说道：“听说陈副官就要出院了。”

欧阳倩轻步走向训练场，老远就听到了女兵们叽叽喳喳的讨论的声音，她停下了脚步，仔细地听着她们谈话的内容。

女特工小珍望着天空满脸梦幻般地憧憬，说道："他可是咱们站上出众的帅男子，你们说他会不会有女朋友了？要是没有……"

在小珍旁边的李齐豫笑着说道："看把你美的，小心患上痴情症。"

王萌也停下了手中的动作，帮着李齐豫说道："你就别想了，那还不知道会便宜哪个花花女，咱们干基层特工的没这个福分啦……"

欧阳倩站在几人背后，实在是听不下去了，走上前去喝道："什么花花女、帅男子的，再胡思乱想的，小心我拿纪律说事。训练不好好训练，以后上了战场有你们的苦果子吃！好啦，专心训练……"几个女兵被突然发声的欧阳倩吓了一大跳，连忙转身继续自己的训练。欧阳倩听了几人的谈话，哪还有心思指点这几个黄毛丫头，她这几天的心思可都在那个帅气的齐子义身上，现在听说齐子义快回来了，她得赶快去打扮一番，抓住这个好机会。说完话便朝着自己的住处走去。欧阳倩回到住处，关门靠在门上想着：几个黄毛丫头都有这样的心思，看来，我欧阳倩的机会来了。

八

俞子涵依然焦急地等待着有关齐子义的消息，她每天坚守在电台前，不停地接收和发送电报。"嘀嘀嘀"的电报声中混杂着"沙沙沙"的钢笔与纸张摩擦的声音，俞子涵接收完毕后又马上译出了这条情报。

"请告之齐子义的有关情况。"俞子涵轻声念出了电报的内容，念完后无奈地叹了口气，摇了摇头。面对上级的电报，俞子涵没有新的情况可以使上级了解到齐子义的生死信息。连日来她已为没能阻止齐子义的自残行为而备受自责和煎熬，更是费尽周折去了解齐子义的有关信息，却都以失败而告终。难道他……俞子涵不敢想下去。她又拿起耳麦戴上，开始发报。

翁夫人坐在客厅里，手里端着茶杯，平儿走上来问道："夫人，您找我？"

"三号电台有没有信号？"

"没有，是不是开机呼叫一下？"

"不行，这样也许会暴露的，只有等待了。你去吧，可以打开电台，但不能呼叫，要耐心等待。"

"明白。"

九

尤站长的车驶到军统站门口时，行动队二队的副队长皮娜正在大门旁的射击场地对几个女特工进行射击训练。几人看见尤站长的车驶来，纷纷停下手中的动作行礼，门口的几个卫兵也立正行持枪礼。

尤站长的车开进了院，汽车停在了楼前，张干下车为尤站长和齐子义打开车门，两人双双下车后向办公楼里走去。齐子义跟随着尤站长走上楼梯，再次踏进这个熟悉而又陌生的地方，这使得齐子义的内心产生了此许的微妙感觉。虽然他已经潜入军统站有一段时间了，可是这仅仅是他第二次来到这个地方，他深深地吸了一口气，装作平常的样子，现在他的身份是尤站长的贴身副官，是陈飞，他要称职地扮演好这个角色。刚上楼，一个少尉军官迎面走了过来，向尤站长敬礼并在与张干擦肩而过的时候偷偷地朝着张干打了个手势。

张干会意闪身留在了后边问道："什么事？快说！"

少尉小心地轻声说道："那部电台已检查完毕。"

"说。"

"那是一个德制普通电台，没有发现有特殊的功能。这在我军配备上非常普遍，目前，使用次数不多，请长官指示。"

"尤站长不是说过了吗？马上将它放回到陈飞的房间去，并恢复原有状态，去吧。"

"是。"

尤站长没有给齐子义任何的准备时间，直接将齐子义带到了放映室，也只有在齐子义毫无准备的情况下他所表现出来的举动才是真实可信的，而且尤站长想要破案的心情已经迫切到了不能再等一分一秒的地步。他已经吩咐张干做好了准备，他要亲自对这个陈副官进行考察。接下来只要观察齐子义的一举一动便能看出他是否有嫌疑。

看见尤站长走进来，韦佳和放映员站起身来立正。

"坐吧。"尤站长坐在了放映机旁的一个沙发上。

白色的幕布上，画面定格在了一个满脸是伤的女人上。齐子义看着幕布上那个身穿蓝色旗袍的女子，无论从衣着还是身形上来看，都和他那天遇见的俞子涵一模一样，只是照片中的女人头发凌乱地耷拉着，遮住了满是血污的脸庞，让齐子义不能确定这照片上的人是否就真的是俞子涵，他的心一紧，像是被人捏了一把。开始了，军统站对他特殊的审讯开始了，他知道事情不可能像他想象的那样简单。他先镇定了自己的情绪，跟着尤站长坐了下来。这时的尤放也用余光观察着齐子义的一举一动，但齐子义除了看了看幕布上的照片外并没有其他的举动，脸上除了有些疑惑也没有其他的表情。

齐子义看向幕布不动声色地问道："站长，这是？"

"我听说你多次提到并一再发誓要抓到打你一枪的人，并发誓要为廖站长几人报仇，很幸运这个人我们已经抓到了，只是在你住院期间，没有告诉你。陈飞，难道你不愿意知道她是谁吗？”

齐子义喉头一阵干涩，声音微哑，说道：“当然，她是谁？是她吗？我要杀了她！”由于激动，齐子义胸口一阵抽痛，他皱着眉头用手捂了一下胸口，轻哼了几声。站在齐子义身旁的韦佳有些担忧地看了看他。

“不要激动嘛，她现在也是受伤严重，要不是这样，我会马上交给你亲自审问她。”尤站长继续演着他安排的一出戏。

“那么……我……我现在能够见她真人一下吗？”齐子义试探地提出是否能见见照片上的这个女人，如果尤站长不同意他的提议，这就说明这张照片的真实性还值得怀疑；如果尤站长同意了他的要求，只要能见到照片中的这个人，他就一定能认出照片上的这个女人是否是俞子涵，只要能确认这个人的身份，才能确定接下来的行动。

尤站长听到齐子义的要求，想也没想便一口答应地说道：“当然可以，好，你等着。”说完便向韦佳一招手，韦佳拿来电话，把话筒递给尤站长。

“给我接监狱……”

齐子义在旁边又是一阵紧张，尤站长怎么这么轻易就同意了他的提议，难道他们真的抓了这样的一个人？齐子义已经非常仔细地看了幕布上显示的照片，幻灯片上的女人的气质与俞子涵并不太相同，可是尤放将电话打向监狱，同样似一个晴天霹雳，使他陷入了激烈的思绪中。难道子涵没有来得及离开现场？要是这样，这个他精心设计的计划……不，不会的，也许，齐子义真的有些茫然，又有些紧张，他强压着心里的一股冲动，尽量让自己表现得更加自然。

尤站长放下电话说道：“陈飞，陈飞。”

齐子义回过神来，说道：“是，站长。”

“怎么，你好像走神了？”

齐子义马上回答道：“是，站长，一听到马上就能见到杀害我的凶手，我是有些激动，而且您还要我亲自审问她……”

“不不不，现在还不行，她现在还说不成话，还在昏迷之中，再说，她还需要治疗……而你也需要……”

“那么，我可以见到她吗？”

“走，去监狱。”

“是。”齐子义跟随着尤站长走了出去。

走到放映室门口时张干走了过来，在尤站长耳旁耳语了几句。尤站长点了点头，低声吩咐了张干几句，然后对着齐子义说道：“走，一起去西山监狱。”

“是。”

汽车向城南监狱驶去，虽然从军统站到城南监狱只有20分钟的车程，可在齐子义的心中就像是过了几个世纪那样的漫长。到了监狱一切很快就会清楚了，齐子义强压着内心的酸痛，力争使自己的心平静下来。此行不管是真是假，一定不能让自己的表现露出任何破绽。他为了不使自己的眼睛泄露自己的情绪，装作疲倦的样子闭上了眼睛。尤站长不时地观察着他，他除了因为舟车劳顿而脸色有些发白外，并没有什么让人疑惑的神态和举动，尤站长开始有点怀疑自己的猜测。

十

“咚咚咚……”突然而来的敲门声打断了欧阳倩的思考。欧阳倩非常不悦且不情愿地打开房门，皮娜站在门外，说道：“对不起，长官，有要紧事。”

“讲！”

皮娜凑到欧阳倩耳边，说道：“收到密报，一伙共产党地下组织将要通过城门前往解放区。”

欧阳倩表情立马变得严肃起来，说道：“马上集合全队人员，全副武装到院里集合。快去，我马上就到。”

“是。”

十一

乌云蔽月，遮住了皎洁的月光，路上已经没有了行人，偶尔路过的野猫发出撕心裂肺的嚎叫。“嘀嘀嘀”的电报声响从野战军司令部电讯处内传出，几个电讯人员低着头忙碌着自己的工作。

一个军官走了进来，来到一个接收电讯人员的桌前。电讯人员接收完电报，一抬头便看到了站在他桌前的军官，想起了这位军官前两天说过要找他借阅一本书籍的事情，说道：“汪科长，过来拿书的吗？”

“是呀，打扰到你了吗？”

“没有没有，我去给您拿去。”说着将接收的电报翻过来扣在桌面上便进了里屋。

汪科长的目光随着电讯人员到了里屋，见电讯人员四处翻找书籍，连忙将刚刚那张电报纸翻了过来，迅速地浏览了一遍后又将其回复原状，他心中默念着刚刚偷看到的密电码，牢记于心。电讯人员拿着一本书走了出来，将书双手递给汪科长。

汪科长接过书籍，笑了笑说道：“看完马上返还你。”

“没问题的。”

汪科长脑子里不停地重复着自己刚刚偷看到的内容，生怕自己忘记，他急忙地走进自己的房间，关好门窗拉严窗帘后，把书放在桌子上，回忆着刚刚所看到的内容，将内容写在了一张纸上，装进衣袋，然后趁着四下无人走了出去。他偷偷摸摸地来到了一处破旧的空房旁，将写满内容的纸条塞进了房子围墙的一个石缝中，为了安全起见，他还用石块将洞口堵上，正在他起身想要离开时，两只手枪指向了汪科长的脑袋。

汪科长一惊，说道："你们想干什么？"

解放军反问道："你又是在干什么？"

汪科长狡辩道："没干什么。"

解放军走到围墙旁，将汪科长藏好的字条取了出来，问道："没干什么？那这是什么？"

汪科长脸色发白，百口莫辩。

解放军接着说道："汪科长，你这个潜伏特务，我们已经注意你多时了。走！"

两名解放军押着汪科长远去，多亏了齐子义的情报，解放军野战军司令部成功地抓到了那名代号为黑鹰的特务。

十二

话分两头，尤站长带着齐子义抵达城南监狱。城南监狱里空气潮湿，到处都充斥着一种刺鼻的馊臭味，几人路过水沟时惊起了一群绿头苍蝇，两旁的监狱内还时不时地传出犯人怪异的尖叫。典狱长带着尤站长几人穿过几个铁门，又走过一段地下楼梯，走到一间地下囚室前停了下来。

尤站长看室内太暗便命令道："打开灯！"

"是。"典狱长打开了灯，囚室里亮起灯来。

齐子义看到在囚室一角的地铺上，躺着一个披头散发的女人，不禁上前一步想要看清那个女人的脸，可是距离太远，这只是徒劳。齐子义打量着被捕女子，而尤站长却目不转睛地盯着齐子义，生怕错过了齐子义面部肌肉的任何一丝颤抖。

齐子义强压着激动的心情，诧异地想：怎么，难道他们真的……

牢里的囚犯看见了来人，微微地一侧身，露出了一点自己的脸庞。齐子义不禁睁大了双眼，那是一张神似俞子涵的面孔，难道真的是她？齐子义在不住地打量着眼前的女人。尤站长与张干也在注意着齐子义的一言一行。看着眼前的情景，齐子义有点支撑不住了，可他仍然不相信这是真的，他马上意识到，眼前的这个女人虽然神似俞子涵，但凭俞子涵的能力和经验，她绝不会脱离不了现场，更不会被抓。齐子义脑海中浮现出与俞子涵相处的点点滴滴，他坚定地相信俞子涵的能力，脑海中瞬间闪过无数种可能。这是试探，只有将计就计了。

齐子义马上激动地叫道："枪！给我枪！"说着就要去拔典狱长的枪。

典狱长护了一下，道："你想干什么？"

张干一惊，也护住自己的枪。

"我要你的枪，我要亲手毙了她！"说着仍然去拔典狱长的枪。

典狱长求救似的看着尤站长。

尤站长大声吼道："放肆！住手！"

齐子义愤恨地说道："我要杀了她！"

听到齐子义激动的话语，躺在那里的女人身体剧烈地抖动起来，她眼睛睁大求助似的看向尤站长。就在女人转头的瞬间，齐子义分明看到了女人脖子上有一个明显的胎记，俞子涵的脖子上没有胎记！齐子义紧绷着的神经终于放松了，眼前的一切都清楚了。自己一个简单的试探，使敌人伎俩暴露无遗，这就说明他们根本就没有抓住俞子涵，他为俞子涵的顺利脱身而高兴。不过，齐子义知道现在还不能放松自己，这出戏还得继续演下去。尤站长向典狱长使了一个眼色，典狱长走上前去将灯灭了，囚室再次陷入一片黑暗。

尤站长说道："可以回去了。"

"不！长官，我现在就要提审她。"齐子义装作激动地说道。

"等你的伤好了不迟。"

"我可以的，我……"

"现在不行，这是纪律！"

齐子义无奈地答道："是，长官。"

一行人沉默地走出了监狱，齐子义为了表示自己对凶手的深恶痛绝，再次问道："站长，我何时可以审问她？"

"这要看你的身体，还要看她的身体状况而定。"

"我请求让我来执行她的死刑。"

"我会同意的。"尤站长的情绪有些低落，看来眼前的这个陈飞跟凶手果然没有什么关系，今天的这场计谋，算是白忙活了。

突然一个狱警跑到几人跟前敬礼道："典狱长，尤站长的电话。"

"电话怎么打到了这里？我去接。"

"打电话的是欧阳队长，她说一定要站长亲自接电话。"

"我去吧。"尤站长说着跟着狱警向电讯室走去。

尤站长拿起放在桌子上的听筒，向狱警摆了摆手，示意他出去。

"我是尤放，请讲……"

尤站长认真地听着电话，突然厉声说道："马上行动，全部抓捕归案。"说完便挂了电话。

尤站长走了出来，对典狱长说道:“那个女犯，要严加看管。”

“是。”

“走，回去！”

尤站长与齐子义走在前面，张干与典狱长走在后面。

张干趁齐子义不注意轻声地对典狱长说道：“接下来的事情就交给你了，好好善后。”

“是。”

十三

十多个全副武装的女特务在院内集合。

欧阳倩跑了过来，说道：“我已经打过电话请示了站长，大家做好出发准备。”

皮娜敬了个礼说道：“是，稍息。”

“皮娜。”

“到。”

“马上准备车辆。”

“是。”

夜空中传来“隆隆”的雷鸣，一道道闪电划过夜空将整片大地照亮，乌云压顶，看来，就快要下暴雨了，一辆带篷的卡车在空荡荡的街头行驶着。

驾驶室里，身着国民党军服的林队长看了看天空说道：“快要下雨了，一定要在下雨前驶出城门。”

“是。”

“呜……”警车呼叫着在疾驶。

欧阳倩看了看时间，说道：“快！去西门！”

天空乌云密布，电闪雷鸣，城门楼前岗哨林立。带篷卡车向门前驶来，城门口的一个旗语兵用红旗阻止着车辆前行，卡车停下。

林队长吩咐道：“快下车，不要熄火。”说完林队长便跳下了卡车，乘坐在卡车车厢里的十多个全副武装的国民党士兵也跟着跳下了车，在林队长的身后站成了两排，并亮出了手中的兵器。

卡车军官走上前去，骂道：“混蛋，为什么不让我们通行？”

守城门的军官也不示弱，上前一步梗着脖子说道：“你敢骂我？哪一部分的？怎么想冲撞门岗？”

“老子是宪兵队二中队的，奉命来接管城门。”

“为什么？俺没有接到命令。”

“好，让我来告诉你，有一个共党地下组织将要通过城门前往解放区，上峰命令我们阻击。”林队长用手一挥，身后两排士兵跑上前去缴了守城卫兵的枪，然后众人敏捷地跳上开过来的卡车。

卡车疾驶出了城门，留下了一群士兵不解地看着卡车驶出城门。

守城军官总算回过了神，掏出手枪向卡车射击，边射击边叫道：“为什么不开枪？”

一士兵答道：“我们的枪都让他们带走了啊。”

“一群笨蛋！”

紧接着，一辆警车呼啸而至。

欧阳倩走下车向守城军官说道：“有一辆共军卡车……”

“他们已经出城了。”

“什么？！为什么不拦住它？”欧阳倩暴怒。

“我们……都……”

欧阳倩扫视一番守城士兵，发现他们手里空空如也，立即了然，说道：“混蛋！回来再跟你们算账！”说完上车追了出去。

第六章 于无声处

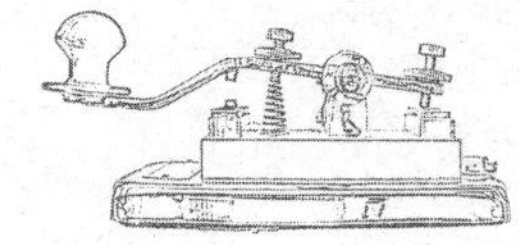

一

“轰隆隆”，天边传来一阵巨响，天空开始淅淅沥沥落下雨点。

欧阳倩看了看天色，雨逐渐地下大，暴雨将至，那将会给他们的追踪行动带来更大的麻烦，欧阳倩有些焦急地说道：“快！追上去。”

坐在林队长身旁的司机从后视镜中看见了后面已经追过来的警车，叫道：“队长，敌人追上来了，怎么办？”

林队长扭头看了看，说道：“给我把它打回去！”

“是。”

坐在车厢中的地下组织人员架起机枪，向警车射击。欧阳倩赶紧趴下身去，掏出手枪，不停地向前方车辆射击，“嗒嗒嗒”的机枪声不绝于耳。

“小李，快，向他们的车胎射击。”

“好，没问题。”

小李举起一把狙击枪，通过瞄准镜一枪狙爆了警车的车胎，汽车突然失控，驶离公路，撞到了路边的一棵大树上。欧阳倩气急败坏地下车，朝着已经走远的卡车不停地开枪，直到漆黑的夜空将卡车完全吞没。

二

齐子义跟着尤站长再次回到了放映室，显然，军统对齐子义的特殊审讯还在继续。放映室的幕布上已经不是那个满身都是血污的女人的照片了，而是换成了案发现场廖站长等人的照片。

齐子义看着幕布上的照片问道：“尤站长，我想知道廖站长和那个褚兴的情况。”

尤站长想了想，回答道：“这个嘛，我想张队长他们已经向你表述过他们的情

况，他们已为党国殉职了。所以，我也是临危受命，才来接受这个站长职务的。”

齐子义皱着眉头，露出了痛苦而又惋惜的神情：“我非常痛心。”

尤站长从与齐子义的对话中发现了一个重要讯息，于是问道：“这么说，你没看到廖站长他们几位最后倒下的瞬间？”

齐子义利落地答道：“是。”

“为什么？”

“因为我是第一个遭到袭击的，当时一个黑衣人猛地冲进室内，将两个门卫推倒在地，我刚想拔枪便被黑衣人一枪击中，眼前一黑，便什么也不知道了，枪声……”

齐子义将自己脑海中早就构思好的情节一一向尤站长作了描述，他低着头，装作回忆的样子。

“枪声？你是说你听到了枪声？”

“不，我是说枪声，我也没听到就什么都不知道了。”

“那么，进来的是什么人？”

“不知道，不过我确定是一个黑衣人……”

“黑衣人？男的女的？”

“我当时没有时间分辨出是男是女就失去了知觉……这个在门外守门的弟兄难道也没有看出来吗？”

“两个门外的弟兄？”

“他们接触黑衣人的时间最长，而且是被推进……”

“推进来的？”

“对。”

“两个门卫已经中了枪？”

“不。”

“你是说两个门卫当时还活着？”

“我不知道，我只知道他们被进来的黑衣人推倒在地之后……我就什么也不知道了。”

“你当时拔出了枪？”

“……很惭愧，长官，我没来得及就……”

尤站长快速地问着问题，不给齐子义一点思考的时间。齐子义快速地回答，这是一场没有硝烟的脑力战争，他哪怕是说错一个字，或者是露出一点破绽，都会将自己置于万劫不复的境地。尤站长对放映员比了一个手势。银幕上幻灯片又开始不断地一幅又一幅地放映出客厅里当时几个人死时的惨状，众人都静静地观看着幻灯片。

尤站长扭头看着齐子义问道：“陈副官，这是当时的情景，你看是吗？”

齐子义思索一下说道："我倒下的位置和门卫两人倒下的位置是对的，其他恕我无能，我的认知只是这些……"

"好，理解了。"

"不，站长，我有一个问题不太明白，既然不知道凶手是男是女，那为什么你们让我看到的凶手是一个女人？你们就没有审问她吗？怎么？试探我吗？"齐子义装作疑惑地反问道。

"不，这是有原因的，张干。"

"是，站长，当时，廖站长规定的20分钟后再行动。"张干站了起来对当时的情况进行了一个说明。

尤站长问齐子义："是这样的吗？"

"是。"

尤站长对张干说道："继续说下去。"

"对，时间一到，我就……"

齐子义仔细地听着张干对当天情况的讲述，他对当时在楼梯上碰到俞子涵的情况作了一个非常详细的汇报。

"事情就是这样，所以……"

"所以，你就认为行凶的是那个女人，而不是个黑衣人？"齐子义反问道。

"不要再不依不饶地较真了，我们做特工工作的，任何一点线索都是需要……"尤站长见齐子义不依不饶地追问着，不得已地解释道。

"很对，就像今天审查我一样，我想知道在这个事件中，我给你们呈现的是什么呢？弱智，胆小，还是一个替罪羊……"齐子义有些愤怒，但这些愤怒都是做给敌人看的，因为只有这样才能洗刷他的清白。

"说得好，陈飞，我想说你表现得很勇敢，是优秀特工中的一员，只是在当时非常的情况下……"尤站长为自己的行为找了一个台阶。

"不！尤站长说的勇敢、优秀，都不适合于我，哪有一个优秀的特工，在非常情况下，没有保护好自己的上司，我不配这些称谓！"齐子义低着头，帽檐遮住了他的双眼，也遮住了他的情绪。

尤站长不想再将时间浪费在齐子义的身上，或是楼梯上的那个女人身上，对他来说破案才是重中之重他摆手制止了齐子义接下来的话语，说道："好了，今天就到这里了，首先我声明一下，今天不是怀疑你和审查你，而是依照保密条例，例行了解事情的经过，希望陈飞……"

"长官，我理解。"齐子义顺着尤站长给的台阶下，既然尤站长都已经不再追究了，自己再追着不放，那不就是自寻死路吗？

“好，陈副官，鉴于你的身体还需治疗和休养，我可以给你一周的时间，配合医生治疗，一切行动和生活都由……安少尉！”

安然站了起来说道：“到！”

“从明天开始，由你负责陈中校的医疗和生活。”

“是。”

“陈飞，这是我从原单位带来的秘书，很会照顾人的。”

“不用吧，长官。我要求现在就上班，我的身体已经恢复，我可以接受任何任务，包括协助调查刺杀我和廖站长一行的凶案……”齐子义没想到尤站长不仅不让他插手廖站长的案件，还为他安排了一个贴身照料的人，说是贴身照料，这只不过是换一种方式的监禁。齐子义开口想要拒绝，却听尤站长说道：“心情可以理解，可我听到军医的嘱咐是，你还需要继续输液，要等伤口拆线，以后工作有你做的。”

齐子义见推辞不过，只好开口道谢，同意了尤站长的安排。

“好，我就喜欢这种性格。放映员。”见齐子义同意了自己的安排，尤站长心里也放松了不少。

“到。”

“找一部轻松的片子，让陈中校放松放松心情。”

“是。”

尤站长背着手，走出了放映室，安然紧跟出来。尤站长头也不回就知道身后跟着的是安然，问道：“有事吗？”

安然不悦地问道：“您想把我从您身边支开？”

尤站长停下了脚步，在安然的耳边低语了几句：“没有的事，这不为了……”

安然听了尤站长的安排，了然地点了点头。

正在这时，欧阳倩跑了过来，向尤站长报告道：“站长，我们去晚了，城门口的哨兵被共党缴了械，我们没有追上那股共党分子。”

尤站长气愤地说道：“无能！上峰那里你去交代去吧！”

“不是，那也不怪我们吧！那城防部队的守城人员……”

“守城人员怎么啦？”

“完全形同虚设，而且还被共党缴了械，我想报告上峰，追究城防部队的守城之责。”

“你认为我们？”

“我不认为我们无能！”

“这事以后再说……”

“是。”

放映机在高速运转着，银幕上播放着一部电影，电影中的男女青年跳着欢快的舞蹈，音乐轻快而悠扬。面对银幕上狂欢的镜头，齐子义的心思早就不在电影上了，他无心欣赏，看来今天这一关他是完美地度过了，接下来他还会面对更多的考验，哪怕是踏错一步，他都将万劫不复。他又想到他的战友俞子涵现在的处境，很想马上见到她，和她分享当晚铲除叛徒那激烈的一幕，更想了解她是怎么脱身离开现场的，但这一切都只能是想想而已，他深知现在他正在接受审查并被人控制了起来。敌人的怀疑不是没有道理的，齐子义应该平静而又谨慎地应对。他回想着刚才尤站长问他的每一个问题，又回想了一下自己所回答的答案，应该是没有任何破绽的。看来，这件事情因为尤站长的到来，远远超出了他的预想。不过，值得庆幸的是他们显然没有抓住俞子涵，他们想尽一切办法在精心地布局和追逐线索，事态究竟会被引向何处，一定得很快梳理清楚。现在对齐子义来说，他已经清楚许多，一切都还是在猜测和疑惑之中，而对自己来说紧接着还有不间断的试探和考验，他的思维在激烈而高速地运转着。顷刻之间又马上淡定了下来，他已鼓足了勇气和智慧，面对即将到来的一切。

安然来到齐子义身边坐下说道："好看吗？要不要喝杯果汁什么的？"说着将自己的手搭在了齐子义的手上。

齐子义眼睛一直盯着屏幕，不露痕迹地将手从安然的手中抽了出来，说道："我累了，想回去休息可以吗？"

"当然可以。"说着去搀扶齐子义起来。

"谢谢，我自己能起来。"说着又推开安然的搀扶，站起身来径直向门外走去。

安然紧跟而去，但还不忘记向放映员摆了一下手。放映员立刻领会，关掉了放映机。

齐子义大步在院内走着，突然停下了脚步。跟在他身后的安然没止住脚步，撞在齐子义背上。安然揉了揉她撞得有些生疼的额头，走上前去搀着齐子义问道："怎么？身体不适还是……"

"不，我很好，安少尉。"齐子义说着推开安然的手。

"是。"

"你告诉我，你真能让我回去休息吗？"

"你说呢？"

"我想我现在已经是身不由己了。"

安然一脸茫然地问道："什么意思？"

"站长让你跟着我，你说什么意思？"

"哎呀，是这个意思啊！不要多想，我也是身不由己嘛！我是照顾你的行动和生活起居什么的，这都是站长的安排嘛！"安然恍然大悟，解释着自己也是身不由己地服从尤站长的命令而已。

“我可以回到我的宿舍休息吗？”

“当然啦，回吧！”

齐子义转身大步向住处走去。

安然要小跑着才能跟上齐子义的脚步，她边跑边叫道：“陈副官，等等我，你哪像个病人？走这么快！”

到了住处，齐子义推门走了进去，安然紧跟着他的脚步也走了进去。齐子义不露声色地观察着屋内的陈设，一切都是老样子，干净而又有条理，也不像有人来过并搜查之后的改变。安然把齐子义床上的被子熟练地铺开，并把枕头放好，拉开床头柜上的台灯，熟练地为齐子义做着睡前的准备工作。看着眼前的这个自顾自忙碌的女人，齐子义只想尽快摆脱她的控制。

“陈长官，你可以休息了。”

齐子义走到床边说道：“谢谢。”

“要不要我在这里陪你？”

“什么意思？”

“没有什么意思，这是我的职责。”

“不用，这男女授受不亲的事我陈飞还真没有享受过，你要是真的关心我，那就今晚再不要打扰我，明天一起和我去医院吧。”

“当然，这更是我的职责。那……长官，晚安。”

安然走出房间，并将门轻轻带上。齐子义马上起身来到门前，将耳朵贴在门上，直到听着安然的脚步声渐远，才将门锁住，随后他仔细地扫视着屋子里的一切事物。凭经验判断，齐子义的房间应该是受到了保密局军统站特务们的精心搜查。可现在，齐子义竟然没有看到和感到室内有什么异样，他不得不佩服特务们的高超技能。换句话说，齐子义面临的决斗是高手过招，必须把这一情况报告给组织。

齐子义马上来到床前，把床单掀起，小心地拉出装电台的皮箱，仔细地查看了一番，用手在皮箱上抹了一下，发现并没有灰尘或手印，紧接着看了看锁扣，他清楚地记得在他上一次发报之后，在盖上箱子之时，将一根头发放在了锁台与压簧之间，而后才小心地盖上盖子，将箱子推入床下。他拿出放大镜在锁台与压簧之间仔细地寻找了一遍，检查着皮箱上的指纹和锁扣处。尽管军统人员自以为做得天衣无缝，可魔高一尺道高一丈，观察过后，他显然是没有找到那根他精心放置的头发，又在床下认真地用放大镜找了几遍也没发现，他心里马上明白了，一定是他们带走并检查过电台，看来，电台不能再启用了，至少在向组织汇报之前。他再次在箱子的锁台与压簧之间放上一根头发丝后合上了电台箱子，将其推到床下。

三

尤站长的办公室中，张干与尤站长正在分析今天所发生的事情。

张干分析道：“从发生凶杀案到目前的情况看，还没有发现他有异常举动和可疑的迹象。”

尤站长沉吟道：“是啊，也许我们误解他了。不，想起来了，法医曾经提醒过我们……”尤站长突然回想起当时法医对他说的话。

当时法医是这样猜测的：“从迹象上看，这一枪好像是自杀。”

“自杀？”

“只是……”

“你是说他自己打了自己一枪？”

“从衣服和伤口的情况。”

“是自伤？”

“是，从我们法医教程和临床经验上看，枪口与弹洞的距离和手与身体的持枪这样的夹角距离来看，很像是自伤，也可以说是掩护性自伤，究竟是什么呢？不过，这只是在特殊情况下，也能够推翻的。”法医说着用胳膊拐向胸口比画了一下，向尤站长具体地说明可能存在的情况。

“什么情况？”尤站长疑惑地问道。

“什么情况？我想不可能。”法医摇了摇头，否定了自己的猜测。

“为什么？”

“为什么？他是个正常人吧，在那种环境中，他为什么要这样做？这样发射从现象上看，伤者不可能用这种方式，这危险系数太大了，就连我们做医生的也没有把握能一枪击中自己的胸膛而不送命，除非……”

尤站长追问道：“除非什么？”

“除非他是个疯子！”不然谁会有这么大的胆量拿自己的生命来开玩笑。

尤站长将他与法医的讨论告诉了张干，然后说道：“这很有道理，对了，要是这样他的枪是怎么来的？我听说在检查他的佩枪时，你们就没有发现他的枪里装的子弹少了一颗，而且，枪就根本没有被拔出枪套。”

“对，后来经军医从他身上取出的子弹进行弹道检验得知，那是从一支R5型勃朗宁小型手枪中射出的子弹，而且那枚弹头还是从无声消音管道中射出的。”

“这就很难解释通了，还有其他迹象吗？”

张干摇了摇头说道：“没有。”

“他带了两支枪去的现场？”

“我没有看出，即使有，那支枪去了哪里？”

尤站长在寻思着……

“报告！”门外传来安然的报告声。

“进来。”

安然推门走了进来。

“你怎么回来了？陈飞怎么样？”

“他已经休息了。”

“你感觉到了什么？”

“刚刚接触他，一切正常。”

“好，今天就到这里吧，我也累了……”

张干、安然立正道：“是，站长。”说完转身就要出门。

“等等。”

两人转身道：“长官吩咐。”

“安少尉，你继续监视。”

“是。”安然转身出门。

见安然关上了办公室的门，尤站长对张干说道：“在陈飞住处周围，安装电台监测仪和干扰系统，监测他的电台使用情况以截获发报内容。”

“明白。”张干敬礼后转身出门。

尤放心里的疑惑在一步步地升级，这个刚刚来到海城的中校副官，怎么能在来后就发生了对海城军统站来说近乎是一个毁灭性的凶案？而且还只有他一个人活了下来，这使尤放不得不产生前所未有的疑问，难道真的像法医说的那样？尤站长仍然在不停地推测着。

四

齐子义躺在床上，目不转睛地盯着天花板，运转了一整天的大脑终于可以得到片刻的休息。忽然，“咚咚咚”，门外传来敲门声。

齐子义猛地坐起身来，手伸向了枕头下，摸住了手枪问道：“谁？”

欧阳倩软糯甜腻的声音从门缝里传来：“是我，陈副官，我欧阳倩。”

齐子义露出疑惑的神情，大半夜的，这个只有两面之缘的欧阳倩队长来找他做什么，他思考片刻回答道：“啊！是欧阳队长啊，有什么事吗？”

“把门开开，我来看看你。”欧阳倩摸了摸自己有些微烫的脸颊，这一次，她一定要成功拿下齐子义。欧阳倩对自己的魅力还是很有信心的。

“对不起，我已经睡了，有事明天说好吗？”齐子义下了逐客令，但欧阳倩像是听不明白地说道："我好像等不到明天的，希望陈副官……"

齐子义颇为无奈地打开门，看见了门外穿着丝绸睡衣披着披肩的欧阳倩，见齐子义打开房门，欧阳倩心头一喜，也不等齐子义邀请，便侧身进了屋。

"欧阳队长什么事情这么急？"

齐子义看到欧阳倩穿着随便，愣在了那里。欧阳倩看了看齐子义的床铺，一屁股坐在了齐子义的床上，然后脱去披在肩上的披肩。齐子义看着欧阳倩怪异的举动，皱着眉头问道："你这是……"

"哦，我不知道你真的睡了，病怎么样了？不知道是为什么，你老让人惦记着，我也睡不着啊！我啊，想来陪陪你，你不会反对吧？"说着她将腿上的睡裙裙摆向上拉了一拉，露出了白皙光洁的大腿。

齐子义赶紧将目光转向别处，说道："欧阳队长，咱们还是明天再说吧，我是个病人，你就不介意……请！"说着拿起欧阳倩的披肩，为她披在肩上，然后打开了房门，做了个请的手势。

欧阳倩一愣，随后一囧，有些尴尬地说道："啊，明白了，后会有期。"说完头也不回地大步走了出去。

将欧阳倩送走，齐子义又重新躺回了床上。欧阳倩的深夜造访，使他多了一些疑虑，不过，他坚信自己还是能应对不断发生的事情。他放心不下的是俞子涵，她一定更想知道他的生死，她的煎熬一定比自己更加严重。齐子义思索着与俞子涵取得联系的办法，用电台？不行！他现在仍在他们的监控之中，这样做是不是太冒险了？可是如果不能及时联系，会给接下来的工作带来极大的阻碍。他在反复推敲着和俞子涵怎么取得联系的办法和途径。电台是不能用了，用密信？但马上又被他推翻了，他在没有弄清敌我真实的情况之前，绝不能冒这个险。从欧阳倩出现在齐子义房门前开始，之后的每一个画面，都被躲藏在对面城墙上的安然用望远镜观察到了。安然放下望远镜，在确认齐子义已经熄灯休息后才离开。

五

夜晚静悄悄的，只有偶尔的虫鸣。"嗒嗒嗒"的脚步声从不远处传来，俞子涵走到翁宅的后门处停下，左右观察了一番后有节奏地敲了几下门。门开了，平儿看到俞子涵，侧身让她走了进来，接着又向外看了看，迅速地关上了门。

翁夫人见深夜有人来访，走下了楼梯，平儿连忙搀扶住翁夫人，然后在她身旁说道："子涵同志有要事要见您。"

翁夫人一愣，随后说道："让她进来。"

"好。"

平儿走到院里，对等在门外的俞子涵说道："夫人刚醒，在等你。"

俞子涵跟着平儿走进了客厅。翁夫人待俞子涵坐下后说道："子涵同志，你这是违反了地下工作纪律的，没有事先联络，突然擅自到来，这会暴露的。"

"静娴同志，我是不得已而为之。"

"说说看。"

"子义同志还活着。"

"你说什么？你是说齐子义……"

"对！他还活着，而且已经出院了。我们潜伏的同志今天查到了他住院的地方，他是被军统站安排在了国民党直属的西山秘密军医院，那里戒备森严，很难接近。不过，还好，他已经被到任的尤放站长接出了医院。"

翁夫人激动得眼眶都有些湿润了，她猛地一下站起来说道："太好了！"

"可我担心的是他面临的新情况……"

翁夫人平复了自己喜悦而激动的情绪，说道："对，接下来可能就会面对军警无休止的调查、猜疑，甚至审问、拷打……"

俞子涵担忧地说道："但愿……"

"没有但愿，这是必然的，我相信他能谨慎应对渡过难关的，子涵，你有什么想法？"翁夫人露出了坚定的眼神，她对齐子义的能力有一种莫名的信任。

"我来的目的，就是将这一消息第一时间告诉组织，并且请求和子义同志马上取得联系，必要时，可以……"

翁夫人想了想说道："不！这样做有点唐突和冒险，从安全的角度考虑，我们还不能操之过急。你们两个的专用电台也不能启用，一切等我向上级请示后再说。"

"可是……"

翁夫人打断了俞子涵的话语："不要再说了，我请示后会马上通知你的。"

"那好，我等待您的消息。"

"保重。来，从后门出去，路上注意安全。"

"好。夫人保重。"

六

次日一早，翁夫人便来到了海城市委，将昨夜俞子涵带来的好消息向海城市委书记于兴明做了一个汇报："想不到子义同志的身体恢复得那么快，这是我们值得庆幸的事，不过……"

于书记听说了齐子义还活着的消息，心里的石头终于放下了，说道："不过什么，您好像还在担心着什么。"

“是啊！我担心在接下来的日子里，他会面临着无休止的猜疑和审问，甚至拷打。出了这么大的事，又是在臭名昭著的军统内部，敌人不可能就轻易地上当和不了了之的。”

“说得对，我们是要做最坏的打算。据调查，那个新到任的军统站长，是从原国民党国防部调来的，是个心狠手辣、老谋深算的家伙，但愿子义同志能顺利渡过眼下这一关。”

“但愿，我们为他准备的资料能尽快派上用场。”

“不管怎样，要将这些资料尽快转交给他。另外，若有可能，您能否尽快和他见上一面，有什么要求，我们要尽最大可能地配合他。不过，现在和他见面是十分危险的，要缜密行事。”

“明白，我会酌情去做的。”

翁夫人和平儿回到翁宅后，她若有所思地叫住了平儿：“平儿，你去准备信鸽。”

“是。”

翁夫人转念一想又说道：“等等。”

“夫人，怎么啦？”

“先不忙，我再想想，再想想。”

“那好，那我先做饭。”

得到上级的指示，她不是不想在第一时间告诉子涵同志，更想在第一时间和子义见上一面，可她没有这样做，她想把见面的事情做得更缜密一些，而且要等待时机。翁夫人看了看天空，天空中一排大雁飞过……

七

齐子义躺在病床上等着医生的检查，安然站在齐子义的身边，为他拿着已经脱下来的外套。军医走了进来，微笑着向齐子义点头示意后，亲自给他量了量血压，又听了听心脏后说道：“真是个年轻人，才能撑得住这样的伤害。好啦，一切正常。”又对身后的医生、护士说道：“去做准备，拆线。”

众医护人员异口同声地：“是。”

护士将齐子义胸前的纱布一层层揭掉，露出胸前的一个小枪洞的疤，粉红色新肉已经长出来了，只是还异常的娇嫩。

医生走到近前看了看，又按了按洞周围的肌肉问道：“痛吗？”

齐子义摇了摇头。

“好了，你把衣服穿上吧。虽然伤口已经好得差不多了，但是回去后先不要做剧烈的活动。”

“明白。”

从医院回来的齐子义和安然开车驶进军统院内，二人下车后向尤站长的办公室走去。

“怎么样？老弟，我上次让你了解的人……”办公室内传出了尤站长打电话的声音。

电话那头的人回答道：“对不住老兄，恕小弟直言，你说的那个人可是情报处派下去的，他不归我的部门管啊！你最好是去问特别行动一处的董处长，好，我还有点事，回见。”

“回见。”尤站长放下电话听筒若有所思。

显然，尤站长在国防部没有得到有关陈飞的详细情况，但就当下所了解的陈飞的情况来说，还是使尤放的心里踏实了许多。不过既然是自己用人，那就要做到用人不疑，疑人不用。尤放下了决心要再对齐子义进行一次考察。他已经命田副队长安排好了一切事宜，等一会儿一切都会按照昨晚他与安然和田副队长商量的那样进行。

“报告！”门外传来安然的报告声。

“进来。”

“站长，陈飞请求见您。”安然带着齐子义走了进来。

“说吧，人都已经进来了，还说什么求见？”

安然俏脸一红，说道：“对不起，站长，下不为例。”

“站长，这是我的错，与安少尉……”

“怎么？几天时间两人就互相打起了掩护……说吧，什么事？”

安然低头窃喜，双颊泛起了好看的红晕。

“站长，我已经全部好了，我请求给我安排上岗，请站长今天就安排任务。”

“好了？伤口拆线了吗？”

“已经拆线了。”

尤站长站起身来走到齐子义跟前看了看，突然一拳打在齐子义的胸口上，齐子义喉头闷哼一声，强忍疼痛没有挪动一步。

安然见尤站长的举动，吓了一跳，喊道：“站长！”

“怎么？心疼了？”

安然窘迫地低下了头：“不是……”

“医生什么意见？”尤站长玩味地笑了笑，然后向齐子义问道。

“今天已经拆线了，医生说没有什么大碍。所以……”

“报告！”门外传来的报告声打断了齐子义的话语，田副队长手拿皮鞭衣冠不整地推门急匆匆地走了进来。

尤站长怒道："混蛋！你衣冠不整，怎么能擅闯办公室？出去！"

"不是，站长……因为是紧急情况……"

安然看着哥哥军容不整地出现在尤站长面前也觉得有些不成体统，喝道："还不快出去！"

"是。"田副队长看了看尤站长，又看了看安然，转身便要离去。

"站住！说说看，田副队长，是什么紧急的事？"

田副队长走上前去，在尤站长耳旁耳语几句。

尤站长说道："这有什么不能说的，退后，说。"

田副队长退后几步小声地说道："昨晚抓到的……"

"大声点！"

"是，报告站长，昨晚抓到的那个共产党的头目，已经审问三个小时了，至死不招。"

"什么？至死不招？好，我知道了。去，继续审问。"

"是。"田副队长转身离去。

尤站长带上军帽，系上手枪皮带恶狠狠地说道："这些可恶的共产党！我倒要看看是他铜头铁身，还是我的刑具……陈副官，从现在开始，你，可以上班了。走，跟我去审讯室一趟。"

"是。"

这一切都是尤站长导演的一出戏，田副队长与安然全力配合着演出。

八

一辆黑色的轿车在盘山公路上疾驶着，开车的是一个高大威猛壮实的年轻男人，名叫枪王。他长着一双三角眼，目露凶光，满脸的胡茬，看着就是一副不好惹的样子。副驾驶上坐着一个个子矮小的中年男子，名叫张谦。他的眼神游移不定，奸诈地来回观察着周围的环境，他嘴唇微薄，不像是一个有情有义的人。

枪王看了看旁边的中年人说道："老大，这次你到海城上任，不会是过过路，很快又要调防吧？"

"不会，只要尤放在，他是不会让我离开的。"

"可是，老大，我心里还总是不踏实，你说在海城这地方，人生地不熟的，我心里可是没底啊。"

"这不还有我吗？我说，别装熊样儿，拿出精神干下去……"

"这人都来了，不干行吗？"

不到几分钟的时间，张谦的汽车来到了一处宽敞的院子。张谦和枪王下车走进院子，观察着院内的地理环境和房屋建设。

枪王问道："老大怎么样？"枪王可是跑了好几处院子才寻着这一处带着大仓库的宝地。

张谦满意地点了点头说道："不错，我看不错，就这里了。你就在这里安营扎寨，招兵买马吧！等我安排好了，就来看你。"

"没问题。"

九

军统大院的射击训练场内，欧阳倩正对新补充的三队的女兵进行着指导。"砰砰砰……"一阵枪响过后，报靶员在对面举旗报靶："一号38环，二号40环，三号脱靶……"

欧阳倩听着这不尽如人意的射击结果，皱着眉头走上前去问道："怎么回事？"

三号女兵拿着自己的手枪抱怨道："我的枪是有问题的，这破枪，一直都打不准的。"

欧阳倩走上前去把枪接过来看了看，说道："上子弹。"

三号女兵上完子弹后将手枪交给了欧阳倩。欧阳倩瞄准靶板"砰砰砰砰砰"连发五枪。报靶员跑上前去看了看，用红旗报出了50环的成绩。

一个女兵说道："乖乖，50环！"

欧阳倩将手枪交还到三号女兵的手上问道："是枪的问题吗？你这是手不溜怨衣袖。快！严加训练！"

"是。"

欧阳倩对几个女兵的射击动作进行了一番指导。"砰砰砰……"一阵枪响后，靶子上的木屑飞扬。

正在这时皮娜跑到欧阳倩跟前说道："报告，新补充二队的新兵训练结束，请队长考核。"

几个女兵跑到欧阳倩跟前站定并敬礼同声地说道："长官辛苦！"

欧阳倩回礼，对身后的那帮新补充三队的女兵挥了挥手，示意她们站到一边。欧阳倩依次看过二队的女兵，喊道："立正，向后转！"

几个女兵立正转身。

"注意，前边靶子，出枪射击！"一阵密集的枪声震得人们有些耳鸣。

"皮少尉，报靶。"

皮娜跑到靶板报道："一号靶50环，二号靶50环，三号靶50环，四号靶50环，五号靶50环。”

“好！非常好。立正，向后转，右前方，出枪。”

几个女兵立即快速整齐地出枪。

“好，立正，出枪。”

又有几个女兵快速地出枪，枪口齐刷刷地指向了欧阳倩。欧阳倩看着齐刷刷的枪口吓了一跳，低吼道：“想要我的命吗？”

皮娜立即跑到女兵前方喊道：“立正，收枪。”

几个女兵立即将枪插入枪套。

皮娜呵斥道：“跟你们说过多少回了，枪口永远不能对准自己人，这是用来……”

“皮少尉，我对她们的枪技非常满意，从下周开始你就着重指导新补充三队的枪技。”

“是！”

几个女兵紧张的神情终于放松了，欧阳队长每周一次的考察，这次总算是通过了。不同于二队的女兵，三队的女兵露出了惊恐的神情，谁都知道皮少尉训练人的手段，就算是不死，也得脱层皮。

第七章 损兵折将

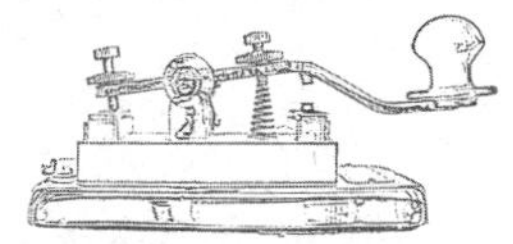

一

翁夫人通过信鸽与俞子涵约好在公园拱桥处碰面，将于书记交与她的资料通过俞子涵尽快地交到齐子义的手上。翁夫人在平儿的搀扶下来到拱桥上，拱桥另一头的不远处，俞子涵迎面走了过来。她装作偶遇的样子跟翁夫人打了个招呼："翁夫人，您出来活动呀？"

"是啊！今天天气不错的。"

"几天不见，您的身体好些了呢。"俞子涵说着搀扶着夫人上了台阶。

翁夫人摆摆手笑着说道："不行了，老了。"

"看您说的，来，坐下歇一下。"两人从拱桥上走了下来，来到了一处凉亭。

"好啊！"翁夫人坐了下来，也顺手拽着俞子涵坐在了她的身边，随后扭头对身边的平儿说道："丫头，你去看一下你舅舅，看他来了没有？去迎迎他！"

"是，夫人。"平儿跑出凉亭，在一处隐蔽的竹林望着风。

翁夫人小声地对俞子涵说道："上边来指示了，要求我们要想尽一切办法和齐子义同志联系上，但仍要求不能用电台联系，可以用第二套联系方案。"

"明白。"

"另外，组织上通过在国民党上层的内线给子义同志准备了一些必备的档案资料，我已派人放在了老地方，你一定要尽快地把它取出来。一旦跟子义同志联系上，立即交给他。"

"好的。"

翁夫人见该交代的事情都已经交代完了，为了大家的安全着想此处不能久留，便对不远处的平儿叫道："丫头，丫头。"

"来啦。"

平儿跑进凉亭有模有样地说道："舅舅已经到啦，他说他在昆天饭店定下了房间，要咱马上去。"

"好，那就去吧！他姨，走，一起去吃个饭吧！"

"夫人，今天还真不行，我还真有点事去办。我就先走了，夫人回见！"

"回见。"

俞子涵与翁夫人互相道完再见便离开了。

二

田副队长带着尤站长一行人来到了地下审讯室内，远远地就听见皮鞭抽打的声音和审问的声音。尤站长与齐子义、安然三人留在了楼上的观察室中，田副队长急匆匆地下楼走进审讯室，他从打手的手上夺过皮鞭，对着面前的犯人一阵抽打。

"说不说！说！不说就打死你！"

一阵皮鞭过后，被打的犯人已气息奄奄。齐子义看着眼前这位受刑的同志，心中涌起无限的愤怒，可是眼下的情况，总让齐子义隐隐觉得有什么地方不太对劲。那种怪异的感觉毫无来由，仅仅凭借的是齐子义多年来的经验与第六感。

田副队长走近犯人，用手托起犯人的下巴，恶狠狠地说道："说！你和谁接头?快说，不然，我就打死你……快说！"

犯人缓缓地抬起头来，将一口血水吐向田副队长，田副队长来不及躲闪，带血的唾沫被吐了一脸，他愤怒地抹了抹脸，反手就给了犯人两个嘴巴子。直到犯人抬头，齐子义才察觉出他那怪异的感觉来自何处，眼前这个人显然是经过了严刑拷打的，可是他的眼中却没有一丝疲惫与警惕，而且齐子义从他满是血渍的脸上找不出一条明显的伤口，这就说明了犯人脸上的血迹不是他自己的血。刚刚田副队长打他的那两巴掌齐子义可是看得清清楚楚，是高高举起轻轻放下，虽然响声大，却用的是巧劲，根本没有伤及犯人一丝一毫。

犯人被打后并没有露出痛苦的表情，而是梗着脖子说道："你打吧，就是打死也不会说的，我们共产党人是打不垮的。"

齐子义将面前发生的一切看在眼里，尤站长也不断地用余光偷偷地观察着齐子义。对于尤站长的这一举动，齐子义早就有所察觉，他不露声色地看着行刑的场面，心里已经有了打算。

这厢，田副队长又开始恶狠狠地一鞭一鞭地抽打犯人。齐子义在观察室中边看边思索着，从面前审讯犯人的表情和打人的动作，以及尤站长的眼神余光来看，他已坚定地意识到这可能是一出苦肉计。这明显是针对和试探自己的，齐子义忍不住了，他何不将计就计，配合他们演一出大戏呢。

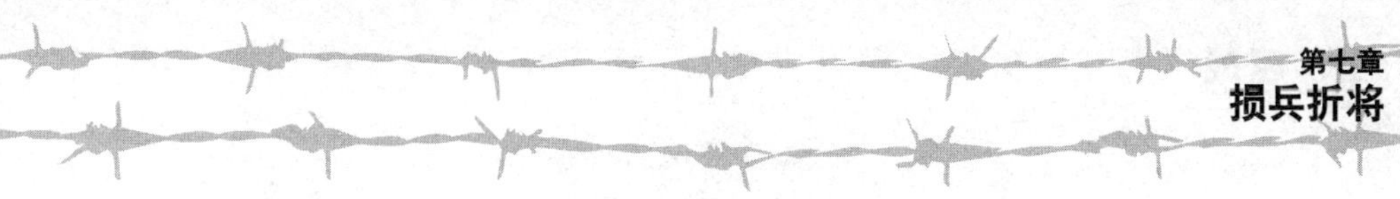

齐子义转脸对尤站长说道："这样做是不会有什么结果的。"

"哦？陈副官有办法？你陪陈副官到审讯室。"尤站长指了指安然，命令安然带着齐子义到审讯室中亲自对犯人进行审讯。

安然点了点头说道："是。"

齐子义头也不回向楼下走去，在安然的陪同下来到审讯室的门口，却被两个卫兵拦住。

齐子义不解地问道："怎么？你们想干什么？"

"按照规定，你需要交出佩枪！"

安然见齐子义露出了不悦的神情忙解释道："陈副官，这是站上的规定。"说着把自己的手枪从枪套中抽出交给了卫兵。

齐子义看了看安然，若有所思地也将自己的手枪交给了卫兵。当齐子义把枪交给卫兵的瞬间，他已经明白了其中的奥妙，收枪的目的是很明确的，齐子义更加坚信了自己心中的揣测，接下来就是他的表演时间了，一定不能让敌人愚弄了自己。

齐子义和安然走进审讯室。田副队长像是不觉得累似的不停地机械性地抽打着犯人，齐子义走上前去一把抓住了田副队长拿鞭子的手，厉声说道："住手！"

田副队长一愣，将自己的手抽了回来，非常不情愿地停下了抽打犯人的动作。

齐子义看了看田副队长，又看了看犯人，说道："照你这样打是会死人的。"

"他不开口，我们要他干什么？我就是要打死他！"田副队长说着又抽了犯人两鞭子。

"是吗？既然这个人的生死不重要，那么我来！"齐子义说着抢过了田副队长手上的鞭子，走上前去，手托犯人的下巴，别有深意地望着犯人，嘴角还泛着一丝玩味的笑意。

犯人看着齐子义怪异的表情，心中没来由地一慌，双眼都不敢望向齐子义的眼睛。为了给自己打气，他装作硬气地说道："打吧，打吧，打死也不说！"

齐子义轻蔑地一笑，放开了犯人的脸，退后一步，狠命地抡起了皮鞭，鞭子重重地抽在了犯人的身上，鞭子所到之处都扬起了空气中细小的尘埃，伴随着"啪啪"的脆响在空中肆意飘荡。只见犯人身子一阵抖动，痛苦中夹杂着求饶的眼神不住地看向田副队长、安然和楼上的尤站长。这可是结结实实的鞭子啊，他顿时皮开肉绽，火辣辣的刺痛让他脑海中一片空白，现在的他除了惨叫什么也不能做。

犯人咬着牙关不时地望向田副队长，像求助似的在说："你们真打？"

田副队长狠狠瞪了一眼犯人说道："只要你不招供，我们打的就是你！"并向犯人使了一个眼色，意思是让犯人坚持住，只要任务能够完成，以后升官发财的日子也不远了。

齐子义向犯人猛抽几下问道："说不说？"

田副队长的眼神使犯人咬了咬牙，坚定地说道："没什么说的，打死也不说，有本事你把我打死好了。"

齐子义没想到军统站的人演戏演得这样好，他上前一步，抓住犯人胸前的衣服，里层衣服上的一个熟悉的标记一闪而过。齐子义心中更加明了，果然是军统的人。尤站长看到这时，心里大概有了一个结论，他转身下楼朝审讯室走去。

齐子义用皮鞭端着犯人的下巴问道："你是以为我真的不敢杀了你吗？"这话是说给眼前的犯人听的，当然也是说给田副队长与尤站长听的。

"共产党人是用钢铁铸造而成的，我是党员，当然不会屈服的！"犯人大义凛然地说道。

"住口！你……"齐子义是真的被犯人所说的话惹怒了，眼前的这个人哪里知道他所说的这句话代表着什么，有着怎样的重大意义，他只是学了个皮毛而已，不是真正地领悟了这句话的真谛。这句话，眼前的这人，不配说这样的话。

犯人又一口血吐到齐子义的脸上骂道："你打吧，死也不招！"

安然有些担忧地看了犯人一眼，她总觉得这样一味地激怒陈飞并不是什么好办法，果然，她的担忧不是没有道理的。只见齐子义满脸怒火，甩掉皮鞭，双手抓住犯人的头用劲一扭，只听"咔嚓"一声，犯人的脖子被扭断了。

齐子义这一系列的动作出奇的快，也出乎了所有人的意料。田副队长眼睛突然瞪大，好像在确认眼前突发的一切是否是真实的，他一个箭步跑上前去狠狠地一把抓住齐子义胸前的衣服骂道："混蛋！你把他弄死了，你……"

齐子义无所谓地说道："区区一个共产党，死了有什么了不起，这是他自找的！作为一个行刑人员我只是下手狠了点，就……"

"不行，这是我们……"田副队长欲言又止，愤怒地拿起枪顶在了齐子义的胸膛上。

安然一惊，赶紧抓住田副队长拿枪的手说道："哥，把枪放下。你干什么！松开！松开！"

田副队长一甩手，松开齐子义，但是拿枪的手却没有放下。

安然上前双眼饱含泪水痛苦地对齐子义说道："你不该打死他！"

齐子义状似无辜地问道："怎么？对付一个顽固不化的共党分子，这有错吗？"

田副队长听着齐子义的话，顿时火冒三丈，又上前一步用枪指向齐子义的头说道："我……我……我现在就崩了你！"

"住手！"一声怒喝制止了田副队长的动作，空荡的审讯室内还回荡着尤站长的愤怒。他走进审讯室，对正在纠缠的三人说道："你们听着，这事就此了结，都给我滚出去！”

眼下的情况已经远远超出了尤站长的预料，他不知如何处置这个已经被齐子义杀死的犯人，也不知如何向田副队长与安然兄妹二人交代，但是，他可以肯定的是，眼前的这个陈飞既然能对“共产党”痛下杀手，至少说明了他不是共党。

安然有些委屈地说道：“不是，站长，他……”

尤站长没有了耐性，愤怒地说道：“滚出去！”

面对眼前所有人的所作所为，齐子义更加明白了，并坚信自己行动的正确，他决定要把这出戏演下去，不能让他们看出什么。

齐子义有些内疚地对尤站长说道：“站长，对不起，我下手有点重了。”

“不！你做得很好，对付共产党就要……来人，把尸体拖出去。”

“是。”

安然背对着齐子义，眼中的泪水肆意流淌。

田副队长叫道：“尤站长，你要为我们做主啊！”

“放肆！做什么主，不就是打死个人吗？在审讯室，这样的事还少吗？再胡闹，我就军法处置了！”尤站长目露凶光，制止了田副队长的话语。如果再容田副队长说下去，他们的计划就会露馅的，如果那样，他就只有杀人灭口了。田副队长有些害怕地看着尤站长凶神恶煞般的眼神，仿佛是看出了尤站长的意图，闭嘴不敢再说任何话。齐子义再次凭借着自己过人的勇气和智慧将敌人愚弄于股掌之间。

三

雨后初晴，天空蓝得没有一丝云彩，空气像被洗过似的清新干净，在林间避雨的鸟儿们纷纷出巢，在树枝上欢快地歌唱。与林间祥和的氛围相比，军统站门前岗哨林立就显得严肃庄重得多了。枪王驾驶着轿车载着张谦来到门前被哨兵拦下。

枪王看了眼前的情况对张谦说道：“老大，不让进。”

张谦瞟了一眼拦住他们的卫兵，狂妄地说道：“冲进去。”

枪王点了点头，加了一脚油门，门口的卫兵们见状纷纷亮出武器，枪口瞄准了枪王，枪王毫不怀疑，如果他们闯岗，他的脑袋一定会被这些看门狗给打得稀巴烂。他一个急刹车，张谦没坐稳，由于惯性，脑袋重重地撞在了车上，车子稳稳地停在了军统站的大门前。

一个哨兵端着枪走上前来对车内的人进行查看，说道：“怎么？想闯卡吗？找死怎么的？”

张谦揉了揉被撞得有些发红的额头，甩给枪王一个警告的眼神，然后才对着车外的卫兵说道：“混蛋，敢拦老子的车？”

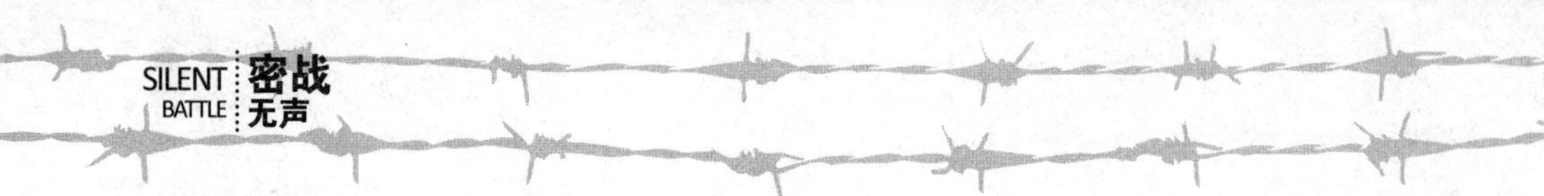

“你还敢骂人！也不看看这是什么地方！当自家院子了！下来，下来！这里可是海城保密局军统站，来的到底是什么人？敢在这里撒野！”卫兵不耐烦地催促着张谦下车。

张谦眼珠子一转，转头对枪王说道：“你先走，以免让他们认得你和这辆汽车，对今后的行动不利。”

“明白。”张谦下车后，枪王开着汽车疾驶而去。

张谦向前走了几步，猛地从腰间抽出手枪道：“我今天就看看你能不能挡住我不让进！是你找死呢吧？”

军官和哨兵也举枪如临大敌般地对准张谦道：“把枪放下！快，放下！”

张谦历来是嚣张惯了的，哪会将一个看大门的小兵放在眼里，他举着枪一步一步地缓慢前进着。

就在双方僵持不下的时候，欧阳倩恰巧经过院子。

一个机灵的卫兵看见了欧阳倩，连忙跑上前去对欧阳倩敬礼说道：“欧阳长官，有一个人持枪闯岗，您要给小的们做主啊！”

欧阳倩站住道：“哦，有这事？走，看看去！”

欧阳倩随着卫兵走到门前，看到对方只有一人，而且还穿着便衣。虽然不知道来者何人，但是他竟然敢用枪对着那么多的卫兵，而且表现得这样的镇静，心想来人的身份肯定不一般，于是对着卫兵说道：“你们想干什么？都把枪给我放下！”

哨兵们纷纷地放下了手中的枪。

欧阳倩微微侧头，问道：“怎么回事？”

站在她身后的一个卫兵小声地解释道：“这个人要擅自闯岗进院，被我们拦下，还无理动用武器。”

欧阳倩了然地点了点头，随后信步走到张谦跟前说道：“你好大的胆子！什么人？”

张谦不屑地说道：“我什么人不重要，重要的是他们阻止我进院！”

欧阳倩面对眼前这个无理取闹的人，觉得十分的可笑，心中燃起了一把无名火，说道：“进院？凭什么进院！弟兄们，把他给我拿下！”

众卫兵齐刷刷地端着枪指向张谦，张谦依然面不改色心不跳，只是那双贼溜溜的眼睛流露出了一丝天不怕地不怕的气势，显然是不把欧阳倩和她身后的卫兵放在眼里。

欧阳倩眯了眯眼睛，问道：“你到底是什么人？”

“有必要告诉你吗？你去问问你们的尤将军不就知道了吗？”张谦摊了摊手，不愿正面回答欧阳倩。

“既然要面见尤将军，也不能硬来吧？”

“是你们逼我这样的，还有你，一个女的，就不会温柔些吗？能这样迎接你们的上司吗？”

上司？欧阳倩是听说最近军统站新增了一些人员，于是她把枪放下，又摆了摆手让哨兵都放下了枪。

欧阳倩将枪重新装进了枪套里，问道：“你为什么不出示证件？”

“他们也没说啊！我也没机会出示什么证件啊！”

欧阳倩伸出手道：“证件！”

“我要面见尤将军，在见到他之前，你没有资格要求我出示任何证件，更不能再询问什么，在见到尤将军之前，我拒绝回答一切问话。”

欧阳倩气笑了，说道：“好！带走！”

四

“丁零零……”尤站长接起了电话。

“什么事？……嗯……嗯……好！”

尤站长刚放下电话，门外便传来了欧阳倩的报告声。

“进来。”

张谦跟着欧阳倩走进了尤站长的办公室，他那双三角眼不停地打量着室内的环境，然后吊儿郎当地说道：“这地方不错呀！”

欧阳倩很是看不惯张谦的作派，不客气地说道：“少啰唆，快走。”

来到尤站长的桌前，欧阳倩敬礼报告道：“长官，人已带到。”

尤站长正在低头写着什么，头也不抬地说道：“怎么回事？”

“这个人无端闯岗，还动用枪支威逼我们的人。”

尤站长仍没抬头，手里不停地写着什么：“什么人？这么大胆！”

张谦脸上露出笑意，热情地叫道：“尤将军，是我！”

尤站长抬起头来，看见来人，突然笑了起来，说道：“我当是谁呢？敢闯军统站，原来是你，张谦！”

尤放的眼中绽放着一丝光芒，看见来人心里非常高兴。最近军统站正是用人的时候，而眼前这个张谦正是他从原站上带来的自己人，好多事情，也能放心地交给他去办，这样自己的压力就会减轻不少。

“是我，我的老站长，可见到你了！见到你真不容易，在门口，我遇到你们的人……”

“不！应该是我们的人！来来来，欧阳队长，我给你介绍介绍。”

尤站长指了指欧阳倩，对张谦说道：“张谦，这是行动二队队长欧阳倩，想必你们是见过了。”

欧阳倩余怒未消，说道：“岂止是见过，还动了枪呢。”

尤站长哈哈一笑，看来他们之间有点误会：“那就是大水冲了龙王庙，自家人不认自家人。这位是新到任的督察室主任张谦，我的老部下。怎么？还是老毛病？横冲直撞、口无遮拦的？”张谦的脾气尤站长是知道的，历来目中无人惯了，因为这个臭毛病，不知得罪了多少人，要不是因为他的办事能力强，尤站长也不会将他调到自己的身边。

张谦弓着腰，手拿着礼帽说道：“这不急着见到将军嘛！”

欧阳倩呛声道：“你急着见将军，就能不把别人当人看了？”

“好了，欧阳队长，眼看就是同事了，还得理不饶人！还有你，张谦，恕你无罪。欧阳，去，安排下去，把张队长安排好了，气不就消了嘛！”

“是。”欧阳倩无奈地转身离开。

五

田副队长的住处里，安然一动不动地坐在椅子上，田副队长在屋内焦急地踱步。突然，田副队长停下了脚步，坚定了眼神说道：“不行，我一定要让尤站长给我个说法，他向我保证过的……”说完转身就要走。

安然连忙站起身来，拉住了田副队长，大声地请求道：“哥，你不能去……”

“怎么，我为了你，一定得讨个说法。”

“不行，哥，你冷静下来，你一定……”

田副队长从安然的手中挣脱开来，跑去开门，安然一个箭步上前一把拉住了田副队长的胳膊，田副队长猛地一用力，将安然甩开，安然一个踉跄，摔在了地上。田副队长见状顿时有些懊悔自己用力过猛，心疼地将妹妹从地上拉了起来。

安然见哥哥有些冷静了，便劝道：“哥，你就听我一句话吧，哥，我求你了，咱们从长计议可以吧？”

“然然你是怎么了？那个姓陈的小子打死的可是你的男人，你怎么就不想报仇？”

“哥，你傻啊？我何尝不知道他不但是你未来的妹夫，还是你一起长大的兄弟，可是你想一想，尤站长用他去考验陈飞，是经过深思熟虑决定的。再说了，这事还是虎哥他自己自告奋勇承担这个苦肉计的，谁知道会……哥，就把它作为一次意外不行吗？哥，我知道你希望我嫁给虎哥，可这已经不可能了，你说我何尝不伤心？”

“你伤心个屁！你伤心就不会拦着我不让我去找尤放。啊！我想起来了，你和尤站长平时走得那么近，是不是有那么一腿？还有近来你还跟那姓陈的形影不离，是不是也有喜新厌旧的想法？”

安然听完田副队长的话，心都凉了半截，一怒之下一个嘴巴打向田副队长。

田副队长一惊，说道："你……你打我？"

安然也有些不敢相信地看了看自己打人的手，随后上前抱着田副队长说道："哥，你别怪我狠心，你……你该醒醒了！你把我想成什么人了？我可是你的亲妹妹啊！你就这么猜疑我……你让我以后怎么做人呢？"

田副队长推开安然说道："可是你……好像无动于衷。"

"哥，我那是在执行任务啊！正像虎哥和你一样的。再说了，是尤站长把我们领上了这条道，所以，就是抛开我救他的命不说，他也是有恩于我的。还有，如果不是这层关系，我也早就上了军事法庭了……"

田副队长瞪大眼睛问道："你说什么？怎么回事？"

"有一次……"

那时的安然是刚被安排在尤放身边的新兵，由于自己的马虎和不谨慎，她将一份A级电报弄丢了。

"安然，昨天丢失的A级电报找到了吗？"尤放边整理这桌上的文件边问道。

安然沮丧地摇了摇头。

"安然，你好粗心啊！你知道这事泄密了，是要上军事法庭的，你难道不知道它的分量？"

"我知道，这是死罪。"安然泫然欲泣。

"知道就好，这样吧，这事都有谁知道？"

"没人知道。"

"那好。这事也就到此为止，任何人不要再提起，包括你哥，我只能这么帮你。"

"我知道，谢谢尤将军。"安然心中如释重负。

安然将很久以前发生的这件事情告诉了田副队长。

"尤站长帮了我一次，我不能忘恩负义啊！"

田副队长听完安然的话后愣在了那里，思前想后，权衡利弊，如果再去找尤放对峙的话这不就是把安然往死路上推吗？田副队长猛地一把将安然抱在胸前说道："当然，当然，然然，是哥错怪你了，为了你，我……我不再去找尤站长了，好吗？"

安然点了点头。

六

夜深了，齐子义躺在床上翻来覆去地睡不着，他的脑海中像过电影一样地思考着、斟酌着。军统站对他的考验是如此的密集，他一时还弄不明白自己的行为或是话语到底是什么地方出现了纰漏，为什么尤放能用这种极端的手段来考验自己，这是不是……

齐子义突然翻身坐了起来，他脑海中跳出了一个信息，那就是他们没有抓住俞子涵，也没有掌握任何对廖站长刺杀案件的有效信息，所以，无休止的考验和调查才会铺天盖地而来。既然军统站还未掌握任何有用的情况，那么他一定要将案件的走向引导至他事先安排的那个方向。齐子义坚定地做好准备，迎接着即将发生的一切。既然睡不着，索性就起来吧。

岗楼上两个探照灯在院内和大门前不断地扫射着，军统宿舍院内除了巡逻兵的脚步声，再也听不到任何声音。齐子义看了看手表，已经到了他收听广播的时间，他马上走到桌前扭开了收音机。只有齐子义自己知道，他所收听的广播里隐藏着自己的同志传递的信息，这是他们的一种特殊的联络方式。

收音机里传来了靡靡之音——现在是广而告之寻亲之声：第一件，鲁南张之洞先生寻找失散多年的妹妹张之焕小姐，联系地址由济宁变更为济南经十路38号；第二件，北平南锣鼓巷的马妙常寻找自己的母亲蔡玲花，收听到这条信息之人，烦请告知北平南锣鼓巷13号马妙常家，信息提供可靠者定有重谢；第三件，应征参军入伍的于海滨，您的亲人希望得到您现在的情况，如听到该广播的于海滨和相关人员，速告知电台传达你们的近况和去向。广而告之寻亲之声播放完了。

齐子义有些失望地关掉收音机，显然，这次的播报中，没有齐子义想要的讯息。为了缓解自己郁闷的情绪，齐子义穿戴好衣帽，想到外边的院子散散心。他走到院子里，周围一片漆黑，如墨的夜空布满星星，他背着手信步向前走去。走到院子中间时，探照灯突然打在他的身上停了下来。岗楼的广播声起："站长有令，12点后任何人不准外出和在院内闲逛，违者按军事管制条令处置。"

齐子义用手遮住晃眼的光线退后几步，扭头看到办公楼尤站长办公室的灯光依然亮着，转念一想，向办公楼走去。他放轻脚步来到二楼，隐约地有争吵声从尤站长的办公室传出。他循声向前走去，来到了尤站长的办公室门前，办公室的门并没有紧闭，而是开着一条小缝。尤站长好像说着什么，他为了听清尤站长的话，踮着脚向前一步，将耳朵贴在了门缝旁。

"我理解你们的心情，但这是纪律。单虎的死不能让陈飞买单，身为党国的一员，随时都得为党国献身，死也无憾才是军人的本质。别说单虎还没有和安然结婚，就是结婚了又能怎样？"

齐子义一惊，上前几步仔细地听着，安然的声音传了出来："这我没说的，不成功便成仁。"

"这不就得了，利用单虎可是你先同意的。"

"是，我承认，可是他陈飞就可以那么冲动，置单虎于死地吗？"

“他知道吗？这是意外的。”

田副队长显然对尤站长的说法不满，反问道：“意外？”

“这不难理解，陈飞他是在审讯之时进行了攻击。”

“可是，我还是理解不了，那个陈飞毕竟把我的准妹夫给杀死了……我和他没完！”

“你想怎么样？我跟你说，你如果在这事上纠缠不休，我可跟你没完。这样说吧，我可以给你个任务，如果你能抓到他有任何的亲共言论或在刺杀廖站长上有任何不实的蛛丝马迹，我立即为你雪冤，提拔你为少校军衔，怎么样？”

田副队长低下头思索一阵，妥协道：“好！我接受。”

“那好，这事只有你知我知安然知，没问题吧？”

“没问题。”

“不过，你俩听好了，这只是公事公办，如果再把私仇恩怨夹杂到里边，就别怪我军法处置！好，你们走吧！”

齐子义听到这里，立即紧走几步，推开尤站长办公室隔壁的一扇门，躲了进去。门外传来了安然与田副队长对话的声音：“哥，这已经是最好的结果了。”

“我保留我对陈飞的复仇……”显然，田副队长对齐子义杀死单虎的事耿耿于怀。

齐子义靠在门后思索着，看来事情越来越复杂了，齐子义判断得没错，他杀死了那个军统特务单虎，同时也将自己推到了风口浪尖之上。这事不光牵扯到了田副队长和安然，而且他们后边的主使就是尤放无疑。齐子义完全清楚了，对自己的嫌疑和考验正在升级。得知了事情真相的齐子义回到了自己的住处，他躺在床上反复地思索着这段时间所发生的事情，迷迷糊糊地陷入了梦乡。

七

一夜无梦。清晨还带着微微的凉意，“当当”的钟声从空中传来。起床穿戴整齐的齐子义看了看手表，马上来到桌前打开收音机。收音机里一阵靡靡之音过后，一个清脆纤细的女声随之响起：“这里是广而告之寻亲之声开始播音。第一件，本市港湾道严永玲，寻找自己失散多年的哥哥严永庆，妹妹永玲因病时日不待，急需见到哥哥一面；第二件，刚来海城的老娘舅华良乡老先生，您的妹妹明天上午将携她的夫君去香严寺进香拜祖，她希望您能准时到香严寺陪拜。”

当播到第二件之时，齐子义立即调大音量认真听了起来，听完广播，他双眼闪烁着耀眼的光芒，他异常兴奋地关掉收音机，不禁脱口而出：“真是太好了！是子涵同志，她还活着，她还活着！”在一阵兴奋之后，他冷静了下来，刚刚广播里说的地点是香严寺，他一定要找个借口到那里去跟俞子涵会合。

通过周密的考虑后，齐子义来到了尤站长的办公室。

“报告。”

尤站长放下电话说道：“进来。”

齐子义走了进来敬礼说道：“站长，我有一事需要请示和报告。”

“啊，是陈飞啊，你的伤怎么样了？几天不见，你好像瘦了很多。怎么？有什么事？请说。”

“站长，今天有两件事，一是我已多日没有上班，伤已好了，我请求分配任务。”

“不急，不急！第二件事？”

“第二是，我可不可以向站长告个假，想去一下香严寺。”

“香严寺？你去那里干吗？”

“站长，这事说来有点难以启齿。”

“哦，有那么严重吗？好吧，既然你对我说，那就说明没什么秘密了吧？说。”

“在我走马到任之前，我的母亲曾跟我说过，她在海城看望我妹妹时在香严寺烧了一炷高香，曾经抽到了一个上上签，说是百日之后定有血光之灾，如能有破解之法度过，那就是吉祥免灾之日，一定要到香严寺还愿的，所以……”

“你等等，你等等，你相信这个？”

“我当然不信，不过，听他人讲这事不可不信也不可全信。所以这次凶案，虽然我深陷其中，可与我原来的上司和几位兄弟相比，我还是躲过了一劫，这正是吉祥免灾之日。而后，我又得到了长官您的关照和关心，我陈飞才有今天，这不就是又一个吉祥免灾之日吗？所以我想去香严寺还个愿，一来不违母亲意愿，二来也是……”

“好，陈飞，理解，理解，这事应该的，应该去。”

“谢长官应允，我速去速回。”

“那当然可以，哎，你刚才说你有个妹妹在海城？”

齐子义眼睛中的光彩瞬时暗淡，他有些悲伤地说道：“是有个妹妹曾在海城寄养过，不过她在返乡探亲的路上，发生了车祸已经去世了。”

“那就太不幸了，我不该提起你伤心的事。”

“长官，没什么。那么，我可以走了吗？”

“当然……”

齐子义立正行礼转身欲走。

“等等，你伤刚好，香严寺那么远。这样，我让安然随你一同前往，还有，坐我的车去，才能速去速回吧。”

“不用，长官，您看我身体不是很好吗？干吗让人一同前往，而且还用什么车？这让人……”

“不用说了，这事就这样定了。”说着拿起电话说道：“让安然和桑主任来一下。”

八

齐子义和安然各怀心事地坐在车上。齐子义看着独自发呆的安然，她一扫过去的热情，今天异常地安静。齐子义经过多方了解，已经彻底弄清了自己亲手在审讯室打死的人就是安然的未婚夫单虎。这也难怪，几天前她对自己还是关心有加的，如今已成了仇人。

一声喇叭响后，轿车停到了寺院门口。

司机扭头说道："陈长官，香严寺到了。"

"好，知道了。"齐子义想要下车，却见安然依然是一动不动地坐在那里发呆，便开口问道："怎么，安小姐，今天身体不舒服吗？要不，你在车上等着，我去去就回。"

安然回过神来，强作笑颜道："不不不，我和您一起去。只是昨晚没有休息好，冷落了长官，请别见怪。"

"不会的。"

安然下车后，慌忙将齐子义的车门打开让齐子义走下车来。齐子义抬头看了看香严寺，也没等还在身后的安然，独自向里边走去。安然对司机耳语几句后，向齐子义追来。

安然紧走几步，搀扶着齐子义的胳膊说道："长官，别见怪啊！"

"没什么，喜怒哀乐，人之常情嘛！"

安然一扫常态地说道："齐长官，我有个问题啊，您不像是信佛之人，怎么想到这里烧香呢？"

齐子义冷淡地答道："萝卜白菜各有所爱吧。"

"那好，我随您一起去烧香。说真的，长这么大，我还从没有烧过一炷香呢？"

"那好，咱们就一起去。"

来到佛前，齐子义闭着眼睛双手合十，嘴里还念念有词，只是声音太小，让安然听不清他在说些什么。安然也学着齐子义的样子双手合十地站着，不时地看着齐子义。

拜完佛的二人在院子中缓慢地行走着。

偌大的香严寺中除了几个僧人香客寥寥无几，这使齐子义心中有些疑惑，他不动声色地想着：奇怪，寺院里怎么会这么安静，难道子涵她还没有来吗？还是发现自己有一个寸步不离的尾巴？

齐子义想着，突然有点紧张起来，尽管他用余光把所经之处搜寻了个遍，可院内竟没有见到令他日夜牵挂和熟悉的身影，他有点失落和不甘，但理智告诉他，此时一定要冷静，莫慌张，他相信她正在某个地方等着自己，一切都会有一个结果的。

齐子义放下手，表现出一种释怀的样子，说道：“安小姐。”

安然好像也在想着什么，突然惊醒过来说道：“啊！长官，对不起，我……我好像走神了。”

齐子义小声说道：“这说明你才是一个信佛之人，不是吗？”

安然无语，又搀扶着齐子义的胳膊向外走去。

齐子义走出大殿后，站在台阶上把院里环视了一下，又不失时机地收回眼神和安然在院内慢慢地走着。

“这里很安静的。”

安然环顾四周，答道：“是啊，安静得使人害怕。”

“不会吧，说说，你刚才还的什么愿？”

“什么？我还愿？我就没有来许过愿，怎么会还愿呢？”

“那么，是许了愿了？”

“就算是吧，你想听听吗？”

“阿弥陀佛，不可不可。我一个外人，怎么能听一个姑娘的心思呢？”

“那有什么？不过，请原谅，我还真的不能说。”

“那就对啦。”

突然齐子义的视线被一个在不远处长椅上看书的女子吸引住了，那身影是如此的眼熟，不正是在火车上遇见的那位同志吗？他在心里大喊一声：是她？他放慢了脚步，表现出全身无力的样子，紧皱着眉头，用手捂住了胸口，又不失时机地观察着周围的行人和环境。看到了眼前熟悉的身影，他的心里踏实了许多，这肯定是俞子涵同志派来的联络员，一定得跟她接上头。可她并没有看自己一眼，旁若无人地，齐子义马上进入了状态。

安然显然没有发现齐子义瞬间的行为，马上又搀扶着说道：“陈长官，您的身体……”

“啊！没什么，就是突然感到莫名其妙的无力，心慌不定，口干舌燥的。这样，找个地方休息一下，你去给我买根冰棍。”

“当然好了，我们去那儿，您坐在那里，我再去买冰棍。”安然左右环视一下，发现院子的大树下有一个长椅，便搀扶齐子义向长椅走去，齐子义对安然摆摆手说道：“我可以的，安小姐，你去吧……”

“那你小心点，我这就去。”

齐子义迫不及待地走向座椅，刚到座椅旁，还未来得及跟于兰有任何的交流，于兰便起身目不斜视地离开了，与他连一个眼神的交流都没有。他刚小声地“哎”了一声，突然他愣了一下，低头一看，原来在于兰坐过的地方，有一封信放在那里。他没有多想，马上坐到了于兰坐过的位置上。他向四周看了一下，刚想看看于兰的背影，不想他在一个墙角处看到一双既熟悉而又陌生的眼睛在向他偷窥着。当他看到的瞬间，田副队长马上隐蔽了起来。他心中一片了然，原来监视他的不只有安然，还有田副队长。他不敢多想，趁机将自己坐着的那封信拿出来，不动声色地塞进自己的上衣中去。正在这时，安然拿着两根冰棍跑了回来，在经过墙角时和躲在墙角处的田副队长交换了一下眼神，并没有停下步子而是向后院跑去。

第八章　柳暗花明

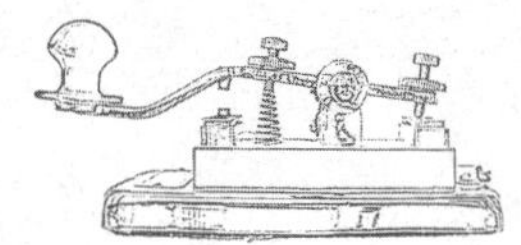

一

齐子义与于兰的碰面成功地躲避了田副队长与安然的眼睛。

气喘吁吁跑过来的安然把手中的一根冰棍递给齐子义，然后在齐子义身边坐了下来，说道："买冰棍的人太多了，对不起，让您久等了。"

"没什么。"

齐子义的心中轻轻地松了一口气，就在安然到来的最后一瞬间，他将那封信放进了衣服内。在两双眼睛的监视之下，他就这样完成了这次情报的交接。就在齐子义站起来要走的时候，他状似无意地向墙角瞟了一眼，躲在墙角处的田副队长侧身一闪，躲开了他的目光。

安然见齐子义站起身来，也跟着站了起来，搀扶着齐子义说道："您的身体不适，要不要再休息一会儿？"

"没有什么了，我向尤站长承诺过，要快去快回的。"

"那好，我们走。"说着搀扶着齐子义向寺庙外走去。

回到住处，齐子义关好门窗，拉上窗帘，来到写字台前将藏在怀中的信封取出拆开，将信封里的资料全部倒在了桌上。齐子义拿出一张照片，照片上是一位穿着国民党服装的少将军人，随后他又拿起了散落在桌上的资料一一阅读。原来照片上这人是国军东北新六军少将师长顾原，齐子义好像不认识这个人，为什么要给他这些？

齐子义在看完军官的简介翻页时，从资料里掉出一张空白的纸条来。他将纸条拿起，先是对着光看了看，并没有发现有什么异样，随后将纸条铺在桌子上，从抽屉里拿出一小瓶碘酒药水来，用棉签蘸着药水在纸上小心地涂抹起来，药水所到之处纸上都有清晰的字迹显现出来。

齐子义拿起纸条仔细阅读，纸条上熟悉的字迹让齐子义心中一阵欣喜，这封信，是俞子涵亲手写给他的，信中不但交代了任务内容和上级下达的指示，字里行间还带着俞子涵的思念、关怀与担忧，内容如下：二号你好，好长时间不见，想是你我双方都有牵挂，草书勿念。随信带上一些资料，想你必有用途。他是原国军东北新六军的少将师长顾原，早已被我军俘获，但不幸死于病魔。在他供述的材料中，他提到和尤放的一些恩怨，组织上要我把这些都转交于你。另外给你送去资料的是我最信任的联络员，你尽管放心。顺祝身体健康。

齐子义微笑着放下信纸，这几天来的郁闷情绪一扫而光，就在不远的地方，有一个人时时刻刻地担忧着他，关心着他，这让齐子义内心非常充实。齐子义反复看了几遍信后，满怀着不舍的心情将信折叠，放进了烟灰缸中，然后拿出火柴来将其点燃后烧毁，这是必要的程序，是组织的规定，为了不使情报外泄，将其烧毁才是最保险的方法，即使齐子义是那么的不舍。

将信烧毁后，齐子义又拿起了手边的资料翻看起来，他已明白了组织上的用意，他必须在很短的时间内记住这几页纸上的所有信息，只有这样才能更好地利用这个身份。地下组织周全的谋划使得齐子义的把握更大了一些，不过这一切还只是个谋略，成功与否，还需要他缜密的思考才能实施。

二

俞子涵正在桌前翻看着一些照片和资料，突然电话铃响起。

“喂。”

电话中传来了于兰的声音：“表姐，小表弟已在今天送走，是跟大表哥一起走的，请你勿念。”

俞子涵有些急切地问道：“大表哥可好？有没有……”

“很好，壮着呢，不过……”

“不过什么？”

“不过身边多了一个陪伴，是个鬼灵精。”

“好，我明白了。”

“别呀，表姐，别挂，别挂电话，我跟你说说那个鬼灵精……”

“好了，别瞎琢磨了，挂了。”俞子涵说着挂断了电话。

俞子涵挂断电话后心中的石头总算是落了地，觉得这几日来的思念与担忧终于清减了不少，好在齐子义没有什么大碍，至于于兰说的那个鬼灵精，她是猜到了的。出了这么大的事情，军统站怎么可能不在案发后唯一还活着的齐子义身边安排眼线？但听于兰说那鬼灵精是个长相颇为美丽的年轻女子，俞子涵的心中像是吃了苍蝇似的有些闷得慌。她重重地叹了一口气，试图减轻心中的郁闷，现在还不是为这些事情烦扰的时候。

三

欧阳倩扭着妖娆的身姿向尤站长的办公室走去。尤站长已经到任快一个月了，总是在忙着，今天总算是空闲了下来，她欧阳倩可是要好好地把握住这个好机会。以前对付廖站长欧阳倩也是用的这招，这招除了在陈飞身上还从未失手过。只要将尤站长收入裙下，以后还愁没有好日子过？

办公室中尤站长正在接电话："是吗？好，好，我马上派人去接。"尤站长刚放下电话，敲门声便响了起来。

"进。"

欧阳倩推开门走了进来。

尤站长抬头一看，问道："是你？怎么没有门卫的通报你就进来了？"

欧阳倩娇笑一下，风情万种地说道："也许是门卫认得我的原因吧，这需要让他们请示您吗？我想您此时需要我，还是……"

"油嘴滑舌，说，有什么事？"

"长官，我刚才说过了，我想您有什么事需要我去办，如果没有，我……"欧阳倩做出欲走的姿态，果然还真的被尤站长叫住了。

"等等，也真有一件事需要你办。"

"就是吧。"欧阳倩露出了胜利的微笑，但在她还没来得及靠近尤站长的时候，尤站长继而说道，"你开车去一下机场，接一下关灿。"

欧阳倩的笑容僵在了脸上，难以置信地问道："什么？关灿？"

"怎么？不认识？"尤站长挑眉反问。

欧阳倩脸上的微笑变成了苦笑，说道："太认识了，她不是在南京电讯所培训吗？这么快就回来了？"

"站上正需要人，是我要她回来的。"

"那好，我去接就是了。"说完立正敬礼后开门而去，欧阳倩心中很是郁闷，没想到她堂堂一个大美女，竟然失了手，难道她的魅力大不如前了？她用手摸了摸脸，心里暗暗地想道：男人都是一个样，哪有什么坐怀不乱的柳下惠，一个两个装得人模狗样的，看老娘下次不把你们都收入囊中。

欧阳倩开着车，在机场接到了许久未见的关灿，二人因为张干的原因关系非常不好，一路上两人不冷不热地对着话。

"关灿，几个月不见，你可出落得越来越漂亮了，刚才在机场害得我差点没认出你来。"

“是吗？看来站里发生那么大的灾难也没有把你好说话的性格改变了。”

“这么说，你知道廖站长、刁队长他们的事了？”

“你当我孤陋寡闻？这事，都在南京上层吵破天了。”

“哎，我听说你可是新任的站长给要回来的，怎么，你升迁啦？”

“瞎说！我哪知道啊！要升迁也是你欧阳大小姐，哪轮得上我啊？”

聊了几句，欧阳倩便不再与关灿交谈，汽车向远方驶去。

四

关灿到了军统站，还没来得及跟尤站长报告便进入了工作岗位。交接工作很顺利地完成了，关灿正在桌前书写着什么，突然听到电台传出讯号，立即走了过去，戴上耳麦接收起电报来。接收完毕，关灿将接收内容译了出来，她满心欢喜地不自觉地脱口而出道：“升职批复报告！这么说他有机会了。”她的脑海中浮现出张干的脸。

张干开着吉普车驶进军统大院。正巧一个行动队的队员路过，他见下车的是张干，便连忙跑过去说道：“队长，您可回来了。”

张干下车道：“怎么啦？”

“队长，我听说关秘书回来了。”

“是吗？在哪？”

“听说是尤站长让欧阳队长去接的她。”

张干想了一下道：“好，知道了。”

军统站的岗楼上两个士兵在站岗，探照灯在不停地扫射着，劳累了一天的关灿有些疲惫地脱去军装，换上了睡衣。张干穿过院子，从后门走进了军统站宿舍。欧阳倩恰巧经过，看到了鬼鬼祟祟的张干，刚要喊他，但转念一想，尾随张干走进小院。只见张干径直来到关灿门前，左右看了一下，从腰间取下钥匙，打开了关灿的房门。

不远的黑影中，欧阳倩看着张干的一举一动，顿时怒火中烧，咬牙切齿地说道：“这个混蛋！”

张干打开房门轻声走了进去，关灿正在床头整理刚换下来的衣物，张干慢慢走上前去，张开双臂想要抱住关灿，但是张干衣服的摩擦声使得关灿早就有所警惕，她敏捷地从枕头下抽出手枪，猛地转身一手抓住张干的手扭到了身后，并用枪指着张干的头。

张干吃痛叫道：“是我，我来看你，你就这样和我打招呼吗？你就不会温柔一些吗？”

关灿松开张干的手道：“谁让你鬼鬼祟祟的！怎么？还有脸来看我？”

“我怎么没脸了？几个月来，我可是净想着你了。”

“恐怕不是吧？那个欧阳倩可没少伺候你吧？”

在门外偷听的欧阳倩听到这些，更是愤怒得不能自制，她双手捏拳，咬着嘴唇悄悄地朝电讯室走去。欧阳倩摘下听筒，拨了一连串的号码后，小声地说着什么，嘴角还露出了得意的微笑。

“关灿，想跟我欧阳倩斗，你还嫩了点。”

张干一把将关灿抱住说道：“来，亲热亲热。”

关灿娇笑着挡住了张干的手，害羞地说道：“小心让人知道了，我可听说现在纪律很严了。”

“没事的，没人知道。”

突然门外传来敲门声，两人皆是一惊，张干连忙松开了抱着关灿的双手。

关灿看了看张干，又看了看门外，问道：“谁呀？”

齐子义的声音从门外传了进来：“关秘书开门，尤站长来看你了。”

关灿听后一惊，立即整理了衣服，张干也不知所措地愣在了那里。关灿开了门，尤站长和齐子义走了进来。

关灿招呼道：“长官请坐。”

尤站长进门后没想到在这里看见了张干，疑惑地问道：“张干，你怎么在这里？”

“正像您和陈副官一样，我来看望一下关秘书。”

关灿连忙帮腔道：“对，他来看看我。如果我没猜错的话，您就是尤站长，这位是？”

“陈飞，陈副官。”齐子义自我介绍完后礼貌地和关灿握了一下手。

“幸会，两位长官请坐。”

张干尴尬地站在那里，说道：“关秘书，那我就先走了。”

“走好，不送。”

张干向尤站长和齐子义二人点了点头，便走了出去。

“关秘书，今天真是辛苦你了，累了吧？”

“没事，不累，只是有点紧张。”

“紧张什么？”

“长官深夜来看我，我很激动，所以就紧张。像我关灿一个小小的秘书，还劳长官……”

“尤站长爱才惜才，这也就不足为怪了嘛！”

“陈副官很会说话的，哦，我想起来了，您就是那位大难……咳！怪我不会说话。陈副官，别见怪，很荣幸见到您这位英雄。”

“过奖。”

尤站长笑着打断了互相恭维的二人，说道：“好了，别没话找话了，关秘书，好好休息，咱们明天见。”

“谢长官，明天见。”

尤站长与齐子义走后，躲在暗处的张干重新折了回去。

关灿再次见到张干有些惊讶：“你怎么又回来了？”

“我这不是想你了嘛，俗话说一日不见如隔三秋，咱们都多久没见了。”张干说着就要搂着关灿亲嘴。

关灿一把挡开了张干，说道：“先别急，我正好有件正事儿跟你说。”

“有什么事能比咱俩的事儿还急的。”张干猴急地亲吻着关灿。

“哎呀，你别闹，我今天接收了一份文件，是升职批复报告。”

“什么？！你说什么？”张干猛地抬起头，看着关灿。

“张干，你有机会了，一定得把握住啊！”

“关灿，你真是我的福星啊！”说着，张干将关灿抱起，连着转了好几个圈。

“哎呀，你快放我下来，哈哈哈……”二人嬉戏打闹的声音不绝于耳。

五

次日，张谦在接到任务后从办公楼里慌慌张张地走了出来，向一辆吉普车走去。刚要上车，张干驾驶着一辆三轮摩托车停在了张谦的吉普车旁。

张干热情地跟张谦打着招呼：“张队长，有任务啊？”

张谦坐在车里说道：“是，去一下码头。”由于任务紧急，张谦没有时间跟张干寒暄，他挥了挥手，司机会意发动了汽车。

“哎！别走啊！”张干拦住了张谦。

“有事吗？”张谦有些不耐烦地问道。

张干小声地说道：“我听说站里批下来一个提升的名额，你可曾知道？”

“这事你问我？你不比谁都……”

“我只是随便问问，这是不是真的？谁让你是尤站长直接带过来的嫡系呢！”

“那有什么？你是不是想争取一下，那就去争吧！反正不会有我的份，记住，升职了要请客啊！”

“听你的语气，看来你还是知道的。”

张谦故作神秘地摇了摇头道：“真的不知道，我也不想知道。”

“为什么？”

“这不明摆着吗！”

“你给我弄糊涂了。”

“装什么装？我初来乍到，还没有做出点什么，就是有这个名额，有我的份吗？记住了，请客啊！”

“那当然。”

张谦说完上车，汽车疾驶而去。

张干寻思道：什么意思？都阳奉阴违，没你的份，蒙谁哪！不行，我得去问问。

这事儿只有问尤站长最靠谱，所以张干向尤站长的办公室走去。路过秘书办公室时齐子义正低着头写着什么，关灿也在另一张桌前接收着电报。张干走进来后先是和关灿交换了一下眼神，随后径直来到齐子义桌前说道：“陈副官，上班呢？”

齐子义抬起头来说道：“张队长，好久不见了，你……”

张干笑道：“没多少天吧？怎么，这都出院了，伤都全好了？这么急着上班呢？”

“全好了，你们都在忙，我怎么能……哎，张队长，找个机会，我得感谢你的救命之恩呢！”

“哪里话，过去的事，就别提了，他们没有追究我失职就烧高香了。就这样，咱们随后再说。我找……你忙，你忙。”张干指了指尤站长的办公室。

齐子义会意地点了点头，做出请便的手势。张干又和关灿交换了一下眼神，向尤站长的门前走去，他来到尤站长的门前大声喊道：“报告。”

“进。”

齐子义望着张干的身影走进尤站长的办公室，心中升起了莫名其妙的忧虑和担心。那晚发生的事情也只有他最先接触到了自己，也是他最先发现了俞子涵，那么后边发生的一系列的怀疑和考验难道都是他……

尤站长听到张干的问题后质问道：“……提升？你怎么知道这事的？上边有人？还是有人给你通风报信？我想不会有人敢冒这么大的风险违反工作纪律。这是泄密，知道吗？泄密是要杀头的，你……”

张干一慌，连忙说道：“站长，站长息怒。”

“我跟你说，这海城站……哦，你们以前的失败就在于纪律不严、工作懈怠、争风吃醋、钩心斗角……”

张干有些心虚地低下了头，说道：“站长，没那么严重吧！”

“怎么？你不服气？就因为这些，我的前任才出现……好，不说了，你说……”

“我们以前的工作是有不对的地方，可是，那些出的事故也是有原因的吧？不是……”

“我说过了，不再说了，你说吧，是想争那个提升机会吧？”

“我只是……”

“要是这样，我就破一次例告诉你。作为老站人员之一，我考虑过，你是唯一的候选人，我只能说到这里，希望你能再做出一点什么，给我一个相信你的理由。”

张干立正道：“是。”

“好，你去吧。”

“谢站长。”张干说完立正敬礼出门。

张干在确定地得到尤站长的答复后，心中乐开了花，可是他还是装作平常的样子，径直向外走去，以至于连齐子义站起身来跟他打招呼也没看见。

坐在另一张桌子旁的女秘书快步走到齐子义跟前故作神秘地说道：“肯定是受训了。”

齐子义向女秘书摆了摆手，让她少说话多做事。关灿看着离去的张干若有所思。正在这时，韦佳桌上的电话铃声响起，韦佳接起电话，里面传来了尤站长严肃的声音：“韦佳，来一下。”

韦佳挂断电话站起身来，走进了尤站长的办公室。

“韦佳，你如实回答，上峰发来的提升指标你都让谁看过？这可是A级绝密文件，在没有确定和公布之前，任何人不能向外……”

“没有，站长。站里的规矩我是知道的，我看到那份绝密文件后，就马上……”

“怎么？你看到后？难道不是你亲自接收的？”

“是，昨天我临时有事外出，回来后就看到这份电报在桌子上放着。问过后才知道是关灿接收的，我就第一时间送到了您的办公室……”

尤放若有所思地低下了头，向韦佳摆了摆手示意他明白了。看来这件事是关灿泄的密，而他和齐子义去探望关灿的那晚，张干不正好就在那里吗？虽然最合适的人选是张干无疑，可是他们俩闹这一出，到底是将他这个站长放在何种位置上。

韦佳刚刚走出办公室没多久，尤站长也跟着来到了秘书室，尤站长端着一个茶杯走了出来，边喝边来到齐子义的桌前说道：“陈副官，注意休息啊，你的伤刚好……”

齐子义马上站起来说道：“谢长官关心。”

“怎么，在我跟前工作，还习惯吗？”

“当然。”

就在尤站长与齐子义对话的时候，突然，尤放的眼睛一亮，他快步走向齐子义的桌前，仔细地端详着桌上的一幅照片。照片上是一位年轻的军官和一个漂亮的姑娘。

尤站长有些激动地问道：“这是……”

“是我的姐姐和姐夫。”

“是你的姐姐？还有你姐夫？”

“是啊，长官您认识他们……”

“真是你姐姐？陈娟？”

“对啊，是我姐姐，她是叫陈娟。”

“还有顾原，他真是你姐夫？”

“没错啊！”

尤站长所说的那张照片，自然是组织上给齐子义准备的材料。

尤站长放下茶杯，双手搭在齐子义的双肩，专注地看着眼前这位英俊的小伙子，用双手拍着齐子义的肩头说道：“真的是你吗？小石头，你都长这么大了，如果我没记错……让我想想，想想，你今年应该是25岁了。”

“没错，长官，我小名是叫小石头，岁数是……哦，长官，我的人事档案上记载的不是很清楚吗？”

“是是是，是很清楚。你等等，等等。”说着急忙地走进了自己的办公室。

齐子义万万没有想到，这张照片是这么有分量，会让这张看起来非常冷峻而又凶狠的面孔瞬间表现出来这样的兴奋和谦和。这使齐子义有些茫然，他努力地调整着自己的情绪，一定要迎合着把这出戏演下去。看来，正像俞子涵说的那样，这幅照片的作用非常大。齐子义整了整军帽，提了提精神。

尤站长手里拿着一张照片，快步走了出来，随后将手里的照片递给了齐子义。齐子义看了看手中的照片，问道：“这是？”

尤站长把照片放在那张照片前比了一下。照片上是一个和原照片一模一样的年轻女人，身边有一个几岁的小孩紧紧靠在她的身旁。

齐子义拿着照片说道：“长官，我也有一张同样的照片，只可惜在战场上丢失了，这是……”

“这是你姐姐20岁时留给我的，你应该知道的，这身边的当然是你……我记得你那时才刚满5岁。”

韦佳走上前去，看了看，招呼几个同事围上来看。

关灿赞叹道：“好漂亮。”

“你说是谁呀？”

“当然都漂亮，想不到陈副官5岁就风度翩翩。”

“你说什么呀？是不是用词不当啊！”

齐子义一脸温和地对尤站长说道：“谢谢尤长官还能记得我的年龄……”

“那时，你已经很讨人喜欢了。”

“对，一点不错，我那时才刚刚记事。”

“对呀，你可是个聪明而又记性好的孩子。你还记得在你姐姐的身边经常有两个年轻人陪伴左右吗？”

“好像，对，朦朦胧胧的。”

还好齐子义在前一天晚上便将所有的资料都背熟，所以今天才能对答如流，毫无破绽。

“一个是你的姐夫，顾原；一个就是我，真可惜……”

韦佳突然说道：“站长，这话里好像很有故事似的，能说出来和我们分享一下吗？”

关灿帮腔道：“是啊，难得站长这么开心。”

“好，那时……”尤站长陷入了回忆。

那时尤放、顾原、陈娟三人风华正茂，三人因年龄相仿兴趣相投，所以时常聚在一起。尤放的目光深远，好像过往的一幕幕就在眼前：“那时，我和你姐、顾原三人刚刚高中毕业，经常在一起练京戏。”

韦佳问道：“这么说站长也会唱戏了？”

“会。”

关灿起哄道：“那就欢迎尤站长给我们来一段清唱好吗？”

韦佳摇了摇头说道：“什么呀，还是说正题，说说你们的爱情。”

“这可是我难忘的一段啊！陈飞，这事你可能也不知道。”

“您说。”

“那个时候，我和你的姐夫都深爱着你的姐姐不能自拔，当然，你姐姐也爱着我们俩不能自持。我们都心如明镜，但谁都没有勇气捅破这张纸。就在我们奔向抗日前线的第二天，你的姐姐无奈地用极端手段决定了她的终身，随着你的姐夫顾原做了随军家属。从此，我们分隔两地……就在前年的一天……”尤站长的声音有些哽咽了，他用手揉了揉眼眶，不让眼泪流出来。

齐子义眼神悠远，像是也陷入了回忆：“对，是前年的7月28日，就在抗战胜利前几天的夜里，日军对我军展开疯狂的轰炸中，我的姐姐不幸……”

在场的所有听故事的人，都满眼闪着泪花。

齐子义声音有些哽咽了：“姐姐在轰炸中不幸身亡后，为了给姐姐报仇，我也自愿参军加入抗日的最后一战。抗战结束后，我和姐夫，当然还有你都陷入了内战之中。我的姐夫顾原在一次和共军交战中被俘，因病死在狱中，追随姐姐而去，这使我每每想起就……”

“是啊，都是很沉重的一幕幕啊！好像很遥远又好像就在眼前。陈飞，恕我说句迟来的话，要是……要是当年你姐姐选择的是我，那么她就不可能会有这样的结局……”

“我姐姐在活着的时候，总跟我提起那个尤放哥哥。每当提起你时，她的脸上总挂满了幸福的笑容和期待，说真话，我也总是梦见你对我们的关爱。”

“是吗？”

齐子义点头肯定地说道：“是。”

“陈飞，你姐姐是一个聪明娴雅之人，少有的矜持中总透出一种可人的温柔。”

尤站长沉浸在一片遐想之中……

“尤将军，你是不是……尤将军……”

尤站长回过神来说道：“我……我太思念陈娟了，这事说开了，我也就不怕失态。陈飞，为了对得起你姐姐的那份爱，我尤放至今都没有移情别恋，至今未娶……”

在座的所有人都露出了不可思议的表情。

齐子义也不敢相信地确认道：“将军仍是独身？”

尤站长点了点头道：“不说这些了，陈飞，谢谢你来到我的身边，今后如果有什么事，你就当我是你的亲人，只管说就是。”

“是，将军。”

“现在……对，陈飞，你现在还是个中校军衔吧？”

“是，将军。”

尤站长想一想说道：“这样，陈飞，关秘书记录。”

关灿拿来书夹打开说道：“是。”

尤站长思索一番后，说道：“保密局海城军统站特提升陈飞为海城军统站上校副官，此特令，速报国防部军干调配处。”

齐子义一惊，显然没有想到尤站长会来这一出，说道：“将军，我……”

尤站长用手一摆道：“以后，你就作为我在海城军统站工作期间的第一贴身副官兼办公室主任。”

齐子义立正道：“谢将军栽培。”

惊讶的不只齐子义一人，在座的所有人都对尤站长的临时起意感到了惊讶，只是关灿的惊讶中带着些许的不满。关灿猛地合上书夹，嘴里不经意地“哼”了一声，事情出乎了关灿的预料，她现在只想将这一重要的事情告诉张干。

六

值完班后，关灿回到了住处。张干早就在她的住处等她了，关灿刚进屋，张干便一把从后面将她揽在怀里说道：“宝贝，有喜事了。”

关灿自然是知道张干口中说的喜事是什么，她对张干的无知感到有些无奈，站在那里冷冷地说道：“有什么喜事？”

“来，亲亲，我告诉你。”

“没兴趣，爱说不说，我累了，松开。”

张干松开手说道："今天，是尤将军亲口告诉我的，这次提升非我莫属，你说，这不是喜事吗？"

关秘书一听说道："这个呀，做梦去吧！"

"哎，你是亲眼看见我去见尤站长的，他可是亲自跟我说的，怎么你不高兴……"

"可我听到的可不是像你所说的，那不是你，而是……"

"直说，你听到了什么？"

"不是听到，是我亲自办的。"

"不是……快说呀！"

关灿将今天在秘书办公室所发生的事情原原本本地告诉了张干。

张干听完后愤怒地说道："什么？他要我？不是你……"

"信不信由你，请示批准的命令都是我起草的，这还有假？你说，我何时骗过你？"

"不是……你说，他陈飞何德何能，他没有为海城立下过汗马功劳吧？上任之后就出了凶案，没有保护好长官，而且……不对，该不是因为他……你……？让我想想，让我想想……"

"想也没用，你没有……"

"什么？这有什么？请直说。"

"说就说……"关灿又将陈飞的姐姐与尤站长的关系全都抖了出来。

"原来是这样，难怪……他姓尤的敢感情用事，这真得想想，看我……"眼看煮熟的鸭子就在他面前飞了，张干气得脸都红了，眼睛也充了血。

"想什么想，要想，你回去想去，我可不想在这样的情绪下陪你……没用的东西！快走，我累了，需要休息了。"关灿说着将张干推出门去。

"那，你等着，我一定……"

"哐"的一声，关灿将门关上了。

七

探照灯在不断地扫射着，齐子义在屋里踱着步，今天发生在眼前的一幕幕，他没有料到，他多想尽快让俞子涵知道，可他知道不能为此而违反了组织纪律，他相信组织上之所以这样做，是经过深思熟虑的。不过，当时关灿的不满，他也分明地看在了眼里，看来他是在无意中将关灿和张干得罪了。

第九章　口无遮拦

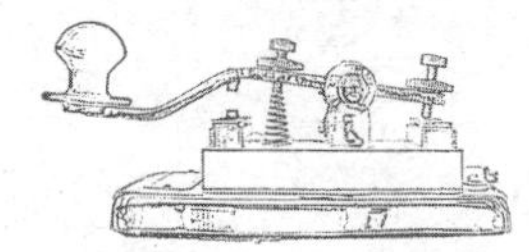

一

清晨，天刚亮，张干顶着一双红红的眼睛急匆匆地向尤站长的办公室跑去，自从他昨晚知道了尤站长因为和陈飞的姐姐是老情人而提拔了陈飞开始，便一直怒火中烧，很不服气，导致了他整个晚上都在失眠中度过。

张干上了二楼，对门口的卫兵说道："找尤站长，快，通报。"

"尤站长不在。"

"什么？你也敢耍我？"这大清早的尤站长不可能不在啊。

"不，不是，我怎敢耍您？张队长，您还是回去吧。等尤站长回来，我好通知您……"

"放屁！那就晚了！"

"可是，我也不能违反纪律呀！"

"给我讲什么纪律！说不说，不说我就毙了你！"张干说着掏出了手枪，对准了卫兵的脑袋。

"这……"卫兵吓得往后一缩，却被张干一把抓住了衣服。

张干又用枪在卫兵的脑袋上狠狠地怼了一下说道："三秒钟，一，二……"

卫兵惊恐地看着张干说道："我说，我说，尤站长今天去南京了，刚走。按纪律，我不敢透露。"

张干见卫兵的样子不像是在撒谎，便问道："何时回来？"

"张队长，这有点难为在下了，我哪能知道啊？刚才说的我就已经违反纪律了。"

"那就再违反一次，说！"

"长官，这我真不知道什么时候回来，您想……"

"当真吗？"

卫兵摇了摇头表示自己真的不知道。张干收起枪，快步向楼下走去。

卫兵摸了摸被枪顶得有点红肿的额头说道："就会冲我们当兵的发火，这当官的都是吃枪药长大的……"

齐子义走了过来问道："说什么呀？"

卫兵一看，马上立正道："不是，长官，我不是说您的，您……"

"值好你的班。"

卫兵立正道："是。"

二

得知提升的名额被别人占去，张干心中像塞进了一块石头那样难受。按说，在这个站上，他张干算是一个元老级的人物了，和他有竞争力的刁队长也已经死了，可他想不到一个刚刚来的陈飞成了他的灾星。

"咚咚咚……"张干找不到尤站长，他的愤怒也同样找不到宣泄的出口，所以张干来到体能训练室，狠狠地击打着沙袋，想减轻自己心中的怒火。正在这时，张谦带着几个手下有说有笑地走进了体能训练室。张谦见张干独自一人在对着沙袋泄愤，心中隐隐猜到了原因，便走上前去主动跟张干打了个招呼："啊，张干，你早啊！"

张干也不言语，仍在击打着沙袋，张谦见张干不理会他，嘴角露出了嘲讽的一笑，几人拿起了器具开始各种锻炼。

张谦拿着一对哑铃边训练边来到张干跟前打趣道："怎么？还没有提升就不理兄弟了，这要是提升了，是不是就没有兄弟们过的了。"说着看了看其他人。

几个人不明所以地附和道："是啊。"

张干本就异常愤怒，谁知这个张谦还非要往他的枪口上撞，他突然出拳招呼到了张谦的脸上。张谦没想到张干会在公共场合出手打人，躲闪不及，加上手上还拿着哑铃，失去了重心，倒在了地上，嘴里骂道："混蛋！你想干什么！"

张干上前一步，还想给张谦一拳，索性被旁边的几人拉住，张干骂骂咧咧地说道："我让你嘴贱！再提这事，我……"

几人扶起张谦问道："这怎么回事？"

吕飞也没弄明白事情为何发生得这样突然，看着张干问道："张队长，你疯了？"

"你要向谦哥道歉。"

张干又连续击打了几下沙袋，根本没将说话的几人放在心上："这没你说话的份，阳奉阴违，滚一边去，不然小心我废了你！"

张谦被扶起后，用手抹去嘴角上的血迹后说道："你怎么像条狗似的，见谁就咬谁呀！怎么想练练？那就单挑好了，说吧，怎么练？你没有争到提升的名额，也不能……"

张干突然跑到挂枪的地方，抽出手枪指向张谦说道："闭上你的臭嘴！再说我毙了你！"

张谦见张干动了枪，也抽出自己的手枪来。

张干没好气地问道："你说，这升职的事，是不是你小子使的坏？要不，你怎么知道提升就没了我？"

"这哪跟哪啊！"看着怒火中烧、无理取闹的张干，张谦也咽不下这口气，他可不是个愿意吃哑巴亏的人。

身边的几人看见长官们动了枪，心里大急，纷纷围上前去，挡在两人的枪中间。

吕飞劝着张干："自己弟兄，怎么说翻脸就翻脸了呢？"

吴天劝着张谦："就是，两位队长，咱们把枪放下，放下，有事说事，在这里动枪，这不是违反纪律不成？好啦好啦。"说着将张谦的枪压了下去。

吕飞走上前去对张谦说道："咱们走，不练了。"说着一帮人簇拥着张谦走出了训练室。

出了训练室，吕飞问道："谦哥，这是怎么回事啊？"

张谦揉了揉肿胀的脸，说道："上边不是分给咱们站上一个提升指标嘛，他去向尤站长要指标，兴许没有得逞吧？谁知道呢？"

"原来是有这等好事，难怪！"

三

尤放刚到南京，便马不停蹄地赶往南京保密局参加重要会议。尤放将自己在海城上任以来的各项事务做了详细的汇报，只是廖站长的案子使他有些羞愧："局长，情况就是这样，廖站长和他手下被暗杀的案子至今还没有进展，望局长恕手下……"

毛人凤打断了尤放的话语，不悦地说道："我不听这些，我要的是案件的侦破结果。蒋委员长在元旦广播词中讲得非常明确，要在一年内消灭共军主力，全国各地的散匪也渴望在一两年内肃清。并指出，要把长江以北、黄河以南的共军全部消灭。所以我们要不遗余力地剿灭共党的地下组织，决不能让他们肆无忌惮地兴风作浪。而你，尤站长，这么长时间了，对袭击我军统的机关将领却束手无策……"尤站长无言以对。

"尤站长，你还有什么话说吗？"

"局长，是属下办事不力，希望再宽限时日，我会尽大力而为之，一定会完成毛将军之重托。"

"好！我相信你。另外，还有一件事需急办，沙复道。"

沙复道站起来说道："局长。"

"2月8日去美国的冯玉祥在《纽约下午报》上发文抨击蒋委员长独裁腐败、镇压人民、撕毁政协决议，依靠美援打内战的罪恶行径，并声称要向人民负责，鼓动华人誓死奋斗，以推翻其反动政权。上峰要求我们必除之，所以沙复道要迅速行动，组织人员尽快赴美。"

"明白。"

"还有，我军向美购买的150架C-46型运输机将于近日抵达我沿海机场，白长官要求我局要加强配合，阻止共党地下组织的渗透破坏，这件事由局本部保卫处部署。"

一军官站起来道："是。"

"还有加拿大政府援助我们的2500吨重、价值120万美元的军火及战具，其中包括4架蚊式轰炸机，由崖边号15号轮运抵上海虹口码头，接保工作由上海站负责。"

"是。"

"好，我预祝各位成功。"

四

尤站长从南京回来后召开了紧急会议，所有中上层军官都要求必须出席。会议室的桌前端坐着两排军官。门外突然传来了"立正"的喊声，随着门口的卫兵打开门，尤站长走了进来。两边的军官齐刷刷地站了起来立正道："长官辛苦。"

尤站长摆了下手让大家坐下，清了清嗓，用低沉有力的声音说道："诸位，今天召开这次会议有两件事需要传达，一是，毛局长对我站侦破凶杀案一事的进展大为不满，要求我们要不惜一切代价结案；二是，有一个提职命令需要传达，不过我听说已经有人泄密，而且已吵得沸沸扬扬。"

关灿有些紧张地低下了头，张干却认为自己没有任何错，依旧坐得昂首挺胸，而张谦，看了看张干，又看了看关灿，露出了一副看好戏的神态。

尤站长接着说道："大家都关心着上级给我们站的一个提升名额将花落谁家，现在可以公布给大家了，宣布吧！"说完给了关灿一个眼神。

关灿会意后站了起来，打开文件夹"咳"一声，朗读道："陈飞！"

齐子义站起身来，表情严肃。

"经报国防部保密局批准，特提升陈飞为上校军衔，并经尤放将军提议，陈飞上校从今日起，作为尤站长的贴身副官兼办公室主任行使职权。此令，即日生效。"

"谢长官栽培。"

就在众人反应不一的时候，张干突然站起来说道："我有话要说。"

众人不约而同地望向了张干，尤站长也抬头看了一眼张干，张干也不看尤站长，怒视前方。

尤站长朝齐子义摆摆手说道："陈飞，你先坐下。"

齐子义有些担忧地看了看尤站长，面露不安地坐了下来。

尤站长指了指张干说道："有什么话，讲！"

张干理直气壮地说道："恕我直言，这样的晋升使人非常窝火，问问在座的，能说服人吗？这凭什么呀？是论资历还是论功劳？就凭陈飞上任后，没有保护好长官，让我们的上司和几位弟兄惨死在布置任务的现场？就凭他是唯一活下来的人，还是凭我们新到任的站长大人是这位陈飞姐姐的情人？……"

关灿被张干的话语吓了一大跳，这种话怎么能拿到明面上来说呢？而且还是当着这么多人的面，这分明就是要给尤站长难堪。关灿连忙厉声阻止道："张干，你……"

关灿的声音点醒了被愤怒烧晕了头的张干，回想起刚刚自己所说的话语，他感觉就像是头上被突然泼了一桶冰冷的井水。他已经意识到自己的口无遮拦惹下了大祸，他有些不知所措地看了看关灿。张干觉得口干舌燥，刚开始想要说的话语一句也说不出来了。

尤站长脸上没了表情，只是那可以杀人的眼神死死地盯着张干说道："张干，你还有什么话都讲出来！"

张干看事情已经到了不可挽回的地步，说与不说也没有什么大碍了，便豁出去地说道："我当然还有话讲，你可以把自己讲过的话和承诺放在一边，可你不该把你曾经怀疑的对象……"

尤站长拍了一下桌子站了起来，并抽出手枪放在桌子上："够了！我的张干队长，你敢泄露军情机密？按军事条例我现在就可以当场毙了你！"

齐子义面露担忧，心中却是异常的欣喜，这种军统站内斗的情况对我军来说无疑是有利的。齐子义在心中嘲笑着张干的愚蠢与冲动，这些事情怎么能当众讲出来？这个张干，看来他是死定了。齐子义又看了一眼关灿。关灿双手紧紧地捏在一起，极其紧张地盯着张干，生怕张干再说出什么要命的话来。坐在齐子义对面的韦佳看了看齐子义，又顺着齐子义的视线看了看关灿，嘴角露出一丝不易察觉的笑意。

尤站长扫视一下会场说道："张干，我警告你，凭你平时的所作所为，能做到这一点不足为怪。但念起你是军统站的老人，我可以……这样，来人！"

门外进来四名宪兵。

张干一惊，顿时没有了刚才的宁为玉碎不为瓦全的气势，慌张地说道："站长，我……"

"放心，我不会杀了你！关秘书！"

关秘书站了起来。“你可知罪？”

关灿低下了头，说道：“我……”

“这事你可是罪魁祸首、罚不容诛。”

“长官饶命。”关灿吓得眼眶都湿润了。

“给我把他俩押下去，分别单独关禁闭反省，再听从处置。”

“是。”

“慢！”齐子义站了起来说道，“长官息怒，我可以讲几句话吗？”

尤站长迟疑一下说道：“讲！”

“张干兄对于我的晋升存有敌意，我可以理解。他们两人泄露军情机密，的确罪不可赦，可是，鉴于我站目前正是用人之际，为党国利益考虑，我请求长官是否考虑从轻发落？”

众军官不同的眼色看向尤站长。

张干看着为自己求情的齐子义，心中的怒火又腾地一下燃烧起来，自以为硬气地说道：“站长，我承认自己冒犯长官，泄露军情机密。我张干一人做事一人当，与他人无关。”

“你指的是关灿，这无关吗？泄密的首先是她吧？”

“可闹事的可是我张干，我不能连累……”

尤站长果断地说道：“住口！带下去。”

“是。”四个卫兵分别押着张干与关灿走了出去。

随后，尤站长对今后的工作做了详细的安排，众人在一片唏嘘声中散会。

五

会议结束后，田副队长回到住处，气愤地将帽子摔在了地上，说道：“这太气人了，我……”

安然对哥哥的态度感到担忧，说道：“哥，你不能胡来啊！”

“为什么？不让说……”

“不是，我想你没有资格为此鸣不平的，再说，前车之鉴啊！我可不想让你步张干的后尘，要不这事你就……”

“你怎么了？这事不能就这么算了！哎，安然，你跟我说实话，你未婚夫刚死，可你……你是不是喜欢上了陈飞那小子？你跟我说实话，我也好掂量掂量。”

“哥，你说什么啊？”

“我这是为你考虑的，为你好。”

“你这是为我好吗？要是为我好，那么这事也就这样过去吧，你是我在这世上唯一的亲人，我不想连你也……”

“这绝对不行啊！还有，那个尤站长，你也不能跟他有什么感情！那个老光棍，原来他还有那么段风花雪月的事，难怪那个陈飞……我可接受不了像陈飞这样的提升，保不齐这里边还有你的什么事吧？我……”

“哥，你在侮辱我！哥，你还是不是我哥啊？”

“不是你哥还是什么？”

“那就别说了。”

“好，不说了。你的事情你自己把握，但念起我和单虎的兄弟情，我还是要报这个杀弟之仇的。”

“哥，我送你一个字：蠢！再送你两个字：愚蠢！”

安然对哥哥无可救药的固执与愚蠢感到十分愤怒，摔门而出。

张谦和几个手下出完任务也气势汹汹地回到办公室，坐了下来。室内的几个人见气氛不对劲，纷纷围了上来问道：“队长，怎么回事？”

张谦身边的一个随从说道：“还不是因为张干！”

“咳，他不是被拘起来了吗？”

“是拘起来了，可他的手下总想找咱们的事，给咱们穿小鞋。”

“是欺负咱们是外来人？不会吧？那尤站长……”

张谦阻止了几人的交谈，说道：“别说了，我可警告你们，这事还是少议论，再闹出矛盾来，小心站长追究我们的责任，毕竟站长有站长的难处。”

“谦哥，我们听你的。”

“那好，从长计议，见机行事。”

“明白。”

六

几天的时间过去了，国家并不太平，共产党与国民党的明争暗斗仍在激烈地进行着。保密局局长毛人凤皱着眉在一幅巨大无比的地图前观察着，当下国民党的局势非常的严峻，各方吃紧。毛局长有些头疼地按了按自己的太阳穴，突然桌上的电话铃声响起。

“丁零零……”

“喂。”

“局座。”

“啊！是蒲臣啊，什么事？”

“属下有紧急事汇报。”

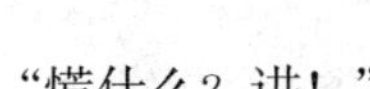

“慌什么？讲！”

“北平正在举行全民性的和平运动，据我的眼线密报，原北平市市长何思源已准备参加这一活动，并有意出城向共军表达和平意愿，我们该怎么办？”

“没有什么大不了的，蒲臣，你已是北平老军统了，还是那么不沉稳啊！”

“是，属下……”

“好啦，不必道歉了，我跟你说，这事已报告给总裁，他已责令我向你们通告，只要是和共军接触的政要，一定要他们减员缄口，以儆效尤。”

“属下明白了。”

毛人凤将事情交代下去后心里并没有多少担忧，对于王蒲臣的能力毛局长还是相当有自信的，暗杀区区一个市长，毛局长并没有放在心上。可是几天之后，毛局长却得到了意料之外的任务失败的消息。

当时，毛人凤在打着电话：“北平戡乱的事情是北平军统站站长王蒲臣负责，我可不想你们海城再发生什么事情，你得跟我保证。”

“是，我保证。”

“好，就这样。”

毛人凤刚放下电话，门外传来报告声。

“进。”

门口的卫兵推开房门，一个女秘书走了进来。女秘书打开文件夹说道：“局座，北平急电。”说着拿出电报来，欲交给毛人凤。

毛人凤摆了一下手道：“念。”

“北平站电，A级，呈报人北平站站长王蒲臣。按局座指令，我站于昨天凌晨三时，派特工在何思源房顶安放定时炸弹爆炸，但后果不甚圆满。爆炸仅使何次女毙命，何及二子一女受伤，何妻何宜文受重伤。何思源不畏强暴，裹伤于本日下午与文法委员、中国大学代校长吕复等率领代表团出城，向解放军表达和平愿望。此电，国防部保密局北平站。”

毛人凤先是一愣，随后大发雷霆，怒吼道：“一群废物！”毛局长说完站起身来一把抓过电报，又看了一下，猛地拍到了桌面上，没想到王蒲臣连这么一点小事都做不好。他伸出食指，对着女秘书指了指，说道：“立即通告北平站王蒲臣，将那些知道内情的人，特别是那些参与爆炸的特工，统统给予嘉奖，到地狱领奖去吧。”

女秘书边记录毛局长的话边说道：“明白。”

毛人凤摆了摆手说道：“去吧。”

刚挂了电话的尤站长在思索着，刚才毛局长的电话，提出了海城站近一个阶段工作的不足。想起他被调往海城前上峰对自己寄予了很大的期望，心中顿时产生了深深的愧疚。自己必须得马上加紧步伐，侦破廖站长一案，也好给上峰一个交代。

七

齐子义自从上次与组织联系后便再也没能接到组织发出的任何讯息，他像以往一样，每天按时打开收音机收听广播，收音机里传来了一段靡靡之音后出现了齐子义所熟悉的声音："现在是广告之声寻亲节目，第一件，身在厦门的张英小姐，你的父亲正在病重弥留之际，想和你见上最后一面，请你速回上海与父团聚；第二件，表妹吴珊珊，表妹吴珊珊，表哥梁三兴和你表嫂柳沙倩将于8月2日在湖边教堂举行婚礼，望表妹携妹夫参加为盼；第三件……"

齐子义关掉了收音机，陷入了沉思，这是俞子涵约见的暗语，齐子义听到这段广告，心中有了一个美好的期盼，这次但愿能见到她，亲自向她诉说一下自己在敌人心脏里的工作心境和与她分别后的无限思念。

外面的哄闹声打断了齐子义的思路，他来到窗前，撩起窗帘的一角，看见院子里聚集了很多的人，其中一个卫兵手上还拿着一张布告，正要往墙上贴。这时田副队长骑着一辆三轮摩托车驶进了大门，几个正在看布告的便衣看到了田副队长，连忙向他跑去。

摩托车刚刚停了下来，一个年轻军官跑了过来急忙说道："田副队长，刚回来啊？"

田副队长走下车，拉了拉自己的衣服说道："是，有事吗？"

"快去看看吧，张干和关秘书的处理下来了。"

"怎么处理的？"

"你看看不就知道了！"

"走，看看去。"说罢，田副队长三步并作两步地向布告栏走去。

田副队长好不容易才从人群的边上挤进了布告栏前。

一个人正在念着："目无长官，顶撞上司且传播不实信息。关灿身为秘书，泄露军情机密，并和张干存在有办公室恋情，严重违反保密条例和法规法则。经报国防部保密局批准，即日将二人押往南京军事法庭处置。此布，保密局海城军统站。"人群议论纷纷。

"这么快就下达了。"

"这也太严厉了吧？"

"就是，张队长他们也没犯什么大错啊。"

"这样，原军统站的老人不就……"

"哎，打住啊！"

田副队长拉着正在议论的两个手下走到墙边，手下甲被田副队长拽得直咧嘴，赶紧将自己的手从田副队长的手里抽了出来，说道："队长，您轻点，我的胳膊……"

田副队长狠狠地给手下的脑袋上砸了一拳头，厉声说道："你不要命了？"

手下有些不明所以地捂着脑袋，委屈地说道："队长，您怎么发这么大的火？"

"你说呢？什么老人新人的？"

"不是……"

"你还犟嘴？"

"那有什么？"站在旁边一直都没有吭声的手下乙觉得自己的队长有些小题大做了，不以为意地说道。

手下甲帮腔道："就是嘛！那尤放把咱们站里原来的人员都开销得差不多了。"

田副队长没好气地说道："就是开销完了，也不能在那种场合说，那里多数都是那姓尤的带来的，还不很快就传到了他的耳朵里。"

手下甲这才惊觉自己的口无遮拦，吓得连忙解释道："我就是气不过。"

"气愤不过的事多了，你能咋地！我可不想让我的部下再步张干的后尘……"

"那……"

田副队长低声地说道："你们听着，你们几个是我的兄弟不是？"

几人异口同声地说道："当然是。"

"那就好了，我是不想失去你们的。"

"对啊，听田副队长的话没错。"

"这事得从长计议，走，本队长带你们吃饭喝酒去。"

齐子义远远地将这一切都看在了眼里。看着布告前不同心理的人们离去，又看到那个田副队长几人剧烈的反应，他感到了事情远没有结束，看来事情远不像自己想象的那样发展，他心里明白，自己的提升会带来一系列的狂风暴雨，每个人的心情都很沉重，更加严酷和复杂的事态在等待着自己，他的心智马上清醒过来。这使齐子义既兴奋又担心，他眼下当务之急是要马上和组织上取得联系，并寻求帮助。他穿戴好衣帽，立刻向广播中所提到的地址赶去。

八

日光和煦，天朗气清。翁夫人在平儿的陪同下早早地来到了教堂，找了个地方坐了下来。这就是与广播中所提到的与齐子义约定见面的地方。教堂中空无一人，翁夫人在平儿的身边耳语几句后，双手合十，虔诚地祈祷着。平儿则放轻脚步向门口走去。

教堂门前，过往行人，熙熙攘攘，时不时地还有一队巡逻兵走过。齐子义开着车来到了教堂后方，他将车子停稳后下车，左右观察一番后朝教堂后门走去。

“当当当”的钟声响彻天际，惊吓了几只在教堂房顶歇脚的白鸽，白鸽振翅高飞，只留下了几根羽毛在空中荡漾。齐子义站在教堂门口，摘下礼帽，用手弹了一下帽子上的尘土，走上台阶，佯装整理一下衣服，并向周围观察了一下，当他发现台阶上站着的平儿，马上明白了什么。平儿向齐子义递来了一个眼神，佯装蹲下系了一下鞋带，齐子义会意，信步向教堂里边走去。

齐子义走进教堂站定，抬眼向教堂里巡视了一遍，走下台阶，在通道里慢慢地走着。翁夫人微微一抬头，看到了齐子义向自己走来，于是把身子向里边移动了一个位置，齐子义就势在翁夫人身边坐了下来。

翁夫人小声地说道：“子义同志，我祝贺你得到尤放的信任，可这事远没有你想象的那样容易。”

“我知道。”

“如果真像你说的那样，那么以后的联系你可以启用电台。为了慎重起见，你必须得带上电台走出保密局才能发报。”

“我明白，不过我有一事需请示组织，我能否和子涵同志亲自见上一面，有关的事情我想当面与她沟通一下。”

翁夫人严肃地说道：“这不符合组织程序，如果需要，我会在适当的时候通知你们见面的，可现在不行。”

齐子义有些失望地说道：“我明白了，那么我就没有什么了……对，还有一件事，行动队那个张干队长，是最早发现子涵同志从现场离开的人，我想请求……不过，现在看来已无必要。”

“怎么回事？”

“那个张干已因为顶撞上司于今天押往南京军事法庭接受审判，不过还有一个有着不安定因素的人……”

“说下去。”

“她是军统站行动队二队队长欧阳倩，据悉，她是掌握刺杀廖站长事件详细情况最多的人，她将直接威胁着我和子涵同志的安全。”

“她是个女的，而且还是个心狠手辣、风骚百变之人。”

“是。”

“好，这事还需多多防备，还有什么？”

“没有什么了。”

“那好，如有需求，及时告之。”

“好，代我问子涵同志好。”

“一定。身在敌人内部，你一举一动都要万分谨慎，稍有不慎，便是万丈深渊。”

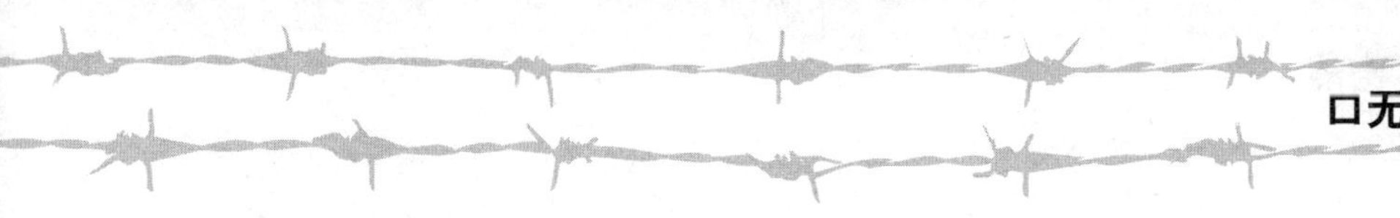

“是，请组织放心。”

九

田副队长带着他的几个手下在酒馆里喝着闷酒，突然一个身穿便衣的特务慌忙跑了进来，径直向田副队长的座位前走来。便衣在田副队长身边耳语了几句，只见田副队长立即招呼身边的几人起身道：“走。”

田副队长边走边指着身边的一个特务说道：“你，回去通知所有弟兄待命，等我指令增援，其他人员跟我走。”

“是。”

田副队长骑着摩托车来到了教堂门前，刚刚据手下的汇报，他们发现齐子义开着车去了教堂。前段时间齐子义才去了香严寺还愿，说明他是一个信佛之人，可是现在只身一人来到教堂做什么。不管齐子义要做什么，只要他田副队长能抓住齐子义的一丁点把柄，不说升官发财，至少能把张干给救出来。

“就在那里，马上就到了。”骑摩托的特务说道。

田副队长隔着街道，远远地看了一眼那辆黑色轿车的车牌，说道：“对，是他的车。”

“那现在应该怎么办？”

“驶过轿车停下，把摩托车隐蔽起来，然后我们进教堂。你，跟我进去。”田副队长命令道。

平儿装作等人的样子在教堂的门口四处打望着，突然从摩托车上下来的几个人引起了她的注意。当她看到田副队长拿出手枪躲在了一处草丛里便知事情不妙，连忙走进了教堂。

田副队长一动不动地注视着教堂，说道：“注意观察，找准时机行动。”

“明白。”

平儿快步来到了齐子义与翁夫人的身边，然后很自然地看着两人摇了摇头，随后又像找人似的转身走了出去。翁夫人立马明白了平儿的意思，对齐子义说道：“有情况。”

齐子义站起身来说道：“夫人先走。”

“不，一起走，你马上从偏门出去。”

“是，夫人保重。”齐子义说完毫不犹豫地向偏门走去。

翁夫人佯装整理一下衣服，看着齐子义走出偏门后，径直向门口走去。

这时，田副队长带着几个手下已经到达了教堂的门口，平儿大慌，必须拖住他们，给齐子义充分的时间脱离。平儿急中生智，佯装有急事地边跑边喊道：“姑姑，等等我……”随后，按照计划的那样重重地和田副队长撞了个满怀。

田副队长一惊，骂道："怎么走路的，不长眼睛，瞎撞什么？"

平儿做出委屈的样子，说道："不是，是你撞了我不是？"

田副队长身边的随从大声地对平儿吼道："什么撞了你？快走！不然我对你不客气！"

这时，翁夫人不疾不徐地走出了教堂大门，老远就听到了平儿与田副队长的争吵声。

平儿气愤地跺着脚，说道："你们不论理，欺负人啊？"

翁夫人连忙走到平儿跟前问道："平儿，谁欺负你了？"

平儿委屈道："就是他们，他们……"

田副队长露出了不耐烦的神色，厉声说道："别胡说八道，让开。"说着掏出了枪指向翁夫人两人。

翁夫人装作害怕的样子，马上拉住平儿道："这孩子，没有看到是老总吗？他们怎么会欺负你一个黄毛丫头，你没见他们在抓坏人吗？小小年纪，还得理不饶人了？走，扶我回去。"

"老总怎么了，就不该讲理啊？"

"这孩子！"翁夫人拉着平儿就要走。

平儿临走前还不忘向田副队长甩了个白眼。田副队长没有再理会这俩人，要是让他知道，刚刚跟他擦肩而过的那个唯唯诺诺的夫人是海城地下组织的负责人的话，他估计连肠子都要悔青了。

田副队长带领两个便衣跑进了教堂，四处寻找着齐子义的身影。齐子义躲在墙角，趁着田副队长对教堂人员搜查的时机，快步走向自己的汽车，开车离去。翁夫人两人也上了一辆黄包车，飞快地离去。田副队长在教堂里搜寻一番无果后，又跑出教堂，果不其然，齐子义的汽车早就不见了踪影。

"队长，那辆车不见了。"

"狡猾的家伙。"

"怎么办？"

田副队长若有所思地说道："走，回去。"

在黄包车上，翁夫人问道："刚刚是怎么回事？怎么会暴露了？"

黄包车车夫侧头说道："他们突然而来，好像很有目的。他们好像发现了那辆汽车，而把自己的摩托车藏了起来。"

翁夫人思索了一下道："快，去市委。"

"是，夫人，您坐好了。"

"走，柳子巷胡同。"

"好嘞。"

语毕，黄包车拐进了一个胡同。

十

齐子义成功脱身回到了军统大院。刚停下车准备回宿舍，却被一个行动队的队员王竹给拦了下来，王竹气喘吁吁地说道：“陈副官，欧阳队长没有跟你出去呀？我有急事要告诉她，你知道她去哪了吗？”

“不知道。什么事？能告诉我吗？我可以转告她的。”

特务一愣马上说道：“还是等见到欧阳队长……”

“怎么？不相信我？”

“不不不，长官，是这样，张队长所说的那个有可能刺杀廖站长的女人我已经找到了。”说完走上前去在齐子义身旁耳语几句。

齐子义听完后心里非常震惊，但是面上还是不露声色地问道：“你说的当真是她？”

“千真万确！我已经跟踪了她几天了，刚发现她的住处。”

齐子义有些紧张，问道：“这事还有谁知道？”

“就我一个，这不还没有告诉欧阳队长吗？”

齐子义在心中松了一口气，说道：“那好，来，坐我的车，咱们去拘捕她。”

王竹有些迟疑：“这……就咱俩人？”

齐子义不在意地说道：“不就是一个女人吗？还能去几个人！放心吧，抓到她，功劳还是你的，我替你报功。快，上车！”

王竹想了想，觉得齐子义说得有道理，便有些兴奋地同意了。齐子义一边开车一边在心中暗暗庆幸，还好这件事让他碰上了，不管王竹说的事情是真是假，他都要亲自去验证一番，这可是关乎俞子涵的安全。

“陈副官，前面三条巷左拐。”

“你是怎么发现她的？”

“这事得从长官你和廖站长遇刺那晚说起……”

“哦，是吗？”

不等着齐子义提问，王竹便自顾自地开始说起了事情的缘由：“那晚我随欧阳队长去现场执行安保任务，无意间看到那个女人从后门匆匆离去，当时也没在意。因为在舞厅，出出进进是常有的事，可那晚她却在舞会刚刚开始不久就从后门离开了，所以我印象特别深。后来听说所发生的案子可能是一个女人所为，我也是考虑再三，我就把这个事悄悄告诉了欧阳队长，她让我……”

第十章 跳伞逃生

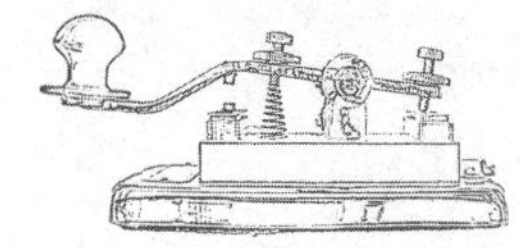

一

欧阳倩在自己的办公室中打着电话，王竹跑了进来，并将自己在案发的那天晚上所见到的事情一一向欧阳倩做了汇报，听了王竹的汇报后，欧阳倩不住地点着头，问道："是你亲眼所见？"

"当然。"

"还能认出她吗？"

王竹自信地说道："只要是见到她。"

欧阳倩眼睛眯成了一条缝，心里已经有了自己的盘算，说道："那好，从今天起，你全力给我在城内寻找，要不惜一切代价。还有，这事谁也不能告诉，如果走漏了风声，我拿你是问。如果获得她的线索或抓到她，我会给你请功的。"

王竹立正道："明白。"

"你去吧。"

"是。"

王竹一句不落地将当时他向欧阳倩汇报的情况跟齐子义说了个清楚。

齐子义边开车边说道："还有什么？"

"还有……就是我们一定要抓住她！"

"天快黑了，你还能找到她的住处吗？"

"没问题！陈副官，前面左拐。"王竹精准地指示着汽车前进的方向，看来是真的下了一番功夫做了调查。

王竹带他去抓捕的人真是子涵同志吗？齐子义心里正在盘算着这事如何收场，但不管是真是假，这件事一定不能再扩散开来，更不能让欧阳倩了解到任何蛛丝马迹，齐子义在心中暗暗盘算，有了主意。

王竹指了指右边的一条胡同，说道："陈副官，在前面右拐就到了。"但齐子义却将车子停了下来。

王竹有些不解地说道："不在这里，前面右拐。"

齐子义没好气地看了王竹一眼说道："你傻啊！我们是军车，开到那里我们不就暴露行踪了吗？亏你是特工，真不知你说的事是怎么得来的！"

"是，长官说得极是。"

"这样，我把车停在隐蔽处，你出去观察一下，我马上就到。"

"是。"王竹下了车，顺着墙隐蔽地向前跑去。

齐子义将车倒到路边停下，从腰间抽出手枪将其上膛，又从腿上抽出一个匕首塞进衣袖中，用绷带系紧刀鞘，从车上走下来，左右看了看，顺着墙向王竹跑去。夜色渐浓，胡同尽头，王竹正隐蔽在胡同的拐角处，他正一动不动地盯着一座二层小楼，房子的窗户上透着灯光，偶尔能看见一个风姿绰约的人影晃过。王竹确定了他所观察的对象现在就在这座二层小楼中，便急急忙忙地跑去向齐子义汇报，半路上正巧遇上了跑过来的齐子义。

特务高兴地向齐子义汇报："长官，没问题。"

齐子义低声说道："走，看看去。"

两人一前一后向二层小楼跑去。

王竹指着一幢二层小楼说道："就是这里，灯还亮着就说明她在家里。"

"她家里还有什么人？"

"没有，经多日观察，除了她，没有发现什么人出入。"

"观察一下再行动。"

"是。"

齐子义看着眼前的小楼，仿佛看到了室内灯光下俞子涵专心而忙碌工作的身影。不管这是不是她的联络站，齐子义都不能掉以轻心，不管怎样，一定要将这件事情遏止在这里，他在瞬间做出了决定——他命令特务继续观察，自己返回保密局并告知组织，迅速处理此特务。

这幢房子是否真的是俞子涵的工作站，齐子义一时难以判断，但特务的话给齐子义敲响了警钟，从王竹的话语中，齐子义能明确地感觉到欧阳倩果然是怀疑自己的身份。如果王竹说的话属实，至少以现在的情况来看他成功地保护了俞子涵的安全，这也不算太坏。他不知道这件事是否会扩散开来，但愿这件事只有他和王竹知道。

二

趁着夜色的掩护，一辆黄包车拉着翁夫人和平儿穿梭在胡同里，最后停在了一处油漆已经斑驳了的门前。

黄包车车夫放下车把说道："夫人，到了。"车夫说着上前有节奏地敲了一下门，门开了一条缝，里面露出一个人头来警惕地看了看车夫与翁夫人，看见来人都是熟悉的人，便将门打开了。

翁夫人和平儿快步进了门，车夫拉着车子，左右观察了一下，离开了。翁夫人将今天与齐子义会面的情况向于书记做了一番汇报，她很是担忧地提出齐子义有暴露的可能。

于书记一惊，问道："你说什么？齐子义有可能暴露？此话怎讲？"

"是，我们看到军统站的人到了教堂，小王说他们注意到了齐子义的车子。"

于书记思索片刻说道："这怎么回事？先告诉小王，一定要将这事侦察清楚，看是不是冲着齐子义而来的，确定以后再作研究。"

"好，我这就布置下去。"

"嗯，这事切不可扩大范围，要秘密进行。"

"明白。"

为了保护战斗在敌人心脏的同志们，市委领导所下达的每一个命令都要经过再三的考虑，既要保护同志们的安全，又不能打草惊蛇，走错一步，威胁到的可不只是一个人的性命，这真的是牵一发而动全身啊。

三

军统大院内，每一处出入口都有重兵把守，院子里还有两支不同的巡逻兵队伍来回穿梭，晃眼的探照灯也不知疲倦地不停地向院子里的每一个角落扫射。一辆军用中吉普车驶进院子，停在了禁闭室门前。车上跳下来一队全副武装的宪兵，他们手里端着枪，面无表情，看起来凶神恶煞。一军官带着宪兵走到禁闭室门前，并将一张纸条递给了守卫的士兵，说道："快，打开房间。"

卫兵大致浏览了一番纸条，向周围的几个士兵点头示意没问题，两个卫兵分别打开了两间禁闭室的门，冲里边喊道："张干，出来！关灿，出来！"

一阵细碎的声音之后，两人戴着手铐走了出来，刚走到门口便被一个卫兵粗鲁地用黑布条蒙上了眼睛。

张干叹了口气说道："怎么这么快就执行了？"

"别多说话了，你们交上好运了，今晚就押送南京，我们去飞机场，快！"

"是。"

不到半个小时的时间，关灿和张干就被带上了一架飞机。一阵巨大的轰鸣声后，飞机冲向布满星光的夜空。

前方的机长通过扬声器说道："收起起落架，飞机平飞正常。"

"是，起落架收起，正常平飞。"

直到到了飞机上，蒙在二人眼睛上的布条才被解开。四个全副武装的宪兵押解着张干和关灿坐在机舱里，对面的两个宪兵虎视眈眈地盯着张干和关灿。张干有些不适应地眨了几次眼睛，随后有些担忧地看着关灿。关灿神情萎靡，耷拉着脑袋，眼神中透露着绝望。张干有些自责地低下了头，要不是因为他一时冲动，口无遮拦，他和关灿也不会落得这个下场。不对！这一切都要怪那个尤站长和齐子义，这一切都是他们二人造成的，如若他有机会逃出去，一定不会放过他们。

天空没有尽头，飞机在黑夜的云层中穿梭。张干闭目养神，心中却盘算着自己的计划，只要能找准时机，他和关灿一定能逃出生天。经过一段时间的飞行，两个武装的宪兵也有些疲倦地将头靠在了机舱上，只有张干身边的宪兵强打着精神盯着俩人。飞机遇到气流发生了强烈的颠簸，惊醒了机舱内的几个人。张干看了看几人，又看了看机舱和舱门，现在大概是午夜一点钟，这时候人们处在一天中最为疲惫的时刻，而舱门就在离他不到两米的地方，开舱门的把手就在舱门的正上方，机舱中一共有四个宪兵，二对四还是有胜算的。

张干装作无意地跟关灿聊起了天："关小姐！"关灿不明所以地看向张干，"这回我俩好像死定了。"

飞机发动机巨大的轰鸣声让关灿听得不太真切，问道："你说什么？"

"我说这回咱俩死定了，咱俩死定了……"

宪兵厉声阻止了二人的对话："不许讲话。"

张干向关灿使了个眼色。

关灿大概明白了张干的意图，故意没话找话地说道："死？是我俩？是我俩死定了？"

张干用坚定的眼神答道："是。"

宪兵再次出声阻止："我说过，不许讲话，到了军事法庭，有你们说的……"

关灿没好气地瞪了宪兵一眼，说道："住口，有你们这么幸灾乐祸的吗？"

宪兵把脸转向一边，不再言语。张干见宪兵的目光已经离开了他的身上，突然大叫了一声，敏捷地用铐着双手的胳膊死死地夹住那个军官的脖子。关灿见势趁机拔出军官腰间的手枪，用铐着的双手将手枪保险打开。关灿身边的宪兵站起刚要拔枪，便被关灿击毙。对面的两个宪兵端起枪来正要射击，也被关灿连发两枪击毙。二人没有经过一点商量，全凭着平日里相处的经验，默契地解决了看押他们的四个卫兵。

张干将军官锁死后，将其扔在地板上，幽默地说道："看，我说过，他们死定了。"

“对，我们有希望了，怎么办？”

“快，取下跳伞包。”

谁知，机舱地上的一个宪兵没有死透，缓慢地移动着自己的身体，捡起了不远处掉落的手枪。关灿取下了一个伞包，扔给张干一个，自己又取下一个正要背上，趴在地上的宪兵猛地拉住了关灿的脚踝，并想拿起枪来向张干射击。张干飞起一脚将手枪踢飞，然后在空中接住手枪，关灿也同时转身，两人不约而同地在那宪兵身上补了几枪，宪兵总算是咽了气，血流了满地。

张干把枪插在腰间说道：“快，背上伞包，准备跳伞。”

张干打开机舱门，一股风吹得两人后退几步。强劲的风刮在脸上像刀割似的疼，张干看了看关灿说道：“关灿小心，我们一起跳，记住下去后我们用老方法联系。”

“好，知道了。”

当两人再次来到舱门前，正准备跳出，突然张干说道：“等等。”说完跑到宪兵的尸体前，将宪兵腰间的手雷一个个拽了下来，堆到了舱门前。想了一下，又把三颗手雷塞到自己的腰间。

疾风在耳边呼呼作响，关灿着急地大声问道：“你要干什么？炸机？”

“你说呢！”

“别管那么多了，前面就是大山了，跳伞的高度是不够的。”

“没问题的，飞机爆炸，毁尸灭迹，对我们来说更加有利。”

“明白了。”

张干拿起一个手雷，毫不犹豫地拉开了拉环，放在了手雷堆上，急忙跑到舱门前说道：“快跳伞，我们只有两秒钟的时间。”

张干和关灿一前一后地跳出了舱门。寒冷的夜风不停地拍打着两人，一声巨响，火光顿时照亮了夜空，像一朵盛开的红牡丹，在红牡丹的下方，白色的降落伞像两朵棉花似的在漆黑的夜空中展开，随着火光的减弱，爆炸起火的飞机坠向地面。

四

在离飞机炸毁不远的地方，有一处哨岗。一阵火光之后，哨兵用望远镜观察到了两个正在下落的降落伞，立马叫道：“飞机失事，有人跳伞。”

一声哨响，打破了夜的宁静。

“快集合队伍，抓住跳伞人员。”

“嘟嘟嘟……”

“紧急集合，紧急集合。”嘈杂的人声混着哨声此起彼伏，两队士兵快速地列队完毕。

一位军官做着简短的训话："据瞭望哨报告，一架不明型号的飞机在我防区上空失事，有两人跳伞。我命令你们要在跳伞人员未站稳之际，抓住他们。快，行动。"

"是！"两队卫兵朝着降落伞下降的方向快速跑去。

张干顺利而平稳地落在了地上，但是关灿却没有张干的好运气。她的降落伞缠在了树枝上，人也同样地吊在了树上。关灿挣扎着想要挣脱开绑着自己的降落伞绳子，可是她被吊在半空中，毫无施力点，经过一番努力的挣扎后，不但没能成功挣脱，还将自己弄得筋疲力尽。张干快速地脱去绑在身上的降落伞，随后又谨慎地将降落伞收起塞进树丛中。他向周围观察了一下，将拇指与食指含在口中，朝着关灿降落的大致方位，吹了两声口哨。绝望的关灿听见了张干的哨声，心里顿时燃起一丝希望，也同样用手将手指放在嘴里连吹了几声口哨，焦急地看向远处。

张干听到关灿哨声回复，急急忙忙地向林中跑去，刚跑出几步他便听到了树林中的叫喊声："排长，前面树上发现跳伞人员。"

"快，抓活的！"

"几人？"

"只有一人。"

"还有一人，再搜索。"

"是。"

卫兵们已经发现了关灿，关灿眼睁睁地看着林中有士兵将自己团团围住。张干躲在离关灿不远处的一棵大树后，看到另一队卫兵正在搜查他的下落，他紧张地慢慢靠近关灿。吊在树上的关灿掏出手枪，接连打死了几个士兵。士兵没想到此人身上配有武器，连忙开枪还击。

不远处传来了排长的叫喊声："不要开枪，抓活的！"

排长跑到士兵跟前问道："为什么开枪？"

"她先开枪的，打死了我们的弟兄。"

关灿将枪口瞄准刚到的排长，排长及时发现，猛地一躲，关灿一枪将排长的帽子击飞，排长大怒，骂道："找死！"说着用手枪向关灿瞄准。

张干急忙连开几枪，转移包围着关灿的士兵的注意力。

排长连忙躲到了一棵大树后，对周围的士兵大喊道："弟兄们给我上。"

张干和关灿互相配合着向地上的卫兵进行射击，眼看着卫兵的人数越来越少，关灿的手枪却突然没有了子弹。关灿一把将手上的枪扔了出去，精准地击打在了一个卫兵的头上，将其击晕，她担忧地望向张干，却看到几个卫兵悄悄地绕到了张干的身后，连忙提醒道："张干，身后。"

张干敏捷地回手开枪将几个士兵击毙，之后他立即向关灿跑去，想要解救关灿。

刚冲至树下，突然又一队士兵蜂拥而至，张干连忙一个侧身躲到了树后。

卫兵兵分两路，一队人马将吊在树上的关灿团团围住，一队人马将枪口指向了躲在树后的张干。

关灿焦急地朝张干高声叫道："张干，快，向我射击，不能让他们抓住了我。快！张干，你救不了我的，求你给我一枪，张干，来世再见吧！"

张干躲在树后，关灿的话使他感到悲伤又愤怒，他双眼含着泪向包围他的士兵开了两枪。

"张干，你还等什么？快给我一枪，快！"

张干焦急地看着在树上挣扎的关灿已无能为力了，眼看着一个士兵爬上了树，他不能眼睁睁地看着关灿被捕，大叫一声："关灿！"

关灿看着步步紧逼的卫兵，焦急地喊道："张干，你还等什么？"如果被抓住，一番严刑拷打是少不了的，再加上他们刚刚炸毁了一架飞机，还有越狱等行为，等待他们的不仅是军事法庭的裁决，更有可能是死路一条。

张干突然想起挂在腰间的手雷，连忙取下，拉开拉环，扔向了包围着关灿的士兵们。

关灿歇斯底里地喊着："张干！"

几个卫兵朝张干快速跑去，张干眼看着敌人围向自己，如果他现在不做出抉择，他和关灿都得死，经过短暂的心理挣扎后，张干无可奈何地悲怆地朝关灿大叫一声："关灿，走好！"说完，枪里的最后一发子弹击中了关灿的胸膛。关灿带着笑意，嘴角溢出一丝血迹，她终于解脱了。

"啊！"张干失控地大叫一声，用力向树下的士兵扔出了手雷。一声巨响，霎时尘土飞扬。手雷爆炸后，烟雾弥漫，张干趁着烟雾的掩护成功地逃离了卫兵们的视线。他毫无方向地在树林里快速地跑着，可周围漆黑一片，他寻不到出路。跟随在他身后的脚步声越来越近，隐隐约约地，他还能听到搜查卫兵的叫喊声："他在那里，快追！活的死的都行。"

张干已经筋疲力尽了，他不停地回头看着身后追赶他的敌人，内心充满了绝望。眼看着追兵已近，他连忙从腰间抽出了手雷，拉开拉环后用力扔向身后的敌人，之后转身撒腿就跑，谁知他的身后有一段斜坡，他没站稳直接跌了下去，连滚十几圈后，有惊无险地在一处悬崖边上停了下来。断崖大概高15米，崖下是一条奔腾汹涌的激流，石块不停地往下落，击打出一朵朵的水花。他惊恐地紧紧抱住了身边的一棵大树。追击的敌人越来越近，他从腰间抽出最后一个手雷，拉开拉环后向敌人的人群中甩了过去。他缓缓挪向悬崖边，现在枪里没了子弹，手雷也全部用完，现在除了跳崖，他别无退路，他绝望地向下望去，奔腾的河水晃得人有些眼晕。他下定决心似的后退两步，成群的士兵已经包抄过来。他别无选择，铆足了劲跑了几步，纵身一跃，跳进了河里，他在激流中搏击向前，但他的身影很快就被翻滚的浪花吞没了。

五

次日，海城军统站内的每个人都忙碌而有序地进行着自己手里的工作。“嘀嘀嘀……”红光闪烁，电台在不停地接收着各处发来的信号。

“丁零零……”齐子义桌上的军统站内部电话铃声响起。

齐子义接起电话说道：“站长。”

电话那头传出了尤放的声音：“陈飞，你来一下。”

“是。”

安然低着头认真地书写着文件，一阵急促的电话铃声打断了安然的思路，安然接起电话听了一会儿，惊讶地说道：“什么？好，好。”说着又拿起笔快速记录着她所听到的内容。

齐子义走进了尤站长的办公室，行了个军礼。

尤站长问道：“今天的工作日程……”

“今天的工作日程，还没有排出来。”

“怎么回事？”

“安然今天刚刚到岗，还没有顾及吧？”

“报告！”门外传来的安然的报告声有些急促。

“进。”

安然推门快步走了进来，把刚刚收到的电话记录放在尤站长的面前说道：“这是刚刚接到的岱山哨所的报告，我们押解犯人的专机在南岭上空爆炸坠毁，两人跳伞，其余人员下落不明……”

尤站长一愣，随后立刻拿起电话记录看了起来，边看边问道：“这怎么回事？”

安然继续说道：“跳伞的两人为一男一女，女的因拒捕被当场击毙，男的持枪反抗，逃离了现场，追踪无果。”

齐子义猜测道：“这么说是张干和关灿干的，张干已经逃跑。”

尤站长有些茫然地说道：“不会吧？”

齐子义愈加肯定了自己的猜测，说道：“一定是他！只有他才有可能，张干果然是个人才！”

尤站长皱着眉头，说道：“这么说，是他劫持了飞机又炸毁了飞机？”

“不管是不是他，我们一定要提高警惕，以防万一……”

“怎么提防？”安然疑惑道。

尤站长经过片刻的思考，命令道："安秘书，你马上通知上尉以上的军官速到会议室开会。"

"是。"

"等等，还有通知完后，你马上接通前线指挥部，进一步落实跳伞人员的身份，事情经过越详细越好。"

"明白。"

"陈飞，这样，你马上联系宪兵直属中队和空军海城飞行大队，了解详细情况，并责成他们做出合理的解释和报告。"

"是。"

齐子义推门走了出去，回到了自己的办公桌前。这事发生得太突然了，如果真是让张干逃离，将会发生不可估量的危险，这对他抑或是对俞子涵都非常不利。齐子义在尽力控制着自己的情绪，他坚定了一个信念，一定要控制住这个局面，魔高一尺道高一丈。

齐子义拨通电话说道："给我接空军海城飞行大队，对，快点！"

六

果然，欧阳倩得知王竹被杀后大发雷霆。

"混蛋！这是谁干的？"

调查人员低着头说道："还没有调查清楚。"

欧阳倩咬牙切齿道："堂堂的保密局特工，怎能无缘无故被杀死在大街上，都不知道死因，这显然是我们最大的耻辱。"

"我立即组织人员深入调查。"

就在这时，门外传来了皮娜的声音："欧阳队长，快到会议室参加会议。"

欧阳倩恶狠狠地瞪了面前的特务一眼，说道："知道了。限你三天之内把事情调查清楚。"随后头也不回地快步向会议室走去。

"立正！"随着一声有气势的口令，所有参会军官齐齐地端正站立。

齐子义跟在尤站长的身后走了进来，尤站长向诸位摆了一下手让他们坐下，又向齐子义示意道："讲。"

"是，昨天夜里，押送张干和关灿的飞机在南岭上空发生爆炸……"

众军官有些难以置信地瞪大了眼睛，惊讶地连嘴都忘记了合上。齐子义拿着文件夹，继续说道："据空军海城飞行大队掌握的情况来看，飞机在高空到底发生了什么，还不得而知，只知道飞机在飞越南岭上空时发生爆炸，机上跳伞的两人确实是一男一女。据现场围捕的士兵讲述，两人在分手之时相互喊出了对方的名字，男的叫张

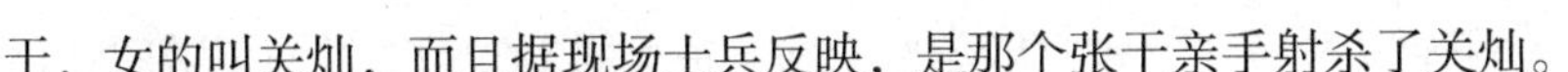

干，女的叫关灿，而且据现场士兵反映，是那个张干亲手射杀了关灿。”

田副队长一听，难以置信地站起来反驳道：“这不可能，他俩的感情那么好，这不可能。”

“不许插话，陈副官，讲下去。”尤站长有些不悦地说道。

齐子义点了点头，继续说道：“按当时在场的人员报告说，当时关灿已被众多士兵围困，见被救无望，是关灿请求张干不能让士兵捕获，张干才不得已而为之，向关灿开了枪，打死关灿之后，张干向围住关灿的士兵扔了一个手雷，之后就这样跑了，而且是跳江而逃，目前正在尽力追捕。”

在座的各位神态各异，纷纷低下头窃窃私语。

“完了？”

“完了，我所了解的就是这些。当然都是现场追捕张干的士兵反映上来的，我还没来得及落实。”

“不简单啊！在我来到这个站后，听到最多的话就是张干是个人才。让我说，也是，在那样的状态下，他能逃脱，而且逃得无影无踪，不愧是个人才。可是我要说的是，张干虽是个人才，可他用错了地方，换句话说，那个张干和关灿所做的一切，是我们海城军统站的最大耻辱！不是吗？如果不是，谁能给我个理由？”说完，他重重地拍了一下桌子。

众军官吓了一大跳，端坐着一动也不敢动。尤站长站了起来，在桌前来回踱了几步，说道：“所以，我今天要向大家约法三章。一是要以张干、关灿的事情，引以为戒，绝不能再有类似的泄密事件发生，违者严惩不贷；二是对此次发生的事件，在没有调查清楚和上峰定性之前，我站人员一律不准议论和传播，违者严惩不贷；三是全站人员加强戒备、提高警惕，严防张干闯入我站行凶滋事，知情不报者，严惩不贷。我知道在座的有不少人员和张干一起共事多年，无论是从工作或是感情上都交往很深，但我要说的是，诸位一定要分清是非曲直，精诚团结，维护我海城军统站的声誉。”

突然，田副队长站了起来，颇为不满地说道：“我们这样，是不是有不公允之嫌？”

安然见田副队长站了起来，心里大叫不好，哥哥冲动的老毛病又犯了，现在尤站长正在气头上，他这不是上赶着往枪口上撞吗？

“田副队长……”

“不，陈副官，让他把话说完。”

田副队长像是没有看到尤站长难看的脸色，自顾自地说道：“都知道，张干和我是最好的兄弟，发生这样的事，总得事出有因吧！如果我们能公平正确地对待他，他绝不会……”突然田副队长停了下来，因为他看到尤站长的手慢慢地摸向了腰间，抽出手枪将它重重地放在了桌上。

尤站长看着像泄了气的皮球似的田副队长说道：“我在听，请你把话说下去……”

田副队长被尤站长的气势吓得有点结巴地说道：“……我……我是说……我了解他……不不不……我知道他这么做……”

张谦早就看张干、田副队长等人不顺眼了，现在看见张干落难别提心里有多开心了，田副队长为他说情，张谦当然要找田副队长话语的漏洞，并且犀利地问道：“什么？你知道他这么做？”

田副队长连连否认道：“不不不，我……我是说，我知道他这么做，是……是他的不对，但是……但是……”

尤站长有些不耐烦地挥手打断了田副队长的话语，说道：“既然田副队长不能圆满地说下去，那就回去想好了再说，我可以给你这个机会，而且我也不想再给你安上个顶撞长官的罪名，这样能不能算做公允？诸位记住，今天的会议是军统站的正式会议，而不是讨论会、生活会，散会！”

欧阳倩见尤站长转身要走突然站起来，欲言又止。

尤站长见欧阳倩的动作，问道：“欧阳队长有话要讲？”

“不，我还是散会后当面向你汇报吧。”

齐子义回到了住处，这段时间对张干炸机事件的调查使得他有些疲惫，他将头靠在床头，思考着今天所发生的事情。今天的会议，使齐子义看到了海城军统站派别的人员构成和不同阶层的复杂的人际关系，这里的一切都好像是冲着自己来的。张干、关灿、田副队长，以及那个在自己身边工作的、今天会议上不动声色的安然，还有那个尤站长最得力、最信任的张谦，齐子义的脑海中像过电影一样在重映着。

七

尤站长也不断地在屋内踱着步，他也同样地在想着一些事情，他原来只以为他的前任廖江石是个笨蛋，自己死于非命，还给接任者留下了这么多的麻烦和后遗症。现在看来这个烂摊子远不止这些，尤站长仍然在踱着步，口中念念有词：“不行，一定要找到那个张干，我要亲手宰了他！还有那个田副队长……”

尤站长坐了下来，一拳砸在桌子上。他克制住自己的怒气，来到收音机旁，打开收音机，收音机里传来了女播报员的声音：“随着我军的战略进攻，共军已经大规模地败退。委员长大为兴奋，他要在半年之内消灭共党武装的预言不日将要实现……”

尤站长猛地关上了收音机，自语道：“瞎吹！”

“报告！”门外传来欧阳倩的报告声。

“进来。”

欧阳倩走了进来说道：“看到长官室内的灯亮着，我想……”

“在会上欲言又止，说吧，什么事？”

“站长，我想，您可能误会了。我是向您汇报另外一件事，而不是会上讲的那件事。当时，我之所以没有讲下去，是考虑您正在气头上，我不能给长官您添堵是吧？”

“闲话少说，讲！”

“长官，您要保证不发火，好吗？”

“我从来反对婆婆妈妈的，讲！”

“我的一个手下，在昨晚执行任务的时候殉职了，我怕您气上加气，所以……”

“你说什么？”

“我的手下……”

“我听得清，他执行什么任务？我怎么不知道！”

“这是我的错，因为严格保密期间我没有上报给您，现在请求您原谅。”

尤站长发火道：“欧阳队长，人死了，你来求我原谅？说吧，看我能不能原谅你，你得给我个原谅你的解释与理由。”

“事情的起因是这样的……”

八

海城市委办公室内，于书记与翁夫人正在商量着接下来的工作。欧阳倩的存在的确对齐子义与俞子涵造成了很大的威胁，只有将她除掉，才能永绝后患。

于书记认真思考片刻说道：“这个行动方案经我细致的考虑，同意执行，但你打算把这个任务交给谁？”

“我想把这个任务交给俞子涵她们。”

于书记想了想道：“我看行，但一定要告诉她们，不能出现任何纰漏，一定要……”

“老于，请放心，她们不是第一次执行这样的任务。”

“好，立即行动吧！”

“那我立即安排部署。”

九

一个电台信号检测车在空荡荡的街道上行驶着，这几天来，俞子涵没有收到齐子义传来的任何消息，他究竟怎么样了？俞子涵满怀担忧地日夜坚守在电台前，不停地打开开关又关闭，戴上耳麦又取下。俞子涵心想道：要想办法联系上他，他一定是遇到了什么困难，不然这些天组织上不可能没有他的任何信息。

突然，一只信鸽飞到窗台扑棱两下停了下来，“咕咕咕”地叫着。俞子涵眼睛一亮，立马起身打开窗子，将信鸽抱了进来。在信鸽腿上的竹筒里抽出一个小纸条，小心地打开看了起来。

纸条上写着：你的行动方案已得到组织上的同意，请立即执行。

俞子涵立即拿起笔来，在桌上取出一纸条来，在上面写下“保证完成任务”几个字后，将纸条捻成一个纸棒，塞进鸽子腿上的竹筒里。

俞子涵走到窗前放飞信鸽，随后又来到桌前拨通了一个号码，说道：“立即行动。”

“是。”

十

张干经过一天一夜的逃亡，已经筋疲力尽了，他顺着河水漂流而下，在一处相对平坦的地方爬上了岸，躲在了一个山洞里，不堪疲倦的张干沉沉地睡了过去。在他的梦中，一群狼飞快地跑着、叫着追赶着他，他四处逃跑，可是最后还是被狼群团团包围住，狼群露出锋利的牙齿，张开血盆大口向他咬来。张干双眼紧闭，满头大汗地摇晃着脑袋，突然惊醒，猛地从地上坐了起来，用枪指向前方。他左右看了一下，扔下枪，用手擦了擦脸上的汗，有些颓然地坐在那里，脑海中反复地播放着他亲手将关灿打死的一幕。他的眼神中充满了怒火，造成这一切的都是那个尤站长和齐子义，他张干如不亲手解决了他们，难解心头之恨啊。

第十一章　孪生姐妹

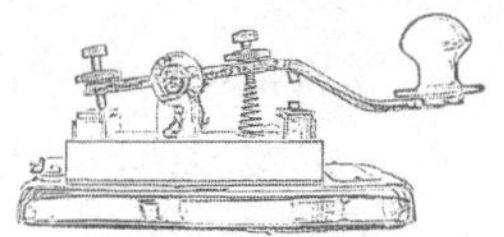

一

散会后田副队长怀着郁闷的心情回到了自己的住处，正满头大汗地击打着沙袋，安然突然闯了进来。

“哥，你闯祸了，你知道吗？”

田副队长没有理会安然，仍然打着沙袋。

“哥，你不能总犯这样的老毛病，这会毁了你毁了我的。”

田副队长仍不理会，安然见田副队长一副油盐不进的样子，气愤地说道：“哥，你不能这样的，你知道我的感受吗？哥！”

田副队长停了下来，扭头看着安然说道：“你知道我的感受吗？你知道吗？”

“你说什么？就为了那个不值得死去的单虎，还是为了那个不值得的逃犯张干？你说你值得吗？你值得吗！”

“啪！”田副队长一巴掌打在安然的脸上。

安然愣了一下，不可置信地看着眼前的田副队长，说道：“你打了我！哥！你在干什么！你竟然打我？”安然没有想到，事到如今，这个与她相依为命的哥哥心中不仅没有一点悔意，居然出手打了自己。安然捂着脸哭泣着跑出了田副队长的住处。

田副队长也愣愣地看着自己有些发麻的手掌，后悔地用打安然的那只手狠狠地抽了自己两下，接着又发泄般地猛击沙袋。

二

欧阳倩将安排王竹寻找俞子涵的事情向尤站长从头到尾地叙述了一遍。

尤站长沉思片刻说道：“说完了？”

“完了，不知道我说得清楚吗？”

“这么说，这件事你没有责任？”

“不敢，长官。”欧阳倩转念一想，现下不正是和尤站长独处的好时机吗？她扭着柔软的腰肢走到了尤站长背后，双手轻柔地抚摸着尤站长的双肩说道，“请您消消气嘛！我给您按摩按摩。”

尤站长看着欧阳倩的一举一动沉默不语，也没有出言喝止，任凭欧阳倩在他的肩膀上按着。

欧阳倩见尤站长没有反对，得寸进尺地低下头，朝着尤站长的耳边轻轻地呼了一口气，轻声说道：“站长，要不要我今晚陪陪你，我不但能按摩，我还……”

出乎欧阳倩意料的是，尤站长猛地站了起来骂道：“放肆！你这是勾引长官！”

欧阳倩对尤站长突然翻脸感到不解，连忙说道：“哟，长官，我这是……”

“不要说了，难怪我们站总出事，这都是让你们这样的货色……滚！滚出去！”

“长官，我……”

尤站长把手枪从桌子的抽屉里拿出来放在了桌面上说道：“快滚！不然我一枪崩了你！”

欧阳倩吓得连连后退，紧张地说道：“好，我滚，我滚。”说完逃似的开门跑了出去。

尤站长一拳砸向桌面说道：“这个骚婆娘，不知道在她身上坏过多少事！”

欧阳倩的所作所为，彻底激怒了尤放。现在他明白了，之所以杀害廖站长的凶手迟迟没有线索，就是因为他手下都是些私欲极强的家伙，骄奢淫逸、男盗女娼、钩心斗角、知情不报……他下定决心要进行一次大清除。

三

欧阳倩推门走进室内，抓起军帽狠狠地摔在床上，她恼羞成怒地一拳砸在了桌子上，气愤地坐在沙发上发愣，那个不知情识趣的老东西，欧阳倩为了平息心中的怒火，来到了留声机前，将唱针放在了精心挑选的一张唱片上，随着唱片的旋转，悠扬美妙的音乐在空中飘荡。渐渐地平息了欧阳倩的恼怒，她闭着眼睛，踏着舞步，慢慢地随着音乐旋转起来。

突然，欧阳倩睁开了眼睛，停下了舞蹈，像想起了什么似的马上脱下军服，拿出一条精美的旗袍换上。齐子义卧室的灯依然亮着，影子印在了窗户上。他低着头，专注地写着什么。欧阳倩身着靓丽的旗袍，抹着鲜红的口红，扭着腰肢来到了齐子义的住处前。

“砰砰砰……”门被叩响。

这么晚了，谁会来找他呢？齐子义立马将书写的东西收进抽屉里，问道：“谁呀？”

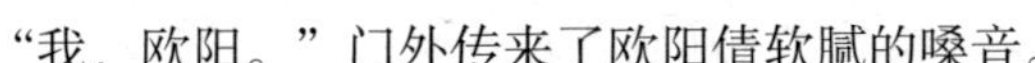

“我，欧阳。”门外传来了欧阳倩软腻的嗓音。

齐子义不解为何欧阳队长总是喜欢深夜来访，他打开房门说道：“这么晚了，欧阳队长有事吗？”

“听你的口气，是不欢迎我的到来？”

“不敢，只是太晚了……”

“那有什么？你不会到站长那里告我夜闯民……不，夜闯官宅吧？”欧阳倩毫不在意齐子义的顾忌，径直地走进了房间。

欧阳倩的名声在军统站是出了名的臭，她欧阳倩也不在意这些，一个女人家能凭借着自己的力量爬到如今的地位，她觉得这是无上的荣耀。

齐子义上下打量了一番欧阳倩的这身打扮，说道：“哪里话，我知道欧阳小姐可是无事不登三宝殿的，怎么？打扮成这样，可是刚刚从舞厅回来？”

欧阳倩娇笑着原地转了个圈说道：“你想错了，我是想请你跳舞的，这是特别为你准备的，怎么，不喜欢吗？”

“跳舞？在哪？不会是……”

“对，就是在你这里，怎么样？”

“不行，不行，这怎么行呢？”

“那好，去我那里，我可以陪你一整夜。怎么样？去吧。”

齐子义对欧阳倩赤裸裸的勾引不为所动，拒绝道：“不行，我可没这个习惯。另外，告诫欧阳小姐，还是自重为好！”

再次被拒绝的欧阳倩气极而笑：“你这是在教训我吗？”

齐子义连连摆手说道：“哪敢？我只是想……”

欧阳倩不屑地说道：“想做个正人君子？”

“正人君子还谈不上，只是不想让你落下闲话，传出去你我都解释不清的。再说，这保密局的条例上……”

欧阳倩怒道：“你混蛋！少给我上课……哦，我知道了，你爱着一个人，是不是杀害廖站长那晚逃走的那位？听说她还是个优雅的美人……”欧阳倩靠在了齐子义的肩上，朱唇一张一合，吐露着自己的猜测抑或是威胁，而这温柔的语气却像一只无形的手，捏住了齐子义的心，齐子义不动声色地说道：“你说什么？我为何听不懂？”

“别以为我不知道，我可是学法医出身的。在我的心里，你胸口上的枪伤还不能排除自杀留下的……好啦，走啦，愿你做个好梦！”说完，欧阳倩伸手在齐子义帅气的脸庞上轻轻一抚便摔门而去。

齐子义看着欧阳倩渐渐消失的背影，他心里明白，这是赤裸裸的恐吓、威胁！看来欧阳倩已经猜到了些什么，他已经调查清楚，那个给自己验伤的法医曾经就是欧阳倩的导师，此人不除，必将后患无穷，不知道组织上有没有做出相应的行动。他陷入了沉思。

四

夜深了，空荡荡的街道早已没有了来往的行人，偶尔窜出一只野猫，发出撕心裂肺的叫声。在街道边有一个电话亭，一个打扮洋气而靓丽的女子在电话亭旁来回地走着，像是在等一个重要的电话。

一个中年人慌慌张张地跑到电话亭想要打电话，女子连忙走上前去挡着问道："你要打电话吗？"

来人道："废话！不打电话我来干什么？"

"啊，抱歉！请你到前面去打可以吗？不远处就有。"

"为什么？"

"对不起，我在等一个重要的电话。"

"可他不是还没来电话吗！你凭什么就占住电话，这是你家啊！"中年男子不依，非要进电话亭内打电话。

这时，电话亭后边一个拿手枪的壮年男子走了出来，用枪顶着来人说道："老兄，识相点，到前面去找电话。"

来人一惊，马上软了下来，说道："是是是，我去前面，你打你打。"说着落荒似的跑走了。

正在这时，电话铃响起。

幺妹马上进电话亭，接起电话："喂！"

电话中传来一个声音："组长，目标已上车，正向你的方向开去。"

"好，知道了。"

幺妹挂了电话走出电话亭，对亭子后的人命令道："警戒！"

"明白。"

幺妹望了望看不见尽头的街道，两个小光点正在缓缓地向她靠近，她从包内掏出镜子照着，又拿出了一支口红，为自己补了个妆，随后对着镜子满意的一笑，走向了街道的中央。

一辆轿车迎面开来，幺妹张开双臂，拦下了轿车。

开车的中年男子立即急刹车，停车的位置离幺妹只有不到10厘米的距离，中年男子愤怒地说道："怎么回事？找死啊！"中年男子说话的声音很大，脸色微红，像是刚饮完酒的样子。

幺妹走到车前，俯下身来，娇滴滴地说道："天晚了，大哥能捎妹子一程吗？"

中年男子色眯眯地上下打量着幺妹，不怀好意地问道：“去哪儿？”

“那就看哥哥你去哪儿啦？”

中年男子心中大喜，没想到在这路边能捡到这样一个大美人，高兴地说道：“好吧，上车吧！”

幺妹嘴角露出一丝笑意，拉开后边车门上了车，轿车向前驶去。躲在电话亭后的男子看着汽车远去后马上跑进电话亭，拿起电话向电话那头的人汇报着幺妹的行程。

汽车在空荡荡的大街上毫无目的地行驶着，幺妹亲昵地和男子攀谈：“大哥好心肠啊！又好英俊，是否在政府上班？”

“政府？政府哪有外企自由、潇洒？”

“这么说哥哥是外贸公司的了？”

“当然，请问小姐是……”

“自谋职业。”幺妹说完这句话后便不再言语了。

男子从后视镜中看着幺妹那靓丽的容颜，幺妹像是没发现中年男子玩味的目光，自顾自地看向窗外。

男子不停地看着幺妹，说道：“小姐，我知道你是什么职业了，开个价吧！”

幺妹扭回头道：“你说什么？”

“开个价吧！也当咱们今晚有缘，认识认识不算坏事嘛。”

“哥哥对我有兴趣啊？”

“当然，说吧，去哪里？”

“去燕舞门舞厅好了。大哥，刚才说的自然是玩笑话，我可是讲品位的人。”

“当然，像你这样当然要去一个有品位的地方了。”

“那就不用我指路了。”

“当然！”

中年男子说着，猛踩一脚油门，汽车加速向燕舞门舞厅驶去。

五

不一会儿的工夫，中年男子便带着幺妹到了燕舞门歌舞厅的门前，一个门童跑上前去为幺妹打开了车门，就在幺妹下车的时候，两人的眼神做了一个短暂的交流。

门童对着中年男人与幺妹做了个请的姿势，说道：“请！”

男子下车，将车钥匙扔给门童说道：“把车给我停后边去。”

门童接过钥匙，弯着腰说道：“好嘞。”

舞厅内的音乐震耳欲聋，灯红酒绿，人们在舞池中扭动着自己的身躯，他们笑着闹着，喝着酒，嬉戏打闹。有的已经醉倒在了座椅上，有的还精神地与舞女调笑。男子和幺妹嫌舞厅里太吵，便在一个迎宾小姐陪同下走向二楼。

男子和幺妹走进了包间，幺妹替男子脱下了外衣递给了迎宾小姐，迎宾小姐接过外衣将它挂在了衣架上。

男子上前想要搂住幺妹的腰，幺妹一躲说道："哎呀！对不起，大哥，有件事儿我还真忘了。"幺妹说着在男子耳边耳语了几句。

男子不住地点着头道："好，好，去吧。不过，别让我等久了，那就……"

"大哥，你是不是不放心呀？"

"哪有什么不放心的？去吧，我等着就是了。看得出，你对这里很熟悉的。"

"当然了，去找两个姐妹，一定把贵客招待好了，开支都记在我的账上。"幺妹转身对身后的迎宾小姐吩咐道。

"是，放心吧。"迎宾小姐走出门外，招呼了一下，一个男童端着托盘走了进来，随后两个身着旗袍浓妆艳抹的舞女也走了进来，两个舞女将托盘中的红酒与一些干果茶点放在了桌上，说道："让大哥久等了。"说完分别坐在了男子的两边，挽着男子的手臂亲昵起来。

幺妹走出舞厅门，门童迎了上来，将中年男子的车钥匙悄悄地交给幺妹，小声说道："车在后边停着。"

幺妹点了点头，向后边走去。幺妹开着车，又来到了刚刚那处电话亭，躲在电话亭后边的男子将一个布包递给下车的幺妹，她给男子使了一个眼色，便向电话亭后面走去。男子明了地点了点头，站在电话亭前警戒。短暂的几分钟后，身穿国民党美式军服的幺妹从亭子后走了出来，将换下来的衣服递给了男子。

男子有些担忧地叮嘱道："组长，注意安全。"

幺妹笑了笑，自信地说道："没问题的。"说着开着轿车离开了。

对于今晚的任务，幺妹还是很有把握的，只要她能骗过狡猾的欧阳倩，那么她的任务就成功一大半了。幺妹在脑海中不停地整理着等会儿要说的东西，欧阳倩是个狡猾的人，她的措辞不能有一丁点漏洞，否则任务便会失败。

六

于兰接到俞子涵的命令后，趁着夜色的掩护躲在了离海城军统大院不远的一处小树林中，她要对军统院的地形和守备力量进行实地勘察，这样刺杀那个狡猾多变的欧阳倩的计划才能多一分把握。她手握望远镜，面色有些凝重，她没想到海城军统站的守备这么森严，偷偷溜进军统大院刺杀的计划就要落空，看来只能实施第二套作战方案了。

就在于兰思考着对策的时候，幺妹的车已经开到了军统大院的门口。卫兵将幺妹的车拦下，幺妹主动地递上了证件。

李排长看了看幺妹，行礼说道："长官辛苦！"

幺妹礼貌地回礼，说道："我找行动队二队欧阳倩队长。"

"对不起，站上有规定，晚上有外来车辆一律严禁入内，只有站内人员出来迎客方可。"

幺妹有些恼怒地说道："我可是党通局的长官，你们欧阳队长的朋友。"

李排长摇了摇头说道："那也不行，我可以给你打电话。"

"那就快点。"

"跟我来。"李排长带着幺妹走进传达室。

李排长拨通电话说道："喂，是欧阳长官吗？"

幺妹一把将电话抢过来说道："我是党通局的吉川上校，你的舅舅叶秀峰局长让我找你……"

幺妹停住了话语，向站在她身边的李排长摆了摆手，李排长会意走出了传达室。

幺妹接着对电话里的欧阳倩说道："欧阳队长，我是奉命前来调查廖站长被刺一案的，现在已锁定嫌疑人。你舅舅说过，如果需要，要我找你帮忙……不是，你舅舅说，军统和中统向来不和，有很多矛盾，两局改造之后仍是如此。所以这事不能声张，这次如果抓到人，他们一定会给你记功的……对，还是不能让事情扩大化，因为这是最核心的机密……好，好，我等着……对，就在门口。"

幺妹放下电话走出了传达室，来到了轿车边上等待着欧阳倩。

欧阳倩从对方口中听到了她的舅舅叶秀峰局长，心中丝毫不怀疑，挂了电话，整理了着装便跑了出来。于兰通过望远镜看到了跑出来的欧阳倩，有些惊讶，心想这是个好机会，只要她欧阳倩出了这军统站，事情就好办了。

跑出来的欧阳倩看见了一个国民党女军官在一辆汽车前来回踱着步，便走上去问道："是吉川上校吗？"

"是，欧阳队长，请！"幺妹打开车门做了一个请的手势。

按照军统站的规定，过了午夜12点是不能外出的，欧阳倩对李排长招了招手说道："过来一下。"

李排长走上前去敬礼道："欧阳长官，有何吩咐？"

"我和吉川上校去执行任务，我不希望再有人知道我今晚的行踪，明白吗？"

"明白。"

欧阳倩谎称是要去执行任务，上了幺妹的车，幺妹没想到欧阳倩这么轻易地就相信了她的话，内心欣喜地开着车扬长而去。

于兰见欧阳倩已经上车离开，连忙对身边的林队长说道："快，机会难得，我们得跟着他们。”

“是！”两人收起望远镜，朝一辆吉普车跑去。

七

幺妹一边开车一边和欧阳倩说着话，并没有发现在很远的地方，有一辆吉普车在跟着她们。

幺妹对坐在后面的欧阳倩说道：“这次海城之行，是秘密进行的。”

“我们现在要去哪里？”

“花岩新村。”

“你确定你们说的那个人是杀害了廖站长他们的凶手？”

“我确定。”

“这下好了，我们曾动用了那么多的人，几乎把整个海城上下翻了个遍，而且还对重伤的陈飞高度的怀疑。想不到你……对了，你们来了几个人？”

“两人。”

“两人？”怎么才两个人，这么大的行动，不可能只派了两个人来完成，欧阳倩心中升起了无限的疑惑。

“怎么，不相信我们的能力？”幺妹看着欧阳倩难以置信的表情问道。

“当然相信，你们党通局的前身就是搞情报的，当然比我们专业多了。不过……”

幺妹一惊：“不过什么？”

“我有点不明白了，这好像是我们保密局内部的事吧？怎么你们党通局也插手此案呢？”

“这很好解释。”

“怎么说？”

幺妹将刚开始想好的说辞一股脑地说了出来：“这个案子发生有一段时间了吧？你们保密局始终没有上报破案的结果，现场到现在也没有获得任何有价值的线索。这事已惊动了高层，所以国防部指令你舅舅插手此事，就派我们来了。”

幺妹的话并没有打消欧阳倩心中的疑虑，她接着说道：“可我从来就没有听舅舅说过。”

“他能给你说吗？这是纪律，连我们到海城来，也是秘密进行的。你舅舅曾再三交代，不到万不得已，不要让倩倩帮忙。”

“那么现在？”

“要抓重要的人了，我们两个力量太单薄，所以就要把功劳分出一份给你了。这也是你舅舅的意思，怎么？你不愿意？”

“是吗？那当然好啦！那么，你的搭档呢？”幺妹反复地提到功劳两字就是想要迷惑欧阳倩，但是，这反而使欧阳倩更加警惕。她边问着边透过窗户观察路边的景物。

“他正在现场监视着呢，见面后会配合行动的。”

陌生的路线使欧阳倩心中警钟大响，她怀疑地说道：“不是去花岩新村吗？怎么好像走得不对？”

幺妹见欧阳倩始终不相信她，有些慌张地说道：“对，走这里近啊！”

欧阳倩思考一番后试探地问：“我舅舅身体好了吧？”

幺妹想也不想地答道：“好了。”

欧阳倩大叫一声不好，质问道：“不对！你什么人？我舅舅从来就没有病。你是什么人？停车！”

欧阳倩说着掏出了腰侧的手枪对准了幺妹的脑袋。

幺妹的双手紧紧地握着方向盘，说道：“别胡来！我们马上就到了。”

欧阳倩现在哪还敢相信眼前的这个人，将子弹上膛，说道：“不行，停车！”

幺妹突然猛地加油，冲上一个桥面，然后猛地踩了一脚刹车，欧阳倩因为惯性被甩得人仰马翻，持枪的手也撞向车内座椅上。

幺妹突然敏捷地转身夺过欧阳倩的手枪，将枪对准后座上的欧阳倩，说道：“别动！”

好不容易制服了欧阳倩，幺妹害怕再出什么幺蛾子，便将欧阳倩的眼睛蒙住，将她的双手牢牢地反绑在了身后。

“你到底是什么人？快放开我！”

“我是什么人？你一会儿就会知道了。”

于兰和林队长小心翼翼地跟在幺妹的车后，最终幺妹的车在一处独栋的别墅前停了下来，林队长连忙一脚刹车，将车停在了离别墅不远的一处竹林中。两人下了车，寻了一块地势较高的地方，拿着望远镜向里面观察着，可是别墅的院墙太高，里边发生了什么也看得不够真切。幺妹光想着怎么对付欧阳倩了，哪里会发现她们早已被人跟踪了一路。

八

欧阳倩被幺妹押进了别墅。

欧阳倩边走边挣扎道：“混蛋，把我放开！”

幺妹也不搭话，推开一扇门走了进去，叫道：“琼姐，你的客人到了。”

欧阳倩听到琼姐二字先是一愣，随后问道：“你说什么？”

“你交上好运了，琼姐要见你。”

“什么琼姐，都是找死的货色。”

高跟鞋将木地板撞得的“嗒嗒”作响，一个身穿黑色礼服裙的女子走了下来，说道：“是倩倩妹子吧？怎么还这么横？你该看看这是什么地方。”

欧阳倩听见来人的声音内心一阵惊讶，说道：“少说废话，把我放开。”

“当然，幺妹，怎么这样对待你的倩姐？快，把她放开。”来人命令幺妹将欧阳倩放开。

“是，琼姐。”幺妹说着解开欧阳倩绑着的双手。

欧阳倩一把将蒙在眼上的黑布扯下道：“你们到底是什么人？敢对我下黑手，你们也不看看……”

来人打断了欧阳倩的话语，说道：“别废话，你看看我是谁！”

欧阳倩揉了揉眼睛，转身看了看来人，像是被施了魔法一样地愣在了原地，跟她对话的人长得跟欧阳倩一模一样，不同的是，她左眼的下方有一颗泪痣。欧阳倩着实吃了一惊，她没想到抓她的竟然是她的孪生姐姐，她嘴唇有些颤抖地说道：“是你？你怎么在这里？开什么玩笑！”

欧阳琼答道：“这不是玩笑，倩倩，你挡了我们的道，我不得已才这么做的。”

“什么？我挡了你们的道，什么道？”

“生意上的道，你难道还不清楚？”

“姐，我不清楚，你有什么事？就不会对我温柔点，怎么能用这样的手段？”

“这不都是跟你们军统学的？难道这不是你的常用手段吗？”

“别废话，请你把话说明白了。”

“好，妹妹什么时候学会敢作敢当了？”

“姐，是你抬举我了。敢做，那没的说。这敢当嘛，还需要你说说看。”

“好，我要你回答我，三天前，是你截击了我们的运货车，让我们损失了3000大洋。”

“什么？那是你们的货车？运烟土的？”

“是，我想知道那些货在什么地方？”

“原来是这样……”

就在三天前，欧阳倩确实是带着一帮手下与一辆运烟土的火车交火了，还将车上的运货人员全都击毙，可当时，欧阳倩并不知道这辆烟土火车是在欧阳琼的管辖范围内。

见欧阳倩陷入沉思，欧阳琼问道：“想起来了吧？”

“姐，我不知道是……姐，你怎么干起这样的生意来，爹妈生前说过……”

“别提爹妈！”

“你怎么……”

“他们是说过，人生一世不易，不要干那些伤天害理的事情，可你呢？不也在干着杀人越货的勾当，充当着蒋家王朝的走狗，你怎么能说我？”

“住口，我这是为了国家，为了党国。”

“既然是这样，你可以……可我是为了生存和生计，难道就不行吗？人生一世，各有各的过法，各有各的活法，咱们既然志不同道也不同，你就不该阻挡姐姐的生路。”

“姐，我没有。”

“你不是想说那事不是你带人干的吧？”

“是我带人干的，可我是执行上峰的命令。再说，打死我也不会相信你就是那车烟土的幕后人。”

“对，你现在相信了吧，那就把它物归原主吧。”

“不可能了，我已经将它上交入库了。”

“什么？上交？”

“是，这是……”

“不要说了，要是我要你再把它抢回来呢？”

“咱们的事好说，可那些烟土，我却无能为力。”

“你会后悔的。”

“姐，这不是后悔不后悔的事。”

“不要再说了。幺妹，把倩倩关起来。”

“是，来人，把倩姐请去休息。”

“是。”

欧阳倩被两人钳制住，她挣扎着说道：“你想干什么？”

欧阳倩突然转身一掌劈在了一个保镖的手腕处，保镖吃痛，松开了手，手枪顺势掉在地上。只见她又一个转身飞踢，将另一个保镖踹倒在了地上。她连忙捡起地上的手枪，对准了毫无准备的欧阳琼。欧阳琼一惊，立即抓起了放在桌上的手枪。两人持枪对峙起来。

欧阳倩说道：“把我放了，咱俩从此可以井水不犯河水。”

欧阳琼有些不在意地笑了笑，说道：“倩倩，放下枪，你出不去的，外面都是我们的人。”

说着，十几个持枪的保镖冲了进来，纷纷将枪指向欧阳倩。

欧阳琼劝道：“放下枪，我保你不死。”

欧阳倩看着围着她的十几个枪口，无奈地放下手枪。

于兰和林队长依然坚守在别墅的周围，他们并不知道在别墅里展开了一场激烈的对峙，只要等到欧阳倩出来，他们才会有下手的机会。

欧阳琼将欧阳倩关起来后坐在了沙发上，她有些疲倦地揉了揉太阳穴，这几天因为那车烟土被劫，欧阳琼忙得焦头烂额的，好不容易查清了劫烟土的人，却不巧发现那人是自己的亲妹妹。

突然，桌上的电话铃声响起，欧阳琼接起电话问道："喂，哪位？"

"呦，琼姐，你不会是贵人多忘事吧？我可是在你这儿订了一车货，可是都过了这么久了，怎么还没有收到呢？"

"哦，看我这记性，江老板，你放心，我这人做生意是最讲诚信的，你跟我合作了这么久，也不会不知道，三天之后，三天之后我将货送到你的手上。"

"既然琼姐都这么说了，我也不担心了，三天之后我等着收货。"

"一言为定。"

欧阳琼挂了电话后脸上立马泛起了愁云。

幺妹站在一边焦急地说道："琼姐，现在没了货，该怎么办啊？"

"急什么急，没见过一点大风大浪。"

幺妹低下了头，不敢再言语。

欧阳倩独自一人在禁闭室里踱着步：是谁走漏了消息？她们怎么会知道这件事是我干的？欧阳倩怎么也想不明白，自己前天执行的秘密任务，却招来了这么大的麻烦。而且让她万万想不到的是，这个事情是自己的双胞胎姐姐操纵的。欧阳倩有点心虚起来，她知道姐姐和自己积怨很深，弄不好自己……欧阳倩不敢再想下去了，看来，只有用缓兵之计了。

欧阳倩走到门前，摇了摇门，喊道："开门，给我打开，混蛋，快给我打开门。"

门外传来呵斥声："没用的，你好好待着吧。"

九

夜已深，天边一轮圆圆的明月照亮大地。尤站长没有休息，他坐在办公桌前，埋着头，写着什么。

安然端着一杯热茶，走了进来，她将茶轻轻地放在桌子上说道："长官，请！"

尤站长又写了几个字，抬起头来问道："怎么？有事吗？"

"长官，恕我直言，近来发生的事是不是有点……按张干的说法，是不是真有点不公之嫌？"

"哦？什么意思？你怎么也……"

"不是……"

“说说看！”

“这还用说吗？”

“怎么，是为单虎的事吗？”

“不是。”

“那就是为你哥哥田副队长啦？哎！你刚才提到张干，而且引用了他的话，这很危险的。”

“那好，我没事要说了。”安然随即转身要走。

“等等！”

尤站长也站起身来，走到了安然的身边，说道：“单虎的事，事前你可是主动提议，而且都是一致同意的。”

“所以现在我也没有反悔。”

“那我就不明白了，你到底是为了谁？是什么事？你可不能在我面前耍小孩子脾气啊！”

“我……”

尤站长将手里的笔扔到桌子上，沉思起来。

安然想了想，说道：“陈飞的提升，已经是怨声载道，站里上上下下已经吵得沸沸扬扬的。”

“是吗？我怎么不知道！举例说明。”

“说就说，说他依靠死去的姐姐、姐夫……”

尤站长“啪”地拍了下桌子。安然一惊，停在了那里。尤站长意识到自己的粗鲁，继而温和地说道：“这个就不要说了，也许起因……安然，你不知道的，我不希望你步关灿的后尘。”

安然无言以对。

“他们还说了什么？”

“说他一上班，就打死了单虎，不但损失了站长一员干将，还几乎要把他的结拜兄弟打进冷宫。还有我……”

“不要说了，我已经明白了。提升一个陈飞竟然出现了这么多争风吃醋的！就连你……这不都是已过去的事了，怎么你现在提出来，不是翻老账吗？”

“不是……”

“说来说去，不就是这档子事吗？把你提到我的身旁，别人如果说什么，是他们的事，你心里难道不知道吗？然然，我已经是在往好的方面去做。至于你的哥哥，我也自有考虑。说吧！还有什么事？一股脑儿全倒出来！没事，就去休息吧，这事到此为止。”

安然听后点了点头，有些沮丧地走出了尤站长的办公室。

十

欧阳琼坐在沙发上思考着对策，想来想去还是只能从欧阳倩身上下手，于是她来到了禁闭室门外，对门口的保镖说道："打开。"

"是。"

欧阳琼走了进去。正靠在床头上假寐的欧阳倩听见动静立马睁开了眼睛，见欧阳琼走了进来，立即从床上下来说道："姐姐，你不念姐妹情分就这样对待我？"

欧阳琼一脸笑容说道："哪儿能呢？要不是念及姐妹情分，你欧阳倩的小命早就报销了。"

"是吗？还有什么事是你欧阳琼做不出来的呀？"

"这样看我？"

"不是吗？要是我没有猜错的话，你就是名震海城的'黑寡妇'，在海城的烟土市场中占着一席之地。"

"海城的烟土市场中占着一席之地不敢当，'黑寡妇'倒是让你说对了，这么说姐姐的事你全知道了？"

"这么说真是这样，那我做的就没有什么错了。"

"既然你都知道，那就不用拐弯抹角了。"

"有话直说。"

"希望妹妹不计前嫌，我确实有些贴心话向你透露一下，并希望你能帮助姐姐完成这一心愿。"

"我帮助你？笑话！你欧阳琼何时看得起你这个妹妹？当年我参加军统集训，你百般阻挠，说什么这是死路一条，在父母跟前没少说我坏话。如今，你还有什么花花肠子，说出来让我见识见识。"

"具体有二，如果把你截取的烟土追了回来，咱们可以二一添作五，你我可以远走高飞；二是你我可以里应外合，将这海城最大的烟土贩子江老大围剿，我们另起炉灶，利用这些资产大干一番，也不枉我做'黑寡妇'这些年，你也可以脱离军统。"

欧阳倩装作有些心动地说道："你说的当真？"

"那当然，我早就有这样的想法。只是没有这个机会，如果妹妹动心的话，你就点下头，我立即就放你出去，怎么样？"

"我看行，那你也得先把我放了，这样才能实施我们的计划。"

"这是自然。"

欧阳倩现在只能用缓兵之计了，她佯装答应了欧阳琼的提议。现下最主要的目的就是从这里脱身，只要能离开这里，她欧阳琼能奈我何。

姐妹俩各怀各的心思，达成了一致的协议，欧阳琼从禁闭室出来后，叫来了幺妹，她对幺妹说道："你等会儿就开车送倩倩回去，虽然她口头上已经答应了我的要求，但我还是不放心，要是她出什么幺蛾子，你直接……"欧阳琼用手在脖子上比画了一下，幺妹理解地点了点头。

第十二章　阴差阳错

一

已经是后半夜了，微风中带着丝丝的凉意。幺妹将欧阳倩带到车前，恭敬地为欧阳倩打开车门，欧阳倩看了看幺妹，又看了看周围的环境，抱着手臂问道：“你这又是要把我带去哪里？”

“倩姐你不放心我难道也不放心琼姐吗？放心吧，这是别墅的后门，我会按照琼姐的吩咐，将你安全送回军统站的。”

“但愿如此。”欧阳倩冷笑一声，坐上了车。

幺妹通过后视镜看了看欧阳倩，说道：“倩姐，对不住啊。小妹这也是身不由己才做出对倩姐动粗的事，还希望倩姐……”

“少废话，现在说这些还有用吗？”

幺妹也不再解释，专心地开着车，向军统站驶去，欧阳倩看见了路边熟悉的景物，这才真正地放下心来。

欧阳倩悄悄地将手摸向腰间，说道：“你就不怕你把我送到站上，你就回不来呀？”

“别开玩笑了，倩姐。”幺妹顿时心中警钟大作，但还是装作不在意的样子说道。

“玩笑？你小看我了！我最恨那些背后下黑手的人，你以为你送我回去，就能减少你犯下的罪吗？就算我答应了，我的手下也不会放你回去……”

“啪”的一声脆响，平常人是很难捕捉到这微弱的声音，但是幺妹听到了，她不仅听到了，还知道这声脆响是从枪套的暗扣里发出来的，一刹那间幺妹猜测到了身后欧阳倩的动作，汗毛直立，神经紧绷，她立马一个急刹车停在了路上，想抽出腰侧的手枪，但欧阳倩的枪口已经抵在了她的后脑勺上。

幺妹缓慢地扭过头，一动不动地盯着欧阳倩问道："倩姐，你这是想干什么？"

"干什么？只要围剿了你们这伙烟土贩子，离我提升的日子就不会远了。"

幺妹的眼中没有震惊，她像是看不到那黑洞洞的枪口，淡定地说道："你不是已经跟琼姐商量好了吗？两人里应外合，联手合作，以后的日子自然也是少不了的荣华富贵，出卖琼姐对你有什么好处呢？"

"哈哈哈哈……她这哪是想要与我合作？我在她眼中只不过是一个踏板、工具而已，如果我不是军统站行动队的队长，她欧阳琼可曾看过我一眼？再说了，她这种刀口上舔血心惊胆战的日子，哪有我军统站的日子过得舒坦安逸？"

"那这么说，倩姐你是铁了心要出卖琼姐了？"

"这不是出卖，这只是我的活法。"欧阳倩语毕，扣动了扳机。

可是，欧阳倩意料中的枪声并没有响起。

"堂堂的保密局海城站行动队队长，竟然连枪里有没有子弹都掂量不出来。"

"你想干什么？！"欧阳倩有些慌张地想要打开车门逃跑。

"我已经给过你机会了，只是你没有珍惜而已，永别了，倩姐。"

幺妹说着抽出手枪，没有一丝犹豫地对着欧阳倩眉心开了一枪，欧阳倩还没来得及发出任何悲鸣便倒在了后座上，鲜红的血液混着脑浆崩得到处都是。

幺妹开着车拉着欧阳倩的尸体来到一座小桥上，她费力地将欧阳倩拖下车，来到桥边，桥下的河水静静流淌，"哗哗"的水声使得夜晚更加的静谧。"扑通"一声，平静的水面上溅起了一朵巨大的浪花，幺妹看着欧阳倩的尸体慢慢沉底，满意地拍了拍手，回到了车上。幺妹看了看一片狼藉的车内，连忙抽出一条毛巾，擦了擦手，又到车门前，弯腰擦了擦后座上的血，完事儿后将毛巾也扔到了桥下的河水里。

除掉了欧阳倩，幺妹心中异常地平静，尽管以前和国民党军警特宪多次交锋，但她怎能不知道这次的意义不同。她在回忆着每一个细节，但愿没有留下蛛丝马迹。只要没有了欧阳倩的阻碍，琼姐的事业一定会更上一层楼的。自从琼姐将她从山贼手中救下后，待她就如亲妹子般，这份恩情，幺妹无以为报。既然知道了欧阳倩的狼子野心，幺妹就是拼死也要保护欧阳琼。

二

于兰与林队长依然一动不动地躲在别墅外的一处草丛中。"啪！"林队长打死了一只正在他胳膊上享受美餐的蚊子。

"小声点。"于兰看了看身边的林队长。

林队长有些不好意思地笑了笑，说道："于兰，这天都快要亮了，怎么还不见欧阳倩出来？这么一直等下去也不是办法呀。"

于兰抬头看了看已经有些发亮的天空，心中也很担忧，问道："那你有什么办法？"

"这样吧，我刚刚看见西边的院墙角有一处狗洞，咱们潜伏进去，解决掉欧阳倩。"

"可是我们并不知道欧阳倩在哪个房间，这样贸然闯进去，暴露了就完了。"

"不会的，你看那些守门的保镖不都在打盹儿吗？"

"也是，趁着现在防守还算松懈，咱们走吧。"

二人猫着腰穿过一片竹林。天将拂晓，如果不能在天亮之前将欧阳倩杀死，那他们以后将很难遇见像今天这样好的机会。他们依次从狗洞里钻过，幸运的是，偌大的一个院子并没有多少看守的保镖。于兰打量了一下这座豪气的别墅，发现只有二楼的一处卧室的灯还亮着，她抬手指了指还亮着灯的房间，林队长立马会意。他们一前一后，以院子里的植物当掩护，顺利地来到了正对着亮灯房间的一棵大树下。

房间的窗帘是拉开的，欧阳琼抱着手在窗前来回走着，幺妹出去了这么久还没有回来，欧阳琼有些担心，难道是倩倩真出了什么状况？欧阳琼没想到自己的妹妹已经命丧黄泉，也没想到现在正有一个黑洞洞的枪口瞄准了她。

"怎么样？"于兰小声地问道。

"放心，射程之内。没想到欧阳倩在这里还有处容身之所。"

"执行任务吧，天亮了就麻烦了。"

"是。"

林队长的手随着欧阳琼的走动来回摆动，终于，欧阳琼像是在观察什么在窗前停了下来，林队长看准时机，开了一枪，只见刚刚还直挺挺站在窗前的欧阳琼软软地倒了下去。

"快，撤。"于兰见任务已经完成，立马吩咐道。

二人没有惊动院子内的任何人，成功地逃离了别墅。

三

一轮红日从天边缓缓升起，为每一朵白云都镶上了金边。齐子义拿着公文包在院里走着，刚要进楼，一辆吉普车急停在了楼门口，挡住了齐子义的去路。

齐子义退两步，看见张谦从车上走了下来，礼貌地打了个招呼："张队长，这么早，去执行什么任务？"

"我执行什么任务？怎么，陈副官不知道？"

齐子义有些莫名其妙地说道："是啊！不知道啊！"

张谦讽刺地一笑，说道："陈飞，凡事都有个度，不要以为，你被提升为长官室第一副官，就什么都想插手？我张谦不买这个账！”

看着张谦转身离开的背影，齐子义苦笑一下，摇了摇头，边向办公楼走去边想到，看来对于他的提升，很多人是不满的。齐子义刚刚踏进办公室，就见安然从尤站长室内出来，一脸不高兴的样子。

“怎么啦，安然？见了我满脸的不高兴？”

安然也不看齐子义，低着头说道：“没有啊！”

“那就好。”

齐子义走向自己的办公室，开始了日常的办公。尤站长也忙碌地对桌上的文件一一查看，他分拣出几份比较重要的文件认真地阅读起来。

“丁零零……”电话铃声响起，尤站长接起电话，说道：“讲！”

电话那头传来了一个女声，慌张地说道：“站长，不……不好了……”

“慌什么？什么事？讲！”

“我……我是行动……行动二队的副队长皮娜……”

“我知道是你，说正事。”

“我……我们在城……城中河三号……三号桥河畔，发现……发现欧阳队长的尸体，请站长……站长快来……”

尤站长听后震惊地突然站了起来，说道：“欧阳队长？你说是欧阳队长的尸体？怎么回事？”

“不知道啊！所以请……请站长你……快来啊！”

“好！保护好现场，我马上就到。”说着又按了一下桌上的按钮说道：“陈飞，跟我出现场，快！”

尤站长放下电话，迅速地穿衣，并拉开桌斗拿出枪插到腰间，向外走去。齐子义在办公室接到尤站长的紧急命令后连忙跑来与尤站长会合。

他看见脸色严肃的尤站长急匆匆地向欧阳倩的住处走去，内心有些不安地问道：“站长，这是怎么了？”

“欧阳倩遇害了。”

“什么？！谁干的？”这次，齐子义的震惊并不是装出来的，难道组织上已经对欧阳倩下了手？

“现在什么情况还不得而知，走，先去检查欧阳倩的住处。”

“是！”

两人三步并作两步地来到了欧阳倩的住处门前，齐子义上前一步，一把将欧阳倩并没反锁的房门给推开了。

房间非常的简朴整洁，除了床上有些凌乱，其他的一切正常。齐子义走到床边，

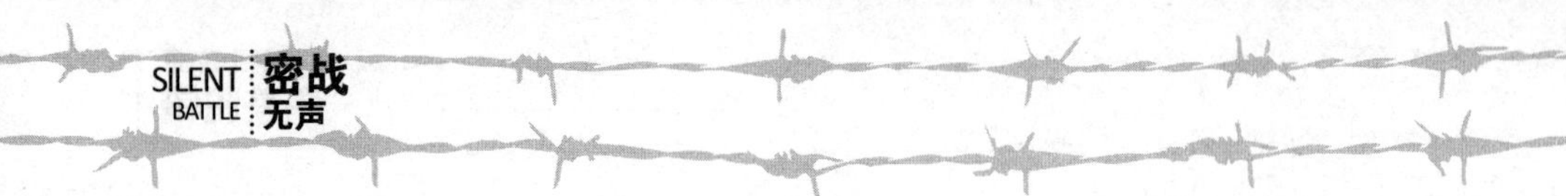

将手伸入被子里面，床板冰凉，看来欧阳倩昨晚并没有在这张床上休息。他抽出手，向尤站长摇了摇头。

尤站长沉吟片刻，说道：“走。”

尤站长走出房间，对旁边的一个士兵说道：“派一个卫兵守卫欧阳队长的房门，没有我的命令，任何人不许进入。”

“是。”

二人在检查完欧阳倩的卧室后马不停蹄地赶往发现尸体的现场，那座小桥与欧阳倩的尸体的周围都已经拉起来黄色的警戒线。欧阳倩躺在河边的地上，脸色惨白，双眼紧闭，嘴唇青紫，身上满是河沙和污渍，她的眉心有一处血肉模糊的枪洞，看着甚是吓人。几个哨兵正在保护着现场，警戒线外围着一群凑热闹的老百姓，正对着不远处欧阳倩的尸体指指点点地议论着。

一个少尉军官为尤站长打开车门。齐子义跟着尤站长穿过人群，大步地走到欧阳倩的尸体旁边，几个法医正在对尸体的伤口进行拍照记录，见尤站长走了过来，纷纷立正敬礼。尤站长对他们摆了摆手，然后蹲了下来，仔细地观察起欧阳倩眉心的枪洞。随后又看了看欧阳倩紧捏着拳头的双手。

尤站长叹了一口气，对法医说道：“保护尸体，马上现场勘验，并进行尸检。”

“是。”

现场拍照和尸检同时进行着，尤站长看了看周围的环境，又看了看水流的方向，根据水流速度和欧阳倩的体重，他大致地推算出了一个距离，正好离尸体的不远处有一座小拱桥，他断定那里应该就是抛尸地点。

尤站长带着齐子义与两个卫兵向那座小拱桥走去。他们边走边观察着周围的环境，想要找出什么蛛丝马迹来。几人来到桥上，一个汽车刹车印记映入了尤站长的眼帘，他往旁边伸了伸手，齐子义会意地从公文包中取出了一个放大镜递了过去。

两人蹲下身来，对那处刹车印记进行观察记录，齐子义说道：“这里停过汽车，是急刹车。”

尤站长点了点头，起身走到桥边，看着并不湍急的河水，陷入了沉思。

四

尤站长回到军统站后立马召集所有的军官开了一个紧急会议。狭窄的放映室中挤了满满一屋子的人，空气闷闷的，让人有些透不过气来。墙上的银幕上播放的正是发现欧阳倩尸体的地方。

一个解说员解说道：“这是横贯海城市区的城中河叫温凉河，案发的地带是比较偏远的地方。由于紧邻公园一角，夜晚很少有人光临那里。所以直到上午九时许，我们的巡逻兵巡逻到那里时，才发现被冲入河水边草丛里的尸体，打捞上来后才发现是欧阳倩队长……”

尤站长表情严峻，不悦地说道：“少讲过程，我想知道具体情况，法医。”

“是，放幻灯。”

幻灯片换成了欧阳倩尸体的照片，还有几张是欧阳倩眉心枪洞的特写。

法医在轮流放映完这几张照片后解说道：“我们对尸体进行了全面的检查，发现死者全身穿戴整齐，唯一被人冒犯的是她那眉宇间的枪洞，也是致命的一枪。从中枪的位置和深度来看，凶手出枪极快，射击精准，是一个专业的持枪老手。从弹洞焦灼的情况看，是近距离开枪射击的，大小和深度可判断出是欧式攻击型手枪，初步判断为FEG瓦拉姆中型中口径手枪，匈牙利制造。”

尤站长说道：“说重点。”

“由于是近距离开枪，子弹洞穿头颅不知去向。我们又对尸体进行了解剖，没有发现性侵迹象；胃中的食物已经开始腐烂、变质，并和我站昨晚的部分食谱相对应，说明昨晚死者没有外出吃酒迹象。综上所述，死者之死就来源于额头上的中枪，完毕。”

法医解说完后，尤站长看了看齐子义。

齐子义会意地点了点头，站起身来说道：“侦缉队先后对周围的环境和住户进行了探查，没有发现有价值的情况和线索，就连住得最近的住户也没有听到任何声音和枪声。”

法医听到这里，立马站起来补充道：“补充一下，FEG手枪是可以装配内置消音装置的中口径手枪。”

齐子义朝法医点了点头，继而转头对着放映员说道：“换幻灯片。”

齐子义依次将小拱桥，桥上的刹车印记，桥边草丛的压痕展示给众人看后说道：“我和站长在桥上发现了停留汽车的印记和桥边草丛上的压痕，初步判定是凶手杀死死者后，用汽车运至桥上，从那里将尸体抛下了河，随后尸体被河水冲至300米外的河边草丛中停在了那里。目前侦缉队所反映的信息只有这些，他们仍在紧张的侦查中……”

“完了？”

齐子义点头答道：“完了。”

尤站长沉思片刻，说道：“好，既然确定欧阳倩昨晚在站上吃的饭，那就立即查出她晚饭后的轨迹。陈副官！”

“我在，长官。”

“我和你看过欧阳倩的房间，欧阳倩床上的被褥是抻开的，这说明她晚上至少在床上躺过，而她离开后并没有将床铺整理整齐，这说明她是仓促起床离开的。”

“是。”

“那，说明了什么？”

在座的每个人的脸上都露出了疑惑。

尤站长接着说道：“说明她是在休息之后被人叫起后出去的，那里不是第一现场。”

“是，站长。我提议立即通知昨晚门卫值班人员到此说明情况。”

尤站长点了点头说道：“通知昨晚值班人员到场。”

“是。”

齐子义快步走进了门岗值班室。

一个卫兵站起来敬礼道：“长官辛苦！”

“昨晚的值班记录拿来我看看。”

卫兵将值班记录拿出递给齐子义道：“长官请。”

齐子义翻看几下说道：“昨晚是谁的班？”

“上边都写着呢。”

齐子义愤怒地将值班册摔给卫兵道：“什么都没有记录！李排长去哪了？”

“回去休息了。”

“你确定？”

“确定。”

齐子义扭头大步走出去了。他现在心中异常的焦急，因为他还不能确定欧阳倩是否是被自己的同志杀死的。从目前掌握的信息来看，他理不出一点头绪。他来到李排长住处门口，用劲地拍了几下门，门内没有任何反应，他焦急地一脚将门踹开。被惊醒的李排长一骨碌从床上爬起来，目光呆滞双眼朦胧地坐在那里，望着闯进来的齐子义，不明白发生了什么。

齐子义看着愣头愣脑的李排长说道：“为什么不应答？”

李排长回过了神说道：“刚才没听到。”

“快穿上衣服，尤站长有请。”

“怎么回事？不是……”

“快，马上！”

齐子义看着正在穿衣服的李排长问道：“我问你，你昨晚值班，可见到欧阳长官外出？”

“这……”李排长有些迟疑。

齐子义怒吼道：“这什么这？告诉你吧，欧阳倩昨晚被人杀害了！可是昨晚就是你的班，你……”

李排长一惊，连忙说道：“什么？被人杀害了？不可能，她是跟一个长官走的……”

“什么长官？长什么样？快走，去向站长说去。”

看着眼前这个神不守舍的人，齐子义真的想一枪崩了他，是他目睹了欧阳倩死前被什么人带走的，尽管到现在齐子义还不确定这件事是否是组织所为，可眼前的这位一定是看到了什么，在这次案件中，他起着至关重要的作用。

齐子义见李排长已经穿好了衣服，说道：“好了，走吧。”

“是。”李排长说完随齐子义走出房门。

齐子义将李排长带到了放映室。

李排长走到尤站长面前恭敬地敬礼道：“报告，警卫排李汉三……”

尤站长打断了李排长的话，说道：“李排长，我认识你。说，昨晚门岗谁的班？”

“长官，是我。”

“那我问你，欧阳队长昨晚是什么时间走出站外的？”

“这……”

“讲！”

李排长突然跪了下来说道：“我不知道啊，我是……值班的，可欧阳队长的被害，和我没有关系的，我……我这是……”

“你怎么知道欧阳队长被害了？”

“是……我刚刚知道的。”李排长看了看齐子义，说道。

尤站长站起身来严厉地说道：“既然知道了，那就说说昨晚你知道的事。按规定，不是执行紧急任务夜晚12点后任何人是不许单独外出的，你是怎么值的班？”

“小的该死，我失职。”李排长说着猛地打起了自己的嘴巴。

尤站长有些不耐烦地阻止：“够了，站起来，讲。”

李排长双颊红肿地站了起来说道：“昨天晚上，是有一个上校女军官把欧阳队长叫了出去。”

“上校军官？还是个女的？姓什么？叫什么？什么部门的？是怎么来的？讲！”

“昨晚我在值班……”李排长将幺妹找欧阳倩，欧阳倩跟着幺妹离开的前前后后毫无遗漏地都跟尤站长讲了一遍。

尤站长问道：“这么说是你让她打的电话？什么内容？”

“长官，我哪敢听啊！不是……是那个长官让我出去的。”

“这么说，她是党通局的吉川上校，你还听到了她的舅舅叶秀峰叶局长？”

“就听到这些，就让我出去了。”

“往下说。”

“是，过了一会儿，欧阳队长就慌慌张张地跑来了……”

李排长回忆着当时的每一个细节，在确定没有任何遗漏后说道：“其他我就不知道了。”

“你真的不认识那个女上校？她真的是南京派来的？如真是叶局长的……”

“不不不，不认识，我确实不认识她……不过，如果现在要是见到她，我一定会把她认出来的。”

“好，你现在还能不能记起她开的什么车？什么牌号？是军车还是地方车？”

“我记得。”李排长确定地说道。

“好，李排长，从今天起，我希望你配合侦缉队和行动队破案，将功赎罪。如果案子破了，就证明你没有说假话，我可以饶你不死。”

“是，我一定……”

随后，尤站长转身对着身后的几个军官说道：“你们几个。”

张谦、田彪、吴天、吕飞，几个人依次站在尤站长面前道：“到。”

“你们要从汽车入手给我查，什么党通局的上校军官，什么叶局长的，那是冒充的。给我挖出那个女人，我要活的，我要亲自审讯她。”

“是。”

五

张谦通过一天的走访和排查，查到了案发当天凶手所用的车辆，他急急忙忙地跑到了尤站长的办公室汇报道：“站长，那辆车我们已经查到了。”

“啊，好啊！人抓到了吗？”

张谦有些犹豫地说道：“没有，不知敢不敢抓？”

“什么？为什么？”

“经查，这辆车是市外贸局的，使用这辆车的人叫呼尔查，是南京经贸厅厅长的小舅子，是个有来头的人。”

“那有什么？敢杀我尤放的人，我就敢抓他。抓！越快越好，而且要严加审问，只有这样，才能抓到凶手。”

“是。”张谦敬礼后转身离开。

尤站长看着张谦离开的背影，陷入了沉思，他总觉得张谦所说的这个名字有些耳熟，不自觉地自语道：“呼尔查，呼尔查，想起来了。”

尤放突然想起，临来海城时还有人向他介绍过这个呼尔查，让他在海城给予关照。可现如今他已犯到了军统站的手里，这让尤站长感到有些棘手，他不得不谨慎行事。

齐子义通过张队长的行动得知了案发当天那辆汽车的车主是一个名叫呼尔查的人， 可是被抓的呼尔查并没有供出什么有价值的情报。现如今，使齐子义最放心不下的还是那个李排长，刺杀欧阳倩的人他是见过的，如果让他协助破案势必是一大患，一定要将这一情况汇报给组织。齐子义拿出纸和毛笔，并拿出了一个透明的小瓶，瓶子里装着一些白色的黏稠的液体。他用毛笔蘸着白色液体在信纸上写下了几行字，然后捧起这张纸吹了吹，等字迹干了以后，纸上没有留下任何的痕迹。他将第一份干了的纸张整齐地叠了起来，又拿出一张纸条来认真地写了起来。待他写完两份情报后，立即驱车将它们送到了早已约定好的秘密地点。他知道，越早将情报送达就越会给工作带来更多更大的安全。

六

翁宅院内，和煦的阳光照耀着一片湖水，泛起粼粼的波光，到处都是鸟语花香，一片祥和。平儿信步走到了一个鸽子笼前，从里边抓出一只白色的鸽子来，把一个小纸筒绑在鸽子的脚上后，扬手放飞了鸽子，鸽子在天空转了一圈后朝着北方飞去……

鸽子一路向北，最终在俞子涵的房子上方盘旋了两圈。正在写着什么的俞子涵突然听到了鸽子扑棱翅膀的声音，她抬起头来，一只白色的鸽子稳稳地停在了她的窗台。她放下笔快步走了过去，打开窗户伸出了手，鸽子温顺地跳上了她的手心。她小心翼翼地从鸽子脚上的纸筒里抽出来一张纸条，上面写着翁夫人与她约定见面的时间和地点。她默念一遍，记住了纸条上传达的讯息后，拿出钢笔在纸筒上画了一个圆形的记号，随后放飞了鸽子。她盯着鸽子远去，直到不见踪影后才关上窗子。她算好时间收拾好随身物品，拿着手提包向与翁夫人约定好的地点走去。这次翁夫人主动联络她肯定是上级有什么重要的任务下达。

宽阔的街道上来来往往的人群穿梭着，街上的叫卖声此起彼伏。俞子涵穿过人群匆匆忙忙地在街上走着……

七

自从张干炸飞机跳伞成功逃脱后便乔装打扮成了农夫的模样，躲在暗处观察和打听着军统站内的动向。

这天，张干穿着一身粗布衣服戴着一顶草帽走过城门的哨卡。哨兵见张干一直低着头，便将张干喊住：“站住！”

张干停下脚步站在那里，回头摘下草帽用手指了指自己问道：“请问是在叫我吗？”

“对，就是你，干什么的？”

“山上喂猪的。”

“进城干什么？”

“喂的猪快要出栏了，想打听一下时下市场上猪肉的行情，好卖个好价钱。怎么？不行啊？”

哨兵听后觉得这个理由还算合理，便不耐烦地摆手说道：“走吧，走吧。”

张干赶紧戴上草帽，走进城门。突然他被一个急匆匆的女子撞了一下，二人都不约而同地抬头看了对方一眼。被撞的俞子涵抬起头看见了一张陌生而熟悉的面孔，内心一惊，暗叫一声：“不好，怎么是他？怎么这身打扮？”

俞子涵与张干的视线有一个短暂的接触，随后俞子涵连忙低下了头，加快了前进的步伐。虽然只是一个非常短暂的碰面，但张干也看到了俞子涵的侧颜，他本不是很在意，但在看见俞子涵面容的一瞬间，他想起了廖站长被刺杀的那天晚上与他擦肩而过的那个女子。不会错的，刚刚那人，就是他在楼梯上碰见的那个女子。张干站定脚步，眼睛眨也不眨地看着俞子涵远去的背影。

张干心中一喜，连忙躲在了一个拐角处，观察着俞子涵的一举一动。他眯着眼睛，心里想道：“太好了，这真是‘踏破铁鞋无觅处，得来全不费工夫’啊，只要能抓到这个女人，一切就会真相大白的。”俞子涵快步走着，她总觉得身后有一双眼睛盯着她，心中一慌，难道这个张干已经认出了她？她从容淡定地来到一处卖水果的小摊，与小摊贩讨价还价时借机看了身后一眼，正好看见躲在墙角偷看她的张干。她低着头，认真地挑选了几斤水果，付完账后提着水果快步转进了一条小胡同。张干看后立马跟上，他将帽檐压得很低，遮住了脸的一大半。俞子涵在几条不同的小巷子里来回穿梭，可谁知张干盯得紧，硬是没有跟丢，她见就这样下去也不是个办法，至少要通知翁夫人自己这边出了意外的状况，所以她迈步朝之前约定好的教堂走去。

有一个穿橘黄色衣服的小姑娘梳着两条小辫在教堂门口来来回回地走着，这个小姑娘就是平儿。平儿陪伴着翁夫人早早地就到了教堂等候俞子涵的到来，可是已经过了约定时间好久，还是不见俞子涵的身影，平儿心中不禁有些担忧，她担心俞子涵是不是在路上遇见了什么状况，所也她有些焦急地在教堂门前来回踱步。突然她看到了一个熟悉的身影，俞子涵提着一袋水果走了过来，她心中一喜，刚要走上前去，便看到了俞子涵身后那个鬼鬼祟祟跟着的张干。她暗叫一声不好，发现俞子涵被人跟踪了，这该怎么办？平儿有些紧张地站在台阶柱子后看着一步一步靠近的俞子涵，突然她灵光一闪，想到了一个主意。她装作信徒般从教堂走了出来，装作没看见的样子撞了俞子涵提着水果的右手，俞子涵也作势松开了右手，水果滚落了一地……

平儿马上满怀歉意地说道：“对不起，是我不好。我帮你捡。”说着蹲下身去帮助俞子涵捡起了水果。

俞子涵也蹲下身来小声地问道：“夫人呢？”

“夫人在里面。”平儿将拾起的水果放进俞子涵的网兜里，边放边小声地说道：“后边有人跟踪你。”随后又大声地说道，“哎呀，真是对不起了。”

俞子涵也小声地：“知道了，快去通知站长，取消接头，立即撤离。”说完也大声地说道，“没什么，怨我走得太急了，谢谢你帮我。”

平儿朝俞子涵点了点头，说道：“你走好。”

俞子涵微笑了一下不再搭话，走上台阶。站在了教堂门口，像是等人的样子。张干躲在不远处的一棵大树下一动不动地监视着俞子涵。

平儿走进教堂，来到翁夫人跟前坐了下来后，悄声说道：“站长，遇到紧急情况，有人跟踪3号，她让我们立即撤离。”

翁夫人果断地说道：“撤！”

平儿点了点头，费力地搀扶起翁夫人从侧门离开了。

正在低头祷告的神父看到翁夫人两人匆忙地从偏门走了出去，立即起身向外面走去。

俞子涵不断地在看着表，像是在焦急地等着某人，她心里确实很焦急，看到张干在跟踪自己，她已经判定自己在案发现场遇到的那个特务就是他了。尽管她已经让翁夫人二人脱离了险境，但她仍然觉得事情不会这么轻易地就解决，怎么才能摆脱掉这个烦人的尾巴呢？冤家路窄，只有谨慎行事，才能化险为夷。她又看了一下表，微微地叹了一口气，随后推门走进了教堂。她走进教堂，找了一个地方坐了下来，右手在胸前画了一个十字，双手合十，闭着双眼装作祈祷的样子……

张干看着俞子涵走进教堂，回身左右看了一下，急急忙忙向教堂跑去，他刚想推门进去，却被一个声音给阻止了：“哎哎哎，干什么的？”

张干停下手中的动作站在了那里，扭头看去。一个身穿教服的中年男人走了过来，对着他摆了摆手说道：“你怎么就往里闯啊？你干什么的？这里是你来的地方吗？”

张干一把抓下草帽道：“我找人，找人不行吗？”

“不行！就看你这身行头，不让进，在外等着吧！”

张干有些愤怒地用手指了指神父说道：“你……”

男人摇了摇头，用手做出请的姿势，让张干离开。

“狗眼看人低！”张干生气地撩起衣服就要拔腰间的手枪，但转念一想放下手来，在门口踱了几步后，气愤地走下台阶。

张干被阻挡在教堂门外，他只有死守在这里，才不会让俞子涵逃脱，他在教堂外的一处花坛找了个相对比较隐蔽的地方席地而坐，眼睛眨也不眨地盯着教堂的大门，嘴里念念有词地说道：“我就不信你能在里边待一辈子！”

八

值完夜班的李排长回到了自己的住处，欧阳倩被刺杀的案子还在调查中，他也被不同的人叫去询问了好几遍，可说来说去他也只能说出那晚他所经历的事情，他仔细地回想着那晚所发生的每一个细节，自己的应对也是按照流程走的啊，怎么就出了这么大的乱子呢？李排长真的弄不明白了，这和平时看起来没有两样的接待，竟然成了自己犯罪的来由。难道真的是她杀了欧阳队长？为什么？他越发迷惑了。

正在这时，齐子义悄无声息地走了进来，李排长被齐子义吓了一大跳，立即站了起来敬礼说道："长官。"

"怎么，还在想欧阳队长的案子，是吗？"

"不是，我……我一定会配合好破案的，长官，您这是……"

"我觉得这件事恐怕没那么简单。"

"长官，你就直说吧，我真的很迷惑，我不知道我……"

"老弟，你真的不知道吗？"

"是长官，请明示。"

"我来就是为了你，你呀，头脑是有点短路、迷惑。我看老弟也是一个聪明人，有孩子吗？"

"有。"

"那好，为了孩子，我给你引一下路。"

"长官，您讲。"

齐子义向李排长招了一下手，李排长凑上前去，齐子义低声耳语道："尤站长的意思是……"

李排长一惊道："什么？他怎么会……"

"你小声点，这事你要做一下选择了。"

"长官，我想听您的……"

"那好，我给你准备了这个……这是摩托车的钥匙，我把它停在你房子后边的车库里。如果想活命，今晚十时，你必须离开这里，你自己选择吧！"

李排长想了想，下定决心似的说道："好，我走，谢谢你，长官。"

"我想趁你还没有失去自由，请你保重。"说完，快速走出了李排长的住处。

九

翁夫人和平儿平安地回到了翁宅，平儿有些担忧地说道："夫人，是不是再跟她联系一下，定一下新的接头地点？"

“不急，等把今天的事情弄清楚了再定不迟。”

“这就怪了？3号怎么能让人跟踪了呢？在我的记忆里，她可从来没有出过纰漏的。”

“但愿她今天也能顺利地甩掉尾巴。”

“当当当……”教堂钟楼上的钟敲了十二下，现在已经是午夜了，教堂外是黑漆漆的一片，偶尔一盏忽明忽灭的小路灯也照不亮这漆黑的夜。俞子涵看了一下手表，又看了一下周围，她觉得是时候了，张干应该早已经走了，毕竟她在教堂内坐了整整九个小时，据说那个张干，是个冲动性急的人，他应该没有这么好的耐性在教堂外等这么久。她又看了看手表，站起来向教堂门口走去。神父一直在暗处守护着她，见她起身要走，他也站起身来，抽出腰间的手枪，跟着她走出了教堂。

第十三章 追悔莫及

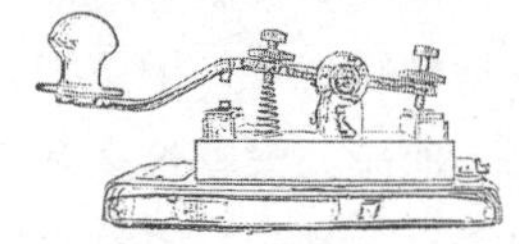

一

俞子涵走出教堂，对周围进行了一番扫视，在没有发现张干后信步走下台阶，向停在不远处的一辆三轮车招了招手，车夫连忙拉着车跑到她的跟前说道："小姐，坐车吗？"俞子涵点了点头，坐上三轮车后说了个地址。

"好嘞，您坐稳了。"语罢，车夫拉着车跑远了。

神父见俞子涵安全离开，安心地点了点头，走回了教堂。为了甩掉尾巴，俞子涵在教堂里坐了几个小时，可她万万没有想到，那个老奸巨猾的张干一直在蹲坑死守地等待着她。尽管她非常警惕，但还是被跟踪了。不远处的一处草丛中，张干慢慢地露出了半个脑袋，看着渐行渐远的俞子涵，他着急地跳出草丛，对着另一辆黄包车招了招手。为了抓到俞子涵，他可是在这个破地方喂了一晚上的蚊子，要换作是以前的张干，如此辛苦的差事他是万万不会亲自动手的。现如今形势不同，他处于劣势，但敌在明他在暗，所以他抱着豁出去的决心一定要查明事情的真相，还自己一个清白。俞子涵坐的三轮车在飞快地跑着，破旧的黄包车发出哐当哐当的声响，她不知道，在她身后大约100米远的地方，有一辆黄包车正穷追不舍地跟着她。

张干小声地吩咐道："跟紧了，还不能让她发现。"

三轮车夫点了点头说道："明白，她一定是你的相好吧？"

"不要多嘴。"

"这有什么？我遇到这事多了。为了不使自己戴绿帽子，也只能这样了。是男人都会这样，这女人呢……"

"快跟上，再多话，小心我抽你。"

"说说而已，你不必动怒，这也不关我一毛钱的事。"

张干没有耐心听车夫在那儿自以为聪明的猜测，他眼睛眨也不眨地盯着前方的俞

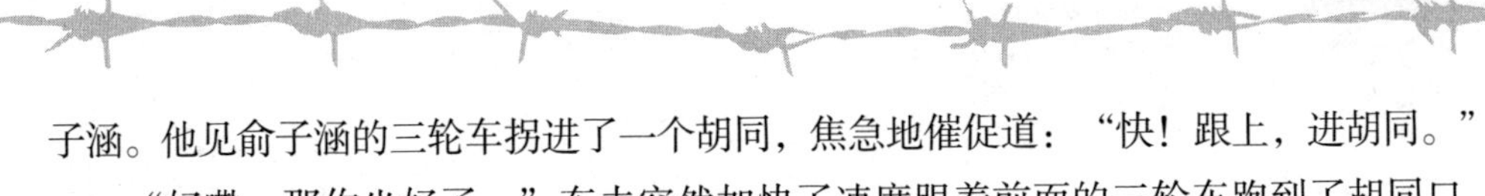

子涵。他见俞子涵的三轮车拐进了一个胡同，焦急地催促道：“快！跟上，进胡同。”

“好嘞，那你坐好了。”车夫突然加快了速度跟着前面的三轮车跑到了胡同口，拐了进去。

俞子涵坐的三轮车在胡同里的一个小院前停了下来。她下车向身后看了看，在没有发现任何异样后走向了那座小院。张干坐的三轮车经过一个转角也追了过来，可前边的三轮车已经空空如也。三轮车夫连忙对张干说道：“客官，好像前边车上的女人已下去了，车上已经没人了，我还追吗？”

张干一看的确前边是一个空车，立即说道：“停停停，还追什么呀！连个车都追不上，你找死啊！”说着下了车，左右寻找着俞子涵的身影。他顺着空黄包车的反方向望去，正好看到了俞子涵的裙摆在一扇快要关上的门内一闪而过，他躲在墙角，看了看这座小楼，猜测这里应该就是俞子涵的容身之所。

三轮车夫扯下脖子上已经变成了灰色的满是污渍的毛巾，擦了擦汗走到张干的面前说道：“客官，你还没给钱呢？”

张干盯着那座小楼，头也不回地不耐烦地摆了摆手，说道：“给什么钱？快滚！”

三轮车夫有些急了，一把扯住了张干的衣服说道：“怎么，你想赖账不成？那个女人你不是看到了吗？她进了那个房子，我没有误你事，你就该给钱。”

“屁！你还没完没了啦！快走，没看到老子在执行任务吗！小心我枪走了火。”张干说着掏出了别在腰间的手枪。

三轮车夫没想到这个农民装扮的人居然有枪，唬得退了一大步，说道：“好好好，我明白了，我走，我走。”说着半信半疑地一步三回头地看着张干手中的枪。

突然张干在后边喊着：“你给我站住！”三轮车夫一惊，停在那里，满脸疑惑。“你不能走。”

三轮车夫无奈地问道：“为什么呀？钱我不要了，还不让走？”

张干跑到小楼院门口看了一下门牌号，默念一番记住后，又马上跑回到三轮车跟前说道：“你想把我留在这里？”

三轮车夫害怕地说道：“不是……长官，你……你不是找到了吗？再说了，这可是你让我走的呀！”

“我改主意了！给我拉回去！”张干说着上了车。

“长官，你要去哪里？我……我可半天没开张了，晚饭还没有吃呢！你又不给钱，你让我……”

“少废话，老地方，想混饭吃吗？那就听我的，走，到地方我会给你钱的。”

三轮车夫听说有钱拿，连忙说道：“那好，那好。你坐好了。”说着拉着三轮车向前跑去。

二

俞子涵走上小楼，有节奏地敲了敲门。于兰满脸倦容地打开了门，看见门外的俞子涵，惊喜地问道：“子涵姐，你怎么来啦？”

俞子涵朝于兰笑了笑，走进了室内。她接过于兰递过来的一杯热茶说道：“于兰，今天在和夫人见面时，我被盯梢了。”

“什么盯梢？怎么会呢？”

“明天你一定要想办法跟夫人取得联系，告诉她，盯我梢的男人不是别人，就是我在燕舞门舞厅和子义同志接头时，我离开现场在楼梯上遇到的那个特务。”

“怎么这么巧？这么说他认出你了？”

“很有可能。”

“那怎么办？齐子义同志是不是要……”

“对，我担心子义同志又要遇到麻烦了，所以，这事一定要快点和夫人联系上，让组织给出明确的指示……”

“用电台呀！也好快点通知齐子义同志。”

“不行，要服从组织纪律，电台还不能启用，要谨慎行事。另外，告诉夫人和我见面启用第二个接头地点。”

“好，我知道了。”

“昨天的任务还顺利吗？”俞子涵询问着刺杀欧阳倩的情况。

“非常顺利，我会亲自向组织报告的。”于兰当然不知道自己杀死的并不是欧阳倩，而是欧阳倩的孪生姐姐欧阳琼。

“那就好，我走了。”俞子涵说着从沙发上站起身来要走。

“等等，子涵姐，你要好好保护自己，一定要保重。”于兰上前握住俞子涵的手说道。

俞子涵一笑说道：“看你说的，弄得像离别似的，放心吧，我会保护好自己的。”

“这就好。”

“记住，明天。”

“一定的。”

“不送，我走了。”

“前门已经上锁，走后门吧。”

“好。”

于兰带着俞子涵来到后门，她开门警惕地对门外巡视一番，然后回头向俞子涵点了点头。俞子涵笑着与于兰互相挥手道别。她不知道这次的碰面会给于兰带去多大的危险，她更不知道这是她与于兰的最后一次见面，多年以后，她每每想起今天的碰面都后悔不已，她为自己的愚蠢和莽撞感到深深的自责。

三

三轮车夫拉着张干重新回到了教堂门口停了下来。

“客官，到了。”

黑夜笼罩着教堂，教堂的大门紧闭，还上了锁。

张干看着紧闭的教堂门，猜测道：“这一定是她的窝点……”

三轮车夫见张干的嘴巴一开一合的，便问道：“你说什么？窝点？”

“少废话。”

“你不是说到了这里要给钱吗？还说有饭吃……”

张干眼珠子一转，立马想到了一个好对策，他哈哈大笑起来，搂过了车夫的肩膀，说道：“对对对，吃饭，吃饭。走，你想吃什么？自己挑地方，走。”

三轮车夫一听有饭吃，高兴得连连点头，说道：“好嘞，我可是知道一个好地方，那里的烧鸡特别好吃。”说完拉着张干调头而去。

一处通宵营业的酒楼内，三轮车夫正狼吞虎咽地啃着一只烧鸡，吃完两口鸡肉还不忘为自己倒上一杯酒。张干看着吃肉喝酒的车夫陷入了沉思，他坚信今天遇到的女人，一定是那个杀害廖站长的凶手，同时也是他能够活下去的救星。他一定要抓住这个机会，把这盘棋走活，不能错走了这步棋。他看了看埋头吃肉的车夫，心里有了一个大胆的计划。

三轮车夫吃完最后一块鸡肉，扔下骨头，又为自己倒了一杯酒喝下，满足地用手抹了抹满是油污的嘴。

张干问道：“吃好了？”

三轮车夫打了一个大大的饱嗝说道：“吃好了。”

“喝好了？”

“喝好了。”

“这么说是酒足饭饱了？”

“是是是，酒足饭饱，酒足饭饱。”

“那咱们就谈正事。”

“正事？什么正事？”

“让你办件正事。”

三轮车夫恍然大悟，原来这人请他喝酒吃饭是因为有求于他，说道：“我就说嘛，一定是有事，不然，你也不会请我喝酒吃肉。”

“少废话。”

“可你的事应该都是大事，我不会干啊？”

“不听就说不会干？有这样的朋友吗？”

“听听听，凭你请我吃饭喝酒这样豪爽，我一定听你……我没听错吧？刚才你说我是你的什么朋友？”

“不是吗？”

“那我是高攀了，你说……”

“是朋友，就报上名来，家住何处？”

“这……当然，我姓任，任可会……”

“好名字啊！任何事情都可以会的嘛！”

“对对对，就这个意思。”

“说下去。”

“看来大哥懂我，你想听我就说了。”

“快点说。”

“本人姓任，名可会，老城人氏，家住三全街四条巷一马路30……30……”看见车夫吞吞吐吐的，张干不耐烦地用眼瞪了他一下。

三轮车夫吓得肩缩了缩，说道：“是……是32号，家有一父一母，本人尚未婚配。”

“好，痛快！现在咱就是朋友了。你说是朋友不就要替朋友办事吗？”张干说着倒了两杯酒，碰了一下杯，然后将其中一杯递给任可会。

三轮车夫接过酒杯说道：“那当然。”

两人仰头，一口将杯中酒喝尽。

任可会放下酒杯说道：“你说，这像不像结拜弟兄一样？”

张干点了点头：“像。”

“那是不是要分个大小什么的？”

“是，你老大我老小。”

“不不不，当然是你老大我老小嘛，你说的正事是什么事儿啊？”

张干朝任可会招了招手，任可会附耳过来，张干轻声地吩咐着。任可会听后连忙摆手说道：“不不不，这我哪行啊？我一个拉三轮车的，这不坏了你的事吗？”

“坏什么事？今天你都看到了，那个女的进了她的家。你只要把她看好了，几时出去，几时回来，还有都和什么人来往，这也不行吗？还结拜弟兄呢，配吗？”

“当然，当然……”

“你说什么？”

“当然，你说是配，不是不配吗？”任可会语无伦次地说道。

“还跟我打哈哈。”张干对任可会的态度感到非常不满，他拿出枪，重重地放在桌子上。

任可会看见手枪，立马像霜打的茄子，低着头说道：“好，我试试。”

“试试？不行！不是试试，是必须。”

任可会又连忙地点了点头，说道：“是，必须的，必须的。”

“还有，你有要好的朋友吗？”

“朋友？有啊，几个？”

“一个，一个就够了。你监视那个院子，找一个朋友去监视着那个教堂，看她去教堂和什么人接头。”

“好吧！可是，我们不拉车，这又吃又喝的怎么办？”

张干把一摞银圆放在桌上，说道：“这是预付的几天工钱，如果干得好，可以加倍，怎么样？”

“这么多，还能增加，那我就干了。”任可会将银圆放在手上掂了掂，一口答应了下来。

四

街上已经没有了行人，只有一队巡逻兵在空荡荡的街头走过。张干给任可会安排好了工作，在确定无误后他来到了军统大院，这个他曾经最熟悉的地方。他猫着腰快速地顺着墙根跑到了宿舍墙外，突然纵身跳上了墙，发现院子里空无一人便纵身跳到了院子里，随后敏捷地一个前滚翻隐蔽在了树林之中。这是他生活了十几年的地方，这里的每一寸土地、每一棵花草他都无比的熟悉，哪里会有卫兵把守，巡逻兵时隔多少分钟会巡逻一次，这些他都了如指掌，他躲过不停扫射的探照灯，来到一处房门前，轻而易举地撬开了锁，小心翼翼地走了进去。

房间里并没有人，张干有些失望地坐在了椅子上，他要等房间的主人归来。一辆吉普车驶进了军统大院，风尘仆仆的田副队长带着几个手下下了车。田副队长有些疲惫地对着身后的队员说道：“诸位辛苦了，明天一早出发，不能误了。”

几个特务同声答道：“是。”

田副队长拖着疲惫不堪的身躯回到了自己的住处，他走进房门，将身上的外套脱下挂在了衣架上，突然，田副队长心生警惕，他敏锐地察觉到房间内除了他还有一个人的呼吸。田副队长立即抽出了枪指向呼吸来源的地方，同时伸手打开了灯。

张干被突然点亮的灯晃得有些睁不开眼，他一动不动地淡定地坐在椅子上，说道：“怎么？敢对我动枪？”

田副队长看清楚来人后心里一惊，难以置信地说道：“是你？队长！想不到是你，都这个时候了，你想干什么？”

“我能干什么？你能不能先把枪收起来？”

“这……”

张干见田副队长有些犹豫，皱着眉头说道：“这么说你是想把我抓起来？”

“不是，我真想不到你能有这样大的胆子，到这般时候了还敢擅闯保密局？你这不是找死吗？”田副队长犹豫片刻，将枪收回了枪套。

“我敢这样不是因为还有你吗？我的筷子兄弟。”

“筷子兄弟？”

田副队长的思绪回到了很久以前，那时他和张干刚认识不久，两人一见如故，常常在一起喝酒吃饭，就这样，张干成了他来到海城军统站以后最要好的一个兄弟。某一天，两人又聚在酒店喝酒吃肉。张干拿一双筷子说道：“以后，咱俩就像这双筷子，谁也离不开谁。”

“对，筷子兄弟，离开一个也不行。”

这句肺腑之言，田副队长至今还铭记于心，这也是为何他敢顶撞尤站长为张干打抱不平的原因所在。张干见田副队长陷入了沉思，开口说道：“怎么样，兄弟我现在落难了，你不会见死不救吧？”

田副队长马上说道：“当然不会。”

“那好，话说到这个份上，也就没的说了田副队长，不，兄弟。”

“有话你就直说，队长，不，兄弟。”

“好！成者王败者寇，摆在你面前的只有这两条路，要不你把我抓起来，交给那个姓尤的；要不，你和我配合干一些大事，你说呢？”

“不是，你让我干什么……那都是咱们兄弟间的事，是不是？我把你抓起来，我能做那伤天害理的事吗？再说那个姓尤的给我什么好处了？我能替他卖命？”

“此话当真？”

“当然。”

“那好，我相信你，所以才来找你，而且我会给你带来好运。有一件事你听了一定会高兴，你立功的时机到了。当然，这也是为了我自己。”

“那当然好，说说看。”

张干左右看了一下，说道：“你这里安全吗？”

“没问题。”

五

漆黑的天空下起了小雨，淅淅沥沥的，使浑浊的空气清新了不少。尤站长的办公室内，齐子义与尤站长正站在办公桌前手拿放大镜弯着腰仔细地研究着一幅地图。尤站长站直身体，捶了捶有些酸胀的腰，说道："这是城防及沿海火力配置的初步草图，海城军务征求我的意见，你看还有……"

"丁零零……"突然而来的电话铃声打断了尤站长的话语。

齐子义连忙接电话："喂，站长在。长官，您的电话。"说着将电话递给了尤站长。

尤站长接过电话，说道："讲。"

电话那头传来了声音："报告站长，李排长出车祸意外身亡了。"

齐子义听不到电话里说的是什么，他只能看到尤站长突然皱起了眉头，问道："在哪儿？"

"我们已赶到案发地，这里是城中南门丹阳大街。"

"他去那里干什么？"

"昨日，他鬼鬼祟祟地带着家人想要出城，我们对他进行了盘查，他支支吾吾地说不出什么来，就在我们想逮捕他时，他骑着摩托车冲出了城门，随后我们带兵追捕，最后我们在城中南门丹阳大街发现了他的尸体与被撞毁的摩托车，他可能是慌不择路，最后出了车祸。"

"继续侦查，我不要可能……"

"是。"

尤站长放下电话叹了一口气，对齐子义说道："那个李排长要逃跑，出了车祸死了。"

齐子义震惊地瞪大了双眼，说道："什么？那咱们侦查欧阳队长案件的线索不就这么断了吗？"齐子义有些惋惜地摇了摇头，他没想到，这个李排长，最终还是没逃过一死。

尤站长也意识到了李排长的死对破案带来了极大的阻碍，他有些无奈地连连叹气。

"丁零零……"这时电话铃声再次响起。尤站长看了齐子义一眼，朝他摆了摆手，让他先回去休息，随后拿起电话道："喂。"

齐子义立正敬礼后转身离开。

"尤站长，毛局长电话找您，我给您接过去。"

"好。"

电话接通，电话那头传来了毛局长的声音："尤放，廖站长的案子怎么样了？都这么长时间了，你不会再给我说没有进展吧？"

"局座，是属下不力，确实没有进展，而且……"

“而且，你的人这么大的能耐，又是跳伞逃跑，又是炸机的，这事都轰动了整个南京朝野上下。老兄，我成了名人啦！”

“是，不是，局座，这事我是忙中出乱，还望局座您在那里给老兄通融通融。事情是有原因的，我尤放必竟是后来人……不是，局座，我是说请您给我些时间，我一定……我一定对上面有一个圆满交代的，当然更忘不了局座您的关照，大恩不言谢！”

“这就免了吧，这样，那就抓紧时间，我向上峰要求给你时间，但不能就这样拖下去，让我不好说话。”

“是是是，局座，都是属下的错，属下不敢说谎，只能是实话实说。”

“这就对嘛，我要的就是这样的人，不能像那个廖站长，报假邀功，不落个人财两空才怪呢。”

尤站长在毕恭毕敬地听着：“是，是，是。”

“所以，我现在给你时间，但愿你不要再使我失望，这可是国防部直接抓的案子，你总得让我有所交代吧！”

尤放擦了擦额头上的汗，说道：“我明白，我会尽力的。”

“另外，据你们那里的监狱上报，监狱里已经人满为患，是吗？”

“不要讲理由，我不是追查你的责任，你可以将那些无关重要的政治犯给处理一批，不就解决难题了吗？”

“局座，这……”

“不用有顾虑，委员长不是说过吗？宁可错杀一千，绝不漏掉一人吗？这些人就说是秘密转运，送到送不到就另说了。”

“局长明鉴，是，晚安。”

尤站长放下电话，虽然只是通过电话联系，尤站长还是被毛局长的气势惊出了一身冷汗，他擦了擦额头上的汗，回想起刚才毛局长的指示。尤放的心里非常的忐忑不安。不知什么原因，毛局长对廖站长的案子的态度有了180度的大转弯。倒是对政治犯处决那么感兴趣，尤放一时感到很难理解。

六

东方破晓，朝霞满天，一轮红日冉冉升起。温暖而和煦的阳光照不进潮湿阴暗的审讯室。张谦抓住了呼尔查，并进行了连夜突审。两个行刑人员抓住呼尔查的头使劲地按在了冰凉的水池子里，一次又一次，不给他太多的喘息时间。呼尔查已经呛了好几口水，肺里也生疼生疼的，他猛烈地挣扎着，池子里水花四溅……

张谦挥了挥手喊道：“够了。”

这一声“够了”在呼尔查听来如同天籁之音，他双脚发软，有些站不住，幸好身后有两个行刑人员架着他，不然，经过这一夜的折磨他估计是站都站不起来了。

张谦走上前将呼尔查已经歪在一旁的头搬正，然后问道：“说还是不说？”

呼尔查有气无力地说道：“你……你让我说什么？”

“说出你的同党是谁？为什么要杀人？”

“我……我说过了，我没有杀人，更不知道是谁……谁杀了你们的人。”

“还嘴硬，继续！”

这时一个卫兵跑了进来对着张谦报告道：“队长，办公室通知，让你去开会。”

张谦到会议室时，人差不多都已经到齐了，他看了看参会人员，都是些高级军官，不禁对这次会议的目的感到有些疑惑。他在田副队长的右手边找了个空位坐下，可屁股还没挨着凳子，门外就传来了“立正”的叫喊声，张谦又连忙站了起来。

尤站长走了进来，径直来到主位置站好，向众人摆了一下手，示意大家坐下。待众人坐好后，尤站长说道：“我想知道欧阳倩的案子情况。”

张谦站起来说道：“我们已抓到了那辆车的车主，可经过严刑拷打，他只是承认车是他的不假，可杀人的事他说他一概不知，当晚他的车是停在燕舞门舞厅的停车场的。”

“燕舞门？怎么又是燕舞门舞厅，这意味着什么？”

众人皆露出了疑惑不解的神情。

“查！一定要深挖细查下去，明天我要听各组的详细侦破情况。”

“是。”

“昨晚接到毛局长指令，要求我们要尽快解决政治犯的去留问题。”

政治犯？尤站长突然转移会议的主题，使得众人有些摸不着头脑。尤站长看着满脸疑惑的众军官，接着说道：“现决定，从明天开始，我们要加紧梳理出一批政治犯，分批予以处决。条件是不管是审问过还是没审问过的，只要不违背委员长的‘宁可错杀一千，绝不漏掉一人’的训词。毛局长管处决的这部分人叫战时秘密移送，移送到哪，移送到移送不到，也就另当别论了，这是对付舆论部门的招数。田副队长！”

田副队长站起答“到”。

“欧阳倩队长已经殉职，这个任务就由你来执行。”

“是。”

“另外，廖站长的案子，毛局长给了我们最后通牒。这个我们另外开会研究，希望各部门恪尽职守，做出成绩。”

“是。”

"就这样，散会。"

七

时至晌午，太阳晒在人身上火辣辣的疼，树上的蝉不停地鸣叫着，扰人清静。一棵大树下，任可会坐在他的三轮车旁，他一只手拿着帽子时不时地为自己扇着风，脑袋一点一点地，像是要睡着了。但是周围一有什么动静，他又立马抬起头，盯向那座院子门口……

一个穿着长衫的男子走了过来，坐在了任可会的三轮车上说道："车夫，去八王坟。"

任可会扭头看了看男子，不耐烦地说道："下来，下来。"

男子不解道："怎么回事？不是……"

"什么不是？你没看到我在等人吗？下来下来，别磨蹭了，哪凉快上哪去！"

男子下车边走边看着任可会说道："你有病啊？不会好好说话啊！"

"你才有病呢！"任可会边说边指着已经走远的男子骂道。

突然一只手将任可会的手打了一下。

"谁敢打我？！"任可会扭头骂道，结果一看来人，他就愣住了。

张干有些愤怒地说道："你敢骂我？"

任可会连忙解释道："不不不，我不是骂你，是骂刚才的那位……"

张干摆了摆手，打断了任可会的话语，问道："她还在吗？"

任可会连连点头说道："还在，还在，没发现出去的。"

"好，给我盯紧了。"

"放心吧，没问题。"

张干在任可会的肩上拍了拍，然后离开了。

八

俞子涵接到翁夫人用信鸽传来的消息后立马赶到了第二联络地点，一处偏远的公园。这座公园大树丛生，密不透光，蛇虫鼠蚁较多，就算是阳光明媚的天气也显得阴气沉沉，所以现在已经处于半废弃状态，很少有行人与游客来往。平儿在不远处的一个水塘边百无聊赖地来回踱步，她捡起地上的一个小石头，用力一扔，满是浮萍的水面溅起了水花，浪纹一波一波地荡漾开来。翁夫人坐在公园长椅上，看见远处正四下寻找她的身影的俞子涵，连忙挥手示意。俞子涵坐下后，擦了擦额头上的汗，然后将昨天接头失败的原因告诉了翁夫人。

翁夫人听后严肃地说道："这么说，你已经暴露了？"

俞子涵点了点头说道："我想是的。"

"既然暴露了，更不该再去于兰那儿，这很可能连累了她。"

翁夫人的话如同当头棒喝一般，狠狠地砸向了俞子涵，她怎么会犯这样的低级错误呢？她不自觉地为自己开脱道："不会吧？我已甩掉了尾巴。"

翁夫人严肃地指出："不！你太低估军统特务了，既然是那个和你见过一面的特务，他就不会轻易地放过你的，他一定会不惜一切代价尾随你……这样，你马上通知于兰，立即放弃那个联络点。"

"不是……"俞子涵顿时有些慌张了。

"不要再做任何无谓的解释，遇事要严谨，阻止一切可能发生的事件。还有，你可以和齐子义同志取得紧急联系，必要时开通电台，让他注意自我保护。就这样，执行吧。"

"是。"

傍晚，乌云密布，电闪雷鸣，狂风大作，看来一场暴雨是在所难免了。俞子涵回到住处后，她立马拿出电台，想与齐子义取得联系。她万万没有想到，一个不经意的接头，会惹出这么大的麻烦。她不敢怠慢，想用最快的速度和齐子义取得联系，可是，齐子义的电台信号全无。

俞子涵焦急地取下耳麦自语道："不行，得马上通知于兰，离开那个联络点。"

俞子涵麻利地收好电台，跑到了院子里，狂风夹杂着雨点拍打在她的身上，她身体一颤，连忙又跑回房间从衣架上取下雨衣穿好，开门跑了出去。

乌云满天，胡同里空无一人。只有俞子涵那弱小的身影在街道上狂奔着。此时的俞子涵，已经深深地意识到自己擅自到于兰住处的错误，她现在只有一个想法，一定要在最短的时间内使于兰撤离。一队巡逻兵迎面走了过来，她不自觉地放慢了脚步。等巡逻兵一过，她又跑了起来。

巡逻兵扭过头来，大叫："站住！"

俞子涵迟疑一下，没有停下来，继续跑着……

"快，追上她！"

"站住！不站住就开枪了！"

俞子涵回头看了一下，停下了脚步。

"对，说你呢，站住！"几个巡逻兵跑上前来用枪指着俞子涵将她团团围住。

一个巡逻兵头目用枪指着俞子涵说道："你跑什么？"

俞子涵理直气壮地解释道："这太可笑了，你说我跑什么？你没看雨要下大了吗？这电闪雷鸣的，你说我跑什么？"

巡逻兵头目对俞子涵上下打量了一番问道："干什么的？"

“国军医院的医生，刚下班回家。”

“医生？回家？”

“是的，还有什么事吗？”

“不许这样慌慌张张地跑了，这样会把你当成政治犯抓起来的。好了，回去吧。”

俞子涵庆幸自己躲过了巡逻兵的盘问，正在这时，一辆黄包车从她的身边路过，她连忙将黄包车叫停。

三轮车夫道：“快下雨了，收班了。”

俞子涵哀求道：“行行好，我家有病人，急着找医生的。”

三轮车夫考虑片刻说道：“去哪？”

“花园路小巷。”

“好吧，上车吧。”

俞子涵高兴地说道：“谢谢啦，请你快点。”

“坐好啦。”

俞子涵坐着黄包车，朝于兰的住处狂奔而去，就在离于兰住处不远的地方一辆警车鸣着警笛从她的身边呼啸而过。

车内的田副队长对司机道：“快点！”

司机猛加一脚油门，将俞子涵远远地甩在了后面。俞子涵看那辆车的样子好像是军统站的警车，心中不由得大急，连忙催促着三轮车夫说道：“师傅，麻烦你能再快点吗？！”

第十四章　于兰被捕

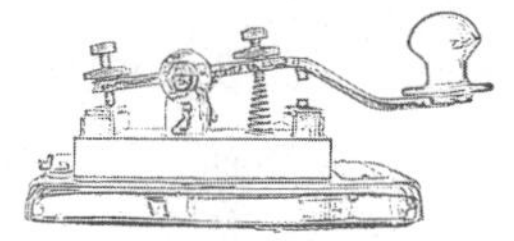

一

瓢泼大雨倾盆而下，密集如鼓点，将天空和大地连在了一起。警车轮子轧过一处水坑，水花四溅。俞子涵脸上满是雨水，她不停地擦着眼睛，不让雨水模糊了她的视线，快要到了，于兰的住处近在眼前，但愿刚刚的那辆警车要去的地方并不是她所想的那个地方。可是，当黄包车转过一个路口时，她盯着停在于兰楼下的那辆警车，知道自己糟糕的预感成了现实，她连忙对车夫喊道："师傅，我到了，就在这儿下车。"

"好嘞。"

俞子涵下车，从怀里掏出一个银圆，塞到车夫手中后拔腿跑进了离于兰住处不远的一条隐蔽的巷子里。三轮车夫接过银圆，忙冲着俞子涵的背影喊道："姑娘，找你钱。"等他说完已不见了俞子涵的踪影。三轮车夫高兴地掂了掂手上的银圆，拉着车离开了。

俞子涵冒着雨跑进了胡同，躲在了墙角处。天空划过几道闪电，把大地照得明晃晃的，轰隆隆的炸雷声接连响起。她惊呆了似的一动不动地看着停在于兰门前的那辆警车，几个持枪特务正把双手被捆住的于兰从院内押了出来，推搡着上了警车。她手扶着墙，指尖因为过度用力而变得有些苍白，雨水不停地冲刷着她的脸庞，混合着泪水流淌而下。

闪电划过，映着俞子涵苍白的脸，"咔嚓"一声炸雷骤然响起，俞子涵眼睁睁地看着于兰被军统站的特务带走而无能为力，她万分自责与悔恨地想："我终究还是来晚了，于兰，对不起，于兰，是我害了你。"

翁夫人的预料和俞子涵的担心在这一刻都应验了，悔恨的泪水在俞子涵的脸上流淌着。她万万没有想到，自己的一次不谨慎，便使于兰陷入了极度的危险，而自己也失去了一个好助手，于兰接下来会面临怎样的命运，她不敢再想下去了，一定要把这一情况报告给组织和与于兰有联系的所有同志，要想尽一切办法救出于兰。她用手狠狠地拍了拍自己的脸，让自己重新振作，沉浸在悲伤和失落中不仅毫无用处，还有可能错过拯救于兰的最佳时机。渐渐地，她的眼中已经没有了脆弱，有的只是一定要营救于兰的信心与决心。她拉低了雨衣的帽檐，遮住了大半张脸，小心翼翼地离开了。

当俞子涵回到住处时，她浑身上下早已湿透，来不及换一身干净的衣服，直接从柜子的皮箱中拿出了电台放在了桌子上。她戴上耳麦，打开电台开关，快速地调试起来。她想要找到齐子义的讯号，只有联系上了他，才能更好地开展对于兰的营救工作。于兰被捕，对于他来说也是非常危险的事情，于兰是他的直接接头人。如果早一点告诉他，他也能有反应的时间。她修长的手指来回地拨动着信号接收盘，可里边除了嘈杂的电流声，没有搜索到一丁点信号，她像泄了气的皮球一样，端坐的身体突然垮了下来，她摘下耳麦，双手捧着脸，无助而焦急地叹着气。她思考片刻，从抽屉里拿出了纸笔，详细地写下了今天所发生的事情，她要通过信鸽，将这个极为严重的情况告知翁夫人。

二

对于兰实施了抓捕的田副队长冒雨归来，他回到房间拉开了电灯，和他猜想的一样，张干早已坐在了沙发上等待他的归来。

田副队长一边脱雨衣一边说道："你可真逍遥啊！为什么不开灯？"

张干放下擦枪的手绢，说道："你不在家，能开灯吗？怎么样？抓到了吗？"

田副队长拿过毛巾架上的毛巾，擦了擦湿漉漉的脸，说道："还算顺利。"

张干高兴地一拍大腿："这太好了，连夜突审吗？"

"这事还得考虑。"

"考虑什么？押在什么地方？"

田副队长走到张干身边，与他并排坐下，说道："老弟，这事不能胡来啊！看是好事，弄不好会捅大娄子的。这人命关天的，咱们还得合计合计。"

"那还等什么？"

"你说什么？"

"合计啊！"

"哦哦，这事不能操之过急，你现在身份不同，只能在暗处……"

张干与田副队长头挨着头，低声地耳语着。虽然现在已经抓到了案子的关键人物，但对于田副队长来说，于兰就像一个烫手的山芋，他不能暴露张干，更无法解释他是如何抓到于兰的，毕竟这次的行动他并没有请示尤站长。同样地，被捕的于兰心中也充满了疑惑，她不明白是哪里出了纰漏，自己为何会毫无一点征兆地就落在了军

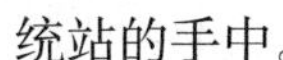

统站的手中。

于兰双手被反绑着坐在地上，平时梳理得一丝不苟的头发也乱得不成样子，脸上有不少的污渍，值得庆幸的是，军统站的特务们并没有对于兰施予重刑，但接下来的日子，于兰知道，她将会面临着军统特务无休无止的拷问。从关在这里起，于兰把自己近来的行动轨迹好好梳理了一遍，她一直没弄明白自己在什么地方出了问题。是叛徒的出卖？还是自己的过失？最让人担心的是她的上级翁静娴和俞子涵同志的安全，以及联络系统的安全。她们还好吗？但愿她们没有像自己这样。于兰猜测着自己被捕后军统站和地下联络组织的各种反应，思考着对策，一夜未眠。

三

俞子涵在电台前坚守了一夜，结果还是徒劳，她双眼通红，眼睛的下方又有一圈阴影。她揉了揉疲惫的双眼，想道：不行，不能再这么守株待兔地等下去，她必须要采取措施，主动联系上齐子义，让他打开电台，只有这样，他们之间才能更好地传递信息。

第二天清晨，天刚拂晓，一声声有力的鸡鸣划过天空，街上还没有什么行人，只有几个卖煎饼的小贩在街道的两旁摊着煎饼。俞子涵穿着一身中山装，将头发全都藏在了礼帽中，鼻子的下方也贴了一片假胡子，为了避免再发生像张干那样的情况，她化装成一个男子的模样朝着海城广播电台走去。

“站住！”俞子涵被门口一个扫地的大爷给拦了下来。

俞子涵故意压低了自己的声音问道：“为什么不让进？”

扫地的大爷手拿着扫帚，活动了活动自己的腰说道：“哎哟，我这老腰啊，这还没到上班时间，你进去干什么？”

俞子涵抬手看了看表，眼睛中布满了恳求：“我想发一个寻亲广告，挺急的。”

扫地的大爷无奈地摊了摊手说道：“急也没用，还没到上班时间，人都还没有来。”大爷话还没说完，他便看到一个穿制服的女人正朝这边走来，大爷挥手向那个女子打了个招呼，然后向俞子涵说道：“算你运气，广告部的主任来了，我帮你叫住她，你跟她说吧。”

俞子涵高兴地说道：“谢谢大伯。”

“不用谢，杜主任，她想做寻亲广告，可以吗？”

被称为杜主任的女子看了看俞子涵，点了点头说道：“可以啊，走，跟我进去吧。”

俞子涵再次朝着扫地的大爷点头致谢后紧跟着杜主任走进了广播电台的办公楼。

平儿像往常一样，一大早地来到了教堂，她走进教堂，左右看了看，趁现在没人，径直向忏悔室走去。按照规定，不管是有没有情报，她都必须每天到教堂报个到，这样做一是如果各方有什么情报能够及时传达，二是如若组织上有什么命令也能及时下达。

平儿熟门熟路地坐在了一个窗口前，双手合十说道：“神父，我要忏悔，阿门。”

窗口内传来了一个低沉的男声，他用他那有磁性的嗓音缓缓地说道：“姑娘，你很年轻，还不到那个年龄，我只能给你提供《圣经》，回去自己好好看吧，阿门。”

说着，一只略显苍白的手拿着一本已经有些陈旧的《圣经》从窗口里递了出来，平儿先是一愣，然后连忙接过《圣经》说道：“谢谢。”平儿将《圣经》抱在怀中，站起来左右看了一下，并没有人注意到她，连忙向门口走去。

平儿一路小跑着跑回了翁宅，翁夫人见她急急忙忙的样子，便问道：“有什么情况？”

平儿将放在怀中的《圣经》递给翁夫人。翁夫人接过《圣经》，先是打开了目录，手指划过目录的每一行，然后她在目录中找到了两个小小的标记，她看了看做标记的页数，翻到了那一页，果然，一张薄薄的纸条夹在那里。最终，翁夫人在《圣经》中找到了两张看似没有任何标记的纸条，她将纸条递给了平儿，说道：“快，显影。”

“好。”平儿接过纸条，跑进了里屋。她从柜子中拿出棉签与碘酒，将白纸铺平，然后将蘸有碘酒的棉签在白纸上一一涂过，几行清晰的字迹显现了出来。上面写着的正是齐子义传来的军统站打算屠杀政治犯的重要情报。

平儿将纸条上的内容向翁夫人做了汇报，翁夫人沉默片刻说道：“走，去海城市委。”

“是。”

海城市委办公室内，翁夫人与几个市委领导坐在桌前，商讨着齐子义传来的情报。翁夫人将两张纸条放在了桌上，说道：“这是刚刚接到的子义同志的两份情报。”

于书记拿起纸条看了一下，看完后交给身边的人说道：“这是个特别重要的情报，敌人真是狗急跳墙了，准备秘密处决政治犯，一定不能让他们得逞，这样，马上召开联络系统会议，研究营救方案，你看呢？”

翁夫人点了点头说道：“好，我马上联系。”

于书记沉思片刻，说道：“可以让我们对外的宣传人员将这一情况马上通报给全市各大报馆、电台，揭露军统的阴谋，以此来阻止他们的屠杀行动。”

“好，就这么办。”

“马上分头行动。”

“是。”

四

清晨，洗漱完毕后的齐子义看了看表，已经到了广播的时间，他连忙打开收音机，调了一下频率，一阵嘈杂的电流声后收音机里响起了声音："这里是广告之声寻亲节目，第一件，身在羊城做生意的欧阳强生老先生，你家乡被水冲坏的房子已修好，你的家人希望你回家过中秋节，阖家团圆；第二件，从北方来海城走亲戚的兄妹在车站不慎走散，妹妹于玲思念哥哥于珑，希望哥哥听到广播后迅速通过广播电台和妹妹取得联系；第三件，居住……"

齐子义有些兴奋地关掉收音机。他显然是听到了俞子涵同志发出的紧急呼叫，看来是遇见了什么突发情况，不然组织上是不会让自己使用电台的。他立马平复了自己有些紧张的心情，从床下拿出装有电台的皮箱，打开房门，其他的房门都还紧闭着，看来其他人都还没有起床，他快步地向门外走去，现在离上班还有一段时间，他要利用这段时间与俞子涵联系上。

俞子涵发完寻亲广告后就回到了住处，守在了电台前。如果齐子义听到了她发出的紧急呼叫，一定会在第一时间联系她的。她双手紧紧地握在一起，但愿，齐子义能听到她的紧急呼叫。

齐子义驱车来到了一片荒芜的树林，这里满是参天大树，只有一条泥泞崎岖的小道通向这里，在这里发报应该能躲过敌人的检测仪。他从后备厢中拿出电台，快速地将一根天线放在车顶上。这是他到军统站后第二次打开电台。终于可以用电台联系了，他双手有些颤抖地发出了讯号。他在等待着俞子涵的回复，虽然时间只过了几秒，但在他看来，这几秒的时间，比几个世纪还要漫长。

"嘀嘀嘀……"随着红色信号灯的亮起，俞子涵的眼睛也亮了起来，她连忙坐在了桌前，迅速地戴上了耳麦，调试了几下按键，认真地听着那如同天籁的声响。

军统站的电讯室内，一个电台发出"嘀"的声响，电讯员立即叫道："科长，发现不明电台讯号。"

科长连忙放下手中的工作，说道："快，大家注意了，集中全部精力捕捉该讯号，追查发报地址及所使用的波段密码。"所有人员在听到科长发出的命令后都忙了起来。

"出了什么情况？你还好吗？"齐子义快速地将这条信息发了出去，继而又将电台模式调整为接收模式。

不一会儿的时间，俞子涵便回了话，齐子义快速地接收着，记录着，翻译着："我很好，但联络员于兰昨晚被捕，组织上急需了解详细情况。"

齐子义收完电报，难以置信地睁大了眼睛，他的心情马上变得沉重起来，这条消息无疑是一枚重磅炸弹，狠狠地砸在了他的心上，他强迫自己立马冷静下来，马上又开始发报："我刚刚知道，一切信息还在了解调查中。昨晚情报是否收到，速告知。"

"情报已收到，放心。"

"速告知新的接头地点。"

俞子涵与齐子义虽然通过电台联络着，但二人就像在面对面的对话，俞子涵将自己所要传达的信息全都发送给了齐子义。

"实施第二套接头方案，完毕。"

"收到，完毕。"

齐子义刚要关机，突然又传来讯号，他又戴上耳麦接收："保重。"

接收完这条情报后，齐子义紧绷的脸上终于露出了一点点的笑容，这是俞子涵对他的关心与担忧。齐子义抬手看了看表，时间已经不多了，他连忙关闭电台，迅速将其装进皮箱，然后驱车离开。

军统站电讯室内的电讯人员都沮丧地摘下耳麦。

科长连忙问道："怎么样？"

"没有结果，时间太短了。"

"要不停地监测，他们一定还会发报的。"

"是。"

齐子义开着车，脑海中不停地闪现着他与于兰接触的点点滴滴，于兰的被捕，对他的打击太大了，这个和自己见面最多的亲密战友怎么会突然就被捕了呢？看来自己的情报来源还不够宽泛，不然这么大的行动，他怎么没听到一点风吹草动呢？一定要把情况尽快搞清楚，这样才能更好地营救于兰，他暗暗思索着营救方案。

五

快到晌午，尤站长正和几个商人模样的人在茶馆里聊着天喝着茶。一个面容姣好的姑娘将茶泡好并分别倒进几个杯子里，端到几个人面前说道："请！"

尤站长端起一杯品了一下说道："嗯，好茶，好茶，上等的毛峰。"

尤站长左手边的一位微胖的商人说道："看来站长是个品茶高手啊。"

"是吗？和老兄你比差远了。"

"哪里，哪里。"

正在这时，田副队长闯了进来，姑娘将他拦住，说道："你是什么人？怎么闷头就往里边闯？得罪了贵人，你可担待不起啊。"

尤站长朝姑娘摆了摆手，说道："田副队长，有事吗？"

姑娘见尤站长认识此人，便知趣地走开了。

田副队长两三步跑到尤站长的跟前，说道："急事，站长。"

尤站长看着满头大汗的田副队长，转身对身旁的几个商人说道："对不起啊，诸位，我尤某人就先走一步啦。"

几个商人连忙站起来说道："哪里的话，尤站长是有正经事的人，我们哪能耽误了您的时间，您慢走。"

尤站长微笑着朝众人点了个头，便带着田副队长走出了茶舍。田副队长边走边跟尤站长汇报着他抓捕于兰的工作。尤站长停下了脚步，看着正低着头的田副队长说道："这么说你已经完成了抓捕才向我报告？"

田副队长连连认错道："我知道错了，可情况紧急，所以……"

"这事都有谁知道？"

"只有我们抓她的几个人知道。"

"人现在关在什么地方？"

"城南监狱拘留所。"

"你确定是她吗？"

"可以确定。"

尤站长见田副队长说得这样肯定，心里顿时充满了疑惑，说道："不对，你怎么能确定呢？难道当时你也见到她了？在调查案件的时候，你可是说过在案发现场没有见过任何人的，是犯人自己承认的？"

"不是，我想审一审不就明白了吗？"

尤站长眼珠一转，别有深意地说道："哦？是吗？先回去再说。"

尤站长坐在行驶的汽车内陷入了沉思，虽然田副队长所说的刺杀前任廖站长和陈飞的凶犯被捕，可他的心里怎么也高兴不起来，许多疑问都解释不通。通过严密的调查和询问，他可以确定认识那个女人的只有张干，田副队长是不可能认识那个女人的，可这个田副队长，到底怎么抓到的人？看来这件事果然跟张干有关系，田副队长应该与张干有联系，想到这里，他顿时怒火中烧。

尤站长对司机说道："阿牛，到城南监狱。"

"是。"

尤站长的车开到了监狱门口停了下来。

田副队长下车到监狱门口出示证件后，又用手指了指尤站长的车说了句什么，狱警马上叫道："立正，敬礼！"

典狱长带领尤站长和田副队长几人走过了一条长长的走廊。这里的空气很潮湿，还散发着一股恶臭，绿头苍蝇爬满了墙壁，只要一有人走过，它们便震动着翅膀乱窜，撞到人的脸上让人觉得恶心。走廊的两边都是一间一间的牢房，里面关着很多重刑犯，他们大多受过重刑，而他们的伤口，正是苍蝇们最美味的餐点。

一个个铁门被打开，铁链子相互摩擦发出了刺耳的声音。典狱长带着众人穿过重重的铁门，来到一间独立的牢房前，他将观察室的铁门打开，然后对着众人做了个请的手势。

尤站长几个人走进了一间观察室，透过玻璃，他们可以看见一个满身都是血污的女子一动不动地坐在稻草上。于兰平安地度过了来监狱的第一个晚上，但是第二天一大早她便被押进了审讯室，她面临的正是她猜测中的无休止的拷打与审问，虽然于兰早已做好了准备，但是军统站的手段还是令她有些吃不消，她有些疲惫地坐在稻草上，看着对面桌上已经馊掉的饭菜一动也不动。

尤站长看了看于兰，扭头问田副队长："为什么押在这里？"

"为了安全起见，所以就……"

尤站长径直地走向了玻璃窗，仔细地观察起于兰。田副队长跟着来到了尤站长的身旁，用手指了指于兰，说道："就是她。"

"你确定是她吗？"

"是，一点不错。"

尤站长沉思了一下，说道："一点不错？"

"是的。"

"那好，我问你，你怎么查出她的？又是怎么认出她的？还有又是怎样把她抓来的？"

田副队长被问得哑口无言："这……"

"你一定要给我个相信你的理由。"

"我……"

"换句话说，此次抓人，你得到了谁的指示？你怎么断定那些凶案就是她所为呢？你这么大的行动我怎么不知道？"

"这是……是有人举报，我没能向您请示就抓了她，我想只要抓了她，您一定会同意的……"

"先斩后奏？你认为我会……这已经违背了保密局抓捕条例了吧，田副队长？"

"是，可是……"

"没有可是，一切都不是理由，就算你抓到了真的凶犯，违令的罪责也是免不掉的。"

"是，长官。"田副队长说着擦了擦额头上的汗。

"田副队长，你现在回答我第一个问题，你怎么知道她就是那晚行凶的犯人？据我所知，如果她是真的犯人，只有张干……"尤站长向田副队长看了一眼。

田副队长也掩饰地立正道："是，张干。"

"只有张干和陈飞才有机会亲临现场，能认出她来的只有他们两人而不是你。"

"是，当时我是没有看到她。"

"那么，这个女人你就那么肯定地抓她？还说一点不错！是你抓的有功吗？"

"没有，长官，我没有这么认为。"

"那么，现在你回答我第二个问题，你是从哪里得到的消息？又是通过什么人找到了这个女人？你能解释清楚吗？"

"这个……"

"第三个问题，这个女人的身份与职业你清楚吗？"

"我……我不知道，所以要审讯后才……"

"好，我明白了，来人！"

一个通信兵走到尤站长跟前立正道："长官有何吩咐？"

"你现在就去，让陈副官马上到这里来。"

"是。"

六

齐子义回到军统站，车刚停稳便跑过来一个通信兵对他敬礼说道："长官，站长有请，让你速到城南监狱去一趟。"

齐子义微微皱了一下眉头，问道："现在吗？"

"是。"

"回报，陈飞马上就到。"

"是。"

齐子义偷偷地将电台拿回了住处，他将电台藏好后陷入了沉思。看来于兰是被关在城南监狱了，尤站长这会儿叫他过去到底是出于什么目的呢？他现在必须马上思考出对策，这样才能没有任何破绽地从容应对接下来的各种突发状况。从军统站开车到城南监狱需要大概二十几分钟的车程，这20分钟的时间齐子义的大脑就像是一个精密的仪器，不停地思考着事情发展的各种可能。听通信兵说于兰是被田副队长抓捕的，而田副队长抓捕于兰的理由是他怀疑杀害廖站长的凶手是于兰。可是这件事情跟于兰并没有任何的关系，而且，田副队长怎么就能这么的肯定杀害廖站长的凶手是于兰呢？这其中一定是有蹊跷的。知道俞子涵到过现场的人只有张干，而张干现在正在被通缉，这里边千丝万缕的关系让齐子义有些迷茫。但他至少可以推断出一点，那就是田副队长本打算抓的人是俞子涵，但不知道是什么原因抓到了于兰，而且田副队长还不知道自己抓错了人，他要利用这一点来一个绝地反击。容不得齐子义多想，在他去城南监狱的20分钟路程中，他坚定了信念，不管是遇到怎样艰难的状况，他一定要将于兰平安无事地救出来，哪怕是会暴露。

来到城南监狱，齐子义将车停好后，一个狱警跑了过来恭敬地对齐子义说道："长官，我们典狱长让我来接长官。"

齐子义没有答话，只是点了点头，然后跟着狱警穿过走廊，向关押于兰的单人牢房走去。

尤站长一动不动地背着手站在观察窗前观察着于兰的一举一动。田副队长站在离尤站长有小半步的身后。田副队长低着头，额头上满是汗水，紧张地握紧拳头的双手有些微微发白。面对尤站长的众多疑问，田副队长哑口无言。虽然他早就预料到会遭质疑，但张干的求功心切，也使他充满信心，一时冲动将这件事情捅了出来。现在他只能暗暗祝福自己，能顺利地渡过这一关，希望尤站长能把关注的重点放在这个女犯人的身份上，而不是他是如何抓住这个女犯人的。

狱警为齐子义打开了观察室的门，齐子义快步走了进去，来到了尤站长的身边，说道："站长，找我找得这样急，是有什么事情吗？"

尤站长没有答话，用下巴努了一下嘴问道："这个女人你认识吗？"

齐子义佯装不明所以地走近玻璃墙，他看见了一个已经伤痕累累的女子仍端坐在草堆上。没错，被捕的正是于兰。齐子义觉得喉头有些发紧，但他仍故作轻松地回头并带着一丝疑惑地说道："不认识，她是什么人？"

田副队长见齐子义矢口否认与于兰认识，有些着急地上前一步。

尤站长问道："田副队长，你想说什么？"

田副队长死死地盯着齐子义说道："陈副官，我抓到的可是刺杀你和廖站长几人的凶手，你……你竟说不认识？"

齐子义用一种不可思议的眼神看了看田副队长，接着又看了看被关押的于兰，说道："是吗？田副队长，听你的口气，她确实是那晚行凶的罪犯。可我……田副队长，你想让我怎么说，是认识啊还是不认识啊？"

"你?！"

"我怎么了？"

"你在演戏！"

"你说什么？"

尤站长抬头看了看淡定的齐子义，又看了看因为激动脸上有些涨红的田副队长，心中已经有了些许分寸。齐子义无奈地摊了摊手，充满委屈和愤怒地说道："田副队长！这就怪了，人是你抓的不是我抓的。是你在演戏还是我在演戏？你抓人这个事情我是刚刚知道的吧，你抓到了刺杀廖长官和我的凶犯，如果是真的，我感谢你，我会亲手毙了她！可是现在……我已经在案情分析会上说得非常明白了。尤站长很清楚的吧，我还没有看清刺客就先倒地了，我怎么能看清是男是女，是高是矮呢？我现在不知道你是怎样抓到她的？她究竟是不是那晚刺杀我们的凶犯，我确实不得而知……长官，这事是不是没完没了啦？如果考验或是审查我，那就先把我抓起来，我决没有怨言。我请求长官处置，只要能洗刷我的清白，可我决不能容忍这样……我陈飞怎么能一而再再而三无休止地受人愚弄？而且每次都有你，田副队长，你可以给我一个合理的解释吗？"

尤站长见齐子义句句在理，而且田副队长却说不出个所以然来，便大声吩咐道："不要说了，去审讯室，来人！"

两个执法人员站在尤站长的面前道："到。"

"把田副队长给我铐起来。"

"是。"

田副队长大惊，说道："站长，您这是……"

"闭嘴！回去有你说的。"

齐子义见这么容易就将田副队长反咬了一口，看来在路上想的对策还是有用的，他心中一喜，但是嘴上还是为田副队长求了个情："这怎么回事？站长，这样的疑惑和争论是很正常的啊！怎么铐起人了？田副队长也是为了案子……"

尤站长没有理会齐子义的话语，对着两个卫兵说道："带走！"

"是。"

七

回到军统站，尤站长推开房门，气呼呼地走了进来，他对田副队长的所作所为依然感到非常的愤怒，这其中当然不只是因为田副队长没有经过他的同意对那个女犯人进行了抓捕，违反了保密条例，更重要的是，这里边好像还有张干的影子。他曾在会议上千叮咛万嘱咐，不让军统站的内部人员跟张干再有任何的瓜葛，可这个田副队长却将他的话当成耳旁风，这件事情只要牵扯上张干就会变得无比的复杂，事情的走向已经超出了尤站长的掌控了。尤站长边走边骂道："这个混蛋，他到底想干什么？"尤站长自己都不知道他骂的是田副队长还是张干，他端起茶杯，喝了一口水。

正在这时，安然直冲冲地闯了进来，向尤站长立正敬礼。尤站长抬头问道："怎么不报告就进来了？"

安然着急地说道："我听说我哥哥被你抓了，为什么？"

"有你这样对长官说话的吗？"

"我不明白，所以……为什么？"

“这事你不了解情况，也没在现场，所以你不知道。这是纪律，问题没弄清楚之前，你不能带任何情绪。”

“我是不知道，所以才来问你怎么回事？”

“我说过了，这是纪律，事情还没弄清楚。”

“没弄清楚就把他抓了，我想不通。这些年来，我鞍前马后地维护你、追随你，想不到这些天来你像着了魔似的开始拿我们兄妹说事。”

“放肆！安然，你已经超出了向长官问事的底线，再这样下去就违反了纪律。”

“大不了也给我抓起来。”

“你以为我不敢吗？”

安然见尤站长的神情相当认真，立刻就软了下来，说道：“那你说怎么办？”

“等我把事情弄清楚了再说。我只向你透露一点，你哥哥没有得到我的许可，不知从哪里抓来了一个年轻女人，他肯定地说那是刺杀廖站长和陈副官的凶手，可我总感觉问题不是那么轻易就可以下结论的，这里面有很大的蹊跷。”

“怎么会呢？这事不是有了结论了吗？现在怎么又冒出来个什么女人？我哥他怎么这么糊涂呢？”

“好啦，这事不要乱讲了，我要调查清楚再说。”

“我能不能见一下我哥？”

“不行，你想违反纪律吗？”

“那可是我的亲哥哥，你不可以……”

“放肆，我已说得够清楚了，我这是在保护你。如果你再纠缠下去，那就是违反纪律。”

安然赌气地说：“知道了。”

八

已经到了深夜，张干躲在军统站的附近来回踱着步。张干并不知道田副队长抓错了人，他满怀期待与忐忑地等着田副队长的消息，可是等了一天都没有见到田副队长的身影，他的心里突然有些不安。张干顺着军统站围墙的墙根助跑后，纵身一跃跳上了围墙，在墙上观察了一下院内的环境，在确定没有卫兵后立马跳到了院内，他小心谨慎地来到田副队长的门前，熟门熟路地从花盆下拿出钥匙打开房门，走了进去。

张干没有开灯，摸黑向里边走去，他坐在了沙发上，耐心地等待着田副队长的归来，可是已经快要到午夜了，田副队长还是没有归来的迹象，他再也坐不住了，他站起身来，在屋子里踱着步，焦急万分，虽然离他发现俞子涵的时候只过去了两天，可他觉得度日如年。眼看这事情就要成了，可田副队长却消失了踪影，他是有意躲着自己呢？还是出现了什么不测？还是撇开自己向主子邀功去了？结果不得而知。突然，他想到了一个人，他停在那里思索了片刻，断然开门走了出去。

安然下了夜班回到房间，脱去制服外衣，摘下帽子，坐在梳妆台前，把自己的头发用手梳理几下，头发自然地垂了下来。她看着镜子里自己的脸，不知不觉地就想到了她的哥哥——田副队长。现在能救她哥哥的还有谁呢？她想到了齐子义。齐子义深得尤站长的信任，说话也比自己有分量，如果找齐子义帮忙说情，应该是能救出田副队长的。可是，她想到了她与齐子义之间的每次来往，齐子义一直表现得彬彬有礼，对她也谈不上亲近，如果贸然去找齐子义帮忙，会不会太唐突了？她凄然一笑，摇了摇头，这个想法显然是不现实。她走到衣柜前，脱去衣裤，换上了睡衣，在洗漱完毕后，关了灯躺在床上。

张干悄悄地打开了安然房间的窗户，最了解田副队长情况的，应该就是安然了。他蹑手蹑脚地摸黑进了安然的房间。

九

审讯室内，张谦仍然在对呼尔查进行审问。呼尔查坐在电椅上，对张谦怒目而视。

张谦走到跟前，抬起呼尔查的下巴问道：“该说了吧！那天晚上你和谁杀了欧阳队长？说！”

呼尔查说道：“我没有杀人，我已说过不是我杀的，你们血口喷人！我……我要到南京去控告你们……”

“什么控告？你控告谁？控告什么？”

“就是你，你们军统站……”

“笑话！控告？信不信我现在就可以弄死你？”

呼尔查满口是血地冷笑道：“谅你也不敢！”

张谦气得一挥手道：“电！”

“啊！”随着电闸的合拢，呼尔查发出一声凄厉的叫喊声，他浑身发抖、双眼翻白、口吐白沫，脸上毫无血色。经过这几天的折磨，他是亲自见识到了军统站的心狠手辣，可是他依然不明白那天到底发生了什么，也说不出个什么来，他只期望这无休止的严刑拷打能快点结束。

欧阳倩的死亡跟眼前的这个呼尔查有着最直接的关系，张谦已经对外围工作做了充分的调查，可还是一无所获。他看着被折磨得不成人形的呼尔查，心中有些许气馁，看来这个呼尔查是真的什么都不知道，他们已经不能在他的身上榨出任何有效的线索。

“停。”张谦抬了抬手，电椅上的呼尔查早已晕了过去，“把他给我抬下去，身上的伤仔细地照料好了，不能让他死，也不能留下伤痕。”

这个呼尔查的身份特殊，他们要从他的身上拷问出有价值的情报，但是不能让外人知道他们对他进行了严刑拷打，所以每一次审问完呼尔查，军统站的人都好吃好喝地将他供着，还为他疗伤治病，这也是他经受了这么多天的酷刑还能安然健在的原因，但是这对他来说还不如直接给他一刀来得痛快。

第十五章 针锋相对

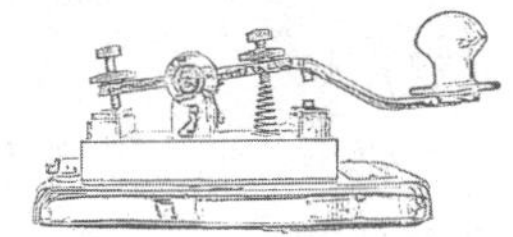

一

张干成功地潜入了安然的卧室，只是他在关窗的时候不小心发出了微弱的声响。安然听到声响，突然睁开了眼睛，敏捷地从枕头下抽出手枪指向了窗户的位置。她半眯着眼睛，想要在黑暗中看清楚来人，她拿枪的手缓缓地从室内扫过，但是都没有发现可疑的地方，除了那扇半开着的窗户。张干的眼睛早已习惯了黑暗，他看见了安然的每一个动作，这么多年的特工经验使他轻而易举地逃脱了安然的视线，他在黑影中缓缓地靠近了安然，在离安然只有两步远的地方突然抬手劈向安然拿枪的手，将安然的手枪打掉在了地上，接着又马上用胳膊抵住了安然的脖子，用另一只手死死地捂着安然的嘴。安然大惊，这人能悄无声息地近她的身，看来不是什么简单的人物。她死命地挣扎着，奈何来人力气远超自己，显得她的反抗有些无力。

张干低声地在安然的耳边说道："别动，我是张干。"

安然一愣，停止了挣扎。

张干接着说道："别叫喊，可以吗？"

安然立马点了点头。张干松开手和胳膊，让她转过身来。她看清楚来人后难以置信地惊叫道："张干，真的是你？"

"是我，张干，货真价实的张干。"

"你怎么来的？你还敢到站上来？"

"怎么不敢，这是我疯狂十多年的地方。"

"可是你……"

"没事的，这不是还有你和你哥吗？"

安然听到张干的话语顿时恍然大悟，原来哥哥的事情都跟这个张干脱不了关系："啊，原来你见到我哥了？"

“对。”

“这么说，你已来了几天了？”

“对，我已来两天了，然然，我问你，你哥他去哪了？他怎么不回他的住处？”

“你还有脸问他怎么了？”

“到底是怎么回事？”

“还不都是你惹的祸，要不是你在背后操纵和指使他，我哥……我哥他也不会被尤放抓起来。”

张干一听，心想果然坏事儿了，连忙问道：“什么？这到底是怎么回事儿？你快说！”

“你说，你是不是让我哥昨晚去抓了一个女人，说是刺杀廖站长和陈飞几人的凶犯？”

“是啊，他是得手了还是……”

“人是抓到了，可尤放他不相信啊，他的意思是说……”

“说什么？”

“他说这里有蹊跷，是个圈套什么的，得把事情弄清楚了，才能放了我哥，你说这可怎么办啊？”

张干气急地：“他娘的！”

安然双手紧紧地抓住张干的衣服，问道：“这是真是假？你说话啊！”

张干安抚地拍了拍安然的肩膀，说道：“别急别急，让我想想……看来只有我出马了。”

“可你是保密局通缉的要犯啊，他们怎么能相信你？”

“我会让他们相信的，我已经死过一回了，再死一回也无妨。只要能证明那个女人是和陈飞一伙刺杀了廖站长，也就能洗刷我的罪过。对，还有还你哥一个清白，你就等着你哥哥立功受奖吧。”

“我不要他立功受什么奖，我要他活着，我要他做一个平平常常的人，我就这一个亲人了。”

“一定会的，愿你今晚睡个好觉，我走了。”张干说着打开窗子，跳了出去。

安然受了惊吓，拍了拍自己的胸口，又马上跑到窗口，向外看了看，张干的身影早已不见，她连忙关上窗户，靠在墙上沉思起来。张干的突然出现，是在安然的意料之外的，看来这件事情真如尤站长说的那样没有这么简单。她恨自己无能，没能阻止哥哥，更恨哥哥愚蠢，怎么能和一个军中通缉犯串通在一起呢？现在能救哥哥的，可能真的只有陈副官了，就算是厚着脸皮去求，她也要让陈副官救救她的哥哥。

二

第二天一早，齐子义手里拿着一份文件从办公楼快步走了出来，他来到汽车旁刚准备上车，却被跑过来的安然给拦住了，安然气喘吁吁地说道："等一等，陈副官。"

齐子义问道："怎么啦，安然？"

"你知道尤站长去哪里了吗？"

"好像是说去了城防司令部了，你找他，可以去城防司令部。不过，他中午会回来的，你……"

"我知道了，我……你这是要去哪里？"

齐子义将手上的文件递到安然的眼前晃了晃，说道："去邮局送一封信。"

安然思考片刻，说道："那好，我们一同去，刚好我有事求你。"

齐子义不解地看着安然，说道："求我，不会吧？啊，这样，咱们上车谈可以吗？"

"好。"

汽车在街道上疾驶着，安然有些心不在焉地盯着窗外，齐子义边开车边看了看安然，有些担忧地说道："安然，你怎么了？我看你的精神不太好啊。"

安然无奈地苦笑一下说道："能好吗？"

"怎么啦？"

"我想你应该知道的吧，我哥哥的事。"

"你想去看看你哥？"

安然满怀期望地望着齐子义问道："我能去看我哥哥吗？"

齐子义摇了摇头说："不能，起码现在不能。"

安然失落地垂下了眼帘："那什么时候可以见到他？"

"难说，安然，我正想问你，你哥为什么在没有请示上级的情况下抓了人？而且还顶撞了长官。你说他哪来这么大的胆量……等一等，到邮局了。"说着，齐子义将车停在了路边，拿起身边的信封，将文件装在了信封里，安然连忙接过信封说道："我去吧，你在车上等我。"安然拿着信封，下了车，跑到邮筒旁，将信封塞了进去，然后重新回到了汽车上。

齐子义看着重新回到车上的安然说道："谢谢，你想去哪里？去找尤站长还是……反正在尤站长回来之前，我还有时间。"

安然勉强一笑，说道："那就去河边走走吧。"

"好吧。"齐子义说着，启动汽车，踩了一脚油门，朝不远处的一座公园驶去。

三

天上的云层压得很低，空气也十分的闷热。果不其然，没有多会儿淅淅沥沥的小雨便下起来了，打在宽大的芭蕉叶上，啪啪作响，煞是好听。平静的湖面也被雨点击打出无数水花，泛起涟漪。齐子义与安然撑着两把大黑伞在湖边慢步着。齐子义转头看着安然，认真地提出了自己长久以来的一个疑问："安然，有件事我一直都想问问你，田副队长真是你的亲哥哥吗？"

安然理认真地点了点头，说道："是啊，这还能有假吗？这些连尤站长都知道的，他最清楚了。"

"这些事情我怎么好去问尤站长呢？"

"说得也是，反正我是……"

"可是，你姓安啊？"

"是啊，我姓安，我哥他姓田，奇怪吗？啊！难怪你……"

"看来，这里边肯定是有故事的，是吗？你介意说出来和我分享吗？"

"当然，不介意的。这事说来话长，那是抗战的头一年，那时我哥哥10岁，我才6岁，在一次日军惨无人道的大轰炸中，我们失去了家人……"

安然看着远方，陷入了回忆，齐子义也没有催促，静静地站在一旁等待着安然的故事。安然眨了眨眼睛，不让眼眶里的眼泪流出来，她满怀悲伤地说道："就这样，我和哥哥失去了父母。日军轰炸结束后，有一个好心的老人掩埋了我的父母，并收留了我们，还把我俩送到了学校学习。老人传统地认为，收留了我们，他就让我哥哥姓了他的姓，好继承他家的香火，可我哥哥却固执不肯，之后跑了出去，从此音信全无。于是，我就姓了这个老人的姓，他给我起名叫安然，从此我和老人相依为命，老人在我15岁那年突然患病医治无效离开了我。那时抗战已到关键时刻，前线正需要人，部队到我们那里征兵，于是我报了名，被分配到了特工训练所进行集训，不想在那里遇到了做教官的哥哥。集训结束后，我们被分配到两个城市的军统站工作，直到海城站出了廖站长和你的那次凶案之后，我才被尤站长带了过来，我和哥哥才有幸在一起。现在我哥哥又出了这样的事，我……我的命怎么那么苦呢？我该怎么办呢？"

安然再也忍不住心中的悲伤，眼泪像断了线的珠子涌出眼眶。她抽泣着，连一句完整的话也说不出来了。

齐子义连忙拍了拍安然的背安慰道："安然，你是个坚强的姑娘，不要这样好吗？事情是会过去的，只要你哥把事情讲清楚了，一切都会好的。"

安然平复了一下自己的心情，使自己不再这么激动，说道："可是，这个事情还是很复杂的，都是那个张干……"

齐子义心中一惊，连忙问道："什么，你说张干？他不是正在被通缉吗？"

安然气愤地说道："要是真的被抓到就好了，可他不知道从什么地方阴差阳错地回来了，我哥所做的一切都是他让干的，不知是真是假……陈大哥，你能救救我俩吗？"

齐子义了然，看来跟他猜测的八九不离十，既然知道了事情的起因，那么接下来的计划就简单多了，他接着问道："原来是这样，那张干现在在什么地方？"

"我现在还不太清楚，可昨晚他先后去了我哥的房间和我的房间，后来匆匆地走了。我想，咱们虽然都在尤站长身边工作，可我看得出来尤站长对你的话还是信任的。所以，我希望你能出面给我哥说说情，我只有这一个亲人了，你要是不帮忙……"

"别急，别急，让我想想，我一定会帮你的。"

"那就好，陈大哥，你一定要注意自身的安全，我听我哥说过，那个张干可是个心狠手辣之人。"

齐子义看了看表，时间已经不早了，便对安然说道："我会小心的。走吧，尤站长说回来后有事。安然，如果你信任我，再发生什么事你一定要在第一时间向我通报。"

"那当然。"

齐子义心中轻松了不少，至少，以现在的情况来看，他已经争取到了安然，这样来说他获得情报的来源范围就更加宽泛了。他现在最主要的目的就是拟出一个详细的营救于兰的计划，他现在所剩的时间已经不多了。

四

田副队长躺在禁闭室的床上，望着铁窗外被风吹动的树枝一动不动地发着呆。徐徐的微风温柔地拂过田副队长皱得紧紧的眉头，他始终也想不明白，自己明明是抓着那个杀害廖站长和陈飞的凶手的有功之臣，为什么到了最后却被羁押起来了，还有那个陈飞，他就对着尤站长说了几句话，就转移了尤站长的注意力，使得尤站长的矛头指向了自己。看来这个陈飞不简单啊！还有那个张干，也不知道他现在怎么样了。他应该还没有得到自己被关禁闭的消息，希望自己没有打乱他的计划。田副队长想着想着渐渐地进入了梦乡。

满身伤痕的于兰从噩梦中惊醒，她满头是汗，脸色苍白。她用手将趴在她伤口处的虫子给拍下，理了理乱糟糟的头发，在心中微微地叹了一口气。她苦笑了一下，然后艰难地爬起来把上身靠在石墙上，不自觉地又开始想这几天所发生的事情。于兰心中想道：没有别的遗漏和遗憾，只是……只是那把手枪！手枪？！于兰突然想到一把俞子涵托付给她的手枪。军统站一定会搜到那把手枪的，但愿他们在枪上不要发现什么。

那时俞子涵非常郑重地将一把小型勃朗宁手枪交到了于兰的手中，说道："就是这把枪，这是子义的防身武器，我现在按纪律的要求不能见到他，你一定要亲自把它送到他的手里，也许他能用得着的。于兰，谢谢了。"

于兰接过手枪，俞子涵再次郑重地说道："拜托了。"

于兰翻看了一下手中的手枪，说道："这可是我见到的最有分量的手枪了，放心吧，我一定会亲手交给他，让它继续立功。"

于兰想到这里，心中突然明白了什么，莫非他们把自己当作俞子涵给抓了？于兰顿时更加醒悟了，这一定是军统特务的误判。齐子义行刺的前前后后，俞子涵曾经向组织做了详细的汇报，当时于兰也是在场的。她现在努力回忆着俞子涵当时所讲到的情景，心中断然做出了一个大胆的决定。既然军统站误以为她是杀害廖江石的凶手，那么她何不将计就计，顺便还能拖几个军统站的内部人员下水。此时她露出了自信的笑容，如果真像她猜测的这样，那么她要给他们演出一场好戏，这样就……

五

齐子义、张谦、吕飞等人并排地站在尤站长的办公桌前，齐子义手捧着一个文件夹向尤站长汇报道："有关田副队长一案，我已经全部做好了安排，对田副队长的询问晚上可以如期进行。"

尤站长放下手中的茶杯，看着张谦说道："好，我想知道你们几位的工作情况。"

张谦上前一步，将他这几天的工作情况做了个详细的汇报："行动组对那个女犯人的房间进行搜查后，并没有查到有关其身份的东西。换句话说，除查到一把勃朗宁手枪外，没有查到其他有价值的东西。从她衣柜的衣服和室内陈设看，她的身份倒像是一个富家女。"

张谦刚刚说完，尤放紧接着问道："富家女？你说查到了枪？"

"对，是手枪。"

"勃朗宁手枪，手枪在哪？"

"为慎重起见，我昨天已派专人把它送到了南京司法鉴定机构，连同从陈副官身上起获的那颗子弹一起，并要求从弹道、膛线等，做出细致的鉴定，今天便会有结果的。"

"好，你做得很对。特审组。"

吕飞有些羞愧地低下了头，说道："对女犯人的审讯一直没有间断，可收获全无，我怀疑她是一个不折不扣的布尔什维克党徒。"

“为什么？”

“她是那样的宁死不屈，闭口不说任何东西。”

“要注意方式，不能简单地打打打。”

“是。”

“吴天，你这边的情况如何？”

“侦缉组已围绕她的外围进行了细致的调查，但结果让人吃惊，没有人了解这个女人的真实身份，更没有调查到她的一切行踪。我怀疑她不是本地人，而是共党派来的特工。”

尤站长点了点头。

吕飞补充道：“该犯在羁押期间也没有发现异常举动。”

尤站长沉吟片刻，说道：“这么说，从目前大家所掌握的情况来看，她是一个与世隔绝的天外来客，我对她很感兴趣。我倒要看看，这个神秘的女人到底是不是像你说的那样，我命令晚上的审讯大家都到场。”

“是。”

六

对于于兰的被捕，海城地下组织的反应各不相同。翁夫人将所有她所了解的和获得的情报都上报了组织，海城市委也积极地制定着营救于兰的计划。在上级下达准确的命令之前，翁静娴只能静静地坐着，与她平静的表面不同，她的内心早已翻江倒海。于兰的被捕，使她增加了许多思虑，尽管她对子涵同志的工作作风及成熟性格充满了信任，但也从近来的一段时间内，准确地说是子义到来后，她意识到子涵同志有一些微小的波动和不谨慎。现在想来真的带来了严重的后果，但她已经没有办法扭转这个不该发生的局面，这会给于兰和齐子义带来什么样的结果？她不敢再想下去了。紧握着拳头的双手出卖了她的真实想法。

与此同时，焦急的还不只静娴同志，俞子涵仍在电台前等待着，她现在不光是焦急，更大程度上是非常的懊悔。是她低估了敌人的能力，才使于兰同志身陷囹圄，她已经向上级报备了一个营救方案，现在只要一等到上级同意，她便可立刻对于兰进行营救。她不死心地再次戴上耳麦，手指灵活地调试着电台，可是依然没有接收到任何的讯号。

七

张干再次潜入了田副队长的卧室，他的心中总有一种不祥的预感，他不停地来回走动着，为了减少心里的不安，他来到田副队长平时训练的沙袋前狠狠地打了几拳。

可这样做并没有平息他的不安，他焦急的不安的心情彻底爆发出来，直到汗流浃背，他才停下已经打得发红的拳头。他已经没有了耐心，他似乎隐隐约约地知道，一定是那个田彪把事情搞砸了，但这一切已容不得多想，是到了他该出场的时候了。这件事关系到他的身家性命，他一定要把此事弄个水落石出，不管是什么结果，成败在此一举。他从旁边的毛巾架上取下了一条毛巾，擦了擦身上的汗水，穿上衣服，把手枪拿起上膛后插在腰间，大步地走了出去。

审讯室前，一辆警车停了下来。戴着手铐的于兰被两个卫兵强拉下车，步履蹒跚地向审讯室走去。审讯室中挂着各种刑具，还有一盆烧红了的炭火。空气中充满了血腥味。于兰被人一把推坐在了椅子上，她打量了一下室内的环境，目光从各种刑具上一一扫过，眼神中没有一丝惧意。

炭火烧得“啪啪”作响，时不时还蹦起来一朵火花。齐子义跟着尤站长走进了审讯室，他的眼睛从于兰身上扫过，果然，于兰遭受了严刑拷打，他有些不忍心地闭了闭眼睛。于兰也看见了齐子义，但是她像是不认识齐子义一样，目光根本就没在齐子义的身上多作停留，而是紧紧地盯着坐在了她对面的尤放和众多的军官。此时的于兰已经淡定下来了，她通过前面的审问，已经明白了敌人想要从她嘴里得到什么。她也为他们准备好了他们想要的，她在等待时机的到来。她已经思虑再三，做好了牺牲的准备。田副队长对于她的身份与她所犯的杀人罪做了一个详细的汇报。

尤站长紧紧盯着于兰多时，终于开口了：“你已经听到了，刚才他们说的可是实情？”

田副队长急迫地说道：“招吧，你别无选择。”

齐子义不赞同田副队长的做法，说道：“田副队长，让犯人思考，她会说话的。”

田副队长盯着齐子义，冷冷一笑：“怎么，陈副官，你沉不住气了？现在当着这么多军统站中层以上军官的面，你还敢说你不认识她？”

一直安静着的于兰突然说话了：“你说得对，我是认识他。”

众军官都愣了一下，尤放也愣了一下，众人不由自主地看向齐子义，齐子义的面部肌肉微微地颤抖了一下，但是很快地又恢复了平静。提审于兰的进度是这样的快，没给齐子义留下一点与组织上联络的时间与机会，现在只能走一步算一步了。虽然他与于兰接触过两次，但是每次接触的时间都是那样的短暂，几乎没能说上话，说不担心于兰会叛变是不可能的。他怀着忐忑的心情观察着于兰的一举一动。

田副队长一听说于兰是认识齐子义的，心中顿时大喜，说道：“请你把你们预谋的一切说出来，还我和张干一个清白。”

尤站长大声地说道：“田副队长，你给我闭嘴！”

齐子义对于兰说道：“我很想尽快知道你是怎么认识我的，血口喷人，你是知道后果的。”

尤站长大声地说道：“讲。”

于兰看了看齐子义，给了齐子义一个坚定的眼神后说道：“好，我是认识他，是在那晚刺杀时的一瞬间认识的，可他不认识我，是吗？如果我说的没错的话，当时你刚要拔枪，便被我击中要害。如果说他今天能站在我的面前来审问我的话，只能是怪我的枪法不准，没有送他进地狱！”

听到这里，齐子义的脸上像是被狠狠地扇了一个耳光，于兰一心一意地想要保护自己，而自己呢，却对于兰同志产生了怀疑，他有些羞愧地低了低头。

田副队长连忙对尤站长解释道：“看，她……她是真的凶手！可说的不是真的，我说的没有错吧？”

于兰嘴角露出讽刺的笑容，否认道：“不对，你说错了。当天晚上，在我完成了刺杀他们的任务后，我也没有在现场见到你，在楼梯上和我碰面的不是你吧？”

“是，不是……是……”

“是还是不是？别吞吞吐吐地。”于兰厉声地质问道。

“不是我，这能说明什么？当时……当时我在外面执行安全保卫任务。”

齐子义见田副队长的话有漏洞，连忙问道：“那么，田副队长怎么就一定说是她呢？而且还指认她是我的同伙。笑话！说吧，你的证据呢？”

“这……”

尤站长愤怒地说道：“说！”

尤站长说着将手枪从身上抽出来，放到桌上。

田副队长被吓出了一身的冷汗，结巴道：“我……”

正在这时，一个宪兵突然跑了进来。尤放一见，马上喝道：“你怎么进来了？出去。”

宪兵一愣，想要解释：“外面……”

宪兵队队长马上跑上前去怒道：“滚出去！”说着将其推了出去。

宪兵队队长将卫兵拖到外边骂道：“你混蛋，你找死啊！”

张干走上前说道：“这与他无关，是我让他进去的。”

宪兵队队长惊讶地看着张干说道：“是你，张干？！”

“对，是我。”

“你还敢来这儿？你想干什么？”

“我听说你们在审刺杀廖站长的犯人，我要进去，这场戏离不开我，只有我进去才能说明当时的情况。”

宪兵队队长大手一挥，对宪兵们说道：“给我把他抓起来！他是上峰通缉的要犯。”

宪兵队队长见宪兵用枪将张干控制住后才跑进审讯室，张干也不反抗，老老实实地站在那里。宪兵队队长慌慌张张地跑了进来。

尤站长不满地说道：“慌什么，坐下。”

“等一等，请允许我报告。”说着，宪兵队队长跑到尤站长跟前耳语了几句。

尤站长先是一愣，然后有些难以置信地看了看门外，说道：“好，把他给我押进来。”

“是。”

宪兵队队长带着几个宪兵走了出来，先是给张干戴上了手铐，然后把张干浑身上下摸了一个遍，将他身上的武器一一地搜了出来，交给了宪兵队队长。

张干有些不耐烦地说道：“我要见尤放，你们这是……”

“对，这是站长的命令，请吧，尤站长让我带你去见他。”

张干昂头挺胸地跟着宪兵队队长大步地走进审讯室。田副队长看见来人是张干，大惊道：“张干你……”

在场所有的人都难以置信地瞪大了眼睛，没想到张干这么有胆量，居然敢在被通缉的时候擅闯军统站。齐子义看着走进来的张干，心想这故事的重要人物总算是登场了。接下来就是为于兰洗刷冤屈的时候了，不知道之前想的计谋能不能帮上忙。

田副队长指着张干小声地问道：“你想干什么？”

张干毫不在意地看了看田副队长，说道：“你以为我不来，你能把事情搞定？”

“你错了，她……她已经承认了。”

张干顺着田副队长手指的方向看去，可是他看到的并不是俞子涵，不由得心头大慌，连忙说道：“她？她不是。她是谁？”

田副队长看着张干的反应，瞬间也蒙了，跟着张干的话说道：“她是谁？”

张干气急败坏地说道：“她……她不是，绝对不是的。”

尤放见二人之间的互动，有些不明所以，问道：“田副队长，怎么回事？”

田副队长也急了：“张干，你可不能再出什么幺蛾子，我……我可是按你提供的地址去抓的她啊，现在，你……你怎么说她不是……”

张干急忙说道：“可是……她不是……”

于兰马上接着说道：“什么我不是？怎么，你犯了事装作不认识我了？不是你让我……”

张干立马打断了于兰的话语，因为现在无论于兰说什么，都是对张干极其不利的：“你没资格说什么，说，你是谁？你不是那晚……”

“是我不是？还是不敢让说，你……”

张干对于兰这种强硬的态度很是摸不着头脑，问道：“你……你到底是谁？”

尤站长见几人没完没了的对话，顿时没了耐性，突然站起来说道：“张干，你别插话，你让她说下去。”

张干连忙说道：“不，她不是……”

“好，那就说说她不是的缘由来。”

张干转念一想，现在的首要目的是让尤站长相信，这个女人并不是那晚出现的那个女人，便问道：“我要你自己说说那晚的情形，你敢说吗？你能说得出来吗？”

于兰突然回想起翁夫人说的话：“要想办法除去那个张干，他是军统行动队的队长，另外，还有二队那个欧阳倩。”

于兰嘴角露出了一丝狡黠的笑意，说道：“张干，你可不要过河拆桥啊。”

“你知道我是谁？”

“当然。那好，那晚，我接受你的指示……”

“你胡说八道。”张干愤怒地指向于兰，打断了她的话。

尤站长比张干更加愤怒，怒吼道：“让她说。”

张干无奈地将脸扭向一边。

于兰接着说道：“那晚我接受你的指示，按照你的安排隐藏在二楼的房间里。按照你的约定，我在6点50分用无声手枪射杀了客厅门口的两个守卫后闯入室内，不想遇到的就是这位兄弟，是吧？我开枪将他击倒后，向正在谈事情的另两个人开了两枪，随后我将门口的两个尸体拖入客厅里，逃了出去。在楼梯上和你打了个照面，告诉你已完成刺杀任务。你让我快速离开现场，自己冲上了二楼，我说的没错吧？”

张干没想到于兰能说出当时的情况，顿时有些慌张：“你胡说，你在陷害我……”

尤站长听着于兰的话，陷入了沉思。这剧情发展得太快，一众军官都没反应过来，愣在了那里，审讯室除了“啪啪”的炭火声再没有一点声音。

“对不住了，张干，我想活着，所以就……”于兰装作贪生怕死的模样说道。

尤站长站起身来，走到了于兰的身边，说道：“你说是他指使你干的？我想知道他刺杀长官的动机。你说你开枪将他击倒后，向正在谈事情的另两个人开了两枪，我想知道他们是谁？叫什么？”

“这位兄弟我刚才说过了，只是瞬间的谋面，不知道是谁，叫什么，但却知道那两个人，一个是你们的站长廖江石，另一个是向主子报信的褚兴。当然，这都是张干告诉我的……”

张干无奈地看着侃侃而谈的于兰说道：“一派胡言。”

于兰不理张干，接着说道：“说到动机，这事说起来就话长了。”

尤站长摆了摆手，说道：“你能简单叙述一下就行。”

“事到如今，我只能说了，长官，我说了你能保证不会枪毙我吗？我可是受他的蛊惑才……”

“如果你能如实讲，我保证。”

“好，张干，我们早就熟悉，那时我是城郊黑风案的杀手，许我重金说要我刺杀他长官的事，当时我说，我可不杀不明不白的人。要我杀的人我一定得要知道是为什么，这是我的底线。他说他一直受那个廖长官的压制，不给他提升，如果我灭了他，他就可以争取到他做这个站的最高长官。他还说，他可以娶我做他的姨太太，让我享尽荣华富贵。于是，我就鬼迷心窍地遂了他愿。大致情况就是这样。”

看见谎话说得头头是道的于兰，张干彻底慌了，他本是打算来指认女犯人还自己一个清白的，没想到，却被这个像疯狗一样的女人倒打一耙，连忙否认道：“这不是事实，她说的都是谎话！什么城郊黑风案的杀手，纯属无稽之谈。全是疯狗咬人，我……我根本不认识她。”

尤站长不愿再听张干那无力的解释，说道：“这，我会落实的。可是张干，你怎么对我的到来和陈副官的提升抱有这么大的成见？那么这个疑问现在也就能迎刃而解了，你够狠的，欧阳倩到死也不明白，是你张干……看来，你是个有野心的人，你认为是我阻碍了你的仕途……”

张干像是豁出去了似的承认道：“长官，那也就不隐瞒了，有这个意思。”

尤站长拍了拍手，说道：“好，我欣赏你的坦诚，可是这位小姐，你有什么证据证明那晚是你刺杀了我的上一任长官呢？”

于兰想也不想地说道：“这不是已经有了证据了吗？”

尤站长连忙问道：“什么证据？”

“枪！”

“枪？什么枪？”尤放下意识地看了一下齐子义。

“射杀他们的是什么？是枪！”

“说下去。”

“我知道你们会搜查我的房间的，在我的抽屉里，有一把勃朗宁消音手枪，相信你们已搜查了我的房间，你们已经把它拿到手了，那便是刺杀他们时我用的那把手枪。”

尤站长看向张谦，张谦点了点头，向坐在凳子上的军官道：“请。”

一个上校军官站起来说道：“我们是南京司法部枪械鉴定所的枪械鉴定师，这是我的助手，上官敬。”

“说说检测结果。”

军官点了点头说道：“我们受这位弟兄的委托，对这把枪在现场提取的子弹进行

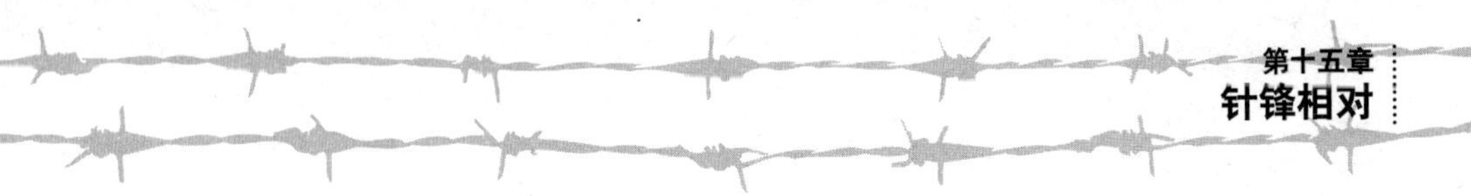

了鉴定。子弹确实是这把枪中射出的，那颗子弹与现场所有人员佩枪中的子弹都是不一样的，子弹射出的膛线和弹道清晰可见，而且枪上是有消音装置的。”说着呈上了那支手枪及消音器。

于兰听完上官敬的汇报后问道：“长官，不知这是不是证据？”

站在一旁的田副队长在听完尤站长与于兰的一问一答后顿时清醒了过来，对着张干大声地喊道：“你混蛋，张干，原来你是这样的人……”

张干现在哪还有什么心思洗刷自己的冤屈啊，能保住命就不错了，他突然发威，一脚把田副队长踢倒在地，顺手从田副队长腰间抽出了手枪，转身就要射击。尤站长手疾眼快，抓起桌上的手枪，一枪将张干击毙。现场的人都放下了拔枪的手，松了一口气。

田副队长从地上爬起来，尤放马上用枪指向了田副队长。齐子义马上走上前去向尤站长说道：“长官，冷静。”

过了一会儿，尤站长把枪放下喊道：“来人。”

几个人跑了进来，来到尤站长跟前立正。“你们几个，把尸体给我拖出去。”

接着，尤站长又指了指于兰，对几个军官说道：“把她给我押赴刑场。”

于兰大义凛然地从椅子上站了起来，看着齐子义，一字一句地说道：“不用，我知道我必死无疑，那就在这儿解决了我，也许就少了许多麻烦。小子，你不想报一枪之仇吗？你还等什么？”

事情发生得太快，根本没有给齐子义任何思考的余地，如果现在将于兰收押，他还能争取到一点营救的时间，他连忙对旁边的两个宪兵说道：“快！拉出去，押往牢房，听候处置。”

两个军官来到于兰跟前，押着于兰，于兰突然敏捷地反手挡开了军官的手臂，顺手抽出了一个军官腰间的手枪，将两个军官击毙。现场的情况十分的紧张而且混乱，在场的每个人都拔出了自己腰间的手枪，只听“砰”的一声闷响，于兰被尤放击中了胸膛，鲜红的血液喷涌而出。于兰依然保持着举枪的动作，重重地倒在了地上，嘴角露出了一丝解脱的笑意，眼神中看不见任何的后悔与恐惧。在场的所有人都惊呆了。

尤放还举着枪，枪口还有一丝残留的青烟，他看了看已经倒在地上的于兰，又把头转向田副队长，眼睛死死地盯着他，并向他跨了两步。田副队长被尤站长凶狠的眼神吓得心慌意乱，刷地跪了下来求饶道：“是我对不起长官，对不起子义兄弟，站长，请你枪毙我吧！”

尤站长突然哈哈大笑道：“想死？没那么容易。押出去。”

“是。”

八

俞子涵并不知道于兰同志已经英勇就义，她见组织上久久没有同意自己的营救计划，她着急地亲自来到了翁宅，与翁夫人商讨着。翁夫人想也不想地就否定了她的计划，说道："不行，这太冒险了。"

俞子涵坚定地说道："如果能救出于兰，我愿意去冒这个险。"

翁夫人有些生气，不满俞子涵的冲动，教训道："你还想去犯错误？"

"于兰是由于我的失误才被逮捕的，我一定要去救她。就是我死了，只要能救出于兰同志，也是值得的。"

"子涵同志，你这话说得太没价值了吧！党和组织用了那么大的代价去培养你，你却把自己的生死看得是那么轻微，这样的想法能证明什么？只能证明你还有不成熟的地方！作为你的领导，我只能对你说这么多，你回去好好想想吧。"

"我明白，不过，我还是请求组织考虑我营救于兰同志的方案。"

"我会向市委汇报的，在没批准之前，希望你不要盲目地采取任何行动，一切服从组织安排，等待子义同志的消息。"

"我明白。"

第十六章 释放田彪

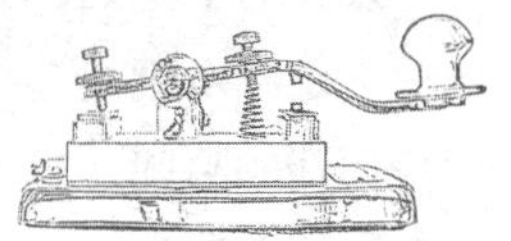

一

深夜，天空中电闪雷鸣，街道上寥寥几个行人撑着伞快速地走着，齐子义开着车回到了保密局。从车上走下来后，齐子义淋着雨向住处走去，他外表看似平静，内心却是五味杂陈。此时的齐子义知道他不能慌也不能乱，周遭有无数双眼睛盯着他，监视着他，他不能露出一点点破绽，不能让敌人发现他的真实情绪。

齐子义走到门口，推门走了进去，在关上门的一瞬间，他的情绪彻底地爆发出来。他猛地将帽子抓了下来，又狠狠地摔在了地上，一脚将帽子踢出很远。他在室内快速踱着步，突然掀起床单提出了电台，但他又停在了那里。他思索着，随后又把电台推到了床下，他如此重复着，他的内心极其矛盾，情感与理智进行着激烈的交锋。想着刚刚发生的一切，他已经不能抑制内心的痛苦。他眼看着自己的同志遭受敌人的蹂躏而不能相救，他开始怀疑自己的信念，质疑自己的能力。虽然于兰是为了掩护他而舍生取义的，可他还是不能原谅自己，毕竟于兰就这样死在了自己的眼前。他想要把这个情况报告给组织，可当他想到尤放那充满怀疑与试探的眼神，还有军统站内每一个人的所作所为，他不能冲动，不能再贸然行事，让敌人有可乘之机。他彻底地将电台收了起来，想着接下来该如何应对。

二

第二日清晨，尤站长的办公室内，尤放拿着电话在说着什么。

“对，全程24小时不间断地开机，截获这一区域内的所有电波，如有情况，立即破译上报。”

“明白，长官。”

说完，尤站长放下电话，脑袋隐隐作痛，最近发生的事情让他理不清原委。他安排人监听电波信号，他想看看在发生这么大的事件之后，都有什么人在活动。他隐隐约约感觉到了不安定的因素，他想找到蛛丝马迹供自己捕捉和判断，他想让所有的疑案水落石出。于是，他再次拿起了电话。

“韦秘书，这些天的事情没有我的命令暂不上报，待情况全部调查清楚再说。”

“是，长官。”

说完放下电话，尤站长想着于兰的死，一切事情都是那么的突然，要不是自己开枪快，说不定现场会更不堪与混乱。如果都是在演戏，他也没有看出他们之间有什么值得怀疑的瞬间，难道真的是自己看走了眼？那么，潜伏在军统站里的那个幽灵又是谁呢？他在苦苦思索着……

三

傍晚时分，一辆电讯侦测车在胡同里慢慢开着，车顶上的监测天线在转动着，几个电讯人员在仪器前检测着电台波段，路上的行人都小心地回避着。

坐在胡同口的几个妇人，边做活计边议论着什么。

“他李婶，你看最近街上多了好多检测车和巡逻兵，肯定出了什么大事。”

“嘘，你小点声，现在的世道不太平，说多了小心掉脑袋。”

“对对对，最近还是少出门的好。”

说着，她们拿着手头上的活儿进了院子。

一个老者蹒跚地走着，看着行驶过去的检测车，听着人们的闲话，小声地嘟囔着：“看来，又要变天了。”

四

齐子义斜躺在床上闭目冥想，此时门外传来了若隐若现的敲门声。他马上起身，抽出了手枪，慢慢向门口靠近，靠在门边仔细听着门外的动静，似乎是幻听一般，敲门声没有了，他疑惑之际，只见门缝里塞进来一个纸条。他蹲下身拾起了地上的纸条，然后站起身来打开了门，左右望了望门外空无一人。他仔细地看着纸条，纸条左上角有一个小小的三角符号引起了他的注意。他将门关好，对着灯光看了一下，见上面无任何文字，于是来到桌子前，从抽屉里拿出一根棉签，把一个小瓶打开，把纸放在桌面上涂抹起来，纸上慢慢显出几行小字：按第三号方案接头，时间照旧。他看了一遍又一遍，然后拿出火柴将纸条点燃，待烧尽后，一起倒掉。看着燃烧的纸条，他想：看来，在这个百十人的军统站里，也有人在和自己并肩作战，自己并不是孤军奋战。他脑海中像过电影似的闪现着自己所接触的每一个人。如果不是自己人，那么，这接头的暗号怎么来得这么及时，他心里顿时平静了许多。

另一边，自从于兰死后，安然都异常紧张、着急，她早已预料到张干一定会给他们兄妹俩造成麻烦，没想到结果却是自己的哥哥锒铛入狱。她经过再三的思考，想到能救自己哥哥的人非陈飞莫属，于是她来到了齐子义的住处前。

此时，正在沉思中的齐子义，突然听到门外响起了“砰砰”的敲门声，他再次拿起枪，靠到门后。安然敲了两下门，见屋内没有回应，于是又敲了两下说道：“陈副官，在吗？我是安然。”

靠在门后的齐子义听到安然的声音后，紧绷的心松了下来，小声回应道：“安然，有事吗？我已经睡下了，有事明天再说好吗？”

“陈副官，我有事相求，今天我必须见到你。你不开门我就不走。”

齐子义无奈地慢慢打开了门，安然顺势走了进去，马上把门关了起来，齐子义惊讶于安然的反应。

“安然，你……”

安然下意识地“咳”了几声说道：“怎么，陈大哥抽烟了？”

“没有啊。”

“那怎么有异味啊？”

“是刚烧了一点废纸，不想熏着了安秘书。”

“那倒没有。陈大哥，我有事求你，这回你一定要帮帮我。我知道你是有办法的。”

“怎么了，是不是为你哥的事？坐下慢慢说吧。”

说完，齐子义往屋内沙发处走去，安然也一起跟随他坐了下来。

“陈大哥，我哥这次因为张干，又因自己太过鲁莽，被抓了起来。看来这回他已回天乏术，我只有求你把他救出来。”

“你怎么想到让我救他？”

“我知道，他的事是因你而起的，可我哥他在这件事上就是转不过弯来。而你，尤站长现在最信任的就是你。”

“因我而起的？”齐子义想了一下接着说道，“我知道了，可你说尤站长他信任我，这话有点……”边说边摇了摇头。

安然看着齐子义坚定地说：“是的，陈大哥。”

“那好，你会跟我说实话的，对吗？”齐子义试探性地说着，他想这也许是个机会可以从安然那里探听到些消息。

“对。”安然肯定地点点头。

“不会隐瞒什么？”

“当然。”

“好，我听着。”

“我说了，如果让尤站长知道了，那我就死定了。所以陈大哥，在我说以前，你一定要答应我你会救我哥哥。”

“我会的。”

安然停了一下，想了想接着说道：“还记得你遇刺后昏迷的那些日子吗？”

齐子义点了点头。

“尤站长到任之后，把我叫到了他的办公室……”安然回想着她与尤站长的对话。

时间回到安然在办公室与尤站长交谈的时候。

安然道：“长官，你找我？”

“对，我听说你哥哥也在这个站里。”

“是，长官。”

“你哥哥还有比较亲近的人吗？”

“有。”

“那好，让你哥选一个嘴巴严实的自己人共同来完成一项特殊的任务。这事如果办得好，我会把你哥提升为行动队的队长，晋升两级军衔，但前提是一定要严保机密。”

“这事不难，只要党国需要。”

“好，我相信你，还需要你配合。”

“我会的。”

安然向齐子义讲述了在尤站长办公室的事情以及他们的计划：“尤站长所说的特殊任务，就是为了考察你，让我哥哥安排他手下的人假扮一个共产党的交通员，之后的事情你也已经知道了。你把他打死之后，我哥哥接受不了这个现实。”

齐子义回想着那天打死单虎的经过，对应着安然的话，整理着自己的思绪。

安然继续说道：“陈大哥，你打死的不是别人，正是我哥的结拜兄弟单虎，也是……也是我的未婚夫。”

齐子义的脑海里飞速运转着，但表面上十分镇定地说道：“原来是这样。”

接着齐子义面露愧疚地说道：“请你原谅我，我当时只是被激怒了，不想伤害了……”

安然打断了齐子义的话：“事到如今，就不要说他了。”

齐子义示意安然继续往下说：“还有什么？”

“单虎死后，说真心话，我也和哥哥一样，痛恨你的凶狠无情，可是后来想想知道你也是迫不得已，这事也就慢慢过去了。最不能理解的是，尤站长在事情过后不但让我哥哥暗中监视你的一言一行，他还给你提升了军衔。这使我哥以及张干两人落下了没有完成任务的罪名，他们不服啊！”

说着安然哭了起来："如今我哥哥生死未卜。”

齐子义安慰道："事情原来是这样，安然，不要哭了，你说，你想让我怎么办？只要不违反纪律，我一定……”

“我知道你跟尤站长的关系，我没有别的奢望，只希望你能跟尤站长好好说说，能放我哥一条生路，我这辈子做牛做马地服侍你。陈大哥，你不会嫌弃我吧？”

“安然，你说过，咱们同是军人，是有军纪和战时条例来约束的特殊军人。这就意味着不能有任何的私人恩怨带到我们所从事的每一项工作任务中来。”

“我知道，可是……”

“你让我把话说完，安然，谢谢你的坦诚，跟我说了这么多，看来，你是相信我的。”

安然点了点头。

“你哥哥如果能够被无罪释放，那可真是他的造化，是他命不该绝，因为有你这样的妹妹。”

安然抬起头来，看着齐子义说道："陈大哥，这么说，你答应帮我救出哥哥了？”

“我说过，这要看他的造化了。”

安然突然扑向齐子义，抱住了他，大声地哭了起来，听到他的回答，她就像抓到了一根救命稻草一样。

齐子义轻轻地推开安然道："安然，你冷静下来，有些事，我们还得做好计划。”

安然不住地点着头，脸上流淌着泪水，显得是那样的可怜。

齐子义帮着安然擦了擦泪水，接着说道："这事需要时间，需要共同努力，我会尽力去争取的。”

安然哽咽地道："谢谢陈大哥，就按大哥你说的，不管成功与否，我都没有怨言，我相信你。”

“好啦，安然，夜已深了，你回去吧。”

安然依依不舍地看着齐子义点了点头，然后向门外走去。齐子义关上门思考着，他觉得安然不是一个坏人，但不能排除这又是一种试探。不管能不能劝说尤站长放了田彪，不管他们还有什么目的，他都要试一试，也许这是一个转机，也许……他盘算着接下来的事情。

安然从齐子义的住处出来，回到自己的房间，躺在床上思考着与齐子义交谈的一切。安然已经顾不上曾经对他的种种怀疑与试探，只要能救出哥哥做什么她都愿意。也许他是一个好人，哥哥的事也只有依靠他了。想到这里，安然的脸上掠过一丝笑意。

五

俞子涵守在电台旁思考着什么，不断颤抖的手显露出她此时焦躁的内心。她心急如焚，由于自己的不谨慎，导致了于兰被捕，至今没有任何关于于兰的消息，她的内心备受煎熬。此时，她多么希望齐子义能传来一个好消息，她在期待着……

六

尤站长的办公室内，尤站长在打着电话："让陈飞到我办公室来一下。"

韦佳回答道："是现在吗？"

"对，现在，马上。"

"是。"

韦佳放下电话，若有所思。尤站长这几天被海城军统站内的事情搞得焦头烂额，事情的发展正在偏离自己预想的轨道，对于破获上一任被杀案，他来时充满了信心。可不曾想，这个案件的棘手程度难以估量。接连死去的几个中层干将，已使他处于无所适从的尴尬境地，使他无法向上峰交代。自己在迫不得已的情况下亲手杀死重要犯人，更使他内心多了一份惆怅，他不得不把陈飞的一言一行重新做一个考量。这一次，他要亲自来考查他。

"报告！"门外传来了齐子义的声音。

"进来。"

齐子义走了进来，向尤站长敬礼道："站长，你找我？"

"对，陈飞，我这里有一份密码电报还没有译出来，我想你是不是可以帮我译一下？"

"当然可以。"

"你可以吗？"

"站长，我想你一定是知道的，不然你不会找我的。"

"是吗？"尤站长试探地问道。

齐子义坦然地说道："在我的档案里，不是清楚地登记着，我是特工训练班密电专业结业的学员，由于结业考试名列前茅，我的教官还特别奖励了我一部新式的德国微型电台，我一直随身携带，只是没有派上用场。"

"你在特工训练班的事我知道，可奖励电台的事我就不知道了。"尤站长依旧怀疑地说。

"那真抱歉，我回头可以取来让长官过目。"

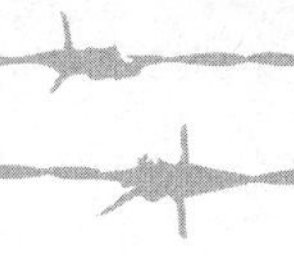

“那倒不必了。”

“您不会认为我私藏电台吧？”

“不，那是你的私人物品，如果不是奖品，就是违反了战时条例，可现在我无权处治。”

齐子义听出了尤放的用意，这又是一次赤裸裸的试探。但是他早已做好了万全的准备，巧妙地解释了电台的来历。他顺势从桌上拿起电报看了一下说道：“这是一份加密电报，站长什么时候要？我马上回去译出来。”

“我想不必了，这样的工作让通讯组去办好了。陈飞，有一件事，我想知道。”

“站长请讲。”

“昨天晚上，有人看见你的门前曾经去过两个人，我想知道他们都是谁。”

“有，但不是两个人，是一个人。”

“是吗？谁？”

“是安然，而且她进了我的房间。”

“我听说她在你房间整整逗留了一个多小时，那么晚了你们在干什么？”

“站长，不管是谁向您报告的，我只能说安然在我房间里逗留的不是一个多小时，准确地说是一个小时零三分钟。而且，我们一直在说话，并没有做出任何出格的事。”齐子义小心地解释着。

“能说给我听听吗？”

“当然。”

尤站长眯着眼睛看了一下齐子义，他的所有问题齐子义都可以给出一个完美的解释，根本找不出任何破绽，看似没有问题但是确实异常的奇怪。

齐子义看着尤站长说道：“是这样，安然知道我姐姐跟您的往事，只因为我姐姐，您对我特别的照顾，所以她央求我向您求情，在对待她哥哥的问题上，能否网开一面，从轻发落？”

“是吗？就这些？你们用了一个小时零三分钟？”尤站长皱了皱眉头问道。

“那当然用不了，可接下来她给我讲起她的身世，哭得一塌糊涂，所以……”

“我知道她和她哥哥的感情。”

“所以，站长，有句话不知当讲不当讲。”

“你认为当讲就讲，不当讲就不讲。”

“站长，您曲解我了。”

“那就讲。”

“站长，我们现在正是用人的时刻，安然又是您亲自带出来的，她的哥哥也是我们不可多得的人才，只是一时糊涂受到张干的蛊惑才走上了邪路。如果我们网开一面，我想他会改邪归正的，也会为我站尽心尽力的。”

“陈飞，不要说了，你认为这事有这样轻松吗？如果我放他一马，你让我今后还怎样带兵？我的威信何在？”尤站长靠在椅背上闭上眼深沉地说道。

“站长，我只是说说，没有别的意思，还望站长三思。”

“还有什么理由吗？”

“如果不追究田副队长，我想不但不会折损长官的威望，而且给站上其他弟兄减了压，站上的众人就会全身心地投入配合您的工作，我想，这样的事也是……”

“两全其美？够了，陈副官，你可以出去了。”

齐子义适时收住，该说的话已经说完，只是看尤放的想法了，遂转身走了出去。

看着离开的齐子义，尤站长陷入了沉思，通过面对面的询问，尤站长似乎逐渐开始打消了对齐子义的疑虑。齐子义的话不是没有道理的，如今，在这个军统站里，已经很少有自己的心腹之人了，如果连自己带来的人都不能放过，那还有谁能信服自己？尤放做出了决定，他要保下田副队长。

七

翌日清晨，齐子义彻夜未眠，一直都在回想着尤站长跟他说过的每一句话。就在他离开尤站长办公室之后，尤站长马上就找人通知他，明天放田副队长出狱，究竟以什么理由，他还没想出来。天一亮，他就带着两个执法人员来到了监狱。

狱警带齐子义来到狱室门前，打开了狱门喊道：“田彪出来。”

田副队长一副死气沉沉毫不在乎的样子走了出来，把手伸向狱警。

狱警不耐烦地说道：“你想干什么？”

“不铐着，不担心我跑了？”

“不用了，这位长官找你。”

田副队长顺势看向了齐子义，惊道：“怎么？这么快就执行了？”

齐子义微微一笑说道：“你看清楚了，我带来的可是站上的弟兄，来接田副队长归队，你不乐意？”

“你说什么？归队？陈飞，都什么时候了，你还拿我开玩笑？我知道你记恨我，要杀要剐，我田某认了。”田副队长不以为意地说着。

“田副队长，你不识好歹是不是？这是什么地方，你看我是开玩笑吗？不要再啰唆了，你有什么要说的，回去后见到尤站长再说吧。顺便说一下，我可没有记恨你。”

田副队长左右看了看仍旧有些将信将疑地说道：“这就走吗？”

“是。”

田副队长狐疑地看着几人，向外走去。

八

审讯室里叫声连连，只听“啊”的一声惨叫，响彻整个审讯室，感觉惨叫的人在受着来自地狱般的折磨。只看到一个犯人坐在电椅上，忍受着巨大的痛苦。

“停！”一声令下，执行人员停止了对犯人的折磨。

只见张谦走上前去，端着犯人的下巴说道：“说不说？我这可是给你最后一次机会了。”

犯人对张谦怒目而视，闭口不言。张谦已经对他失去了所有的耐性，手一挥说道：“执行吧。”

打手又将电闸推上，犯人被活活电死。张谦看着被电死的犯人，没有任何的怜悯，反而透露出了丝丝兴奋，紧接着说道：“下一个。”

此时，打手上前对张谦说道：“队长，就这样都死了，我们可不好向上边交代。”

“有什么不好交代？上边要解决监狱人满为患的问题，这样不正好节省子弹吗？”

突然门外传来喊声：“张队长，尤站长通知，到会议室开会。”

张谦对门外喊道：“马上到。”说完走到桌前，戴上帽子，一个打手将外衣披到张谦身上。张谦很满意这样有眼里见儿的下属，拍拍打手的肩膀说道：“继续执行，好好审问。”

“是”。打手连忙应道，并对外喊道：“下一个。”

张谦继续对手下说道：“我就不相信这共产党就没有一个软蛋，如果要让他们屈服，那就不能心慈手软。”

“是。”

张谦嘱咐完一切后向外走去。

九

嘈杂的军统会议室内，所有人都在小声议论着什么。张谦走进会议室刚刚坐下，便向旁边的人问道：“什么会？”

那人刚要说话，就听到门外传来一声：“立正！”

所有军官都不再说话，端正而坐。尤站长走进会议室，众军官齐刷刷地站了起来。等尤站长落座后，众军官才慢慢坐下，一动不动。

尤站长看着会议室里的众人，突然对门外喊道：“进来吧。”

只见田彪从外边缓缓地挪了进来，站在会议桌旁。尤站长看着唯唯诺诺的田彪说道：“怎么，大家不认识了？”突然众军官交头接耳起来，相互议论着。

“好啦，现在宣布一件事情和一个命令。”尤站长适时地阻止了大家的议论。

众军官立即端正坐好。安然看看齐子义，又看看田副队长。田副队长露出了不解的眼神。齐子义若有所思地等待着尤站长接下来的话。

“田副队长今天安全归队，大家欢迎他入座。”尤站长说完，一个士兵搬来椅子让田副队长坐下。

“田副队在完成诱捕张干的行动中有着出色的表现，并安全归来，理应提出表彰。”

此话一出，众人皆是一惊，齐子义脸色沉了下来，他心想：“原来这老狐狸是这样打算的。”

田副队长马上站了起来说道：“不是……”

安然虽然惊讶于事情的突变，但很快镇定下来，马上向田副队长使了一个眼色。

尤站长看着众人的表情和反应，毫不在意地看着田副队长说道：“还没到你说话的时候，坐下。”

田副队长咽了咽口水坐了下来。

尤站长继续说道：“这个特殊任务是我和陈副官秘密下达的，为了将张干抓捕归案。具体的我也不细说了。我要说的是田副队长任务完成得很出色，他符合一个合格的特工应有的潜质。”

尤站长停顿了一下，看到在座的每一个人都有所疑惑，突然沉下了脸，威严地说道：“难道不是吗？他的所作所为，不是都没有让诸位看出任何破绽吗？”

在座的军官，突然感受到了一种莫名的压力，众军官不自觉地点了点头，明知道此处破绽百出，但没有一个人敢提出异议。田副队长依旧一头雾水，齐子义内心愤慨着，尤放居然将他也拉下了水。虽然放田副队长出来是他的提议，但没想到尤站长会是以这样牵强的借口提出来。这明明是尤站长的计谋，但在安然或者田副队长看来却成了齐子义不安好心。

尤站长看着众人的反应，满意地点了点头道：“所以，田副队长。”

田副队长随即站了起来，尤站长则向韦佳示意，韦佳将事先准备好的文件夹交给了安然。安然拿着文件夹看向了尤站长，尤站长看出了安然的疑惑，便说道：“安然你来宣读一下文件的内容。”随后，安然打开看了一下内容，马上又将文件夹交还给了韦佳。

尤站长疑惑地看着安然问道：“怎么回事？”

“长官，这事我应该避嫌的。”

“无妨，你念就是。”

安然再次拿起文件夹，看了田副队长一眼，念道：“鉴于田彪在特殊行动中有功，经报请国防部保密局人事调备处同意，兹任命田彪为侦缉队队长，由上尉军衔晋升为少校军衔。”

安然念完合上文件夹，随即坐下，低下头思考着什么。

此时的田副队长听完安然宣布的事情，突然说道：“这是……”

“这是你应得的荣誉，不需要解释，坐下。”尤站长打断了田副队长的话。

田副队长刚要坐下，突然又站起来说道：“我什么时候可以……”

尤站长再次打断他，说道：“你没必要在这样的会上讲什么，回去后将你行动的前前后后用文字写出材料，有什么话在总结材料上说吧！好啦，散会。”

说完，尤站长便离开了会议室。齐子义看着尤放离开的身影，满心疑惑，尤放是否会给他一个圆满的解释呢？

会议结束后，两个行动队队员偷偷躲着，小心探讨着会议上那些令人匪夷所思的命令。

“你说这是什么事嘛！人家田副队长就那么执行一次不明不白的特殊任务，就一下子连升两级。”

“两级？”

“不是吗？行动队副队长升到了侦缉队队长，军衔从上尉升为少校，这不是两级吗？这事何时才能落到咱哥儿俩的头上啊？”

“这世道啊，有奶才是娘，你呀，你有吗？”

“是啊，谁让田副队长有一个风骚的妹妹呢。”说着哈哈大笑起来。

张谦听到笑声走了过去，说道：“笑什么？我说你俩没事干了？”

两人马上站起来说道：“队长，有事吗？”

“我说你们呢，没事干，就去训练去，以后，少在这里嚼舌根子。”

“是。”说完两人便离开了。

张谦则若有所思地走进办公室，摘下帽子、脱去衣服挂在衣架上，对于田副队长的提升，张谦自有想法。按说站上这么大的事情，他作为行动队的队长却不知道，而是让田副队长去诱捕张干，这有点不合规矩，这里边定有蹊跷，难道真像他们说的那样？……还是自己有什么让尤站长不满意的地方？张谦摇了摇头不再想下去，还是完成自己的大业比较重要。

十

安然住处内，田队长不明白这些天究竟发生了什么，事情为什么会有这样大的反转。安然向田队长讲了这些天发生的事情，以及她去求陈飞相救的经过。

田队长听后气急败坏地说道：“这都做的是什么呀？这是丧尽天良的做法，张干是我诱捕的？怎么成这样？你怎么能去求陈飞呢？”

“这不都是为了你？要不是陈大哥向尤站长求情，你的命都没了。”

“我就知道是那小子的计谋，他怎么能替我说话？你给我说实话，他把你怎么了？”

“什么他把我怎么了？”

“他是不是……所以才……”

“哥，你还是我的亲哥哥吗？人家好心救了你，你倒把人家说成这样禽兽不如。你还讲不讲理？再说了，你就这样看自己的亲妹妹？哥！你要是这么想，我以后就更看不起你了。”

“这算什么事呀？别人会怎么看我呀？张干的死，却把我算计进去了。”

“那有什么？这是你执迷不悟，是张干把你算计进去的，要不是他，你能进监狱吗？你说呀！”

“不是，这哪儿跟哪儿啊？！这有点乱，真有点乱……你让我想想……让我想想……”

“那就回去想吧！但愿你能从迷局中走出来，再别上他人的当了。”

田队长依旧理不清头绪，安然则从心底感激齐子义的救命之恩。至于尤放是怎么想的，军统站内所有的人都无法猜测到吧！

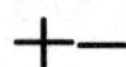

十一

齐子义间接地让田彪因祸得福，可他没想到尤放放田彪出来的理由是那么的冠冕堂皇。他急需向组织汇报最近发生的所有事情，于是他换上便装开车离开了保密局。他与翁静娴同志约好在小树林里见面。翁夫人早早地来到了与他约定的地点，但迟迟不见他的身影。翁夫人走动着，坐下，又站了起来，走了几步，又坐了下来。如此反复着，显出了她此时内心的焦虑与担心，也许还有些许的激动。

齐子义把车开到了竹林旁停了下来，下车后左右看了一下，当看到平儿后立即会意，下了车信步向林中走去。平儿看到他走进竹林，立即吹了一声口哨。翁夫人听到口哨声，马上站了起来向小路看去，他看到翁夫人后快速地向翁夫人所在的亭子走去。

第十七章　戴罪立功

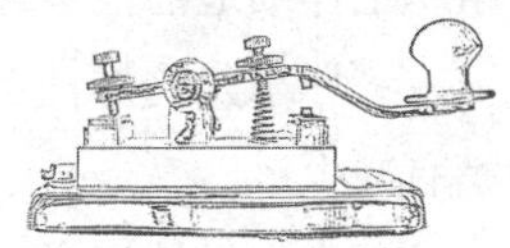

一

午后，竹林中，在翁夫人焦急的等待中，齐子义疾步而来。他走到翁夫人身边激动地握着翁夫人的手问候道："静娴同志，别来无恙啊。"

翁夫人回应着："见到你来，我心里踏实多了，来，坐。"

两人在树林中比较隐蔽的亭子里坐了下来。

翁夫人询问着齐子义的近况："怎么样，还习惯吗？"

齐子义点了点头，但眼神极为悲伤，一副心事重重的样子。

翁夫人看出了齐子义的不安，试探地问道："没有遇到不顺心的事吧？"

齐子义面露难色地说道："我没什么，只是……只是于兰同志。"

翁夫人继续问道："是你们抓了她？"

齐子义再次点了点头。

"她怎么样了？是不是受了很多折磨？"

"于兰同志为了掩护我，已经牺牲了。"齐子义终于说出来了，他感到心里轻松了不少。

翁夫人沉默片刻后说道："我早就料到她这一去，肯定是凶多吉少，想不到这么快就……多好的同志啊，就这样去了！"

"都是我，没有能救下她，事情来得太突然了。"

"我了解于兰，她是个宁死不屈的姑娘。"

"就是因为这样，她为了掩护我，宁愿牺牲了自己。"齐子义强压着悲伤哽咽道。

"具体是怎么回事？"

"这是一个失控的局面……"齐子义向翁夫人具体讲述了于兰牺牲前后的所有经过。

翁夫人听完齐子义的讲述，惋惜地道：“她做得对，她分明是为了保护你，才不惜牺牲自己的。”

“可是，有一些事我始终没弄明白。我想知道于兰同志是怎么知道当时刺杀军统站人员的情景，而且知道得是那么详细。”

翁夫人向齐子义解释道：“这不难理解，当时，子涵同志脱离现场后，马上就向组织上详细地汇报了你那里发生的一切，当时于兰同志也在场。”

“原来是这样。”齐子义得知是俞子涵向组织汇报了具体的情况后，心里的疑惑稍有减少。

翁夫人继续说道：“由于你和子涵同志是单线联系，于兰同志又是子涵同志的下线，从那次出事以后，组织上得知子涵同志已被保密局的人认出，便让于兰同志和你去接头。子涵同志考虑到你那把无声手枪的防身用途，便委托于兰同志选择安全的时机归还于你。就在这个时候，她意外地被捕了。”

齐子义想象着于兰与俞子涵接头的各种画面，如果没有她们巧妙的安排与应对，还不知道事情会如何发展呢。

翁夫人似乎看出了齐子义的想法，接着说道：“就是这把枪，不想在掩护你时用上了，于兰很机警啊。她巧妙地利用了这把手枪，她做得天衣无缝！”

听翁夫人说完，齐子义更加惋惜于兰的牺牲，也更加自责没有保护好自己的同志，同时他也开始担心俞子涵现在的处境。

“子涵同志，她还好吗？”

翁夫人拍拍齐子义的肩膀安慰道：“她很好，放心吧，你也不要过多自责。”

“我想知道于兰同志是怎么被捕的？”

“子义同志，这件事还在调查之中。以后吧，等调查清楚了，一定会给你个交代的。”

“我懂了。”

翁夫人与齐子义交谈的同时，平儿在另一边警惕地放着哨，确保他二人不被国民党特务发现。

翁夫人继续与齐子义说着组织上的事情：“上次你传出的情报很重要，也很及时，有力地阻止了军统屠杀政治犯的阴谋，组织上为了表彰你，已向上级请功，不久嘉奖令就会下达，并委托我提前向你祝贺。”

“谢谢。”说完，齐子义握着翁夫人的手表示感谢。

齐子义紧接着询问了接下来他需要完成的任务：“静娴同志，我近一时期的任务是什么？”

“任务照旧。不过，你一定要注意自身的安全，毕竟身处险境。还有，我回去会

向子涵同志代你问好的。”

“谢谢，那电台还能继续使用吗？”

“可以，不过，要留心。”

“明白。”

说罢二人起身告别。

“那好，子义同志，保重！”

“您也保重，并问市委同志们好！”

“我会的。”

“那好，我走了。”

翁夫人点了点头，齐子义迅速地离开亭子，向竹林小路走去，翁夫人看着齐子义的背影，默默地用手帕蘸了蘸眼角的泪水。平儿看到齐子义走了出来，立即向林子里走去，当二人擦肩而过时，相互交流了一下，分头走过。齐子义走到车前，左右看了看确保无人后便开车离去了。

翁夫人在向亭子外走着，平儿跑上前去搀扶着说道：“我看他走了。”

“是啊，但愿他一切顺利。”

平儿看了看翁夫人，问道：“夫人，发生什么事了？你心情这么沉重。”

翁夫人叹了口气说：“事情还没定论，以后你会知道的。”

“是。”

齐子义一边开着车，一边在想着刚刚与翁夫人见面时的对话。此时的齐子义心情平复了很多。他眼睁睁地看着自己的同志牺牲却毫无办法，他希望能得到市委领导和同志们的原谅。想到和于兰同志接触的一幕幕，他的内心异常悲伤。

二

齐子义与翁夫人接头的同时，尤站长的办公室内，田队长正在向尤站长反省自己的错误。

尤站长看着田队长问道：“怎么，想通了？”

“谢长官栽培。想通了，如果有对不住站长的地方，还望站长海涵。从今以后，我田某跟定长官，绝无二心。”

“好，陈飞说得没错，你是个可塑之才。”

“站长过奖了。”

“不，苦海无边，回头是岸。你已经认定了对的方向，不是吗？”

“谢站长的信任，站长，我请求任务。”

田队长经过几天的思考，认识到了自己的鲁莽与不成熟，决定趁着这个机会争取有一番作为。

尤站长听了田队长的话，思考片刻后说道：“田队长，我现在确实有一个特殊的任务需要人手去完成，现在我想把这个任务交给你。”

“站长请讲。”

“我查阅过军统海城站的档案材料，材料上说，在我们这个城市里，隐藏着一个倒卖军火的黑社会团伙。他们专门收购从前线撤回的部队人员手里的各类武器，然后倒卖给山上的土匪，牟取暴利。”

“是有这么回事，以前也有侦查，但一直没有结果，是侦缉队的一块心病。”

“这些当然要查，而且要一查到底。可我听说，最近从外地来了一伙军火贩子，肆无忌惮地在我市收购军火，还盗窃军需物资。你要以这伙人为重点，彻底摧毁他们。”

“明白，我一定完成任务。”

“好，如果别人没有完成的事，你完成了，新来的军火贩子，你又成功捣毁，你不认为这是你田队长上任以来能够表现的一次机会吗？”

“谢站长，我明白了，我一定用最快的时间调查终结。”

“要把它彻底捣毁。”

“是。”

“这事我希望你要秘密行动，找几个心腹配合行动，在没调查终结之前最好不要让其他人知道。”

“明白。”

尤站长让田队长去剿灭军火贩子，一方面想要考验一下田队长，另一方面他想整顿海城给自己再添一笔功绩。

三

军火商枪王正在拿着一支捷克式冲锋枪欣赏着，不断地说着：“嗯，是好枪，好枪，小子你能耐不小，说吧，能搞到多少？”

枪王一手下洋洋得意地汇报着：“老大，如果顺利，可能能搞到20支。”

枪王听后开怀大笑地说道：“哈哈，那好啊，又能大赚一笔，搞到有赏。”

突然，有人从外面跑了进来，上气不接下气地说道：“报告老大，我们失手了。”

枪王一惊问道：“怎么回事？”

“国军装备处新配发下来的新式手枪这个消息准确无误，但都是在保险柜中存放。”

枪王不在乎地说道：“那不就行了，打开取回来呀。”

"哎呀，老大，那上面都有密码锁的，我们打不开呀！所以，白进去了一次。"

"这好办，你明天去找一个会开锁的不就行了，这活人还能让尿憋死，既然有这批枪，我们一定得把它搞回来。"

"遵命。"

四

"砰砰砰……"田队长正在对着靶子射击，射击精准，枪法娴熟。田队长射击完后提着枪向靶子走去，看射击结果。突然"砰"的一声枪响，子弹贴着田队长的耳边射向岩壁上。田队长摸了一下耳朵，立即敏捷地躲在岩石后边，持枪搜索着。"砰"的又是一声枪响，子弹射在了田队长头前的岩壁上。田队长持枪骂道："什么人？竟敢谋杀我田某人！"

不知从何处传来一句话："前边的人听着，想活命就把枪放下！"

田队长有所疑惑地自语道："小丸子？"

此时又传来一句戏谑的声音："队长，对不住了。"

田队长哭笑不得地说道："臭小子，还不滚出来！"

只见小丸子从树林中持狙击步枪走了出来。田队长突然举枪射击，一枪将小丸子的军帽射落在地，又向小丸子的脚下打了几枪。小丸子本能地一个转身，快速举枪指向田队长。

田队长连忙躲开说道："不要命了，小心走火。"

小丸子笑笑说："哪能呢！队长。"说完放下了枪。

田队长也把枪放了下来，向小丸子走去。小丸子立即把枪放在地上，向田队长行礼。田队长拾起小丸子的军帽，顺势给小丸子戴在头上。

小丸子不好意思地说道："队长，没吓着你吧？"

"你小子，以后不能开这样的玩笑。"

"这不是你希望的吗？"

"你说什么？"

"你不是说过，攻其不备才能制胜吗？"

"我说过吗？"

"当然。"

"贫嘴！走，回去，我有要事跟你说。"

"是。"

田队长与小丸子双双走出了训练场。

五

傍晚时分，齐子义回到保密局自己的住处，刚刚脱去外衣挂在衣架上，突然外面传来了敲门声。他打开房门，安然走了进来。

齐子义皱了皱眉说道："有事吗？什么时候了，还不休息？"

"睡不着，想和你说会儿话。"

"好呀。"齐子义看了看表接着说道，"这时间可不早了，按规定再过半小时就要熄灯了。"

"那有什么？先不说规定不规定的。"安然不好意思地看了看齐子义，接着说道，"陈大哥，你为我们兄妹俩做了那么多事，我……"说着扑上前去抱住了齐子义。

齐子义一惊，马上推开安然，说道："安然，你这是干什么？"

安然有些不好意思地说道："没什么，看来，你是不喜欢我？"

"不是，这与喜欢不喜欢不相干，按照站上内保条例规定，我们还是保持距离的好。"

安然突然抽泣起来。

齐子义无奈问道："怎么了？"

安然哽咽道："你救了我哥哥，他说让我一定要谢谢你。我，考虑再三，也拿不出什么来……陈大哥，我一个弱女子，我拿什么谢你啊，所以……所以，我想，我只有……只有用我的……"

"安然，你傻啊，你怎么能有这样的想法？" 齐子义似乎猜到了安然的想法，连忙打断了她的话。

"我知道你也许在想，这年头军中哪还有……可我不同，我还是……"安然吞吞吐吐地说着话。

"别说了，你把你，把我当成什么人了！"

"我想，我想，陈大哥你也是喜欢我的，所以……所以……"

"我说过了，这不是喜欢不喜欢的事。你作为一个军人，又是特工，怎么连这点常识都不懂呢？譬如，你把我当作哥哥，我就没反对吧？可是，这种报答的方式，你让我怎么接受呢？你把我当成什么人了？"

"不，我是……我……我喜欢你啊，陈大哥……"

"安然！不要再说了，我知道你的爱，可是这种爱怎么能用这种方式？你知道吗？我要的爱是没有回报的爱，我要的爱是无私无畏的爱，而不是……"

"陈大哥，别说了，我知道了。"

"那好，你现在可以回去休息了。我就当你没来过，我也没有听过任何话，你走出这个门后，这事，也就算过去了。”

齐子义说完，做了一个请的手势，安然便依依不舍地转身离开了。他关上房门，陷入了沉思。他心想：为救田队长，想不到惹来了这样的麻烦。看来，这个安然还算是一个可以改造的好姑娘，但愿她哥哥的转变，能给地下工作带来一些好的便利。想到这里，他迫不及待地给俞子涵发去了一封电报。

六

几天后的清晨，热闹的街上，小贩在叫卖着，行人匆匆而过。田队长和小丸子打扮成伤兵在街头站着，各自怀里抱着用麻袋包裹着的东西，左右观察着街上的一切。

“卖花伞啊，多好看的花雨伞啊，又遮太阳又隔雨啊。”卖伞的在吆喝着，引来行人驻足、挑选。

“土特产，土特产，便宜又实惠啊。”

“号外，号外，本市连环大案，百姓叫苦不迭，号外号外……”

“烧鸡，卖烧鸡嘞。”

街头上叫喊声此起彼伏……

突然，小丸子轻声地对田队长说道：“队长，你看。”

田队长顺着小丸子示意的方向看去，只见两个穿便衣的男子边看边向这边走来，各个摊贩见到他们唯恐避之不及，纷纷让道。

田队长看到这样的情形对小丸子说道：“注意，来者不善。”

小丸子点点头，将怀里的东西抱紧了。

便衣走了过来，在田队长跟前停了下来，盯着麻袋看了一下，又看着田队长说道：“什么货？”

田队长试探地小心翼翼地问道：“不知二位想要什么货？”

那两个穿便衣的不屑回答田队长的问题，接着说道：“当兵的？”

“是。”

他们盯着田队长与小丸子怀里的麻袋，说道：“不会是枪吧？”

田队长马上有意识地将麻袋中露出的枪口盖了盖。

“不用那么紧张，是机枪？”

田队长点了点头道：“兄弟，这不偷不抢，是……”

“质量如何？”

“你说呢？刚从部队带回来的。”

“这不还是偷的吗?！”

“你才偷呢。”小丸子不服气地道。

“哟嘿，小子，小心我抽你！想做成这笔生意，你就乖乖地。”两个便衣顺势便要揍小丸子。

田队长忙打圆场说道：“老弟，你别生气，他还小，不懂道上的规矩。老弟要是看上了，那就随你给个价。”

两个便衣又看了看小丸子，说道：“你的是？”

小丸子装着害怕地点了点头道：“是……是三八枪。”

“不知道卖枪是违法的吗？”

田队长面露难色地说道：“哎呀，老总，这……这不至于吧？我们在前线打仗，连年军饷发不下来，现在受伤回家，顺了条枪回来，把枪卖了好过活，这犯的什么法呀？！再说了，这市场上来的弟兄不少，要不是听说有人收购，我们哪敢来啊，是不是？”

“你说你还有弟兄？”

“有。”

“是归是，这得看顺不顺利。”

“枪我们定了，可是不能在这里交易，能不能换个地方？说好了，你可是还有啊！”

“那当然好了，如果价钱合适，我让我的弟兄们都去你们那儿。”

“好，痛快，走，跟我走。”

“这？还不知道大哥这是去哪儿？”

“哪儿那么多废话，不会坏你的事。”

田队长给小丸子使了个眼色，小丸子点了点头，两人抱着麻袋紧跟而去。

跟在那两人身后，田队长悄悄地对小丸子说道：“从现在起，你不能叫小丸子了。你姓郭，名山子，给我记牢了。”

小丸子点头道：“知道了。”

七

枪王住宅的客厅内，枪王正在躺椅上闭目养神。

枪王的心腹之一阿峰走了进来，来到枪王跟前小声地说道：“大哥，来生意了。”

枪王猛地坐了起来，说道：“什么货？”

“好像是挺机枪，还有一条三八枪。”

枪王兴奋地说道：“好啊，那什么的……不是想要机枪吗？有多少？”

“不多，一大一小，事成了，可能还有的。”

“好啊，在哪里？”

“门外候着呢。”

“好，拿进来。”

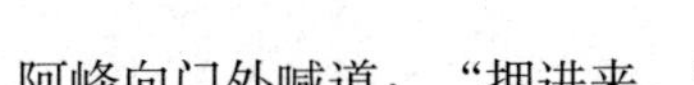

阿峰向门外喊道："押进来。"

只见刚刚黑市的两个便衣押着田队长和小丸子走了进来。

枪王指着抱枪的田队长二人说道："他们是谁？怎么能随便带到这个地方？"

阿峰在枪王身边耳语着，讲着刚刚在黑市发生的事情，以及田队长给他们将来带来的众多好处。

枪王哈哈哈大笑起来道："好啊好啊，把货拿来我看看。"

枪王手下上前去拿田队长手中的机枪，不想被田队长与小丸子伸手挡了下来，根本不让他们靠近半步。

田队长说道："这可不行，还没讲好价钱呢！"

枪王不耐烦地说道："什么价？不看东西，你说什么价？你懂不懂规矩？"

"那就说好了，看中了就现钱现货，不许耍赖啊！"

"嘿，还真冲啊！拿来。"枪王一摆手，几个手下就去拿枪。

阿峰说道："你也不看看这是什么地儿，你面对的可是咱海城有名的枪王大哥！还敢这么放肆！"

话音刚落，枪王手下已经将田队长与小丸子手里的包裹三下五除二地褪掉包装，将两杆枪展现在了众人眼前。

枪王检验着枪的质量说道："枪是好枪，可是它也不值钱啊！这歪把子机枪从日本投降后就没人要了。在这个行当里价低着呢。"他边说边摇摇头。

田队长忙解释道："老兄说得不对，这些枪地方部队很抢手的。"

"抢手？不会吧！没有子弹，不就是一个烧火棍吗？"

"子弹？有有有。我们呢，还带回来几箱呢，几万发，够不够？不够，还有，只要给我们部队的弟兄说一声，多少都有的。一个日本弹药库都在我们弟兄们手中把着呢。"

枪王听后沉思一下说道："真话？"

田队长看枪王有所动摇，说道："当然是真话！"

枪王与阿峰小声商量了一下，又检查了机枪，对田队长说道："那好，我们要了。机枪十块大洋，三八枪两块大洋。不过……"

田队长看敌人正在上钩，忙说道："您还有什么吩咐？我们一定办到！"

枪王打量了一下田队长，狡黠地一笑说道："还有你我也要了，给你个枪械采购队副队长怎么样？"

田队长心想，这是个打入敌人内部的好机会，当机立断地说道："那敢情好啊！我正愁没活干呢！"

说完，田队长拉过旁边一直默默无闻的小丸子一脸乞求地试探性地说道："可以把我这兄弟也留下来吗？”

枪王满脸不屑地说道：“他？他能搞来枪吗？他会什么？”

田队长推了推小丸子小声说道：“问你呢，你会什么？”

小丸子一时没反应过来，结巴地说道：“我……我会什么？”

“是啊，你会什么？”

小丸子脱口而出：“我当过兵，会打枪啊。”

枪王听后哭笑不得，不屑地说道：“废话，不会打枪谁让你当兵啊！”

小丸子结结巴巴地说着：“那我，我……我……还会什么？”

“问你呢，你问谁？说，会什么？不会就拉出去毙了。”阿峰不耐烦地说道。

小丸子佯装害怕地求田队长：“大哥，我……”

田队长接着说：“怎么说话呢？他精明着呢，他会修锁开锁。”

枪王问道：“开锁？都会开什么锁？”

“什么都会，什么单刃锁、双刃锁、保险锁、密码锁，这么说吧，只要市面上有的……”

阿峰一脸不屑：“你吹牛去吧，什么锁都会开？”

田队长一脸得意地说：“对！什么锁都会开，3～5秒钟一个。”

小丸子害怕地拉着田队长：“大哥，咱们走吧。”

枪王听了刚才田队长的话，觉得小丸子要是真的会开锁，那可是一个转机啊，眼看他们要走，枪王随即说道：“不行，既然会开锁，你们也夸下海口了，我就给他个机会。有没有真本事，一试不就行了吗？”

田队长看了看小丸子，小丸子点了点头，田队长看着枪王道：“好，试试就试试！郭山子，如果你成了，就会随我留在枪王大哥这儿，咱们也就有活干了。小子，打起精神来，好好干。”

枪王举手一指说道：“在我身后是两个保险柜，如果你在5秒钟内把它们打开，我就成全你；如果5秒之内你打不开，那就会死在柜子前了，怎么样？”说着把两把左轮手枪的子弹全退了出来放在桌子上，并将子弹又分成五个一排。

田队长点头答应道：“好，郭山子，这没问题吧？”说完看着小丸子，小丸子点了点头。

枪王拿起手枪说道：“好，现在我就装子弹，看咱俩谁快，子弹装完，如果你没能打开锁，那你就死定了。如果你打开了，你就留下跟着我干。”小丸子又点了点头。

阿峰拿过钟表说道：“好，我来评判、计时。”

小丸子来到柜子前，从腰里抽出一根铁丝来，用手弯了个弯，做好了准备。

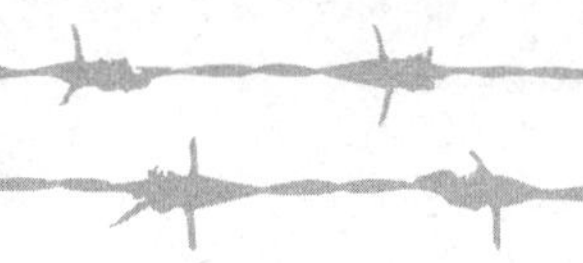

阿峰看都准备就绪，喊道："开始。"

小丸子开始开锁，钟表上的指针一格一格地跳着，阿峰也在喊着数字。小丸子顿时汗流浃背，枪王一颗一颗装着子弹。田队长双手紧握说不出的紧张。随着阿峰喊出"5"的瞬间，枪王举起了手枪对着小丸子，只听"砰"的一声，子弹打在了保险柜上，小丸子早就打开了保险柜站在一边。保险柜里整齐地摆放着各种枪，大小不一，种类齐全。

紧接着，阿峰又喊道："下一个。"

枪王与小丸子两人又重复地装弹、开锁……又一个柜子被打开了，"砰"的一声枪响，子弹又在柜子里炸响。小丸子躲闪及时，倒吸了一口凉气。田队长也悄悄地抹了一把汗。紧张的气氛瞬间平缓下来，一阵静默之后，在场的人都鼓起掌来。

枪王笑道："好，真的是好手艺。"

小丸子有些不好意思地摸摸头，看着保险柜里的枪说道："大哥，这么多枪呀！"

"这只是样品，是供购枪人挑选时用的样品。枪呀，库房里多得是！你叫什么？"

"叫小……郭山子。"

"什么？小郭山子？"

田队长连忙解释道："不是不是，他是被吓着了，是叫郭山子。"

"郭山子，好，你可以留下来了。来！"说着对着在场的所有人一挥手道："为他们的加入，我们欢迎一下。"

顿时室内响起了热烈的掌声，田队长也成功地打入了敌人的内部。

八

深夜的军统站内，从齐子义住处的窗子缝中伸进了一把匕首在拨着插销。插销被拨开，两扇窗子被轻轻推开。一个人伸头向里看了看，敏捷地跳了进去。此人就是多次向齐子义表达爱意的安然。安然轻手轻脚地在齐子义房内翻着桌上的材料，观察着室内的摆设。就在安然潜入齐子义住处的同时，齐子义在办公室内忙碌着。他看了看手表，立即收起材料穿上外衣向外走去。

走出办公室的齐子义看见韦佳正在桌前翻译着电报。齐子义走了过去说道："怎么？还没下班呢？"

韦佳抬头看了看齐子义，说道："我在等待一个重要的电报，站长交代过的。"

"站长在吗？"齐子义说着看了看站长的房间。

"没有。"韦佳说完将译好的电报放在一边，开始准备接收电报。

齐子义突然看到了电报上的内容："是日，海城城防部队第二机场将增派10架

UT3型战斗机，望协助做好接机准备，以备不测。”

看着电报上的内容，齐子义又看看还在接收电报的韦佳，韦佳似乎很放心齐子义一样，她很专注地接收着新的电报。齐子义慢慢地从裤袋中拿出一个小型照相机，拍下了电报内容，看到韦佳动了一下，他迅速将相机收了起来。韦佳接收完电报又开始翻译起来。

齐子义放好相机后说道：“韦秘书，注意身体，早点下班休息。”

韦佳依旧没有回头地回答道：“就好。”

“那好，我先走了。”

“长官慢走。”

齐子义快速走出了办公区，他窥探情报的同时，安然正在他的住处，悄然行动着。安然从茶盘中拿出一个茶杯来，从衣袋中拿出一个小盒子，将里边的白色粉末弹出一点到茶杯中，又将茶杯原封不动地放了回去。

正在这时，门外传来了开门声，安然有些惊慌地躲在了齐子义的床下。此时，齐子义开门走了进来。安然惊恐地看着逐渐接近床边的双脚，心脏怦怦地跳着，说不出的紧张与激动。他回到住处没有发现任何的异常，照常脱下外衣挂在衣架上，打开收音机，收音机里传来了靡靡之音。

随后开始播放寻亲广告：“这里是广告寻亲之声。第一件，南京冶山道院今天上午收留一个三岁的女孩。小名为小樱，住址不详，望不慎丢失女孩的父母前去认领；第二件，家住海城的梁泳先生，你的母亲将于明日乘坐302次列车抵达海城，望梁先生及时接车；第三件，南洋归来的王之涣老先生，你所委托我台寻找的爱人陈莹莹女士已找到，我台安排你们在玄武湖酒店见面，她希望亲朋好友也及时到访。广告寻亲节目播送完了。”

听完广播，齐子义没有听到有用消息，便关掉了收音机。在这一段时间内，安然备受煎熬，她躲在床下看不到外面的情况，只能看到齐子义的双脚来回地走动。齐子义在关掉广播后拿起了那个放了药的茶杯，倒了一杯茶，端着欲喝，但又放了下来。躲在床里边的安然担心被发现，顿时紧张起来。而齐子义只是将枪抽出，放在了枕头下。随后端起茶杯一饮而尽，然后开始整理床铺准备睡觉。突然，他感到有点头晕，惊觉地看向茶杯，但已没有力气，一下子歪倒在床上。躲在床下的安然一惊，感受到了床上的动静，随即爬了出来。

安然看到齐子义躺在床上不省人事，悄悄地接近齐子义，趴在齐子义的脸前看了看，然后轻轻地叫道：“陈副官，陈副官。”

齐子义毫无反应。看齐子义睡得很沉，安然在他的脸上轻轻亲了一下，又轻轻地叫道：“陈大哥，我喜欢你。陈大哥，我真的喜欢你。陈大哥，我……”

齐子义好像有了反应，迷迷糊糊吐出一个字："我……"安然立刻收住了要说的话，用双手在齐子义的脸前挥舞起来，可他马上又迷糊过去了。

安然又叫道："陈大哥，陈大哥……"

齐子义无动于衷。安然脱去外衣，躺在了他的身边。就这样，二人静静地躺着，安然觉得这样就很幸福，感受着陈大哥片刻的"温柔"。时间不知道过了多久，安然已下床穿上外衣，轻声地打开房门，悄悄地离开了。

九

俞子涵的住处内，她正在调试着电台，电台没有任何信号。

俞子涵心想：怎么回事？子义从来都是按时发出信号的，可今晚……

东方露出了鱼肚白，太阳缓缓升起。齐子义缓缓醒来，他突然想到了什么坐了起来，摸了摸枕头下放的枪。然后坐在床边回想着什么，他只是觉得头疼异常。他想到了昨晚进屋后的一幕幕，马上端起茶杯检查起来。他不知道这是什么人所为，目的是什么，昨晚究竟发生了什么，但是仔细检查又好像什么都没发生一样，他看着毫发无损的自己，想到昨晚看到的电报，心想：先解决了这件事再说吧。于是他快速穿好衣服向办公室走去。

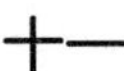

在枪王的房间里，田队长和小丸子走了进来。

枪王热情地招呼着："来来来，坐，昨晚睡得可好？"

田队长忙回答道："好好好，跟着大哥一切都好。"

"是吗？"接着，枪王拉过小丸子上下打量了一番说道："你，像个丸子，怎么叫郭山子？是哪里人？"

小丸子心里一惊，以为被识破了，看看田队长，田队长点点头，小丸子不露声色地解释道："我是叫郭山子，就是山东的，跟大哥一同到部队上打仗。然后现在有幸可以跟着枪王大哥您。"

枪王得意地一笑说道："很好很好，好好干。"

小丸子继续奉承道："那当然，老大叫往东，我就不往西，全听老大的。"

"呦，这一熟，你还真是个话匣子，是个见面熟。"

田队长接着枪王的话说道："他呀，就是那个样儿。"

枪王转向田队长说道："那这么熟了，还不知你叫什么？"

“小的叫成山，是原新六军机枪班上士班长。”

“老机枪手了啊。”

“也可以这么说。”

“怎么，我前边说过的，让你干枪械采购队副队长怎么样？”

“好，我干，不过，我还得回去一趟。”

“怎么，这……”

田队长看出了枪王的怀疑，连忙解释道：“枪王大哥，别误会，我将郭山子留下，您有什么活，尽管让他干就是了。我回去的目的，就是跟我们回来的朋友联系一下，想回趟部队，想办法把好的武器都给大哥带回来。要不怎么当枪械采购队副队长？要让大家服气总得有点进见礼不是？”

枪王听后面露喜色道：“那敢情好啊！”

随后，田队长继续说道：“事情一办成，我一定回来和大哥把这单生意做成。”

“好啊，老弟真是有心人，那就快去快回，老哥我祝你马到成功。枪械嘛……当然是越多越好。”

听了枪王的话，田队长和小丸子交换了一下眼色，田队长继续说道：“好嘞，大哥等我的好消息吧。”

小丸子看似不舍地说道：“大哥，我跟你一起回去吧，我一个人……”

枪王看小丸子扭扭捏捏的，随即说道：“哎，刚说你是个见面熟，怎么回事？”

“这不舍不得吗？”

田队长拍拍小丸子的肩：“听话，我去去就来。好好在这儿干，听老大的，没错的。”

“那大哥，你可得快点回来啊！”说完田队长点点头。

枪王接着说：“哎，这就对了嘛。”

十二

尤站长的办公室内，尤站长想：“田队长都出去这么久了，为什么还没有消息？事情究竟怎么样了？”

随后，尤站长拿起电话听筒，按了一个号道：“田队长联系到了吗？”

“还没有，站长。”

“再联系。”

“是。”

尤站长放下电话继续沉思着。

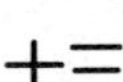

十三

军统站大院内，一声“紧急集合”的哨响过后，喊叫声随即响起：“快，紧急集合。”几排行动队队员在院内快速集合，在短时间内排列整齐。

一组长喊道：“报数。”

“1、2、3、4、5、6……”报数声此起彼伏。

张谦在吉普车前站着，看着队员们列队完毕，下车向队前走去，说道：“稍息。”

众队员齐刷刷地跨立。吴天跑到张谦跟前耳语，张谦点了点头。吴天随即向一辆摩托车跑去，跳上摩托车后，快速离开了院子。

张谦看吴天离开后，对着队员们说道：“各小组队长，出列。”

几个小组长立即出列，张谦向他们摆了一下手，三个小组长跑到张谦面前，张谦向三人耳语了几句，然后大声说道：“行动。”

众人齐声道：“是。”

众队员上车后，汽车依次开出了保密局。

齐子义在办公室看着院内发生的一切，当行动队的车辆驶出院子后，他快速地回到了住处。他将电台取出，向俞子涵发报：黑鹰放出，么哈么哈。这是他与俞子涵传送电报时的暗语。俞子涵在接收完电报后，马上开始翻译，她译出的内容是：敌人行动队紧急出动，我方有何活动？随后她马上将按钮转向发报，向齐子义发送暗语：鱼鹰已筑巢江岸，啊啦啊啦。齐子义接收到俞子涵的电报翻译后得知：我方人员正聚集江边开会，是否有危险？他惊觉事态不对，连忙向俞子涵发送电报：萧墙祸起，散了散了。俞子涵继续接收电报翻译：敌人围捕在即，马上结束集会。随后回复齐子义：明白了，明白了。

齐子义没想到张谦等人的活动真的与组织有关，幸好通知给了俞子涵，希望组织上可以顺利撤离。俞子涵关闭电台，想着齐子义的消息传递得太及时了，她必须马上通知组织取消活动，随即抓起桌上的电话开始拨号。

第十八章 危机重重

一

杂货铺内，几个地下组织负责人陆续走进房间。负责这次会议的人清点人数后说道："好，人到齐了，现在开会。"

突然，电话铃响起，杂货铺店员接起电话，听到对方说的事情后忙道："是，是，好的。"

店员放下电话跑过来对着区长说道："王区长，猎鹰报告，我们的集会有人告密，已被军统特务监控到，他们的行动队正向这里集结，上级命令马上撤离现场。"

王区长听完店员的汇报，当机立断地指挥着众人从后门撤离，店员则留下来善后。

一辆摩托车驶到一胡同口停了下来，吴天从车上下来，一个特务跑上前去汇报监视情况。

吴天问道："怎么样？"

"人已进去，正在开会。"

"好，继续监视，我们的人马上就到。"

"是。"说完，特务又跑回隐蔽处继续监视杂货铺的动静。

过了一会儿，几辆汽车疾驶而至。张谦从车上走了下来，吴天迎了上去。

张谦问道："没问题吧？"

"没问题，都在里边。"

"好，包围院子。第一、二小组进去抓人，其余人员守住出口，不要漏掉一个人。快，立即行动。"

"是。"

几组人员分散开来，按照张谦的分配快速向杂货铺靠拢，一组、二组跟随张谦冲了进去，其余人在门口持枪守卫。张谦带人冲进院子后，店员开门出来，看到这

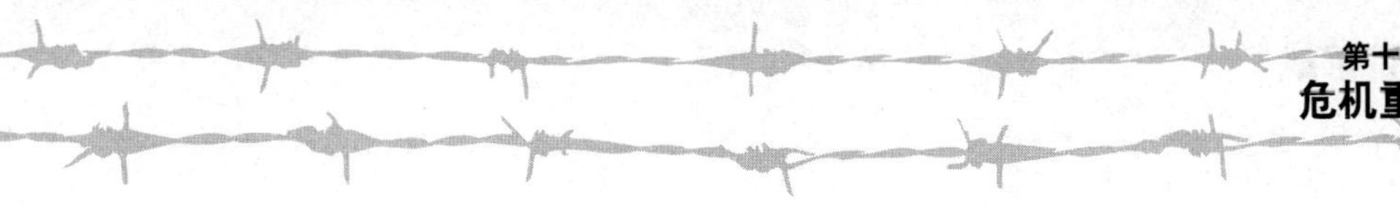

么多人惊慌地说道："你……你们怎么回事？怎么回事？我这可是民宅，为何私闯进来？"

吴天走上前去，用手枪指着店员的头说道："少啰唆！"然后又对着手下说道："给我铐起来。"

"是。"随后，特务将店员铐了起来。

店员一直在不停地反抗："你们……你们这是干什么？"

张谦根本不理会店员，带人走进了房间内，张谦让特务们不能放过房间内的任何一寸空间，仔细搜查。随后，他走进一间房站定，看到桌子上放的水杯，试了试杯子的温度。接着，他又端起桌上的烟灰缸闻了一下。此时，吴天走了进来对张谦摇了摇头，几个特务也从房间出来表示一无所获。

张谦依旧看着被子和烟灰缸不悦地说道："看来他们已经撤离了，动作好快。不过，这茶杯还是温的，烟也是刚灭的，他们应该走不远。"说完将烟灰缸狠狠砸下。

突然，一特务跑出来说道："后边有个后门，是不是从那里跑了？"

吴天跑到后门处查看。

张谦怒气冲冲道："那个店员呢？"

一特务回答："在门口铐着呢。"

"押过来。"

"是。"

吴天跑了过来说道："后边确实有后门。"

此时，两个特务将店员押了进来。张谦走上前去，用枪指向店员道："这里的人跑到哪里去了？"

"长官，没有人啊，晚上就只有我一人看店的。"

"不说是吧，那好，把他给我押回去。"说着手一挥向外走去，众特务押着店员，跟随着张谦一起离开了。

二

尤站长的办公室内，消失多日的田队长正向尤站长汇报着他从枪王那里获取的情报。

田队长说道："那里枪支样样都有，款式齐全，只是还没有查到他们仓库在什么地方。"

尤站长大喜过望，说道："好，田队长，先不要惊动他们，我们要放长线钓大鱼，一旦查到仓库就收网。"

“明白。”

“你刚才说，你的手下已留在了他们那里？”

“是。”

“好，不过，一定要注意安全，你去告诉他们，就说你已联系到了一批武器，过几天运到。”

“这可能吗？”

“这样才能先稳住他们。”

“是，明白了。”

“报告！”突然门外传来张谦的报告声。

尤站长看看门口说道：“进来。”他示意田队长可以离开了。

张谦走了进来，与将要离开的田队长打了个照面。等田队长离开后，尤站长看着张谦道：“怎么样？”

张谦摇摇头：“有人通风报信，我们失败了。我怀疑是有人泄密，只抓到了一个望风的店员。”

尤站长一惊，问道：“你说什么？有人通风报信？谁？”

“我怀疑在我们内部。”

“张谦，这可不能乱说。近来站里事可是太多了，要是无端猜忌，没有证据地传出去，那些还没有被驯服的老站人员，还不把你给活剥了？”

“那怎么办？”

“怎么办？拿出证据来，要不然就多长个心眼，暗中查访。”

“是，另外我已经放了那个店员，让手下紧盯着他放长线钓大鱼，也许会有新的发现。”

“就这样办吧，切记不可声张。”

“是。”随后，张谦离开了尤站长的办公室。

尤站长本想着田队长的事情进展得如此顺利很是高兴，可没想到张谦那里受到了阻碍，居然又出现了内奸。尤站长心想：到底是谁呢？

三

张谦将店员收监后，来到行动队后院。只听“啪啪”两声，张谦打了曾监视那间杂货铺的特务两个嘴巴，说道：“你这个笨蛋，怎么敢谎报军情？”

“长官，我确实看着几个人进去的，我没有谎报啊！吴副队长也看到的，这才回来向你报告的。”特务唯唯诺诺，小心谨慎地回答道。

“那我问你，人呢？”

“我……我不知道啊！”

“我看了那里，虽然室内已打扫整齐，但刚才确实有人在那里待过。说，他们去哪了？”

“这……我……我没有注意后门。”

吴天此时说道：“没有注意？我看你们是不是根本就不知道有后门？”

特务连忙解释道：“是，我们没有很好地侦查，是我失职，愿听长官处置。”

吴天走上前去，在张谦身旁小声地说道：“队长，这事也不能怪罪手下，我也看到了人，我看是有人通风报信才……”张谦点了点头。

吴天继续说道：“我看这样吧，把那个店员给放了，我们放长线钓大鱼，直到将他们一网打尽，也许还能诱出内奸来。”

张谦思考片刻，觉得有点道理就点了点头。

吴天找来人，说道：“把那个店员放了，不过，你带人给我盯紧了，看他去了什么地方，跟什么人接头，有什么情况及时报告。”

“明白。”

吴天随即跟着张谦离开了。

四

田队长开车来到一个电话亭旁，停车后走了下来，走上前拿起电话拨着号。此时，“丁零零……”电话铃响，枪王接起电话：“哪位？”

田队长的声音从电话里传来：“喂，大哥，我是……”

枪王疑惑地问道：“什么？你是……咱们认识吗？”

“当然认识。那天的机枪，我回来……”

“哦，知道了。你是成山，怎么，有货了？”

“当然，我又搞到一批。近日就能到货。”

“那好啊。你何时回来？回来我给你记功。”

“等我把货运回来，自然就随货同往，怎么样？”

“好，我等着你人货同归。”随即，枪王放下了电话，心满意足地笑了笑。

田队长放下电话后自语道：“别高兴，到时我要了你小子的命。”

五

回到杂货铺的店员，将一个小风筝挂在了窗户外面，然后将窗户关严。风筝则在窗户外面左右摆动起来。放好风筝后，店员穿上外套，向外边走去。

杂货铺外，两个特务在墙角处向店门口观察着。他们看到店员出来了，便提高了警惕。店员关上杂货铺的门，顺着胡同向前走去。两个特务紧紧跟了上去……

翁夫人得知组织上开会的地点泄露，幸好通知及时，没有任何损失，但是是谁泄密她百思不得其解。她在客厅里翻看着一个个小纸条，最后自言自语地说道："这没有问题呀！"

紧接着翁夫人陷入了沉思：军统抓捕开会人员，究竟问题出在哪里？翁夫人一时难以破解。但不管怎样，她下定决心要把事情弄清楚。组织上也一定要做深入的调查，再不能节外生枝了。

店员在胡同里快速地走着，后面有两名特务隐蔽地跟着。他隐隐觉得后面有人跟踪，闪身到一墙角处，侧身看到似乎是两个特务，于是从腰里抽出了手枪。特务们发现他不见了，加快了步伐，快到他跟前时，他跳出来，对准特务射击。一个特务被击倒在地，另一个特务躲在墙角处与他对射。他打了一枪后向前跑去。特务边射击边紧跟着追去。他躲在树后伺机而动，看到特务马上就要跑过来时，他用枪对准特务将其击毙。

店员见特务倒地后，跑到特务身前，将死去的特务翻过来看了一下，发现特务前胸处的标示自语道："果然是军统的人。"

检查完毕后，店员站起来向前后看了一下，朝另一条胡同内跑去。他快速地跑到翁宅前停了下来，确保周围安全后上前敲门。不一会儿门被打开，平儿看见是店员后把他让进门，向门外看了看关上门。

店员见到翁夫人，向她汇报了这几天发生的事情："站长，我们的联络站点已暴露，要立即告诉同志们，小组会议取消，要快。"

翁夫人叫来平儿说道："你马上放出所有信鸽，通知明天召开的小组会议取消，时间地点另定。"平儿向翁夫人点点头。

翁夫人向平儿吩咐完任务后又对店员问道："怎么会是这样？"

"我也不明白是怎么回事？幸亏组长外出未归，不然就……"

"不对，敌人扑了个空，一定会在那里埋伏，有人监控，如果他晚些回去……"

"没问题，我已按照特急情况的信号发了出去，组长只要走进胡同，就会看到的。"原来店员放在窗户外面的风筝就是他们特有的暗号，店员又向翁夫人讲述了特务搜查杂货铺的前前后后。

"特务们在房间搜查无果后，就把我给放了。企图放长线钓大鱼，监视我、跟踪我，最后我把那两个跟踪我的特务给收拾了。"

翁夫人点点头，认可店员的做法，也给组织上解决了一些麻烦："这就好，但愿丁组长也能化险为夷。"

"他会的。"

“那好，今晚你就在这里休息，夜深了，就不要再外出了。”

店员点点头，随后翁夫人进了内院，平儿依旧在放着信鸽向组织上传递情报。

六

太阳缓缓升起，在枪王的住处内，阿峰跟枪王汇报着事情：“大哥，你还记得国军装备处新进的美国卡宾枪吗？”

“当然记得，做梦都梦到它。怎么，你有办法搞到它？”

“我没本事，可他有呀！您怎么这么快就把他给忘了？”

“谁？”

“郭山子啊！他不是开保险柜的能手吗？”

“对啊！你怎么不早提醒我呢？”

“那就让他走一趟？”

“当然。今天晚上就行动。”

“好，我去通知他。”说完，阿峰转身离开。

“砰砰砰……”小丸子与枪王众手下在训练场打着靶，枪王一手下小益连发几枪，看着小丸子道：“怎么样？五环！”

小丸子不屑地说：“那有什么？看我的。”

随后，小益把手枪递给小丸子，小丸子看了看道：“这个不行，拿步枪来。”

“怎么？步枪哪有手枪好使？”

“不是，我可是士兵，士兵哪有配发手枪的？我就能使步枪，打得准，打得远。”

“那是，好，就用步枪。”

小益又将一支步枪交给小丸子：“别吹牛啊！”

小丸子接过步枪，得意地说：“当然。”说着拿起步枪上膛，对着天上飞过的几只鸟，连续打出几发子弹来，几只鸟应声掉了下来。在场的人看到这一幕顿时目瞪口呆。

小益看着掉下来的鸟惊叹道：“嘿，真行啊！这飞的鸟你都能打下来，我自愧不如。”

“那当然，你是个没上过战场的人，想跟我比还真嫩点。”说完，小丸子感到不对，连忙改口道，“不不不，言重了，你看我这是信口雌黄，要是用手枪啊，我才嫩呢。”

“哪能呢？以后就是好弟兄了，相互关照。”

小丸子松了一口气，说道：“那当然。”

突然阿峰走了过来说道：“你们几个听着，大哥刚刚发令，让你们几个好好休息休息，今晚有活干了。”

小益问道：“干什么？”

“记得不久前咱们去的国军装备处吗？”

“那不是没有弄成吗？怎么，你有办法了？”

阿峰用嘴向小丸子努了努，小益顿时明白了阿峰的用意。

小丸子不解地道：“让我也去吗？”

小益拍着小丸子的肩膀说道：“兄弟，该你露一手啦。”

小丸子用手指着自己，看看阿峰又看看小益：“我？”

阿峰肯定地道：“对！就是你！”

小益接着说：“上次我们去国军装备处，因为密码锁我们空手而归。现在有了郭山子，就万事俱备了。”

小丸子听明白了他们想要做的事情，表现出一些兴奋：“这么说，我那些手艺还真能用？”

“那当然。”

“不对，我那开锁的手艺可是替人解急用的，不是去偷的！”

小益更正着小丸子的话：“打住，这不叫偷，是去拿，去拿……”

阿峰又接着说道：“好啦！都快回去休息，后半夜行动。”

几人异口同声地说道：“是。”随后散了往各自房间走去，他们摩拳擦掌有些兴奋，只有小丸子好像在想着什么。

从训练场回到住处，枪王那些手下都在床上睡着了，鼾声此起彼伏。只有小丸子异常的清醒，看着房顶发着呆，心想：刚才阿峰传达的任务，不知道是枪王对自己的试探还是真的去偷军部装备处。如果真的是到装备处盗抢，那可是掉脑袋的事；但如果不去，自己就暴露无遗了。小丸子来回翻着身，心里着急但不知道该如何处理。突然，他眼睛一亮，从身上抽出笔纸来，趴下快速写起来。他要将这件事写下来，交给田队长。他要用最快的速度完成第一份情报的传递，希望田队长能在天黑以前接到，配合自己，也许就能制止这次行动。他写完，将纸条小心地叠起塞进衣袋，慢慢地爬了起来，下到地上，蹑手蹑脚地走到门前，开门走了出去。

小丸子来到与田队长约定好传递情报的地点，走到隐蔽的墙角处，飞身上墙跳了过去。他到了墙的另一边将一块石头拿出来，把纸条放了进去，又拿石块堵上塞严，然后悄悄地离开此处。

阿峰等人依旧在卧室里睡觉，他突然翻了一个身，用手一摸惊醒了。当他发现身边的小丸子不在床上时，便很快下了床，向外走去。他刚刚走出屋子，发现小丸子走了过来。小丸子同时也发现了他，立刻捂着肚子向他走去。

阿峰看着小丸子狐疑地问道："郭山子，你不好好休息，干吗去了？"

小丸子捂着肚子说道："二哥，你不知道，我呀有个毛病，初到一个生地方，就会……会水土不服，老是拉……拉稀。这不，刚去了一下茅房回来，怎么？你也去呀？"

阿峰揪着小丸子往回走，边走边说："别贫嘴了，快去睡觉，晚上还要去做大事呢。"

七

入夜，一个黑影慢慢地隐蔽地来到那个放纸条的墙角处，拿出纸条，又把石块压上，悄悄地离开了墙壁处。

枪王的房间内，枪王找来了阿峰说道："是时候了，去吧，今晚的行动只许成功，不许失败。"

阿峰坚定地回答道："明白。"

"好，出发。"

"是。"说完，阿峰回到了住处。

阿峰走进房间里，说道："准备行动。"说完，他环视了一下房间，发现郭山子不见了，问道，"怎么不见郭山子？"

此时小丸子的声音从门外传来："来了，来了，说着跑了进来。"

等小丸子进门，阿峰问道："怎么回事？"

小丸子捂着肚子说道："这不，又拉肚子，没办法。"

"怎么？一有事你就拉……不会误事吧？该不是不想……"

"不是，这不习惯了吗？拉完了，就……"

"好啦，别贫了，出发。"

屋内众人异口同声地说："是。"随后一起出发了。

小丸子在队伍里心不在焉，他不知道田队长收到情报没有，内心非常忐忑。

八

国军装备处守卫森严，巡逻兵不断地走着，巡视着。阿峰等人一直在暗处伺机行动，他探出头来看了一下，向后边招了一下手。剩余的人员也逐渐靠近。

小益来到国军装备处的城墙下向上看了看，小声说道："准备，上！"

一个黑衣人拿出铁钩子，正要向上甩时，城墙上有人说话了。

"谁？站住！"

"怎么？连我都认不出了吗？"

“口令。”

“野猫，回令。”

“山狐。啊，是连长啊，你怎么来查哨了？”

“废话，听着，都给我精神点，司令有令，最近山匪活动猖獗。为了加强城防，要求我们守备连全员上岗，守卫装备处和弹药库。你们给我守好了，增岗人员一会儿就到了。”

“是，连长，您走好。”

小丸子听到上面的对话，终于松了一口气，心想：“看来田队长接到了情报，这下好了。”

于是小丸子上前试探性地问道：“队长，我们怎么办？”

“什么怎么办？看来今晚又白忙活了，回去！”说完，他们慢慢地撤离了。

一回去阿峰就向枪王汇报了行动的情况。

枪王惊讶地问道：“你说什么？”

阿峰看着枪王的脸色，小心翼翼地说道：“装备处和弹药库那里突然增加了一个连的兵力守卫，我们进不去啊！”

枪王深沉地说：“是吗？那为什么不早做打探？这要是让老大知道了，一定不会饶你的。别忘了，我们的客户逼得紧啊！你不知道吗？”

“当然知道，可是……”

“可是什么！哎，成山他有信儿来吗？他可是答应过一批货的，怎么回事？”

“我也问了郭山子了，他说他大哥答应过的事一定会实现的，可能正在组织货源，所以就没有催办。”

“我怎么感觉这里边有什么问题，你说今天的事情是不是……会有这么巧吗？”

“不会吧？”

“去，告诉那个郭山子，让他马上联系成山，就说我三天之内必须见到他。”

“是。”说完，阿峰转身离开。

九

齐子义在得知田队长接受了一个秘密任务后，有些不安，他怕田队长执行的任务与地下组织有关，于是找他聊天，顺便打听一下情况。聊天的过程中，他套出了田队长正在执行的任务。在得知与地下组织无关后，他才放下心来。而田队长也无形之中向齐子义说着他的一些重要发现。

田队长对齐子义说道：“昨晚还是很顺利地阻止了他们的行动，不过，我很担心那个枪王。”

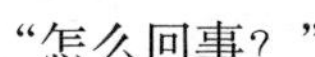

“怎么回事？”

“他一定不会甘心的，一定会向他的后台老板……到那时，小丸子会不会被暴露？”

“你是说他们还有后台？”

田队长点了点头。

齐子义继续说道：“看来这事不能再拖下去了，我们一定要主动出击，将这个军火贩子早日打掉，你可以这样……”

田队长凑过去，齐子义与田队长耳语着……

十

由于上次行动失误，又折损两名手下，尤站长加大了监控力度，全力打探搜索海城地下组织的联络点，据可靠消息，一个地下组织的联络组将要在滨河小区召开会议。尤站长找来张谦部署行动。

尤站长将一张纸推给张谦说道：“这是地下组织开会的详细地址，你知道该怎么办。”

张谦看着地址：“知道了。”

“要秘密行动。不可再走漏任何消息。”

“明白。”说完，张谦离开尤站长的办公室，来到院子内召集人马，待一切准备就绪后，众人出发。

天空中乌云遮月，汽车在街道上行驶。

张谦对司机说道：“快到了，将车停在隐蔽地点。”

“明白。”

司机将汽车停在了一个隐蔽处。张谦快速下车，他让一队人马在另一边隐蔽行动，自己带着一队人向一栋居民楼内跑去。

他们跑进一民居内，一女子阻止张谦等人进入:“哎，你们干什么？我可是一个女人家，你们怎么闯进来了？”

张谦将证件一亮说道：“保密局的，执行任务，楼顶怎么上？”

女人看到了证件，什么话都不敢说了，指了指楼梯。张谦一把推开女人，带领着众人上了楼。上楼后，张谦找了一个比较隐蔽的高处藏了起来，拿着望远镜观望着楼下。

另一边，吕飞带领几个特务在墙角处隐蔽观察着。突然前面的河边出现两个人，经过观察这两人应该就是地下组织的人。

一特务说道：“来啦。”吕飞伸出手在嘴边做了一个噤声的动作，让他不要出声，隐蔽好。

看着两人越走越近，特务小仝说道："抓吧？要活的要死的？"

吕飞小声斥责道："混蛋！不能蛮干！张队长交代过的，要一网打尽，所以我们要的是他们全部，而不是他们两人。注意跟踪观察，你们两个跟上去。"说完，他让小仝与小施俩特务跟了上去。

张谦依旧在楼上用望远镜观察着胡同里的一举一动。两个地下联络员一前一后在湖边走着，时而向后边观察一下，看有没有人跟踪。由于特务隐蔽得很好，此时地下联络员并没有察觉到后边已经有两个特务在跟踪。两个地下联络员将要走到胡同口时，向后看了一下。两个跟踪的特务立马躲在了一面墙的拐角处，躲避的同时特务小施不小心踏到了一个瓦片，发出了声响。两个地下联络员一惊，一齐抽出手枪向后看去。特务们此时不敢妄动。

地下联络员小杨感觉事情不妙，说道："有人跟踪，怎么办？"

地下联络员万荣小声说道："赶快通知所有同志撤离，我在这儿掩护。"

小杨又看了看身后，然后快速向胡同内跑去。万荣则立即躲在了一棵树后面，拔出枪做好战斗的准备。

特务们一见有人跑走，立即追了上去。躲在树后的万荣，看到有人追了上来便开枪射击，打死了一人，其他追击的特务立即躲在了墙后。

此时，吕飞从后面跑了上来骂道："混蛋！怎么回事？"

小仝回答道："我们暴露了。"

此时站在楼上的张谦听到了枪声自语道："枪响？怎么回事？"然后他就从望远镜里看到一个人从胡同另一个方向跑了过来，并招呼走过来的联络员撤离。

张谦放下望远镜对着身边的手下生气地道："是谁暴露了？快！下去，一个也不能让他们跑掉！"说完，几个人快速向楼下跑去。

此时树后隐蔽的联络员万荣看准时机继续向特务射击，他突然发现没有了子弹，于是拔腿向另一个胡同口跑去。特务看到跑走的万荣便追了上去。特务边跑边射击，子弹打中了万荣的腿部，他中弹倒地，最后被特务团团围住。抓到万荣后，吕飞带人又追到了胡同内。小杨等地下联络员发现吕飞等人追来，双方发生了激烈的枪战。

地下联络员边射击边慢慢往一处小院内撤退。吕飞等人围在院门口不敢轻举妄动。

小杨等人一进入小院就连忙说道："快撤，我们暴露了。"

一个联络员说道："封锁院门，跟他们拼了。"

小杨立马阻止道："不行，他们人多，还是赶快撤出去。"

另一个联络员肯定道："小杨说得对，我们快走，不能与这些特务硬碰硬。这院子有一后门，从那里可以通到另一个胡同里。"说完，他们慢慢地从后门撤了出去。

小院外，张谦已经赶到院门口，他让特务们将门口团团围住，并吩咐众人道：

“不到万不得已不能开枪，一定要抓活的。”说完，他比了一个手势，众特务一脚把门踹开，特务们鱼贯而入，可是院内早已空无一人。

经过搜查发现了一个后门，张谦与吕飞追出去的时候，已经没有人影了。张谦持枪在胡同里愤怒地转了几下骂道：“该死的！”边说边提起手枪顺着胡同连射几枪。

回到军统站，张谦在向尤站长汇报着行动的情况。

尤站长听后大发雷霆，顺手将一份文件摔到张谦的脸上道：“饭桶！你行动队出动了20个人，对付共党的几个人，只抓获了一个受伤的，而我们却阵亡了8个人。”

张谦唯唯诺诺地解释道：“不是，站长，如果不是你说让抓活的，我怎么能让他们跑掉呢？就是你的命令……”

“强词夺理！凡事都要灵活，灵活你明白吗？”

“是，长官，我懂了。”

“那个抓到的人招了什么没有？”

“还没有，仍在审讯中。”

尤站长摆了摆手道：“那你还等什么？”

“是。”

张谦磕磕碰碰地离开了尤站长的办公室，来到了审讯室，他要亲自监督审讯万荣。打手用皮鞭狠狠地抽打着联络员万荣。万荣咬牙坚持着，但是渐渐地有些支撑不住了。

打手停下手中的皮鞭，端着万荣的下巴说道：“说，你是什么人？他们都去哪里了？说！”

万荣闭目不语。

此时张谦走进审讯室道：“他招了吗？”

一军官上前道：“没有。”

张谦走到万荣身边，左看看右看看，突然用手指捅向万荣腿部的伤口处。万荣突然大叫起来，惊恐地瞪着张谦。

张谦不怀好意地说道：“你们共产党人不都是钢铁铸成的吗？来人，给我往这里灌上硫酸水，我要让你永远地不能站立行走。”边说边指着万荣那条被子弹打伤的腿。

万荣突然叫道：“不！”

此时打手已经将硫酸准备好了。

张谦把手一挥，制止了打手的举动，凑上前说道：“这么说你要说点什么了？”

万荣闭上眼点了点头。

十一

齐子义在得知张谦在今晚的行动后，陷入了深深的沉思之中。刚刚得到消息，行动队在今晚的行动中，抓到了地下组织的一个联络员，这使齐子义无比的懊悔。每当听到或看到自己的同志被抓，他都有一种自责的心情，他怪自己的情报来源太少了。

在齐子义得知万荣被抓后，在翁夫人宅院里，一只信鸽飞了进来。

平儿看到信鸽停在院里“咕咕”地叫着，立即跑上前去捉住信鸽，从信鸽腿上的竹筒中抽出一卷纸来。平儿拿着纸卷跑进客厅喊道：“夫人，这是二号信鸽刚刚带回的新情报，你看。”说着将纸卷递给翁夫人。翁夫人接过纸卷，打开一看，愣住了。

平儿不解地问道：“怎么啦？”

翁夫人叹息道：“昨晚在滨河小区集会的人员被特务盯了梢，我们的下线第二联络小组的万荣被捕。”

平儿听后一惊道：“这怎么回事？怎么办？”

翁夫人吩咐道：“快！把情报发出去，凡与万荣联系的活动立即终止，并告诉其他联络组加强安全防范。”

平儿听后立即出门发送情报去了。

十二

张谦利用种种卑鄙的手段逼迫万荣招供，出卖了海城的地下组织。万荣将他所知道的一些地下组织联络站悉数说出。而海城地下组织对万荣的叛变始料未及，很多联络站遭到军统的严重打击与破坏，很多联络员被抓走了。

第十九章 反戈一击

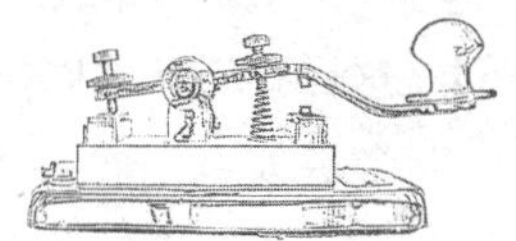

一

几天后，尤站长的办公室内，张谦正在汇报着："那个被抓的人叫万荣，是一个共党地下联络组织分部负责人，他提供的几个联络处已被我们摧毁，抓获共党地下交通员数名。"

"他的上线负责人呢？"

"他说他和他们都是电台联系，不知道地址。他提出了两个条件：一是把他的伤养好；二是要保证他的安全，他才能为我们工作。只要他的伤一好，他就能找到他的上线联络员等人。"

"好！把他送到城防部队医院治伤，那里的安全防范和治疗都是一流的，这事你要亲自去办。"

"是。"张谦领命离开。

二

又过了两天，在海城市委内，于书记在与众人开着会，他说道："同志们，万荣的叛变给我们的地下组织带来了极大的损失，几个和他熟悉的同志被捕，联络站点也被摧毁，下一步的损失还难以预料。因为他对联络组织的情况是了解的，所以我认为，如果不除掉他，这会给我们的情报组织、联络站、市委的安全，甚至我们的潜伏人员带来不可估量的损失。"

行动队林队长急切地说道："那还等什么？把这个任务交给我们来执行。"

翁夫人摆了摆手："我建议不能盲目行动，一定要缜密行事。动用我们的侦查力量，彻底了解万荣的隐身之地后，再迅速出击，这样才不会打草惊蛇。"

于书记点头表示认同："我同意静娴同志的建议，从现在开始，启动一级预案，彻底封锁一切消息。将万荣的一切社会关系减少到最低限度，让他在这个空间成为瞎子、聋子。”

众人都点了点头。

于书记看向翁夫人：“静娴同志，联络战线上的工作由你负责完成。”

“我明白。”

于书记继续说道：“我突然想到了，脱险的同志汇报说万荣是被敌人打伤后被捕的，这样我们就可以把搜查的范围缩小到医院这条战线上，从这条战线开始侦查。”

翁夫人点头道：“嗯，针对医院进行侦查。”

“对，一定要想办法找到他，但要求是秘密进行。”

行动队林队长说道：“明白，这事交给我们去办。”

于书记说道：“好，马上行动。”

三

在尤站长的办公室内，尤站长找来张谦询问有关万荣的现状：“万荣醒过来了吗？”

张谦回答道：“没有问题了。他在转院的时候呼吸道感染，一时昏迷，转院后就被抢救过来。医院已经来电话了，一切都在恢复中。”

“好，这个人对我们很重要，一定要把他的病治好，以便能问到更多有利的情报。”

张谦领命走出了站长的办公室。尤站长对于这次的收获，比较满意，至少有了些许成绩，希望那个万荣可以提供更多的情报。

四

城防部队医院内，万荣躺在病床上，看着输液瓶里的药水在一滴一滴地进入输液管中，他在思考着这几天发生的事情，从他自己被捕到用刑，再到叛变组织，好像经历了一个世纪那么久。

此时护士走了进来：“来，测一下体温。”说着将体温计放进万荣的衣服内。

万荣突然从思考中惊觉，看着护士说道：“你想干什么？给我拿出来，那是什么？”

护士疑惑地看着万荣：“怎么？体温计啊！”说着拿出让万荣看。

万荣看了看，不再作声。

护士惊异地看着万荣轻声说道：“还保密局的呢，少见多怪。”

万荣瞪着护士说：“你说什么？”

护士完全无视万荣的反应，继续说道：“没有啊！你就好好养病，有事叫我。”

说完走出了病房。

万荣看着护士走出病房，一脸的疑惑。自从转到这个城防部队医院，万荣就有点心神不宁。虽然他知道这是部队医院，戒备森严，可他总感到有一双眼睛在注视着自己，他随时都感觉地下组织的人将要把他铲除，他更知道保密局的人对他的居心叵测。

护士帮万荣量过体温后，回到护士站忙碌着。护士长走到护士站问道："小庄，那个18床怎么样了？各项指标正常了吗？"

"正常，刚测了体温也正常了。"

"这个人可是有来头的，一定要照顾好。"

"知道，不就是保密局的人吗？可我看不像。"

"别胡说，小心惹出事来。"说完护士长走了出去。

此时另一个护士凑了过来对着小庄说道："怎么了？你对那个病人有成见啊？"

"就那个人，畏畏缩缩的，哪像什么保密局的！我看像个神经病，根本不像个军统的特工，倒像……"

"别说了，你没听护士长说了，你想惹祸上身吗？"

说完，小庄也觉得言行失当，不再说什么继续工作去了。

五

俞子涵住处内，俞子涵在屋里来回地走动着，好像在思考着什么。万荣的叛变，给地下交通联络线造成了巨大损失，这是她没有预料到的一个沉重打击。她觉得她应该承担起惩治叛徒的任务，再不能让组织受到破坏，她要像于兰那样，勇于担当。想到这里，她立即走到电台前，戴上耳麦打开电台，开始发报……

六

一轮红日冉冉升起，晨雾穿过竹叶，在阳光的照射下向竹林深处弥漫。小鸟则在树枝上欢快地鸣叫着。平儿抬头看着林中的小鸟，又不时地向前后左右观察着。在平儿的不远处，翁夫人和俞子涵在说着什么，突然平儿听到了什么，她躲到竹林中向远处看去。只见一辆三轮摩托车驶了过来，上边坐着的是全副武装身穿国民党服装的军人。平儿怕翁夫人与俞子涵暴露，她灵机一动把身边的路标扭了一下，把标牌上的箭头转向另一侧，并把一块路牌说明放在路标的下边。

此时摩托车驶近，正向竹林中拐去，突然急刹在那里。

摩托车上一个军官问道："怎么回事？"

驾驶员看了一下路牌说道："前边路在修整，不能通车。"

军官看向了路牌，上面写着：前方修路，车辆绕行。

军官扭头对着驾驶员说道："那还看什么，走另一边。"说完摩托车开向了另一边，平儿则一直躲在暗处看着他们逐渐走远。

竹林中的俞子涵向翁夫人说道："静娴同志，我请求让我来完成刺杀万荣的任务。"

翁夫人摇摇头："组织上正在考虑。"

"还考虑什么，晚一天就可能给组织上带来更大的损失。"

翁夫人看俞子涵过于激动，安抚道："通过多方侦察，我的侦查员已经初步侦察到了万荣的隐蔽地点，现在正在做补充侦察，一旦确定，就可行动。不过，要想除掉他，还有一定的难度……"

"不管有多难，我应该接受这个任务，请您帮我向组织上申请。"

"可是，子涵同志，你有你的任务，怎么能……"

"不，夫人，你是知道的。我是特工出身，这么多年都在从事地下工作。以我的经验，完成这次任务非我莫属。"

俞子涵看了看翁夫人，继续说道："这不违反地下工作纪律吧？而且，于兰同志是因为我的不慎，又为了保护子义同志而英勇牺牲的，她的工作应当由我来接替，这不矛盾吧？所以，夫人，不，站长，我恳请组织能将铲除叛徒的任务交给我来完成！"

翁夫人没有言语，在思考着什么。

俞子涵焦急地喊："夫人。"

翁夫人摆了一下手道："这有难度。"

俞子涵坚定地说道："不管有什么样的难度，我都能克服的。"

翁夫人打断俞子涵的话说道："你是知道的，尽管于兰掩护了子义，同时又替你清除了军统追逐的目标，可你想没想过，如果你出面，会不会还有人会认出你来。再说了，你还有几条不具备的条件。"

俞子涵深吸一口气："您说。"

翁夫人继续说道："第一，你见过这个叛徒吗？"

"没有。"

"第二，你知道他的隐蔽地点吗？"

"不知道，可是……"

翁夫人一摆手道："第三，于兰同志的侦察和行动过程你了解多少？"

俞子涵思考片刻回答道："虽然我不了解于兰是怎样执行任务的，但是，对于前两点，相信经过组织的侦察，一定会有确切情报的。至于刺杀任务，我会想尽一切办法克服困难去完成，请求组织……"

此时翁夫人握住了俞子涵的手道："我相信你，我也反复斟酌过此事，你去比较合适。你稳重、老练，富有应变经验。"

俞子涵有些许惊讶，高兴地道："那还等什么？站长……"

"不过，为稳妥起见，等我和市委领导商量一下再通知你。今天见到你，我心中有了数。"

俞子涵感激地说道："谢谢领导的信任。"

翁夫人接着说道："如果组织上同意了，我会第一时间用信鸽通知你到什么地方接受任务的。"

"是，谢谢站长。"

"就这样，保重。"

"站长保重！"

两人站了起来，翁夫人四下看了看，俞子涵把手放在嘴里吹了一声口哨。正在小路边站岗的平儿听到哨声，立即把路牌指示箭头扭回，把下边的牌子拿起扔进竹林，顺着小路跑了过来。平儿搀起夫人向俞子涵点了一下头向竹林外走去。俞子涵看着翁夫人和平儿俩人走远后，向另一个方向走去。

刚刚驶过的三轮摩托车又疾驶了回来，急刹车到了路牌旁。骑摩托车的士兵看了一下路牌，又左右看了一下道："怎么回事，前面没有路啊？"

军官骂道："混蛋！刚才是你跑错了方向。"

驾车士兵连忙解释道："不是，长官，刚才明明是有路牌指示的，可现在……"

军官看了看路牌也管不了那么多了，连忙说道："你啰唆什么，快走吧，赶不上开会，我拿你是问。"

驾车士兵边走边疑惑地小声嘀咕着："真见鬼了。"说着驾车疾驶而去……

七

城防司令部医院内，万荣平时没什么爱好，就喜欢下棋，而且棋艺并不怎么样。由于他的身份特殊，平时也见不到什么人，只好一个人下棋。只听到"将"的一声，万荣拿着棋子边喊边下。

护士走到门前听到声音走了进去说道："怎么这么大的动静？小心你的伤。"

万荣毫不在意地说道："不妨，不妨，来来，和我下一盘。"

护士不耐烦地道："怎么？得寸进尺啊？"

万荣一下坐起来就要拉着护士下棋："来吧，来吧。"

护士连忙躲开往门外走去，临走时说道："你等着，我给你找个高手来陪你下。”说完逃也似的跑了出去。

此时，城防司令部医院门口，一辆轿车缓缓地驶到医院门口，被哨兵拦截停了下来。

哨兵走上前去说道：“证件。”

司机递过证件，哨兵看过证件放行，轿车又缓缓地驶进了医院里面。轿车停在病房楼的门口，从车内走下来安然、韦佳和尤站长，下车后他们直接朝着万荣的病房走去。

值班的军官站起来敬礼道：“长官，有什么事吗？”

韦佳说道：“请问保密局安排的病人是在几楼？”

值班军官马上看了一下值班册子后说道：“三楼，长官。”

尤站长一挥手道：“上去。”

韦佳对值班军官说道：“谢谢。”

军官马上拦住他们说道：“不行不行，如果上楼，需要司令部的特别通行证，你们……”

安然上前一步说道：“你听好了，我们是保密局海城站的，这位是尤站长，你如果误了我们的事，小心我拿你是问。”

军官立即立正说道：“长官走好。”

说完，三人走进万荣的房间。病房里的万荣依旧在下着棋。此时，尤站长三人进来看到的就是他一边下着棋还一边喝着茶，一副悠然自得的样子。

万荣头也没抬一下地看到一双脚站在跟前，继续下着棋说道：“有什么事吗？想不想跟我下一盘？”

安然正要上前理论，被尤站长用手制止。尤站长坐在万荣对面，拿起棋子走了一步，万荣也连忙走了一步，两人一招一式地下了起来。韦佳观察着房里的一切，安然有些生气地看着万荣。

尤站长拿起一个棋子说道：“将。”

万荣一惊道：“不行不行，悔一步悔一步。”说着将棋子放回到原位上，说道，“这鬼地方，把人都憋死了，连脑子都不管用了，走这个。”边说边看着棋盘。还一边催促道，“该你了，快走快走。”

尤站长又拿起一棋子道：“将。”

万荣又一惊，道：“怎么回事？这还有一将啊！重来重来。”

安然看万荣得寸进尺，生气地说道：“万荣，你有完没完啊？尤站长会有空和你下棋？你是不是闲得不开窍了？收了收了。”

尤站长制止道：“哎，难得有这个心情嘛！”

万荣一惊，抬头看到尤站长，他马上站起来说道："尤站长，小的眼拙，不知是长官到来。"

尤站长看着棋盘并没有理会万荣，却是安然说道："你说什么鬼地方，还把人憋死了？"

"不是……这……"万荣边说边用色眯眯的眼神看了看安然和韦佳道，"真想不到军统站还有这么漂亮的小姐，真高兴见到……"

"你才是小姐呢！"安然没好气地说道。

韦佳走到窗前，向外看了一下说道："这可是高干病房，窗外景色也是不错的。"

此时，尤站长站了起来说道："怎么？这地方不好吗？"

万荣连忙摇头道："不不不，刚才是我不好，说漏嘴了不是？"

尤站长接着说道："这样可不好，说话一定要诚实，给我玩虚的可不行，那会吃苦头的。说吧，这几天，想起了什么没有？我们这样好吃好喝地照顾着你，又给你养伤治病，你知道应该怎么做吧！"

万荣奉承地说道："当然当然，一定会为贵站提供有价值的情报的。如果我的病有所好转，我一定联系到我的朋友们，找到我们联络站的高级领导人，决不辜负长官对我的关照。"

"好，事成之后，我会陪你好好地杀上几盘。"

"不敢不敢。"

说完，尤站长与安然、韦佳离开了病房。万荣看着离开的三人内心更加的恐慌，他一边担心着地下组织，一边担心军统将来会不会杀人灭口。

八

太阳西落，晚霞满天。翁夫人的宅院内，平儿从屋内跑到院里的鸽笼前，看着鸽子"咕咕"地叫着。她捉起一只信鸽，将信塞进鸽子腿上的小纸筒里，将鸽子放飞。没过一会儿，突然身后又传来信鸽的叫声。她转身将信鸽抱起，从信鸽腿上的纸筒里抽出一张纸条来。她拿着纸条走进屋内，将纸条交给了翁夫人，翁夫人将纸条展开看了一下，兴奋地说道："这太好了。"边说边将纸条交给她："快把它发出去。"她接过纸条转身离开了。

俞子涵一直在房间内等待着翁夫人的消息。她这几天一直在思量着铲除叛徒这个任务，组织上是不是能够交给自己完成，这是几天来她时时想着营救方案并焦急地等待着。对她来说完成这个刺杀叛徒的任务，并不单单是因为于兰的牺牲而复仇，而是为了保护交通联络站的顺利畅通。突然，一个信鸽落在窗外，咕咕地叫着。她马上走到窗前，打开窗户，双手把信鸽抱了进来，小心地抽出纸条，仔细地看了一下，马上用笔在纸条上画了一个对号作为回复，将纸条塞进鸽子腿上的纸筒里后，将鸽子放飞。随后，她关上窗户，马上在柜子里找出了外衣穿在身上，打开房门，向门外走去。

俞子涵在街道上左右观察着并快步向前走着，走到一处房屋前，她左右看了一下，上前敲了一下门。门开了一个缝，里边的人看到她说道："你是谁？"

"听说少奶奶要生小孩了。"

"是啊，羊水都破了，但就是生不下来，真着急。"

"我就是来接生的。"

"哦，你快请进。"

俞子涵走了进去，开门人向外左右看了一下，便马上关了门。她走进屋内，一名联络员看到她后，等一切准备就绪，便开始向她介绍情况："万荣由于叛变前受过重刑，所以叛变后军统的人就把他送到了城防医院养伤。"

说完，联络员走到桌前，从里边拿过一个手绘地图，指着上面一处说道："就是这家医院，它原是一家华侨医院，抗战时期被日军占领。抗战胜利后，被国民党又强行征用，作为国军高级军官治病和养伤的后方医院。他的最高层，也就是第三层，更是哨兵严密守卫着，那个万荣就给安排在这一层，由于是严管区，我们的人还没有到那里侦察过。"

俞子涵点了点头说道："这么说更不知道万荣具体在哪个房间了？"

联络员继续说道："这个情报上说得很清楚，是三楼中间的房间，但房间没有门号。"

俞子涵继续问道："那么，那一层有多少房间，准确地说，那一层共有多少个房间是用于病人的？"

"我们从参加房子建造的老工人处了解到，房子是15间，但具体用于病房有几间，还不太清楚。"

"也就是说，上面病房内都住有多少个病员，就更不知道了吗？"

联络员点了点头道："目前，敌人戒备森严，要想进到病房很难，要进到上层的高干级病房就更难了。"

"那你能确定那个万荣是在顶层的病房吗？"

"这个可以确定。我们的观察员亲自看到他被送上了三楼，之后就再也没有看到他下来过。"

"那好，我知道了，我要的助手呢？"

"就是她，丹丹。"说着联络员指向一个年轻姑娘，丹丹向俞子涵点了点头。

"还有一辆车和……"

联络员指着一个年轻人说道："这位是司机小李，协助外围掩护。"俞子涵点了点头。

联络员继续说道："另外，组织上还派出一个小组负责外围掩护工作。"

"明白了，不过，我先到医院侦察一下再行动。能说一下万荣的具体特征吗？"

"实在抱歉，由于都是单线联系，所以我没有见过这个人。不过，听他原来在一起共事的人说，他个子稍矮，有一米六八左右，微胖，说话有点圆滑腔调，而且色相十足。"

俞子涵想了想："这就够了。那上边有多少病人？算了，不管多少人，我们可以给他们全收拾了，只要都是国军的人。"

联络员连忙说道："可是，我们的主要任务是……"

"那我知道。"

"我的意思是我传达上级的指示精神，要不惜一切代价除掉那个叛徒万荣。"

"那当然，还有需要交代的吗？"

"没有了。"

俞子涵转身对丹丹他们两位道："准备行动。"

丹丹马上问道："什么时候去侦察？"

俞子涵回答道："马上。"说完，俞子涵和丹丹还有司机小李离开了地下组织秘密联络站。

九

夜里，万荣一个人还在下着象棋。此时的万荣明显地心不在焉，他烦躁地把棋子推在了一起，站起身来，走到门前拉开房门，向外看了一下。他看到走廊两头都站着哨兵后，马上退了回去，关上了房门。

万荣自语道："说是招供立功受奖，这还看得像圈狗似的，连个自由也没有，受这份罪。那个尤站长来了一下，也没个明确的说法，就是要从我这里获取情报。真是……唉……"

万荣说完，又摆起了棋谱。他边弄着棋谱，边想着是不是应该想想自己接下来的活路了……

十

夜晚的街道上，俞子涵三人身着国民党军服乘一辆吉普车在街上疾驶。行驶到城防医院门口时，看到医院门口戒备森严，哨兵正在盘查出入的人员。俞子涵乘坐的车被哨兵拦住，她出示了早已准备好的证件后，哨兵立即放行，吉普车顺利地驶进了医院。她与丹丹走下汽车，向病房门口走去。病房门口的哨兵手一伸将她与丹丹拦在了门外，她再次出示了证件后卫兵放行，二人走进了病房大厅。她与丹丹走进大厅后，左右看了一下，只见在大厅一侧有一个值班登记处，一个少校军官和两个登记人员在那里询问前来登记的外来人士。

“找谁？”

“马旅长。”

“谁？”

“马旅长，马来旺。”

丹丹小声地对俞子涵说道：“马来旺，是个旅长。”

俞子涵小声地回答道：“别出声，听就是了。”

“让让……”几个医护人员推着一个病人跑来，丹丹马上向后退了几步，医护人员推着车快速跑进了走廊里面。

登记员继续询问着外来人士：“有预约吗？”

“有，有。”说着掏出一个证件递了过去。

登记员看了一下，说道：“这个不行。”

“那这可怎么办啊？”

“这我可不知道。”说完对着后面的人叫道：“下一个。”

“这怎么不行？他说过有事让我来找他的呀！我也是刚刚打听到他在这里，这怎么就不行啊？”

“既然是他让你来的，就应该有预约凭证的，要不你给他打个电话？”

“我哪知道他的电话？这都是军队内线电话，我可不知道。”

“这不就得了，不知道就赶快走吧，再废话，我就不客气了。”

“看这趟跑的，见个朋友就这么难，战前我们是好朋友，从他负伤后，我们就再没见过面，听说他在这……”

“你在这说没用，走吧走吧。”说完那个外来人士就离开了医院。

俞子涵从他们的对话中基本了解到了一些情况，她的目光又注意到墙上有一个标示牌。标示牌上写着：夜晚零点后严禁探视。她看完基本情况后正要离开，突然看到两个值班的医护人员向楼上走去，走到楼梯口时被哨兵拦住了，医生抬起双臂让哨兵检查了之后才被放行上楼，护士也将手里的器械盘举起，转动一下身体让哨兵检查后通过。

俞子涵看到这里，对丹丹说道：“走，有办法了。”俞子涵与丹丹回到院子里上了车，将车开离了医院。

俞子涵待汽车行驶一段时间后说道：“我注意了一下墙上的标示牌，楼上在零点以后就严禁上去了，所以，我们一定要在零点前进入三楼。”

丹丹看了看表说道："可现在已经是9点钟了，我们只有两个多小时了，敌人管理又那么严，怎么办？"

"我有一个办法……"俞子涵小声地将办法说给丹丹与司机小李听。

丹丹听后说道："那好呀，只要能上得了楼。"

俞子涵等三人将军车换成了救护车，再次开往了城防司令部医院。到达医院后，俞子涵对司机小李说道："注意警戒。"

司机小李点点头道："放心吧。"

"如果没有暴露，不许有任何行动，更不许开枪。"

"明白。"

说完，俞子涵与丹丹一起下了车，朝病房走去，她们向哨兵出示证件后顺利地进入了医院内部，接下来她们就要想办法去到三楼。她们在医院一楼的走廊里走着，当看到更衣室时，她们推门走了进去。

房间的衣柜中存放着整洁的医护服装，俞子涵将一件衣服递给丹丹说道："快，换服装。"

"是。"

俞子涵与丹丹两人迅速脱掉军装，从衣柜中拿出医院服装穿在身上。丹丹看着腰间的手枪对着俞子涵问道："这枪？"

俞子涵见带着枪行动不便，便连同脱下的军服一起裹着塞进了柜子里。俞子涵又向丹丹示意，将腿上的匕首连同刀鞘抽出来，在小臂上比了一下，在器械盘中拿出两根医用皮筋，把匕首绑到小臂上，并将衣服拉下盖了起来。

丹丹用手向俞子涵比了一个"很棒"的手势，道："真有你的。"说着也很快地将匕首绑在了小臂上。

等一切准备就绪后，俞子涵与丹丹离开了更衣室。她们俩很快来到了护士值班室旁，看到有几个护士值班，便停在了那里。

丹丹看向俞子涵问道："怎么办？"

俞子涵小声说道："等等，总会有机会的。"

俞子涵说完便打开一间病房门走了进去，看到床上的病人，用手放在嘴上向丹丹比了一下。丹丹明白俞子涵的意思点头示意。俞子涵隔着门缝向护士值班室观察着。突然一个护士长向值班室跑了过来，并焦急地向其他护士比画着说着什么，几个护士都跟着护士长跑向走廊的另一边。

看到护士们全部离开了值班室，俞子涵与丹丹从病房里走了出来，她们快速进入到了值班室，拿起一个托盘，敏捷地往托盘里放了一些医用用具和药品，端起托盘走出了值班室，向走廊里走去……

第二十章　以牙还牙

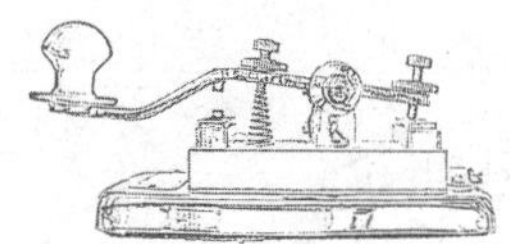

一

夜晚的海城城防医院内，俞子涵与丹丹两人一切准备就绪后，端着医用托盘走到楼梯处，果不其然地被哨兵拦住了。俞子涵学着之前观察到的情况，学着那些护士的口气道："三楼例行注射换药。"

哨兵看了看俞子涵，又转头看着丹丹道："你是？"

俞子涵连忙接过话说道："哦，她是新来的，不懂规矩的。"说着向丹丹示意，并将盘子用双手托起举过头顶。哨兵在两人身上从上到下仔仔细细地进行着检查，检查完后确认没有问题才将二人放行。

俞子涵与丹丹两人继续向楼上走去。楼梯上不时有医护人员上上下下，一位医生在下楼时与俞子涵和丹丹擦肩而过后，狐疑地扭头看了一眼，这位医生看着俞子涵与丹丹的背影若有所思。当丹丹走到楼梯拐角处时，看到此处又设有哨兵，丹丹又将盘子举过头顶等待卫兵检查，卫兵却无动于衷。

俞子涵看到此情况，明白了此处不需要检查，连忙走过去说道："怎么这么不懂规矩？"

丹丹把手放下对卫兵笑了笑说道："我是新来的，还不懂。"

说完，丹丹看向俞子涵，俞子涵就继续向三楼走去，丹丹紧跟而上。待二人离开，卫兵疑惑地看了一下，摇了摇头。

楼梯上，俞子涵小声地对丹丹说道："跟着我，别出娄子。"

丹丹点点头回答道："明白。"

俞子涵与丹丹两人端着盘子上了三楼，楼梯口又有两个卫兵，她们照旧让卫兵检查一遍后，顺利地进入了三楼。俞子涵边走边观察了楼道里的情况，只见楼道里布防着四个卫兵，两头各一个，楼梯口的两边各一个。

走进一间病房后，丹丹正在做着注射准备，并用眼的余光不时地看着躺在病床上的那个人，眼前这个病人经过判断，丹丹可以确定此人就是她们今天要刺杀的目标万荣了。

躺在病床上的万荣好像对丹丹格外感兴趣，边抽烟边瞥着眼看着丹丹，突然他发话道："你是新来的？"

丹丹扭过脸道："不是呀。"

"在医院这么久，我可从来没有见过你。"

丹丹心里想道：听话音，这就是万荣无疑，一定要沉住气，不能过早让他看出破绽。

万荣看着不回话的丹丹开始多疑起来，继续问道："说你呢，你怎么不回答我？"

丹丹毫不在意地将针对着上空推了一下气，说道："你没看我正忙着吗，我说过了，我不是新来的，趴下，准备注射。"

万荣虽然对丹丹起了歹心，可他多疑的性格，让他对这个漂亮的陌生护士产生了怀疑："等等，回答我的话，不然老子……"

丹丹看出了万荣的怀疑，装作无所谓地与万荣说道："先生，看你的身姿和面相，可不像是一个粗野之人，可你说的话……"丹丹边说边假装用眼神打量着万荣，然后又摇摇头说道，"这人啊要有一个好的修养，对待女士应该怎样？你不知道吗？"

万荣不耐烦地说道："少废话，不要跟我谈修养，我看你不像是护士。"

丹丹一惊，但马上又镇静下来，说道："那我不像护士，难道你说我像医生？"

万荣不屑地说道："医生？算了吧。我看你倒像是地下党！"

丹丹不在意地笑了笑说："怎么见得？"

万荣严肃地说道："因为我从没见过你，院长也没给我说过给我换什么护士，更不用说换什么医生了。"

丹丹快速地思考着万荣的话应变道："噢，原来是这样，你这是贵人多忘事啊。你来的那天还是我第一个接待你的。不过你那时受伤还在昏迷状态，是在军统那里受刑了吧？你没有经得住酷刑昏了过去，你当然不记得我了，不是吗？万荣先生，我没说错吧？"

万荣一直听着丹丹的话，生怕错过一句就让自己万劫不复，当听到护士叫出自己名字的时候，他惊讶道："你说什么？你知道我叫万荣？你怎么知道我是万荣？还知道我受过刑？我的名字可是机密！"

丹丹接着说道："我不管是不是机密，我只是证明我自己是个护士。知道你的名字，还是从送你来的那些长官口中听到的，这说明我不是新来的，新来的怎么会知道你的名字？你还怀疑我吗？”丹丹看着万荣听到她的解释后，警惕的表情有了些许放松，继而又说道，“而且，我还知道，你为了安全，还要求医院把你的病房从中间移到了走廊的最里边的这一间。万荣先生，我说的没错吧？”

万荣闭口不语，思考着丹丹说的每一句话，他觉得丹丹说的话无懈可击，也是事实。想到可能是自己多疑了后，看着丹丹的眼神也有了变化。丹丹走到了万荣的床前说道：“好了，相信我了吧。来，趴下，我要工作了，万荣先生。”

万荣放下了心中的怀疑，色眯眯地看着丹丹说道：“不，我不要。我要胳膊注射。”

丹丹拿着注射器走近万荣，突然万荣一把抱住了丹丹道：“宝贝，你长得真俊啊，让我，让我……”说着就要去亲丹丹的脸。

丹丹把万荣的脸推开道：“万荣先生，你失态了。”

万荣可管不了那么多，抱着丹丹毫不松手地道：“什么失态不失态，这些天可把我给憋死了。原来的护士啊，一个个长得歪瓜裂枣的。”说着将丹丹拉到床前，推倒在床上接着说道，“哪像你，你太漂亮了。”

丹丹轻轻推着万荣从床上坐了起来：“别急嘛！把针剂都弄出来了。你想怎么样，那就把针快点注射完再来不迟呀。”

万荣一听，道：“好好好，那就快点。”说着伸出了胳膊。

丹丹开始给万荣注射，万荣看着急切地说道：“快点，快点，再快点。”

丹丹不紧不慢地道：“不要命了。”

丹丹看着色相十足的万荣，心想：“是时候了，一定要抓住这个机会。”

丹丹慢慢地将药物给万荣注射完，刚刚拔出针头，万荣伸手就要抱丹丹。

丹丹一闪道：“快把药棉按一会儿，不然会出血感染的。”

万荣拿着药棉胡乱地在胳膊上擦了一下，迫不及待地抱住了丹丹：“你太温柔了，你只要依了我，我就让你享受荣华富贵。”

丹丹厌恶着万荣的举动，万荣捧着丹丹的脸就要吻起来，丹丹欲拒还迎地躲着万荣就要凑过来的脸，一边趁机抽出藏在袖子里的匕首。丹丹突然推开万荣，银光一闪，一把匕首就刺向了万荣的胸口，只听他“啊”的一声倒在了床上。万荣痛苦地躺在床上，一只手捂着胸口，一只手向丹丹指着道：“你……你不是……”

丹丹伸手拔出匕首，一边擦着血迹一边说道：“对，我不是护士，更不是新来的，我是地下组织行动队队员。万先生，你这辈子遇到我这一回，是你的福分，你可以到地狱享受你的荣华富贵了。”

万荣痛苦地说道：“你……你太狠了，你……”

丹丹轻蔑地笑了笑，说道：“在你出卖组织的那一刻起，你就应该知道会有今天

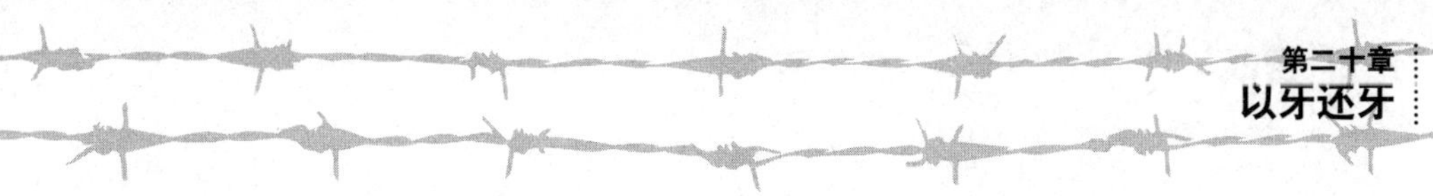

这样的结局。一刀毙命，太便宜你了，你这个叛徒，就应该被千刀万剐。想劫色，你也选错了人，还选错了地方。”

万荣还想说什么，可是再也没有了力气，双眼一瞪，头一扭，便死去了。

在秘密杀死叛徒万荣后，俞子涵和丹丹在不被国军发现的情况下，秘密撤离医院。

二

夜渐渐深了，救护车上俞子涵与林队长等人说着话。

林队长问俞子涵道：“怎么样，一切顺利吗？”

俞子涵笑着说：“还算顺利。”

林队长竖起大拇指说道：“好样的。”

俞子涵则拍拍丹丹的肩膀说道：“多亏丹丹了，丹丹功不可没。”

丹丹谦虚地说道：“什么呀，都是你指挥得当。”

林队长又说道：“那个万荣呢？”

“他呀是我解决的。色鬼一个，一见面就动手动脚的。什么宝贝宝贝的，那臭嘴只往我脸上凑，恶心死了。”丹丹一边说一边模仿着。

丹丹又对俞子涵说道：“在刺杀万荣之前，我也验证了是他要求医院将他的病房换到了最里边的一间，咱们情报原本是没错的。”

俞子涵若有所思地点点头：“原来是这样。”

林队长接着说道：“再换他也是要下地狱的！”

众人听后点点头，救护车向远方疾驰而去。

三

于书记的办公室内，于书记在向众人说道：“你们的任务完成得很好，静娴同志刚才提议为你们请功，我完全赞成。”

俞子涵摇摇头说道：“不，书记，我们只是做了应该做的事情，刺杀万荣主要是丹丹完成的，这个功应该记给丹丹。”

丹丹连忙说道：“不，不是，要不是子涵姐……”

翁夫人笑着打断了丹丹的话：“等等，我说的可不是一个人的功劳，你们所有参与行动的人都有份的。”

于书记也说道：“对啊，怎么？你们都不想要？”

众人你看看我，我看看你，随后都笑了起来。

四

齐子义住处内，他正在接收电报。随着“嘀嘀嘀”的声音，齐子义在记录着电报。接收完毕后，他开始翻译，翻译出的电报内容为：“青儿窃仙草而归，已起回仙草，请勿挂念，切切。”这是地下组织常用的暗语，正常解释为：组织上开展了对叛徒万荣的刺杀行动，且刺杀成功，执行人员一切安好，勿念。齐子义看完电报内容后，有些小小的惊讶，他马上将电台拨到发出键发报：“同喜同贺，完毕。”发完电报，齐子义摘下耳麦，思索起来。齐子义想不到组织上行动这么快，而且已经顺利地铲除了叛徒万荣，组织人员也毫发未损，这使齐子义异常兴奋。可是齐子义又担心起来，出了这么大的事，为什么军统站到现在还丝毫不知，这有点违背常理。齐子义再也坐不住了。他马上将电台放好，穿好外套开门走了出去，径直向办公室走去。今夜的军统站异常安静，只有两人在值班，齐子义推门走了进去。两个值班人员马上站了起来向齐子义行礼。

齐子义摆了摆手让他们坐下，并问道：“今晚有什么情况没有？”

值班人员答道：“没有，长官。”

齐子义点点头，让他们继续做自己的事情，正要转身离开，又想了想向尤站长办公室门口走去。

齐子义走向尤站长办公室，尤站长办公室门口的守卫向齐子义行礼：“长官辛苦。”

齐子义问道：“尤站长在吗？”

“回长官的话，尤站长已经休息了。”

“好，那就明天再说吧。”

“长官走好。”

说完，齐子义转身离开了，齐子义在走廊里边走边思索着：“果然军统站还不知道万荣被刺的事情，要不然，尤站长也不会这么早就睡下了。不过，也许过不了多久，城防部队和军统站将会发生一场激烈的冲撞，自己应该早做应对的准备。”

五

太阳冉冉升起，有的人慢慢醒了过来，有的人一夜无眠。

马司令办公室内，参谋长走了进来，将一份材料递给马司令道：“司令，这是刚刚收到的孙院长送来的医院被袭情况报告。”

马司令接过报告仔细看了起来，一边看一边思索着……

保密局院内，张谦驾驶吉普车到办公楼楼下，下车后疾步向办公楼里走去。张谦来到尤站长办公室门口，对门卫说道：“快，通报站长，张谦求见。”

门卫抓起电话按键通话道："喂，站长，张队长求见。"

张谦着急地看着打电话的门卫，不知道电话里说了什么，门卫放下电话，做了一个"请"的手势，张谦便向办公室内走去。

此时尤站长办公室内，他放下电话继续看着手里的文件，只听门口一声"报告"，尤站长抬头向门口道："进来。"说完，他合上了文件夹。

张谦推门走了进来，在尤站长办公桌前站定，行完礼说道："站长，刚才我到城防司令部得知，城防部队医院昨晚突然遭到地下共党组织的袭击，给我们提供情报的万荣被杀害。"

尤站长看着张谦边想边说："不可能吧？那可是城防部队守卫的医院，他们不可能那么粗心大意的。你刚才说万荣被杀了？"

张谦点点头。

尤站长难以置信地摇摇头道："不可能，前天我还去看过他。"

张谦见尤站长将信将疑，急切地说道："站长，这是千真万确的。马司令已下令全城戒严，开始搜捕涉案人员，同时要求我们到城防司令部参加联席会议。"

尤站长接着说道："这事好像与我们无关，那是他们部队上的事。"

"不是，他们通告说，那个万荣是我们安排在医院养伤的，未向司令部通报，而且是三天后就被刺杀，这很不正常。他们要求我们去参加会议。属下猜想，可能是让我们去阐明情况吧。"

"你怎么知道这事？我还没有收到正式通告。"

"我刚从他们那里回来。"

"你去那里干什么？"

"去看一个老朋友，不想遇到这事，于是我就赶回来向您通报。"

秘书办公室内，电话铃突然响起，安然马上接起电话，电话中传来声音道："城防司令部要求你站主要负责人马上到我司令部参加联席会议，请速通知尤将军。"

安然边接电话边记录后道："是。"随后放下电话，向尤站长办公室走去。

尤站长办公室内张谦和尤站长还在说着话，尤站长向张谦问道："有没有说什么时候去？"

"要求马上到。"

"不行，没有他们的通报，不去。"尤站长又想了一下说道，"这事还得去，我的重要情报提供人员在他们医院被杀，必须要给我们有所交代。"

此时门外传出安然的报告声，尤站长示意安然进来。

安然走了进来，把电话记录交给尤站长说道："城防司令部紧急通报。"

尤站长看了后说道："说曹操，曹操到。"然后看着张谦说道，"马上通知陈飞跟我们一起去。”

“是。”随后张谦走出了办公室。

尤站长站起身来，走到衣架前，边戴帽子边自语道：“这事不可能与我们相关，狗屁城防司令部，出什么事都想推卸责任。我倒要看看，你们怎么推！”

说完尤站长向办公室外走去。张谦找到齐子义说明情况后，齐子义知道暴风雨马上就要来了，他装作震惊的样子跟随着张谦来到楼梯口等待尤站长。不一会儿，尤站长走了过来，径直向楼下走去。

张谦连忙上前说道：“等等，站长，是不是多带几个弟兄去？”

尤站长站在楼梯口扭头问道：“怎么，他们真想拿我开刀？”

齐子义也走上前去说道：“不是，张队长说得对，还是谨慎点好。”

尤站长想了想说道：“你们安排吧。”说完转身向楼下走去。

张谦转身去召集人马，齐子义便跟随站长一起向楼下走去。

六

尤站长带领着众人很快就到达了城防司令部。尤站长等人的车经过盘查进入到了城防司令部内停了下来，随后车上立即跳下来十多个身穿统一服装的行动队人员，前后两排将尤站长护卫起来。随后，尤站长也从车上走了下来，张谦和齐子义紧随其后。下车后尤站长向门口看了一下，便向城防司令办公楼走去，行动队人员立即列队跟行。

办公楼前的卫兵拦住了尤站长等人的去路，说道：“司令部正在召开紧急军事会议，请你们止步。”

张谦走上前去骂道：“混蛋，没长眼睛吗？这是保密局海城军统站的尤将军，就是来参加会议的。”

两队行动队人员见状将城防司令部的守卫全部围了起来。

卫兵见到如此阵仗，马上改口道：“对不起，不知是尤将军驾到，司令部已安排过了，诸位请。”说着用手拦住行动队人员道：“对不起，这些弟兄只能在外面等候。”

随后尤站长和齐子义向里边走去，张谦向行动队吴天耳语几句也向里边走去，行动队和门口卫兵并排站在了那里。

七

城防司令部内，许多军官陆续走进会议室。尤站长三人也向会议室门口走来。

门口一守卫军官拦住了尤站长三人，说道：“对不起，按规定，外来人员只能有

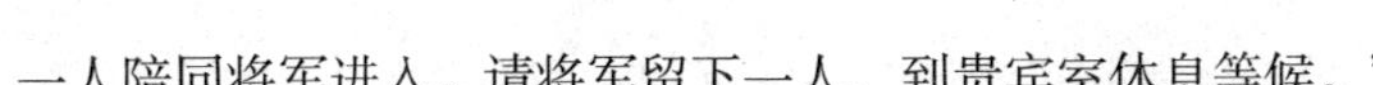

一人陪同将军进入。请将军留下一人，到贵宾室休息等候。”

张谦急忙说道：“不行，我们必须一起。”

军官看了一下张谦和齐子义的军衔道：“这位弟兄只是中校，你也没有参加会议的资格吧。”

张谦一时语塞：“你……”

尤站长制止道：“张队长，服从安排。”

张谦又想说什么，被尤站长一个眼神瞪了回去，只好不情愿地被带到了休息室。

军官继续说道：“将军，按规定所有参加会议的人员不能携武器入内。”

尤站长和齐子义分别将腰间的手枪掏出交给了门卫，门卫登记了枪号、军级配枪、型号后，做了一个“请”的手势，尤站长和齐子义便向会议室走去。

会议室内，马司令在会议桌前坐着，表情严肃。许多军官走进会议室落座。突然门外喊道：“军统站尤将军到。”马司令向门口看了一下，只见尤放和齐子义走了进来。

马司令站起来说道：“不知尤将军驾到，有失远迎。”

尤站长走到会议桌前道：“不敢，不敢，马司令传令，不敢不来啊。”

马司令接着说道：“尤将军好像心情不佳啊！”

“没有，我在想，你这是不是在向我们军统站兴师问罪呢？”

“哪里的话，在我管辖的地界里出了命案，老弟也是病急乱投医嘛！这不，让你来帮我分析一下案情，支支招。请坐，请。”马司令说完，指着空着的座位，示意尤站长入座。尤站长和齐子义坐下后，马司令也坐了下来。他环视一下会场，此时参谋长走到马司令身边说道：“人都到齐了。”

马司令用眼神向尤站长交流了一下，尤站长用手示意马司令可以开始了，于是马司令说道：“现在开会，由参谋长介绍一下案情。”

随后参谋长开始向与会众人讲述案情。

八

市委于书记办公室内，于书记在与众人开着会，于书记说道：“昨天夜里，你们惩处了那个叛徒万荣，我已将此事上报到野战集团军总部，总部首长非常赏识你们的行动，嘉奖参加行动的所有人员，特别是俞子涵同志。”

俞子涵疑惑地问道：“为什么单指我？”

“因为这是你们军队上的嘉奖，你是部队上的人嘛！”

俞子涵低头不语，并发出了抽泣声。

“怎么啦？子涵同志。”

俞子涵抬起头哽咽道：“没什么，我突然想到了于兰同志，她可是……”

“是，于兰同志也很勇敢，她是我们行动的楷模、英雄，我们也应该给她请功。”

俞子涵继续说道：“所以说，我们所做的事也就不值一提了，也就不需要什么嘉奖了。说心里话，我就是因为痛恨叛徒，才鼓起勇气完成了这个事情。因为于兰，因为组织，也因为我们的解放事业。”

于书记点点头道：“因为于兰，因为组织，也因为我们的解放事业。说得好，我们是要时时想着那些抛头颅洒热血的同志们，这样才能为我们的解放事业做出更大的贡献。”

俞子涵担忧地问道：“昨晚的事情，我担心会不会给我们潜伏的同志们增加什么麻烦，会不会……”突然俞子涵停在了那里。

于书记接着说道：“所以说，这也是今天我们开这个会的目的。我想，昨晚的行动，我们都要严密封锁消息，包括我们的同志，以减少敌人的渗透意图，提防国民党驻军和军统特务的打击报复。一定要把情报不惜一切代价地传递给潜伏的所有同志，确保他们的安全。”

九

城防司令部会议室内，参谋长汇报完案件经过，总结陈词道：“综上所述，我认为，我们不得已召开这个联席会议，彻查事件发生的起因，是要给国防部有一个很好的交代。”

马司令站了起来，说道：“好啦，既然事情就这样摊开了，我也就……”马司令看着尤站长继续说道：“这么说吧，你把一个不知底细的共党地下联络员安插在我们军队医院，为什么？我清楚地记得你可没有征得我的同意就安排他进了医院。发生了命案，你能说你没有责任吗？”

尤站长也站了起来，刚要说话，又被马司令接过去说道：“我所管辖的这个医院，从来就没有发生过案件。”

“那是因为你们管理上的漏洞和失职，马司令我问你，就在我刚来海城的那天，你曾口口声声对我讲过，你所管辖的城防各要害部门，都是严防死守、固若金汤。可是，我们一个重要的情报提供人员死于非命，你作何解释？”

“这不难回答，你们军统站是要负全责的。你们可是负责我市军情要务的机构，据我所知，你手下光特务和行动侦查人员都有一百多人，他们都不是吃干饭的吧？”

尤站长见马司令一直在推卸责任，一时怒不可遏、怒火中烧。

齐子义看着剑拔弩张的两个人，整理着事情的经过，他要先将眼前的两人稳住，于是他站了起来说道：“两位将军息怒，如果这里还有我说话的权利，我想请两位将军先坐下，听几句卑职的见解。”

马司令与尤站长同时都“哼”了一声，坐了下来。

齐子义看到两人都坐下了，说道：“命案发生时，卑职没有在场，可是，发生案件之后，作为主管该医院的最高核心，能及时地召开这个联席紧急会议，查线索追原因，足以证明马司令对此事的重视。”

听到此话，尤站长看了看齐子义，愤愤地扭了一下头。马司令则是认可的表情。

齐子义接着说道：“卑职的意思是，既然是查案的一个联席会议，就不应演变成一个追查责任的会议。”

尤站长和马司令同时点了点头，齐子义继续说道：“诚然，两位将军所讲的，卑职认为并非没有道理，但我认为是否可以让侦查此案的相关部门，先整理分析一下所得到的线索，尽快地让真相浮出水面，不知两位将军意下如何？”

马司令认同道：“当然。”

尤站长同时也说道：“我也想听听案子的侦查过程。”

此时参谋长站了起来，齐子义坐回了自己的位置，参谋长道：“好，会议继续进行，侦缉处你先说下你们那里的情况。”

随后，一少校军官站了起来说道：“通过对医院人员的调查可以推断出，潜入医院的人员由三个人组成，司机为男性，其他均为女性。男性司机在医院内的救护车里躲藏接应，两个女人进入病房作案……”

齐子义从军官的描述里，猜到执行刺杀任务的也许是俞子涵。

参谋长示意此军官坐下，又让法医组人员起来陈述。

一个少校法医站了起来说道：“很幸运，根据一个在三楼站岗的卫兵的叙述，我们对进入三楼的两个装扮成护士的女人的行动轨迹进行了模拟。”

会议上每一个人都在认真听着法医的描述，法医从作案人员进入医院到换衣服以及如何上到三楼都进行了猜测，而且医院的范医生也亲眼见到了两名作案的女人。范医生还在更衣室里找到了她们所穿过的军官服。

法医表示：“她们是有目的地计划将万荣杀死。她们杀人是那么的悄无声息，而且做的是天衣无缝。”

尤站长听后说道：“这分明是医院防守不严，漏洞百出，让共党地下组织钻了空子。”

“尤将军，现在好像不是推卸责任的时候吧！要是这样，那我倒是要问你，你们堂堂保密局的特工都在干什么？那个万荣难道不是你们安插到医院的人，你们难道不应该派人保护吗？”

“别忘了，马司令，这可是你管辖的医院，你何时要求我们军统站插手你们城防部队的事了？你希望我们这样做吗？”

马司令无言以对，只能说道："你这是强词夺理！你安排的人，得到我们的允许了吗？"

齐子义看两位将军之间的战火又烧了起来，于是马上站起来说道："两位将军不必动气，我想，还是让法医把他们的检查结论说完再做定论为好。"

参谋长示意法医说道："何少校，你继续。"

法医说道："这好像是共党地下组织一次有组织、有预谋、有计划的袭击行动。"

齐子义接着说道："我也有同感。"齐子义看看马司令和尤站长继续说道，"所以卑职认为，在座的各级长官，现应精诚团结，共同为侦破这一谋杀案尽心尽力，而不是过早地去追究责任，如果案件能顺利告破，我相信一切都会水落石出的。"

马司令点点头道："陈副官说得很好，尤将军，你以为呢？"说完看着尤站长，尤站长也点了点头。

突然门外传来了"报告"声，一位上校军官闯了进来，直接走到马司令跟前站定。说道："马司令，我们奉命全城戒严，对车站、码头以及密集人员聚集区进行了地毯式排查，截至目前，还没有发现共党可疑分子。目前，我们正扩大排查范围，一切都在行动中。"

马司令想了想命令道："继续排查，不要放过任何蛛丝马迹。"

上校军官领命后转身离开。

会议开得是剑拔弩张，在休息室的张谦焦急地来回踱着步。他实在忍受不了了，便向门口走去。两个卫兵持枪阻止了张谦的外出，说道："长官，会议不结束，你不能出去。"

张谦气急又无可奈何，继续在休息室来回地走着。而在会议室内马司令与尤站长经过协商，最终达成了协议。

马司令说道："我们都身为党国军人，现应精诚团结，齐心合力，早日使案子有一个结果，向国防部有一个圆满的交代。我恳切希望尤将军不计前嫌，抽出精干力量，协助我们尽快缉拿凶手。必定你们在这方面比我们专业，有经验。"

尤站长笑笑说道："既然这样，老弟不必谦虚，我同意你的意见，回去就部署，协同城防部队统一行动。"

说完马司令与尤站长双双起立，握手达成共识。

齐子义看着事情发展的走向，一边想着俞子涵她们现在的状况，一边想着这件事该如何收场。

会议结束后，张谦也被放出了休息室，他没有过多询问会议内容，只是跟随尤站长和齐子义走出城防司令部大门。

同时，张谦命令站在门口的行动队收队，一起准备返回保密局。

第二十一章 技高一等

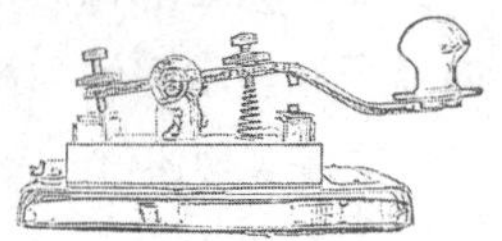

一

汽车在街上行驶着。汽车里，尤站长和齐子义在交谈。齐子义问道："站长，回去就召开会议，部署侦破此案吗？"

"不急，等把情况弄清了再安排不迟。这个马司令，是他们坏了我们的大事，我得找个茬子，给他……"

"我总感到这事是冲着咱们来的。"齐子义接着说道。

"事已至此，说什么都没用。"

"那么，万荣的死……"

"那是他运气不好，罪有应得。共党的地下组织看来是志在必得呀，情况摸得很准，使我们防不胜防。"

齐子义见尤站长并没有想真的彻查此案，又试探性地问道："站长，今天，我在联席会上说的话，没有惹您不高兴吧？"

"没有，面对那些居功自傲的兵痞子，你比我有办法啊！说真的，不是你那几句话，我还真不知怎么收场呢！"

"这么说，站长你不会怪罪我了？"

"哪里话，你不是想说……"

"站长，我没什么话了，这个事，你就交给我好了。"

"好，我相信你，但愿你能从刺杀万荣的事件上，找出共党地下组织的蛛丝马迹来。"

齐子义点点头道："站长放心吧。"

汽车缓缓地向保密局开着，齐子义陷入了沉思。

二

齐子义推门走了进来，把帽子摘下来挂在衣架上，不自觉地在房间里走来走去，他在想着会议上法医和侦缉人员说的每一个细节。他把自己所知道的事情都串联起来，猜想应该是俞子涵假扮护士带人干的。他此时的心情除了钦佩俞子涵聪慧果敢之外，更是关心和惦念俞子涵的自身安全。齐子义想到这里，从床下拿出了电台，他要向俞子涵表示问候和祝贺。

齐子义快速地做着发报前的准备，当一切准备就绪，开始发报之时，他又停了下来。

齐子义心想："不行，这不符合规定，个人的情感不能带到工作层面中来。即便是祝贺，也不能动用专线的通信工具，要相信组织，相信子涵。在这个关键时刻不能草率。"

想着，齐子义又收拾起桌上的东西，将电台放进箱子里，放回到床下。齐子义刚刚起身，突然门外传来了敲门声。

齐子义警惕地问道："谁？"

门外传来了安然的声音："陈大哥，是我，安然。"

齐子义向门口走了两步，刚要打开门，突然又走了回来说道："是安然吗？这么晚了，有事吗？"

安然在门外说道："不方便开门吗？是这样，我知道你们去了城防司令部，不会有什么事吧？我不放心，来看看你。"

齐子义没想到安然如此关心他，想了想对着门外说道："没有什么事情，一切安好。安然，我已经睡下了，咱们明天见面再谈，好吗？"

安然见齐子义不肯开门，也不好打扰，便说道："那好，晚安！"说完便转身离开，她慢慢地移动着脚步，又不时地回头看着齐子义的门，当她看到齐子义的房间的灯被拉灭之后，安然才快步向前走去。

齐子义关灯之后，听着安然的脚步声逐渐走远。

三

枪王住处内，"丁零零……"桌上电话铃响起，枪王一只手抓起话筒，说道："喂，我是……"枪王还没说完，就听到电话里对他下的一系列命令，枪王听后连忙回应道："是是是，好好好。"随后放下了电话。

枪王放下电话对着门外喊道："来人。"

阿峰从门外跑进来道："大哥，有何吩咐？"

“告诉弟兄们，一会儿大老板要来交代事情，让弟兄们都不要离开。”

阿峰听后转身离开。

枪王的仓库里，有一个人偷偷摸摸地潜入，关好门后，躲在一边仔细观察着仓库里的情况。此人就是潜伏在枪王身边的小丸子。小丸子看见仓库里堆放着各种各样的枪械弹药。

小丸子拿出一个本子，飞快地在本子上记录着。

此时院子里传来了阿峰的声音：“郭山子，郭山子，大哥让集合了。人呢？”

小丸子听到后立即将本子装进衣袋里，跑了几步，准备开门出去，可是想了想又走到了窗户处，从窗户翻了出去。

阿峰依旧在院子里寻找着小丸子，边找边喊：“郭山子，郭山子。”

小丸子一边提裤子一边跑了过来说道：“大哥，我在这儿。”

阿峰看到小丸子的样子就知道怎么回事了，朝着小丸子走了过去。

小丸子接着说道：“叫得这么急，怎么回事？”

“你小子，就你屎尿多。”

小丸子傻傻一笑道：“不知怎么啦，今天肚子总是不舒服，所以，哥，你懂的。”

阿峰无奈道：“别啰唆啦，大哥让马上回去迎接大老板。误了事，你我都得关禁闭。”

小丸子一听，想着可以见到大老板了，马上说道：“迎接大老板？那就快走吧。”

说完，小丸子和阿峰就向着院子深处跑去，刚跑几步就看到一辆军用吉普开进了院子里。

阿峰对着小丸子道：“快，郭山子，大老板来了。”

“谢天谢地，我们赶上了……”可突然小丸子愣在了那里，只见从吉普上下来的是张谦。

小丸子揉揉眼睛，难以置信地嘟囔着：“怎么是他？”

阿峰疑惑地回头看着小丸子：“怎么啦？”

小丸子心想不能让张谦看到他，于是又捂着肚子道：“大哥，我不行了，我还得去。”说完向卫生间跑去。

阿峰看着跑走的小丸子：“郭山子啊郭山子，你不要命了？你这一着急就上厕所的毛病可得改改了。”说完无奈地摇摇头，继续向院子里走去。

小丸子看着阿峰离开，转身跑进一个暗处，观察着院子里的众人。

院子里，张谦下车，走到枪王跟前说道：“人都到齐了？”

枪王点头道：“到齐了。”

张谦看向集合的那些兄弟道：“弟兄们辛苦啦！”

众人齐声地："大老板辛苦！"

说完，张谦对着枪王耳语着，众兄弟也在一边悄悄议论着。

在黑暗的墙角处，小丸子一直在隐蔽地向这里观察着，脸上的表情惊慌诧异。小丸子侧耳在努力地听着。

枪王突然拍了几下手说道："现在请老板讲话。"

张谦接着说道："今晚召集大家是想跟你们见个面，有一个好消息告诉大家。如果这个事办成了，我们也就枪多人多了。在这里的可都是咱们的中坚力量，我可以保证成立一个保安团，到那时，你们都能混个营长、连长什么的。"说完看着枪王道，"哎，老大，不是说又有两人加入吗？不来和我见个面吗？"

听到这里，正在观察的小丸子，突然把头缩到了黑影处。

枪王则在张谦身边耳语了几句后，喊道："郭山子，郭山子。"

小丸子缩在暗处没有动静，也不回应。阿峰马上说道："大哥，我去叫他，这小子拉肚子，去了茅房。"

张谦摆摆手道："既然这样，那就不用了，我还有急事，马上就走，余下的事情，就由你们酌情安排了。"张谦说完，跳上吉普车，扬长而去。

小丸子看着张谦开车离去，用手擦了擦头上的汗喃喃说道："原来他们的后台就是他呀！他怎么能是倒卖军火的大老板呢？不行，我得马上离开这里。"但转念一想也不行，马上离开他的小命就会不保，思来想去，小丸子决定先向田队长报告。于是小丸子顺着墙根向远处跑去……

枪王指着阿峰和小益说道："你俩跟我去屋里议事，其他人员待命。"

众人齐声道："是。"

进屋后枪王说道："城防部队明天晚上有一批新型长短武器押运到本市，大老板的意思是要我抽出精干人员在他们通过虎口峡谷时将其截住。大老板说了，这些武器是目前最先进的精良武器，在市场上价格不菲。大老板还说了，即使价格再高，我们都要留下自己用。"

阿峰高兴地说道："那太好了，等我们成立了保安团，让那些王牌守城部队也看看咱们的配备。"

枪王继续说道："看把你高兴的，现在货还没到手，还不能高兴得太早了。"

"大哥，你就安排吧，别错过了好时机。"说着阿峰看了看表，"已经快半夜了，还有十多个小时，我都等不及了。"

小益接着说道："就是，想想都很兴奋。我们是全体出动吗？"

枪王点点头，又招招手，几人凑在一起，枪王小声地说着什么，阿峰和小益不住地点着头。

四

夜里，月亮被乌云遮住了。小丸子偷偷来到一个墙壁前，悄悄地将一个纸条放进了墙里的一个石洞中，并用石头把洞口堵住。东西放好后，小丸子左右看了看，见无动静，立即沿着石墙跑向远方。没一会儿，一个黑影靠近了墙壁。仔细一看，此人就是田队长。田队长将石壁上的石头拿下，从石洞里摸出纸条来，看了看上面的内容，向小丸子跑的方向而去。

田队长来到一个酒馆，见到角落里的小丸子，走上前去，坐下，问道："说吧，什么事这么急？非得见我，你就不怕暴露了？有没有尾巴跟着？"

小丸子摇摇头道："没有没有，看你说的，跟你这么多年，我只会跟踪别人，哪会让别人跟踪我！"说着小丸子左右看了看，神秘地对田队长说道，"队长，我想来想去，还是和你见面说为好。"

田队长看着神秘兮兮的小丸子说道："啰嗦什么，说！"

小丸子小声地对田队长说道："队长，你到底给没给站长汇报？能不能弄到枪啊？那枪王可是问我几次了，说你不和他照面，是不是骗他的？"

"骗他？尤站长还没有发话，不过再过不久就会要了他的命。不骗他能把他们一网打尽吗？"

"我看不一定，我怀疑这里边有诈。"

田队长狐疑地问道："怎么回事？"

"你知道枪王的后台是谁吗？"

"是谁？"

小丸子再次左右看看说道："是张谦。"

田队长一惊："是谁？你再说一遍。"

小丸子确定地说道："是张谦。"

田队长伸手摸了摸小丸子的额头道："小丸子，你没病吧？不是被吓得吧？"

小丸子看田队长一副不相信的样子，急切地说道："队长，我很清醒，就在昨天晚上，枪王让我们去迎接他们的大老板，迎来的可就是张谦。"

田队长想了想，立马严肃地问道："此话当真？"

"当真，我拿脑袋担保。"

"这事可就复杂了。"

小丸子继续说道："队长你想啊，那个张谦可是尤站长带来的人，又是尤站长最信得过的人，他们是不是……"

"说下去。"

“我可不敢这么说。这万一是真的和尤站长有点关系，那我们就死定了。”

田队长陷入了沉思，他摇了摇头，又点了点头道：“你让我想想，按说他们是刚来不久，怎么就会和地方人员有着联系？这样，你马上回去，免得他们生疑，有什么情况及时向我汇报。他们总会露出破绽的。”

小丸子突然想到一件事，对着田队长说道：“队长，你一说，我想起来了。张谦昨晚去那里，说是有一件大事要大家去办，而且还提出要见咱们两个。”

田队长问道：“什么大事？”

“张谦说，明天晚上，城防部队的一辆军火车将运回一批新式武器，他们要在虎口峡谷处截获那批武器，而且说是成立保安团时的配给，你说怎么办？”

“什么？他们想成立保安团？”

小丸子点点头。

田队长想了一下，说道：“好，我知道了，你赶紧回去，继续打探消息。”

随后，小丸子和田队长相继离开了酒馆。

五

尤站长办公室内，他正在看着桌上的文件，突然电话铃想起，他接起电话：“讲。”

电话中的人道：“站长，城防司令部的电话，你接吗？”

“不接。”

“好，明白。”

尤站长刚要放下电话，转念一想，又对着电话里说道：“等等，接过来。”

“是。”

一会儿，电话接通，尤站长接着说道：“我是尤放，有什么事，讲。”

“尤将军，我们马司令要跟你通话。”

“马司令吗？有何见教？”

电话另一头马司令说道：“老弟不会这么快就忘了吧？我想知道贵站破获医院命案的行动结果，我可是顶着压力没有向上峰汇报，你不会见死不救吧？”

“马司令说得严重了，我会吗？这事我已安排人正在全力侦破，我想就这几天吧，一定会有结果的，怎么样？你那里的情况怎么样？”尤站长应付着马司令。

“不好，要不怎么会向你求救呢？”

“那就难办了，不是说我们是配合行动吗？你们总得身先士卒，给我们带上路吧！”

马司令知道尤站长话里有话，只好说道：“你什么意思？想要我的好看，可没那么容易。鹿死谁手，还不一定呢？那就等着瞧。”说完放下了电话。

尤站长听到电话放下的声音，摇了摇头，也把电话放下，继续看之前的文件。

六

田队长在住处内走来走去，想着事情的来龙去脉。小丸子的情报，使田队长陷入了两难的境地。他万万没有想到，堂堂的军统站行动队队长，却是本市最大的贩枪团伙的后台老板，而他又是自己上司最信得过的人。田队长想着尤站长让他调查此案会不会是个圈套，因为之前发生的一系列事情，所以尤站长要这样把他除掉。可是尤站长又不像是……总之田队长想不清楚，想不明白。如果真的和尤站长有关，田队长去找站长弄不好是自投罗网，突然他想到了陈飞，也许陈飞可以帮他渡过难关。

齐子义办公室内，田队长把所有的事情都告诉了齐子义，想着齐子义可以帮他想想办法。

齐子义听完只说道："不行，这样不行……"

"老弟，这回你一定要帮我渡过这一关。"

"你得让我想想。"

田队长唉声叹气地道："唉，我怎么摊上这么个事啊？当初……"

"这与当初没有关系。现在除了你，谁也不知道张谦在私底下干着这样的勾当。"

"是啊，按说从他自身的情况看，他正是春风得意之时。他一不缺钱，二正有权，除了尤，谁能奈何得了他。不对，还有你，陈副官，我没有贬你的意思。"

"不不不，你说得对。不管怎样，我们在没有弄清楚他的身份和意图之前，还真不能在尤站长那里透露半个字，谁知道这条绳上还拴着几只有头有脸的蚂蚱呢？"

田队长认可地说道："我也是这么想的。"

齐子义灵机一动，说道："我们不妨这样……"齐子义向田队长一勾手，田队长凑了上去，齐子义向田队长耳语着，田队长认真地听着，还不住地点着头。等一切商量完毕，田队长开门走了出来，只见他整了一下衣服和帽子，大步向走廊另一边走去。齐子义送田队长离开后，一边踱步一边思索着。齐子义的头脑中似几条波涛汹涌的巨流在向中枢神经汇聚着，他万万没有想到，在侦破贩枪案中竟意外地捕捉到了这样有价值的信息。尽管他不相信尤放真的会卷入其中，可军统内部复杂的人事背景使他不得不提高警惕。齐子义决定，一定要尽快向组织上汇报，必要时一定要得到自己人的配合。

齐子义打开房门走了出去。他走到楼梯外时，正巧碰到了韦佳。

韦佳看着匆匆而来的齐子义，问道："怎么，陈副官好像有什么心事？"

齐子义镇定地说道："没有啊。"

"那就不对了，要是没有心事，怎么一个大活人走到你跟前，你像没看见似的。"

“是吗？韦秘书，那实在是对不起，失礼了。我确实有点事，但不是心事，韦秘书，你有什么事吗？”

“没有，没有，你既然有事，就不打扰了，请！”

“不，你请！”

韦佳和齐子义互相谦让着对方，韦佳又接着说道：“好，不过，陈副官，如果有什么事需要帮忙的话，尽管说，不必客气。”

齐子义点头道：“当然，谢谢了！回见。”说完快步走开，韦佳则一直注视着齐子义，他的背影越走越远。

七

尤站长办公室内，田队长正在向尤站长报告枪王等人要劫持城防司令部军火的消息，但是他隐瞒了张谦是幕后大老板的事情。

尤站长听后从座位上站了起来，说道：“真有此事？”

田队长肯定地说道：“属下不敢儿戏，此事千真万确，我留下的内线传出的信息。”

“什么内线？”

“就是小丸子啊。”

“你打算怎么办？”

田队长想了想说道：“这事要不是涉及城防司令部，我带领我的手下和内线小丸子一起里应外合就能顺利解决，可我担心惊动了城防司令部。”

尤站长想了想又摇了摇头道：“就因为涉及他们，我们才一定要把这出戏唱好，让他们司令部的人看一看我们的人不是吃素的。我们可以在峡谷里来一个反埋伏，既消灭了那伙匪徒，又把这批军火救下来，那个趾高气扬的马司令就会颜面尽失吧！”

“明白了站长，不过……”

“继续讲。”

“我想请求行动队帮忙，光靠我手下的人进行反埋伏，可能……有点……”

尤站长想了想说道：“那不成问题。”说着拿起电话说道，“通知张谦，到我办公室来一下，要快！”

张谦很快地来到了尤站长办公室，张谦看了看田队长，疑惑地问道：“这么晚了，站长找我有什么事情？”

尤站长看着张谦说道：“明晚你们行动队有行动吗？”

“有行动，怎么啦？”

“你们的一切行动停止，全队配合田队长去执行一项特殊任务。”

张谦看看田队长问道：“什么特殊任务？什么时间？在什么地方？”

“去虎口峡谷。”

张谦一惊，脱口而出：“什么？虎口峡谷？”

田队长自从张谦进门，就一直观察着他的一举一动，当尤站长说出虎口峡谷的时候，田队长捕捉到了张谦的惊慌反应。

尤站长则没有什么反应地说道：“什么特殊任务暂时保密，时间待定。”

张谦知道自己失了分寸，幸好尤站长没有发现，他稳定一下自己的情绪，说道：“明白了。”

尤站长看了一下手表道：“时间不早了，都回去休息吧，做好准备，明晚全体出动，具体任务由我来传达。”

说完，张谦和田队长一起离开了尤站长的办公室。

八

齐子义住处内，他将田队长告知的一切情况，通过电台发给了俞子涵，他希望组织上尽快得知此消息，做好万全的准备。等发完电报，齐子义陷入了沉思之中。为慎重起见，齐子义没有把军统站的行动告诉地下组织。他坚信自己能左右这个事件的走向，既然敌人内部都离心离德了，矛盾重重，就应该被充分利用，那个田队长是个最好的人选。第二天一早，田队长又来到了齐子义的办公室。

齐子义向田队长问道：“张谦他有什么反应？”

“吃惊、慌张的样子。”

“那就对了，这样，为了不打草惊蛇，也为了事情顺利进行，你可以给他们这么说……”

田队长凑上去，齐子义向田队长耳语着……

九

天刚亮，张谦就向办公室走去。因为昨晚尤站长下达的任务，张谦彻夜未眠。

他慌慌张张地走进自己的办公室，立即拿起电话拨号，电话里传来了一个朦朦胧胧的声音，明显是还没睡醒，电话里说道：“喂，哪位？”

张谦没好气地说道：“我一号。”

电话中的人立马清醒了，说道：“啊，是大老板啊。”

“立即告诉老大，老地方见面。”

“什么时间？”

张谦不耐烦地：“立即，马上。”说完他气愤地放下了话筒，又急匆匆地离开了办公室。

码头上，枪王焦急地走动着，张谦的车从远处疾驶而来，枪王走到车前上了车向张谦问道："头儿，什么事？"

张谦没好气地说道："你怎么搞的？消息泄露了。"

枪王摇摇头说道："不可能，这怎么会呢？我还没有向下边的弟兄传达呢。"

"那么，我们侦缉队是怎么得到的消息？"

"怎么讲？"

"站长要我们做好准备，要去虎口峡谷。具体的任务还没有传达，可我觉得他是针对这事来的。"

枪王听后非常震惊："这是怎么回事啊？"

张谦也觉得很奇怪，想了想问道："你最近收的那两个弟兄表现怎样？是不是从他们那里走漏的风声？"

枪王摇摇头："不会，没问题的，那个年长的可是个有道化的人。他早就去组织军火去了，不过现在还没有回信，我看好他，留下的那个郭山子……"

"郭山子？"

"应该也不会，我看他就是个胆小怕事的人。"

"那为什么留他？"

"虽然他胆小怕事，但是他有个开锁的神技。他随我们的人行动了两次，已经为我们开了好几个保险箱了，那些富人的财产、武器、珠宝……"

"就知道财产、珠宝什么的，别误了正事。"

"不会的。"

"这次行动，他是否知道？"

"不可能，昨晚说事的时候，他根本就没在场，我不可能对一个小兄弟透露任何信息的。"

张谦想了想，郑重其事地说道："但不管怎么说，你回去后要将他严加看管，掌握一下他的一言一行，必要时可以……"说着，用手比了一下脖子。

枪王点点头："明白，那么晚上，我们还干吗？"

张谦想了想，既然消息不会走漏，枪王更不能出卖自己。那么晚上的行动还得继续，他可舍不得那么多先进武器。至于尤站长那里，说不定是别的任务，要是真的是跟此事有关，他也有办法搅和了。想到这里，张谦继续说道："当然干了，我可不想让白白到手的肥肉丢掉，过这个村就没这个店儿了，怎么，你动摇了？"

"不，我是怕，怕真的和你们的人撞在了一起。"

"所以，一定要谨慎行事，回去做好准备，等待消息。也许，是个巧合，不是一回事呢。”

“我想也是。”

张谦又郑重地对枪王说道：“一定要看好那个郭山子！”

枪王点点头：“一定。”说完，枪王就下车离开了。

枪王回到家里，推门走了进来。阿峰和小益迎了上去问道：“大哥，怎么样？行动没变吧？”

枪王摇摇头说道：“没变，照常行动。对了，那个郭山子呢？”

阿峰说道：“在射击场跟兄弟们切磋呢。”

“你俩跟我去看看。”

说完，枪王带着阿峰、小益来到了射击场，只见小丸子在跟众人一起练习射击。

小丸子持枪射击，将五个葫芦一齐打飞，枪法准，技巧好。

在场的兄弟喊道：“行啊，郭山子，来来来，教我们，来吧。”

小丸子也毫不谦虚，拿过他人的步枪说道：“好，你这样。手要端稳，肩要顶紧。”

说完，所有人都模仿着小丸子的动作，开始练习射击。枪王则在远处一直看着射击场内的一切，他想，这个郭山子应该没有问题的，转身便离开了射击场。

十

尤站长办公室内，田队长说道：“站长，我请求站上放弃这次行动。”

尤站长疑惑地看着田队长道：“说说理由。”

“截至目前，我们还没有了解到城防部队有多少人押运军火汽车，如果盲目地阻击，可能造成很大的伤亡。我们应该尽量避免这样的伤亡。但相反的是，如果让军火贩子去做这个案子，到头来，不还是在我们的掌握和监控之下吗？而且还可以卖给城防部队一个人情，到那时，我带弟兄们……”

“你是说，让他们成功截取了军火，之后我们再去围剿他们，不但捣毁了这个贩枪团伙，再把缴获的枪支送还给城防部队。”

田队长点头道：“是这个意思。”

尤站长想了想，说道：“很好，田队长，这些天的事，使你变得越来越精明了。以前，我有点看错你了，现在看来，你不光勇敢，你还是个有智慧的人，我把重任交给你是对的。”

“谢站长夸奖。”

十一

入夜，保密局院内，几辆不同的军车在院内停着，车前许多身穿便衣和全副武装的军人聚集着议论着什么。

张谦在人群前不断地踱着步，突然传来一声："全体立正，尤将军到。"众行人立即立正站好，尤站长和齐子义走了过来。

张谦向尤站长行礼道："报告长官，行动队集合完毕，请您训示。"

尤站长回礼后说道："由于情报有变，今晚的行动取消。"

张谦怔了一下说道："您是说今晚不去虎口峡谷了？"

"是，还要我重复一遍吗？"

"不敢。"

张谦立即将众人解散，目送尤站长离开后，自己也转身离开了。张谦边走边自语道："不会吧？情报有变，怎么会呢？难道是自己多心了，还是……"说着张谦大步走向了自己的办公室。

张谦刚回到办公室，便匆匆拿起电话拨着号，待电话一接通，张谦急忙问道："你获得的情报是否有变？"

电话中传来疑惑的声音："怎么回事？情报没有变啊。"

张谦又问道："老兄，这可儿戏不得。"

"我儿戏过吗？"

"好，请你重复一下。"

"装军火的汽车已于下午五时出发，大约夜里十点经过虎口峡谷，随车押运有一个班的兵力。"

张谦再次得到了明确的回复，稍稍放下了心，说道："好，我们准时到达。"说完放下听筒，接着又拨起了号，电话接通后，枪王的声音从话筒中传来："是我。"

张谦说道："今晚准时行动，地点照旧。"

枪王收到命令，说道："好，我马上带队出发。"

十二

一个黑影悄悄接近一面墙壁，一个野猫从墙根前跑过。黑影躲在墙角，又很快跑到墙壁前。黑影从墙上拿下石块，从石洞里拿出一个纸条，只见纸条上写着：情况没变，注意安全，事成之后，及时报告。

看完纸条后，黑影很快就消失在了墙角处。

第二十二章　螳螂捕蝉

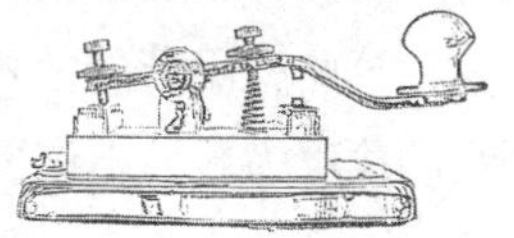

一

枪王院内，集合声此起彼伏，二十多个枪王手下向院里集中。阿峰首先到位，喊道："都到这里来，列队。"众人在阿峰面前列队集合完毕。

枪王大步走了过来，说道："人都到齐了吗？"

阿峰在人群中扫了一眼，说道："都到了。"又看了一眼说道，"不对，还缺一个。"于是又对着各处大喊道，"郭山子，郭山子。"

枪王皱了皱眉，说道："怎么又是他？"

阿峰解释道："准是又拉肚子去了。"

小丸子刚刚得到了田队长的消息，飞快地从远处跑了回来，边跑边喊："来啦，来啦。"

等小丸子跑到了队伍前，枪王突然用枪顶着小丸子的头道："说，你去了哪里？"

"我……我是……"这枪来得太快，小丸子一时紧张得连话都说不完整。

阿峰上前说道："不用问了大哥，准是去了茅房。"

小丸子听了阿峰的话，佯装道："大哥，大哥，我……我憋不住了，又拉肚子了，请大哥饶恕我这一回，下次一定憋着。"

小丸子一句话，瞬间缓解了紧张的气氛，众人都哈哈大笑起来。

枪王收起枪大声道："不要笑了，你们给我听着，任务大家都已经知道了，如果谁在今晚给我掉链子，我决饶不了他。听清楚了？"

众人异口同声道："听清楚了。"

说完枪王大步离开，众人紧随其后。

田队长带领一队人马，早早地埋伏在一个高处的树林中，此处便于隐蔽，利于观察。

突然一个狙击手看到一群持枪的黑衣人员向公路边移动，便向田队长报告说："田队长，他们来了。"

田队长马上拿出望远镜观察起来，当他看到那些移动人员后说道："就是他们。你们都给我听着，隐蔽好自己，不许暴露，不是特殊情况不许开枪。"

众人同时地回答道："明白。"

田队长拿起望远镜继续观察，他看到枪王一行人在公路旁埋伏起来了。

公路旁隐蔽处的枪王看了一下表，低声说道："大家选择有利地形分散埋伏，以我的枪声为号，不许擅自打枪，向下传。"

说完，众人向下传达着枪王的指令，众人都寻找有利地形埋伏起来。此时一辆军车在公路上疾驶而来。

小丸子趴在地上用耳朵听着什么。阿峰不解地道："郭山子，你干什么？"

小丸子比了一个噤声的手势，又听了一会儿，说道："车来了。"

阿峰继续问道："汽车开过来了？别瞎说啊。"

小丸子站起来肯定地说道："对，我听到了，还有1000米远。"

阿峰本不相信，可远处一束灯光照了过来，阿峰连忙向枪王说道："大哥，真的来了。"

枪王举起望远镜向远处看了一下，一辆军车正向眼前驶来。枪王放下望远镜，拍了拍小丸子，说道："你小子，还真有一手，连车远近都能听出来。"

小丸子不好意思地挠挠头，说道："我也就这两下子。"

枪王对着众人道："车马上过来了，大家隐蔽好。"众人听到枪王的指令，在各自的位置隐蔽起来。

车越来越近，枪王继续说道："准备射击，不许放空枪。"

众人道："是。"

山坡上，田队长也望见了从远处驶来的汽车。他对手下说道："军火汽车开过来了，现在我宣布站长命令。今晚我们只是观战，不许开枪，让军火商抢走那些军火才算完成任务。只有在军火商失利的情况下，我们才能趁势出击，但必须以我的枪声为准，明白吗？"

众人齐声说："明白。"

田队长继续观察着远处的情况。军火汽车越来越近。

汽车驾驶室里，一个上尉军官不时地看着车外的环境，并对司机说道："峡谷就要到了，谨慎驾驶，快速通过。"

司机不敢懈怠，谨慎地开着车。汽车车顶上架着两挺机枪，还有十多人在上面观察着周围的情况。

汽车逐渐地靠近，枪王等人严阵以待，汽车灯光扫了过来，埋伏人员赶紧埋下了头。灯光一过，小丸子抬起头来，看着越来越近的军车，心想："田队长不知到了没有？我该怎么办？是配合他们的行动还是配合我们的行动？"

枪王看着军车，找准时机，命令道："准备行动。"

所有人员都将枪瞄准了汽车。

田队长看着准备行动的枪王等人，放下望远镜，悄声说道："他们准备行动了，再重复一遍命令，只是观战不许开枪。"

士兵同声地道："是。"

汽车驶进了伏击地，枪王举枪瞄准司机开了一枪，司机被击中，汽车冲向公路一侧。

枪王旗开得胜，所有埋伏人员便一起向汽车射击，车上人员还没反应过来是怎么回事，便死伤多数。

驾驶室的军官弯腰爬出驾驶室，用枪一边射击，一边向车上的士兵喊道："有埋伏，快，都给我还击。"

车上的两挺机枪瞄准枪王等人的隐藏点射击，小丸子找准时机瞄准机枪手开了一枪，机枪手应声倒下。枪王看了一眼小丸子，比了一个大拇指，随后枪王转身举枪将另一个机枪手打死。两个机枪手被打死，又有两人补位架起机枪向公路两旁射击，不一会儿两人又被枪王等人击中。

车上士兵纷纷下车还击，军官躲在汽车旁，边射击边喊道："弟兄们，给我狠狠地打，只是一股土匪，没什么……"

枪王看到汽车后面的军官，他的话还没说完就举枪将其击毙，军官应声倒地。

枪王对着众弟兄说道："都给我冲上去，一个活口也不许留，快。"

众人持枪冲到汽车旁，将活着的人员全部击毙。

山坡上的田队长在用望远镜观察着下面的一切，自语道："小丸子射杀了两人，这个小丸子，打起自己人也真不手软。"

其中一个狙击手接着说道："我也看到了，这还不是队长你的命令？"

"我说了吗？"

"不知道，队长，看来，他们结束了。我们怎么办？"

田队长想了想，又拿起望远镜看了起来，他看到地上横七竖八的尸体，以及枪王等人检查军火箱的情况。

田队长放下望远镜，对众人说道："看来他们已经成功截获军火车，我们撤退。"

一个狙击手又说道："队长，我们一枪没放，看着他们打，手真的痒痒地。要不，我们现在就把这伙军火商给收拾了？"

田队长没好气地说道：“你懂什么，我们这是放长线钓大鱼，后面还有更重要的任务，小心误事，现在赶紧撤退。”说完，田队长带领手下悄悄撤离了。

军火汽车旁，枪王等人检查着军火车的前前后后，一切检查完毕后，枪王对着阿峰说道：“快，打扫战场，迅速撤离。”

阿峰回答道：“是。”

小丸子一直在车上检查军火武器，检查完后他跳下汽车，跑到那个被打死的军官跟前，看了下衣服上的胸牌，然后撕了下来，装进了衣袋里。

枪王看到小丸子在汽车前叫道：“郭山子。”

小丸子听到枪王叫他，跑到枪王跟前道：“大哥，有什么事吗？”

枪王拍拍小丸子的肩膀道：“你小子够可以的，我看到你打死了两人和一个机枪手，好样的。”说着，竖起了一个大拇指。

小丸子傻傻一笑道：“大哥，那是小意思啦。”

枪王继续说道：“好啦，不要谦虚啦。”随后对着其他人道，“快，带上战利品，我们马上撤离。”随后，枪王带着众兄弟撤离了这个是非之地。

二

太阳缓缓升起。尤站长的办公室内，田队长正在向尤站长汇报昨晚的行动情况。田队长说道：“昨晚一切顺利，我们看着那些军火贩子将军火截去，押送武器的官兵十多人全部阵亡。”田队长看了看尤站长继续说道，“我们看着自己人全部阵亡而坐视不理，是不是有点……”

尤站长接着说道：“是啊，我们付出的代价也太大了，不过，这正应了那句老话，舍不得孩子套不住狼。”

田队长叹气道：“唉，那下一步该怎么办？”

尤站长说道：“可以收网了，等城防司令部的消息就行动，让他们看看，我们军统站可不是吃素的。”

田队长点点头道：“是。”

正说着，韦佳拿着一份报告走了进来，道：“城防司令部通告。”

尤站长示意韦佳：“念。”

韦佳念道：“海城站城防司令部通告：昨夜我部一辆押送武器的军车在虎口峡谷遭一伙不明身份的地方武装人员袭击，我押送人员一个班的兵力全部阵亡，军火车被劫，我部现悬赏十万元寻侦缉线索，对追回军火有关人员和组织将另外给予重赏。海城城防司令部。”

尤站长诡异一笑，对着田队长道：“好，田队长，是时候了。”

田队长立正道：“明白。”随后走出了站长办公室。

尤站长又对着韦佳道：“韦佳，让张谦来一下。”

“是。”韦佳转身离开。

三

齐子义办公室内，他正在接着电话：“嗯，嗯……我知道了。”等电话那边很快把事情说完，他放下了电话。

从刚才的电话得知，齐子义确定自己的计谋得以实现，齐子义没想到这个口口声声为党国死而后已的尤放，在名利纷争中也是那么的心狠手辣。可值得庆幸的是，这些武器不久将为游击队所拥有，他拿起纸笔快速地写着，他要将这个好消息马上报告给组织。

齐子义将一切写好后，突然门外传来了敲门声，齐子义赶紧将东西收好，对着门外说道：“进来。”

田队长推门走了进来，对着齐子义说道：“尤站长指示，收网行动开始。”

“好，田队长，你立功的时候到了。不过，张谦和枪王可都是老奸巨猾的人，你一定要小心，注意安全，必要时，我会配合你的。”

田队长点点头道：“明白，不过……”

齐子义看出了田队长的疑虑，不等他将话说完，齐子义就在田队长耳边说着什么，田队长听后表情一下变得豁然开朗，还不住地点着头。齐子义跟田队长说完话，立刻回到了住处，从床下拿出了电台，开始快速地发报……

四

张谦开车从外面疾驶到院内停下，韦佳看到张谦后，立即走上前说道：“张队长，站长有请。”

张谦完全不在状态地说道：“知道了。”随后快步进楼。

韦佳看着张谦的背影，若有所思……张谦很快来到尤站长办公室，敲门走了进去。

尤站长看到张谦说道：“我让你调查的医院的案子，怎么样了？”

张谦回答道：“目前还在进行中，派出的人员还没有任何有价值的情报。”

“要加紧调查，要不然，我们也不好向马司令交代的。”

“是，我一定加大调查力度，不过，有一件事我想不通。”

“什么事？”

“我听说侦缉队正在插手我行动队的事情，这不会是站长您的旨意吧？”

尤站长假装不解地道：“怎么回事？说说看。”

张谦说道："是这样……"

五

保密局院内二十多个侦缉队人员全副武装跑到院内快速列队集合，集合完毕后，田队长走到队前，说道："据内线人员传来的情报，军火贩子将在他们的仓库里聚集，站长要求我们在今晚将他们彻底清除。相信大家已经明白行动的意图并做好了准备。"

众人道："明白。"

田队长继续说道："那就好，我们出发。"

侦缉队众人跑步上车，等一切准备就绪，汽车离开了保密局，向枪王仓库开去。

六

地下组织于书记办公室内，于书记、翁夫人几人正在听俞子涵的汇报："刚刚接到子义同志的情报，让我们组织一支行动队，去接收一批新式武器……"俞子涵将齐子义发的电报内容报告给了组织。

于书记听后激动地说道："好，这批武器到手，就可以解决我们西山游击队武器不足的困难了，几时行动？"

"子义同志电报上说，如果组织上同意，就立即行动，带人到长春街20号埋伏待命。"

于书记对着林队长说道："好，你马上带着几个人行动。"

说完，林队长转身离开了于书记办公室。

七

在枪王的仓库里，枪王从箱子里拿出一杆狙击枪看着，并在瞄准镜里看着窗子外面，说道："这真是好枪啊！带消音器的。"

说着枪王拉了一下枪栓并推上膛，瞄准窗外的树干开了一枪。

小丸子看着，立马拍马屁道："大哥好枪法！"

枪王得意地笑了笑。接着把枪交给小丸子道："好好看看，见过这些吗？"

小丸子装傻充愣地佯装道："还真没有。"

枪王又从另一个箱子里拿出一把手枪来，向窗户外瞄了瞄，叫道："阿峰。"

阿峰跑到枪王身边："大哥，有何吩咐？"

枪王边玩枪边说道："大老板交代了，今晚要弟兄们一会儿去舞厅玩个通宵。吃的，喝的，玩的，赌的，对，还有女人，都尽情地要，尽情地玩。"

阿峰点点头道：“明白了。”

随后枪王转身向仓库深处走去，阿峰则向弟兄们宣布了大老板的指令，一时间仓库里全是欢快的笑声。仓库外，田队长带领侦缉队悄悄地向仓库门口靠近。他看到有人站岗，用手一挥，一个队员悄悄地向站岗的人逼近，并用脚下的石块向前踢了一下。站岗的听到响声，向田队长等人走来，被队员一下子扑倒在地，一手捂嘴，一手扭断了站岗的人的脖子。

田队长看到门口已经清理干净，对手下人员说道：“一组前门，一组后门，分头行动。”说完，两队人马分头行动，一组人员在前门隐蔽准备行动，另一组则向后门悄悄靠近。仓库内的小丸子正拿着狙击枪佯装看着窗外，突然他看到了侦缉队的吕副队长正带领几个武装人员靠近了仓库后门，便放下枪，向后门移去。吕副队长带领众人悄悄地靠近仓库后门，他们看到一个岗哨正在持枪站岗，侦缉队员拿着匕首慢慢上前，一刀将其毙命。解决了后门的站岗人员，侦缉队马上在仓库后门隐蔽起来。此时，小丸子来到后门，慢慢打开门，吹了一声口哨。

两组人员听到口哨声，立即闯入仓库，包围住仓库里的人，叫道：“不许动，不许动，快，都抱头蹲下，放下武器，快！”

枪王的人顿时大乱，此时在仓库深处的枪王，突然听到叫喊声，疑惑地自语道：“怎么这么吵？”说着跑了出去。

枪王跑出来一看，许多黑衣人围着自己的兄弟，掏出手枪指着黑衣人，叫道：“大胆，你们什么路子上的人，敢闯老子的地盘，都把枪给我放下。”

田队长看到枪王，于是走上前去，同时也用枪指着枪王道：“看这样的情形，你还有说话的权利吗？你还没看出我是谁吗？”

枪王一惊，说道：“是你，你不是那个……”

“对，是我，我是军统站的，识相点，告诉你的手下，不要反抗，也许会放你们一条生路。不然的话，所有子弹可都没有长眼睛。”

“你真是军统站的？”

“老子出来干事，从来不卖关子，怎么，你不信？”

“信，你看，我从来就相信你，如果不信，你也不能从我这里出去。这么跟你说吧，我们大老板一会儿就来，他可是你们的长官。”枪王说完，看看田队长的反应。

田队长挑挑眉，示意枪王：“继续说。”

“他就是你们军统站的张谦，张谦你不会不知道吧？”

田队长装作一副恍然大悟的样子，说道：“啊，张谦啊，知道，太知道了。”

“那你还这样对我们？”

“你的意思是我对你们太客气了？好，那就来点痛快的。”说着田队长在人群里寻找着小丸子的身影，“小丸子，快，都给我铐起来。”

小丸子听到田队长的命令，对着身后一帮兄弟说道：“弟兄们，快！把他们都给铐起来。”

枪王看着小丸子惊诧地说道：“小丸子？怎么你也是？”

“对，和他一样，我也是……”

“你们可真行啊，潜伏的我……”枪王气急了，说话都没有了头绪。

田队长接着说道：“快，告诉你的手下，放下枪就……”

田队长话还没有说完，突然一辆吉普车从仓库门外开了进来，车停之后，张谦从车里跳了下来，走进仓库一看，仓库里挤满了人，他疑惑地说道：“怎么回事，怎么这么吵啊？”

枪王像看到救星一样，对着张谦喊道：“大老板你来得正好。他们……他们可是你们的人？”

张谦更加疑惑地问道：“什么我们的人？”说着，张谦向前走了几步，看着仓库里的众人，当他看到田队长的时候，心里顿时明白了许多。张谦走到田队长身边说道：“对，就是我们的人，田队长怎么突然大驾光临啊？”张谦看着田队长话锋一转继续说道，“可是田队长，你私下到这里来是违反了保密局的抓捕条例的。”

田队长不屑地说道：“笑话，违反条例的是你吧。”

张谦厉声地说道：“田队长，请问你抓他们的凭据是什么？”

田队长用手一指军火箱和上面放的狙击枪，反问道：“你说我抓他们的凭据是什么呢？”

张谦看着田队长信誓旦旦的样子，又故作镇定地道：“好，我就是为这而来的。他们无视王法，抢劫军火汽车，把他们交给我来处置，把你的人都撤出去吧。”

“怕是你的话不灵吧？”

“怎么？不信你去问尤站长吧！”

“我就是执行站长的命令，如果你是提前接管我们的，那你不可能独自而来吧？张谦，你的行动队呢？”

“行动队马上就到，请你把你的人撤走。”

“我们一个人都不会离开！”

张谦看田队长态度坚决，只好搬出尤站长，说道：“这可是尤站长的指令。”

田队长当然不相信张谦的话，说道：“不可能，你还在这狐假虎威。告诉你，这里已被包围了。”

枪王看着两人争论不休，对着张谦说道：“张老板，你……”

张谦突然打断枪王的话，厉声道：“你什么你，你打劫城防司令部的军火汽车，又私藏众多军火武器，今天就是你的末日。”

枪王听着张谦的话，感到大事不妙，脱口而出：“大老板，我可都是按你的命令……”

“放屁！”张谦听到枪王的话，气急败坏地拔枪，将枪王一枪打死了。

田队长看着眼前的一幕，还没来得及阻止，枪王就已经中弹倒地，田队长用枪对着张谦道：“张谦，你……你杀人灭口。”

张谦又用枪指着田队长，说道：“我说过了，这是我办的案子，请你带领你的人滚回去。”

田队长肯定地说道：“这不可能。”

“田队长，不要自伤和气，带你的人，滚出去！滚得越远越好。”

小丸子见事情不妙，突然在后边喊道：“侦缉队的弟兄们，张谦想劫持咱们的队长，我们和他们拼了。”说着，掏枪向张谦射击。

张谦轻松躲开了小丸子的一枪，同时也开枪射向小丸子，他边射击边找隐蔽的地方躲了起来。顿时，仓库里一片大乱，枪声四起。

阿峰和小益这两个枪王最亲近的跟班，看着老大死了，还是所谓的大老板亲自打死的，他俩一时慌乱，躲在了箱子后面，阿峰对小益说道：“这怎么回事啊？大哥死了，是被大老板打死了，我们怎么办？”

小益说道：“那能怎么办？再不投降就没命了。”

“也对，”说着，阿峰把枪伸到箱子上边说道，“别开枪，别开枪。我们投降，我们投降。”接着站了起来。

张谦一看是阿峰和小益，怕他们出卖自己，对着阿峰和小益的方向接连放了几枪，将投降的几人一起击毙了。田队长看到躲在暗处的张谦，顺势向张谦开了枪，可田队长发现自己的枪根本打不响，之后，田队长找地方隐蔽起来。仓库里枪王的人跟侦缉队的人继续火拼着。张谦趁乱，寻找着田队长的身影，当他看到拿着枪一脸疑惑的田队长时，只听“砰”的一声，田队长应声倒下。

小丸子看到倒下的田队长，立马跑到田队长跟前叫道：“队长，队长。”

田队长睁开眼有气无力地说道：“小丸子……你……你很勇敢……快……快逃出去……告诉陈……陈副官和……安然……快……”

小丸子哽咽道：“队长，不，我要救你出去。”

田队长强撑着说道：“不，我不行了，快走……快……还有……这把……”田队长话还没有说完，正要举起的手枪也脱离了手掌，田队长闭上了双眼，失去了呼吸。

看着死去的田队长，小丸子牙一咬，抓起地上的手枪，飞快地跑出了仓库。

张谦看着发生的一切，诡异地一笑。抓起地上的冲锋枪向上打了几枪后叫道：

“不要打了，侦缉队的弟兄们，你们误会了。”

顿时众人都停止了射击，仓库内异常的安静。

张谦看着两边对峙的众人说道：“现在我命令，把这些军火贩子押回去，我去向尤站长报告。”张谦说完，立刻跑到了仓库外，开着吉普车落荒而逃。侦缉队将几个顽强抵抗的军火贩子击毙，将其他人员绑上车后，看着倒地的田队长，非常的悲愤，带领他们拼杀的队长就这样离开了。他们一时无法接受，但任务在身，他们派人将田队长的尸体送往了医院，开始清理仓库现场。待一切收拾完毕，他们留了两个人看守仓库，其余人员全部都撤走了。

八

大街上，小丸子拼命地跑着。田队长的死对他来说，打击非同小可，但是小丸子还记得田队长临终的嘱托，他一定替田队长完成。小丸子跑着跑着，看到了一处电话亭，他急忙跑了进去，可是电话无论如何都打不通，小丸子只好放下电话接着向前跑去，此时的大街上空无一人。张谦从仓库跑了出来，开车疾驶，当他看到向前狂奔的小丸子时，转念一想，他加大油门正准备向小丸子冲上时，小丸子拐进了一个胡同里。小丸子早就发现了开车驶来的张谦，为了摆脱张谦，才拐进了路边的一个胡同里。张谦想着一定要除掉这个小丸子，不然后患无穷，于是他停下车拿着枪跑进了胡同里。跑进胡同的张谦看着小丸子的背影，边跑边向小丸子开枪，可是小丸子跑得实在是太快了，张谦手枪里的子弹都打完了，也没追到小丸子，张谦只好放弃，转身跑到吉普车前，开车向另一个方向驶去。小丸子看着张谦离开，继续向前跑去。

九

仓库门前，地下组织行动队在慢慢地向其靠近。两个特务在门前守着，两名地下组织人员悄悄地上前将两名特务杀死，随后，整队人顺利地进入了仓库。林队长指挥众人，将仓库里的武器全部搬到了早已准备好的车上，等一切准备就绪，地下组织行动队又悄悄地离开了仓库。

十

朝霞满天，太阳缓缓升起。小丸子急匆匆地跑进保密局，拍打着安然的门。

安然打开门，看到小丸子问道：“怎么啦，小丸子，你不是在潜伏吗？怎么回来了？而且怎么成这样了？”

小丸子将安然推进了屋里，急切地说道：“安然姐，不好了，张谦他把田大哥打死了。”

安然一惊，说道："什么？你说什么？"

小丸子瞬间带着哭腔说道："田大哥死了，被张谦打死了。"

安然难以置信地说着："我哥他，被张谦杀了？"

"是，我没能保护好他。"

安然一时慌了神："这怎么可能呢？"

小丸子哽咽道："安然姐，相信我，是我亲眼看见张谦打死了田大哥。"

安然用力地抓住小丸子，问道："什么时候？"

"昨晚。"

安然警觉地："那你怎么现在才……"

"我没有车，电话又打不通，又遭到了张谦的追杀。我是跑着回来向你报信的。"

"站上知道这事吗？"

"我不知道，我第一个见到的就是你。"

安然镇定地拉着小丸子往外走，边走边说："走，快去见一下陈大哥。"

走到一半，安然突然停了下来，说道："不行，小丸子，你去向陈大哥报告，我去追张谦。"

小丸子急切地说道："不行，这很危险的。"

安然坚决地说道："没问题的，你快去，一定要如实告诉陈大哥。"

小丸子想了想，就快速地向齐子义办公室跑去。安然向张谦的办公室跑去。在小丸子跟安然争论的同时，张谦已经开车带着几个心腹驶出了城门。安然跑到张谦办公室门前，看着上锁的大门，一脚将门踹开。踹开门后，安然看见房间里一片狼藉。安然喃喃地道："跑了。跑得可真够快的。"说着也跑出了房间。

安然见一卫兵走了过来，问道："看到张谦了吗？"

卫兵回答道："看见了，我看见他是开车离开的。"

安然知道张谦开车离开后，看到院里停着一辆摩托车，便跳上车开车疾驶而去……此时的张谦刚将车开出了城门。

十一

齐子义办公室内，小丸子将昨天以及早上发生的事情讲给齐子义听着："情况就是这样，田大哥被张谦打死的事安然姐知道后，她……她去找张谦了。"

齐子义立马站起来，说道："你说什么？她怎么会这样？这太危险了。"

"我劝不住她啊，那怎么办？"

"这样，你去报告尤站长，我去找她。"

"这……"

齐子义一边穿衣服一边说道："这什么？快去呀！"

说完，小丸子又向尤站长的办公室跑去。

齐子义来到保密局枪械仓库门口，进入仓库后，齐子义向一卫兵说道："快，给我取一支狙击枪。"

卫兵一时没反应过来："这……"

齐子义发火道："这什么这？我在执行紧急任务，手续后补。"

卫兵看到齐子义发怒的脸，也不敢反驳，于是打开枪械库。齐子义从里边拿出一支狙击枪，抓起一盒子弹，将其放进一个枪盒里，提起就走。

卫兵赶忙说道："长官，回来一定补手续，狙击枪一支，子弹20发。"

齐子义不耐烦地摆摆手："错不了。"

齐子义提枪来到车前，将枪盒放到车后，开车疾驶而去。开车在路上的齐子义想着整个事情的发展。他已经得到了组织上的消息，那批军火已顺利地运到了游击区，并且子涵同志通过内线告诉了齐子义张谦的一些活动轨迹，他已经知道他们要去的方向和地点。齐子义想着一定要把张谦击毙，也许这是得到军统站信任的又一次证明，也是他争取安然最好的时机。郊区的路上，安然拼了命一样地开车，终于她看到了张谦的吉普车。同时，张谦也看到了追来的安然，张谦心想："看来那个小丸子已经将一切告诉他们了，得赶紧离开这里，甩掉安然。"于是，张谦加大油门继续向前驶去。安然则一直紧随其后。齐子义也开着车出了城门。

第二十三章　一箭之仇

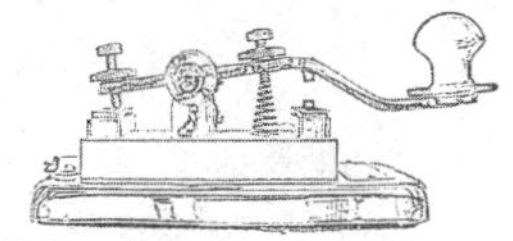

一

小丸子从齐子义办公室出来后，他立刻跑到值班处，被值班卫兵拦了下来。小丸子着急地道："快，我要见站长。"

值班人员看了小丸子说道："你不能进。"

小丸子着急得都要哭了，连忙说："为什么？我有紧急情况报告，快，让我进去。"

值班人员依旧没有放行的意思："你和站长约定好了吗？"

小丸子摇摇头道："没有，可我是受陈副官指令来找站长的。"

值班人员想了想道："那好，我先通报一下。"

小丸子急切地道："那你就快点。"

值班人员抓起电话，拨着号。

尤站长办公室内，他正在接着电话，说道："怎么会这样？好，我都知道。"说完，放下了电话，电话刚刚放下，另一个电话响起。

尤站长接起电话问道："怎么回事？"

值班人员道："站长，有人要见您，说是陈副官让他来的。"

尤站长一听，说道："让他进来吧。"

说完，放下电话，值班人员放小丸子进去了。

小丸子慌慌张张地进了尤站长的办公室，尤站长见状说道："别慌，别慌，事情我已经知道了，你还有事吗？"

小丸子一听，站长原来已经知道了，便想了想说道："陈副官让我告诉站长，他和安然去追张谦去了，让我来向你报告。"

尤站长一惊，说道："张谦果然跑了？"

小丸子点点头。

尤站长接着说道："你是说陈副官和安然去追张谦了？"

"是，就在刚才。"

尤站长立马站起来说道："你马上通知警卫班，和我一起出动。"

小丸子领命，跟着站长一起走出了办公室。尤站长带领人马前去追捕张谦，小丸子则被尤站长留在了军统站，策应众人的行动。

二

张谦驾驶吉普车在公路上疾驶，当他发现安然一直跟在他后面甩都甩不掉时，对着手下的人说道："把她给我干掉。"

张谦手下听到张谦的话有些犹豫，张谦继续说道："赶快开枪，你不开枪，我就先毙了你。"

张谦手下听到这话，连忙转身，向车后紧追不舍的安然射击。安然驾车在后边追击，不断地躲着前边射来的子弹。她的车速逐渐慢了下来，张谦见状加速前行。此时，齐子义也在驾车疾驶着。在一处废旧仓库前，张谦的车突然停了下来。

张谦在发动无果后说道："车没油了，快进仓库。"说完，张谦带着两个手下下车向仓库跑去。安然从远处追来，看到张谦的吉普车后，停下摩托车持枪走了过去，但吉普车车内早已空无一人，安然看到不远处的仓库，也向仓库跑去。

没等跑到仓库，只听"砰砰"两声，仓库门口的张谦等人向安然开着枪，安然一边还击，一边退到车前隐蔽起来。驾车赶来的齐子义，在远处就听到了枪声，他看到前方有个仓库，张谦的车正停在门口，旁边还有一辆摩托车，齐子义猜想应该是安然的。他观察了一下周围环境，突然掉转方向，将车开到了仓库的另一边。齐子义将车停好，确保没有人后，从后备厢中拿出了早已准备好的机枪，飞快地跑上了仓库对面的楼顶。此时，仓库门口的安然，依旧在与张谦等人对射，张谦让两个手下对付安然，自己先跑进了仓库内部。齐子义到了楼顶后，观察对面的情况，他用狙击枪瞄准了正在开枪的人，他找准时机果断地扣动了扳机，张谦的一个手下应声倒地。齐子义又向另一人瞄准，准确无误地又击毙了一人。看着突然倒地的两人，安然感到一定有人在帮助自己，她站起来不断观察着四周，可在荒郊野岭的她没看到一个人。安然寻找无果后，独自进入了仓库。齐子义解决了张谦的两个手下后，用瞄准镜看着仓库内的情况。他看到安然独自一人走了进去，但搜索不到张谦的身影。突然在一个窗口处，齐子义发现了张谦的踪影，齐子义立即瞄准张谦准备射击。可不巧的是，一阵风刮来，窗口处的破帘子挡住了齐子义的视线，等风过后，张谦已经不见了踪影。齐子义再次搜索了很久，依旧没有发现张谦，他只好收起狙击枪，下楼向仓库跑去。

三

仓库里张谦一直来来回回地走着，他好像在找什么东西一样地搜索着。他完全不管外面发生了什么，突然他像想到了什么一样自语道："对，在二楼！"说完，他急忙向二楼跑去。进入仓库的安然一直都看不到张谦的踪影，但是她不敢打草惊蛇，一直在仓库里寻找着。来到二楼的张谦，看到一个敞开大门的房间，他立马走了过去。他看到房间的门上有一个非常特殊的圆形标志，突然高兴地走了进去。他走进屋内，只看到了房间内凌乱不堪，一个马灯放在一个用砖支起的木板上，灯罩内，一个小小的火苗还在亮着。桌子上放着一张纸条，他立马走过去，拿起纸条看了起来。他越看越生气，将纸条撕碎狠狠地摔在地上，嘴里还骂着："混账，居然提前收到消息，携款潜逃。"他又在屋内翻找了一会儿，见什么都没有，转身离开了房间。安然持枪在仓库里搜索着，她发现了通往二楼的楼梯，也上到了二楼。刚出房间的张谦就看到了安然，他悄悄地隐蔽起来，拿出手枪瞄准安然开了一枪。安然马上躲到了一个柱子后面，当她看到张谦后便开始向他疯狂地射击。刚进到仓库的齐子义，听到了二楼的枪声，他仔细地分辨了一下枪声，便向二楼跑去。安然不断地向张谦射击，张谦也向安然还击，两边火拼得非常激烈。突然，安然发现手枪没子弹了，她立马躲了起来迅速装着子弹，而张谦一边向安然的方向射击，一边向她靠近着。齐子义一边跑上二楼，一边口中念叨着："十二，十三。"安然装完子弹向外面望了一眼，她发现张谦不见了。她立马从柱子后面走了出来，四处寻找着张谦。此时的张谦躲在暗处，看着安然不断向自己的方向靠近，他找准机会跳了出来，向安然的胸口射了一枪，她还没有来得及还击，便倒在了地上。齐子义在上到二楼的瞬间数着："十五。"说完，他就看到了倒在血泊中的安然，同时张谦也发现了齐子义，并向他开了一枪，齐子义躲避已经来不及了，子弹打中了他的胳膊，他的枪掉在了地上，他刚想捡起手枪，张谦用枪指向他说道："来得正好，你可以和这位美妞同葬一处了，祝贺你们。"

齐子义并不在乎张谦的话，说道："你高兴得太早了，把枪放下吧。"说着弯腰去拾起自己的手枪。

张谦看着齐子义的动作说道："别动，你还有活路，再动，就是死路一条。"

齐子义把枪拾起来说道："你没有那个能力了，堂堂的保密局行动队队长，还不知道你枪里的子弹已经用完了吗？"

张谦依旧用枪指着齐子义道："什么意思？"

齐子义慢条斯理地说道："实话告诉你吧，我的枪里只有一发子弹，是为你预备的，他是田队长的配枪，小丸子将枪交给我，就是要用这把枪取你的性命。而你的枪里已经没有子弹了，我如果没记错的话，你的配枪是美国M910攻击型手枪，里边只能装15+1发子弹。也就是说，你的枪弹夹里只能有15发子弹，加上枪膛里的一发，一共是16发。从刚才的射击来看，你已经打出去了16枪，你现在握着的枪不过是一个空枪而已。”

张谦突然扣动扳机，确实里边没有了子弹。张谦将枪一丢说道：“算你狠，说吧，你想要我做什么？说出你的条件。”

齐子义看着张谦义正词严地说道：“我没说要你做什么，如果说条件的话，那只有一个，那就是要你的命。你作恶多端，我代表人民判处你死刑。”

张谦疑惑地看着齐子义道：“你？代表人民？我怎么觉得你说这话像是共产党？”

齐子义只是笑了一笑，并没有回答他的问话。

张谦又想了想，肯定地说道：“你……你真的是共产党。陈飞，其实我和你是一样的，不是吗？我们的上司尤放是个笨蛋，你巧妙地利用了他，而他不但没有识破你，还给了你生存的权利。我没有你那么伟大的目标，我只不过是利用身份的便利获取我想得到的利益。我们在本质上不是一样的吗？我们不都是利用不同的方式、不同的身份活着的吗？还有，你们共产党不是不杀俘虏吗？这样，如果你能给我一次机会，我……”

齐子义打断了张谦的话：“没有机会了。而且我们的本质是不一样的，我没有你那么的肮脏。”说着，齐子义举起了手枪。

突然张谦诡异地一笑，大声地说道：“开枪啊，今天算我点儿背，有本事你开枪啊！”

尤站长的车在路上疾驶，驾驶员驾着车飞快地开着，尤站长催促着：“快！再快点！”

司机不断地加大油门说着：“长官，这已经是很快了，油门已踩到底了。”

尤站长急切地看着窗外，他不知道安然和齐子义究竟怎么样了。

仓库里，张谦看着迟迟不肯开枪的齐子义喊道：“陈飞，你开枪，你在等什么？”

齐子义看看仓库外面，又看着张谦道：“我在等尤站长的到来，我要看看他会怎样面对你这个忠实走狗的。在临死之前，你不想见一见你的上司？他也许会宽恕你的，也许会将你……”

“陈飞，我真后悔，刚刚那一枪没有打中你的胸口一枪毙了你。”

“你杀害的人还少吗？田队长和你眼前的安然。”

突然张谦哈哈大笑起来：“陈飞啊陈飞，你也是这样的愚不可及。你说你拿着田队长的枪，可是……”张谦的话戛然而止，诡异地看着齐子义。

齐子义不明白张谦到底想说什么，他只是在等尤站长来，亲眼看着他如何解决张谦，齐子义说道：“张谦你说什么都没有用了，我要用这把枪结果了你这个败类。”

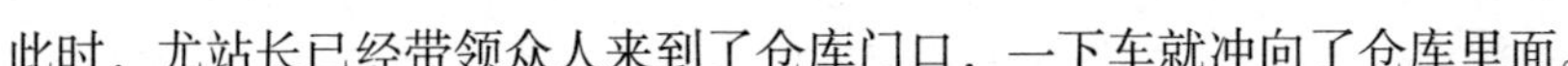

此时，尤站长已经带领众人来到了仓库门口，一下车就冲向了仓库里面。

张谦边笑边说着："陈飞，你来之前都不检查一下这支手枪吗？你到现在都还不知道田队长的枪是一支根本打不响的枪吗？"

齐子义一惊，说道："你说什么？"

张谦看着齐子义道："实话告诉你吧，在尤站长告知我虎口峡谷的行动时，我就对田队长的枪做了手脚，为了以防万一，也为了我们的人能顺利劫得军火。田队长昨晚就是被这支枪害死的。"

齐子义不知道张谦的话的真假，突然齐子义扣动扳机，但是这支枪根本打不出子弹，齐子义惊诧不已。

张谦趁着齐子义分神之际，捡起了安然掉落在地上的手枪。

张谦举起手枪，对着齐子义道："陈飞，你还有什么想说的？如果还有未了的心愿，我心情好的话，会帮你完成的。"

齐子义不屑地说道："你别得意忘形，尤站长马上就要来了。"

张谦哈哈一笑道："恐怕等不到尤站长来了吧。"

张谦刚说完，就听到楼梯处传来了响声，齐子义趁机拿出腰间的匕首，对着张谦甩了出去，匕首刺中张谦的手臂，枪掉了下来。齐子义飞奔向张谦，两人扭作一团。

张谦与齐子义扭打之际，张谦拔出了自己手臂上的匕首，对着齐子义的胸口刺了进去，说道："去死吧，你这个共产党。"

可匕首离齐子义的胸口只有一厘米的距离时，只听"砰"的一声枪响，张谦双目圆瞪，摇晃几下倒在了地上。

齐子义在张谦倒地的瞬间，惊诧地看着安然举着枪对着张谦，张谦倒地之后，安然也倒了下去，齐子义接住倒下的安然，叫道："安然，你要坚持住，一定要坚持住，他们马上就会来的。"

此时，尤站长带领人员跑到了二楼。上到二楼的尤站长，看着满身是血的齐子义抱着不知生死的安然，还有不远处已经死掉的张谦。他想这里一定发生了激烈的对峙。

齐子义看着尤站长，对着安然说道："安然，你要坚持住啊，他们已经来了。"可安然却缓缓地闭上了眼睛。齐子义不停地叫着安然的名字，可安然想睁开眼睛，却无能为力。

尤站长看着这一幕，走上前去指挥着众人道："快将安然送去医院，陈飞啊你也受了伤，一起去医院吧。"众人将安然用担架抬了出去，齐子义也一起跟了出去。

尤站长走到张谦的尸体旁，气愤地说道："你这败类，你这是玩火自焚。"说完，便转身离开了。剩余的众人便留在仓库清理着现场。

四

医院内，输液瓶中的液体不断地滴着。病床上是安然平静的睡脸。医生在给安然仔细地做着检查，齐子义陪在旁边默默地看着。医生检查完毕后，说道："没问题了，已经过了危险期。"

齐子义长出一口气道："那就好，我还有任务，就……"

医生看着齐子义憔悴的脸说道："放心吧，没问题的。你也受了伤，陪在这里已经一天一夜了，赶紧回去吧。"

听完医生的话，齐子义便转身离开了病房。此时的尤站长坐在办公室里，想着一切与张谦相关的事情。齐子义回到住处，想着发生的所有事情。如今顺利地除去了张谦，齐子义心中异常地愉悦，这不仅仅除掉了一个人民的败类，更重要的是，已将海城军统站这盆水搅得更浑了，这给下一步的工作赢得了非常宝贵的时间。齐子义觉得可以通知组织，部署第三号行动方案了。于是他从床下拿出了电台开始发报。俞子涵这几天一直守在电台旁，她不知道齐子义的行动进展得怎样。她在等着齐子义的消息，突然电报声响，她立刻戴上耳机接收电报。等电报接收完毕后，她译出了电报内容为：雷电已停止，天空欲放晴，林中暂无动静，鹰巢欢闹不止，雏鸟准备试飞，完毕。她看完电报，立即向齐子义发报，发报内容为：雏鸟暂不试飞，雏鸟暂不试飞，完毕。齐子义接收电报之后，看着译出的电报内容，陷入了沉思。暂停三号行动方案，是他始料未及的，是不是发生了什么意外？他想刨根问底，可是又怕长时间发报，被敌人无线电监测仪监测到，他只好收起电台，思考着下一步的行动方案。俞子涵发完报，知道了齐子义平安无事，便也放下心来，但是第三号行动方案的实施时机还未到。组织上为了保护潜伏的同志，暂停了三号行动方案的实施，她希望齐子义能够理解。

正在思考着的齐子义，突然听到门前传来一短两长的敲门声。他立即起身来到门前，只见一封信从门缝里丢了进来。他从地上捡起信来，立即来到桌子前。他将信铺在桌面上，拿出一个棉棒蘸上药水在纸上涂抹着，上面慢慢现出内容：接上级指示，东江游击队侦查员三人被捕，速配合游击队展开营救。有关情报请放在院内从左到右的第二棵树洞内。他看完信，便将信烧毁了。

五

第二日清晨，尤站长一早来到办公室，他愁眉不展，一直都在想着关于张谦的事情，他想理出一个头绪，可怎么也理不清。他感觉这个看似不大的海城军统站，似乎有一双无形的手操控着一切，看不到也抓不着。之前的事情刚刚平复下去，本想借着破获军火贩子一案立上一功，虽然案子已破，可不想却是赔了夫人又折兵。突然电话铃声响起。尤站长接起电话，电话另一头跟他交代着事情。只听尤站长说道："嗯……嗯……放心吧，他已经到了。对，放心吧，不会亏待他的。"

"老弟，他可是我的亲内弟，投奔你也是我的主意，我可不想让他出什么危险。"

尤站长继续说道："王厅长，放心，如果有什么闪失，我也不好向嫂夫人交代不是？"

"话说到这个份上，我就没啥说的了，老弟保重！"

"好，王厅长，再见。"说完，尤站长挂掉了电话。他并不过多关心这些绕来绕去的人际关系，他现在一心想着以后该怎么办。

六

齐子义办公室内，他拿起电话，拨着号码，不一会儿电话接通，他说道："是城南监狱吗？"

"是，请问你是？"

"保密局海城军统站陈飞。"

"啊，陈长官，你有何吩咐？"

"给我接张典狱长。"

"长官，很不巧，张典狱长去监狱例行查哨去了，一小时后才能回来，您要有事的话，是否让我转达？"

"好，你听着，昨天，你们那里新增的几名犯人，要严加看管，不能出现任何差错。"

"长官，那没说的，按照监狱规定，我们已将他们押入特别监房。"

说完，齐子义放下电话。他了解到游击队三人的准确羁押地点，他的心中踏实了许多。虽然，困难和危险并存，可他下定决心，一定要想办法救出他们。突然门外传来敲门声。

齐子义对着门口说道："请进。"

韦佳走了进来，说道："陈副官，请立刻去会议室开会。"

齐子义问道："这么急，怎么才通知？"

"站长刚通知，紧急会议。顺便说一句，你的电话总是占线，所以我不得不来告诉你。"

"对不起，走吧。"说着，齐子义站了起来，戴上军帽向外走去。韦佳一直看着齐子义穿戴整齐，一起出了门。齐子义向办公室走去，韦佳则向另一个方向走去。

七

一间办公室内，吕飞、吴天和几个属下在打着扑克。

只听办公室内说道：“对五。”

“对九。”

“对十。”

“没有。”

“出啊，对十啦。”

“我去，怎么，我的对A呢？怎么回事？是不是出错了？”

“那就不客气了，一把完，剃你光头了。”

“晦气！不行不行，重来重来。”

正当他们准备下一局时，韦佳走了进来，说道：“诸位，开会了。”

其中一个人问道：“开会，开什么会？来来来，洗牌。”

韦佳继续说道：“没你的事，是叫他俩开会。”说完，指了指吴天和吕飞。

“那还差不多，来来来。”当他把牌码放在桌子上时，他看着吕飞和吴天，继续说道：“不对呀，你俩走了我跟谁来玩啊？晦气！”

韦佳不耐烦地催促道：“快点，要迟到了。”说完，韦佳转身走了出去，吴天和吕飞也跟着一起离开了办公室向会议室走去。

八

会议室内，所有人员都到齐了，大家安静地坐在座位上，不一会儿，尤站长走进了会议室。两边的军官齐刷刷地站了起来，尤站长走到正位上，将帽子摘下来，放在桌上，坐下。众军官也将帽子摘了下来，坐在了自己的位置上。

尤站长对着吴天叫道：“吴天。”吴天站了起来。尤站长继续说道，“吴天，原本站行动队副队长，现提升为行动队队长，希望在座的协助工作。”

吴天先是一愣，随后说道：“谢谢站长，我会尽力为站里效力的。”说完，尤站长示意吴天坐下。

随后，尤站长又叫道：“吕飞。”吕飞站了起来，尤站长继续说道，“由你接任田队长一职，升为侦缉队队长。升职任命书随后就到。”吕飞也表示了对站长的感谢。

尤站长继续对吕飞说道：“昨天押送来的几个游击区的侦查员由你队快速审问，一定要弄清他们到我市城防区的真实意图，不得有误。”

“明白。”吕飞领命后便坐了下来。

尤站长对着齐子义叫道："陈飞。"

"到。"

"你散会后到医院去一下，及时关注安然的伤情，让医院不惜一切代价治好她。"

"是。"

对齐子义说完，尤站长又对着在座的众人说道："诸位，近段我站接连发生的几件事件，在没有全部弄清楚之前，还是老规矩，不能议论，不能外传，违者军法处置。"

众人齐声地道："是。"

九

病房里，昏迷的安然一直在反复做着同一个梦，她一直梦见张谦在不断地向她和田队长开着枪，还有田队长倒在血泊中时绝望的脸。梦中的安然惊恐异常，正当她快要倒下之时，突然从梦中惊醒，她大汗淋漓地望着天花板，她分不清哪里是现实，哪里是梦境。

护士看着惊醒的安然，一边给她擦着汗一边说道："你是不是做噩梦了？"

安然看着护士道："我睡了多久？"

护士摇摇头道："不是睡，是昏迷，做完手术后你一直处于昏迷状态。"

正说着，齐子义走了进来。护士走上前去说道："长官，她很虚弱，还不能探视，更不能说话，对不起，请您出去。"

齐子义看着清醒了的安然说道："怎么，刚才不是还在说话吗？"

安然拉着护士道："护士，没问题的，求你把他留下。"

护士很坚决地拒绝道："不行，护士长交代过的。"

安然哀求道："护士，感谢你的关心，求你了。我想和他说几句话，就几句，他可是我的长官啊！"

护士抵不过安然的哀求，只好说道："那好，就给这位长官开个绿灯，只能给你20分钟时间，尽量少说话，更不要激动。"

齐子义看着准备离开的护士道："谢谢你。"护士向齐子义点点头走了出去，并关上了房门。

齐子义走到病床前，坐在旁边的椅子上，看着安然关心道："怎么样，伤口疼吗？"

安然摇了摇头。

齐子义继续说道："我知道，你是个坚强的姑娘。"

安然激动地："不，我不是，是我害了我的哥哥，可我还不能把那个张谦打死，替我哥哥报仇，我是个懦弱的人。”

齐子义安慰着安然道：“别激动，安然，难道你忘了是你亲手打死了张谦吗？”

安然瞪大双眼难以置信地望着齐子义，想了想又摇了摇头。

齐子义肯定地道：“安然，真的是你。”

安然拼命地摇着头。

“怎么，你记不起来了吗？”

安然努力回想着说道：“不是，是你……是你……”安然脑海里想着仓库里发生的一切，她记得张谦开枪打中了她，她便昏了过去。昏迷中安然隐隐约约可以听到齐子义和张谦的对话，但是她想张开眼睛，却无能为力。隐约中安然听到了张谦说齐子义是共产党，但是安然却不敢肯定。直到张谦说到田队长时，安然醒了过来，她看到张谦与齐子义在地上扭打，她的身边掉落着一把枪，她拿起手枪对准了张谦。

安然回过神来对着齐子义说道：“是我杀了张谦？”

齐子义肯定地点点头道：“当然，你替你哥哥报仇了。”

安然疑惑地看着齐子义问道：“可我听到他说你是共产党，我没有听错吧？你……你是共产党吗？你真的是共产党？”

齐子义一惊，他没有想到安然居然听到了这些，齐子义灵机一动，表情自然地笑了笑说道：“你看你又说胡话了不是，我当然不是共产党了，而且张谦也没有那么说过，那一定是你中枪后的错觉。等你伤全好了，一切都会明白的。”

安然若有所思地继续问道：“你？你真的不是？”

当齐子义正要解释的时候，安然突然抱住了头，看似非常难受的样子，挣扎了一下便晕了过去。齐子义立马大声叫道：“医生。”

医生和护士闻声跑了进来，医生厉声道：“你怎么在这儿？请你出去。”

就在齐子义还要说什么的时候，他被护士推出了病房。他离开病房，快步走进了卫生间里。他对着墙上的镜子思考着。他万万没有想到，张谦的那句“你是共产党”，让安然听了去，面对这个还没弄清她真实想法的姑娘，他一时想不到该如何处理。这该怎么办？他脑子在高速运转着，理智与情感激烈地交锋，他想趁她还不清醒杀了她，但转念一想也不行，如果这样，会更快地暴露自己，一旦她要告密或是不小心说出去，后果则不堪设想。他艰难地抉择着，他回想着刚才她的一切反应，他想从这些微表情中找到答案，他想知道她的真实想法和立场。可想到她现在的身体状况，他痛苦地摇了摇头。

十

尤站长办公室内，尤站长在思考着：张谦杀了田队长，这是可以理解的，因为利益驱使。安然打死了张谦，那是他死有余辜。可是，尤站长想不通的是，张谦为什么要背叛自己，仅仅是因为利益和权力的诱惑吗？还有那个田队长，为什么突然改过自新，为什么突然变得如此精明？现在细细想来其中大有问题。难道他背后有一个谋士？是他吗？尤站长边想边摇摇头。突然门外传来了“报告”声，他回过神来说道：“进来。”齐子义走了进来。

尤站长收回心神看着齐子义问道：“安然她怎么样？”

“已经没有大碍，可以说话了。”

“那就好，她提供了什么情况？”

“还没有，医生还不让多交流。”

“这个安然，她只有田队长一个亲人，而且还刚刚团聚在一起，现在就这样凄惨地阴阳两隔了。”

“是啊，我也接受不了这样的现实。”

“我看得出来，安然对你还是很信任的，我对她的关心太少了，所以，你要抽出时间多陪陪她。”

齐子义觉得尤站长话里有话，但又不能明说，只好说道：“站长，我和她只是同事……”

尤站长摆摆手道：“不不不，我不是这个意思，这事先不说了。说说案子上的事儿。”

齐子义点点头道：“我明白，我已经安排侦缉队彻查这个案子发生的缘由。”

“是该彻查一下了，自从我来之后，我万万想不到原来的军统站人员和我带来的人员之间竟然发生了这么多的矛盾和隔阂，继而连着损失几员中层军官，也没想到张谦有着这样大的野心。陈飞，你怎么看？”

齐子义想了想说道：“我曾经努力在想，但总是理不出个头绪来，所以只能是等待调查出结果，才能……”

“不，陈飞，你想没想过这事，是不是有共党地下人员渗透的可能？”说完，尤站长紧盯着齐子义的脸，看着他表情的变化。

齐子义听出了尤站长话里的试探，镇定地回答道：“也不排除这个可能，可是，总得有个线索吧。站长，请明示，我一定会亲自安排查处的。”

尤站长见齐子义并没有异常，说道：“这还只是停留在一些直觉上，我只是提醒你，在调查中要有这方面的警觉。”

“明白，是不是把我站的人员档案重新筛查一遍，也许能查出一些蛛丝马迹来。”

尤站长想了想，点头道：“我看可以，如发现疑问之处，该问询的问询，该外调的外调，该抓的抓，该杀的杀。只有把队伍纯洁化了，才能少出问题。”

“是。”

尤站长接着说道：“不过，这事且不可张扬，一切要秘密进行，你组织秘书处人员抓紧实施。”

齐子义点了点头道：“是。”

第二十四章　营救失败

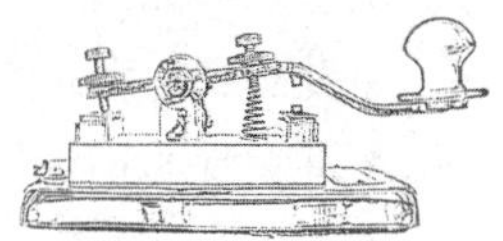

一

齐子义带领秘书处的人来到档案室门前，将一个纸条递进去，说道："杨上尉，站长手谕。"

一个打扮时髦的上尉女军官看了一下纸条，说道："是现在就要所有人员的档案吗？"

齐子义说道："不，分批审查。"

杨上尉继续问道："那么第一批是？"

齐子义又递进一个名册道："上面的十位。"

杨上尉看了一下名册，转身去取档案。

齐子义则在一边等待，齐子义想着："审查海城军统站的人员一直是上级党组织交办的任务之一，一定要把这些特务的详细情况弄清楚，为自己和对组织上的工作提供便利条件。今后，这批人员的存留也在此一举。"

不一会儿，杨上尉拿着一摞档案走了出来，说道："陈副官，怎么想起审查这些人员？"

齐子义说道："这是例行调查。对人员内保审查的保密条例，你不会不知道吧？"

杨上尉看着齐子义道："对不起，我话多了。"

杨上尉将十份档案交给齐子义，并拿出一个名册道："长官，请签字。"

齐子义在名单上快速地签上"陈飞"二字，并把档案交给身后的两个秘书道："马上重新核查，不得有误。"

两个秘书接过档案，立刻到一边的办公桌上开始认真地核查起来。

齐子义也走到办公桌前，补充道："一定要细心地重新核查和登记，在重新登记中如发现有疑问之处，一定标示出来。"

两个秘书点点头，齐子义也坐到一边开始工作，齐子义悄悄地将这些人的相关信息全部都记了下来。

二

翁夫人宅院里，翁夫人在院内来来回回不停地走着。脸上时不时露出急切的表情。翁夫人突然叫道："平儿，过来一下。"

平儿听到叫声，连忙跑了过来。翁夫人看着平儿问道："有没有游击队的消息？"

平儿摇摇头道："还没有。"

翁夫人哀叹地说道："去吧，一有消息立刻通知我。"

说完，平儿转身离开。翁夫人依旧在院子里不停地走着。

三

入夜，保密局内，探照灯不停地来回扫射，审讯室里不断地传来惊叫声。吕飞坐在椅子上，看着几个打手审讯着犯人。尖叫声此起彼伏。突然打手停下了手中的动作，端着犯人的嘴巴，说道："该说了吧？你们深入我军防区的任务是什么？"犯人怒目而视，没有言语。

吕飞站了起来，看了眼犯人，说道："我对你们还是太温柔了，既然你们不肯说，给我上重刑！"说完，几个打手将犯人架到了一个老虎凳上。

吕飞走到老虎凳前继续说道："想好了吗，现在还来得及，不然可有你受的。"

犯人不屑地看着吕飞说道："不就是老一套吗？请吧。"

吕飞见状一挥手道："加砖。"

犯人闭口不言，咬牙坚持着。打手不断地向犯人脚下加着砖头，最终犯人受不住酷刑昏了过去。吕飞看到犯人昏死过去，指着水盆道："把他给我弄醒，继续。直到他招供为止。"说完，吕飞又坐回了座位上，看着打手们弄醒犯人，又不断地给犯人用刑。

四

于书记办公室内，翁夫人将深思熟虑的营救方案告诉了于书记。于书记听后，想了想说道："好，你提的营救方案我看可行，这样，你马上让子涵通知齐子义同志，让他摸透敌人的行动目的和关押地点，争取机会，做到万无一失。"

"好，我马上就去落实。"

于书记郑重地道："这事要严格保密，不可掉以轻心。"

翁夫人点点头，离开了于书记的办公室。翁夫人向俞子涵下达了指令，让齐子义

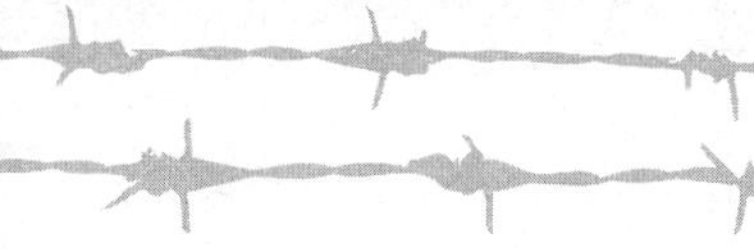

从内部配合营救地下组织的行动。俞子涵向齐子义发报，但他没有任何回应，她不知道他在做什么，是不是遇到了什么危险。如果条件允许，她真想亲自去找他，可是为了组织和他的人身安全，她只能静静等待他的消息。

五

尤站长办公室内，对于发生的一系列事件，尤站长几天来搜肠刮肚地苦思冥想，也没有得出个所以然来，他不知道问题出在什么地方。城防医院的事情还没有解决，本想用那批丢失的军火来压制城防司令部，不想连那批军火也一起丢了，张谦叛变了，田队长死了，一系列的事情让他焦头烂额。如今，城防司令部每天都在催促着他，明知道结果的他，却不敢向外声张。城防司令部也成了热锅上的蚂蚁。

尤站长想，如果让马司令知道武器被劫是自己玩的小聪明，就真的是得不偿失了。他想到这里，惊得吓出一身冷汗。军统站上的人是赔了夫人又折兵，还把城防部队的这批武器拱手送给了共产党地下组织，这可是给自己惹来了杀身之祸。

尤站长想着，事情已经发生不能挽回，他要主动向上峰做个汇报，不能让事态扩大化。

六

城防司令部内，马司令已经忙得焦头烂额。先是医院的案件还没调查清楚，现在刚刚到的新式武器又被劫，还毫无头绪。马司令找来姚参谋问道：“这批武器被劫，有什么消息吗？”

姚参谋回答道：“还没有。可是，这件事有点奇怪，按说这秘密押运又不是第一次，可偏偏这次被人劫持，这共产党太厉害了。”

“那你认为是？”

“一定是共党的游击队干的。”

“怎么讲？”

“我带领弟兄们查看了现场，从现场的迹象上看，并非专业伏击。”

“这就更使人难以接受了，国军的押运是正规军部队，被一伙来路不明的共军游击队截击，汇报上去不是耻辱吗？”

姚参谋想了想说道：“当然不能这么汇报。”

马司令看着姚参谋问道：“你的意思是？”

“这事就交给我来办，如果有什么问题，我再找您商议，决不会让上峰抓到什么把柄。”

马司令点点头：“这事就交给你了，一定要妥善处理。”

七

档案室内，齐子义将看过的档案拿到档案室门前，说道：“杨上尉，请交换档案。”

杨上尉将档案接过，说道：“你们够利索的，这么快！”

“别啰唆，快点！”

说着，杨上尉又取出十份档案递给齐子义：“请签字，长官。”

齐子义在文件夹上签了字，将十份文件分别派发给秘书们查看，说道：“今天，大家辛苦一点，尽可能多完成一些。”两个秘书接过文件档案继续工作起来。

突然电话铃响起，齐子义接起电话，电话里在跟他说着什么，他不停地回应着，只听他说：“是，马上到。”随后便放下了电话。

齐子义站起身对秘书说道：“我去一下，你们继续。”说完便离开了档案室。杨上尉像想起了什么，拿起电话听筒拨号。

八

齐子义离开了档案室，向尤站长的办公室走去。尤站长的办公室内，吕飞已经在一旁等候，齐子义一到，尤站长便向两人问道：“那几个共党侦察兵招了没有？”

吕飞摇摇头道：“没有结果，用了各种刑具都问不出任何事情。”

尤站长指着自己的脑袋说道：“要用脑、用心。对政治犯就知道用刑具，就不会采用一些攻心为上的招数？”

吕飞一时无语，齐子义在一旁静静地听着，似乎在思考着什么。

尤站长看着两人不同的表情道：“好了，不用审讯了，我们管辖的两个监狱已经人满为患，那几个人可以明晚拉出去执行了。”吕飞点点头。

尤站长又看向齐子义道：“陈飞，你明晚代表我监督执行。”

齐子义只默默地回应着：“是。”

尤站长继续说道：“吕队长，你通知行动队的吴天去执行处决任务，执行地点照旧。”

说完，齐子义、吕飞离开了尤站长的办公室。齐子义在得知行刑地点之后，立刻回到了住处向俞子涵发报。另一边的俞子涵在得到齐子义的消息后，担忧的心总算放了下来。齐子义将他知道的一切消息，通过电台传递给了俞子涵，她在收完电报后，也开始部署营救行动。

俞子涵来到一个饭馆，刚刚走进饭馆，一个小二跑了过来道：“客官，是吃酒还是吃饭？”

“吃酒。”

“好嘞，那楼上请。”

俞子涵跟随小二向楼上走去。走上二楼，俞子涵便看到一个人在靠窗的桌子前坐着喝着闷酒。

俞子涵走了过去道：“喝酒伤身，不宜多饮。”

那个人一边喝酒一边说道：“家有烦事，借酒消愁。”

俞子涵看了看继续说道：“那也不必这样，来，给我说说。”俞子涵顺势坐了下来说道，“再大的事说出来，我也许能使你振作起来。”

“那就谢了。”说完看了看左右，又低声说道，“小弟严可，奉二哥之命，前来拜见，有什么事尽管吩咐，小弟将不遗余力而为之。”

俞子涵点点头道：“那就长话短说了。”

严可左右看了一下，低声说道：“请讲。”

俞子涵拿出一封信，压低声音道：“这里有一封信，你必须连夜将它……”俞子涵向严可耳语着。

严可不住地点头，后又大声地：“请放心，这个腿小弟我替您跑了。”

俞子涵拿起酒瓶倒了两杯酒，说道：“那就有劳了。”说着和严可碰了杯，一饮而尽。

饮完酒后，严可站起：“酒钱我已付过，您可以再继续痛饮，老弟就先告辞了。”说完大步向楼下走去。待严可走后，俞子涵思索了一下，也起身离去。

九

齐子义给俞子涵发完电报后，便回到了档案室。秘书拿着几份档案走到齐子义面前说道：“陈副官，这几个的情况登记得不很详细，我们是不是可以启动询问的程序？”

齐子义拿过来看了一下说道：“我想还是通过外调为好，如果用询问个人的方式，很难了解到真实的情况，而且还有泄密的可能。”

“好，明白了。”

齐子义问道：“全部人员都登记下来了吗？”

秘书回答道：“马上就完成了。”

“好，你们完成登记之后，立即做好准备，有计划地开展外调工作。”说完，齐子义离开了档案室向办公室走去。

回到办公室的齐子义看着一份名单。那是他经过几天的时间拿到的军统站全体人员基本情况的名单。他没有想到的是，在这个不到百人的站内，蝎爬狗行，乌七八糟，有着这么复杂的人员构成。他认真地看着，不时用铅笔在名单上标记着，并很快地抄写起来。他想让上级组织协助弄清这些人员的真实身份。齐子义绝不会相信军统站档案的真实性，这只能是个参考罢了。电报还不能使用，他只能通过那个人来与组织取得联系。他抄写完毕，叠成一个方形的样子，塞进一个盒子里，起身开门。他再次来到一个大树旁，将盒子放到了树下的树洞里，检查无误后转身离开。

十

太阳升起，满天朝霞。吴天开车到了保密局，齐子义看见吴天走上前去问道："吴队长，一切都准备好了吗？"

"当然，我已查看完刑场，只等天黑行动。"

"我就直接去监狱。"

"好嘞。"说完，吴天转身准备离开。

齐子义又将吴天叫了回来道："哎，吴队长，我晚饭后有点事，可否推迟20分钟？"

吴队长想了想回答道："没问题，我在监狱等你。"

齐子义微笑着表示感谢道："好。"与吴天交谈完毕后，齐子义转身离开。他想拖延20分钟，为营救行动争取更多的时间。

十一

很快夜幕降临，离行刑的时刻越来越近。监狱里，典狱长带领几个狱警和执法人员在监狱走廊里走着，来到一个牢门前停了下来。牢门打开，狱警和执法人员冲进去将几个浑身是伤的游击队队员押了出来。执法人员将犯人押到院内。突然间天空中电闪雷鸣，乌云慢慢地聚集而来。吴天看了看天空催促道："快将犯人押上车，要下雨了，尽快处决了比较好。"

吴天旁边的士兵提醒道："队长，陈副官还没到。"

正说着，齐子义的车子开进了监狱院内停了下来，齐子义从车上下来看了看押解的犯人，说道："没问题吧？"

吴队长回答道："没问题，犯人已押上车。"

齐子义点点头："好，那就立即行动吧。"

众人听到命令后，立刻开车将犯人押往刑场。

十二

尤站长的办公室内，电话铃声响起。尤站长接起电话道："讲。"

电话中的人向尤站长汇报道：“长官，执法队已将犯人押走，正在去刑场的路上。”

“好，知道了。”说完，尤站长放下电话，陷入了思索之中。

解决监狱里犯人人满为患的问题，是尤放的权宜之计，近来接二连三发生的事件使他陷入了极度的苦恼之中，尽管每次都对上峰做了交代，但都是弄虚作假欺上瞒下的结果，他知道，总有一天……他摇摇头，不敢再想下去。他按了一下桌上的按钮，说道：“派车，去医院。”

“站长，外面就要下大雨了，是不是……”

“我知道，不用你提醒，马上备车去医院。”

“是。”

尤站长放下电话，站起身来，穿衣戴帽，向门外走去。他来到门前，汽车已经备好。他坐上车后，汽车立即向医院驶去。

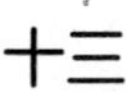

十三

押解犯人的汽车在郊外的公路上疾驶着。此时外面的天雷电交加，齐子义此时心事重重。他亲自押着自己的同志去赴刑场，他的心中像刀割似的难受。但想到之后的营救行动，他对俞子涵是非常放心的，希望营救人员能顺利将人救走。他盘算着营救中的每一个可能，他想着自己将如何快速而隐蔽地脱离刑场，而不让敌人看出任何破绽。他想着想着，汽车很快便来到了刑场。他整理好心情，和吴天走下了车。他看着众多士兵将刑场团团围住，周围还有许多全副武装持枪警戒的守卫，他为营救行动能否成功多了几分担忧。接着，三个浑身是伤的犯人被押向采石场凹地里，他向周围看了看，他想寻找营救人员的身影，但是遍寻无果。

吴天看了看天，对齐子义说道：“陈副官，你要没有异议的话，就早点执行早点回去。马上就要下大雨了，早点完事吧。”

齐子义并没有理会吴天，走向了几名犯人，吴天见他没有回话也跟了过去。他在几人面前依次看着，表情非常严肃，犯人们则用鄙视的眼光不屑地看着他们。他就这样来回地走着，吴天虽然着急，但他不敢鲁莽地催促长官，只能跟在身旁。他在拖延时间，他在等待着，可现在他的心里已经不再淡定。刚才的自信突然失去了许多。他不明白为什么还没有动静，他下意识地向周围看了看，他在等待游击队队员的出现，可是眼前的一切是那么的静谧。

吴天觉得不能再等下去了，对着齐子义道：“陈副官？”

齐子义依旧没有理会吴天，只是突然站在了那里，很大声音地说道：“几位可真沉得住气啊！面对死亡，你们有什么要说的吗？”几个犯人闭口不言。

齐子义见状道：“那好，既然这样，我给你们三分钟的时间，让你们想清楚了。”说完，齐子义对着吴天说道：“吴队长，三分钟后执行。”

只见吴队长跑到执行队的六名士兵前，喊道：“举枪。”行动队将枪举起。

吴天看着表开始计时，齐子义也拿出表看着，时不时看看周围的情况。时间一分一秒地过去，可是始终见不到游击队队员的身影。三分钟很快就到了，但齐子义没有等来游击队队员，只听吴天喊道：“预备，射击！”枪响过后，三个犯人应声倒地。齐子义痛苦地闭上了眼睛。此时，天空中下起了倾盆大雨。齐子义心情沉重地上车，离开了刑场。

吴天开着车在雨中疾驶，齐子义在想着这事。营救失败了，齐子义不知道问题出在了哪里，俞子涵做事向来谨慎细致，难道是游击队出了什么事情吗？他一定要把情况弄清楚。

吴天看着齐子义若有所思的样子问道：“陈副官，你在想什么？”

齐子义回过神来道：“你说什么？”

吴队长继续说道：“你刚才是不是想让他们妥协，问出点什么？没用的，这些共产党，我见得太多了，一个比一个硬，根本什么都不会说的。”

齐子义又闭上眼睛说道：“每人都有信仰，正像你……”他欲言又止，看了看吴天摇头道，“你认真体会吧，早晚你会明白的。”吴天不明所以地摇了摇头，继续开着车向前驶去。

十四

齐子义回到住处，拿出电台试着发报。可没想到的是，他很快就联系上了俞子涵。他立刻带上耳麦，向她发报。俞子涵看到电台传来信号声，立刻开始接收电报。齐子义经过电报询问得知，这几天电报讯号遭到干扰，今晚才恢复通讯，所以他们之间一直无法取得联系。正因为这样才间接牺牲了三位同志。紧接着，齐子义向俞子涵说明了营救行动，但不知为何原因，营救失败，请求组织彻查此事。

发完电报，齐子义陷入了沉思之中，这一切发生得太过巧合，难道他的身份已经遭到怀疑了吗？还有严可为什么没有将信件传给组织，难道中间有人搞鬼吗？齐子义不敢再想下去了。

十五

尤站长来到了安然的病房中，此时的安然沉沉地睡着了。他将所有人都留在了门外，自己一人静静地在病房里看着安然。望着眼前受伤的安然，他思绪万千。在过往的经历中，安然就像自己的孩子一样，在自己的培养下成长，她聪明懂事，可如今，由于自己的失误，使她险些成为自己手下人的牺牲者，他悔恨不已。想着想着，他眼里噙满了泪水，他又想到了那次安然舍身相救的情形。当年的安然在那样的危机情况下，不顾敌人的围堵舍命相救，他至今不能忘记，这也是他一直对安然宠爱有加的原因。此时，病床上的安然好像感觉到了什么一样，慢慢地睁开了眼睛。他看到小心地问道："安然，你醒了？"

安然逐渐清醒，看着尤站长说道："长官，你何时来的？"

尤站长想了想突然严肃地说道："刚来，看你熟睡，所以没有叫醒你。安然啊，我考虑再三，想趁你就医的时间，交给你一个特殊的任务。"

安然疑惑地道："什么任务？"

尤站长凑近安然的耳朵，耳语着，安然仔细地听着，不住地点着头。

十六

天空放晴，太阳缓缓升起。尤站长的办公室内，吕飞在向尤站长汇报着："站长，抓到的这个人宁死不屈，肯定是共党的地下交通员，他身上携带的那封信表明，他是一个有着特殊身份的共党交通员。"

尤站长不解地问道："为什么？"

"因为他带的信是用密码书写的。"

"信呢？"

"我已交给情报处破译。"

"这么说，这个人对我们很重要。不过，你的判断只是保留在怀疑的层面上。"

"是，可他已不堪重负。我断定他熬不过去。"

尤站长指着电话对吕飞说道："吕队长，给他们打电话，让你的人把他送到医院，在他什么都没说出来之前，不能让他轻易死掉。"吕飞拿起话筒打着电话。

突然门外传来了敲门声，尤站长对着门口说道："进来。"

齐子义走了进来，看吕队长在，说道："对不起，我一会儿再……"

"不用回避，陈飞啊，你也听着。"说完又对着刚刚打完电话的吕飞道："你继续讲！"

吕飞道："我已派人将他送到了医院，至于那封密信，明天就可以破译出来。"

齐子义听到此处，心里起了怀疑："医院？密信？怎么回事？"

齐子义正思考着，尤站长对他说道："陈飞，你现在陪吕队长去一下医院，如果犯人清醒，一定要审问出他的身份和肩负的使命。"

齐子义有些不解地道："站长，是什么犯人？"

尤站长道："你们先去，医院的路上让吕队长详细地跟你说明一下。"说完，齐子义和吕飞离开了办公室。在去医院的路上，吕飞向齐子义讲述了整个事情的经过。

齐子义顿时明白了许多，原来他们抓到的人是严可，这个严可可能就是这次营救行动的关键人物，在得知严可身受重伤又经历了严刑拷打之后，齐子义开始担忧严可此时的处境，以及此次营救行动失败的真正原因。

十七

医院里，严可全身都绑着绷带，他大叫一声从睡梦中惊醒。看着眼前的一切，他回想着之前发生的事情：他在山路上匆匆地走着，突然看到前边有哨卡把守，他很快向一个山崖爬去，正在这时，一群狼向他跑来。头狼龇牙咧嘴地看向他，突然率群狼向他发起了进攻。他一急，大叫了一声，掉下了悬崖。掉下悬崖的严可被哨兵抓到，由于身份不明和一封信件，他被送到了军统站。他记得在审讯室里，他受伤靠墙坐在地上。

一个叫吕飞的走了进来，一个士兵向他报告道："队长，就是他。"

吕飞上前去看了看问道："怎么回事？"

士兵继续汇报道："接到后山哨卡报告，我们就赶了过去。据哨卡人员讲，他是被一群狼追赶摔下了悬崖，他们在现场发现了他，他的胳膊被摔断一个，一条腿也被摔断，在他身边的不远处，发现了一只手枪和一封信。哨卡长官认为此人一定是一个不同寻常的人，可能是地下党的交通员，于是就将人交给了我们。"

吕飞指着严可说道："他怎么说？"

士兵回答道："一问三不知，还没有开口。"

吕飞走到严可身边道："说吧，你是干什么的？深更半夜的你去山里边干什么？是给游击队送信的？"严可咬牙不语。

吕飞对身边的士兵问道："信呢？"

士兵将信从桌上拿起，递给吕飞道："就是这封信，那上面都是用密码所写，我们看不明白。"

吕飞接过信，看了一下道："还真看不懂。快，派人送情报处，让他们尽快破译。"说完，士兵拿着信跑了出去。

吕飞又对着严可道："你最好老实交代，不然有你受的。"严可依旧闭口不言。吕飞见严可什么都不说，就让人开始对他用刑，严可受不了重刑昏了过去。之后发生了什么，严可就不知道了。

等他再次醒来，就身处医院了。严可想着这一切，痛苦地喃喃道："大姐，是我不好，是我太匆忙，是我对不起你啊！他们再这样下去，我如果不招供会坚持不下去的。我该怎么办啊？"

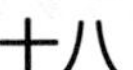

十八

医院里，齐子义和吕飞先进了医生办公室内。医生见到两人问道：“长官，有事吗？”

吕队长问道：“我想知道刚刚送来的犯人的情况。”

“犯人？我这里只有病人，没有犯人。”

齐子义拦住吕飞继续说道：“对不起，那就请告诉我们病人的情况。”

“他的情况不是很好，不过胳膊和腿的骨折处已经接好。如果不再提审他的话，应该会有一个好的结果，否则，就不好说了。”

“他现在还清醒吗？我们能向他问话吗？”

“还好，能够说话，但不要时间过长。”

齐子义点点头，与吕飞走出了办公室，向病房走去。来到病房，严可紧闭双眼，看似好像还在昏迷。有个士兵想要去叫醒严可，被齐子义制止了。齐子义看着满脸伤痕和全身缠着绷带的严可，他心中升起了无限的同情。从刚才尤站长和吕队长的行为上看，严可一定还没有泄露任何机密。现在，他比任何人都更想知道，情报为什么没有成功地送出去？他从内心安慰着自己，也许这次营救任务不成功，纯属一次意外。

吕队长走上前，低声说道：“陈副官？”

齐子义回过神来，向吕飞点了一下头。

吕飞对着严可道：“睁开眼吧，我知道你没睡着，长官有话问你。”

严可睁开眼睛，看着眼前的众人，满脸的愤怒。

吕队长看着严可的动作说道：“想说什么就说吧，我们会为你治病，为你保密的。”

严可看了看齐子义，想了想义正词严地说道：“长官，我什么都不能说，也不想说了，请你们赏我一颗子弹吧，我已经受够了，我一个替人送信的山里人，被狼追赶，不慎跌入悬崖，你们还要打我、上刑、蹂躏我、折磨我，我实在受不了了，我要求死，长官。”

齐子义听到此处，似乎明白了什么，佯装问道：“替人送信？送什么信？送给谁？送到哪儿？”

严可说道：“我已向委托我的人起过誓，这事是打死也不能说的。”

齐子义继续问道：“你说你是个山里人，为什么带有手枪，这怎么解释？”

“我是用来防身的。”

“看来你没有说实话。”

“天地良心，长官，我……”

吕飞打断严可的话，说道："不要啰唆了，看来，你是个贱骨头，不上刑，你是不会招的。来人，给我把他拖出去。"

严可看着过来的士兵，疯了似的抵抗着："骗子，你们都是骗子，我死也不会再去那个鬼地方了。"

两个士兵上前掀开被子，拉着近似疯狂的严可。就在两个士兵转身的瞬间，严可分明看到他们身后腰部的手枪露了出来。他眼疾手快地拔出了手枪，把枪头放在自己嘴里开了枪。这一系列动作就发生在一刹那，当齐子义想上前阻止时，瞬间严可的血溅满了床头。

齐子义一惊骂道："你们这群笨蛋！怎么能让他自杀了呢？"说完气愤地离开了病房，只听门狠狠地被关上了。

而此时对严可来说，也许这是他最好的结局，本身就身受重伤的他，再也经不起严刑拷打，此时的他是真正的解脱了。亲眼看见了严可的自杀，齐子义痛心疾首。原来营救失败的问题出在了严可身上，虽然他没有及时将信件送给游击队，但是他已经尽力了。面对危险，面对敌人的严刑拷打，他保护了组织的隐私，并没有叛变，他还是冲动了，居然用自杀来解决这一切，齐子义佩服他的勇气和决心，但组织上又失去了一个得力干将。

第二十五章　军列被炸

一

尤站长的办公室内，气氛异常地沉重，他在得知严可自杀后默默地审视着齐子义与吕飞，他没想到这件事会是这样的结局。吕飞看着他阴沉的眼睛，颤抖不已。

时间一分一秒地过去了，尤站长缓缓地开口道："你们这都对付不了，还让他自杀了，好，很好！"说着站起来走到吕飞身边，拍了拍他的肩膀，看似轻轻一拍，可只有吕飞可以感觉到尤站长的力道有多么的大。

尤站长看着吕飞问道："那封信呢？"

"已交给电讯组，正在破译。"

齐子义看出了尤站长隐藏的怒火，想了想说道："这事我去落实。"

尤站长看向齐子义郑重地道："好，一旦译出，马上送来。"

说完，尤站长松开了吕飞，吕飞如释重负，连忙跟着齐子义离开了尤站长的办公室。

二

齐子义回到办公室，打起了电话。

等电话接通，齐子义说道："喂，是电讯组孙组长吗？我是陈飞。"

"啊，是陈副官啊！怎么想起给我打电话，有什么事吗？"

"尤将军传令，不得不打扰你。"

"陈副官请讲。"

"昨晚，吕队长送去的那封密码信破译出来了吗？"

"很对不起，陈副官，我已告诉吕队长，今天我实在太忙了，明天译出来，想不到……"

"什么想不到，这个是尤站长交办的事，难道你也不放在心上吗？还是你有什么话亲自给尤站长解释吗？”

“没有没有，我原想不是很重要的事，所以就……今晚我亲自破译，请陈副官给尤将军多多美言几句，吃过晚饭，我马上就去办公室。”

“那好吧，孰轻孰重，你自己掂量吧。”

齐子义放下话筒，看了看表，马上拿出一张纸来，在上面迅速地写着密码：4352 3111 5438 2252 1314……写完后，他将纸叠起来，装进内衣袋中，又看了看表，向外走去。他小心地向走廊尽头走去，来到一个门前，向走廊里看了一下，确定没有人后弯下腰来，从鞋里摸出一个铁条，在手里捏了几下，蹲下身去在锁空里来回试了几下，门被打开了，他闪身走了进去。进到室内的齐子义，关好门后来到一个桌子前，那封信还放在桌上文件的最上面，他戴上白手套把信拿起来，从里面抽出信纸，又从内衣中掏出那张准备好的信纸装了进去。随后，他又小心地把它按原样放了回去。准备离开时，他又停了下来，桌子上放着的一份刚刚破译的电报吸引了他。他拿起电报看着，又默记着上面的内容。他看完之后，又从裤袋中掏出一个微型照相机将其拍下来，等一切做完后，他转身向门口走去。他打开房门向外看了一下，见走廊里无人，便闪身走了出去，小心地关上房门，并快速地离开了办公楼。

齐子义回到住处，来到桌子前，拿起笔纸，记下刚刚默记下来的电报内容，核对准确无误后，他从床下拿出电台，将他记下的内容通过电报发给了俞子涵。他发完电报，长舒了一口气，沉思起来。他在调换了送给游击队的信之后，得到了一条重要的电讯内容。这个还没有报请站长过目的密电，让他捷足先登了并在第一时间用电台传递了出去。俞子涵看着他发来的电报内容，非常震惊，她立刻将电报用最快的速度发送给了于书记，电报的内容则是：江淮游击纵队，接地下组织3号密电，敌军将从东线调拨两列弹药车开往西线，是日夜将经停崖山火车站40分钟，望抓住有利时机，组织精干人员，将其炸毁。完毕。

三

齐子义发完电报，来到了办公室，韦佳站起来说道：“长官，刚才孙组长来电话，让你来后立即给他去电话。”

齐子义点点头，拿起电话打给了孙组长道：“是孙组长吗？”

“陈副官，我刚刚译完那封密信，已经让手下给您送了过去，请您接收。”

“好吧，我知道了。”

“陈长官，原谅我的疏忽，如果尤将军怪罪，还望老弟多多美言。”

“放心，我会的，再见。”说完放下电话，对韦佳说道：“韦秘书，我还有点事需要出去一下，一会儿电讯组会送来一份破译的电报，你把它送到尤站长的办公室。”

韦佳回答道："是，长官。"说完，齐子义离开了办公室再次回到了住处。

获得军火列车的情报，并及时电传出去，齐子义宽慰许多。但营救游击队队员的失败，以及严可的自杀，一直使齐子义无法释然。他认为这是他犯下的不可饶恕的错误，他决定向组织承认错误，以求得处分。他拿出纸笔写了起来。

四

尤站长的办公室内，他看完破译之后的密信，找来了齐子义和吕飞，说道："吕队长啊，你视为宝贝的这封密信可没有什么价值啊！"

说着，尤站长拿起桌上的信，念道："宽哥，你托我购买的家什已经办好，不日我进山时帮你带回。以前，你和成家的恩怨我想就此也可以了结了吧，顺祝心情愉快！"

尤站长念完信，脸色慢慢地沉了下来，把信拍在桌子上，对吕飞骂道："什么乱七八糟的！我说吕队长，你能不能给我办些正事？这家长里短的家信也把它当成情报送到我这里来？如果都是这样，我们军统站都成什么了？你能不能长点脑子！"吕飞听过信的内容后，脸色一阵青一阵白，顿时没有了言语。

齐子义内心暗自窃喜，但表面却故弄玄虚地道："长官息怒，吕队长这样做，我想不无道理，这既然是一份家书，可为什么用密码而不是用文字书写呢？我们是不是顺着这条线索深挖一下，也许能……"

尤站长打断了齐子义的话，说道："得得得，人都死了还挖什么？！这事到此为止，别给我没事找事。"

接着，尤站长拿起桌上的电报看了一下说道："吕队长，还有一件事要你去办。"

吕飞一听又有任务，为了不再犯错，他认真地听着尤站长的吩咐。

尤站长说道："今晚我军有两列军火列车经过崖山车站，并在那里停留养护，加煤、加水。你们侦缉队和车站守卫部队配合做好安保工作，你要尽快完成有关部署，带人马上去崖山火车站，决不能让这列军车在我们的辖区里出现任何意外。"吕飞一听，此事关系重大，思考了一下，领命走出了尤站长的办公室，去部署行动。

吕飞走后，尤站长对着齐子义道："陈副官，你现在和我去一下城防司令部。"说完，尤站长带着齐子义走出了办公室。

五

城防司令部门口岗哨林立。尤站长和齐子义通过重重检查，来到了马司令办公室。

尤站长看到马司令说道："马司令，别来无恙啊。"

马司令客气地说道："哪里哪里，尤将军，请坐请坐。"

说完，马司令和尤站长坐在了沙发上，齐子义站到了尤站长身后。勤务兵端来了茶水，放到了马司令与尤站长的面前。

马司令看着尤站长，说道："尤将军，在我的记忆中，你尤将军可是无事不登三宝殿啊。"

"是吗？那就不用开场白了，马将军可否接到军火列车经过我们防区一事的电报？"

"刚刚接到上峰指令，说今夜有两列军火列车经过这里，要我们配合军统站做好安保工作。说吧，尤将军让我怎样配合？"

"那就好，这样，马将军，你知道我们军统站人手历来不足，由于经费有限，行动队的人更少，希望马将军多调一些人员去车站。"

"好说，好说。别说上峰有令，就是没有，我也要做到有求必应啊，不是吗？"

"感谢感谢！"

"哪里话，你这就是见外了，好像咱们不是一家人似的。"说完，马司令对着门外叫道："姚参谋长。"

姚参谋长走了进来，马司令接着说道："你马上安排警备连做好准备，晚上派出一个加强排开赴车站，加强车站的防卫，主要配合军统站行动。"姚参谋长领命后走出了办公室。

马司令想到了什么一样，又看着尤站长说道："尤将军，这件事我们安排好了。不知你对医院那件事调查得怎样？还有你也是知道的，前几天我们城防部队武器的事情，我们也是忙得焦头烂额，不知道尤站长有何见解啊？"

尤站长听出了马司令口气里的责问与试探，可这些事尤站长也是毫无头绪，他只能将责任推卸出去，说道："马司令啊，我们也在加派人手，连夜侦破。可是那共党分子太过于狡猾，任何线索都没有留下，他们故布疑阵，马司令可不能上了他们的道啊。我们还是要联手继续调查，争取将他们彻底铲除啊。"

马司令又说道："我希望可以尽快破案，抓到那些猖狂的共产党，我认为你们内部是不是有？"说完瞟了一眼齐子义。齐子义在一旁默默地听着，没有做出任何的回应。

尤站长若有所思地说道："马司令看你说的，我绝对相信我的所有下属，绝对不会是共党潜伏的人员。案件我会加派人手协助城防司令部调查，好了，时间不早了，我们就先走了。"说完，尤站长站了起来。

马司令看根本问不出个所以然来，便也站起来说道："尤将军，慢走。"

齐子义与尤站长从城防司令部出来，坐车返回保密局。在车上，齐子义向尤站长问道："站长，你怎么想到让城防部队配合我们？这是我们常规的护卫行动。"

“最近各方吃紧，接连的打击使我们有点力不从心。如果让驻防部队参与其中，如遇意外，我们也好向上峰交代啊！”

“站长考虑得极是，就这我们还是防不胜防啊！”

尤站长意味深长地看了一下齐子义，又闭上双眼，靠在椅背上道：“一切都会好起来的。”尤站长说完，默默地想着马司令刚刚的暗示，连一个城防司令部都对保密局内部起了怀疑，看来他是要暗中好好调查一番了。

齐子义听完尤站长的话，静静地思考着。接二连三的案件已经让尤站长对身边的人，甚至是自己，产生了怀疑，但为了面子，他在马司令面前才那样的信誓旦旦。最近正在风口浪尖上，齐子义想着之后的行动要更加小心才好。很快，他与尤站长回到了保密局，尤站长去了办公室，他则悄悄回到了住处，发起了电报。虽然现在发报有点冒险，但情况紧急，他要将城防部队参与保卫一事报告给组织。

六

中共游击队驻地内，游击队队长赵凌召集众队员部署行动。

赵凌说道：“中午接到我军纵队首长的指示，今晚有两列敌人运送弹药的军火列车要经过我游击区，将在崖山车站停留，首长要求我们要不惜一切代价将其炸毁。我已和侦查员潜伏到车站做了细致的观察，那里确实守护严密，地形比较恶劣。但不管有多大的困难，我们也要完成这个任务。”说完，赵队长看了下左右，继续说道，“各分队负责人都到齐了吗？”

旁边的通讯员看了一下全体，回答道：“都到了。”

赵队长拿出一张地图，指着地图各个要点对众人讲解道：“这是崖山车站，这里有碉堡和车站守卫部队把守，后边又是百米断崖，对我们设伏极为不利，要想接近车站非常的不容易……”接着，赵队长向众人讲述了所有的安排与部署。

等一切讲完了，一分队队长问道：“敌人安排了多少兵力？”

赵队长回答道：“大约一个排的兵力。”

众人又商讨了一下，觉得应该没有问题。

赵队长继续说道：“如果从正面突破进入车站是有一定的困难，我们要分头行动，相互配合。”

众分队队长异口同声地说道：“全听队长命令。”

赵队长继续指着地图道：“进入车站的小分队可秘密潜入并隐蔽起来，等待时机。等军火列车驶来时，我们可顺利地放过第一列火车进站，等第二列火车进站时，我们可以改变火车的行进轨道。让两列火车相撞，再加上我们安装好的炸弹，彻底摧毁敌人的军火列车。”众人点了点头。

赵队长看一切都说明白，开始布置任务，叫道："第一分队，你们选出几名精干人员，由你带领潜入车站。控制轨道，同时要安排预备队接应。"第一分队队长点了点头表示明白。

赵队长对着第二分队队长说道："你带领全部人马布置在车站周围，做好掩护准备，一旦车站敌人发现，要不惜一切代价吸引敌人，让站内人员顺利完成任务，并掩护他们撤离。但切记，隐蔽要严密，更不要打草惊蛇。"第二分队队长也点了点头。

赵队长看着第三分队队长正准备部署任务，此时一电讯人员拿着电报走了进来道："报告队长，市委急电。"

游击队队长接过电报看了一下说道："从内线传来的情报，今晚在车站敌人增加了一个加强排的兵力加强车站守卫，军统站也将增派30个特工配合行动。"

第一分队队长担忧地说道："这么多，我担心我们……"

赵队长打断了他的话道："不用担心，我还担心我们的人力没处用呢？我们要智取，不能跟他们硬碰硬。"

赵队长又看了看第三分队道："你们全部在外围设伏，做好战斗准备吧。"第三分队队长点点头。

赵队长又道："另外，随着敌人兵力增加，你们一定要求所有参战人员谨慎行事并配足弹药，保证进站小分队人员能够顺利完成任务。"

众人异口同声道："是。"

七

太阳西下，崖山车站对面的树林中，人头攒动。火车汽笛不断鸣叫，探照灯不停地来回扫射，车站上众多巡逻兵来回地走动着，岗楼上有士兵持枪而立。潜伏在树林中的游击队队员看着戒备森严的崖山车站，仔细观察过后，待一队巡逻兵走过，第一分队的游击队队员立即跑上前去，将车站外围的铁丝网剪开一个口子爬了进去。其余分队也进入各自的埋伏点，掩护第一分队的队员行动。不一会儿，第一辆军火列车开了进来，按照计划，游击队队员没有任何行动，火车顺利进站。第一分队的游击队队员也早已潜伏在指定地点，准备改变火车轨道。

此时，两辆汽车驶上站台停下，一军官从驾驶室下来喊道："快下车。"众士兵迅速下车，分两队分别向前后月台上跑去，将站台团团围住。

齐子义在住处内看着崖山火车站的地图，他不免有些担心，崖山火车站地势险要，加上原有守卫车站的一个排的兵力，目前，增援的兵力加起来就有两百多人，这给游击队带来了极大的难度，他们能成功吗？他担心地站了起来，在屋里来回地走着。崖山火车站内，士兵们严阵以待，游击队队员潜伏在暗处伺机行动。"呜——"，

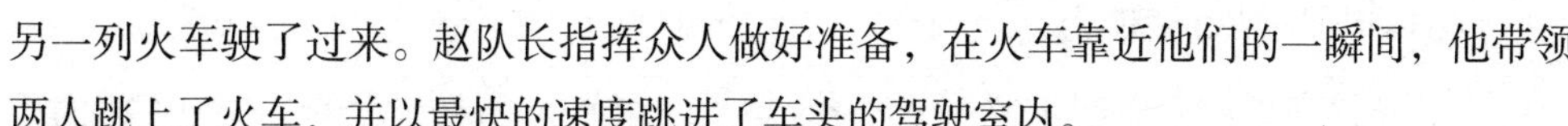

另一列火车驶了过来。赵队长指挥众人做好准备，在火车靠近他们的一瞬间，他带领两人跳上了火车，并以最快的速度跳进了车头的驾驶室内。

赵队长手起枪响将驾驶室内的两个敌人打死，自己坐到了驾驶员的座位上，看清前面的情况后，对着两名队员道："火车加速行驶后，我们五分钟后跳车。"队员立即加快向火炉中添煤的速度，火车不断提速。另一边，几名游击队队员慢慢向车站扳道处靠近，探照灯扫来，他们立即趴在铁轨旁。探照灯一过，几个人又匍匐前进，靠近了扳道处。赵队长在列车驾驶室内，让火车不断加速，一名队员不断向炉火中加着炭火，另一个将准备好的炸弹放置妥当。"呜——"一声汽笛响过之后，赵队长带着两名队员跳下了火车，跳进了旁边的树丛中。在扳道旁的队员看着火车行驶而来，两名队员快速地将一扳道叉处的铁轨搬开，和另一铁轨合并在了一起。待事情做完后，几人原路撤离。

当他们跑到铁丝网处时，一个敌军军官发现了他们，并大喊道："那边有人，狙击手射击。"探照灯转向了铁丝网处，岗楼上的轻重机枪向铁丝网处射击。游击队队员们迎着子弹迅速钻出了铁丝网，外围山坡上的游击队队员向敌军守卫射击，掩护铁丝网处的游击队队员撤离。双方激烈交火中，只见火车高速行驶而来，敌军还没有来得及采取措施，行驶中的列车撞上了前面的火车，并且火车内的炸弹同时引爆，顿时火光满天，两辆列车被炸毁，消失在一片火海之中。火车站内的守卫也在爆炸中死伤惨重。在一片火海中，游击队队员们毫发无损，在一片混乱中撤离了。

八

城防司令部内，马司令在办公室内大发雷霆，抓起桌上的手枪指着一个受伤的军官道："你这个笨蛋，接近一个连的兵力，守不住一个车站！我要你何用！"

军官看着对着自己举枪的马司令，畏畏缩缩地道："司令，司令，你不能，你不能啊！司令，我曾经为党国立过战功，我曾经为你……"军官话还没有说完，马司令就开枪将其击毙了。参谋长在一旁示意几个士兵将尸体拖了出去。

姚参谋又看着马司令说道："司令，你看这……"

马司令想了一下道："你马上起草报告，讲清军火列车早被共军操纵，两列军火列车系撞车爆炸，也许能减轻罪责。"说完，姚参谋转身离开了办公室，按马司令说的去起草文件了。

九

尤站长的办公室内，只见他十分震惊地站起来，对着电话问道："你说什么？再说一遍。"

"两列军火列车在车站被炸。"

尤站长愤怒地对着电话吼道："混蛋，这怎么搞的？不是派去了一个加强排的兵力吗？加上原来的一个排，还有你们行动队，怎么就守不住军火列车呢？"

电话中的吕飞小心翼翼地汇报着："部队确实到位，可游击队太过狡猾，而且早有预谋，行动隐秘计划周详，我们死伤严重！"

尤站长扔下听筒，坐在了座位上。军火列车被炸，守卫部队伤亡惨重，这给尤站长带来了致命的一击。这事一旦报到国防部，就凭这件事，脑袋搬家是再平常不过的事了。想起近来发生在军统站的是是非非，尤站长不禁打了个寒战。可突然他脸上又露出了一丝笑容，自语道："对，就这么办。"说完，他站起身来向外走去。

尤站长走出办公室，来到韦佳的办公桌前。他对韦佳说道："你马上备车，通知陈飞和我一同去城防司令部。"待他说完，韦佳立刻拿起电话通知齐子义。

十

夜黑风高，一辆车从保密局出来直奔城防司令部而去。尤站长与齐子义在车内说着："共产党太厉害了，他们怎么就知道军火列车的事情，而且算计得那么准？"

齐子义顺着尤站长的话说道："您的意思是有人泄密？"

尤站长看着齐子义想了想道："一定不会是我们的人吧？"

齐子义同样看着尤站长肯定地说道："当然。"

尤站长继续说道："到了城防司令部，你要看我的眼色行事，至少不能将事情扩大，我要让他们承担主要责任。"齐子义点点头，表示明白。此时，城防司令部门前戒备森严。

尤站长的车开到门口被士兵拦下，齐子义递上证件说道："我们要见马司令。"

一个守卫军官接过证件看了一下，又看了看车内的几人说道："保密局的，不行，司令有令，今晚他谁也不见。"

齐子义又道："你不去通报，就知道他不见我们吗？快去，就说军统站尤将军有要事来见。"

守卫军官左右为难，不知道该如何是好，突然尤站长在车内说道："不要啰唆了，既然不让进，那就闯进去。"

尤站长刚说完，司机就启动了汽车准备闯岗，守卫军官条件反射地拔出手枪，对着汽车道："不行，不准进。"

车内齐子义也快速地掏出手枪，指向守卫的军官，几个哨兵看到有人持枪闯岗，本能地拿起枪指向了齐子义。

齐子义看着双方对峙，对着守卫军官说道："你们敢用枪威胁长官，好大的胆

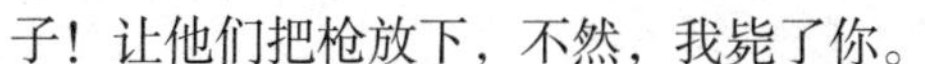

子！让他们把枪放下，不然，我毙了你。”

守卫军官又惊又怕，对着士兵道：“快，把枪放下，放下。”

士兵很听话地放下了枪，守卫军官害怕地看着齐子义道：“长官，咱们有话好说，有话好说。”

齐子义继续说道：“好，那你立刻放行。”

守卫军官连忙道：“是是是，放行。”说着一摆手，将车放进了院内。他看见车进了院内，跑到值班室拿起电话给马司令汇报。

马司令在办公室内接起电话，听着守卫军官的汇报，气愤地说道：“你们这群饭桶，连一个人都拦不住，要你们何用？”

守卫军官听着马司令的斥责不敢说话，马司令想了想继续说道：“既然他们进来了，那就该好好地谈谈了。”说完放下了电话，又拿起另一部电话说道：“姚参谋长，通知执法队待命，你马上到我办公室里来一下。”交代完任务，马司令放下了电话，电话刚刚放下，尤站长和齐子义就走了进来。

尤站长刚刚进门就说道：“马司令，是你阻止我来见你的？”

“阻止你？那你是怎么进来的？说吧，你尤放是无事不来的，看你们这架势，像是兴师问罪的不成？”

“兴师问罪不敢当。车站的军火列车爆炸，你有着不可推卸的责任。你配合守卫不力，使车站……”

马司令一拍桌子愤怒地道：“放屁，我配合不力，我接近一个连的兵力就为了配合你们，死伤无数，这分明是你们泄露了军事机密，我强烈要求你们调查泄密者，严惩不贷。”

尤站长看着发怒的马司令，继续说道：“说得好，我就是调查才到这儿来的。”

马司令瞪着尤站长，冷冷地说道：“你是说来调查我？你胆子未免也太大了。”

齐子义看着针锋相对的两人，马上说道：“两位长官息怒。马司令，我们是来了解情况的。”

马司令根本不管那么多，看着齐子义道：“什么？陈副官，你有什么资格来和我说话，上次给你脸了，是吧！”说完对着外面喊道：“来人。”

门外突然闯进几位执法士兵，姚参谋长也走了进来，说道：“这怎么回事？”说着看见了一旁站着的尤站长，忙说道：“尤将军，你可是稀客啊。恕老弟不敬，没有来得及迎接。”说着向尤站长伸出手来，尤站长却视而不见。

执法队队长，看着屋内的情况，不知道如何是好，对着姚参谋叫道：“长官，这……”

参谋长看了看马司令，又对着执法队队长说道：“去去去，都出去，这里没你们什么事。”说完，执法队队长带着众士兵退了出去。

姚参谋长看人员都退了出去，对着尤站长说道：“想必尤将军是为车站爆炸案而来的吧？你也不用上火，这里边肯定是有人作梗。为稳妥起见，我已将原定上报的材料改为这样，由于警备连连长进入车站前行动上出现了漏洞，泄露了行动机密，我们已将其就地正法。”

马司令一惊道：“你怎么能这样？这显然不合算吧，这分明是他们军统站……”

尤站长打断了马司令的话，说道：“当然，我们也有责任，我也正在调查内部人员，一旦落实，马上上报南京。马司令，事情紧急，我看姚参谋长这样处理，也可视为一个可行的好办法，不然的话……”尤站长的话戛然而止，意味深长地看着马司令。

马司令沉默不言，似乎在想着什么。一旁的姚参谋长又说道：“司令，如果推迟不报，责任更大啊！”

马司令皱着眉头道：“我知道的。尤站长，这不用你教我怎么做。你怎么想那是你的事，这件事可以这么办，但是你那里要给我一个明确的交代。我不希望看到一个鱼死网破的结局。”

尤站长听着马司令的话，知道他这次对军统站已经彻底丧失了信任，但此事只能先这样了，于是尤站长说道：“我一定会给你个交代，这件事只能按姚参谋的意思办了。”

马司令点头道：“好，我等待你们的处理结果，送客。”

姚参谋长把手伸出来说道：“请！”尤站长与齐子义离开了马司令的办公室。姚参谋长送他们走到车前道：“尤将军海量，不要计较了，马司令也就是近来几件事给急的，所以……”

齐子义接着说道：“所以就拿尤站长撒气，姚参谋长，这事还需你从中斡旋，使案子能合理上报。”

“那当然，当然，请上车。”说完，尤站长与齐子义坐车离开了城防司令部。

汽车缓缓行驶在街道上，车内尤站长用手遮着脸在想着事情的经过，突然尤站长放下手，对齐子义说道：“陈飞，你看这事？”

“站长，我看可行，在上峰还不知道的情况下，如果能早早有一个圆满的结果，这已经是一个再好不过的办法了。”

“那么，我们要做的就交给你了。”

“是，长官放心。”

尤站长隐隐觉得，此事的关键就在军统站内部，再加上接二连三的事情，他有些心神不宁，但为了不罪加一等，他不得不按姚参谋长的办法先息事宁人。至于那个军统站内部的“小鬼”，早晚有一天会原形毕露的。尤站长在一边思考的同时，齐子义也在沉思着。齐子义知道不论是军统站还是城防司令部，都开始怀疑有人泄露机密。为了推卸责任，国民党内部愚弄而狂妄的伎俩暴露无遗，要配合他们，更为了满足他们的面子，他突然想到了一个人，一个可以作为内奸的替罪羊。

十一

太阳缓缓升起，齐子义拿着一个木箱和一个包袱来到了房顶上，他从木箱里拿出了狙击枪。一切准备就绪后，他通过瞄准镜观察着清晨宁静的街道。突然，一辆军用吉普车进入了齐子义的视线，他用瞄准镜观察着车上的人。只见军统站通讯组的孙组长开车慢慢地行驶而来。他瞄准孙组长，扣动扳机，只听“砰”的一声，吉普车撞到了一旁的大树上，孙组长脑袋中枪当场身亡。齐子义快速地收拾着，将枪放回木箱内，向楼下跑去。他来到车前，将提前准备好的包袱放在孙组长的尸体旁，包袱里是孙组长作为内奸潜逃的“证据”。

街上的巡逻兵听到枪声赶来，看到齐子义检查着孙组长的尸体。士兵用枪指着齐子义道：“什么人？”

齐子义看着士兵，拿出证件道：“你们好大的胆子，敢用枪指着长官？”

士兵看着齐子义的证件，忙放下枪道：“对不起长官，不知道您这是？”

“此人泄露军事机密，打算今早潜逃，我一路追击，将他击毙在这里。”

士兵又说道：“那长官，这？”

“这什么这，你们现在赶紧收拾，把叛徒的尸体送到军统站去。”说完，齐子义转身离开了。

十二

尤站长的办公室内，齐子义正在向尤站长汇报着：“通讯组孙组长泄露军火列车机密，驾车外逃，我已将他就地正法。”

吕飞将一个包袱放在尤站长的办公桌上，补充道：“这里是从孙组长身边搜到的，里面有孙组长与地下组织的书信往来，以及一些关于我军的重要情报。”

尤站长一惊，看着眼前的东西，心想：这一切似乎非常顺利，而且证据确凿，好像哪里不对。但转念一想，现在时间紧迫，也顾不得许多了，他对齐子义说道：“你马上安排秘书处起草上报文件，如实呈报，并通告全站，以儆效尤。”

“是。”

“还有，你代我去一下城防司令部，将这个事件通报给他们。”

“是。”

齐子义转身要离开的时候，尤站长又说道："回来时去看一下安然，她又要求出院，我没有同意，你一定要了解一下她的伤情。"齐子义点点头，离开了尤站长的办公室。

齐子义开车向城防司令部驶去，他开着车思考着。为了迎合敌人的骗局行为，齐子义采用了极端手段，除去了军统站的通讯组孙组长，不但保护了自己，而且也给我军赢得了时间。

齐子义将车开到城防司令部门前，被门口的卫兵拦住，他出示了证件，卫兵看后说道："保密局的？"

齐子义点头道："我要见马司令。"

"司令部有令在先，凡是保密局的人都得经过同意后才能放行。"

齐子义不耐烦地说道："那就赶快去通报啊！"

突然，后边一辆车开了过来，并不停地按响喇叭。另一个卫兵跑来对着齐子义说道："是花小姐回来了，快，把车让开。"

齐子义完全不把士兵的话当回事，突然把车熄火，打开车门走了出来道："为什么啊？"

此时后边的车依旧在不停地按着喇叭……

卫兵更加着急了，对齐子义道："让开，快让开！"齐子义故意地视而不见。

后边车里花盈盈突然走下车来，气势汹汹地对着齐子义的方向道："前面的车你怎么回事啊！"

齐子义看着迎面走来的花盈盈，两手一摊，无奈地说道："他们不让进，我有什么办法？"

花盈盈看清了齐子义后，突然怔住了，心想："上校军衔，长得挺英俊的，这是什么人呢？"

花盈盈故作高傲地说道："你谁呀？这里是你随便进的吗？"

齐子义耸耸肩，不作回答。

齐子义的默不作声，再次引起了花盈盈的好奇，继续对着齐子义道："你说话啊，你哪个部队的？找谁？"

齐子义平淡地说道："保密局海城站上校副官陈飞，来找马司令送呈文件。"

花盈盈若有所思地说道："难怪，保密局的？"然后又想了想说道，"这样，既然是找我舅舅，那就进去好啦。我跟你说，要是按私下里说，我呀，也不会让你进的，但看你还算彬彬有礼，我就破例了，走吧，进去吧！"

齐子义坐回到车里，准备进去时，又被士兵拦住道："不行，已经通报上去了，还没回话，还得等着。"

看到士兵的阻拦，花盈盈觉得丢了面子，立刻生气地说道：“放肆！这事与你无关，找我舅舅的，放行，放行，再磨叽，我可跟你们没完！”

卫兵无奈只好放行。齐子义开车进到了城防司令部内，他进到马司令的办公室，将文件和事情的结果报告给马司令。马司令看过文件后说道：“很好。不过，这事也不是那么简单。昨晚我接到了上峰电令，为最近海城接连发生的各类案件，由国防部牵头，党通局、保密局等部门组成的调查组将于近日进驻海城。不知尤将军是否接到指令？不过，这些文件将作为强有力的佐证，还希望尤将军全力配合，我们共渡难关。”

齐子义听到先是一惊，后又点点头道：“是，我一定转达马司令的意思。”

十三

花盈盈在房间内将买的衣料一件一件拿了出来，让马夫人和仆人欣赏着，花盈盈兴奋地说道：“舅母这是给你的，看，新潮上市的披肩。”说着将披肩搭在马夫人肩上，道，“哇！看，都看看，美不美？”

说完又拿出一件西服道：“这是给舅舅的西服，怎么样？”

突然花盈盈想起了什么，一边向门外跑着，一边道：“差点忘了，我得去我舅舅那里一下，你们先欣赏着啊！”

在一边一句话都没说的马夫人，看着跑出去的花盈盈，宠溺地自语道：“这丫头，这么大了，还这么风风火火的。”

第二十六章　惊险突围

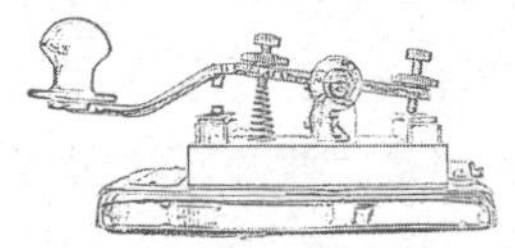

一

城防司令部马司令的办公室内，马司令向齐子义问道："陈副官来海城多长时间了？"

齐子义回答道："不长，就……"

齐子义话还没说完，就听到门口传来了花盈盈的声音："舅舅，听说你这里来了客人？"话音刚落，就见花盈盈走了进来。

马司令先是宠溺地看着花盈盈，又对齐子义介绍道："不好意思，她鲁莽了，这是我外甥女花盈盈。"

花盈盈毫不见外地对着齐子义道："找我舅舅谈什么事呀？战事还是江防？跟踪还是杀人呢？"

马司令佯装生气地瞪着花盈盈道："盈盈，不许胡闹。"

盈盈上前欣赏了一下齐子义，娇嗔道："我可是很正经的，我呀，对帅哥就是没有免疫力，怎么？不给我介绍介绍自己？"

齐子义有些尴尬地说着："小姐，你……"

花盈盈假装生气地说道："你才小姐呢！"

齐子义立马改正叫法："哦，美女，不是已经在门口介绍过了吗？怎么还……"

马司令看着无法无天的花盈盈，心想不能再让她胡闹了，连忙说道："盈盈，既然已经认识了，也就别没话找话了。陈副官，回去一定带话给尤将军。"

马司令此话一出，齐子义如释重负，连忙道："一定，那司令，我就先回去了。"马司令点点头后，齐子义转身离开了办公室。

花盈盈看着将要出门的齐子义喊道："陈副官，我们回见啊！"齐子义转身礼貌性地回了一句话，便走了出去。

花盈盈目不转睛地盯着齐子义离开后，走到马司令身边撒娇道：“舅舅，他怎么样？”

马司令疑惑道：“什么怎么样？你可不能……”

“你知道的，人家想……”

马司令一听，立马打断花盈盈的话道：“你疯了，他可是保密局的人。”

花盈盈毫不在乎地说道：“那有什么？这样的帅哥可是很难遇到的。”说着花盈盈恋恋不舍地看了看门口，想了一下朝门口跑去，边跑边对马司令说道，“舅舅，我就先不跟你说了，我去送送他。”话还没说完，花盈盈就已经跑到了门外。

花盈盈跑着跑着好不容易追上了齐子义，但齐子义对她却是视而不见，并且加快了脚步。齐子义飞快地走着，花盈盈在后边努力地追着，花盈盈看着前面越走越快的齐子义，没好气地喊道：“喂，你慢点行不行，没看见本大小姐在后面吗？”

说完只见齐子义突然站住了，花盈盈一时没反应过来，撞到了齐子义的背上。花盈盈此时心里非常的委屈，想她大小姐何尝受到过如此对待，但花盈盈看到齐子义英俊的脸庞，立马凑上去问道：“这么快就走了？要不晚上我请客，怎么样？”

齐子义慢慢地转身道：“你客气了，可我还得回去复命，后会有期。”说完，齐子义转身准备离开，花盈盈立马拦住齐子义的去路：“别呀！我请你吃个饭，你还不乐意啦？”齐子义并不理会花盈盈，绕过她朝车上走去。

花盈盈一边追着齐子义一边说：“你怎么这么急呀！怎么，站在你面前的人就这么不入你的眼？好歹我也是城防司令的外甥女！我舅舅都没这么对过我，你别不识抬举。”

齐子义停下脚步，很郑重地说道：“大小姐，不是我不识抬举，我身份卑微，任务缠身，我还得赶回去复命呢，您高抬贵手饶过我好吗？”

花盈盈此时异常地气愤，这个人怎么这么的无趣，突然花盈盈好像想到了什么，非常妩媚地说道：“陈副官，你相信一见钟情吗？所以，我想……我们……是不是？”

齐子义看着眼前的大小姐，他当然听出了语气里的暗示，他可不想跟这个大小姐有什么牵扯，只能说道：“大小姐，恕在下不敢从命。”

花盈盈气急，用手指着齐子义：“你……”

齐子义不管花盈盈的反应，径直地走上车，发动车子疾驰而去。花盈盈看着走远的车子，气不打一处来地跺了跺脚，向马司令办公室走去。

花盈盈气愤地走进了马司令的办公室，马司令早就料到了结局，说道：“我就知道你准碰壁，你那是……”

“我这是热脸贴了一个冷屁股，这保密局的人果然都不识抬举。”

“那也不尽然，人家那是公私分明。”

“舅舅，你怎么这么说话呢？你心里还有我这个外甥女吗？”

马司令安抚着花盈盈道：“有没有都让你说了，快回去吧，这可是司令部。回去让你舅妈做点好吃的，心情就好了，别再想这些有的没的了。”

花盈盈有点委屈地走出了马司令的办公室。马司令看着离开的外甥女摇摇头，他真的不知道该拿这个外甥女如何是好。想到齐子义今天跟他汇报的情况，他心里有许多的疑问，可又不知道具体问题出在哪里，现在时间紧迫也来不及细究，只希望这件事能够瞒天过海吧。

二

齐子义开车来到医院的院内，停车后走向了安然的病房。此时的安然正坐在床上擦拭着手枪哼着小曲。齐子义推门走了进来，安然连忙将手枪塞到枕下，说道：“陈大哥，你怎么来了？怎么不打声招呼就进来啦？”

“啊，对不起，是我来得不是时候吗？”

“不是，不是，来我给你倒水。”

齐子义看着准备下床倒水的安然，立刻上前一步，阻止着安然的动作：“不忙，不忙，你是病号，我怎么能让你倒水呢？看你这么精神，可是好多了吧？”

“我本来也就好了，你看，”说着动动手动动脚，接着说道，“可尤站长就是不让我出院，让我再养几天，可把我憋坏了。不过你来了就好了……”

“站长说得对，病是靠治的，伤是靠养的，难得能有机会休息休息，你很快就会出院的，别急。”

“不急是瞎话，要不，你天天来陪着我，我就不会急着出院了，你能吗？”

“我当然不能，近日，站上事情特别多，要不是站长让我来看看你，我还真的顾不上来医院。”

“真心话？那我心里挺凉的。”

“不是，我是说，你是个好姑娘，你会理解的，是不是？”

安然撒娇地道：“理解不了，好啦，你忙，那就快走吧。不过，我通过你再向尤站长请求，我要出院，我要工作。”

齐子义安抚道：“安然，你就好好休息吧，不要使性子。”

“陈大哥连你都这样，看来我出院还是遥遥无期啊。”说完，安然一头倒在了床上。

齐子义看着安然，摇摇头走出了病房。出了病房，他开车向保密局驶去。从安然

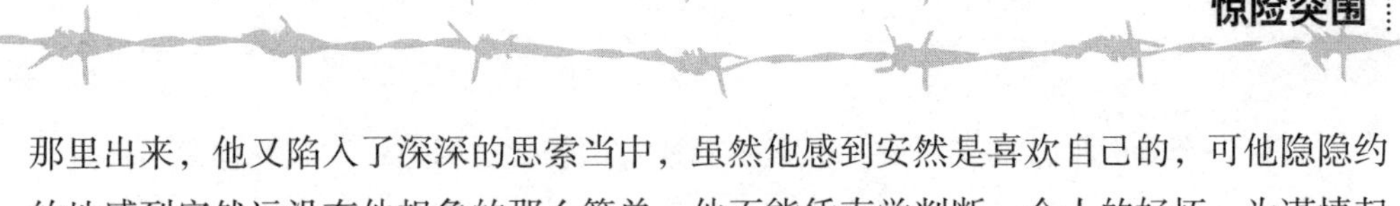

那里出来，他又陷入了深深的思索当中，虽然他感到安然是喜欢自己的，可他隐隐约约地感到安然远没有他想象的那么简单，他不能凭直觉判断一个人的好坏。为谨慎起见，他想再考验安然一次，尽管这会有很大的风险。

三

尤站长的办公室内，刚刚回来的齐子义向尤站长汇报着："文件我已送到城防司令部了，并亲自交给了马司令。不过，有一件事不知站长是否已经知道，这对我们是不利的。"

"什么事情？"

"马司令说，针对海城发生的一系列案件，国防部组织了联合调查组不日将来海城。马司令希望我们全力配合渡过难关。"

听完齐子义的话，尤站长没有任何反应，只是拿起电话说道："你来一下我的办公室。"尤站长放下电话，又对齐子义说道："那么，他们司令部的反应是？"

"没有看出任何的慌乱和惊诧。"

"我不是这个意思……"尤站长话还没有说完，门外就传来了韦佳的报告声，尤站长对着门外道："进来吧。"韦佳走了进来，敬了个礼。

尤站长向韦佳问道："从昨晚到现在，有没有国防部来的电文？"

韦佳摇摇头道："没有。"

"好，你去吧，如果有国防部或者保密局的任何电文，一刻也不要耽误，要第一时间交给我或是陈副官。"

"明白。"说完，尤站长摆摆手，韦佳离开了尤站长的办公室。

等韦佳离开，齐子义道："站长，安然说她的伤已好，要求出院。"

尤站长想了一下道："不行，最近不太平，还是让她再静养一段时间为好，等躲过了这段风头。"齐子义也赞同地点了点头。

随后，尤站长又跟齐子义说了一些事情，齐子义便离开了办公室，尤站长则想着有关国防部要来海城的事情。国防部联合调查组要来海城，却唯独没有通知自己？这使尤放感到事情的不妙。尤站长想着从上任那一天到现在为止发生的一系列的案子，每一个都那么的蹊跷，每一个都看似有了结果却疑点重重，这使尤站长深感恐慌。从廖站长被杀案到如今的军火列车被劫案，自己不但毫无头绪，几乎没有拿得出手的政绩，还使自己的手下死伤无数，他不敢再想下去了，他对未来充满了担忧。

四

审讯室内，吴天正在审讯犯人。

只见一个看似平常的老百姓，吴天不断地打量着他，问道：“只要你说出你姓甚名谁、家住何方，我们就会放了你，可你连住处都没有，那就是山上来的。说！到城里干什么？”

“长官，我真是城里人啊，我叫黄天龙，家住三条巷18号，不信，你可以到我那里去，我带你去可以吗？”黄天龙畏畏缩缩地说着。吴天听后，命令手下将黄天龙带了出去。

五

黄昏时分，各家各户吃过晚饭，搬着小凳子坐在外面闲话家常，说说这家的媳妇生了个大胖小子，说说那家的儿子如何挣了大钱。此时就见一群特务浩浩荡荡地走来，领头的正是吴天。吴天带领着众人，押着黄天龙来到了他的住处。一只信鸽飞到了一个窗台上咕咕咕地叫着。众人来到了黄天龙住的地方，周围的百姓看到这样的情景，纷纷跑回自家院子关上了门，几个胆大的通过门缝偷偷地看着。黄天龙示意吴天，这就是他家，吴天左右看着周围的情况，突然看到阳台上的鸽子，吴天举手一枪将鸽子打死，嘴里还自语着：“我最讨厌鸽子了。”旁边偷看的人瞬间被枪声吓到，关上家门再也不敢出来了，顿时周围一片寂静。

吴天的手下捡起死掉的信鸽看了一下，对着吴天叫道：“队长，你看这里。”

吴天接过信鸽，看到信鸽腿上有一个小竹筒，吴天将竹筒取下，从竹筒内倒出一个纸卷并打开看了一下。吴天边看边说：“原来是这样。”

在旁边开锁的黄天龙一直都胆战心惊的，他生怕这些特务发现一些不该发现的东西。直到吴天发现那个竹筒开始，黄天龙冷汗直流，哆哆嗦嗦地好不容易打开了家门的大锁，小心翼翼地说道：“长官，请！”

吴天看着手里的鸽子，向黄天龙问道：“你知道这只信鸽是来干什么的吗？”

黄天龙假装不知道地说着：“开玩笑，长官，我怎么知道这是信鸽呀！不就是一只普通的鸽子吗？”

吴天怀疑地说道：“是吗？带我们进屋看看。”说着将手里的信鸽交给一个特务道：“带回去。”

随后跟着黄天龙进了院子。这个院子就是普通的四合院，几个房间一眼就能看清，黄天龙左看看又看看，吴天似乎看出了黄天龙的心思，说道：“别想着逃跑，你没有这个机会，这里里里外外都是我们的人。”

黄天龙被看穿了心思，有点心虚，原本黄天龙想在来的路上伺机逃走，可没想到军统站为了他一个人居然出动这么多人，他现在只能默默祈祷他们不要搜出什么重要的东西来。走了一会儿，黄天龙带着众人来到一个房间门口，站定道：“这就是我的房间，长官请。”吴天顺着黄天龙手指的方向，进到了房间内。一进到房间，特务们就开始翻箱倒柜地搜查。吴队长也不时地翻看着，当他走到一个窗户旁边时，伸手推开了窗户，吴天向外看着，突然眼前一亮，他看到窗子上有一些鸟粪。只见吴天用手一摸，又捻了一下，像是发现了什么，一阵惊喜，对外说道：“带黄天龙过来。”黄天龙被带了进来。

吴天捏着鸟粪，向黄天龙问道：“这是什么？你可说过那只信鸽不是来找你的。”

黄天龙没想到吴天等人搜查得这么仔细，连鸟粪都可以引起对他的怀疑，他只能假装不知道地说：“长官，我不知道。”

“你不知道？从鸽子粪便上看，这有干有湿，说明鸽子是不断在窗子上停过，你说，它来干什么？”

“我哪能知道啊？它来不来与我没有关系吧？就算是它经常在此停留，那又能说明什么呢？”黄天龙不断地狡辩着。

吴天看在这里也问不到什么，就继续说道：“看来你是不见棺材不落泪啊，来人！”话音刚落，几个特务跑了进来。

吴天问道：“怎么样？”

几个特务却摇了摇头道：“没发现什么。”

吴天想了想：“那好，这就够了，走，带他回去审问。”说完，几人押着黄天龙离开了。

吴天一回到军统站，就来到了尤站长的办公室，吴天向尤站长汇报着：“站长，我们抓到了一个共党交通员。”

尤站长看着吴天道：“是吗？说说看，怎么回事？”

吴天将事情经过做了简单地叙述：“经人举报，我们多日设伏，抓到了一个可疑人员。他叫黄天龙，自称是三条巷18号的住户。在对他家搜查时，我不经意地打死了一只鸽子，发现这是一个信鸽，在它的腿上绑有传递情报的小竹筒，里边有一个情报，在这儿。”吴队长说着递上了那个纸条。尤站长接过打开看了起来，念着上面的内容：“是日子时，哥妹相会不待，月上柳梢。时间地点照旧，切切！”

尤站长看完纸上的内容，向吴天问道：“你怎么知道这是给他发的情报，在这座城市中靠信鸽传递信息的人不在少数，你又怎么知道这信鸽是冲着他而来呢？再说了，这好像只是一个一般的约会信息吧？”

吴天解释道：“是这样，我们对他的房间进行了搜查，我在搜查时突然发现他的窗台外面有一些鸟粪，我肯定这只鸽子一定是经常落到这个窗台上的。而且从鸟粪的湿硬程度上看，我打死的鸽子是刚刚在窗台上停过的，只是主人不在家，鸽子在窗台上停留了很久。”

“我明白了，”说着，尤站长把纸条递给吴天，继续说道，“你去把这个交给电讯组破译，对那个黄天龙连夜进行审讯。”

说完，吴天便立刻赶到了审讯室。审讯室内，几个打手拿着鞭子抽打着黄天龙。黄天龙任凭抽打，牙关紧咬，怒目圆睁，不管他们问什么，黄天龙一概不说。鞭子将黄天龙的身子抽得血肉模糊，在黄天龙快要昏迷的时候，吴天让打手停止了动作，他上前端起黄天龙的下巴道：“说还是不说？”

黄天龙虚弱地说道：“你……你让我说……说什么？我可是好……好人。”

“好人？那就应该说出你的同党、上司和你所从事的职业和职务。说！那个情报是什么意思？”

“什么……什么……情……情报？我……我不知道。”

“好，你敬酒不吃吃罚酒，来人，给我狠狠地打！”说完，打手上前继续用鞭子抽打着黄天龙。

黄天龙最终受不了酷刑晕了过去，只见另一个打手端了一盆水上来，看着吴天，吴天点点头，打手将一盆水泼在了黄天龙的身上，黄天龙顿时发出一声撕心裂肺的嚎叫。原来打手端上来的是一盆冰水，里面加了大量的盐，冰盐水泼在满身是伤的黄天龙身上，黄天龙在受着冰与火的折磨。

吴天坐在那里，再次问道：“你说还是不说？”黄天龙依旧闭口不言。

吴天继续说道：“好，来人，上电刑。”

几个打手将黄天龙拖到了电椅上，将他的手脚捆绑在电椅上。吴天一挥手，一个打手合上了电闸。黄天龙在电椅上不停地抖动着、叫喊着，受不了电压的折磨，他再次昏了过去。吴天看着昏过去了的黄天龙，用沾了盐水的木棍捅着黄天龙的伤口，黄天龙在伤口的刺激下醒了过来。

吴天弯下腰奸笑着看着黄天龙道：“说不说？现在说还不晚。”

黄天龙有气无力地张着嘴，吴天并不知道他说了什么，吴天已经彻底失去了耐心，对着打手道：“给我加大电压。”

而此时的黄天龙已经再也承受不住电椅的折磨了，用尽最后的力气叫了起来：“不要，我……我说。”

六

尤站长的办公室内，电讯人员正在向尤站长汇报着，从黄天龙那里搜到的情报的破译结果：“这份情报疑似共党将在今夜午时，在一个秘密地点召开负责人会议。所有人不能缺席，可见这次秘密会议的规格和重要程度非同一般。”

“地点是哪里？”

“从字面上看，那里应该是有柳树，具体地点在哪？只有接通告的人知道，我们无能为力。”

“好，你去吧。”

等电讯人员离开，尤站长拿起电话道：“接审讯室，要吴队长接电话。”

没一会儿，吴天接起电话道：“站长，他招了，正在做笔录，再过一刻钟我就去向您汇报。”

说完，尤站长放下电话，又拿起那份情报看着。

七

齐子义在办公室内写着什么，突然想到有一份文件需要尤站长过目。于是，他拿起文件向尤站长的办公室走去。他走到尤站长办公室的门前，刚要敲门，就听到了里边的说话声，左右看了看没有人。随后，他透过门缝看向了里面，只见吴天和吕飞在和尤站长说着话。他又将耳朵贴在门上听着，只听见吴天说：“黄天龙已经招供，他是共党地下秘密联络员，当他看了那份信鸽传来的情报后，知道是他的上司发给的指令，他们将于今晚午夜在教堂召开重要会议。”

尤站长接着说道：“看来，他说的和电讯组破译的一样，也交代清楚了地点。这样，你们还有两个小时。你们两队全力配合，彻底捣毁那个秘密联络点，缉拿他们参加会议的所有人员。”

吴天和吕飞异口同声道：“是。”

尤站长又继续说道：“另外，派人将那个黄天龙送到医院，这个人很重要，把他的伤治好，他对我们很有用。”

吴天想了想道：“他说，今晚的行动他一定要参加。他说，他能指认出参加会议的人员。”

尤站长想了想道：“那好，一定要保护好他，他也许是条大鱼，还有，找个医生过来先处理一下他的伤口。”

齐子义一直在门外听着，越听越心惊，他没想到地下组织秘密联络员黄天龙被抓，而且受不住酷刑叛变了。这个消息得来的太及时了，他不能怠慢，必须要在最短的时间内通报给组织取消今晚的会议，至于叛徒黄天龙，他会通知上级，请求组织上予以处理。

他顾不得那么多，立马转身向住处走去。他回到住处，拿出电台向俞子涵发报。他将听到的消息传给了俞子涵，俞子涵接收完电报并马上破译得知电报内容为：十万火急，交通员黄天龙被捕叛变，立即取消教堂午夜会议，此次行动黄天龙也会随行，请求组织上予以处理，完毕。俞子涵看着电报内容十分震惊，她立刻又将电台调到发报，向组织传递这个紧急信息。齐子义发完电报，换上便衣，佩带好武器向外走去。

八

于书记的办公室内，一个电讯人员向于书记汇报着一封急电："接03号人员急电，海城军统人员于今晚将对圣玛教堂进行夜袭，如有我组织活动，请速通告停止，并请组织安排人员处决叛徒黄天龙。"

于书记一惊，立刻说道："快，通电各组，立即取消向圣玛教堂集结开会。"

电讯人员看了看表，说道："有点晚了，可能有的同志已经向那里集结了。"

于书记急切地说道："不惜一切代价，派人将开会人员堵回来。"说完，电讯人员转身离开了于书记的办公室。

没一会儿，电讯人员再次来到于书记的办公室，说道："于书记，几个组的人员都已通知到，只有三组和七组人员没有回复，是不是他们已经行动了？"

于书记一惊，道："不好，快，通知行动队，全体出动，一定要组织救援，不能让敌人的阴谋得逞。"

九

吴天带领众人早早地在教堂门口设下了埋伏，身受重伤的黄天龙也在行动队队伍之中。吴队长突然像是发现了什么看着远方，只见两个便衣人员在向教堂走去，吴天拉了一下身边的黄天龙，悄声说道："是他们吗？"

黄天龙仔细确认了一下道："不错，一个人我认识，一个好像……"

"认识不认识不重要，一会儿他们一个都跑不了。"

吴天的一手下问道："队长，我们要不要现在就行动？"

吴天摆摆手道："再等等，我们要的是全部，而不是两个人。等他们都来了，进了教堂再行动，争取一网打尽。"说完，所有的特务继续在潜伏的位置静静地等待着。

地下组织行动队，接到上级命令后以最快的速度赶到了教堂附近，他们隐藏在教堂周围的树林中，林队长拿起望远镜向教堂望去，突然发现有两个人正向教堂走去。

林队长说道："糟了，他们正在向教堂集结。"

一个队员立刻说道："我去阻止他们进入。"

林队长又观察了一下，看到隐藏在暗处的特务，说道："等等，已经来不及了，有特务活动。"说完，林队长拿出手枪对着天空开了两枪。那两个走向教堂的地下组织人员，听到枪声传来，立刻躲在了教堂柱子后面观察着周边的情况。

同时，吴天也听到了枪声一惊道："怎么回事？"说着，吴天就看到那两个地下组织人员突然向教堂外跑去，吴天也顾不了那么多了，对着手下道，“给我打，不能让他们跑了。”

两个地下组织人员被迫躲在了树丛中与特务们激烈交火。林队长等人则在暗处攻击着特务们，不时有特务中枪倒地。吴天看准时机，带着众特务向教堂内部跑去，黄天龙紧随其后。教堂内，地下组织的联络员通过窗户看着外面的情况，当他们看到将要冲进教堂的特务时，不明白为什么他们会暴露，而组织上也没有及时通知他们，而其余的人员到现在也没有来开会。但听枪声似乎有人在外面接应他们，看着越来越近的特务，他们只好从教堂后门撤离，然后再分头突围。

吴天率领众特务跑到了教堂里，但教堂里空无一人，再加上外面的攻击，吴天似乎明白了什么。他愤怒地骂道：“一定是有人泄密，不然他们怎么给我们来了个反包围？”

吴天手下说道：“队长，我们得想办法离开，再不走，我们就被包饺子了。”

此时，黄天龙趁乱偷偷溜出了教堂，等吴天发现的时候，他早就没了踪影。吴天等人此时也管不了那么多，他率领众人冲出了教堂，集中火力突围出去。教堂外面一个黑影用望远镜看着逃出教堂的黄天龙，他看着黄天龙逃跑的路线，放下望远镜跟了过去。此时的黄天龙庆幸着自己终于逃出了特务的魔爪，恰巧被刚刚突出重围的几个地下组织联络员看到，他们冲着黄天龙喊道：“什么人？站住。”黄天龙听到喊话，不但没有站住，反而向他们开了几枪。他边跑边射击，几个联络员立刻躲了起来，他也趁机跑向了远方。

一个联络员看着跑向远方的黄天龙道：“老吴，刚才我听到有人喊黄天龙，而且我感到向我们射击的人就是黄天龙。”几个联络员小声地讨论着。

“黄天龙？”

“对，没错。一定是他叛变了，出卖了这次会议，要不怎么敌人来包围我们？”

“那还等什么？我们一定要除掉这个叛徒。”

说完，几人向黄天龙跑的方向跑去。黑影一直跟着逃跑的黄天龙来到一个墙角处。此时，跑累了的黄天龙，蹲在地上，观察着四周的动静。黑影悄无声息地来到黄天龙的背后，突然将一根绳子套在了黄天龙的脖子上，狠狠地勒紧。当黄天龙有所发觉时，为时已晚，黄天龙“啊啊”地叫着，似乎想说着什么。

黑影一边勒紧绳子，一边说道：“黄天龙，你出卖组织，我代表地下组织宣判你的死刑。你不必知道我是谁，你知道你已经完成了你的叛徒使命就行了。”

绳子越勒越紧，黄天龙倒在了地上。黑影一只手在黄天龙脖子上试了一下，确定黄天龙已死，便顺着原路悄悄地离开了。

当几个联络员发现黄天龙的尸体时，黄天龙早已死透，一个联络员跑到黄天龙的尸体旁，看着旁边掉落的绳子道：“他不是被枪打死的，是谁用绳子勒死了他，这说明有人除掉了他，会是谁呢？”

另一个联络员道：“管他呢，他死了就好。我们还是赶紧离开吧。”说完，他们也悄悄地向外撤离着。一直隐藏在暗处的行动队，看着逃跑的特务们，确定没有自己人受伤后也离开了今晚这个是非之地。

第二十七章 翁府暴露

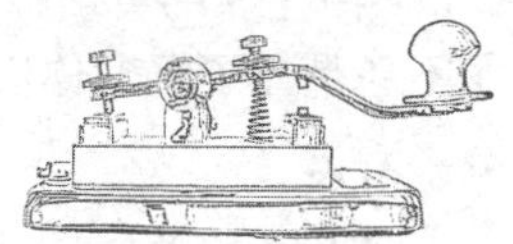

一

第二日清晨，尤站长的办公室内，他得知昨晚任务失败，黄天龙失踪，便向齐子义问道："陈飞，那个黄天龙在昨晚的行动中不见了，你说他想干什么？按理说他也没有说谎啊，虽然昨晚我们失败了，可他……"

"我想，他领了赏钱，该不会……"

"说下去。"

"一定是去了红春苑，我已经派行动队去找他了。"

"很好，告诉他吃也罢，喝也罢，嫖也罢，赌也罢，一定不能把抓共党头目的事不当回事。"

"明白。"

突然，门外传来吴天的报告声。

尤站长道："进来。"

吴天走了进来，看到齐子义也在，就走上前对齐子义和尤站长说道："站长，陈副官，我们找到他了。"

齐子义看着尤站长，尤站长问道："在什么地方？让他立即来见我。"

吴天犹疑地说道："可是……"

齐子义着急地问道："可是什么，说下去。"

"那黄天龙已经死了。"

齐子义一惊："什么？你说什么？"

"不知什么人，把他勒死在了周家胡同一个破宅基地里。"

尤站长狠狠地拍了一下桌子，骂道："饭桶，那行凶的人呢？"

"我们正在调查。"

“一刻也不能耽误，抓紧调查。”

在吴天转身离开的时候，尤站长又叫住了吴天：“等等，吴队长，是不是有这个可能，那个黄天龙和共党……”

“不可能，我亲眼看到黄天龙和共党交火。”

齐子义对尤站长说道：“站长，不管怎样，还是抓紧时间调查为好。”

尤站长思考了一下道：“不要再浪费人力资源了，调查出来了又有何用？他黄天龙不还是死了吗？你们要把精力全放在抓共党上边来。那黄天龙的死肯定跟共党地下分子有关。”

吴队长接着道：“我看也是，通过现场探查，周围全是手枪弹孔，显然是遭到了共党地下组织的袭击，黄天龙死尸周围也有许多弹壳，显然是和行凶的人交过火，只不过黄天龙是被绳子勒死的。”

“这是为什么？”

“这还有待进一步调查分析。”

尤站长继续说道：“我想起来了，共党和黄天龙的联络不是用信鸽吗？那就从信鸽入手，把全城有信鸽的家庭全部给我查一遍。该抓的抓，该杀的杀，只要与共党有关。”

吴天点点头道：“明白啦。”

“还有，信鸽一查，必定影响共党的联络。你们一定要加大电台侦缉密度，发现有可疑电台，立即捣毁。”

此时，齐子义听着尤站长的命令，心中计划着下一步的行动方案，他想日后要与组织上取得联系要更加的小心了。

二

在解放军某集团军司令部内，一位电讯人员来到参谋长面前敬礼道：“参谋长，军委来电，请您签字。”

参谋长接过电报看了一下，兴奋地说道：“太好了。”待参谋长签完字，他拿着电报快步来到司令员面前说道：“司令，天大的喜事！”

司令员扭过头来说道：“你说什么？”

“军委来电，他们已同意我军渡江方案，同时确定要在本月做好渡江准备。”

司令员接过电报看了一下，说道：“这太好了。这样，你马上通知渗透人员，要不惜一切代价，务必在五日内将海城国军城防火力布置图搞到手，并配合海城地下组织掩护渡江部队。”

参谋长领命，立刻去部署相关行动。

三

吴天驾车带着众人来到一民居前，一个特务跑上前去报告道："这家有信鸽，刚才还放飞了一只，非常可疑。"

吴天一挥手道："跟我进去。"说完，几个特务上前一脚踹开门，一个老者急匆匆地跑出来说道："你们这是做什么呀？"

特务推开老者走进了院子，老者跟在后面着急地说道："哎，你们是什么人？怎么私闯民宅？"

吴天停下脚步，扭头看着老者道："什么？你懂得私闯民宅，听起来你懂法呀！"

"懂法说不上，我只知道要进院子也得得到主人的许可。"

"放肆！你家养了信鸽？"

一特务走上前去说道："信鸽在这里。"吴天走上前去，抓起一只信鸽，看见腿上绑了一个纸筒，跟黄天龙家里的那只有些不太一样。

吴天抓着信鸽向老者问道："这是什么？传递情报用的？"

"老总，什么情报？我不懂，我们世世代代养几只信鸽，为的是亲戚远传个信，还有做个小生意的传个信什么的，也就是图个方便。"

"胡说！你就是共党！"

"老总，那可冤枉我了。"

"胡说！哼，你现在不说，我总有办法让你说的。来人，把他连同信鸽，都给我带走。"众特务押着老者拿着鸽子离开了宅院。

四

尤站长刚刚下令严查鸽子和电台，齐子义便立刻回到住处，拿起电台开着车离开了军统站。尤站长的命令一下达，敌人又一轮捣毁地下组织的通信网络开始了。他心里明白，敌人的阴谋一旦成功，势必给我党造成重大损失，一定要不惜一切代价将这一情况及时报告给组织，争取把损失减少到最小的程度。他将车开到一处密林中停了下来，下车左右看了看，确保无人后，立即将电台拿了出来，开始发报。他向俞子涵发报的内容为：十万火急，请告诉所有地下组织及市委，所有有关电台和信鸽联络工具即刻起一律停止，敌方正在动用力量搜查。完毕。他发完电报，收到俞子涵的回应后，将电台收起，又左右看看，便开车离开了。

五

吴天带领着众特务在公园的一个阁楼上用望远镜观察着公园里形形色色的人。此时平儿提着装有几只信鸽的笼子，她来到公园比较隐蔽的一个地方，打开笼子将笼子里的信鸽放飞。吴天用望远镜突然看到一个墙角处飞起几只鸽子，他毫不犹豫地用枪将信鸽打了下来，几个特务跑去将鸽子捡了回来。平儿听到枪声，看到刚刚放飞的信鸽被打了下来，向四周望了望，没有发现可疑人员，拿着笼子快速离开了墙角。

特务们拿着信鸽跑到吴天跟前说道："是信鸽。"吴天抓过一只信鸽，看到腿上绑着一个竹筒，他打开竹筒抽出一个纸卷看了一下，立刻对手下说道："快，马上包围公园，严查是谁放的信鸽。"特务们立刻去封锁了公园，吴天则继续用望远镜观察着。

只见一个行色匆匆的女子，快步向公园外走去，遇到特务就绕道而行，吴天发现了此女子的可疑之处，便叫来几个特务道："你们看那个女子，非常可疑。手里还拿着一个空的笼子，想必跟这些鸽子有关。你们都去隐蔽起来，跟踪她，看看能不能找到她的居住地，没准会有意外的发现。"说完，特务们立刻朝平儿的方向追去，吴天观察了一阵，也向那个方向跑去。平儿来到了一个湖边，顺手将鸽子笼丢到了水里，她突然发现了后面跟踪的特务，她立刻向远处跑去。

吴天追到此处，拿起平儿丢掉的笼子看了看说道："去通知沿途的弟兄，放她走。我要放长线钓大鱼。"只见特务们纷纷隐蔽起来，追踪平儿的特务也放缓了脚步，而平儿继续快速地跑着，不时回头张望着。她看着自己放出的信鸽被人打了下来，心里明白一定是有人跟踪了自己。为了不被人发现联络站，在回去的路上，她不断地变换着路线，她不想暴露联络站，又想尽快地回到翁夫人身边报信，可后面的尾巴总是甩也甩不掉。转眼间天渐渐地黑了，她一直在不停地跑着绕着圈圈，特务们一直在暗处形影不离。翁夫人在家里看了看表，想着天已经黑了，按说平儿应该早就到家了。翁夫人有点坐不住了，她起身走到院里，来到了鸽笼前，看着几只信鸽，好像要从它们身上找到答案。她心神不宁地在院子里走来走去。

此时的平儿躲在竹林里在向外观察着，她看到几个特务不断地走着。只见吴天走了过来，一个特务走上前去问道："队长，搜查无果，怎么办？"

吴天向周围观察了一下道："一定就在周围，你们几个了解一下周围的住户，必要时各家各户地给我搜。"

竹林中的平儿听到这些心里非常紧张，她不知道该如何是好，前面就是她要去的地方，翁夫人一定还不知道，那么家里那些电台和信鸽，还有电报资料一定会给翁夫人带来危险，她一定要想办法尽快告知夫人。突然，她看到不远处的灯笼，想到翁夫人曾经对她说过："记住，如果灯笼全部亮起，表示这里是安全的。如果中间的灯灭了，表示要有危险发生。"她平复了一下心情，看到特务们已经向远处开始搜查，摸了摸腰间的飞刀，向一个隐蔽的胡同跑去，她一定要传递信号给翁夫人。

在远处搜查的特务，突然看到一个人影跑过，说道："队长，你看那儿。"

吴天也看到平儿，说道："原来在这儿，你们几个跟上去，不能被她发现了。"说完，几个特务去跟踪平儿，吴天则带领另一队人找到一处地势较高又比较隐蔽的地方观察着下面的情况。

平儿在胡同内跑着，她发现了跟踪她的特务，她要想报信给翁夫人，必须先除掉这些特务。她跑到了离翁府灯笼不远处，果断地从腰间抽出两把飞刀，躲在墙角，等特务跟近，她甩出两把飞刀，正中特务胸口，两个特务当场毙命，其余的特务立刻躲在了另一边的墙角处。她看时机已到，说时迟那时快，再从腰间抽出一把飞刀，向院内的二楼红灯笼甩去，中间的红灯笼被飞刀击中熄灭了。在院内焦急等待平儿回来的翁夫人，突然看到中间的灯笼灭掉了，心想一定是平儿出事了，平儿用这个方法是在通知她撤离。翁夫人想到那些电报和信鸽，于是快步向屋内走去。而此时在高处观察的吴天将一切都看得清清楚楚，对身边的几个特务说道："走，下去，包围那座宅院。"说着，他带领着众人向翁府跑去。

平儿将灯笼灭掉后，拐过一个胡同，来到了另一个胡同里。特务们紧随其后，她一边躲着特务们射出的子弹，一边不断射出飞刀，消灭了一个又一个特务。当特务们离平儿越来越近时，她发现自己的飞刀用完了，离她最近的一个特务也发现了她似乎没有了飞刀，于是他加快步伐用枪瞄准平儿，只听"砰"的一声，平儿中枪倒地。翁府内，翁夫人将所有情报找出来，放进了火盆里烧掉。她不断烧着资料，吴天带领着众人离翁府也越来越近。她刚刚烧完资料，吴天就带人破门而入，几支枪对准了她。吴天看着燃烧的火盆，立马让人将火灭掉，但为时已晚，所有资料付之一炬。吴天命令众人搜查翁宅。

"住手！"翁夫人大喊一声，所有人都被震慑住了，她斥责道，"你们这群莽夫在做什么？你们可知道我的身份？这可是翁宅。"

吴天走上前去，说道："什么翁宅？我只知道搜查共党，不知道你说的什么！你们赶快给我搜！"

翁夫人看他们人多势众，于是又坐回到了椅子上，看着那些特务们翻箱倒柜。此时，一个特务搜出了一部电台，把它从室内抱了出来，又有特务发现了院内的信鸽。

吴天看着翁夫人，说道："你还有什么话要说？"

翁夫人沉默不语，吴天便命人将翁夫人连同电台和鸽子一起带走了。

六

尤站长的办公室内，吴队长正向尤站长汇报着："通过跟踪和排查，我们捣毁了一处共党的联络站，抓获一人，击毙一人，两人同系女性。被抓的是位五十多岁的阔夫人，可能来头不小。”

“在什么地方抓获的？”

“长春路翁府。”

“翁府？长春路？”尤站长突然想起了什么，问道，“是不是长春路28号？”吴天点了点头。

尤站长想到来海城之前上级对他的嘱托：“这次你去海城任职，到任后，一定要代我去拜访一下居住在长春路28号的翁夫人，她是抗战英雄翁将军的遗孀，也是抗日的有功之臣。”

尤站长回过神来说道：“怎么没有请示就把人抓来了？吴队长，你可能闯祸了！”

吴天有些疑惑地说道：“不是，我们在她室内搜出了电台，还有信鸽以及电讯资料，可惜资料全部被她烧掉了。”

尤站长突然大怒道：“住口！她是我军抗战名将的遗孀，临来海城之前，党通局特别关照我要代表他们前往翁府拜访她，不想因为忙把这事给忘了。这可倒好，你们把她给我抓来了，她可是有着特殊身份的人啊！”

吴天听后十分震惊，小心地说道：“怪属下无能，那么……”

“既然来了，既然你们也找到了证据，先好生伺候着。其他的我会处理的。”

“是。”

七

齐子义的住处内，他不安地来回走着。他得到静娴同志被捕，联络站被捣毁的消息后，令他焦急万分。他不知道是哪里出了问题，上级要求所有联络工具都暂停使用，这使他更加心焦。他现在又急需与组织取得联系，于是他拿出笔和纸写起了密信。

齐子义写完密信，把信装进信封，突然他又想到了上级的嘱托，不到万不得已是不能动用深层关系的，他无奈又将密信烧毁了。

八

一栋古朴且不失华贵的别墅内，哨岗林立，每一个士兵都佩带枪支将别墅守得水泄不通。一辆吉普车驶进了院子，车停在别墅门口，吴天从车上走了下来。负责看守别墅的少尉军官闵一鸣迎了出来向吴天行礼。吴天向闵少尉问道：“那老太婆说了什么没有？”

闵少尉回答着：“没有，什么也不肯说。”

说着，二人进了别墅，吴天径直向一个房间走去，闵少尉连忙说道：“队长，你要见那夫人吗？她被我关在了另一个房间里。”

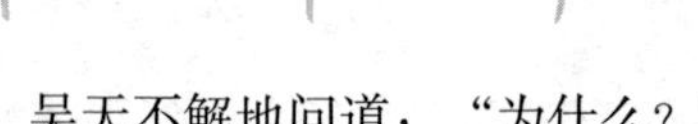

吴天不解地问道："为什么？"

闵少尉想了一下，有些难为地说道："是伙夫……"

"伙夫？伙夫让你换你就换，那你让他当你的队长好了。"

"不不不，队长，不是这样的，你听我给您说。"闵少尉开始给吴天讲述之前发生的事情。

自从翁夫人被关进别墅之后，站上也专门为她配备了一个专门做饭的伙夫。伙夫天天准时送一些美味可口的饭菜，但她却用绝食的方法与军统站做着对抗。一天，伙夫准时来送饭，闵少尉开门让伙夫进入她的房间。她并不理会任何人，坐在床上思考着什么。伙夫看到之前送的饭在桌上纹丝未动，不禁皱了一下眉头。闵少尉也看到了，问道："怎么还不吃饭吗？"翁夫人依旧不理会他们。

伙夫接着说道："怎么？是嫌我做的饭不好吃吗？看，今天给你做了八宝粥，还有新面馒头、猪肉炖粉条，都热乎着呢，趁热吃吧。"说着将饭菜一样一样地摆在了桌子上，又把没吃的冷饭一样一样地拿起放在食盒里，说道："这凉的我拿走了，妹子，你得注意身体，这岁数了，身子骨很重要的，再难的事，也总能过得去。"

闵少尉不耐烦地说道："老家伙，少啰唆几句，没人把你当哑巴了，快走快走。"说着将伙夫推出了房间，将房门锁好。

闵少尉带着伙夫走到客厅，伙夫对闵少尉道："长官，你别嫌我啰唆，你没看那夫人的房间是个背阴房间，背阴房间啊，对夫人身体不好。你不如把她提到对面的房间，那可是朝阳的房间，在朝阳房间，人就会精神、高兴，她不就吃饭了吗？再说了……"

闵少尉打断了伙夫的话："你给我住口，我说老家伙，你倒是挺关心那个老太太的啊，我为什么要让她精神，为什么要让她高兴？"

伙夫继续说道："你换不换不碍我的事，我就是想被关在别墅里的犯人，身份一定不平常，要是让她高兴了说不定……"

"你还有完没完，走走走……"

事后，闵少尉觉得伙夫说得也有点道理，于是就更换了关押翁夫人的房间。

吴天听闵少尉说完事情经过，道："你挺有能耐的啊，就为这，你把房间给换了？"

"是，我想他说得有理。老年人嘛，住个朝阳的房间，她不就有好心情了吗？不是尤站长也让咱好好关照她吗？"

吴队长点了点头，说道："算你有心眼。"说着来到了关押翁夫人的房间，闵少尉将门打开，吴天走了进去。翁夫人仍在那里坐着思考着什么。

吴队长走了进来，看着桌子上的饭菜说道："哟，还没吃饭啊？这么好的饭，可比我们的强多了。怎么，还想不通？你是跟饭较劲啊？还是跟身体较劲啊？”翁夫人并不言语，目不转睛地坐着不动。

吴天找来一把椅子坐下继续问道：“是不是有什么想法啊？”

翁夫人仍然不理会吴天，她现在得不到外面的任何消息，事情来得太突然了，她被捕后不知道组织上会采取怎样的行动。最使她放心不下的是跟她朝夕相处的平儿，自从平儿传递完信息后就音讯全无。

吴天继续说道：“夫人，我劝你还是赶紧把你知道的都说了吧，不要再执迷不悟了。”翁夫人还是不说话。

九

于书记的办公室内，于书记向两个侦查员问道：“怎么样？”

“经我们多方侦察和了解，翁静娴同志确实被捕了。”

“她现在哪里？”

“我们动用了我们的所有关系，目前还不清楚她被关押在什么地方。”

“这样，不管有多大的困难，要不惜一切代价找到关押地点，全力组织营救！”

“是。”

“那个平儿？”

“通过调查，平儿已被特务杀害，在临死前她和特务们进行了搏杀，但从内线传来的消息称，至今他们也没有找到平儿的尸体。”

“好，我知道了，继续侦查。”说完，侦查员走出了于书记的办公室。

与此同时，齐子义与尤站长在去往关押翁夫人别墅的路上。齐子义说道：“站长，这个人为什么不收监？还好吃好喝地单独羁押？”

“从上边传来的消息，她的身份还待证实，身份特殊啊！”

齐子义若有所思地说道：“是这样啊。”

不一会儿，车就开到了别墅门前，齐子义与尤站长下车，向内部走去。还在房间里审问翁夫人的吴天听到外面的动静迎了出去。

吴天与闵少尉看到尤站长与齐子义后行礼致敬，尤站长问道：“怎么样，她说点什么没有？”

闵少尉看了看吴队长，说道：“没有。”

尤站长接着说道：“把人带出来，我跟她好好聊聊。”

闵少尉马上到房间内将翁夫人带了出来。翁夫人走出房间后，尤站长笑着迎了上去道：“夫人好啊，别来无恙吧。”

翁夫人只是看了一下尤站长，继续慢慢地走着，顺势她也看到了在一边默默关注她的齐子义。两人的眼神短暂地接触后，便都移向了别处。翁夫人走到客厅的沙发上，不顾旁人地坐了上去，吴天想要说什么，被尤站长阻止了，吴天则开口说道："夫人，我们尤将军请你出来问话，你要识相点，知道什么都说出来吧。"

尤站长佯装责怪地道："吴队长，让夫人说话，你啰唆什么？"说完坐到了翁夫人的对面。

翁夫人看着他们一唱一和，看了看尤站长道："你就是他们的最高长官？"

尤站长客气地说道："就算是吧。"

翁夫人继续道："你说这话好像没有底气啊！"

吴天接过话气愤地说道："你怎么这样说？这是我们的站长尤将军。"

翁夫人不屑地说道："那又怎么样！那么请问尤将军，你想听什么？"

尤站长想了想说道："我想知道你的真实身份和你从事的工作，以及你在海城所掌握的共党地下交通联络站，你不会说你不知道吧？"

"这些我当然知道，我想将军也是知道的，要不不会把我抓来兴师问罪吧？"

"这么说，你承认你是共产党了？"

"这当然没有假，我们共产党人光明磊落。"

"是吗？我只知道翁老将军可是国军的英雄。"

"不要提他了吧，他为了劳苦大众英勇抗日。为了祖国统一、富强，抛头颅洒热血。可你们却打起了内战，陷人民于水深火热之中而不顾。"

"这不是你我所能考虑的事吧？"

"也是，你们所关心的就是抓人、关人、杀人。"

"夫人，你说错了，我不是抓了你，能有这样抓人的吗？在这里，你是自由的。"

"这么说，我可以走了吗？"

"当然，只要你把你所掌握的情况全部说了，你可以顺利地走出这个门。"

"这样的条件对我来说有点难啊。"

吴天突然来到翁夫人面前抽出枪来说道："你怎么能这样和我们长官说话？你是想敬酒不吃吃罚酒吗？"

翁夫人突然大声地、坚定地说道："把你的破枪收起来，你以为你这样就能改变一个共产党员的信仰和初衷吗？"

尤站长对着吴天呵斥道："放肆！收起你的枪，怎么能这般粗鲁？"

齐子义向吴天摆了摆手，吴天将枪放下。齐子义走到尤站长的身边小声交流了一下，便向翁夫人走去。齐子义看着自己的领导受到这样的审讯，心里感到了莫大的侮辱。但他还是强压怒火，试图来安慰自己的领导，但愿能从中了解到一些情况。

齐子义向翁夫人说道："夫人，让您受惊了。"

翁夫人看着齐子义，内心极其地不平静，她强压着内心的激动，平静地说道："不，我很享受这样的待遇，弄枪舞棒的人我见得多了，还没有见到你们这样沉不住气的。"

"那么，夫人，我陈飞愿和夫人，不，是愿和共产党交朋友的。"

"你，你还不配。不过，我倒是想听听你这个走狗嘴里能吐出什么象牙来，有什么花招都冲我来吧！"

"不不不，我只想你能正面回答我们尤将军所问的话，如果你不说，我们保密局的人可有的是办法。"

"保密局？那不是军统的老一套吗？你们想听，好，我说。"

尤站长一喜道："我就知道夫人会开口的，来人记录。"齐子义拿过一个本子准备记录。

翁夫人说道："你们抓了我，当然知道我的身份和肩负的任务。你们想知道的，不外乎就是这些。我党在海城的地下市委组织我知道，我党赋予我的身份和工作我知道，我党在海城设立的地下联络站我也知道，他们所承担和从事的工作我更知道。可这都是我们党内的事情，是我党的机密，我不能把这些透露给你们这批祸国殃民的败类。让你们去搜他们，去抓他们！你们这群衔着嗟来之食，却不为人民造福的人，你们扪心自问一下，这些年你们都做了些什么丧尽天良的事情呢？"

尤站长气恼地站起身来，恶狠狠地说道："好，夫人，你等着，既然你都承认了，我再无话可说。你最好收起你刚才的话，我会让你开口的！"说完大步走出了房门。

齐子义向闵上尉摆了摆手道："带下去。"说完跟着吴天一起走了出去。

翁夫人看着齐子义离去的背影，她知道他一定承受了比自己更多的痛苦。

十

夕阳西下，满天朝霞。市委办公室内，俞子涵在向于书记说着什么。只见于书记说道："不行，这样做太危险了。"

俞子涵继续说道："于书记，我能做的只有这些了，夫人她岁数大了，经不住折腾的，我不能看着我们的组织领导就这样……"

于书记摇了摇头，说道："不行，这样做的结果不但会暴露你自己，而且可能给静娴同志带来更大的危险。"

"不会的，我和侦察人员考虑得非常缜密，而且又有城防司令的外甥女一起去，不会引起怀疑的。"

于书记沉思了一会儿，说道："今天就到这里，给我一晚的时间，让我再想想。"

“那么，我先走了。”

于书记点了点头，说道：“注意安全。”

就在于书记与俞子涵商量营救计划的同时，齐子义在住处内陷入了深深的思虑之中，他眼睁睁地看着自己的领导被捕和接受审讯，他心里承受着极大的煎熬。他想舍身救出翁夫人，但这样做的后果不堪设想。他想联系俞子涵，可在这样的风口浪尖之上，使用电台是非常不明智的选择。突然他想自己去别墅一趟探查情况，但对于敌我双方来说，去羁押地完全都不符合程序，可他已经顾不了那么多了，他计划着只有见机行事了。他穿上衣服带上手枪，便向着别墅出发了。

第二十八章　身世之谜

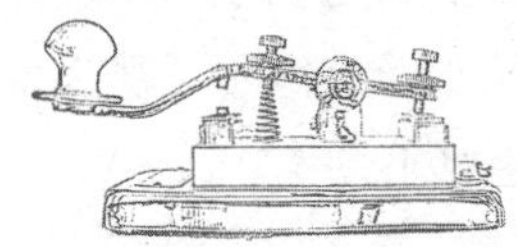

一

齐子义来到了关押翁夫人的别墅，停车走了下来，他看着守卫的士兵问道："你们长官在吗？"

守卫的士兵回答道："在，刚买完酒回来。"

齐子义停下来看着士兵道："你说什么，买酒？"

士兵自知失言，忙说道："不不不，长官，我说漏嘴了，他是，是……买吃的，买吃的，刚回来。"

齐子义似乎想到了什么，也不理会忙做解释的士兵，走进了别墅内部。他走进客厅，并没有看到闵少尉，他向四周看了看，走向了一处亮灯的房间。此时的闵少尉正在房间里喝着闷酒，只见齐子义突然走了进来，闵少尉措手不及地将酒藏到了身后。刚走进来的齐子义自然也发现了闵少尉的小动作，严厉地说道："你敢喝酒？这是违反纪律的！"

闵少尉假装不知道地说："陈副官，你什么都没看到吧？我这里哪里来的酒呀？"

齐子义走到闵少尉的面前，继续说道："拿出来。"

"你说什么？"

"别给我装糊涂，拿出来。"

"陈副官，你就饶了我吧！"

"拿出来。"齐子义并不管闵少尉的哀求，伸出了手，让闵少尉将酒交出来。

闵少尉无奈地拿出了酒，齐子义接过一看，说道："不错啊，是瓶好酒，还有，吃得不坏啊！"齐子义顺势看着桌子上的下酒菜。

闵上尉突然软了下来，哀求道："长官开恩，你饶了我吧，我这不是闲着没事，才解闷的。"

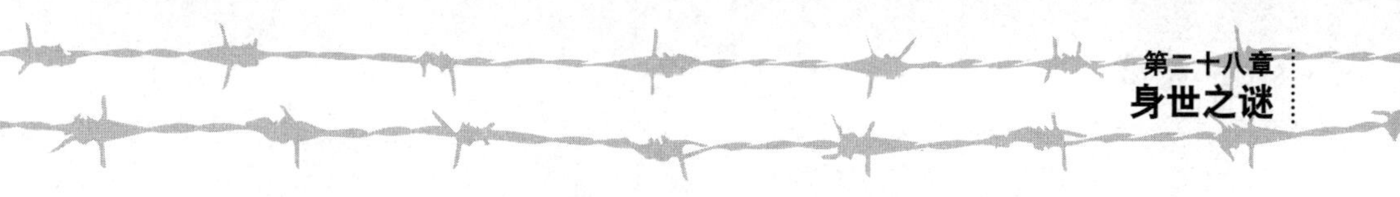

齐子义突然话锋一转，微笑地说：“怕什么，来先把杯中的酒喝了。”

看着齐子义的表情，吓坏了闵少尉，他“扑通”一下就跪在了地上，求饶道：“长官，我知道错了。这是违反纪律的，可我实在憋不住了，求你开恩。长官，求求你了，求你千万不要让尤站长知道了。”

齐子义继续微笑地说道：“看你那怂样，我是那样的人吗？看来还没喝醉嘛，站起来说话。”

闵少尉站起来，诚恳地说道：“是还没醉，长官你知道的，在这岗位上，虽是我看押犯人，可我，斗胆地说一句，我也就跟羁押的犯人一个样，整天远离人群，远离了红酒和女人，实在是……”

齐子义打断了闵少尉的话：“发牢骚。”

“不不不，这不长官原谅我，我这才……”

“是啊，谁让咱是朋友呢。”

闵少尉不解地说道：“长官，您这是？”

齐子义向闵少尉表明来意：“尤站长命令，让我来查一下岗，怎么？不可以啊？”

“我可没说什么呀，长官，你可不能把今晚……”

“不相信我？那好！我就陪你喝两杯，如何？”

“那好啊！”闵少尉拿起酒杯欲倒酒，突然觉得不太对，看着齐子义说道，“长官，你不是拿我开涮吧，小的真的不敢了。”

齐子义拿过酒杯，倒了两杯，端起碰了一下喝了下去，闵上尉立即接过另一杯一饮而尽。就这样，齐子义跟闵少尉喝着酒聊着天吃着小菜，齐子义不断地给闵少尉倒酒，他自己只是象征性地抿一口。不一会儿，闵少尉就喝倒在了桌子上，任凭齐子义怎么叫都叫不醒。齐子义突然看到了闵少尉腰间的钥匙，在确认闵少尉已经不省人事后，他悄悄地将钥匙解了下来，大步向房间外走去。翁夫人自从被关押后，最担心的就是和她朝夕相处的平儿，她回想着跟平儿在一起的点点滴滴，心想：“一定是平儿灭掉了信号灯无疑，可是她怎么暴露的呢？但愿她没有遭到特务们的暗害。”而这一切都是翁夫人美好的愿望，她希望平儿真的可以安然无恙。俞子涵已经有一段时间没有接到齐子义发来的电报了，她也知道在这个非常时期，不能频繁地使用电台。可俞子涵十分担心齐子义的安危，她营救翁夫人的方案，组织上还没有批准，齐子义那里音讯全无。俞子涵真正体会到了什么叫度日如年，倍感煎熬的滋味。

俞子涵担心的同时，在别墅内，齐子义拿到钥匙来到客厅，刚想到翁夫人的房间时，大门外传来了声音，齐子义听到：“又送好吃的了？”

“是啊！给她送点夜宵来。”

“去吧，长官在屋内。”

“好。”

说着，齐子义看到有人就要走了进来，他立刻折回闵少尉的房间。他刚刚关上门，就听到门口响起了敲门声。他打开门，看到了伙夫，伙夫说道：“长官，我来送夜宵。”

齐子义边向翁夫人房间走去，边对伙夫说道：“知道了，过来吧。”

伙夫看着齐子义疑惑地问道：“怎么？换长官了？”

齐子义将房门打开，说道：“快点，哪来这么多废话。”

伙夫进到房间，将夜宵放好便走了出来，齐子义一直在门口等着，虽然他现在十分急切地想进屋看看情况，但时机未到，他得先把伙夫送走才行。他随伙夫走到别墅门口，看着伙夫走远，对着身边的卫兵道：“听着，我和闵上尉审讯犯人，没有特殊的事情，不许去打扰。”

卫兵道：“是。”

齐子义顺势观察着周围的一切设施和哨兵的设置，感到情况既复杂又有许多不尽如人意的地方。但不管怎样，今晚一定要和夫人见上一面，也好做个请示和研究。他走进了别墅，朝着翁夫人的房间而去。房间内，翁夫人看着伙夫送来的夜宵，她并没有胃口来享用。她听着门外的动静，拿着手杖，检查了一下手杖内的内剑，刚把内剑收好，她就听到了开门的声音。翁夫人把头扭向了一边，但手里紧紧地拿着自己的手杖，可她却听到了自己朝思暮想的声音：“夫人，是我，子义。”

翁夫人惊讶地扭过头来确认是齐子义后，惊喜地说道：“是你，子义同志，你怎么来的？这很危险的。”

齐子义说道：“不会的。静娴同志，我必须来一趟，我要告诉您，我正在组织人员救您出去，希望您能配合。听说您这几天绝食，这对营救行动不利，希望您积极配合……”

“不，子义同志，敌人戒备很严，这样会出问题的。你现在要做的，就是要及时地通知全市的联络组织，加强戒备，确保安全。”

“放心吧，我会的。”

翁夫人突然想起了什么，深情地注视着齐子义，说道：“孩子，你不能在这儿久留，快走吧。”

“不，我看今晚是个机会，我想……”

“不行，子义，听……听话，这样不行，不仅危险也违反纪律。”

齐子义想了想，说道：“夫人，我一定要救您出去，您一定要保重。”

“我知道！请你马上离开这里，要服从命令。”

齐子义急切地说道：“今天确实不是一个好的时机，但是看到您我就放心了。照

我说的，您一定要恢复进食配合我们，我们很快就会见面的。”

翁夫人怕齐子义冒进，嘱咐道：“记着，不能冒险行事，遇事要和市委沟通。”

齐子义点点头，说道：“我知道。”

翁夫人继续说道：“还有，你们肩负的任务，不要因为我而受到损失。”

齐子义握紧翁夫人的手道：“知道了。”

翁夫人拉起齐子义向门外推去：“赶紧离开这里，之后千万不要再像这样冒险。”

“我知道了，夫人，您一定要等我来救您。保重啊！”

翁夫人强忍着泪水说道：“保重！快走吧。”说完将齐子义推出了房间，在门关上的那一瞬间，翁夫人强忍着的泪水流了下来，心想：“子义啊，一定要保护好自己。”翁夫人此时的心情有一种异样的激动，尽管她知道组织上会想尽一切办法营救她，可她现在想的是不要给组织上增添任何的困难和危险，尤其是在我军就要渡江的关键时刻。

齐子义看着关上的房门，心里说不上来的酸涩，看到翁夫人受苦，他心如刀割。他锁好门后，呆呆地在门口站了一会儿，收拾好情绪后向闵上尉的房间走去。就在齐子义推门走进闵少尉的房间时，闵少尉突然醒了过来，嘴里喃喃地说着：“我的枪呢？我的枪呢？”他不停地在周围找着。

齐子义连忙走上前去说：“你是不是糊涂了，枪不是在墙上挂着吗？”

闵少尉一看，说道：“是在墙上，那我的钥匙呢？我的钥匙呢？”他不停地摸着腰带。

齐子义不动声色地将钥匙扔到闵少尉的身后道：“你看你，不是在那儿吗？”说着用手指了指。

闵少尉顺着齐子义手指的方向将钥匙拿了出来，说道：“幸好没丢，但是怎么会掉了呢？不行，我得去看看犯人去。”说完，闵少尉就向翁夫人的房间走去，齐子义则离开了别墅。

齐子义开车回到住处后，拿着放电台的箱子，又开车离开了军统站。他开车来到了一个树林中，他下车向四周观察了一下，确保安全后将电台拿了出来，开始向俞子涵发报。此时的俞子涵正在看着书，突然听到了电台的讯号声，立即来到电台前，开始接收电报。他向俞子涵发送电报，将看到翁夫人的事宜告知俞子涵，俞子涵看到电报后激动地自语道：“太好了，夫人一切平安。”

二

第二日一早，俞子涵便来到了于书记的办公室，她向于书记说道：“于书记，翁夫人有消息了，她目前一切都好，还没有什么危险。”

“我知道了，不过，从另一个角度来说，我们也应该去看一看她，所以，我同意你去看一下静娴同志。”

俞子涵欣喜道：“这是真的？”

“是真的，不过，你一定要确保此行的安全，不能有任何危险，更不能暴露自己。”

“当然，什么时候？”

“这个你决定。另外有一个事可以向你透露一下，我们潜伏的一个同志和静娴同志已有接触，他已有了一个营救的想法，目前还没有形成具体方案，如果有可能，你一定要观察一下那里的环境，但是千万注意不要引起别人的怀疑。”

“那不会的，你说的可以利用的人不会是他吧？”

“谁？”

“就是看押静娴同志的那位军官。”

于书记摇了摇头，说道：“说说他的情况。”

“我想不会是他的，我也是刚知道的，那个少尉军官叫闵一鸣，也是保定陆军学校毕业的，现在正和我的小学同学谈恋爱，那天我也是意外地和花盈盈相遇。”说着，俞子涵向于书记讲述了那天发生的事情。

前段时间，俞子涵一个人在街上走着，突然，一个年轻女人撞了她一下，把几本书碰到了地上。

年轻女人上前说道：“对不起。”边道歉边弯腰去拾起掉落的书，当年轻女子将书交给俞子涵时，两人都同时愣住了。

年轻女人问道：“你，俞子涵？”

俞子涵却直接说道：“花盈盈，好长时间不见，想不到在这儿碰上了。”

花盈盈高兴地说道：“是啊，是啊，就你一个人？怎么还没结婚吗？”

俞子涵摇摇头道：“没有，这么说你结婚了？”

花盈盈不好意思地说道：“现在还没有，不过应该快了，打算明年结婚，他……”花盈盈欲言又止。

俞子涵又说道：“神神秘秘的，结婚是好事，有什么不能说的。”

花盈盈连忙说道：“不是不是，他在保……唉，还真不能说，不如这样，我们找个安静的地方。”说着看了看周围继续说道，“这附近有间咖啡馆，我们去那里说吧。”说完拉着俞子涵向咖啡馆走去。

俞子涵将那天知道的情况都告诉了于书记，又说道：“他是保密局海城看监二组的少尉军官，现在正好在看押着翁夫人。再说了，那个花盈盈是现任城防司令的外甥女，我可以利用她去探视静娴同志。”

于书记点头道："是可以利用一下，不过，这风险很大，必定她和国军高层有着联系，还和军统的人有着亲密的接触，一定要谨慎小心。"

"我会的。那我现在就去准备。"

"好，去吧，见着静娴同志，先替我向她问好。"

三

别墅内，伙夫手拿食盒走进客厅。闵少尉走过去开门道："反正她也不吃，送不送都一样的。不识抬举，让她吃这么好的东西，比我们吃的都好。"

伙夫却说道："她吃不吃，我都得送。因为这是上边的命令，你以为我想跑这个腿嘛。"

"你啰唆什么，快点。"说着，闵少尉推开了门，伙夫走进了房间。

伙夫走进房间，看到送的饭已经吃完，说道："哟，大妹子，想开了，你能把饭吃了，我们这做饭的啊看着也高兴。"

闵少尉讽刺地说道："吃了？"说着走近看了一下，"啊，吃得还真不少，原来你们共产党也不是铜头铁身啊。"

伙夫一边向外拿东西一边说着："吃了好吃了好，今天啊，我给你拿来了新面蒸的窝头，还热着呢。"

闵少尉不耐烦地看着伙夫道："我说老家伙，你还有完没完！快点，和一个共产党，你还拉什么家常，快出去。"

临走前，伙夫突然向翁夫人使了一个眼色，说道："这窝头啊，好吃着呢。你……"话还没说完就被闵少尉推出了房间，只听"咔嚓"一声，门被锁住了。翁夫人看着紧锁的房门，想着刚刚伙夫的眼神，拿起桌上的窝头上下左右看了看，见没什么异常，突然她像是想到了什么，便慢慢地将窝头掰开，里面赫然出现了一张纸条，她小心翼翼地展开纸条仔细地看了看，便把纸条连着窝头一起吃了。纸条上是地下组织将要营救她的方案，她看到后又喜又忧。喜的是，如果自己能够出去，又能和同志们一起从事地下工作了；忧的是，敌人戒备这么严，万一失误，就会给组织上带来不必要的损失，她边吃边思索着……

四

俞子涵独自一人走在大街上，街道上异常地静谧，人烟稀少，因为军统人员最近频繁抓人，让老百姓非常恐慌，不敢出门了，而且街道上也增加了许多巡逻兵。她镇定地走到了电话亭门口，左右看了看，推开门走了进去。她拿起电话刚要拨号时，一队巡逻兵走了过来，她无视他们继续拨号，一个士兵看看她，便也跟随队伍一起离开了。

没一会儿，电话接通了，俞子涵问道：“是盈盈吗？”

“是啊，是子涵吗？有事吗？”

“这么快就忘了？盈盈，我昨天跟你说的事，不知你能不能抽时间……”

“呀！差点忘了，什么时间不时间的，今晚就行啊，你看呢？”

“行吗？你那个朋友要是不让进……”

“他敢，我这边没问题，你今晚行吗？你定了我好向我舅舅要车啊。”

“盈盈，要什么车呀？那可是违反规定的啊。”

“哪能呢？我会那么说吗？放心吧。”

“好啊，那就今晚。”……

“得嘞。”

说完，俞子涵挂断电话，便准备今晚的行动去了。

五

月亮当空，一辆汽车在街道上平缓地开着。汽车内花盈盈跟俞子涵聊着天，只听花盈盈说道：“所以你就没有找朋友？”

俞子涵点点头：“我哪有你这么幸运，说找就找到了，而且还是个军官。哎，盈盈，你为什么没有在部队上干呢？如果干的话，起码也是个校级军衔了吧？”

“嗨，和你一样的，为什么要在部队干呢？现在的形势，现在的社会，谁还拿命开玩笑去？”

“不对吧，要是这样，你为什么还找一个军官，这不是一样吗？你不诚实。”

“哪跟哪呀！怎么说呢，多少人看上我的，可我看不上人家啊！我看上的，都嫌我是……”花盈盈无奈地摇了摇头，“就这个闵一鸣，要不是他……”正说着花盈盈看到就要到达目的地了，对着司机道：“哎，到了，开进去。”

“是，小姐。”司机正要开车进门时，一个卫兵拦住了车的去路，道：“请出示证件。”

司机说道：“老弟，看清楚了，这是城防司令部的车。”

“城防司令部？那也不行，没有特别通行证，谁也不行。”

花盈盈看着门前拦住车的士兵，突然发火道：“混蛋，你认识闵一鸣吗？”

“闵少尉？那是我们的长官。”

“那不得了，我就去找他。”

“那我打个电话。”说着，卫兵向值班室跑去，花盈盈气势汹汹地下了车，随卫兵走到电话旁，哨兵刚接通电话，花盈盈一把将电话听筒夺过来说道：“姓闵的，你

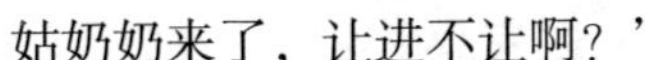

姑奶奶来了，让进不让啊？”

闵少尉听到花盈盈的声音，顿时一惊，道：“你来，来干什么呀？快回去吧，这不是你该来的地方。”

“姓闵的你听着，姑奶奶来了就不走了，你赶快出来。”说完，花盈盈便挂掉了电话，完全不理会旁边的卫兵，向车的方向走去。

闵少尉放下电话，自言自语地说道：“我的姑奶奶，跟你说过多少遍了，你怎么能到这地方，这不是要我的命吗？”说着，闵少尉焦急地穿衣戴帽，边系皮带边向外跑去。

闵少尉跑到门口便看到花盈盈生气地盯着他，连忙说道：“盈盈，你怎么说来就来了？我说过的，这里是保密局，羁押重要犯人的地方。这是有纪律的，哪能说进就进的，弄不好，是要掉脑袋的。”

花盈盈毫不在乎地说道：“掉什么脑袋？不让进，那我给我舅舅打电话了，你可是说过对我是有求必应的，想不到这德行。我跟你说，我今天有重要的事情。”

闵少尉看到花盈盈生气，拉着她的手，哄着她道：“好啦好啦，这么多人呢，我们不在这儿吵了好吗？”

花盈盈不理会闵少尉，看了看眼前的别墅，说道：“住上别墅了，就把我给忘了？这哪像羁押犯人的地方？”

闵少尉为难地说道：“这是……以后我跟你说。”突然，闵少尉扭头对卫兵说道：“看什么，站好你们的岗！”

花盈盈不屑地看着闵少尉：“别耍权威了，说咱们的事，你说吧，你让进还是不让进啊？”

闵少尉安抚道：“别闹，别闹，弟兄们都看着呢。”

“那就让进去不就得了。”

“好好好，姑奶奶，进去进去。”

花盈盈扭头对着一直在旁边默默站着的俞子涵说道：“子涵，上车！”

闵少尉此时也注意到了俞子涵，问道：“这位是？”

花盈盈接着说道：“也是你的姑奶奶，上车。”

花盈盈拉着俞子涵上了车，汽车开进了别墅院内。

门口的卫兵不解地说：“这什么人呢？”

“别多话，小心挨抽。”

此时，别墅又陷入了宁静之中，刚才的吵闹就像是一场梦。别墅内，闵少尉的房间乱七八糟，花盈盈进屋看到这样的景象，不禁嫌弃道：“你看你，你这跟猪窝似的，谁稀罕到你这里来？要不是我的同学，你请我来，我还真不来。”

闵少尉收拾着地上凌乱的脏衣服道："别说了，让你们进来，我这样可是违反纪律的。"说着对着俞子涵道："见笑见笑啊，不是不留你们……"

花盈盈打断闵少尉的话道："哎，你怎么回事？给脸不要脸啊！我这同学可是有事求你，她想见见她的姨妈。"

闵少尉一惊，说道："你说什么？要见那个共党？"

"我可不管她是什么党，我和子涵又不是共党，见一见面，不会传染成共党吧！"

"二位，真不行，让上边知道了，我就……"

"那不会不让人知道，快领她去。"

"这……"

"这什么这，反正你已经上了贼船，要死一块儿死。怎么，不让那我就喊了啊！"

"那，那，你就快点，我陪你去。"

俞子涵看闵少尉肯带她去见翁夫人，连忙道："不不不，你就开开门，我自己去就行。再说，你和盈盈有些日子没见了，就不想？"

花盈盈接着说道："对呀，还是子涵说得是，你就不想……"

闵少尉像是下了很大决心似的对俞子涵说："跟我走吧。不过得快点，站上随时会来查岗的。"他又对盈盈道："你稍等。"

花盈盈不耐烦地说道："快去快去，别啰唆了。"说完，闵少尉领着俞子涵向翁夫人的房间走去。

闵上尉打开翁夫人的房间，看了一眼室内，对俞子涵道："请进吧，不过要快点，查岗的很快就来了。"

俞子涵点头道："明白了。"说完，俞子涵走进了房间，她看着躺在床上的翁夫人，不禁热泪盈眶地喊道："夫人。"

翁夫人听到声音，翻身坐起，看到是俞子涵，惊讶地问道："子涵，怎么是你？"

俞子涵立即走上前去握着夫人的手道："夫人，让你受苦了。"

"没有，我很好，你怎么来了？"

"夫人，不，静娴同志，咱们长话短说，我是受组织上委托来看看你，组织上正在想尽一切办法营救你，希望你有一个好身体，配合我们的行动。我听说你用绝食的办法跟敌人抗争，这是不可取的，于书记让我代他向你问好，并让我告诉你，我们一定会救你出去的。"

"不，我担心的是组织上人员的安危，如果没有十足的把握，我想可以放弃这个想法，我已做好了牺牲的准备。"

俞子涵听到翁夫人的话，非常惊讶地说道："你怎么有这种想法呢？"

"我给组织上带来的麻烦太多了，也不知道各级联络站……"

“由于部署得及时，联络站没有遭到破坏，那个叛徒黄天龙也已除掉，您放心吧！只是平儿和你们所在的站……”

“平儿的事，我已经料到了，是她及时给我传递了信号，我才把一切文件和电讯稿件及时销毁了，只可惜那部电台和那些信鸽了……”

俞子涵接着说道：“除了这些，组织上都没有受到任何的影响和损失。”

“那就好，我死也瞑目了。”

“不，静娴同志，你不能再有这样的想法了，我们的行动已经开始了，你一定要坚持着，等着这一天的到来。”

翁夫人听着俞子涵的嘱托，一直看着俞子涵，她好像想到了什么，双手捧着俞子涵的脸，满眼期待地说道：“子涵啊，有一件事我想了很久了，可是之前没有机会也没有勇气说。今天也许是最后一次见你了，我想求你，帮我完成一个心愿，可以吗？”

俞子涵疑惑地看着翁夫人，问道：“夫人，有什么事情，您尽管说。我一定帮您完成，就别把我当外人了。”

翁夫人犹疑地说道：“可这件事……也是不能随便答应人的。”

俞子涵肯定地说道：“什么事？夫人，您要相信我，我一定尽我所能帮您完成。”

翁夫人激动地看着俞子涵，有些哽咽地说道：“我……我想让你做我的儿媳妇，你能叫我一声母亲吗？很久之前我就有了这个想法，你能答应我吗？”

俞子涵一时不知道该如何是好：“我……”

翁夫人继续说道：“孩子，我知道这不能勉强的，可是……”她整理了一下思绪，眼中含泪注视着俞子涵，说起了那个埋藏在她心里多年的秘密，“我曾经有一个儿子，革命初期，因为战乱我们母子分离。之后我便投身革命事业，我一边完成任务，一边寻找着我的儿子，但毫无音讯。一直到日本投降后，无意中得知我的儿子一直就在我的身边，也同样做着潜伏的工作。但为了革命，为了祖国的统一，还因为组织纪律，我错失了很多跟他相认的机会。这么多年我日日夜夜都在想着他，盼着跟他相认的一天。只可惜……”她没有继续说下去。

俞子涵听着翁夫人的讲述，内心五味杂陈，默默地安抚着翁夫人的情绪。

翁夫人突然握着俞子涵的手，一字一句地说道：“我的儿子就是齐子义。”

在听到“齐子义”三个字的时候，俞子涵无比的震惊又疑惑地问道：“您说的是齐子义？”

翁夫人点点头：“对，子义他就是我的儿子。一个不曾披露的秘密。”

俞子涵接着问道：“子义到现在还不知道吗？那么昨天晚上他不是来了吗？难道也没机会相认吗？”

翁夫人哽咽道：“我是想认他，可是这样的地方，在这样的时候，我怎能让他再为我操心，那会出现意外的。”

俞子涵安慰道：“夫人您放心，我一定会照顾好子义的，我也一定会救您出去的。”

翁夫人泣不成声，道：“那，能……能……不能答应我的要求……叫我……一声……一声……妈妈？”

俞子涵想了想，坚定地说道：“妈妈，从此以后，你就是我的亲人。”

翁夫人抱着俞子涵哭道：“子涵，我的好儿媳。”

“可我也有一个要求，请你答应我，千万等我们救你出去。”

“我会的。”翁夫人突然想起什么，只见她从衣服内拿出一个叠着的方巾来，一层层翻开，拿出一个镶有宝石的戒指来，“这是我祖上传下来的一枚戒指，这是专门传给儿媳妇的新婚礼物，我想把它传给你。”

俞子涵被翁夫人的情绪所感染，激动地说道：“好的，妈妈。”

翁夫人得到了俞子涵的认可，将戒指戴在了俞子涵的手上，深情地看着俞子涵道：“子涵，我是不是太自私了？”

俞子涵摇摇头道：“不，你为革命为党付出得太多了，我……我别无选择，为什么不能为你了却一点心愿呢？”

翁夫人抱着俞子涵道：“子涵，原谅我的自私，可这是做母亲的一个心愿。我知道我的日子不多了，敌人随时都会……”

“夫人，不，妈妈，我们一定会尽力营救你的。”

“子涵，我替子义谢谢你的大度。”

此时，突然门被打开了，闵少尉催促道：“快点，我只能给你们这么长时间了，查岗的就要来了。”

俞子涵郑重地向翁夫人说道：“您一定要保重啊。”翁夫人点点头，刚想说话就看到俞子涵被闵少尉拉出了房间。翁夫人此时的情绪无法平静，这么多年的秘密，终于说了出来，像是一块巨石落了地。如今在这个危机的时刻，她只期望齐子义可以平安地完成任务。

六

日出东方，朝霞满天。尤站长的办公室内，他在整理着资料，“报告”，门外传来报告声。

“进来。”

韦佳走了进来，说道：“国防部急电。”

“念。”

“保密局海城站，国防部派出的军事调查组将于今日上午到达你站，请积极配合工作。国防部办公厅即日。”尤站长突然站了起来，接过电报又仔细地看了一下，挥手示意韦佳退出办公室。韦佳立即敬礼后退了出去，他看着电报突然无力地坐了下去。他万万没有想到，国防部派来的军事调查组来得这么快，这使他顿时心有余悸。说真的，自从自己上任以来，不但没有侦破前任被杀一案，反而又增加了诸多的凶杀案。自己的下属多人勾心斗角，争风吃醋，死伤无数。就在他没有将这些理出个所以然来，调查组就要到了。看来这次是凶多吉少了。突然电话铃响起，他回过神来，接起电话，话筒中传来声音：“站长，毛局长电话，我把它转过去。”

尤站长拿起另一个电话：“毛局长，请指示。”

毛局长在电话中说道：“尤站长，国防部派出的军事调查组今日就要到你处，希望你要积极配合工作，实事求是地汇报自己所做的一切，这样对你对我都是有好处的。”

“是，是，局长可否透露一些所调查的具体……”

毛局长一听，震怒道：“我能向你透露？我敢吗？你做的事难道你不知道？再说一遍，我让你如实配合。”说完“啪”的一声把电话挂了。此时，尤站长的内心波澜起伏，听着毛局长震怒的声音，他知道调查组是来者不善啊。

七

于书记的办公室内，俞子涵在向于书记汇报着：“我已顺利地和静娴同志见面了，目前她一切都好。由于她的身份特殊，敌人还没有对她进行严刑逼问。”

“这就好，我真担心她的身体啊！”

“身体没问题，我相信她能配合我们劫狱的。”

“那个看押她的闵什么的？”

“闵一鸣，少尉，是个胆小怕事的人，如果行动起来，我们有办法制服他的。”

“现场及周围的情况都摸清楚了？”

“是，所以我请求……”

于书记突然摆了摆手道：“为了你们的安全，容我再考虑一下。”

八

由于翁夫人被抓，齐子义一直都在想着如何解救翁夫人，安然那里他没有时间顾及。他想看看安然近期的状况，便驾车来到了医院。他走到安然的病房前，敲门后推门走了进去，可他看到安然住过的病床干净整齐，安然却不知去向。他对门外喊道：“来人。”

一个护士走了进来，齐子义问道：“这房间的病人呢？”

“早几天就办了出院，怎么？长官不知道？她可是说她回去上班的。”齐子义听后立刻转身离开了医院。

安然的出院，是齐子义始料未及的。看来，有许多事情还需要他缜密地梳理一下。难道安然的出走，与国防部军事调查组有关？还有，尤站长总该知道她的去向吧？他刚刚回到军统站就来到了尤站长的办公室，他向尤站长汇报了去看望安然的情况，他想看看这件事与尤站长是否有关，他向尤站长说道：“站长，我去看了安然，可她不在啊！听说她已出院几天了，可也没有到站上班，不知……”

“安然外出自有她外出的理由，那就等她回来再上班吧。”尤站长此话摆明了知道安然的去处，但他并不愿意向齐子义多说什么，这让齐子义产生了怀疑。

齐子义又说道：“明白啦，刚才办公室说，国防部军事调查组下午就要开展工作，是不是我们要准备一些资料？”

“这个不用了。他们已通知下午只听我的述职，其他人员待命就是了。”

“那么……”

“不必说了，我能应对的。”

“是。”说完，齐子义开门走了出去。

尤放的沉着冷静，使齐子义百思不得其解。联想到安然神秘出走，齐子义感到了问题的复杂性。尽管如此，他决定正好利用余下的时间，去梳理一下解救翁静娴同志的行动计划。

九

一个民间诊所内，平儿脸色惨白地睡着，睡梦中平儿似乎遇到了什么惊恐的事情，突然惊醒。此时，一个穿着朴素的中年妇女，端着一碗热气腾腾的鸡汤走了进来。中年妇女看到苏醒的平儿，欣喜地说道：“你醒啦。”平儿点点头。

中年妇女继续说道：“刚好，我给你炖了鸡汤，看，还热着呢，我来喂你，趁热喝下。”

平儿喝着鸡汤，想了想问道：“自从我受伤，桂嫂你就一直在照顾我，我们萍水相逢，你不但救了我，还对我这么好，为什么呀？”

原来，平儿那天并没有被特务打死，只是身受重伤被路过的桂嫂救了起来，送到了一个小诊所内，经过医生的救治，平儿脱离了危险，而桂嫂一直在诊所内照顾着平儿。

桂嫂帮平儿拉了拉被子，说道：“我知道你是好人，而且是我们自己的人，所以……”

“我们？自己人？你是？”

“不用问了，我是一个平民百姓，可是我知道谁对谁错、谁是谁非，我分得清善与恶。”

“谢谢你，有你这句话，我也就放心了。”

“对呀，你应该放心。还痛吗？我去叫医生。”

平儿看着热心的桂嫂，想了一下，肯定地说道：“现在，我有一件事想求你帮忙。”

“什么事？你说，只要我能帮一定帮。”

“我想麻烦你捎个口信。”

“现在吗？只要是在城里，我就一定会捎到的。”

“那太谢谢你了。”

“谢什么啊，这不应该的嘛！”

“那好，你可以到……”平儿对着桂嫂耳语着……

第二十九章　黎明之战

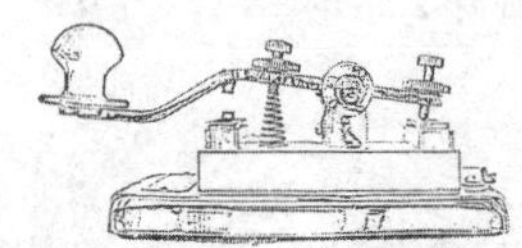

一

桂嫂从诊所内出来，走到一个胡同里，小心翼翼地观察着周围的情况。只见她七拐八拐地绕了一圈，最终在一个民屋前停了下来。桂嫂走到门前，敲了敲门。里边传来了一句问话：“谁啊？”

桂嫂小心翼翼地回答道：“是我，表姑。”

一个中年男子打开了房门，左右看了看，疑惑地看着桂嫂，说道：“你？我们好像不认识吧？”

桂嫂生怕那人立刻就关门，毫不犹豫地说道：“认识，认识的。”说着，桂嫂就要往里闯。

中年男子阻止道：“你……你要干什么？”

桂嫂看男子不让她进，连忙道：“别问了，咱们进去再说。”

男子依旧堵在门口：“不行，你不说清楚，我怎么能让你进去？”

桂嫂突然想到了什么，说道：“看，我是着急了。我是表姑，你家妹子让我带个口信。”说着拿出了平儿的一件随身物品。

中年男子一看，便认出来此物。再看看眼前的女人，心想她跟平儿有关，便说道：“看我这记性。表姑，快，进来说，进来说！”

中年男子将桂嫂让进了屋内，观察了一下左右，便关上了房门。

二

调查组临时问询处，一辆汽车驶了进来，车在门口停下后，尤站长和吕飞从车内走了下来。

吕飞对尤站长说道：“站长，我陪你进去。”

尤站长摆了摆手："你回去吧，他们不会让你进的。"

"那好，我等您电话来接您。"

"好吧。"说完，尤站长整理了一下着装，便向里边走去。

尤站长走到门前，一个军官站起来问道："您是尤将军？"尤站长点点头。

军官确认是尤站长后，说道："好，军事调查组正在等您。"

尤站长刚要进门，军官再次拦住了尤站长："您等下，按规定，请把您的佩枪交出来。"尤站长把佩枪掏出来交给军官，军官看了一下，将枪号等信息记录了一下，随后带着尤站长进入了审讯室内部。

一进门，尤站长便看到前边坐着一排军官，尤站长向他们行礼道："诸位辛苦。"

调查组组长看着眼前的尤放，审视一番后向尤站长说道："我们来的事你是否已清楚了？"

"清楚。"

"那好，我现在向你介绍我们调查组的几位成员。我自己就不再介绍了，在你来海城之前，我们已经见过面了。"说着，调查组组长向尤站长介绍了其他几位调查组成员，成员包括：国防部军事问题审核处关处长、保密局卫副局长、党通局干部调配处张处长、军事学院的军事问题专家南教授。尤站长一一向调查组成员行礼示意。

调查组组长介绍完几位成员后，对着尤站长接着说道："尤放，这人员的构成你没有意见吧？换句话说，你有没有要求让他们其中的某一个人回避？"

"没有。"

"那好，我们现在就马上开始吧。"

说完，尤站长滔滔不绝地将自己经历的事件事无巨细地讲了一遍，以及海城军统站内存在的问题。调查人员也将疑点一一向尤站长询问着。此时的尤放已经毫无顾忌了，他知道上级的意图，不得不滔滔不绝地将海城站所发生的一系列案件全盘托出，生死在此一举。

调查组组长向尤站长问道："这么说你已经抓到了共党地下组织的领导人？她招供了吗？"

"还没有，我已向国防部发出了调查函，查询那个翁夫人的真实情况，目前还没有消息。我已下令如不招供，就地枪决。"

"那么，我现在告诉你，我们也接到了国防部来电：如实为共党，不招供者杀！"

尤站长得到了明确的指示，心里有了数，点点头道："明白……"待一切交代完成后，尤站长离开了军事调查组，调查组让尤站长静候调查结果。

三

诊所内，桂嫂从外面急匆匆地进来。躺在床上的平儿，看到桂嫂回来，她一心急就要坐起来，不小心扯动了伤口，顿时平儿感受到了撕心裂肺的疼痛。桂嫂立即跑上前去，扶着平儿躺下："别动，别动。你说你着什么急！"说着将被子向上拉了拉。

平儿不好意思地说道："桂嫂，辛苦你了，我就是着急你这边的情况。"

"辛苦什么呀！放心，一切都照你说的办了。"

"这么说你见到他们了？"

"见到了，你们的人啊，可真好！还是他们叫的黄包车，把我送了回来。"

"他们怎么说？"

"他们就要来人接你回去，是我不让他们来的。"

平儿一听，着急地说道："为什么？"

"为什么？为你的伤病啊！我不能让你现在就走了，你的伤很厉害的！我跟他们说让你养好伤再回去。"

"不！大嫂，我不能！"

"什么不能？这事你得听我的，我把你的情况说了以后，你们的人已经同意了，让我无论如何把你的伤养好，还说不让你操心什么的。"

平儿看着这个善良热心的桂嫂，突然想到了同样待她的翁夫人，平儿感激地说道："大嫂，你……你真好！"

桂嫂慈祥地笑了笑："你就好好养伤吧，我先给你弄点吃的去。"平儿看着去忙活的桂嫂，自己躺在床上想着。能顺利地和组织上取得联系，她的心中轻松了许多。可一想到和自己朝夕相处的翁夫人，她的心里马上沉了下来。翁夫人能看到自己发出的信号吗？她是否脱离了危险？平儿除了担忧，内心更多了一份自责。平儿觉得是她的不谨慎，给组织上带来了麻烦，给翁夫人带来了危险。

四

于书记的办公室内，针对营救翁静娴同志，他向俞子涵做着最后的嘱咐："我同意你去营救翁静娴同志，营救工作就在今晚执行。我们的潜伏人员已给我们提供了一个千载难逢的机会，就在静娴同志关押的房间里，有一个防空洞可以通向后山的山洞。那里原是国民党军阀的别墅，为了防止日军的轰炸，他在自己的房间里掏了一个防空洞，为了逃生，洞的一方通向了山洞，全长大约一千多米。洞口非常隐蔽，经过几天的寻找，游击队的同志在昨天找到了这个洞口，为安全起见，组织决定由你带队参加对静娴同志的营救工作。”

俞子涵听到这个消息，高兴地说道：“太好了，几时行动？没想到这个别墅还别有洞天，看来今天的行动已经事半功倍了。”

于书记点头道：“为了和敌人争抢时间，我们天黑行动。据可靠消息，敌方国防部派往海城的军事调查组已到了海城，也许这正是个好机会。你带人从洞口进去，里边有人接应。”

“是。”

门外传来了敲门声，于书记的秘书走了进来，说道：“这是刚刚得到的消息，平儿还活着。”

俞子涵惊喜地：“是吗？她在什么地方？”

“她被特务打伤后被人救了过来，目前在一个私人诊所治疗。”

俞子涵接着说道：“那好啊，我去看看她，于书记。”说着看向了于书记。

于书记果断地否决了俞子涵的提议：“不行，你的任务很艰巨，平儿的事我会派人去的。记住，你见到静娴同志后，一定要把这一消息告诉她。”

俞子涵也觉得营救翁夫人事关重大，向于书记郑重地说道：“我一定会将翁静娴同志平安带出来的。”

“你快去吧，行动队还等着呢。”说完，俞子涵转身离开，为晚上的行动做准备。

五

齐子义在办公室内焦急地走来走去。他接到上峰的指令，要尽快得到海城的江防火力配置图。他刚刚问过档案室，城防部队按规定应该将海城沿江部队的部署方案以及上峰的守江方案资料送到军统站报备，可到现在还没有送到军统站来，他不知道问题出在了什么地方。经多方调查，他仍得不到江防火力配置图的消息，便开车来到了树林中。本想询问有关消息，可俞子涵却通过电台告知齐子义，因南京国防部来了军事调查组，军统站应该无暇顾及各种活动，所以这是一个营救翁夫人的最佳时机，俞子涵将行动计划告知了齐子义，望他从中配合行动。他得到指令后，又向俞子涵问询了有关江防火力配置图的事情，但俞子涵也没有确切的消息，只能让他静默等待。

等发完电报，齐子义便收起电台，开车离开了树林，他要赶回军统站为营救翁夫人做准备。

六

军统站内的射击场里，“砰砰砰……”一只手枪口接连射出几发子弹，吕飞射击完成后，报靶员报靶道：“50环。”吕飞的两个手下阿亮和阿虎拍手叫好。吕飞显露出一脸得意的样子，说道：“你们两个，给我上！”阿亮和阿虎拿起手枪，开始射击，一阵枪响之后，报靶员开始报靶：“一号靶46环，二号靶48环。”

吕飞佯装生气地说道：“怎么？没一个50环的？”

阿亮奉承道：“我们怎么能和队长你比？我们这样就已经不错了。”

吕飞有些得意地摇摇头：“这可不行，小心把命玩进去了。”

阿虎接着说道：“玩命？队长，我们现在谁不是在玩命啊？”

“我可不想你们把命玩进去，你们可以不要命，可我不行，我还需要你们。”

阿亮说道：“我们会保护队长你的，放心吧，不过……”

“不过什么？”

“我听说国防部已经成立什么调查组，是不是……”

“什么是不是，没事别瞎琢磨，小心言多必失。”

阿亮左右看了看，对着吕飞继续小声地说道：“是是是，我是说他们好像是冲着咱们站长来的，要是真的，你就不想升迁一下？”

吕飞好像来了兴致道：“哦？怎么讲？”

“我们哥儿几个已经想好了，就想问一下队长你，如果你有这个意思，我们是不是去给调查组送个信什么的？”

“你们真是这么想的？”

阿亮和阿虎点头道：“是，只要队长你想升迁。”

吕飞想了想，说道：“这是个机会，如果可以，我不会亏待你们几个。”说完，他们三个人的头凑在了一起，像是在商量着什么……

七

马司令的办公室内，秘书正在向马司令汇报着：“司令，刚刚接到通知，国防部军事调查组要在今晚向您问询一些事情。”

“是吗？这么快？那就来吧！我马某人一切都问心无愧。”

“那么，司令，我……”

马司令摆了一下手道：“你下去吧。”

说完，秘书走出了办公室，马司令则一边整理着装，一边想着晚上要如何应对调

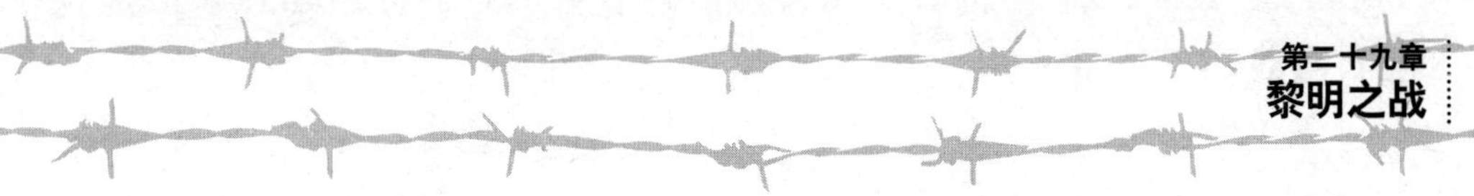

查组。突然，门外又传来“报告”声，马司令示意其进来。姚参谋长走了进来，手里拿着一个图纸道：“司令，江防火力配置图已修改完毕，请你过目。”

“好，先放在我这儿。”

“是。”姚参谋长将图纸放在桌子上，便离开了办公室。马司令拿起图纸将其锁在了密码柜中，拿起桌上的一份资料便向军事调查组临时问询处走去。

八

齐子义开车回到了军统站内，向办公室走去，一个秘书看到他后说道：“陈副官，尤站长有请。”

“好，知道了，我马上就去。”说完，他看了一眼韦佳的位置，问道，“韦佳去了哪里？”

秘书回答道：“韦佳说身体有点不适，她去了医院。”齐子义若有所思地点点头，便向尤站长的办公室走去。

齐子义进到办公室，尤站长便说道：“陈飞，今天晚上对那个共党联络负责人进行审问，由你带队将她带到第一审讯室。”

“是。”

尤站长又对吴天说道：“吴队长，你带领执法队在审讯室外待命，如果审讯无果，立即押往第三刑场执行枪决。”

“是。”

说完，吴天与齐子义来到院内，集结人马。齐子义没想到从调查组回来的尤站长行动这么迅速，他要拖延时间，为营救翁夫人赢得更多的时间，于是，齐子义向吴天说道：“吴队长，我先出发去对犯人进行审问，你一个小时后再出发。”

吴天点头道：“是。”说完，齐子义带着两个士兵，开着车便向别墅驶去。

九

天渐渐地黑了，一个黑影穿梭在城防司令部的屋顶之上。黑影停在了一个地方，从腰间拿出一根绳子，用力向前一甩，绳子稳稳地套在了房顶的柱子上。黑影立即向下爬去，爬到一个窗户边缘时，黑影拿出匕首撬开了窗子，敏捷地翻了进去。

进到屋里的黑影在室内用微型手电观察了一下，当看到一个保险柜后，戴上手套来到保险柜前拿出一个铁丝，将保险柜轻松地撬开了。手电的灯光照在保险柜内，黑影发现了一个纸筒，他将纸筒拿出来，将里面的东西打开，原来这就是被马司令锁在保险柜内的江防火力配置图。黑影确认后，拿出一个微型照相机，将图纸的每一个细节都拍了下来，随后又将图纸原封不动地放回了保险柜。

待一切做完后，黑衣人跳出了窗户，离开了城防司令部。这一切就像没有发生过一样，没有人知道这个黑影的存在。

十

马司令来到了军事调查组的临时问询处，只见一个穿黑皮衣的人从里面走了出来，马司令认得这身衣服应该是属于军统站的，但是他不知道一个军统站的小特务为什么会出现在调查组内。小特务同时也看到了马司令，但是只看了一眼后便急匆匆地离开了。而这个小特务就是白天在和吕飞打靶的阿亮。马司令看着阿亮走远，若有所思地走进了调查组的审讯室。按照惯例，马司令向调查组讲述了近期发生在他管辖内的一系列案件。

调查组组长听后，看着马司令，问道："这么说，你派出的一个排的兵力伤亡严重？"

"不是伤亡严重，是伤亡惨重，所以我怀疑是保密局海城站有人泄露了机密。"

"那好，你敢和尤放对质吗？"

"当然，他和我们城防部队发生的任何事件，我都可以对簿公堂，甚至在军事法庭上……"

"你就这么有信心？"

"不是我有信心，而是问题的确出在军统站内部，怪只怪尤放他识人不清。"

"那你有没有什么怀疑的对象？"

马司令摇了摇头，他并不知情，一切都只是猜测，只见马司令叹着气道："不过，这些似乎对于我来说已经没有什么意义了。我接到上峰指令，我已经不再担任城防司令，这里的一切都由下一任司令来处理吧。"

调查组组长听完马司令的话，通过两个人的阐述，以及刚刚来告密的人讲述的情况，调查组组长思考着整件事的来龙去脉，似乎这些事都在被人操控着，抓不住也看不透，调查组组长心想：看来这个马司令所言非虚啊……

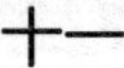

十一

太阳刚刚落下，俞子涵带领着行动队来到山间的一个洞口处，仔细观察确认无误后，对着行动队说道："我和两人进去，其余的守在洞口掩护。"说完，俞子涵带领两人向山洞内走去，其余人守在了洞口警惕地守备着。

别墅内，伙夫照常送来了翁夫人的晚饭，只是在时间上提早了一点。闵少尉问

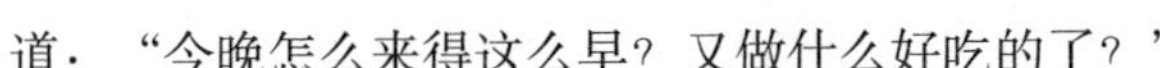

道："今晚怎么来得这么早？又做什么好吃的了？"

"长官，你是不是馋了？今天啊我也给你做了好吃的。"说着，伙夫从食盒里拿出一盘牛肉，继续说道，"长官，这牛肉可是我刚腌制好的，你尝尝吧。"

闵少尉看着牛肉，说道："那，这……"说着指了指关押翁夫人的门。

"您要不回房间先吃着，我去送饭，送了饭就走，都这么久了，您还不放心我吗？"

"放心放心。"说着，闵少尉将钥匙给了伙夫，自己拿起了牛肉，接着说道，"那你可得快点，别磨蹭。"

"好嘞！"说着，伙夫向翁夫人的房间走去，闵少尉则坐在客厅吃起了牛肉。

伙夫进到房间内，边向外拿吃的边大声说道："今晚是早了点，愿您吃得好，睡个好觉。"说着向翁夫人使了个眼色，小声道，"今晚行动，一会儿有人接您。"

翁夫人会意："你和我一同走吗？"

"我等您……"话还没说完，伙夫便走到了柜子旁，用力将柜子搬开。里边有一道门，伙夫从衣服里拿出了钥匙，很快将门打开。一个洞口赫然出现在翁夫人的眼前。

伙夫将翁夫人拉过来道："快，夫人，进洞，里边有人接应。"

翁夫人关切地问道："你怎么办？"

伙夫着急地说道："我没事，我有办法脱身。这是组织上的决定，让我掩护您，快，下洞，里边有人接应。"

"哈哈，我就知道这里边肯定有猫腻儿。"闵少尉突然走了进来，用枪指向翁夫人和伙夫。

伙夫也随即掏出了手枪，向闵少尉射击。闵少尉一边躲着子弹一边向伙夫还击。不料，伙夫与闵少尉双双中弹倒地。翁夫人连忙去搀扶伙夫，可他站不起来了。另一边倒地的闵少尉，捂着胸口坐了起来，举起手枪瞄准了伙夫和翁夫人……此时，守在别墅外的卫兵，听到了枪声，迅速向房间内跑去。房间里，闵少尉因体力不支倒地身亡。翁夫人搀扶着伙夫。伙夫被子弹击中要害已经奄奄一息，他向翁夫人说道："夫人，您快进洞吧，不要管我，我在执行市委的命令。"说着，他用尽全身最后一点力气，将翁夫人推进了山洞。

翁夫人刚进到山洞，就看到了俞子涵带着人匆匆赶来，她看到翁夫人，命令道："快，搀夫人快走，我来掩护。"

翁夫人向俞子涵示意上边还有人，于是，俞子涵向上喊道："同志，你怎么样？我们一同走。"

伙夫有气无力地回答道："不，敌人马上就来了，你快走吧，我来掩护，快走！再说，我还有其他任务。"

"同志，保重。"俞子涵郑重地说完，便带着翁夫人向山洞外走去。

伙夫无力地坐在房间内，突然门口的两个士兵跑了进来，伙夫举起手枪便将两名士兵击毙了。最终，他因伤势过重体力透支也倒下了。此时，别墅外齐子义也驱车赶到，他带着两个士兵进到别墅内。他来到翁夫人的房间门口，看到的是一屋子人的尸体和一个地道，以及已经失去呼吸的伙夫。他从现场可以看出，伙夫应该就是此次行动的内应。他吩咐两个士兵进入地道，他来到伙夫的身边，看着自己的同志牺牲了，他内心无比的悲凉。他将伙夫睁着的双眼合拢，便也向地道走去。地道内，俞子涵搀扶着夫人，向洞口走去，另两名游击队队员在后面做着掩护。齐子义下到地洞后，带着两名士兵也向地道深处走去，趁他们不备之时开枪解决了他们。地道内，地形复杂岔道众多，如果不是熟悉的人带路，很容易迷路。他就在地道里兜兜转转，始终看不到翁夫人等人。他也不敢大声喧哗，生怕引起不必要的麻烦。当他走到一个岔道口时，一个洞口处几个女兵突然出现，将他团团围住，并用枪指着他。

齐子义冷静地面对着一切，沉声道："你们在干什么？快去追犯人啊！"

女兵们并没有听从齐子义的指挥，只听到："别演戏了，你的末日到了。"话音刚落，就看到安然举着枪慢慢走了出来。

齐子义难以置信地看着安然，自语道："安然？"

安然慢慢走了出来，身后还跟着很多特务，安然对齐子义说道："是我，没想到吧。"说着向身后的特务示意去追逃犯。此时的齐子义不敢轻举妄动，他不知道安然的突然出现是因为什么。

安然冷冷地看着齐子义道："陈副官，别来无恙吧。不对，你不叫陈飞，是叫齐子义，对吗？想不到你隐藏得这么深。"

齐子义听到安然的话，非常震惊，同时他也想明白了，安然的突然失踪，原来就是去调查他的。齐子义镇定地说道："安然，你……"

齐子义话还没说完，安然就打断了他："不不不，可能你还不知道，我也不叫安然。我叫田歌，是尤站长的贴身副官，毕业于国军高级特训班。"

齐子义这下算是完全明白了，说道："原来你是监视我的密探，而不是真心照顾我。你早早出院，就是为了调查我？"

"对，没错。为了证实你的身份，我辗转了各地，才了解到你的真实身份。但是不巧，今晚没能让你的计谋得逞，我知道，你要救的那个老太太，是你们地下组织联络站的负责人，也是你的直接领导，但是她还有一个身份，你也许还不知道。"安然

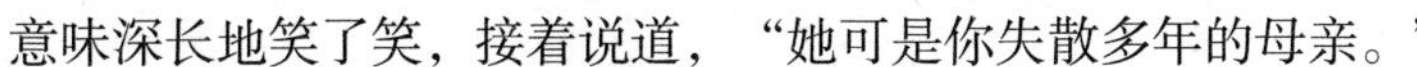

意味深长地笑了笑，接着说道，“她可是你失散多年的母亲。”

齐子义无比惊讶，激动地说道：“你说什么？”

“她是你的亲生母亲，你真的不知道？”

齐子义不敢相信地说道：“不，你在演戏。”

“你承认也罢不承认也罢，你们今晚已是黄粱一梦。”

“错，你们是不会得逞的。”

“事到如今，你还存有幻想，请你让开。看在我曾经那么喜欢你的分上，我饶你不死，否则，我……”

“你想从这儿过去，只有踏着我的尸体，否则，你休想。”

“你敬酒不吃吃罚酒。那我就不客气了。”说着举起了枪。

突然，一阵枪响过后，围在齐子义身边的女兵倒了下去，齐子义趁机躲在了一个石壁后，将剩余的女兵全部击毙。安然转身还击之时，却也中弹倒了下去。只见山洞中韦佳从里面跑了出来，齐子义露出了疑惑的表情，但此时顾不了那么多，至少齐子义知道韦佳应该不是坏人。

韦佳看愣在原地的齐子义，连忙道：“快，去救人。”说着从地上捡起一支手枪，扔给齐子义。他缓过神来接过手枪，随着韦佳向前跑去。

俞子涵搀着夫人快速向山洞洞口移动，她看了下手表道：“大家快点，天很快就要亮了。”

说着，身后就响起了枪声，行动队队员和俞子涵向后开枪还击。俞子涵将翁夫人交给两名行动队队员道：“你们带夫人先走，我来掩护。”行动队队员带着翁夫人快速离开，俞子涵躲在墙角处射击。

此时，别墅大院内，几辆车开了进来，吴天从车上带领着众人走了下来。原来，吴天按照跟齐子义的约定——一个小时后出发，到了审讯室，发现那里空无一人，吴天觉得事情不妙，便带人来到了别墅。别墅内空无一人，守卫都不见了踪影。吴天来到房间内，只见到横七竖八的尸体，以及一个地道，知道一定是有人来将犯人劫走了，他立刻带着众人向地道里走去。地道里，本已中弹倒地的安然，慢慢地醒了过来，她睁开眼睛，抓起地上的手枪爬了起来，摇摇晃晃地持枪向前跑去。

另一边，俞子涵正在和特务们交火，快要支撑不住的俞子涵突然看到向她射击的特务全部倒了下去，俞子涵心想：“是他，一定是子义，是他们在掩护我们撤退。”想着，俞子涵向枪声的位置跑去。

齐子义和韦佳两人解决了特务后，也快速向俞子涵的方向移动。韦佳看到有人跑了过来，用枪指向了俞子涵，齐子义看清是俞子涵后，拦住韦佳说道：“韦佳，自己人。”

俞子涵跑到他们身边道：“快走，夫人已经被救出，我们走。”

齐子义却摇摇头道：“不，子涵，我还有一项任务没完成，那个敌军沿江部队部署及国民党上层的守江方案资料还没有弄到手。子涵、韦佳，你们先走！”

说完，只听到一声枪响，一颗子弹打在了石壁上，齐子义三人立刻躲了起来，发现原来是刚刚中弹的安然，韦佳那一枪并没有打死她，现在又追到了这里。待韦佳也看清是安然时，举起手枪，正中安然心脏，安然倒地身亡。

此时，地下通道里又想起了脚步声，韦佳来到齐子义的身边，拿出一个小盒子交给他道：“子义同志，这是你要的东西，一定要安全撤离交给集团军司令部。”说完韦佳准备转身离开。

齐子义叫住了韦佳：“韦佳，你……你不跟我们一起走吗？”

韦佳神秘地笑着：“我还有我的使命，我也知道你心里的疑惑，但现在还不能说，总有一天你会知道的。”说完向远处跑去，消失在黑暗处。

齐子义思考韦佳的话，握紧了手中的东西，拉着俞子涵向洞口处跑去。此时，吴天带着众人看到了俞子涵与齐子义，便开枪向两人射击。他俩听到枪响，便躲在了一个石壁后，向吴天等人还击。

齐子义边射击，边向俞子涵说道：“子涵，快去保护夫人撤离，这里有我掩护。”

俞子涵摇摇头道：“前面有个岔路，一个通向洞口，一个通向洞内，我们赶快走，赌一把，他们追不上我们的。”说着，俞子涵示意齐子义看她早已准备好的炸弹。齐子义想了想，便跟着俞子涵向洞口走去。他们边走边向吴天射击，吴天等人也不断地向他们逼近。他们快速跑到岔道口，并向洞口方向跑去。吴天等人来到岔道口时，并不知道该如何走。他便走向了一个洞口，很凑巧的是他走的正是那条通向山洞深处的洞口。这便给俞子涵和齐子义赢得了时间。翁夫人和行动队队员焦急地在山洞洞口等待着，只见齐子义和俞子涵跑了出来，他们也长出了一口气。等齐子义和俞子涵跑出来后，俞子涵将早已准备好的炸弹放好，定好时间，便跟随众人快速地离开了这里。随后，只听到爆炸声响起，整个山洞顷刻间崩塌，烟尘四起。

十二

军统站尤站长的办公室内，军事调查组带领执法队走了进来。尤站长没等来处决翁夫人的消息，却等来了军事调查组，他看着执法队自嘲地笑了笑。

只听到调查组组长道：“尤站长，经人举报，你工作不力，徇私舞弊，欺上瞒下。经报请上峰同意，现撤销你海城站站长的职务，随我们一起押回南京，交由军事法庭处置。”说完，尤站长平静地起身，整理好衣帽，跟随着调查组离开了这个如噩

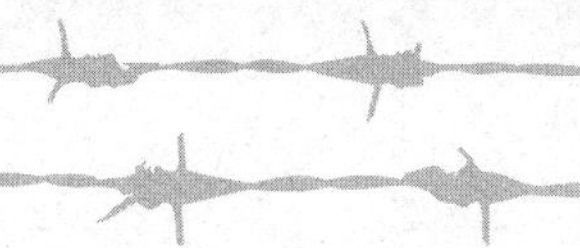

梦般的海城军统站。

十三

翌日清晨，东方显出了鱼肚白。

在众人的营救下，翁夫人顺利地脱离了危险，齐子义将韦佳交给他的海城沿江火力配置图及时送至某集团军司令部，为之后的渡江部队扫清了障碍……